漳州民間故事叢書

江丙坤 敬題

漳州民间故事丛书

揽胜美漳州

土楼的传说

漳州旅游景点民间传说（上）

卢奕醒 郑炳炎 编

吉林出版集团有限责任公司

图书在版编目（CIP）数据

揽胜美漳州：漳州旅游景点民间传说：全 2 册 / 卢奕醒，郑炳炎编. -- 长春：吉林出版集团有限责任公司，2014.5
（漳州民间故事丛书）
ISBN 978-7-5534-4322-5

Ⅰ. ①揽… Ⅱ. ①卢… ②郑… Ⅲ. ①民间故事 – 作品集 – 漳州市 Ⅳ. ① I277.3

中国版本图书馆 CIP 数据核字 (2014) 第 067292 号

书名：揽胜美漳州：漳州旅游景点民间传说（上）
Lansheng Mei Zhangzhou：Zhangzhou Lü you Jingdian Minjian Chuanshou
编　　写　卢奕醒　郑炳炎
策　　划　大龙树（厦门）文化传媒有限公司
责任编辑　李婷婷
责任校对　金依莎
封面设计　陈氏设计室 chen-design.com
开　　本　880mm × 1092mm　1/32
字　　数　183 千字
印　　张　10.75
版　　次　2014 年 5 月第 1 版
印　　次　2014 年 5 月第 1 次印刷
出　　版　吉林出版集团有限责任公司
发　　行　吉林出版集团有限责任公司
地　　址　长春市人民大街 4646 号
　　　　　邮编：130021
电　　话　总编办：0431-86029858
　　　　　发行科：0431-88029836
印　　刷　金玺彩印有限公司
ISBN 978-7-5534-4322-5　　　　上下册定价：55.00 元

二宜土楼

國之瑰寶

單士元

甲戌年正月吉日

中華瑰寶
世界奇葩

一九九九年九月廿六日
訪二宜樓題名留念

羅哲文

仙都镇圆土楼

郑孝燮

十年几度莅漳州
恨晚初看圆土楼
聚族而居高壁垒
安然世外历春秋

1994.3.7于漳州

总序

漳州是国家历史文化名城、中国优秀旅游城市、国家园林城市、国家卫生城市，著名的侨乡和台胞主要祖居地之一。她历史悠久、物华天宝、人杰地灵、文化灿烂，素有“海滨邹鲁”“花果之乡”之美誉。我有幸曾在漳州工作多年，深感漳州的每一项成果，都凝聚着四百多万龙江儿女的汗水与智慧，漳州山美水美文化更美，特别是大量的民间故事，宛如一颗颗明珠串连起人们对美好生活及传统文化的向往与继承！

大龙树（厦门）文化传媒有限公司能够组织出版《漳州民间故事丛书》，是很有眼光的善举，功德无量。大量娓娓动听的民间故事，是历代先民口口相传、搜集整理、演绎提炼而成的。它讴歌真、善、美，鞭挞假、恶、丑，具有浓郁的生活气息、乡土芬芳和感人的艺术魅力。它是历史的见证、优秀的民族传统文化的精华，传承、宣扬这些宝贵的非物质文化遗产，很有意义。卢奕醒、郑炳炎两位老先生，长期从事民间文学工作，虽年逾古稀，犹不辞辛劳，拾贝撷珠，编书付梓，难能可贵，精神可嘉！相信这套丛书一定会得到广大读者的欢迎与喜爱。

潮平两岸阔，风正一帆悬。漳州与宝岛台湾一衣带水、

“五缘”情深。早在史前冰河时期，“东山陆桥”多次露出海面，使两岸连为一体；明清时期，漳州先民携妻带子、引亲呼朋、结社同行，举族迁徙宝岛台湾，曾成为一大社会景观。乡土语言习俗、故事传说、歌谣、谚语等，也一并伴随流入台湾，并世代承袭下来。本丛书的出版，可促进两岸文化交流，增进两岸乡亲的互相了解与认同，以及对故土的思念与眷恋。

因此，我热烈祝贺《漳州民间故事丛书》的出版！

祝愿漳州民间文学之花开得更加绚丽多彩！

祝愿漳州各项事业更加蒸蒸日上、灿烂辉煌！

祝愿漳州的父老乡亲更加幸福美满、顺达安康！

序

漳州是国家历史文化名城，台胞的主要祖居地和著名的侨乡。它是先辈用智慧和汗水造就的海峡西岸的一颗璀璨的明珠。

漳州山海相连，四季如春，物产丰富，花果飘香，又有建州一千三百多年的文化积淀，旅游资源十分丰富。据不完全统计，单体资源总量达263处，类型齐全，覆盖面广，特色鲜明。其中，福建土楼（南靖、华安）是世界文化遗产，分布范围广、类型多、内涵深邃。海岸线长达715公里以上，滨海生态环境优越，景观资源丰富。温泉康体旅游前景相当广阔，全市共有较大温泉54处，是我国温泉分布密度最大的地区之一。对台文化旅游资源独树一帜，有在台湾久负盛名的关圣帝君、保生大帝、开漳圣王、三平祖师、妈祖等民间信仰文化；有台湾政要名人的宗祠家庙等祖根文化；有一脉相承、具有浓郁的漳台乡土气息的芗剧、布袋木偶戏、锦歌等民间传统戏剧、曲艺文化。漳州不愧是得天独厚的旅游胜地。

卢奕醒和郑炳炎两位老先生是我市长期热心民间文学事业的专家。他们一位年逾古稀、身残志坚；一位岁届八秩，热情不减当年，为了弘扬和传承优秀的民族传统文化，他们不辞辛劳，主动在过去亲自或组织发动挖掘和搜集到的民间文学成果的基础上，编纂《漳州民间故事丛书》一套五种七册，近八十万字，其中《揽胜美漳州》两册，内容比较丰富，将我市的各主要旅游景点都囊括涵盖其中。

上册《土楼的传说》共收集了我市64座土楼、寨堡的98篇民间故事传说，从各个不同侧面表现自明代以来，漳州先民为了抗倭御盗，用惊人的智慧和辛勤的汗水，首创世界上独一无二的各种各样土楼的经过和业绩。无论是平和芦溪的“天下第一楼”，还是闻名遐迩的华安的“二宜楼”、南靖田螺坑的土楼群、云水谣的“月眉楼”等等，林林总总几十个景点，或用平易朴实的笔触，或用娓娓动听的神话故事，甚为具体地介绍了各座楼点的来龙去脉和背后许多鲜为人知的掌故轶闻。

下册《其他旅游景点的传说》则选编了漳州各县（市、区）二十多个人文景观和自然景观的110篇民间故事传说，其中既有人嬗变为神的三平祖师公、石室岩的圣僧龙裤祖师、民间名医大道公吴真人和各地关帝圣君庙的神奇传说，还有南山寺、云洞岩、鹅仙洞、灵通山等名山胜景和历史名人陈元光、郑虎臣、黄道周等人的生动故事。

这些故事传说都赋予我市的山山水水与楼寺奇石以思想与生命，演绎出一幕又一幕生动感人的人生悲喜剧，揭示了这些景观各自不同的深邃的精神内涵，也彰显了漳州先民的思想风貌和道德品质，多数故事传说精彩隽永、引人入胜。

《揽胜美漳州》的出版是件好事，它为漳州各旅游景点锦上添花，增添了绚丽的色彩，使其更加流光溢彩、韵味无穷，也使海峡两岸的同胞有机会更进一步了解、认识民族文化遗产的珍奇和宝贵，分享丰盛的精神食粮，应予热烈祝贺！是为序。

翁福，历任中共漳浦县委副书记、漳州市委宣传部副部长、漳州市教育局局长，现任漳州市旅游局局长，著有《生命的眷恋与见证》等书。

南靖怀远楼 （陈绍雄摄影）

和贵楼 （李云章摄影）

华安二宜楼 （陈绍雄摄影）

《二宜楼鸟瞰图》（林艺谋摄影）

家园 （叶文法摄影）

賜
天
温馨饭店

土楼晨雾 （吴德清摄影）

方圆世界 （洪世廉摄影）

人间仙居 （陈俊杰摄影）

土楼之王——二宜楼 （陈进昌摄影）

华安雨伞楼外景 （林艺谋摄影）

目　录

一、天下第一楼

平和芦溪丰头坂有一座规模宏大的圆土楼，它比南靖的“顺裕楼”、永定的“顺启楼”都大，是目前存在的最大的一座圆土楼，所以人称“天下第一楼”。

此楼的楼门上的石匾刻着“丰作厥宁”四个大字，原来两边还有一副对联：“丰水汇双潮十二世开疆卒作，厥家为一本亿万年聚族咸宁”。这里流传着一段有关叶氏十二世祖长文公、孝廉公建楼的故事呢。

相传，叶长文少年时以卖糯米糍为生。十二岁那年，有一天早上，从南靖书洋方向来了一位汉子，身体高大，满脸胡须，疲惫不堪，一看便知道他饥肠辘辘。长文问他要不要吃糯米糍？他点了点头，便狼吞虎咽地吃起来。想不到，一会儿工夫，他竟将叶长文的糯米糍全部吃光了。长文向他要钱，那人不好意思地摇摇头，拍拍口袋，表示身无分文。长文也不予计较，挑着担子回家去。母亲觉得奇怪，便问：“今天怎样这么快就卖完回家？”长文便将经过如实告诉母亲。谁料，母亲竟然毫不责怪，还拿出两百文钱，对长文说：“他身无分文，这点钱拿去给他当路费。”长文依

照母亲的话，把钱拿去交给那个人。那人吃了一惊，感叹：世上竟有这么好的人！于是便拿出一把扇子交给长文，叫他以后有困难就到小山城的山顶去找自己。

几年后，长文到山城买猪，猪被贼仔抢走了。没办法，想起当年吃糯米糍的那个人，就到山城的山顶去找他。那个人原来是山寨贼王。他听完长文所述，便问："你的猪崽可有什么记号？"长文说："猪崽头上有一点红。"那时，山城圩上所卖的猪都是头上点红做记号的，于是贼王就吩咐手下人将那天抢来的一百多头有点红的猪，都赶到平和芦溪还给叶长文。后来，贼王还叫叶长文载"番仔纱"回去卖，每捆纱线里都藏有许多银子。就这样，叶长文无意中得到一大批钱财，很快就富起来了。

叶长文发迹后，他弟弟丹玠考上了孝廉，人称孝廉公。他便叫他弟弟到江西赣州去学地理。

孝廉公十分聪明，几年后便学得一套好功夫回来了。

一日，孝廉公来到丰头坂的一个小山丘，看到前面东西溪汇合，来龙水向都很好，便决定在这个地方建个圆土楼，让子孙后代聚族而居。他用心推算，根据山丘的大小、土方的多少，精密策划设计，依靠这时叶氏财丁兴旺，很快便将圆楼建成了。说来实在妙，山丘铲平，土方用尽，土楼正好完工。

后来，叶丹玠看到楼门正对面的山峰似火焰，分金

又属火，就在楼门外埋了十三缸的符仔水，上面镇上十三块大石头，用来避火。圆楼建成后，叶氏家族良田千亩，富贵双全，还出现了“五代千丁”的兴旺景象。至今，虽经数百年沧桑，子孙仍聚族而居，和睦相处，古楼雄风犹在。

（平和县叶若源、叶长天讲述，汪南贤、曾文田整理）

1. 命犯“孤鸾”

华安县仙都镇大地村现有一座内圈平房、外圈四层，直径73.4米，分内外两环，内环一层、外环四层，224个房间的巨型圆楼古建筑，名叫“二宜楼”。二宜楼建于清朝乾隆三十五年庚寅年间（1770年），楼内多住蒋姓居民，祖籍河南固始县蒋集乡，唐初随陈元光入闽开漳。几经辗转，宋末开基祖蒋景容与开基妈生了个儿子，啼哭不止，忙请算命先生报了生辰八字，先生说：“可喜可贺，此儿非同一般，将来定可成就一番事业。若要此儿安，梅开囝仔笑。”后照算命先生指点，蒋景容携妻带团、艰苦跋涉，才由龙海海澄迁到仙都大地。一日，蒋氏妈停下来歇息，解襟给婴仔喂奶，婴仔吸足奶水竟第一次抬头笑了，回头一看，身后一株梅树正绽开满树红艳艳的花朵。蒋氏祖一拍大腿，说：“梅树开花，婴仔也笑了，这里便是开基创业之地！”至今蒋氏祖祠还挂着“梅园”匾额，就是这段传说的证明。

话说到了清朝乾隆年间，这里有个名叫蒋仕熊的人，在家排行老二，身高七尺

四，体重二百四十五斤，每顿能吃七斤半米饭，使一把廿四斤重的岸刀（劈草用的劈刀），在安溪、漳平等地开垦荒山数百亩，家业甚兴旺，可惜由于过于挑剔，误了青春年华，而立之年，尚未婚娶。每当媒人提亲，亲成说定，对方家里就事事不顺，几次三番都是如此，弄得媒人不敢再上门，人们也不敢把女儿许配给他。他也精通相术，知道自家生辰八字不好，是破月（农村旧俗指出生年月不好），也就认了，不愿再害别家姑娘。所以，一直打着光棍，过着孤单寂寞的生活。

他善养牛。有一天，他赶着一大群牯牛去田里做工，经过他哥哥门前，一个小孩子惊奇地大声叫唤："阿公，阿公！你看叔公养的大牯牛多大呀！"门里一个苍老的声音应着说："乖孙子，免烦恼，无某无猴（无妻无儿），锁匙挂裤头。将来他的家产终究是你们的。"

这话像一根针，直刺蒋仕熊的心尖。这一夜，他在床上翻来倒去，难以入眠。他愤愤不平，埋怨天公不公，为什么他是"孤鸾命"，一辈子注定无某无后生？难道一生劳作，积下的家产，一定要白白送给那些无能的子侄吗？他越想越火，很不甘心。第二天，他把一大群牯牛贱卖光，锁上大门，做起算命先生闯荡江湖去了。

（华安县陈进昌整理）

2. 食面结缘

这一天，蒋仕熊走到离县城不远的后坑村，肚子饿了，就到路边小饭店吃炒面。他个子大，食量也大得惊人，吃了三大盘炒面，还没填满他腹肚的一小角，又叫来一盘炒面。这时，他瞥见店老板从楼上溜下来，钻进厨房里，低声吼喝训斥伙计说：“你知道他口袋里有钱无钱，只顾一盘又一盘炒面给他吃？”这伙计不服气，顶撞他：“要开店，就不要怕大食汉。这位客官要是付不了钱，就抵我的工钱好了！”说完，不顾老板反对，照旧把炒面端上桌。

蒋仕熊有意要气死这小气的老板，也放开肚皮，一口气吃了七盘炒面，才叫算账。他解开包袱，取散银先付了七盘炒面款，把余下的十几锭白银，全部推到这伙计面前，说：“今天我交定你这位朋友了。老弟，听我一句劝，趁早离开这个小气的老板，自己开一间饭店去吧。这些银子，就算我借给你的，你要收下！”

这位店伙计看见这位素不相识的客官，平白无故地送给他这么多白花花的银锭，吓得手足无措，不知道说什么好。蒋仕熊见他不相信，就坦率地说：“我叫蒋仕熊，仙都大地村人，因为命相破月，注定无某无后生，留钱也无用。我会相命，饿不死的！”伙计这才收下银锭，又邀他一道回家去，好生招待他。

3. “孤鸾”成双

这伙计告诉蒋仕熊，他有个表妹，也有这么奇特的命相。每次讲亲事，一订亲，男方就暴病身亡，到现在，老闺女二十六岁了，还没有出阁。蒋仕熊听后，心中意会。第二天，他就随这伙计到他姑丈家。他的姑丈原是地方上的富户，独生一女，夫妻俩爱如掌上明珠，只因她嫁不出去，老夫妻整天愁眉不展，唉声叹气。听得内侄请来一位高明的相士，希望能消灾解厄、指点迷津，自是十分欢喜。

他当即取出女儿的庚贴，请先生测算一番。蒋仕熊看了她的生辰八字，不觉哑然失笑。员外急问他笑什么？蒋仕熊说：“没有什么大坏事，只因是破月出生，命带孤鸾，怪不得二十六岁的查某（女人）未嫁翁（丈夫），如能找个命相相符的，就能配成佳偶了。”

员外一听喜出望外，连忙央请先生保媒，说：“如能找到命相相符的团婿，当酬谢二百两纹银。”蒋仕熊笑笑摇手说：“不必、不必！这位命犯孤鸾的男方，远在天边，近在眼前。你们没听说，仙都大地村有个蒋仕熊命中带奇吗？”

员外听后，眼睛一亮，注视眼前这位相士，果然相貌堂堂、一表人才，好生欢喜，拉着手说：“原来尊驾就是蒋先生，真乃三生有幸啊！先生如不嫌弃小女

丑陋，就许配给你，不知先生意下如何？”这伙计也十分欢喜，在旁极力鼓励、怂恿，要他立即答应下这门亲事。蒋仕熊说：“也好，她破月，我也破月，两个破月正好圆，可以大赚钱。”

这员外姓魏，女儿叫颜娘，原是明代抗击元兵、代帝饮鸩、报国殉节、三世忠良，被洪武帝追谥为“九龙三公”的魏了翁、魏国佐及魏天忠祖孙三人的后裔。魏员外钟爱女儿，又感到她和团婿均命运奇特、天作之合，就把祖传的一颗皇帝赏赐的毫光四射的宝珠给她做陪嫁。

当下，蒋仕熊要择吉日成婚，老员外唯恐夜长梦多，节外生枝，就说：“择日不如撞日，今晚就拜天地成亲，反正一切都是现成的。”于是，命令家人们立即打扫房间，布置洞房，准备喜筵。从此，蒋仕熊就在岳父家暂且住下了。

蒋仕熊与员外的千金成了亲，一直平安无恙。这真是：孤鸾配单凤，巧结美姻缘。

（以上两则由华安县蒋时德讲述，王雄铮、钟武艺整理）

4. 黑蛇孵谷

成婚后，夫妻俩恩恩爱爱过日子。后来，蒋仕熊带着妻子回到大地村。他家的房子并不起眼，但良善纯朴

之人常能在夜晚看到一种类似晨曦的微光。不知就里的人便传说魏颜娘来历奇特，非世间凡人。

光阴似箭，不久，魏颜娘就怀了胎，转眼产期将近。这一天，蒋仕熊要下田劈岸（用岸刀劈掉田埂两边的杂草），他便在屋前大埕上竖鸡蛋，测日影，替儿子测好生辰八字。他用火炭划一条线，告诉产婆和家人，如果日影刚好照在这线上生出了男婴，要马上到田里去叫他。

蒋仕熊边劈田岸边想事，心中七上八下、忐忑不安，他不知命运之神这次会不会垂青于他？天未正午，家人急急跑来，大老远就高喊："日影正照在线上生查埔的（儿子）！"蒋仕熊一听儿子按时在五月初五端阳日正午时呱呱坠地，就扔掉劈岸刀奔回家去，欣喜若狂地边走边大叫："天助我，天助我啦！我有好儿子可继承父业了！"

魏颜娘坐满月子后，一天清晨到门口池塘边洗衣裳，看见一条黑色的小蛇从远处游来，她挥舞衣衫，想把它赶走，它摇头摆尾，去后又来。这引起魏颜娘的注意，她仔细一看，小蛇身上竟有隐隐毫光。她暗想："莫非这小东西与家中宝珠有缘？"便把衣服放在石头上，让小蛇游进衣盆里带回家。等到蒋仕熊下午回家，她把情况一说，蒋仕熊一拍大腿，说："蛇乃灵物，古称小龙，俗话说龙吐珠、龙抱珠，我们不如把宝珠放在它身边，看看如何？"

谁知那蛇一见宝珠，腾挪跳跃，如子见母，紧紧抱成一团。突然那蛇渐渐变大。蒋仕熊心知有异，腾出一个大空谷仓，把蛇与宝珠一起放进去。次日，打开谷仓一看，只见谷仓里满是黄澄澄的谷子。蒋士熊喜不自胜，赶紧又搬来另一个空谷仓，紧靠其旁，黑蛇如通人性，紧抱宝珠，爬进空仓蜷卧如常。从此，蒋仕熊每日有一谷仓约三十担谷子出售，日日如此，数量巨大，很快就富甲一方。

5. 蜈蚣吐珠

蒋仕熊发家了，他有意不张扬，所以外面少有人知情。

蒋仕熊非平常之辈，婚姻如愿之后，不像平常人那样知足常乐，过起男耕女织、夫妻恩爱的平常小日子，早年藏于心头的愿望又渐渐萌芽，成长……

当年他还是一个看牛汉时，常常在山上俯视这片土地，特别是看到蜈蚣山逶迤而行，似一百足巨虫，他想：如果在开阔地上再盖一座圆土楼，那这条蜈蚣有个宝珠，便会活了起来。

有一天，他带了饭团和开水上山看牛。时近中午，正要吃饭喝水解饥渴，碰见一个头发散乱、衣服被荆棘勾得破破烂烂之人，面容清癯，眉宇间掩不住智慧之气。蒋仕熊与他寒暄后，就分一半饭团和水给他解饥

渴。此人甚是感动，先相他面相，说蒋仕熊并非孤寡之相，只是时运未到，并吟二句诗相赠：“贵人还在千里远，月中音信渐渐知。”蒋仕熊心存感激，话语投机，便请那人相看蜈蚣山，并说出自己的想法。那人精通天文地理，信口吟道：“蜈蚣山前宝珠现，传之百世耀门庭。”他对蒋仕熊说：“这是蜈蚣吐珠穴，前面有一片沙滩地，后面有一座矮山岗，适宜建一座大圆土楼。”

蒋仕熊在闯荡江湖时，碰到过几位智者异人，学了不少天文地理方面的知识。他一再观察蜈蚣吐珠之穴，确认这是块宝地。但是这地属刘姓所有，他只好想尽办法。有一天，他故意一个人拿着一根五六丈长的竹篙在沙滩上量来量去，比比划划。刘姓家长见他行为怪异，跑来问他要干什么？他坦率地告诉他要建圆形土楼。这位家长听了哈哈大笑，他不相信这个外地刚搬回来的乡亲有那么大的实力，以为是存心开玩笑，就说：“这沙滩是我家的，你要是真能建起大圆楼，我这地就算白白的送给你！”蒋仕熊说：“此话当真？”族长以为他依然“无某无猴，钥匙挂裤头”，便夸下海口：“你若能建楼，这块地送你好了！”蒋仕熊当即与族长击掌为约。

不久，蒋仕熊便要动工兴建土楼，刘姓族人得知这是一处宝地，纷纷反对，刘姓族长颇有悔意。蒋仕熊知道好事多磨，便将刘姓几个房头有名望的人请到家中，以礼相待，循循善诱：“咱蒋刘两姓，原系同一血脉，

祖坟、祠堂亦同一龙脉，蒋姓若死一人，七天之内，刘氏也必死一人相陪，相反，刘姓若死一人，七天之内蒋姓也必死一个相陪。你走遍天下，到哪里找这等事？”刘姓众人掐着指头算远算近，果如仕熊所言，分毫无差。

蒋仕熊又进一步开导：“若不建一大圆楼，蜈蚣是死的。建了大圆楼，蜈蚣就活了，既能荫我蒋姓子孙，也会荫你刘姓子孙，一好百好，大家都好呵！”

魏颜娘亦非平常妇辈，她说：“天气冷，列位前辈取暖火笼该再添新炭火了。”便把众人火笼收去，不一会儿就送还众人。刘姓族长首先感到火笼怎么不热了？用烟锅扒开，看火笼之中都是白银，吓了一跳，不敢吱声，说了一串“和为贵，谦让是美德”之类的话语，自称腹肚疼，先行离去。此时，其他各位也都发觉火笼秘密，便都好话敷衍一番，各自暗喜而去。

这蒋仕熊为人一向慷慨大方，不计较蝇头小利。既然刘姓各房长辈无话，其余他也不歧视，他当即特制几个大红龟粿，给刘姓的几个房头每家分送两只红龟，里面都包着两锭大银。这几房头吃人嘴软，也就无话可说了，蒋仕熊才得以顺利动工兴建土楼。

因为蒋仕熊有六个囝（儿子），便把土楼设计为圆形，并分为十二套，一个囝两套。由于设计新颖奇妙、工程复杂，加上交通不便，这座楼竟整整用了十二年时间、花了两代人的心血，才建造完工。土楼建造完毕，蒋仕熊还专门到安溪请了一个秀才来题写楼名。这个秀才了解到蒋仕熊乃是家中老二，又是第二次择地兴建这座大圆楼，宜室宜家，就起名为“二宜楼”。此楼迄今二百四十多年，依旧完好无损地巍然屹立。联合国科教文组织专家称赞它是“世界上独一无二的、神话般的山区建筑模式”，是漳州圆土楼建筑的杰出代表。

公厅上有副楹联赞道：

依杯石而为屏，四峰拱峙集邃阁；
对龟山以作案，二水萦洄萃高楼。

（以上两则由华安县陈进昌整理）

6. 独闯刘寨会秀才

蒋仕熊向刘氏族长刘大震买下了蜈蚣山下的大片土地，准备建造大圆土楼。刘氏的几个秀才却不赞成并一直在背后发啰嗦：怎么能把这么好的风水宝地让给一个土里土气的外姓人？刘氏秀才要蒋仕熊到刘氏祠堂理论理论。

一天，蒋仕熊穿上蓝色长衫，梳好长长的发辫，戴着黑色碗糕帽，穿着黑色土布鞋，迈着矫健的步伐按约定好的时间，独自一人来到刘氏山寨祖祠堂。刚要跨进

祠堂，就看到刘老三两手叉腰，站在大门口，要他先对个对子，对不出就别想进去。蒋仕熊只好说："好吧！你先出对。"

于是，刘老三洋洋得意地大声说出开头联："孤竹一支何时樟（蒋）大茂"？蒋仕熊未经思索就答道："梅花数点哪见柳（刘）先生"。围观的刘氏族人均大感意外，都说："想不到你这个大老粗还会应对哩。"

刘老二随即踱着方步沿着厅堂绕圈，又一字一字地念出一个首联："东鸟西飞满地凤凰难立足。"蒋仕熊站在天井中大声应对："南龙北跃一缸鱼鳖尽低头。"坐满祠堂的刘氏族人听了蒋仕熊对出这么好的下联，都感到十分惊讶。

蒋仕熊踏上祠堂大厅，只见厅堂里面摆着一张八仙大桌，铺好宣纸，备着笔墨。刘大震族长说："我家的老秀才要和你比书法。"蒋仕熊答："好，就试试看。"于是刘老秀才用蔑视的眼光先看了一下蒋仕熊，然后用五个指头在自己的额头梳了梳仅存的几根稀疏的白发，就飞快地用行草书写出上联："小犬明知岂敢入深山寻虎豹"？蒋仕熊严肃地接过毛笔，随即在墨盘上沾一沾浓墨，用楷体写出下联："大龙未遇偏要游浅水伴鱼虾"。刘氏族长看后，边摇头边叹气，捋着花白的长须对蒋仕熊说："看不出你还是一位儒商，你要在蜈蚣山下建大土楼，此乃蒋家的福份，我看就不用再比了，请

喝茶吧！”蒋仕熊拱手作揖说：“承让，承让了！”

诸秀才在旁边默不作声，先后借故溜走。

（华安县蒋时德讲述，林艺谋整理）

7. 虎形山与蒋氏宗祠的修建传说

蒋氏家族还决定在虎形山上建蒋氏祠堂。这虎形山，据传是在宋朝时，有只老虎在山东省的景阳冈上自称山大王，招揽虎团虎孙，作威作恶，祸害一方安宁，民怨沸腾。太白金星接玉帝圣旨，叫天将下凡，投胎到清河县武家，生下了武松。后来武松过景阳冈，将这只老虎打死。这只老虎的灵魂就来到华安的大地村成为当地的守护神。清乾隆三年（1739 年），蒋氏族人为了锁住这只老虎，在虎形山顶建造祠堂，特地将围墙建成抬高二三米，顶住老虎的下腭，使这只老虎不能开口伤人。在兴建祠堂时，曾有一段鲜为人知的故事。

据说，当这座祠堂刚夯好土墙要升梁封顶时，按俗例请来一个风水先生选良辰吉日，可是这位风水先生贪财爱钱，嫌给的钱少，竟欺骗蒋氏族人，胡乱选了一个煞日应付了事。当日上午九点左右，天黑压压，地乌蒙蒙的，大地村的跳尾港的虎形山下，一片欢腾，鞭炮声、呼喊声一阵高过一阵。这时，一个在外地当县令的姓李安溪人，告假返乡，正经过此地，下轿一看，

哦，一座大祠堂正在举行祭梁仪式。他屈指一算，不禁心中一惊：今日乃凶煞之日，为何竟选择这样不吉利的日子举行典礼？李县令环顾祖堂四周，一群披麻煞、乌鸦煞、双鬼煞、重棺煞、七日煞、五仿煞等凶神恶鬼在游荡，这些恶鬼若不除去，此地定遭恶运。于是，他叫衙役鸣锣开道，在祠堂前绕了三圈，蒋氏族人闻言也跟着响铳鸣炮，人多气旺，又有贵人相助，那些在四周围徘徊的凶神恶鬼吓得魂飞魄散、无从下手，只好怏怏而逃。一时间，乌云散去，天就明亮起来了。蒋氏族人对李大人的及时光临，非常感激，又是递烟又是敬酒，酒宴席上，歌声朗朗、笑声不断，一直闹到下半夜三时，鸡叫头遍，蒋氏族人又重金答谢李大人，还分送衙役每人一块白银，大家才尽兴而归。

临别时，李县令祝福说：“福地福人居，你们祖宗行善积德，你们所做的事情，会得到上天的保佑的。”

（华安县蒋燕金口述，林艺谋整理）

8. 大圆楼招团婿

二百多年前，二宜楼是个世外桃源，一派繁荣的景象。楼内有一百多户五百多号人，周边的森林茂盛、郁郁葱葱，百鸟飞鸣，山花烂漫；山间茶叶绿油油的一浪高过一浪，田间稻花吐穗，丰收在望。

嘉庆做皇帝时，某一年，楼内十二个单元的十二个媳妇都怀孕了，同年不同的月份先后生下了十二个孩子，其中查某团（小姑娘）十个，后来成为土楼的十姐妹、十朵金花。蒋家的生意也不断扩展，在厦门、月港都有商铺，与东南亚、台湾列岛都有生意往来，北溪的大米、茶叶非常畅销。二宜楼也开始出现“一繁疏、二摆礼、三繁丕、四水币”的第三代富人。

这里的农民日出而作，日落而归，白天听到的是农民赶牛犁田的吆喝声和男女对唱山歌的嘹亮歌声，夜间听到的是母亲给小孩喂奶、催眠的声音，时而也传来婴儿的啼哭声，并伴着出远门半夜归来的“吱哐 ”的关门声，田间蛙鸣声、鸟雀叽叽喳喳的叫声响成一片。凌晨，楼内公鸡报晓声此起彼伏，山头传来的鹧鸪“布谷”声，原生态、纯自然的生活情景，令人陶醉。

这里的百姓特别是茶农，和仙都、湖林、安溪等地一样，都喜欢唱山歌，男女老少人人能唱，有茶便有歌，有歌便有茶，世代相传，边唱歌、边喝茶成为土楼人消除疲劳、抒发情感、调节生活的重要内容和活动形式。

姑娘们出土楼就唱《日头歌》：

日头出来红丢丢，一片茶园水溜溜。
满园茶丛黑黝黝，春夏秋冬好丰收。

日头出来红又红，茶山一片水当当。
采茶姐妹满茶园，身背茶卡（篓）采茶忙。
日头出来金灿灿，茶山处处闹匆匆。
制茶师傅好手工，制出好茶十里香。

姑娘们上山就唱《手提茶卡系半腰》：

手拿茶卡系半腰，来去山顶挽茶叶；
日头高照满身烧，雨来透身澹（湿）糊糊；
若无艰苦互哥笑，若无艰苦钱鲙着。
茶叶幼嫩是难捻，捻来捻去捻鲙尖。
爱和阿哥同齐捻，二人捻来恰会尖。
爱和娇娘捻同枞，先问阿娘嗵呣嗵？
一叶半叶着嗵捻，赚来下日买油盐。
一卡和娘挽到满，日头要落才起行。

姑娘到了大龟山下的茶园，就和刘氏后生对起山歌《茶山情歌》：

男：茶园层层像楼梯，茶树丛中花含蕊。
有心上山将茶采，未知茶花啥时开。
女：有心过河免惊（怕）水，有心采茶等节季。
只要阿哥有真心，春去秋来花就开。
男：鸳鸯戏水结成对，蝴蝶恋花双双飞。

阿哥恋妹真情意，何时结成连理枝。
女：荔枝红透花落蒂，葡萄熟透味就甜。
只要阿哥耐心等，月到十五自然圆。
男：龙眼结果叉打叉，梨花开花白又白。
阿妹采茶哥做茶，勤劳致富结成家。
女：油柑好吃嘴尾甜，茶树旺盛四季青，
阿哥阿妹情意深，夫妻恩爱到百年。

土楼媳妇到蜈蚣山上采茶叶，就唱：

一个茶卡六个腰，拿来山中采茶叶；
一叶半叶都要捻，捡去丈夫买烟叶。
一个茶卡六个尖，拿来山中采茶签；
一捻半捻要罔捻，拿去家庭买油盐。

土楼媳妇若要卖茶叶，就唱：

手拿茶卡要换茶，细团放给老大家，
要去山中帮挑茶，赚来钱银好起家。

若欢送亲戚时，就唱：

来到土楼这所在，山高岭陡人勤快；
茶青山绿人人爱，欢迎大家够再来。

山歌即兴演唱或对唱，唱也唱不完。

话说土楼十姐妹到了十五六岁，个个中等身材，出落得花容月貌，人见人爱。她们还个个喜欢唱山歌，歌声非常甜美，各有特色。

她们唱起山歌来，大姐嗓音甜润娇美，醇正清丽，舒缓流畅，清柔悦耳。二姐音色浑厚柔美，朴实动人，对音调处理细腻适度。三姐声音酣甜明亮，用气顺畅，很有魅力。四姐唱得感情真挚，淳朴动人，歌声如同流畅的泉水清澈、恬静而抒情。五姐声音厚而圆润，音域宽广，感情丰富。六妹端庄稳健，真切传神，委婉缠绵，声情并茂。七妹表情丰富，绚丽多彩，收放自如，流畅自然。八妹个性鲜明，细腻优美，嗓音柔和，甜润动听。九妹感情真挚，朴实流畅，韵味隽永，楚楚动人。十妹音色柔美，声音有如抖动的丝绸闪缎。

姐妹们到十八岁时，大都有了婚配，只有三房生的十妹尚未找到合适的对象。这个十妹，长得面如美玉，亭亭玉立，有如天仙般，手脚勤快，从小聪明伶俐。八九岁时，针绣就做得很好，还时常同楼内的兄弟到私塾里读书，年久月深，懂得吟诗作词。古时候女子到二八芳龄就该婚嫁了，故十妹父母非常着急，就和楼长商量，最后决定贴告示招亲，条件是有一定文化，身强力壮，口试后能一肩挑起二百斤在大院内绕一圈，不能换肩，再在隐通廊绕一圈，就可以了。那年秋天，一

个跟蒋氏在厦门有生意往来的湖北客商吴公子，年方二十，仪表端庄，相貌堂堂，谈吐自然，听到这件事，他也赶来土楼应试招亲。

招亲那天，整个大院内站满了大人、小孩，大家都在焦急等待。

十妹说，“好！就先做对子吧，以一、二、三、四、五、六、七、八、九、十为对。”吴公子就应对：“一姐二姐不如姐娇，三寸金莲四寸腰，买来五、六、七盒胭脂粉，装扮八姐九妹十分娇”。十妹说：“这个对子太简单，重来，用十、九、八、七、六、五、四、三、二、一为对。”吴公子立即抢答道：“十、九夜月八分光，七姐下凡嫁六郎，睡到五更四三点，二人同抱共一床。”

十妹见难不倒后生，只好开始比试挑谷。吴公子使尽全身力气，挑到只差一步就到终点时，楼内亲人皆欢声高喊：“中啦！中啦！”公子一高兴，不留神，就摔倒了，他感到非常羞愧，即在墙上题了一首诗：“千里寻偶土楼家，只因匆忙一步差，上天若有好生德，保我进入十妹家。”十妹见他这么诚恳，一表人才，又有文化，就两腮飞红地点头选中他，并同意另择良辰吉日举行婚礼。

婚后三天，吴公子就去外面做生意，十妹空守闺房，苦等了半年还未见郎君回来，难免牵肠挂肚，潸然落泪，偶尔吟诗作画解闷。有一天，一个曾经追求过她

的花花公子借故寄宿她家，夜间拉肚，见十妹房里灯火通明，跑去偷看，听见十妹正在吟诗：

“昨夜未尝与君期，突入帐内我不知，一点香花君采去，又来枕上说因依。”其实这是十妹在即兴吟唱《驱蚊诗》。第二天，这个公子不怀好意地散布谣言，说十妹肯定有奸情。一传十，十传百，楼长也误以为十妹有败坏门风之嫌，把她赶出楼去。

十妹拿着简单的行李，沿着山上曲曲折折的石阶路去找吴公子，看到一个老人赶着一头公猪，她又情不自禁地大声吟起诗来：“猪哥仙啊猪哥仙，两支嘴齿翘上天，我无贪花为花死，你又贪花又赚钱。”

这时，适逢吴公子从外地做生意回来，听到十妹的歌声就急忙冲上前来，一看到十妹原来窈窕的身材、俏丽的脸蛋，都变得消瘦了，水灵灵的丹凤眼，两颗晶莹闪闪的泪珠垂挂在上边，樱桃小口吐出的声音也充满委屈凄惨，他不禁走上前紧紧地抱住十妹，说：“我相信你的人品，我既然选中你，就不会怀疑你。我们的婚姻是‘百年好事早已定，一对姻缘天上来’，我们回去吧！”于是，公子就背起十妹，两人又说又笑地回到二宜楼，从此夫妻恩爱，十妹相夫教子，过着甜美的生活。

（华安县蒋焕来讲述，林艺谋整理）

9. 百万建衙

“二宜楼”建了十几年，多亏蒋仕熊大儿子登岸的多方努力，才能顺利竣工。由于“百万富翁”的名声传遍四面八方，漳州府要扩建府衙，缺乏资金，竟找上门来，强行向他“商借”百万巨款。登岸有苦难言，只因他们家为建二宜楼，耗尽人力、物力、财力，已经捉襟见肘，穷于应付了。要借钱，无此财力；不借钱，又怕得罪官府，吃罪不起，直愁得他吃不下饭，睡不好觉，惶惶不可终日，日渐消瘦萎顿。

他母亲心疼儿子，就叫他到广东新会去找一位他们曾资助过的老朋友，希望他帮助解脱困境。登岸将信将疑，犹豫再三，这有可能吗？但是，他已经走投无路，总不能坐以待毙呀！眼看官府限期已近，他只好动身到广东新会去碰运气。

一到新会，登岸按照母亲的嘱咐，先到一间旅店打听起某人来。旅店主人一听说是东家的故人之子来访，急忙殷勤接待，同时及时禀报东家。东家交代要好生招待，并致意说，目前太忙，难以分身，有何困难，由旅店主人就近为之解决。蒋登岸只好将官府摊派借款之事，如实告诉旅店主人。这旅店主人边听边吸旱烟袋，略思片刻，拍腿说道：“此事好办，小事一桩，公子放心，由小老儿负责去筹办。”

第二天晚上，旅店主人就带着蒋登岸去逛赌场。那里的豪赌一掷万金，赌注都很大。他们看了一会儿，旅店主人就怂恿登岸下注参加赌博。蒋登岸身无分文，当然不敢也无钱下注。旅店主人一再鼓励他，说："不妨事，你尽管下注，赢了归你，输了记在东家的账上。"

蒋登岸还是畏缩不前。旅店主人看准一牌，抓起地上一只石锁，替蒋登岸押上一百万。全场震动，众目睽睽，底牌翻开，果然赢了，吃倒了庄家。蒋登岸糊里糊涂地赢得百万银票，随旅店主人回到寓所。第二天，旅店主人劝他赶紧携银票回家，东家处他会代为致意，不必去打扰他老人家了。蒋登岸喜孜孜地谢过旅店主人，回漳州向官府交了银票，卸下了一身重担，轻松地回到华安大地村告知娘亲，一家人皆大欢喜。

二宜楼历经二百四十多年的风风雨雨，至今坚如磐石，巍然屹立。登楼凭窗眺望，一湾碧水从楼前款款流过，不远处，玄天阁金碧辉煌、突兀耸立；龟蛇二山峰峦叠翠，树木葱茏，一派恬静幽美的田野风光。每年农历二月十五日，这里都要隆重举行谒祖大典。蒋家的大房、五房虽都无传后代，但二房、四房十分兴旺。四房的繁西还在二宜楼的旁边，建了一座南阳楼，形成了独特的景观。当年因生活所迫，恋恋不舍地走出大圆楼，漂洋过海到宝岛台湾去兴家立业的蒋氏后裔，也纷纷从嘉义、宜兰、高雄等地回到华安仙都大地村来祭祖认亲

了。现在宝岛台湾各地的三百九十六座玄天上帝庙，很多都把仙都大地村的玄天阁作为它们的祖庙。深圳特区已按原样仿造了一座“二宜楼”，供海内外人士观光游览。二宜楼正在走向世界。

（由华安县蒋时德口述，钟武艺、王雄铮整理）

10. 借珠赠书

在二宜楼公共祖堂的灵台上，悬挂着两幅蒋氏祖宗和二宜楼创建者蒋仕熊夫妇的遗像。其中有几段颇引后人追颂的典故。

据传蒋仕熊腰圆身粗，膂力过人，年青时勤耕好学，精通易经，早年考得“太学生”，为人慈善，曾捐百万银元给漳州府修缮府衙，人称“蒋百万”，朝廷赐封“乡饮大宾”称号。其妻魏颜娘，祖居华丰后坑，系“九龙三公”魏氏后裔，二十四岁出阁到大地村，陪嫁颇丰，内有宝珠一颗，系祖传的宝物，因她知书达理，聪明贤淑，很受父母疼爱，加之大龄出嫁，其父以该珠作为陪嫁，嘱咐小心看护，若贤婿家有洪福，该珠必大有作为，或者兴旺发达，或者家声大振。

魏氏嫁到大地时，住在后井旧宅，几年间，果然人丁兴旺，男亦商、亦工、亦农，妇孺理家兼佐治园林等，凡事顺吉。更为庆幸的是，该宝珠竟能镇邪去疾、

治愈疑难杂症，凡小孩啼哭不止、老人中风或口眼歪斜，只要用该珠在患者身上绕一匝，手到病除，胜过良医妙药。

某日，邻村有人上山砍柴，失踪三天，其家人怀疑是魅魍作祟，跪求蒋氏夫妻挽救。于是就由蒋家长子携珠向荒山野岭挺进，几十个乡亲跟着，敲锣鸣铃，满山吆喝。不到半天，果然在一石洞中找到该人，尚有脉搏，但有疯癫之状，运回用珠急救得愈，康复如常，传为美谈。

漳州知府梁须梗的夫人染上中风症，口眼歪斜、面窝塌陷、声音沙哑，十分吓人。梁知府四处延医诊治，久不见愈，正苦无良策，北溪一好友来访，力荐蒋家宝珠有治愈邪症的神功，不妨一试。梁知府大喜，急令心腹三人到大地借宝。蒋仕熊因为长子不在家，挽留来人稍待数日。

蒋仕熊与全家磋商能否借给？众人皆云："官府借珠，借故一去不还，奈何？"三日后，长子归来，闻知此事，感慨地讲："知府借珠，非借不可，梁知府为官清廉，并有正人君子之度量，一定无异心。况且父亲谋划筹建圆楼大业，得罪官家，无事找事，大业难成。"家人听了公子的话，恍然大悟。蒋仕熊喜笑颜开地说："长子有远见，我家大业可成矣！"

当天，蒋登岸携宝珠前往梁府一用，果然名不虚传，珠到病除，夫人恢复正常。梁知府感激涕零。夫妻在客堂向蒋公子施礼拜谢，奉还宝珠，赠送白银一百二十两，并赠送《史记》《资治通鉴》等书，蒋公子收下宝珠及书，婉言退回银两。此宝珠在蒋仕熊六十大寿（1737 年）和二宜楼落成（1770 年）之日，大宴宾客时，曾取出给来宾观赏，众宾客大饱眼福，惊叹不已，后交蒋家才女巧惠妥为保管。物换星移，此后宝珠消声匿迹，是否遗落，无从查考。

乾隆五年（1740 年）前来参加土楼奠基仪式的鼓山寺静惠居士，根据蒋仕熊夫妇的生平事迹用工笔淡彩在大地村创作画像，所以就有了夫捧书、妻拿珠的真像，令后人瞻仰。因年代久远，保存不善，故有残破，现存画像为蒋氏二十三代孙蒋承桥先生用油画重绘。

（华安县蒋承桥讲述，林艺谋采录整理）

三、田螺坑的传说

1. 瑶池梅花

王母娘娘生日那天，百花仙主率领众花仙前来瑶池献花。九十九位花仙到齐了，唯独梅花仙子还未来。王母娘娘刚要发火，却见梅花仙子满头大汗匆匆赶到。她举起手中的梅花，跪拜敬奉。王母娘娘一看，只见那朵梅花少了一瓣，成了四瓣残梅，有气无力的。众花仙抿着嘴暗笑，被王母娘娘扫了一眼，吓得花容失色，呆立两边。

王母娘娘紧盯梅花仙子，压着火气道：“大胆梅花，你没准时到就已经是触犯天颜了，还敢拿奄奄一息的梅花来侮辱我，你是要咒我死吗？”

梅花仙子战战兢兢地说：“不敢、不敢。我祝王母娘娘千秋永驻！ 福寿无疆！”王母娘娘喝道：“快把迟到的原因和献残梅的动机说出来，如果讲得有理，就免你一死，否则，别想活命。”梅花仙子说：“娘娘在上，容奴婢从头说来。上午，我在要来献花的天路上，发现人间有个村庄，乌烟瘴气，死伤众多。我于心不忍，就掰下一瓣仙梅花丢下去，灾民们一闻到香味，都活转过来了。由于花瓣受伤，其

余四瓣就无精打采了。万望娘娘海涵。”

王母娘娘听了，怒气渐消。梅花仙子接着说：“您老人家不是经常教导我们：只有发大善心，广施博爱的人才能得道成仙；成仙后更要积德行善，才能永保仙位吗？我是按照您的谆谆教诲去做的。”

王母娘娘听罢，喜上眉头，弯腰扶起梅花仙子，对众花仙说：“我刚才错怪了梅花仙子了。你们不是都曾从人间的上空路过吗？但你们都怕迟到挨批，个个见死不救；而梅花仙子呢，她敢冒着挨批、遭贬，甚至砍头的危险去救苦救难。她的大善大爱，值得大家学习。再过几天，百花协会就要换选花王了，你们说该选谁呢？”

众花仙异口同声道：“选梅花仙子！”

几天后，梅花仙子接替牡丹仙子当上百花仙主。不久，那朵四瓣仙梅也在瑶池仙泉的浇灌下茁壮成长，铁杆虬枝，繁花似锦，更加娇艳夺目，只可惜每一株花都不会绽开五瓣梅。

有一天，王母娘娘和玉皇大帝喝酒，醉醺醺地来到梅花树下，靠在树干上沉沉入睡。这情景，被牡丹仙子看到了。她正为百花仙主的位子被梅花仙子“篡夺”而妒火中烧，遇此良机，岂可失去？她深知，要陷害梅花仙子，最直接的方式就是要设法摘掉那朵母梅花。可那朵母梅花只有王母娘娘或现任的百花仙主才能触碰。于是，她蹑手蹑脚地走到梅花树下，扶起王母娘娘的身子，随后又举起王母娘娘的手，摘落那朵与众不同的母

梅花。刹那间，满树梅花纷纷凋谢。

此时，正在值班的梅花仙子突然感到心口疼痛。她知道自己的仙梅母花凋落了，慌忙忍着剧痛赶到梅花树下。王母娘娘还在沉醉不醒，牡丹仙子听到声音立即闪进百花丛中。梅花仙子体力不支，昏倒在地，一缕芳魂飞入母梅花心，即将枯萎的母梅花很快又恢复了生机，但梅花仙子已无力将它接回梅枝。这朵母梅花只好含泪告别梅花仙子，告别王母娘娘，告别美丽的瑶池，慢悠悠地降下云头，飘落到距梅林不远的田螺坑，化作梅花宝地，隐藏在大湖岽山中。

也不知又经过了多少年多少代，一个从远方逃难来的小伙子黄百三郎发现了这片梅花宝地。他如获至宝，便匆匆搭了个草寮在这里定居下来。那瓣救人的仙梅也繁殖成林，把昔日的瘴疠之地变成今日梅红花香的历史文化名村——梅林村。而田螺坑村也开始了人烟鼎盛的岁月。

梅花仙子被救活后，王母娘娘的酒也醒了。王母娘娘知道天上瑶池畔从此再也不会有梅花了，气得七窍冒烟，立即把牡丹仙子贬为黑螃蟹降落人间。

2. 黄百三郎开基田螺坑

清朝嘉庆三年（1798 年），闽西南山区发生了一场

特大的洪水灾害。暴涨的山洪和势不可挡的泥石流，于半夜时分毁坏了奥杳村的田园农舍。黄百三郎的母亲来不及转移，被泥石流推倒的土墙压死了。父亲黄贵希老泪纵横，强拉硬拽，才把还在挖房基、想救母亲的儿子拉走，滚滚而来的泥石流就把整个房屋掩埋了。父子俩什么东西都没带出来，各自穿着一条短裤衩，赤着脚连夜逃难。

他们跋山涉水，来到了现在的田螺坑。站在大湖岽山上往下看，黄百三郎惊呆了，眼下的山坡小岭，不就是师父——风水先生说的梅花宝地吗？原来，黄百三郎虽然年纪不大，却有三四年的堪舆经历。他化悲为喜，把梅花宝地的具体穴点指给父亲看。黄贵希悲喜交集，跟着儿子来到一块大黑岩上。黄百三郎仔细观察，反复目测后，捡来三块小青石，垒在大黑岩上，以茅秆代香，与父亲一起朝着家乡的方向跪拜，然后朝天喃喃祷告："天公呵！我黄家遭此不幸，走投无路，今遇宝地，想在此开基，敬祈风调雨顺，合境平安，保佑我黄家添丁进财吧！"父子俩拜过天公，又拜山神，祈求五谷丰登，六畜兴旺。

随后，他们在这块大黑岩周围搭起茅屋，开垦梯田，种上水稻、地瓜、蔬菜，还在山沟里放养了大群鸭子，许多逃难而来的黄氏宗亲也来此落户。不久，黄贵希病故，临终前嘱咐儿子要早日建土楼以告慰他的在天

之灵。黄百三郎发誓：土楼一定要在我手中建成!

山沟里的田螺很多，鸭子吃了田螺后，生的都是双蛋黄。黄百三郎十分高兴，就将这片荒山沟取名为“田螺坑”。

有一天，黄百三郎在放养鸭子时突遇雷阵雨，急忙把鸭子赶上沟岸。忽然，他听到沟涧里传来一阵阵厮打搏斗的“喊喳”声，立即循声赶去，发现一只斗大的黑螃蟹，正张牙舞爪地扑向一只吸附在沟岩壁上的大田螺。黄百三郎平日里就喜欢打抱不平，最讨厌以强凌弱，见此情景，便毅然举起手中的赶鸭竹竿，狠狠地打向螃蟹。大螃蟹被打断两只前爪，吓得落荒而逃。

黄百三郎见这只大田螺很奇特，就把它带回家，养在大水缸里。第二天，他去放鸭子，回家后发现饭菜已经煮熟了，很是惊讶。第三天，他突然提前悄悄回家，看到那只大田螺从水缸里爬出来，变成一个美丽的姑娘，正在为他烧火煮饭。他又惊又喜，猛然打开房门，从后面把那位姑娘抱住了。姑娘回头一看是黄百三郎，便嫣然一笑道：“百三郎啊，我的身份既然已暴露，我也不瞒你了。我原是天上梅花仙子树下的一颗小乌石，也是梅花仙子担任百花仙主后的第一位侍女，受主人委托，下凡前来助你开辟这块五百年前就凝聚主人心血的宝地。你和你父亲来这里的第一天，我就跟着来了。你养鸭子，我就把山沟中的粗沙小石都变成田螺给你喂鸭子吃；

你种庄稼，我就让田螺上岸帮你吃掉害虫……你的勤劳和善良感动了我。我，我想侍奉你一辈子，不知你愿意不愿意?”黄百三郎喜笑颜开，连连点头说:“愿意!”

田螺姑娘与黄百三郎成亲后，因为自己原是颗小乌石，就取名“巫十”，人称巫十娘。

黄百三郎继承父亲的遗志，决心在这里建土楼。土楼刚夯筑土墙时，莫名其妙地倒塌了，他百思不得其解。巫十娘道:“准是那只螃蟹精在作怪。我们只要在螃蟹精的隐身地上泼点黑狗血，就可破解。”

黄百三郎依计而行，果然顺利建成了第一座圆形大土楼，取名“和昌”，寓意和谐相处才能繁荣昌盛。他们在这里劳动生活，繁衍子孙，还重建了黄氏宗祠。

黄百三郎和巫十娘去世后，他们的后裔又建起了方形的步云楼和圆形的振昌楼、瑞云楼、文昌楼，成为福建土楼最具特色的标志性的建筑群而载入《世界文化遗产名录》。

四、河坑的传说

1. 张仕良河坑开基

明朝嘉靖年间，南靖县书洋乡石桥村有个猎户，名叫张仕良。有一天，他带着弓箭来到河坑山上寻找猎物，发现了两个陌生人蹲在一块大岩石旁的草坡上比比划划、交头接耳。他侧耳一听，原来是堪舆师和徒弟在谈论山下那条山涧两旁平地的风水好，是块“五虎戏金狮”的宝地。

师父说：“阿古啊，你今日就满师了，三年来，你进步很大，堪舆水平比我还高呢!”

徒弟说：“承蒙师父栽培！今日小徒略带薄酒两瓮，敬奉师父一瓮。”随后，便从袖袋里掏出一小瓮酒来，双手顶礼奉上。待师父接过，他又从袖袋里掏出另一小瓮酒，尔后各自拔去塞子，碰了一下酒瓮，相视对饮。

过了一会儿，那师父便倒地死了，阿古甩掉小酒瓮，抿了抿嘴，站起身来，踢了踢师父的尸体，恶狠狠地说：“谁叫你平日里不让我看《堪舆秘笈》，有一次我把你灌醉后偷看书，还被你打骂了一顿，现在，这本秘笈终于落到我手了。”说完，他又蹲下身子，从师父身上掏出那本《堪舆秘

笈》，吹着口哨，扬长而去。

张仕良看得心惊肉跳，连手心都沁出了冷汗。他本能地掏出弓箭，想射死这个忘恩负义的人渣。没想到，他刚抽出箭，一只猛虎就扑向阿古，把这个大坏蛋连同那本秘笈一块儿撕咬吞咽了。张仕良长舒了一口气，自言自语道 ：“真是善有善报，恶有恶报呀！”

张仕良不忍心射杀这只为民除害的老虎，只好空手回家，把所见所闻的惊心动魄的一幕告诉家里人。家里人一番感叹后最感兴趣的就是河坑山下那块风水宝地了，纷纷建议到那里开基，但开基的具体宝穴在哪里却无人知晓。

张仕良只好从上杭县请来了一位堪舆师到河坑山下为建房选点，破土奠基的宝穴点定在现在的朝水楼中央。哪知这个堪舆师的私心很重，想把这块风水宝地据为己有，出尔反尔地骗说这里风水不好，应到书洋山里一带去寻找，张仕良只好跟着他走。走到半路，张仕良假装肚子疼，要拉大便。那堪舆师只好坐在路边等他。

张仕良一钻入山林，便像豹子一般地飞奔下山，气喘吁吁地跑到奠基点，急急忙忙地用尖石头挖了一个小坑。他把那块从石桥村带来的祭拜过祖先的奠基砖竖在小坑里，尔后又从身上掏出定穴必备的硬木炭，放在奠基砖上，再填土埋坑，并覆盖草皮。

堪舆师左等右等不见张仕良，过后才知好地理已被

张仕良占去了，只好作罢。

过了几天，张仕良就在奠基点上盖了三间茅屋住下来，一边开荒扩地，一边狩猎砍樵，半年后又把家人带来一起生活。

有一天，一个客人来到他家，对他说："你到这里开基半年多了，也没取个地名，我到石桥村去找你，都说你搬到山那边了。'山那边'多着呢，到底是什么地方呀？谁也不知道。俗语说：'会生孩子会取名'，你这个开基祖，也该给开基地取名了。"张仕良一拍脑门，说："对呀！整天忙忙碌碌，都忘了取地名了。你来得正好，快帮我想个名称吧！"于是，张仕良陪着客人在村里到处走，客人取了很多村名，什么"山内""内坑""内林""荒埔"……张仕良都觉得不好。走到村外小河边，清亮亮的河水哗啦啦地唱着歌。张仕良驻足远望，但见两坑山泉，从深山沟里流向小河。此情此景，让张仕良突发灵感，他脱口对客人说："我看取'河坑'吧，你看如何？"那客人抚髯沉思片刻，点头道："不错，不错，有山沟才有山溪，有坑才有河啊！河坑河坑，源远流长，将来子孙一定会兴旺。""河坑"这个地名就这样沿用至今。

张仕良的儿子张六益成人后，于明朝嘉靖二十八年(1549 年)在父亲选的奠基点上建土楼。四年后（1553 年），土楼落成，取名"朝水"。朝水楼是河坑土楼群中

最早的一座土楼。以后的百余年里，河坑村又先后建起了水盛楼、永荣楼、绳庆楼，等等。

2. 张阿憨的黄马褂

清朝初年，河坑村朝水楼出了一条好汉，名叫张阿憨。

张阿憨长得人高马大，虎背熊腰，浑身黑不溜秋，力大无敌，像座铁塔。有一次，他在犁田时，看见两头公牛在草坡上打架，便即刻喝牛停犁，上前劝架，硬生生把一条牛尾巴给拉断了。

他虽然力可拔山，但智商不高，脑袋瓜有点儿痴呆。乡亲们既有点儿怕他，又有点儿同情他，就鼓励他去投军。但要到哪里去投军呢？他不识字，又从未出过远门。他父亲只好带他走到漳州府，暂住在一个亲戚家里。不久，一队反清复明的义军路过漳州，张阿憨就立刻报名参军了。

从此，他吃上了军粮，跟着这支义军转战南北，来到了四川省的广汉县。在一次激烈的战斗中，义军中了清兵的埋伏，几乎全军覆没，张阿憨腿部负伤，也成了俘虏。

清兵首领在审问俘虏时，见张阿憨有点傻相，马上想起自己的傻儿子，爱屋及乌，就没有杀害他，而是命

军医治好了他的腿伤。于是，没有什么主见的张阿憨就这样稀里糊涂地成了这个清兵首领的马弁，驰骋在白山黑水之间。

阿憨心无杂念，作战勇敢，很快就得到上司的赏识。但上司再怎么赏识也不敢提拔他，怕这傻大个领导不了别人。在一次御驾亲征中，清太宗皇太极发现了冲锋陷阵的张阿憨，就把他收留在身边当马前侍卫。清兵首领舍不得却也无可奈何。

皇太极喜欢冒险，有一次竟然不听大臣们的苦劝，仅带上打扮成马夫的张阿憨，化装成乡村的算命先生，到山海关一带打探敌情。没想到，敌情尚未打探到就被人发现了，情况十分危急！皇太极后悔极了，慌忙骑上马，与张阿憨同马逃奔。途中，战马中箭倒地，皇太极跌落地上。张阿憨毫不犹豫地背起皇太极，钻进了附近的山林，躲在一个狭长的山洞里。

追兵来搜山，发现了这个山洞。为首的一个追兵刚想进洞，却被洞口的大蜘蛛网给网住了脸面，被后面的追兵骂为“蠢货”:“结网的山洞怎么会有刚躲进洞的人呢？”

追兵搜山搜了三天三夜。皇太极出门没带干粮，躺在山洞里饿得眼冒金花。张阿憨平日饭量大，这时候更是饿得头重脚轻，加上过去的腿伤又发作了，十分痛苦。但他咬紧牙关，硬是不让皇太极看出他的苦楚，还

假装到洞外寻找食物，偷偷割下自己腿上的一块肉，止血后，赶忙进洞，煮给皇太极吃。皇太极觉得这肉味很鲜美，便问是什么肉。张阿憨忍着腿疼，皱着眉头说是野人肉。

追兵退后，张阿憨又毅然背起皇太极出洞。下山时，皇太极见张阿憨一瘸一拐的，便问怎么回事，张阿憨只好如实相告。皇太极十分感动，坚持要自己下来走路，很快就被前来救驾的兵马接回皇宫了。

皇太极回宫后，要给张阿憨封官，张阿憨马上感到头晕脑胀，抱着脑袋在地上喊救命；要给张阿憨赏赐黄金百两，张阿憨随即感到肚子剧痛，抱着肚子在地上打滚。皇太极叹了一口气，说："阿憨啊，你命贱，朕要成全你，反而害了你。朕念你救驾有功，就赐你一件黄马褂。"说着，便把身上穿的一件黄马褂脱下来，披在张阿憨的身上。张阿憨受宠若惊，慌忙跪拜谢恩。皇太极说："黄马褂是皇权的象征，谁见你，你就比谁官大三级，里长见你，你就是县令；县令见你，你就是知府；知府见你，你就是兵部尚书。"

从此，张阿憨成了无冕之王，走到哪里都受到隆重的礼遇。

张阿憨告老还乡后，将这件黄马褂供奉在张氏祠堂里顶礼膜拜。可惜这件黄马褂在张阿憨死后的一场浩劫中被烧毁了，只留下这个故事流传至今。

3. 绳庆楼里的保生大帝

河坑村溪竹坝一带旧时有个陋俗：凡是即将分娩的孕妇，都要到自家的屎礐（厕所）里去，待生完小孩后才可抱婴仔回家。生儿娩女是人生的一件大事，为什么要到这既不卫生又不安全的地方去呢？乡亲们说："这是万般无奈的事，要不是为了孩子的平安，谁愿意到屎礐里去受这份罪呢？"

关于这个陋俗，有这么一个传说。

相传绳庆楼建成的第二年，不知从哪里跑来了一个山怪，专门吃刚出生的小孩，吓得坐月产的产妇不敢呆在家中，纷纷跑到其他地方躲避。这山怪，人称"索命鬼"，来无影，去无踪，谁也没见过，要想捉拿都无从下手。怎么办呢？大家商量来商量去，决定由楼长出面，到外地请道士来捉拿索命鬼。

道士请来了，村民们奔走相告，像恭迎财神爷一样，把道士敬为上宾，好酒好菜款待不算，家家户户还包红包奉送。

道士挨家挨户念咒语、摔盐米、击宝剑、斥鬼魂，尔后从身上掏出一张画好符咒的黄裱纸，狠狠地贴在门楣内，就算大功告成了。这一套功夫做下来，道士早已大汗淋漓，气喘吁吁了。

按说这样的大动作，索命鬼没被吓破胆，也该溜之大吉了吧。没想到，初生婴照样被害。道士的法术失灵了。

楼长请求道士加大驱鬼力度。道士说："这索命鬼太厉害了，我斗不过它。不过，我可以告诉你们一个好办法，叫做'以脏驱邪'，今后凡是要生小孩，都到屎譽里去。索命鬼最怕脏东西，一闻到臭气就会跑掉。"

乡亲们依道士之言，果然平安无事。于是，生小孩到屎譽渐渐成了当地习俗。

那道士还算有良心，第二年重访河坑村，见"生孩到屎譽，母子保平安"一招生效，十分高兴。楼长在宴席上代表全楼的人感谢道士后，问起有没有更好的办法，能使产妇们在自家床上分娩。道士捋了捋花白的胡子，说："有是有，不过，要请我师祖来常住贵楼。"

楼长问道："您师祖是谁呀？"

道士说："我师祖已死七八百年了。"

楼长道："都死那么久了，怎么是您的师祖？"

道士说："我是拜他的神位为师的。我的师祖是宋代民间名医，姓吴名夲(tao)，字华基，号云冲或云衷，漳州府白醮村人，生于太平兴国四年（979年）农历三月十五日。我师祖十七岁从师学道，考研歧黄，精通医术，救人无数，被人誉为'华佗再世'。宋仁宗母后患乳疾，太医百治无效，我师祖应朝廷榜诏，前往诊视，在门外悬红丝线按脉，隔着幔帐炙艾条，并针灸其脊背，又使之服丹药，经过一番调治，终于治好了宋太后的病。宋仁宗欲封他为太医，被婉拒。我师祖说：'吾

志在修真，荣华富贵，非吾所愿’。遂云游而去。我师祖五十八岁时(1036年)在家乡文圃山龙池岩采药，不慎跌崖致伤，不治，仙逝于家中。次年，乡亲们为其建‘龙湫庵’，塑‘医灵真人’像于庵中，尊称他为‘保生大帝’。后来，朝廷拨款，将龙湫庵改建为‘白醮慈济宫’。贵楼想要世代平安，最好的办法就是到白醮村去‘挂香火’，把那里的小香灰袋拿回来挂在每个人的胸前，再塑一尊我师祖的神像来供奉。”

道士的一番话，楼长听得入心入脑，不久，就带人到白醮村请回了再塑的吴夲金身和香火，安奉在绳庆楼的廷槐室正中，并在楼内挖了一口水井。据说这口水井是仙井，用此井水煎药，可治疑难杂症，一般的病，只须喝几口井水就可痊愈。

从此，那可恶的索命鬼销声匿迹，溪竹坝社的绳庆楼、东升楼、南薰楼的产妇分娩，再也不用到屎嚳里去了。

4. 蚯蚓精与永盛楼

河坑村的永盛楼在还没建之前是一块菜地，主人张崇政为了浇菜方便，就在园角挖了一口小池塘。没想到这一挖，竟然挖到了一条很粗很长的大蚯蚓，可惜已被锄头锄成两段。张崇政平时吃斋念佛，心疼得赶忙撕破扎在裤头上的汗巾，蹲下身子，把两段蚯蚓的伤口连接在一块包扎起来，边包扎边对蚯蚓喃喃道：“罪过，罪过！不小心锄断你的身，佛祖保佑你早日投胎变成人！”说罢，就把蚯蚓小心翼翼地抱到菜园的另一角落，放到篱笆外的田埂下，尔后添埋松土。那蚯蚓似乎懂得感恩，迟迟不愿钻入松土中，而是频频昂头点头致谢，最后才钻入土中去。

当天夜里，张崇政梦见一紫衣少女对他说：“我是蚯蚓精，在这里修炼将近三百年了，再过几年便可成仙，谁承想今日却被您锄成两截，幸亏您及时为我包扎，让我得以很快恢复全身。俗话说，不知者无罪，我不但不责怪您，还要向您表示一点谢意。现在，我告诉您一个秘密。再过几天，会有人来找您买这块菜园，你一定不能要钱，只要他两间房。还有，这口池塘要继续挖，挖成圆塘。这样，您家就会人丁兴旺。”

几天后，果然有人上门重金求购菜园地，说要建土楼。张崇政当时虽然十分贫穷，却坚持不要钱，只要在土楼建成后让其挑选两间房屋就行。买地建楼者觉得这样很合算，就满口答应了。

土楼建成后取名永盛楼，因楼前有口圆形池塘，又称“圆塘楼”。落成庆典当晚，张崇政又梦见紫衣少女对他说：“我的伤口早已痊愈，再过一段时日就要离开这里了。您明天在挑选房间时，要挑这大门边左右间，因为那是我修炼的地方，有灵气。其它的房间您千万不

能要。”

第二天选房，张崇政依梦中蚯蚓精指点，要了大门边左右间。买地建楼者原先担心楼上的好房间被挑走，没想到张崇政却要全楼最差、最吵、最不安全的房间，心里暗笑张崇政是个大傻瓜，随即请人写了房契，将这两间房屋记在张崇政的名下。

日子一天天、一月月、一年年地过去了，买地建楼者的子孙一代不如一代，不光贫苦，还人丁稀少，逐渐衰落，最后绝户了。而张崇政自从告别茅屋搬进这两间新楼房后，后代子孙越来越兴旺，而且个个都是勤劳赚钱的好手，很快就把整座土楼给买下了。原来，这座土楼建在人形山下，大楼门左右两间，好像人的左右手，卡住了整座土楼的命脉。所以，住这两间房的人能够迅速发达兴旺。

张氏子孙买下整座楼房还不够住，只好把一间房隔成两间房。这样一来，大家嫌挤了，就到附近买地，先后建起了晓春楼、永庆楼、永荣楼及周边的一些小平房居住。永盛楼逐渐没人烟，成了空楼，连那口圆塘也不知何时被填为平地。至于那条蚯蚓精是否修炼成仙，就更无人知道了。

5. 五虎戏金狮

河坑村的风水，据堪舆先生说，是个“五虎戏金狮”的好地理。村子四周，有五座像老虎和一座像狮子的山头。提起这样的好地理，村里上年纪的人都会为你讲一段惊心动魄的故事。

相传在远古时代，河坑一带是一片汪洋大海，海边住着一户渔民夫妇。有一天，渔妇分娩了，生下一个大肉球，渔夫吓得慌忙取来渔网，把大肉球网到海边抛弃。谁知那大肉球的胎衣一沾上海水便溶化了，从中蹦出五只小老虎，见风就长，见水就游，不一会儿就游上岸，变成五个小伙子，跪在渔夫面前喊“阿爸”。渔夫又惊又喜，把他们带回家认母亲，随后按个头大小分别给取名大虎、二虎、三虎、四虎和五虎，人们称之为“五虎兄弟”。

五虎兄弟乃神仙投胎，个个长得英俊高大，身强力壮，且勤劳善良，勇敢机智。他们天天各自驾着独木舟同齐（一起）出海捕鱼。有一天，大虎在捕鱼时网到了一个密封的陶罐，罐盖上贴有盖着龙王大印的封条，他撕开封条，打开一看，罐内什么金银财宝都没有，却有一股黑烟冒出来。大虎吓得赶忙把它甩到海里去。刹那间，那黑烟变成一头小飞狮振翅高飞，边飞边喊“救命”。过了一会儿，天空中出现了一只张开双翼飞翔、

长有金色鬃毛的狮子，边飞边喊："孩子，别怕！阿爸救你来了！"很快，小飞狮就扑到老金狮的怀里了。

原来，小飞狮是天庭守将老金狮的独女，三年前因贪玩，私自到海上划船，被化装成渔夫的巡海夜叉捉住了，关进陶罐中，还贴上盖有龙王大印的封条，锁进深深的海底。小飞狮这次被大虎给救出来，按理说要感恩戴德才是，但它被关晕了脑袋，把救命恩人误认为仇人，向父亲老金狮哭诉了被渔夫追杀关押的经过。老金狮气得七窍生烟，回家安顿好小飞狮后立即飞回来，欲为小女报仇。

再说大虎看见陶罐里飞出会喊"救命"的小飞狮，立即感到大势不妙，赶忙掏出系在腰间的螺号，"呜呜"地吹起来。二虎、三虎、四虎、五虎听到了大哥呼救的螺号声，迅即收网、划桨，火速向大哥靠拢。五兄弟商量了一下，马上弃舟登岸，回家躲避。父母知道这些事后，悄悄告诉他们克敌制胜的好办法。

当天晚上，老金狮向渔夫家飞扑而来，妄图把他们一口吞下。它发现了大虎点燃的两支火把，立即以泰山压顶之势扑过去。火把被风熄灭了，老金狮张开的血盆大口没啃到大虎，却咬碎了一块大礁石。老金狮满嘴淌血，又扑向附近二虎点燃的两支火把 。火把也随风熄灭，它依然咬不到人却咬破了礁石。随后，老金狮依次扑向三虎、四虎和五虎，均是扑向随风即灭的火把而咬破礁石。最后，金狮碰得头破血流，咬得齿断舌伤，累得筋疲力尽，倒在地上喘不过气来。这时，五兄弟举着火把，来到老金狮的身旁，笑眯眯地说：“伟大的狮神呀，海上的礁岩馒头好吃吗？”老金狮怒气冲天地说：“你们竟敢戏弄我！看我不把你们一口吞掉？！”但说归说，它已经没有力气爬起来了。

大虎说：“狮神啊，你误会我们了。你的女儿是被化装成渔民的巡海夜叉捉去关的，是我把她救出来的，你为什么要恩将仇报呢？”老金狮想了想，悔恨地说：“恩人呀，我有眼无珠，错怪了你们，请原谅我的鲁莽吧！”五兄弟见狮神已认错，便把它带回家中疗伤，还把小飞狮也接来服侍它父亲。

这误恩为仇又化敌为友的一幕，被巡海夜叉发现了。巡海夜叉急忙返回龙宫，报告了事情的经过。海龙王最气不过的是大虎竟敢撕掉盖有他的大印的封条，私放小飞狮回家。因此，他决定亲自出马，将这恩恩怨怨一笔勾销。

第二天天刚亮，海龙王就来到海上，掀起狂风恶浪，将五兄弟的渔舟冲散掀翻，把他们家的草屋刮倒淹没。躺在草屋中疗伤的老金狮和小飞狮以及正在烧菜、做饭的渔民夫妇，也在这场突如其来的灾难中死去。

这一切，被云游四方路过这里的神威大仙看到了。神威大仙好打抱不平，立即降落云头，喝令海龙王住

手。海龙不但不听令，还大骂神威大仙多管闲事。神威大仙雷霆震怒，施发仙术，一下子就把汪洋大海变成丘陵山岗，把海龙王镇压在山底下，永世不得翻身。渐渐地，五兄弟也变成了五座小山头，显现出老虎的各种神态。老金狮变成了卧狮山后，小飞狮也变成小狮石，日夜服侍着疗伤的父亲。至于渔民夫妇，他们是凡人，不能变成山，也不能变成石，只能化为泥土。海龙王这时才明白：凡事不能做绝。它后悔极了，流出两行悔恨的泪，化作两股山泉，流向河坑溪，日夜呜咽地向五虎兄弟和金狮父女忏悔。

神威大仙本想镇压海龙王，没想到误伤了五虎兄弟及金狮父女，羞愧难当，回天庭后主动请罪。玉皇大帝要贬他为河坑山上的一块大岩石。他说："我无颜面对五虎兄弟和金狮父女．就把我贬化为山中的小石头吧，千万别让人认出我来。"所以，神威大仙贬化的小石头至今没人知道在哪里。

几万年后，一个堪舆大师路过此地，听到这个传说后，把这里的风水地理命名为"五虎戏金狮"。

6. 大松树与"仙鸡米"

河坑村后有座山仔岭，岭上有棵"三人合抱"的粗大松树，树下有块光滑的大青石。老辈人说，五百多年前，这里出了一件怪事：凡是上山砍柴或打猎从这棵大松树下路过的人，无一不莫名其妙地立即倒毙，死者像是被什么人给掐死似的，脖子上有掐痕，舌头伸出嘴巴外，样子惨不忍睹。从此以后，人们再也不敢从这里经过了。

明朝嘉靖年间的某一天，河坑村开基祖张仕良突然病倒了，他的儿子张六益心如火焚，连夜到永定县请来土医生看病。土医生切脉问诊后说："这是一种怪病，普通药方无效，必须用'仙鸡米'才能治好。'仙鸡米'是一味仙草药，药店里买不到。"

张六益傻眼了：药店里买不到的药，要到哪里去找呢？

土医生说："不用愁。你们这一带山上肯定有'仙鸡米'。"

张六益说："可我不认识这种草药，连听都没听说过，怎么上山去采呀？"

土医生说："这种草结的籽，白毛仙鸡最喜欢吃。只要你跟着白毛仙鸡走，就能找到。不过，听说有缘人才能见到白毛仙鸡。"

张六益愁云满面地说："这可怎么办？"

土医生说："去碰碰运气吧！为父治病，上山求药，你的孝心一定能感动山神的，山神一定会带你找到白毛仙鸡的。"

送走土医生后，张六益立即到村边的山神庙里拜山神，恳求帮忙，随即上山去寻找“仙鸡米”。

张六益一边爬山一边学鸡叫，企图把白毛仙鸡引出来。他还时不时地停下脚步，伏在地上，眼观六路、耳听八方地寻找白毛仙鸡的踪影。突然，他发现一只浑身雪白的大公鸡，正在往山仔岭的石径上走去。他按捺住狂喜的心情，悄悄地跟在它的后面，匍匐前行，生怕惊动这只可以救父的仙鸡。

爬呀，爬呀，石径越来越陡，天气越来越热。张六益的双手和双脚都被磨破了，滴滴鲜血和着点点汗珠，把一块块山路石染得血迹斑斑。抬头望见那棵越来越近的大松树，张六益的心“扑通扑通”的像要蹦出胸口，那一个个路过大松树下而倒毙的惨象，一幕幕出现在他眼前。后退，保住性命；前进，危在眉睫！为了父病早日痊愈，他豁出去了，死，也要采到“仙鸡米”！

好不容易爬到大松树下，张六益闭上眼睛，喃喃祷告：“山神爷呀！我就要被掐死了，临死前，请您保佑我能采到‘仙鸡米’！”待睁开眼睛时，白毛仙鸡不见了，跟前站着一个白衣仙子，伸出纤纤玉手把他拉起，微笑地说：“主人啊！您怎么到现在才来？”

张六益站起身，拍了拍衣裤上的汗泥血尘，惊讶地问道：“您是谁？为什么称我为主人？”

白衣仙子道：“我是白鸡精，前几世曾是您家的仆

人，乱世中，为您家看管钱财，把三瓮白银转移到这里，没想到，我刚埋完白银，就被一群土匪乱枪打死了。我生是您张家的人，死是您张家的鬼。我阴魂不散，日夜看守您家的钱财，凡有人路过这里，我生怕您家的三瓮白银被人挖走，就来一个掐死一个；来两个掐死一双。现在，主人您来了，我完璧归赵，请您取走这三瓮白银吧。白银就藏在这块大青石下。您父亲的病，是我给弄的，目的是想考验一下您有没有孝心，敢不敢到这生死地界走一遭。如今，您这个大孝子来了，我就把‘仙鸡米’给您带回家。”说完，就将手中的那把“仙鸡米”放在张六益的衣袋里，又说：“我走了，留下这棵大松树和树下这块我搬来作藏银记号的大青石，给您作个念想。切记，百善孝为先，大孝心能感动世间人，感动神明，感动天地！”语音刚落，白衣仙子就不见了。

张六益下山后，用“仙鸡米”煎水治好了父亲的病，将剩余的“仙鸡米”撒在房前屋后，第二年，“仙鸡米”开花了，红红的像鸡冠，人们就把它叫做鸡冠花，把它的花籽称为“仙鸡米”。

鸡冠花开花结籽的第四年，张六益用这三瓮白银夯土而建的朝水楼也落成了。

7. 猪头石

河坑桥下有块奇石，很像被割掉两扇大耳朵的猪头，村民们都称它为“猪头石”。别看这块大岩石丑陋，它可有灵气哩。村里不管谁家养的猪闹瘟病，只要到它面前供上稀饭菜汤，拈香跪拜，就能转瘟为安。更奇的是，不管发生多大的洪灾，山溪再怎么暴涨，浑浊的洪水也淹不没猪头。

关于这块奇石，有这么一段传说。

相传在很早以前，河坑村莽莽的原始森林里，飞禽走兽出没其间。一天，一只野猪不小心掉进陷阱，被张猎户带回家关在猪圈中，准备第二天宰杀出售。

当天夜里，张猎户到外村去喝酒，他那怀孕的老婆肚痛拉稀，上粪棚后回屋路过猪圈时，忽然听见“救救我吧，我肚子里有猪仔团（小猪）了，快把我放了吧！”

猎户妻子大吃一惊，慌忙回屋，提着小油灯来到猪圈，但见那头野母猪，孕腹鼓鼓，双泪直流，模样好不可怜。猎户妻问道：“刚才是你在喊救命吗？”

野猪点了点头。猎户妻疑问道：“你是野猪，怎么会说人话呢？”

野母猪含泪道：“我原是天上天篷元帅的女儿，因父亲调戏月宫嫦娥，触犯天条，被贬落人间。我们受株连，夫君被活活打死，我也被屈打成招，头贴‘天谴条’，在被打下凡尘途中，又遭仇神的追杀，慌乱中

不慎掉进您丈夫设的陷阱，今天被关在您家的猪圈里。哎，我的命苦呀！请您高抬贵手，放了我吧！”

猎户妻听罢，摸了摸自己肚中的孩子，沉思了一会儿，就打开猪圈，把仙猪放了。仙猪点头晃耳道：“谢谢您放了我！再请您把我头上的‘天谴条’撕掉吧！只有撕掉它，我才能恢复自由。”

猎户妻随即撕掉“天谴条”，仙猪顿时变成一个美丽的孕妇，跪在猎户妻面前，拜谢道：“恩人呀，您救我于劫难中，如此大恩大德，我无以为报，就送您一根猪毛吧！”

猎户妻问：“猪毛有何用处？”

仙猪说：“当您碰到灾难时，可拿出这根猪毛，面对大山喊‘仙猪嫂，仙猪嫂，快来快来救救我！’我就会很快出现在您面前，救您脱险。”

猎户妻刚放走仙猪嫂，张猎户就喝得醉醺醺地颠回家了。得悉老婆刚才放生的是仙猪时，张猎户惊得眨眼咋舌，酒也醒了大半，连声称赞老婆做得对，放得及时。

再说那个追杀仙猪的仇神，见到仙猪落入陷阱，高兴得眉飞色舞，后来得知仙猪已被猎户妻子放走了，便迁怒于张猎户，引来洪魔小神蛟，趁夜半更深人睡觉之际，突然在河坑溪里兴风作浪，妄想把张猎户全家淹死。

洪水很快淹进村庄，淹进张猎户家。猎户妻慌忙从枕头下取出那根仙猪毛，对着大山喊：“仙猪嫂，仙猪

嫂，快来快来救救我！”

过了一会儿，变成美丽孕妇的仙猪嫂果然出现在她面前。仙猪嫂知道，这是仇神的阴谋。此时的仙猪嫂，头上的“天谴条”已被撕掉，仙气神功又恢复了，所以法力大展。她匆匆飞至河坑溪，拔下头上的神钗，掷向正在呼风吹浪的小神蛟。小神蛟负伤而逃，半路上被仇神揪回，继续在河坑溪掀波作恶。

仙猪嫂见败退了的小神蛟又来了，便抽出身上的神剑，以迅雷不及掩耳之势砍掉小神蛟的头颅。可是，刹那间，两道寒光突然从天而泻，“唰唰”两声，仙猪嫂的两只大耳朵就被站在云头的仇神施放的小神刀给割掉了。仙猪嫂顿时痛得就地打滚，肚子里的小仙猪流产了，化作河坑溪上的石头。身体十分虚弱的仙猪嫂此时也现出了原形，被那可恶的仇神一掌镇压在河坑溪边，但她仍顽强地伸出渐渐石化了的猪头，泪流不止地望着散落在溪流之上的小仙猪石。

从此，这块仙猪嫂变成的猪头石，就成了河坑村的保护神。后来，人们在猪头石旁建了一座河坑桥。每当人们从桥上走过，总要深情地望一眼桥下的这块神仙石。

8. 仙磨石

河坑村绳庆楼外的楼檐下，有一块像石磨一样的岩

石。相传，那是阴曹地府里的宝物，跟一个天上的神仙有关。

那神仙是南天门外的一个惯偷，天界称他为云中盗。云中盗长有三只眼睛和三只手，秃顶，络腮胡，模样狰狞。他随身携有乾坤袋，偷来再多的东西也装不满。他偷过玉皇大帝的玉腰带，盗过王母娘娘的绣花鞋，窃过月宫里的桂花酒……天庭多次缉捕过他，把他关在天兵天将日夜看守的天牢里，但还是被他逃跑了。他变成一只秃鹫飞到人间，躲在河坑山上的一个石穴中，肚子饿了，就叼林中的小动物充饥，有时也飞到村里叼小鸡吃，村民们用硬弓长箭也射不死他。

有一天，云中盗见天庭不再追捕他，以为天庭忘记了，便心痒痒地又飞回南天门，想再干几件漂亮的贼事。突然，他看见玉皇大帝正在天庭百官的簇拥下出巡，慌忙变成一只小蜻蜓，躲在南天门的柱子顶上，仔细一听，才知道玉皇大帝要到冥界视察阎罗殿。他想：我偷遍天上人间，却从未偷过阴曹地府里的东西，这次何不悄悄跟着前往。于是，他又变成一只虱子，躲在玉皇大帝的身上，顺利地到达了阎罗宝殿。

阎罗王举行隆重的欢迎仪式，恭候玉皇大帝的大驾光临。在接风洗尘的宴会上，云中盗悄然离席，到处乱探，见有奇珍异宝，便顺手牵羊地收入乾坤袋中。当他来到御厨房里，看见厨师们正在紧张地煮炒烹调时，便

眼明手快地把一个正在自动磨花生油的石磨卷入乾坤袋，随后满载而归地逃离现场，回到河坑村。

冥府厨师想煎油炸饼时发现石磨被盗，立即告知阎罗王。阎罗王下令，火速将盗磨者缉拿归案。一个专司灶火的厨工说，好像有个三只眼三只手的客人进过御厨房。阎罗王一听，马上知道这是云中盗偷的。但云中盗是天界的神仙，地府奈何不了他，怎么办呢？阎罗王想了想，说："看来只能智取。"牛头、马面两个鬼役随声道："大王，那就让我俩跟踪追讨吧！"阎罗王说："好！要见机行事，快去快回！"

牛头和马面循着云中盗的踪迹，很快找到了云中盗藏身的河坑石穴，发现云中盗正在清理乾坤袋里偷来的地府宝物，不禁怒火中烧，各自掏出"臭屁囊"，挤出冲天臭屁，一下子就把云中盗给熏倒在地。牛头、马面怎么也想不到，他们平时收聚在囊的臭屁，在阴间里只是普通的屁，而在人间，却是让一切宝物失灵的毒气，地府的宝物都变成石头了。牛头、马面见此状只好挥挥手，将石穴挥塌，把云中盗给压死了。

马面舍不得那个石磨，因为那是它进地府时奉送给阎罗王的祖传宝贝，就把石磨挖了出来，抱在怀中。牛头见了，下令弃磨回府。牛头是阎罗王的远房亲戚，马面有点儿怕他，只好将石磨丢弃。那石磨从山上滚落到现在的绳庆楼边就停住了。

这石磨毕竟是仙家宝物，尽管丧失了灵气，再也不会自动磨榨出花生油，但还有磨泉水的功能，直到现在，它虽然不能转动了，但还在源源不断地磨出山泉。据说，从这磨眼里流出来的泉水，可治疗眼病。

（以上均由南靖县唐崧搜集整理）

五、云水谣的传说

1. 和贵楼

位于云水谣古镇的和贵楼是一座建在沼泽地上的“世界文化遗产”。楼中有阴阳二井，右边的阴井水浑浊泛白，左边的阳井水清冽甘甜。为什么会有这样怪异的景观呢？说来话长。

相传，古时候云水谣古镇还未形成之前是一大片沼泽地，到处长满荒草。沼泽地紧邻着一座小山坡，坡下住着十来户姓简的贫穷人家。按说在南方，有山就有水，可偏偏这座小山坡没有山沟水涧，村里人就在山上挖井，可挖了几年也没见井水冒出，只好在山下的沼泽地挖了两口井，结果涌出来的井水是锈色的烂泥浆，又臭又苦。村民们万般无奈，只得跑到很远的山那边去挑水。

有一天，西神山上的白眉大仙变成一个客商路过这里，对简姓族长说：“听说西神山的仙人洞有位白眉大仙，能掐会算，神通广大，什么难题都能解决。你们这里的井水不能饮用，为什么不派个人去问个明白？”族长听了大喜，忙问西神山在什么地方。“客商”说：“朝西走，要连走九九八十一天，翻过九座大山和一条大河才能到达。”

族长当晚召集大家商议，推荐“问仙”人选。一个名叫简大勇的小伙子毛遂自荐道：“我年轻力壮，有勇气能吃苦，就让我去吧！”众人一致赞成。简大勇连夜打点行装，乡亲们纷纷送来干粮、草鞋等远行必备品。第二天启程时，众乡亲到村口送行，族长语重心长地嘱咐道：“大勇啊，此去问仙，山高路远，困难重重，除了勇敢和决心外，还要有一颗善良的爱心，以诚待人，才能得到别人的帮助。”简大勇点了点头说：“我谨遵叔公教诲，不负重托，再苦再难，也一定要找到白眉大仙问个明白，请大家放心！”

简大勇迈开大步上路了。他晓行夜宿，行色匆匆，渴了喝几口山泉，饿了啃几块干粮……有一天，他来到了桃花山下的桃花村，受到村民们的热情接待。村长问起此行何去，他如实相告。村长央求道：“我有一个独生女，名叫桃花，今年十八岁了，可又聋又哑又瞎，还长着癞痢头，想嫁都没人要，你可肯帮我问一问仙人怎么办？”简大勇满口答应了。

次日告别桃花村，简大勇又甩开大步朝西走。有一天，他来到了独龙山下的龙眼社。社民们听说来了个“问仙”的壮士，都十分敬佩他的勇气，争着拉他到家里吃住。社长说：“都别争了，就住我家吧！”晚饭后，社长带他到社中央的一棵龙眼树下，说：“这棵龙眼树

种了将近百年了，可年年只见开花不见果，不知何故？请你问一问仙人，好吗？”简大勇点头承诺：“一定帮您问个明白！”

离开龙眼社不久，简大勇又翻过了几座大山，来到波涛汹涌的通仙河边。河上连一条船影都见不到，怎么渡河呢？正焦急，忽见河心冒出了一只大仙龟，摇摇摆摆地向岸边游来。简大勇大喜过望，赶忙招手道：“仙龟，仙龟，快来渡我过河吧！”大仙龟点了点高昂的头，很快靠岸了。简大勇坐在龟背上，说：“仙龟啊，您帮我渡河，我要怎样报答您呀？”仙龟道：“帮人渡河是我的职责，说不上报答不报答。客官呀，您过河要去干什么？”简大勇把“问仙”的事和盘托出。仙龟恳求道：“您去问仙，能否帮我问一问我什么时候才能重返天庭？我原是天上瑶池里的乌龟，因触犯天规，被贬到这里已经快千年了，不知还要渡多少人？”简大勇说：“我答应您的请求！”

过了通仙河，简大勇按照仙龟指点的方向，终于到达西神山的仙人洞。洞门紧闭着，他轻轻敲了几下，见没人开门，又重重地敲了几下，才见洞门徐徐打开，里面走出一个仙童。仙童问道：“谁在敲门呀？”简大勇微笑着说：“是我。我来自遥远的南方。请问，这是白眉大仙的家吗？”仙童道：“是的，请问您到此有何贵干？”简大勇说明来意。仙童道：“我师父现正在睡觉，请不

要打扰！”简大勇说：“我等他醒来。”仙童道：“我师父一睡就要一百年，昨天才睡的。您还是回去吧，叫您的曾孙长大后再来问吧。”简大勇紧紧拉着仙童的手，说：“小神仙呀，您就行行好吧！我费尽千辛万苦，跋涉了两个多月才到达这里，万望您帮忙！”仙童搔了搔头皮，说：“要想我师父早点醒来，除非您到西神海龙王处借来绣花针，用它搔我师父的脚心，他就会很快醒来。不过，我劝您还是回去，不要痴心妄想，因为您是世间的人，根本到不了西神海龙王的家。”

简大勇闷闷不乐地离开仙人洞，径直奔向西神海，在当地渔民的帮助下，找到了变成教书先生的西神海龙王。西神海龙王被简大勇的一片赤诚之心所感动，毅然拔出别在内衣口袋里的绣花神针，说：“西神山的白眉大仙是我很要好的师弟，他天不怕地不怕，就怕我的神针搔脚心。他醒过来后，你就举起神针，说是我介绍你去的。”

拜别西神海龙王后，简大勇再次来到西神山，敲开了仙人洞，在仙童带领下，见到了叉开双腿鼾声如雷酣睡的白眉大仙，立即掏出绣花神针搔他的大脚心。白眉大仙马上醒过来了。仙童指了指跪拜在仙床前的简大勇说：“师父，此人有急事找您帮忙。”白眉大仙睡眼惺忪地说：“我刚入睡，你就来打扰，你是谁呀？”简大勇慌忙举起绣花神针，说出了西神海龙王的名号。白眉大仙

赶忙起床，问明来意，简大勇说："我有四个难题敬请仙师指点迷津。"白眉大仙道："我这里的规矩是'问三不问四'，如果你硬要问第四个难题，前面问的三个难题的解决办法就会失灵。"

简大勇呆了半晌，心想：人世间最重要的是讲诚信，既然答应过桃花村长、龙眼社长和仙龟，就一定要替人家问个明白。咳！自己的难题就只好放弃不问了。于是，他说："那好，我就只问三个问题。"白眉大仙正了正衣冠，说："问吧。"

简大勇说："我倒序着问：第一个问题，通仙河里的大仙龟什么时候才能重列仙班？"白眉大仙捋了捋长长的白胡子，说："只要它能渡过一个毫不利己、专门利人的人，它就能重返天庭。"简大勇接着问第二个问题："独龙山龙眼社的那棵百年老龙眼树为什么只开花不结果？"白眉大仙掰了掰手指头，说："龙眼树下有块大青石，压住了树根，只要将这块大青石挖掉，老龙眼树从此年年开花结果。"简大勇又问："第三个问题是桃花山下桃花村有个残疾姑娘，用什么办法才能让她睁眼开口听得清，并还她一头秀发？"白眉大仙不假思索地说："只要喝老龙眼树下的泉水，并用此水洗头、洗眼、洗耳，即可痊愈。好啦，你的问题问完了，请回吧！我要睡觉了。"说完，倒头躺下便睡着了，如雷的鼾声又轰鸣在仙洞中。

归途中，简大勇边走边想：家乡井水浑浊的原因未问，回去怎么向乡亲们交代……过了几天，他回到了通仙河畔。大仙龟高兴地问起前程，简大勇将白眉大仙的话转述了一遍。大仙龟叹了一口气说：“我在这里摆渡过成千上万的人了，天底下哪有毫不利己、专门利人的人？看来我还得在此呆上千年万载了，咳！”很快到了对岸。简大勇起身上岸后，忽听见大仙龟说：“我的身子怎么越来越轻，看来要升天了！”简大勇回头一看，大仙龟已经离开水面，渐渐飞了起来，边飞边说：“谢谢您，简大勇！您是我近千年来渡过的第一个毫不利己、专门利人的好人！”简大勇松了一口气：“原来无私助人也有一种神圣的力量。”

简大勇翻山越岭过了许多时日，回到了龙眼社。社长率众乡亲前来迎接，迫不及待地问起了老龙眼树的事。简大勇复述了白眉大仙的指点，并与大家一起挖起了龙眼树下的大青石。顿时，大青石下冒出一股清甜的泉水，老龙眼树突然开花结果。乡亲们兴高采烈，围着大龙眼树，手拉着手地欢歌起舞。社长拿出许多珠宝要酬谢恩人，简大勇只要了一竹筒龙眼树下的泉水，住了一宿后便又走在回家的路上。

天气炎热，简大勇渴得嘴干唇裂，也舍不得喝竹筒里的泉水。十几天后，他终于来到了桃花村，晕倒在村口。村民们发现后将他抬回村里，给他喂水、喂饭汤。

简大勇醒过来了。村长问他身上带着一大竹筒的水为什么不喝，简大勇说：“这是我承诺过要救人的水，就是渴死了也不能喝呀。快，快去把您女儿叫出来，喝下这竹筒里的仙水，然后，洗头、洗眼、洗耳。”村长叫来女儿，从竹筒里倒出一碗仙水递给她喝下去。转眼间，桃花姑娘开口叫爸爸、妈妈，接着，她用仙水洗眼，眼睛马上恢复光明；洗耳，耳朵立即恢复听觉；洗头，秀发迅速长出。桃花姑娘高兴得热泪涟涟，跪在恩人面前磕头谢恩。

当天晚上，在村民们的撮合下，简大勇与桃花姑娘拜堂成亲。洞房花烛夜，简大勇哀声叹气。桃花姑娘问明原因后高兴地说：“怎么这样巧，我昨夜梦见白眉大仙收我为徒，教我看风水地理、改造沼泽地和让井水变清的好办法。回家乡后我就可大显身手了。请夫君放宽心。”

几天后，简大勇带着桃花姑娘回到了家乡，乡亲们像过大年那样高兴地举办喜宴，为他俩洗尘、贺喜。次日，桃花姑娘在简大勇和族长的陪同下，实地察看了沼泽地和那两口水井，才知道水井位于一块“哪吒肚兜”的风水宝地。桃花姑娘教村民们在沼泽地中间挖一条深沟，两旁再挖九十九条小深沟，将地下的烂泥锈水排干，几十年后，沼泽地就会变成良田。至于那两口水井，桃花姑娘说，那是因为井下的烂泥里住着一雌一雄两条泥鳅精，只要用三担石灰倒进井中，泥鳅精就会被毒死。村民们照办了，但井水依然浑浊。桃花姑娘说：“看来等这片沼泽地都变成良田，这块‘哪吒肚兜’地也还是烂泥田，要想镇死泥鳅精，只有在烂泥田上建土楼。”村民们迷惑不解：烂泥田上怎么能建土楼呢？桃花姑娘说：“千年杉、万年松，杉怕湿，松喜水。咱们这里的山上长满大松树，可砍下来横一层竖一层地埋进烂泥中，就能在上面建土楼了。”

不知又过去了多少个年头，简大勇夫妇都去世很久很久了，沼泽地才变成了良田，那条大深沟也变成了小山溪，溪畔长了许多榕树。简氏后人不忘桃花姑娘指定的好地理，在“哪吒肚兜”地上建起了一座五层高的大土楼，取名“和贵”，寓意“以和为贵”。和贵楼建成后，那两口水井果然变清了。

有一年，楼里有个妇人分娩，做月子时到右边的井畔洗衣服，不小心让一块尿布掉进井里，等捞上尿布后，井水就变浑浊了。从此，这口井就变成了阴井，再也没有清澈过，直到今天，这口井里的水依然只能作为洗衣物之用水。

日升月落，星转斗移。简氏族人在这里繁衍生息，建起了包括怀远楼在内的一座座方圆土楼，逐渐形成了一个古镇，取名“长教”，寓意要想长期安居乐业，就必须要尊师重教，耕读传家。前些年，荣获“金鸡奖”

的电影《云水谣》在古镇上拍摄了许多重要镜头，人们就把“长教”改名为富有诗情画意的“云水谣古镇”了。随着和贵楼和怀远楼作为福建土楼的一部分而入选《世界文化遗产名录》，云水谣古镇更是声誉鹊起，名扬天下。

2. 广居楼

广居楼位于云水谣古道旁，是古镇上最高最美的土楼之一，建于清代雍正九年（1731 年）。按说这样的土楼，应该人丁兴旺才是。可它偏偏是人烟稀少，颓败不堪。这是怎么回事呢？

相传，云水谣简氏十三代孙简次水在建此楼时，破坏了简氏大宗祠“追来祠”的龙脉，族长出面干涉，要简次水拆迁另建。简次水不但不拆迁，反而更上一层楼。他把楼房建到第五层高的时候，族长横下一条心，率领全村老少齐聚到此楼前，决定强行拆迁。正闹得不可开交之际，族长供养的风水先生来了。他捋了捋白胡子，对族长说：“你们不要吵了，也不用拆迁了，简次水超高建楼，已经自败地理了。”正在气头上的族长和群情激愤的宗亲，怎能轻易相信风水先生的话呢？风水先生为了平息争端，只好对着族长的耳朵旁“泄露天机”。俗话说，天机不可预泄。风水先生一泄漏天机，立即倒在地上，口吐涎沫，嘴角抽搐，眼睛翻白，样子煞是吓人。族长见状慌忙下令村民撤散，从此不准再提拆迁此楼的事。

这座土楼终于落成了，但村民们谁也不去赴简次水邀请的竣工庆宴。简次水只好自家人庆贺一番。搬进此楼不久，简次水就和已考中县试第七名的四十四岁的次子简信深合不来了，三天两头吵架，有时还大打出手，双方弄得头破血流也无外人劝架。简次水心灰意冷了，决定跟次子分家。简信深说："要分家就要请公证人。"简次水说："可以。"于是，他从高港村请来县试第二名的次子的同学曾先生主持分家仪式。

曾先生坐轿来到云水谣古镇，问明情况后，叫简信深搬来文房四宝，提笔就在洁白的宣纸上写下两句诗："张公艺九世同居，简信深父子分爨（灶的别称）。"简信深饱读诗书，对"张公艺九世同居"的典故当然耳熟能详：张公艺是唐代山东省寿张县人氏，唐高宗李治携武则天上泰山封禅时曾住他家，问他为什么能够一百余人九世同居而不分家，张公艺在一张宣纸上写了100个"忍"字献给皇上，皇上说："真是'百忍全家福'呀！"简信深想到这里，惭愧极了，立即跪拜在父亲面前认错，边骂自己是"不孝子"，边打自己的耳光，左右开弓，足足打了十二下，直到老父把他从地上拉起。从此，简氏父子和好如初。

宴请之间，曾先生问起这座土楼的楼名，简次水道：“建了二十多年了，至今还未取楼名呢。”简信深说：“找不到高人，你帮我们取一个吧！”曾先生也不谦让，挥毫就给题写了两个龙飞凤舞的大字：“广居”。大家都说：“这楼名取得好！”简信深说：“广居二字，立意高远，大有杜甫《茅屋为秋风所破歌》里‘安得广厦千万间，大庇天下寒士尽欢颜’的韵味。”

曾先生依然坐轿回高港村，路过和贵楼时，忽然想起刚题的楼名未落款，马上回轿到简家，在“广居”二字旁补写了“高港曾书”。

也不知风水先生泄露给族长的“天机”是什么，反正广居楼从此人丁不旺，两百多年来一直是二十余人，人口数量变化不大。

1943 年，该楼简氏裔孙简宗尧从缅甸经商回乡，出资维修了广居楼，并请附近璞山村的简炯山先生重新题写楼名。简炯山不敢写，再三强调已有前辈题名了，不便再题。无奈财大气粗的简宗尧软磨硬泡，简炯山只好退一步，说：“要我重取楼名可以，但我取的楼名只能题写在内楼大门上，外楼的大门仍然要保留‘广居’二字。”简宗尧同意后，简炯山飞笔题写了“怀德楼”。

一座土楼题取两个楼名，这在云水谣古镇上是绝无仅有的。

3. 城隍夫人与必应宫

南靖县梅林镇云水谣古道旁，有一座古色古香的小庙，庙名“必应宫”，寓意“有求必应”。庙里供奉的神灵，不是佛教诸菩萨，也不是玉帝、关帝，而是城隍夫人。凤冠霞帔的城隍夫人神像慈眉善目，微笑中透出一股庄严正气。她的两侧，各有一个善良可爱的侍女。她的头上，悬有一块金匾，内书“城隍夫人”四个大字。金匾下的楹联曰：“善为至宝终身用，心作良田百世耕。”

城隍夫人是阴间地府里城隍老爷的老婆，她为什么不跟其他老县城里的城隍庙一样，与城隍老爷坐在一起，双双享受人间香火，却独自跑到这偏僻的山区里来呢？

提起这个奇特的民间信仰，云水谣古镇上的“老古董”们就会给你讲一段不平凡的来历。

相传在清朝，镇上的简氏十六代孙、农民简文俭的妻子王氏身患“心气疼”的怪病，到处求医问药无效，愁白了头。有一次，他挑着一担山货到南靖的旧县城——靖城，想卖点钱，好为病妻买药。当晚，他夜宿客栈，辗转反侧不成眠，叹息声惊醒了同房间的客人。客人问起叹息缘由，简文俭如实相告。客人说：“我是平和县九峰镇人，我的家乡有一座城隍庙，庙里的药签十分灵验，不管什么疑难杂症，只要按药签上所列的药方抓药煎服，药到病除。”简文俭听罢大喜，次日便与那客人同到九峰镇，拈香跪拜城隍老爷与城隍夫人，求

得灵药，回家治好了妻子的病。

简文俭与其家人到处宣传九峰镇城隍庙的神签灵药。村民简启正当时正值壮年，却患了久治不愈的黄肿病，听后也赶往九峰镇求城隍老爷赐药，果然一贴见效。从此，九峰镇城隍庙的药签灵威在云水谣古镇家喻户晓。

云水谣古镇当时叫长教圩，距平和县城九峰镇有百余里之遥，村民们要想求灵药，必须花费两三天时间，十分不便。于是，简氏族长与村民们商量，决定到九峰镇“挂”回城隍庙的香火，在古镇上建一座城隍庙。

消息传到南靖的县衙，县令说：“我是人间的县官，城隍是阴间的县官，只有县城才能建城隍庙，你一个小小的穷山村，怎么能建城隍庙？”简氏族长知道后说：“明的不行，咱就来暗的，咱们悄悄到九峰‘挂香火’，回来秘密建庙，谁也不许走漏风声。”

于是，简氏族长请人择了个黄道吉日，带着几个德高望重的老前辈来到九峰镇城隍庙，说明来意，祈求将城隍老爷的香火带回家乡后建庙供奉，没想到掷了三次“圣杯”，都是“阴杯”：城隍老爷不同意到长教圩享受香火供奉。人间的县令不同意，阴间的县令也不同意，按说就该打道回府，再也不该滋生妄念了，但简氏族长是个“犟牛”，心想：你城隍老爷不同意，我就求城隍夫人，不信这温柔的枕头风吹不动城隍心。于是，

简氏族长率众宗亲转而跪拜城隍夫人，将来意祈愿一一说明，并把城隍老爷不同意的事也诉说了。说罢，仍掷“圣杯”以求明示。

谁承想到，“圣杯”三次都表示同意。这下可好了，你城隍老爷不肯到长教圩落户，你夫人来也行，反正都是神灵，又是夫妻。

就这样，简氏族长硬是把城隍夫人的香火请到了长教圩，建了座城隍夫人庙，取庙名为“必应宫”，并专程到漳州请人木雕了一尊城隍夫人神像安置在宫内，让村民们供奉朝拜。

每年的正月初七日，长教圩的村民们都要抬着坐在轿子里的城隍夫人木雕像，穿塔下、越版寮、过芦溪……沿着弯弯曲曲的山间小道，徒步来到九峰镇城隍庙，让她与城隍老爷“夫妻相会”一夜，次日返回。正月初九日，是天公的生日，也是城隍夫人的生日，长教圩及附近的村民，都会云集必应宫，在宫前供奉“牲礼”，祈求合境平安，当晚还要搭台演戏，热闹一番。

（以上由南靖县的唐崧搜集整理）

六、齐云楼的生死门

华安县沙建镇岱山村北面的山坡上，有座椭圆形的土楼，叫“齐云楼”，是迄今为止，有据可查的福建省最古老的圆土楼。它建于明洪武四年（1371年），至今已历尽了六百四十多年的风雨沧桑。

齐云楼建在岱山村上坪盆地中央的山丘上，除楼大门外，东西两侧各有一个小门。西门叫“生门”，婚嫁迎娶都从此门进出，而遇上出殡送葬，则一律从东向的“死门”进出。这一奇特的风俗及名称的由来，有个悲壮的传说。

据说，清咸丰年间，齐云楼住满了三四百号人，其中有两位血气方刚的后生叫郭凸和郭好。他俩身强力壮，常在劳作之余习拳练武。那年，听说穷苦人的队伍太平军打到了漳州，他们就召集十几名青年投奔太平军，归附在来王陆顺德队伍中，参加了攻打漳州城的战斗。可是过不久，清军又黑压压反扑过来。那场战斗一直进行了三天三夜，打得真激烈。战士们奋力拼杀，以一当十，却敌不住越来越多的清兵。太平军力量大为削弱，来王只得率领余部向龙岩方向撤退。

在这场鏖战中，郭凸、郭好与大部队失去了联系。他们救起来王身边的卫队长，决计暂时隐蔽起来，等找到来王再作打算。两人把身负重伤的卫队长背回齐云楼养伤，并派人去找来王。在他俩和楼里人的悉心照料下，卫队长的伤势很快好转；派出去的人也回来了，他和来王取得联系，并带回一个好消息，来王所部将士正在休整，下一步准备攻打龙岩城。来王要卫队长养好伤后与郭凸、郭好组织一支人马去参加战斗。

消息传开，大家摩拳擦掌，跃跃欲试。郭凸和郭好搬出器械，带领楼里的一百多位青壮男子日夜操练。大家攒足了劲，准备大干一场。不料，这一切被邻村的大财主探知，他以前曾和郭姓的人有过积怨，含恨在心，竟然跑去向官府告密。云霄厅巡抚大惊，急令总兵罗大春领着大批清兵前来“剿匪”。

事态如此急变，使郭凸、郭好他们措手不及。大家紧急动员、匆促应战，依靠有利地形暂时把官兵压制在山脚下，使乡亲们及时向楼里转移，太平军们也只得退守古楼。卫队长自告奋勇负责断后，为让乡亲们顺利关上南大门，他只身一人在楼门台阶下与清兵周旋，不幸壮烈牺牲！四百多个乡亲被清兵团团围困在楼内，如何是好？郭凸、郭好心急如焚！

突然，楼外射进一支箭，正落在大院里，上面还有字条，写着：“罗大春已调土炮两门，明日要攻破楼墙，

请速突围。族亲郭 ×× 具”。原来这位姓郭的官兵不忍族人遭受屠杀，冒死向楼里乡亲通风报信。形势危在旦夕，一定得设法突围！

郭凸沉着镇静，终于想出一个声东击西的好办法。他知道土楼的西门正对着上坪盆地，是一个空旷的平地，罗大春已派重兵把守，难以从此突围；而东门面向大山，清军兵力较弱。黄昏时分，他故意多次带领人马，制造要从东门冲出去，往深山逃命的假象。罗大春果然上了当，除南大门兵力不变外，立即从西门、北门调集重兵，加强了东门的防守。

第二天四更时，清兵正困乏。突然，东门又响起一片厮杀声，郭凸带着不少人冲杀出来，罗大春十分紧张，一面下令炮轰南门，一面亲自赶到东门督战。这时，郭好带着早就做好准备的楼里的老少妇幼，趁机冲出西门，几经拼杀，终于杀出了一条生路，顺利地逃出上坪。而郭凸他们在东门和密密麻麻的清兵杀得难解难分。忽然“轰隆”两声响，罗大春用开花弹击破了南大门，许多清兵蜂拥而入。

惨无人道的清兵把古楼洗劫一空，杀害了郭凸等九十三位乡亲，还把他们的人头填入井中，用石臼压住！清兵撤走后，郭好和乡亲们回到了岱山，古楼已是满目疮痍、破烂不堪。乡亲们悲痛万分，收殓好殉难烈士的遗骸，把他们从东门抬出去安葬，然后隆重地祭告

这些英魂，乡亲们已平安归来，他们可以含笑九泉了！

人们重修了楼墙，他们永远不会忘记：西门是活路之门，东门是牺牲之门。为了牢记血的教训，他们把西门和东门分别改称为“生门”和“死门”，婚娶从西门进，丧葬从东门出。这个特定的风俗，就这样一代一代传了下来。

（华安县钟国姓、林焘讲述，钟武艺整理）

七、李恩卿得报建楼

话说清朝乾隆年间，华安马坑下垅村有一位老实厚道的农民，名叫李恩卿。因家境穷困，膝下又有五个嗷嗷待哺的小儿，他平常只好卖力种田，省吃俭用过日子。农闲时，再去替人挑担，挣一点苦力钱补贴家用。

有一次，年关将至，他挑运货物到漳州城去，领了工钱后，就乐滋滋来到南市场，想买一些年货。市场熙熙攘攘，热闹异常。不远处，有个场子围了大群的人，不断发出喝彩声，他不知不觉被吸引过去。一个江湖武师正在卖艺，刚打完一趟拳，脸不红、气不喘，拱手说：“在下走遍大江南北，一来以武会友，二来卖些祖传秘方。可惜两个月来，还未碰上对手。好，在下再露一招，请各位看官多多捧场！”说罢，一个“旱地拔葱”，身体腾空而起一丈多高，回落的一瞬间，又伸手向屋脊一招，手中已多出三块瓦片，众人不由地爆出一阵喝彩声。

李恩卿戴着斗笠站在人群后面观看，左边站着一位中年人，身穿绸面长衫，脚蹬粉底靴，手提一只藤箱，像是生意人模样。良久，中年人嘴角浮着一丝鄙夷之笑，放下箱子，对李恩卿说声：“这位年兄，请帮忙看顾一会儿。”就拨开人群走进场中，取过拳师手中瓦片，对众人说道：“游某一介山中草民，只学三招两式防身，不过，也想在此献丑。”话音刚落，身体已如鹞鹰一般轻盈飞起，向后一翻，左手一弹，只听“嗖嗖嗖”三声，又轻飘飘落地，点地无声，手中已没有了瓦片。原来那三块瓦片，已经巧妙地插回了屋脊原位。“功夫绝了！”众人无不惊赞，报以热烈掌声。

中年人抱拳微笑：“各位父老乡亲见笑了。”人群中有人讽刺拳师，拳师不由得一阵脸红，先是尴尬，后又恼怒，趁中年人转身的当儿，朝他后背恶狠狠打去，中年人反手挡住。拳师气得大叫：“大路朝天，各走一边，我卖药，你为何存心砸我的场子？看招！”两人随即扭打起来。众人唯恐伤了自己，也无心围观，纷纷散去。混乱中，李恩卿抱着箱子，站立街旁看着，不由得为中年人担心起来。

两人打得火热，忽然鸣锣阵阵，行人纷纷让道，原来是府台大人巡街来了。衙役捕快见两人无视官威，拦街相斗，“呼啦”一拥而上，即时拿下。轿中的府台问道：“前方何事喧哗？”衙役禀道：“有两人挡道厮打，现已押住。”府台大怒：“呔！如今已近年节，尔等滋端闹事，破坏市井秩序，实乃可恶。给我押回府衙审

问！”衙役们应声得令，不容辩白半句，就推走了两人。

李恩卿看着中年人被押走，不知如何是好，只得提着沉重的藤箱尾随而去。到了府衙，捕快见他衣着破烂、傻乎乎跟在后面，水火棍一横，把他吓退了好几步。接着，府门“咣当”一声关上，李恩卿被拒在门外，暗暗叫苦：一家老少正等他回去过团圆年，他真想把箱子给扔了，但转而又想：这箱子不知装的何物？要是一走了之，岂不急煞了那中年人？他左右为难，只好按下心来耐心等候。

谁知这一等就是两天。两天里，李恩卿既挂念着家中妻儿，又怕错过了中年人，在府衙前左右徘徊、枕着藤箱过夜，忧心忡忡，度时如年。直到第三天晌午，那个中年人才蹒跚地从府衙里走出来，头发零乱，神情沮丧。李恩卿连忙迎上前唤道：“相公，我在这儿呢！”

那人一见李恩卿，精神大振，忙向前揖个大礼，激动地说：“刚才我还在想，到哪里寻那箱子呢？这位仁兄，游某难为你了！”李恩卿把藤箱往那人面前一放，急切地说：“现在箱子还给你喽，我也该赶回去了。我挑担出来已有三日，家人等急呢！”说完转身就走。

那人连忙拉住他，说：“还未请教仁兄尊姓大名，家住何方呢！”李恩卿报了家门，中年人大喜：“果然不出我所料，三天前在场子外，看见你斗笠上有‘陇西’字样，我就猜咱们可能是隔壁社的！小弟姓游名祥瑞，是迎富人。十年前外出经商，这次回家，打算发展谷行布庄生意。不想那武师狂妄，小弟只好出手，为咱下南人争口气。那府台大人不问青红皂白，把我俩关了三天才过堂。唉！怪只怪小弟太意气行事，才拖累了仁兄！”他边说边蹲下来打开藤箱，对李恩卿说："这是我十余年经商所得，仁兄如此信义，当以半相酬！”李恩卿从来没见过这么多的金条银锭，眼花缭乱。他诚惶诚恐地说："李某不是贪图后报的人，这是你的血汗钱，我不能收，咱又是邻里乡亲，帮个忙，不算什么!”尽管游祥瑞费尽口舌，他死活不受，游祥瑞无奈只好送走他。

李恩卿赶回家里，已是大年三十黄昏。家人又惊又喜，免不了埋怨几句，他忙把所遇之事说个明白。妻子听后无言，下灶做菜，虽不丰盛，但一家人吃了个饱，倒也欢欢喜喜的。

初四这天，李恩卿又下田干活，他已把年前的事忘了，但游祥瑞却找上门来。原来，游祥瑞也是个讲义气的人，他见李恩卿不肯收下酬礼，心里越发地敬佩，特地提了礼物上门致谢。李恩卿很高兴，吩咐妻子烫酒招待。游祥瑞说："小弟前几年在南靖和溪、金山一带买了些田地，现在财资富足，又想扩大田产。我有意在下垅买田，请李大哥代管，明年收了租再来挑谷，不知意下如何？”李恩卿想了想，这也算是帮游兄弟的忙，当下就应允了。

这一年，游祥瑞果真在下垅一带买下水田近三百亩，全权委托李恩卿代管。李恩卿整日忙得不亦乐乎，恰遇风调雨顺，秋来获得了大丰收。李恩卿去找游祥瑞，请他雇人挑走谷子。游祥瑞心底高兴，嘴上却说："那么多的谷子，家里放不下，就地建座粮仓，等储满了再去挑罢！"李恩卿只好领了钱回去建粮仓，把收下的租粮，全部储存起来。

三年过后，粮仓已满。李恩卿没办法，只好又去找游祥瑞商量。游家人说，游祥瑞已到南洋经商去了，只留下一封信给他。他打开细阅，游祥瑞在信上说：感恩未报，心里羞愧不安，三年前下垅买田，原想赠送报恩，不想仁兄如此厚道守信，自己也忙于他事没有及时当面告知，今又远渡重洋，望一定要笑纳这些田产。李恩卿捧信热泪盈眶，跪地祈祷游祥瑞在外平安……

经过十几年的辛勤经营，李恩卿已成了下垅的首富。五个儿子也已婚娶，形成一个庞大的家族。当时，下垅和南靖交界处盗匪颇多，李家难免成为掠夺的目标。幸好他组织家人合力迎敌，才不致蒙受很大的损失。但他觉得这样不是长远之计，就决定建造坚固的土楼防御匪徒入侵。

这座土楼名叫钟毓楼，高二层，是座方楼。可惜没等土楼完工，李恩卿就寿终正寝了，大儿子继续承建，才完成父亲的遗愿。一家人住在楼里面，强匪果然奈

何不得。后来，四个兄弟又各建了一座方楼。这五个方楼，簇拥在下坨的山谷里，形成巨大的群落，其规模，在华安县也是少见的。

（华安县李友武讲述，钟武艺整理）

八、凌云楼的传说

1. 拾银造楼

土楼建筑工程浩大，营建费力，没有足够的财力是无法造就的，所以传说中的土楼主人多是大富人家。华安县沙建镇岱山村，有座清朝康熙年间建的方楼，叫“凌云楼”。它的建造者郭振，原本却是个穷得叮当响的读书人，相传他是因捡到十八万三千块银元，才建起了这座楼。

郭振是上莲花房的八世祖，堂上唯有一位年过花甲的老母。他深知母亲年轻守寡，含辛茹苦带大他不容易，因此对母亲极为孝敬。每天晚上，他都要亲自为母亲洗脚，日复一日，从不间断。家中一贫如洗，他白天下地种田，上山烧炭，赚几个小钱维持生计，晚上就挑灯攻读，每每用功至深夜。他一心求取功名，为母亲尽孝，但时运不济，考了两三次秀才，都没考中。

这一年，龙溪县府又张榜会考。母亲给他准备了干粮和行李，又摸出两块银元给他带上。郭振到了漳州，赶完会考出场来，已是第三日午后。他心里惦念着母亲，匆匆收拾行李，就要赶回六十里外的家里。到了距家十里远的登坪，圆月西悬，他加快脚步，

不料两匹马堵住了去路。细细一看，一匹浑身雪白，一匹黄头白身，在月下闪闪发光。郭振纳闷：这荒山野地，谁家的马跑出来乱窜呢？不管它，还是赶路要紧！正想迈步，两匹马却一左一右拦住他。

郭振不由心焦起来，问道："马儿啊马儿，我无害你之意，只求能快点回家见老母，你若知我心，快快让路才是！"那马儿竟似懂人意，摇摇尾巴就让开了，但还是不紧不慢跟在郭振身后。走了一段，郭振见马儿仍不离去，就返身问道："马儿啊马儿，我无害你之意，莫非你想害我么？"两马停步，一齐摇了摇头。郭振更为不解，沉思片刻再问："既不害我，莫非成我？"两马又一齐点了三下头。"既是成我，请前头带路！"说着郭振取下行李套在白马脖颈上。

说来也怪，这时白马倏而不见了。黄马连跃几步，慢慢走在前头，拐过一弯，也不见了踪影。郭振四下寻找，发现行李挂在一枞野蕨上，伸手去取，不想只轻轻一动，野蕨连根带土就松动、离浮了起来，地上露出了一口大坑。月光下，坑里闪着一片白光。

郭振以为花了眼，拭了拭眼睛再认真细看，却是满坑的白银！郭振这才明白，那两匹马是带他来找宝的，这些银元是老天爷赐给他的啊！心里不由一阵狂喜。但这银元是真是假？还得回家问母亲。于是他夹了两块银元，放进袋中，重新扒土拨草，盖好坑口，才起身继续

赶路。

回到家中，已近三更，郭振进门便跪在地上，向母亲请安。母亲见儿子回来，万分欣慰，正要扶起郭振，忽听“叮当”两声，两块白花花的银元掉在她面前。她急问这银元哪儿来的？郭振便将晚上所遇到的事如实禀报。母亲高兴得掉下眼泪，说：“儿啊，那是你的造化，那匹白马，是天赐给你的财宝啊！另一匹黄马，是更值钱的黄金。但做人不可太贪心，你有这么大的福气，应该感谢上苍，我们已经很满足了！”母亲捡起银元在口中一咬，甘甜生津，果然是真银。母子俩就按俗例，把银子放在蒸笼里蒸，又点香拜谢天地。

郭振孝心感动天地得了财，但却为那满满一窖白银发了愁。那么多的银元怎么搬回来呢？雇人挑，势必惹出不少麻烦，俗话说：“树大招风”，让外人知道，必然节外生枝。为掩人耳目，他想了一个好办法，借口开荒，到藏宝之地种起番薯和烟叶来。每天早上，他就挑着粪去下肥，晚上再挑着两桶重重的东西回来。人们都笑他舍近求远，跑到那么远的地方去开荒。可谁知道，盖了烟叶的桶里尽是白花花的银子！

就这样，郭振每天一趟，足足挑了六百零九担才把那一窖白银都挑回家。挑最后一担时，瓢泼大雨把他浇得浑身湿透，冷得发抖。他好不容易爬到岭上，见下坡路滑，难以负重行走，就想：反正也不差这一担，明天早早来挑也不迟。他把那两桶银子放在大路旁，径自回家去了。不想因劳累受凉，第二天起床，已是日上三竿，他估计那银子已被人挑走了，暗暗叫苦。没想到，他急急赶上山去，到半路，就有几个下山的人，大老远就冲着他嚷："振啊，你怎么把两桶大粪放在山岭上，臭气冲天，叫我们怎么歇困，赶快去挑回家！"郭振赶到那里，两桶银元一个未少！才庆幸别人无份可得，那银子还是归他的。

后来，郭振用这些银子购置了大片的土地，先后建造了一座祖祠、一座五间大厝和"凌云楼"。"凌云楼"高三层，墙基是磨得发亮的青石，上边清一色大方砖砌成，外墙周长五六百米，从用料和规模，都要胜过同族下莲花房所建的"齐云楼"。清同治年间，凌云楼遭清军破坏，现仅存二层。

2. 兄弟相告

郭振有福造楼，却无福享受。他为建楼忙碌操心，积劳成疾，在"凌云楼"即将完工时，染病身亡。方方正正的楼建成了，他捡的十八万三千元银元却还剩下不少。他的两个孙子郭魁、郭使，为分这些财产，还闹起了矛盾。

本来兄弟俩各得一半，算是天公地道。偏偏大哥贪

心，自认为老大，要独得全部财产。小弟为人较为耿直，据理力争。嫌隙越闹越大，亲兄弟翻脸，变成冤家对头，最后竟相互扯着去见官。郭魁暗地里塞些银子给龙溪县令，郭使也许诺，若大老爷能公正判断，事后给更多的银子。双方都有好处，龙溪正堂也难于摆平，就以案情迷乱无绪为由，推给泉州府堂。

两人准备了足够的银子，到泉州一论高低。见了府台，各自呈上状纸、塞上银子，找了客栈等待开堂。无巧不成书，两人竟住在同一间客栈。冤家路窄，兄弟俩又吵了起来，争得脸红耳赤，脖筋突出。多亏店家从中调和，两人才悻悻回房。郭使觉得心中烦闷，来到洛阳桥头散步。忽然，他发现桥下一只特大的鳖咬住一条毒蛇，毒蛇也不甘示弱，死死咬鳖的甲裙不放。两物互相剧烈撕咬，僵持甚久，最后，被一位渔人看见，驱走毒蛇，抓住了鳖。此情此景，触动了郭使的心，同胞兄弟，一母所生，如今却拼得你死我活，无异于鳖蛇相斗，最后还是让渔人得利！他怏怏转到市场，发现大哥也在这里，向一个渔人买了一只特大的鳖。郭使见渔人好生面熟，那鳖的甲裙上也有一道红红齿印。他暗暗一惊：这鳖有毒！大哥吃了，必会中毒身亡！想来想去，他决定把这事告知大哥，毕竟两人是同胞骨肉啊！

回到店中，他先叫店家去向大哥说明。郭魁听了大怒："刚才他还跟我鱼死网破，怎么如今换了菩萨心

肠？分明是怨我有钱！你去告诉他，我偏偏要吃死了给他看！”郭使知道后，再三央求店家再去苦劝。店家被郭魁骂得狗血淋头：“我吃不吃鳖，与你有何相干！你这店家也太不识相了！”店家受了气，再也不肯出面劝阻，踌躇再三，郭使只好亲自出面。

郭使走进大哥房间，郭魁正要刣（宰、杀）鳖。郭使“扑通”跪倒，说道：“大哥，这鳖确实吃不得！我亲眼看见它与蛇相斗，各自伤残，甲裙上乃有毒蛇齿痕。小弟不忍大哥误食身亡，所以才三番两次央求店家告知，如若大哥执意不听，我就跪死在大哥面前。大哥千万三思啊！”说完声泪俱下。

郭魁见小弟动了真情，暗自困惑，将信将疑，他割了一块鳖肉丢给狗吃，不多时，那狗就倒地抽搐不止，顷刻死去。郭魁这才良知发现，知道错怪了小弟，自己以前贪心重财，才造成兄弟水火不容。常言说得好：“捉贼打虎也得亲兄弟。”若不是小弟真心搭救，他今天就没命了！于是，他抱住郭使痛哭。一场兄弟官司至此和解而终，郭魁自觉对不起小弟，把财产尽与郭使，自己单人独个渡海到宝岛台湾谋生去了。

几年后，他的子孙在宝岛台湾繁衍成巨族。今天，“凌云楼”住的是郭使的后裔。

（以上均由华安县郭来潭、郭沫水、郭木海讲述，林夕勤采录整理）

九、蔡巡按与雨伞楼

民间平头百姓常有一种议论：“有万世山，无万世官”。而华安高车地区却流传着蔡巡按“有万世童家人，无万世的蔡大人”的遗训，告诫当官或有权势的，不可以欺压乡邻。

原来在七百多年前，华安县高车的洋竹径村山高林茂，风清水净，蔡氏早就在这块宝地上开荒垦植，种杉插竹，生活得十分和美。南宋败亡后，北方的一个姓董的将领，因三个女儿美貌绝伦，而且流的汗是香的，不愿被朝廷选去为妃，举家南下逃到这里客居。为了隐姓埋名，还“去草留童”，将“董”姓改为“童”姓。

那童家是见过世面的，他们懂得一边努力耕作，一边还请塾师启训蒙童，开武馆练武功。几十年后童家就人多势众，出了不少文武人才，侵地盗木，与蔡家的人不断发生冲突，经常社斗。这蔡家人少体弱受欺侮，打鱠（不会）赢，告鱠走。只好气在肚里，恨在心中，忍气吞声过日子。

这年春，漳州府来了个姓蔡的巡按大人，这下洋竹径蔡家人可欢喜了，心想：本家出了官，不刈你童家十颗八颗人头才不了事，被夺的田地山畲也要讨回……于是，他们便公推了八个父老族长，悄悄从小路拐到漳州府告状。那蔡巡按在府衙理事，一通锣鼓响过，放告开始。洋竹径村八个姓蔡的老翁，把状子交给军门传入。这蔡巡按进士出身，四川人，看过状子，暗想：童姓几个人确实有罪，但罪不至于诛，乡仇宜解不宜结，我蔡某一世清名，这次巡察漳州务必尽平生才学，办好几件难解的官司才是。于是退入后堂，传蔡氏八老恳谈。蔡巡按列举先朝许多乡亲邻里退让求和、两族俱兴的案例，苦口婆心地劝导那些受气的同姓人：我蔡某到漳州府巡察是暂时的，童家作为你们的邻居是万世的。今天，偏袒你们重办他们，我走以后他们又寻事生衅，冤冤相报，永无尽头。天下人都是帝王的子民，天下所有土地都是朝廷的土地，要互让互爱。如果本官叫童家今后不再侵犯，你们也不计前仇，两姓结盟和好，各自安居乐业，兴学练武，不亦乐乎！蔡氏族人回想起前几次官司打赢也没什么用的事实，便答应依蔡大人明断办事。

蔡巡按发出火签，传讯高车童家人。

童家族人听说蔡巡按大人到了漳州府，又听说洋竹径村蔡家族人连夜入城鸣冤，那些长辈坐立不安，马上召集各家各户到祖庙议事。经过检讨，认为童家确有几个少年不读书、不练武、不务农事，专与蔡氏寻衅生事，应该严办，于是童姓长者亲自到蔡家赔罪。蔡大

人闻知童姓主动认错和解，十分欢喜，只过一堂即已明决，其判词如下：

蔡童两家本为近邻，盗木砍竹常有发生，你殴我打，舅不认甥，秦晋交恶，怨积越深，长此以往，祸伏村边。本官到任，蔡氏鸣冤，细听陈述，童氏欺人，姑念前好，一境安宁，今重教化，罪判从轻。兹始而后，蔡氏不计前仇，童氏莫再欺侵，童蔡要永为襟裢，祈永世和好，祝两姓同昌。今后，案束脊梁，留予继任，谁人挑事，严惩不贷，决不容情。岁在已亥，秋月吉辰。

判词一出，双方都服。蔡家要兴学练武，童家就派知诗识礼、武功熟练的青年与工匠一起去洋竹径村兴学设馆。蔡童两姓十分敬佩蔡巡按，就模仿蔡大人出行的凉伞，在山上建了一座与凉伞一样的圆楼，以兹纪念，传于万世。

蔡氏在此驻留数百年，后来又来了姓杨的，三百年前又有郭姓居住直至今天。但是，不管什么姓的人在这里住，“有万世的童家人，没万世的蔡大人”这句话都代代相传，成为和睦相处的格言。

（华安县钟国姓讲述，林焘采录整理）

十、益昌楼五更易主

九龙江畔有几百座大土楼，不少土楼都有十分动人的故事。华安县的益昌楼五更易主的故事就耐人寻味。

益昌楼位于九龙江北溪西岸，坐东朝西，是一座三层三门二十四开间起基的大型土楼。它建于清朝嘉庆年间，离现在有数百年历史。相传这楼的主人名益昌，青年时期很爱赌博，虽然很有体力，收入不少，但他的银两都从“赌”字中溜走了。后来，他娶了贤惠的颜氏为妻，在她苦口婆心地规劝下，益昌决心戒掉赌博恶习，立志建业。于是男耕女织，省吃俭用，六畜兴旺。这样，他俩勤俭劳苦积聚了廿年，有了成千上万两银子和许多的米谷。益昌精于计算，夫妻商量后，便先请了一名地理师测方位、算分金，选择破土时辰。然后他到芝坑去买杉木，到营前订大竹，亲临岭下购石灰，又到岭头厝买红砖黑瓦，到东溪运石头，到西山脚载黄土……益昌把十二条经络、几百节骨头全用到建楼上，忙得不亦乐乎。

经过一家人共同拼搏，土楼终于按时破土、按期施工，干了整整三年。竣工在

即，益昌就请名师选了吉利时辰，定于腊月初八子时“入火”和大宴宾客。他发出二百四十张请帖，请亲朋友戚共聚一堂。他为大土楼起名“益昌楼”，还请县城名秀才写字填红。

到初六日，漆工完成。只差底层厅边间的三合土地板，泥水匠再扫尾也全部完工。益昌眼看即将大功告成，欢快心情难以言表，他就找了远房兄弟启舟来喝一盅酒，欢叙畅谈一番。推开柴门，却见一堆人正围在一起丢骰子。人家说：“骰子一响，白银万两”，这话不假。益昌本是丢骰子高手，在老婆苦劝下，才改掉坏习惯。这时，他看到大家玩得火热，听到骰子声，他又心里奇痒难耐。心想：明天就全部收工“入火”了，时辰已定，红帖也送走了。家中还有余粮，夫妻关系十分和美，孩子上学读书、务农也各司其职。不趁机玩玩，更待何时？他酒也不喝了，睁大双眼，挤入人堆，拿起骰子就丢开了。

“怕老婆”“听枕头鬼话”等冷嘲热讽，声声入耳。他暗想：大丈夫男子汉能怕老婆吗？他把老婆平时的苦劝当成耳边风，圆睁双眼 一钱一钱增加赌注，一文一文输钱赢钱。待到鸡叫头遍时，别的赌徒输光了不赌了，蹲在旁边吸着旱烟。有人说：“大土楼敢建，输赢几两银算什么？”也有人说：“益昌兄的腰包饱饱的，这下子不怕老婆了。”

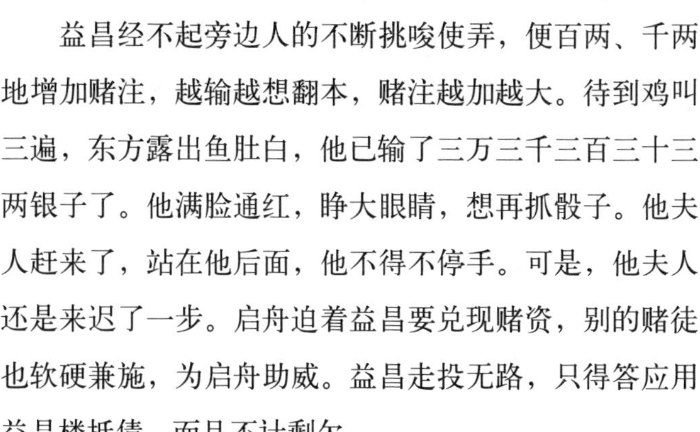

益昌经不起旁边人的不断挑唆使弄，便百两、千两地增加赌注，越输越想翻本，赌注越加越大。待到鸡叫三遍，东方露出鱼肚白，他已输了三万三千三百三十三两银子了。他满脸通红，睁大眼睛，想再抓骰子。他夫人赶来了，站在他后面，他不得不停手。可是，他夫人还是来迟了一步。启舟迫着益昌要兑现赌资，别的赌徒也软硬兼施，为启舟助威。益昌走投无路，只得答应用益昌楼抵债，而且不计剩欠。

被气昏惊呆的益昌夫人提出了三个条件：

1. 益昌楼已填了红，不要改楼号了。

2. 厅边间地板未打好就不要再打了。

3. 厅边间装上的门板要卸下来，把这房间空着。

启舟当然全部答应这些条件，件件照办。益昌夫人为什么提这三个条件？是何含意？众说纷纭，没法得知。

腊月初八，按时“入火”、按时开宴，只是主持人已是启舟，而不是益昌。如今，“益昌楼”三字尚存，厅边间地板仍然未打，只是装上了门板。后人说：益昌积聚二十年，忙碌了一千天，败在五更鸡啼。还说，查某查某，劝夫不赌，如此好事，要让妯娌婶姆都知道。

（华安县林光昌讲述，林焘采录整理）

十一、金小姐建大学厝的传说

华安银塘大学仔的大厝是赵氏皇族后裔西凉公和西凉妈所建。西凉妈的娘家在金沙吉洋，她父亲林员外共养了三个女儿。女儿长大后，林员外问大女儿：“将来靠谁？”答：“靠父亲！”问二女儿，答：“靠母亲！”林员外都很高兴。两个女儿出嫁时，他陪嫁了许多田园和金银，让她俩一辈子享用不完。

问三女儿，答：“靠自己！”林员外很生气，暗想：好，你要靠自己，我就叫你靠自己看看！有一次，他外出经过银塘，看见一个衣衫褴褛、长发如鸟巢的青年蹲在江边钓鱼，便上前问道：“你姓甚名谁？家中几口人？可曾婚配？”青年答道：“我姓赵名西凉，家中只有一个老母亲，不曾娶亲。”他就说：“那好，你在家等着，我将三女儿送来与你为妻！”赵西凉大吃一惊，说：“我家除老母亲外，只有破厝一间，日出筛米花，雨落叮咚鼓，再无财产，如何娶妻？”林员外说：“我三女儿很贤惠，她说要靠自己，正好替你持家，后天是吉日，我请大轿将她送来就是。”

林员外三女儿因为与金子有一段奇遇，

方圆百里都称她金小姐。她为人聪明贤惠，性格乐观倔强，她知道父亲故意作弄，咬咬牙就认了这门婚姻，但暗中发誓无论如何要争回一口气。

翌年，林员外做寿，大囝婿、二囝婿都送金银珠宝贺寿，员外让他们高坐厅堂欢宴。赵西凉夫妇只送一筐石螺，员外不悦，赶他们夫妻到灶脚（厨房）吃饭。金小姐受不了父母如此冷落，饭也不吃，拖着丈夫连夜赶回家。到家后，金小姐问丈夫："你祖宗有没有留下山地？"赵西凉说："有呀，过溪陈宅岭顶牛踏坪就是咱祖宗留下的，早荒了。"金小姐说："咱该立志创业，你今后不要再钓鱼、钓水鸡了，去把那块荒地开出来耕种。"

次日，赵西凉扔掉钓杆，扛起锄头来到牛踏坪。祖宗留下的荒田早已杂草缠绕，荆棘丛生。田地边上有一丛荆棘，大如米篓；丛上一个虎头蜂巢，大如簸箕；虎头蜂飞来飞去、凶恶异常，人们都不敢近前。西凉一来，虎头蜂嗡轰一下飞往他处，西凉乘机放一把火将大棘丛烧了。

据传，古时候有一个将军在这里隐居，边疆一发生战事，朝廷就征召将军去打仗。将军把平时所积累乌金都埋于地下，想待战火熄灭后再回来取用，谁知一去不复返。西凉不知道这些情况，在挖刺把头时，他掘到几块黑乎乎的砖头，一掂好沉，当晚就带了一块回家，垫在门前当台阶。金小姐仔细辨认，知是乌金砖，故意轻

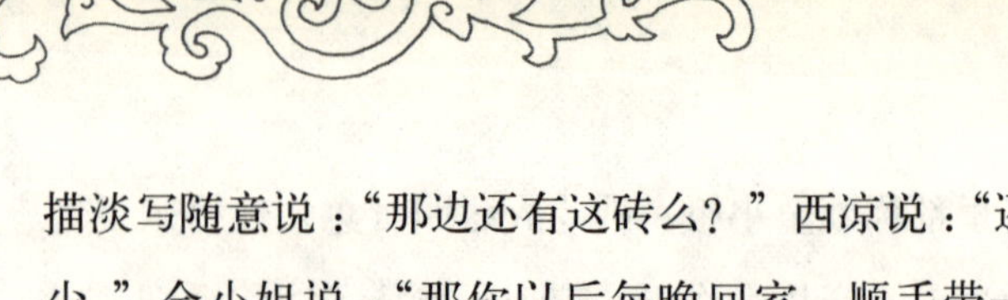

描淡写随意说："那边还有这砖么？"西凉说："还有不少。"金小姐说："那你以后每晚回家，顺手带一块回来，我要垫桌脚、做瓮盖。"金小姐找了许多借口让丈夫把乌金砖一块块带回家。

直到有一天，西凉说："砖没有了。"金小姐说："整块没有，半块有没有？"西凉说："半块有什么用？"金小姐说："咱的鸡生蛋了，将来孵出小鸡，好砌个鸡窝呀！"西凉听妻子的话，每晚仍一块两块地把断砖陆续带回家。有一天，西凉说："断砖也没有了。"金小姐说："碎砖有没有？都捡回来。"西凉说："碎块有什么用？"金小姐说："可以塞壁空啊。"西凉只好把碎砖块都一一捡回来。金小姐问："再没有了么？"西凉说："再没有了。"金小姐说："没有了就别再去了。"西凉愣了，说："我把荒地开好，刚要种植，怎么不要了呢？"

次日，金小姐包了一包碎砖块叫丈夫到漳州城去当。西凉大笑地说："人家城里人也要塞壁空么？"金小姐这才告诉他："这是乌金。"西凉埋怨说："嗨呀，你怎么不早说？白白出力开了那么多荒地。"金小姐说。"出出力也是应该的，改改你的懒骨头，早告诉你，你必然贪心，日夜搬挑，早就累死了。"

金小姐嘱咐丈夫："你进城后，要到每一间当店去走走，而且不要一下走进去，要等待有人招呼，你才进去。”西凉说：“何必这样加工（麻烦）？”金小姐说：“你穿破衫破裤，店主会看得起你？愿意招呼你的店主，才是善良和有良心的人，才不会诓骗你，或加害你的性命。”西凉一听有理，连连称是。

第二天，他背了包袱进城，在几间当店门口溜达，果然有一位须发皆白的老店主招呼他。金小姐料事如神，老店主果然十分善良公平。西凉换了一大背包银子欢欢喜喜回家了。金小姐一次又一次让丈夫背点乌金去换回白银，悄悄积累了几十担银子，夫妻俩便筹划建大厝。金小姐又如此这般教丈夫穿上破衣，到江边去买杉木。

西凉来到江边，见有杉排飘来，便大呼小叫让其靠岸，放排人嘲笑说：“你想上杉排钓水鸡么？”西凉说：“若是我高兴，将整个杉排都买下也不一定。”放排人大笑不止：“这一杉排你若买得起，只算你半价，若买不起，你上杉排给阮（我们）做三个月无钱工！”西凉说：“好！一言为定，只管靠岸！”杉排靠岸后，西凉将腰间草绳一解，“哗啦”一声，白银满地。放排人目瞪口呆，但一言既出，驷马难追，只好忍痛将杉排半价卖给西凉。如此数次，西凉买了大批便宜的杉木。

金小姐又设计让丈夫到娘家丈量厝间。西凉五更起身，扛了一根竹篙到岳父家时天尚未亮。他操起竹篙前丈后量，叽哩咕噜故意把岳父吵醒。员外起床出门一看，是穷女婿在那里发痴劲，回头对夫人说：“咱那憨

囝婿在厝后颠颠佗佗（吊儿郎当、不严肃），不知干什么？你快叫他去灶脚吃饭！”西凉却说：“吃饭事小，量厝要紧！”员外冷笑：“量厝做甚？”西凉说：“你这厝还是太小气了，我要建一座比你更大的大楼！”员外哈哈大笑：“你若能建大厝，我用金丝给你当石套（抬石头的麻绳套子）！”西凉说：“不必用金丝，我看用黄麻，你就出不起！”员外说：“好，你若建大厝，我给你出黄麻石套索！”

赵西凉大厝动工时，林员外果然不食言，派人送来几十担黄麻绳。金小姐交代建厝工人：“石套索生毛便应扔掉，以免索断伤人。”大厝历时三年才完工。石料多是到江东、西山买的，用三只大船并排绞住运来，上船起水，搬运数次，用了无数麻绳。金小姐靠娘家又节约了大量资财。

不巧这期间，林员外开在厦门的一间商行失火，一条大货船遇风沉没，损失惨重。他到三女儿家想借几斗谷，金小姐说：“你老人家能担几斗？即使给你再多，外面也不知情，你回家将所有亲堂叔伯都喊来，能挑多少尽管由他们挑！”林员外赌着一口气，叫五六十人来挑谷。金小姐早有筹划，午餐故意拖过昼（午），才先用豆渣炒肉给众人吃，大家饿得眼冒金星，狼吞虎咽。不久，才端出肉面，众人肚子虽饱，但眼馋又吃了一回。最后，见抬出几大桶鸡汤，让大家放开肚皮吃个

够。岂料鸡汤落肚，豆渣肉面膨胀，开仓挑谷时，个个捂着肚子不堪重负，每人只能挑三五斗而已。

金小姐将场面铺得这样大，被挑去的谷子却不多。事后，林员外对三女儿的聪明才智赞叹不已，叹道："难怪当初她敢说'靠自己'！"金小姐听了这话，知道父亲已有悔意，便将父亲所付黄麻钱如数奉还，表示她只是争口气而已。

大学内大厝至今尚存，传说遗址地下还埋有十三块金砖和许多白银哩。

（华安县赵潮初、黄蝶娘讲述，陈进昌整理）

十二、种玉楼的传说

据说华安县华丰镇草坂村李氏的第十六代先祖生有八个儿子，个个人才出众。排行第六的儿子名叫李国岱，长得人高马大、虎背熊腰，又豪爽善良，广交朋友。他长到二十二岁时，娶了一个貌美贤惠的女子为妻，婚后夫妻相敬如宾，恩爱有加。一年后，生下一个儿子，一家人过着幸福美满的生活。

一天，李国岱外出干活，突遇倾盆暴雨，赶忙跑到附近的一座大土楼避雨。刚到楼门口，就听到一声呼叫："不许进来，别弄脏我的新楼！"这句话深深地刺痛他的心，原来是楼主人看他穿着粗衣旧布，浑身的泥巴，看不顺眼，不许他进楼。

那天夜里，李国岱在床上辗转反侧，难以入眠。妻子问他："为何睡不着？"他便把白天躲雨遭到的冷遇告诉她。夫妻俩发誓一定要发奋图强，造一座比那座楼更大更美的大楼。

此后，为了筹资建楼，李国岱天天外出做工干活，还与人合伙做沿九龙江水运木料、竹料的生意，妻子则在家养猪、喂鸡。一家人穿的是粗麻布衣，吃的是粗茶

淡饭。一个咸鸡蛋，一家人要吃三天。全家人省吃俭用、扎紧腰带，节约每一个铜板。

此外，夫妻俩每次外出，都要顺便挑一些建楼所需的石头回家。一次，李国岱在九龙江边挑选石头时，发现一块形状非常奇特的石头，通身碧绿、晶莹透澈，上面还浮显着两条腾飞的龙图案，栩栩如生，非常逼真。他如获至宝，小心翼翼地扛回家，放在厅堂之上。宾客一见，都赞不绝口。由于这块石头像玉一般，大家都称它为“玉龙石。”有人愿出高价购买这块石头，但李国岱都一口回绝了。

也许李氏夫妻的执着感动了老天爷，他们一家生活十分平顺，鸡鸭成群，排料生意越做越大、越做越红火，几年后终于筹足了建楼的银两。于是，李国岱请来风水先生，精心挑选了一个建楼地点，选定吉日良辰，于咸丰丁巳年（1857 年）冬破土奠基，开始兴建大楼。奠基那天，他把那块奇特的“玉龙石”放进地基，寄托希望，祝愿子孙后代，都成为龙子龙孙，永世兴旺，代代相传，还将大楼取名为“种玉楼”，又名“下土楼”。

话说李国岱有一个儿子是天生的憨囝，平时傻里傻气、吊儿郎当。尽管李氏夫妻再三交代要尊敬工匠、不能无理取闹，但这个憨囝却不听话，经常当面无端辱骂建楼的工匠们“懒惰”“贪睡”“不干活”。工匠们非常恼火，忍无可忍，在建楼时，就故意做手脚，在地基里

埋下一块“败石”，让大楼留下隐患。

万幸的是李国岱为人相当不错，他对工匠们一视同仁、真诚厚道。时值隆冬，北风呼啸，工匠们午饭后在室内休息，因为劳累，纷纷一倒床便睡着了。他发现有的工匠没盖好被子，就轻手轻脚，悄悄走过去帮他们把被子盖好。工匠们一觉醒来，已经是傍晚时分了，便说：“东家，你为什么不叫醒我们？误了出工时间啦！”他说：“你们太劳累，睡得那么香，我不忍心叫醒你们呀，怕你们着凉了，还帮你们盖好棉袄。误工是小事，工钱我照付。”工匠们听了，心里热乎乎的。李家每天还热饭好菜热情款待众工匠，每天晚上查夜巡房为工匠盖好被子，节日时还专门杀猪宰鸭宴请工匠们。无微不至的关怀感动了众工匠的心，工匠觉得不能做对不起东家的事，他们不但把“败石”悄悄地拿掉，还更用心地修建大楼，把“种玉楼”建得既牢固又漂亮，整整用了四年多的时间，才把大楼主体部分建好。

该楼座北朝南，成四方型，外墙为 60 米和 20 米，高 17 米，墙厚 0.58 米，通廊式结构，楼为二层，共有 36 间房间。经历一百多年风雨的洗礼，“种玉楼”现在依然耸立在草坂村的社尾，美丽的九龙江从楼前蜿蜒而过。一百多年来，该楼人丁兴旺，人才辈出，李氏后裔遍及全国各地施展自己的才华，有的漂洋过海出外谋生，也取得很好的成绩。

（华安县童金城整理）

十三、芳山楼的传说

至今保存完好、有着三层40个房间的华安芳山楼里曾经出现过“一只母猪拱来一座楼”“十七个考生十八人中举”的趣事，这是怎么说的呢？且听道来。

1. 一只母猪“拱”来一座楼

芳山楼位于华安县新圩镇华山村。这里是典型的小盆地，群山环绕，中间平地上又有几座小山包。气候四季如春，土地肥沃，山花耀眼，风景秀丽。三百多年前，这儿住着一个叫云岚公的农户，他带着妻儿开垦近百亩荒田，一天天富裕起来。

有了钱，他就想建新房，但苦于找不到合适的地方。他经常到仙妈庙去焚香祷告，有一天夜里，仙妈给他托了一个梦：“若想显贵，房宅应建在蜈蚣山上；若想生财，则应建在大河旁边。”醒后，云岚公想：富，自己已无必要；贵，正是自己所求。在山上建圆楼，既可登高望远，又能防匪防盗。于是，他请来工匠，倾注钱财，在蜈蚣山上大造圆楼。

一天，云岚公的妻子正急着为工人煮饭，家里的一头大母猪一直围着她转，不

时地拱她的小腿，赶也赶不走。她生气地说："我正忙着呢，你怎么这样忙中作乱？"话没说完，只见从母猪的嘴里掉下了两块银元。她大吃一惊，忙问："这银子哪儿来的？"母猪在她脚边转了几圈后，就径直往山上走去，她紧紧跟着，走了约三里地，母猪在山坳里的一个坟堆前停下来，只见坟堆旁，早已被母猪拱开了一个小洞，里面隐约可以看到一堆银子在闪闪发光。她赶忙刨开一看，满满的一棺材竟都是银子。

当晚，仙妈又托梦给云岚公："此银子一半助你建圆楼，另一半助你培养子女，要认真培养，日后必有贵人相助。"经过祖孙二十多年的努力，芳山楼终于在明朝万历二十九年（1602 年）竣工。

2. 十七个考生十八名中举

陈天定是漳州龙海人，明朝天启年间会试考中进士，官至太仆。东林狱兴，陈天定因黄道周的事受到株连，被关入监狱。获释后，他厌恶官场，带上一个铜瓦、一尊沉香木关帝像，循大山南下。来到华安新圩的华山村时，他看到这里的孩子很聪慧，竟忘了一时的失意，突发奇想，要在这儿办一座书院。

经过一番筹备，书院终于办起来了，就设在这芳山楼里。为什么要将书院办在山顶上呢？据说，陈先生认为，在山顶上，从山下到山上，来回要走近一个多小

时，这可以避免了闲杂人员对办学的干扰，师生也可以更认真专心教学。当时村中有一个贫困户，因孩子多，养不起，便把一个儿子送到书院当书童。陈天定倾尽平生之力，全身心地投入教学，无任何保留地将所学的知识传授给孩子们。十年后，这些学生个个学问渊博、聪慧过人，书童天天跟着伴读，也学到许多东西。

三年一次的考期到了，陈天定带着十七名学生到省城赴考，书童也一同上路。在路上，学生们畅论诗文，并不时吟诗作对。书童也经常参与，讲得头头是道。一位爱开玩笑的学生方进就故意挑逗书童："想不到你也满腹经纶，对诗也对得不错，何不也报名参加考试呢？"

书童受到启发，就想：是呀，我这次到省城，只是为这些考生挑行李，但我在书院里也已经伴读了十年时光，考生们读的那些书，我也都读过，有的还背得滚瓜烂熟。他们能考，我为什么不能考？再者自己这辈子能来省城，也许只有这一次机会，机不可失、时不再来，何不也去试它一试？

到考场后，他就下定决心，偷偷地也去报了名。没想到竟也一举中的、榜上有名。十七个考生十八人中举，这个成绩着实让陈天定吃惊不小，而这也成为轰动一时的美谈，一直流传至今。

（以上均由华安县叶顺清、方坤乾整理）

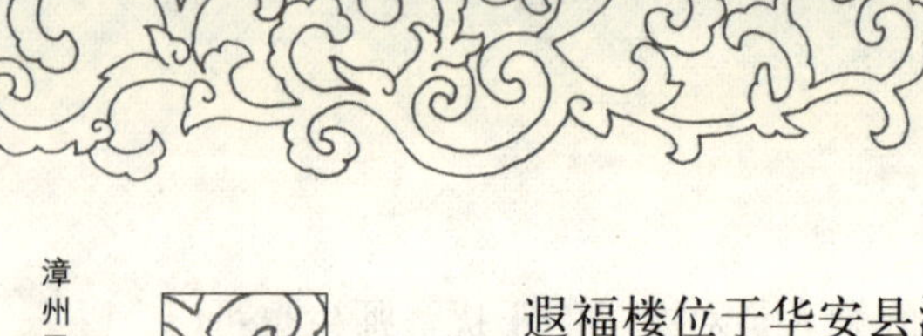

十四、飘洋过海圆楼梦

遐福楼位于华安县湖林乡石井村。该楼高 9 .55 米，二层半，共有 32 个房间、8 个大厅，占地面积 614 平方米。楼房外墙用石头砌成，俗称“石楼”。至今已有二百多年的历史，仍保存完好。它是怎样建成的呢？这里有个动人的传说。

传说在二百多年前，华安土匪、盗贼多如牛毛，民不聊生。石井村有一户农民叫陈兴匣，一贯勤俭持家，虽然几十亩田地每年都有些收成，可是一到年关，土匪就登门敲诈勒索、洗劫一空。如何才能保住财产和保护妻儿的安全呢？他朝思夜想、寝食难安。他做梦都想着要建一座既能居住、又能防御盗贼的楼房。

资金是最大的难题，经过多天的冥思苦想，他终于下决心走南闯北去做生意。而且说干就干，他把家里仅有的一点点积蓄拿出，买了一担茶叶准备挑去卖给潮州商人。但到鸡公岭休息时，一个小伙子假好心，说看他累了，愿意帮忙，挑起他的茶叶就跑了。第一次出门就给人骗了，他真不知道怎么办才好，蹲在地上哭得好伤心。

有个番客模样的中年人路过，看他哭得非常可怜，很是同情，近前详细了解他

的情况，并给他出点子说："听说国外遍地是黄金，只要肯干，赚钱的机会多，很多人跑到南洋去淘金，发了大财。你既然想建大楼，为何不去南洋闯一闯？如果有决心，我还可以帮你一把。"

说者无意，听者有心。一席话给陈兴匣带来了无穷的希望。他说服了家人后立即动身，飘洋过海到南洋，吃尽人间酸甜苦辣，在华人朋友的帮助下，先学会了印尼的语言，然后从码头搬运工干起，积攒点资金后再摆摊设点，后发展成经销商，生意越做越红火，腰包一天天鼓了起来，在短短的十几年里，就有了万贯家财。

钱有了，他就想回家乡建大楼。但是大楼应建在哪里呢？他又日夜寻思着。一天夜里，他竟梦见家乡的神明告诉他说："宅基应建喜生地，喜生地上生财富。"他立即返乡，一打听，原来家乡卧虎山上有块宝地，已被稍懂地理的漳平官田人陈喜生买去了。他建房心切，立即跑到陈喜生家里，对他说："福地福人居。你买了这块地，生意不仅不能做大，反而蚀了不少本，不如将它让给我。"陈喜生经过几个月的考虑，才把这块地高价卖给他。陈兴匣怕陈喜生反悔，一接手立即动工兴建。为防御盗匪，该楼全部用石头砌成。

经过十多年努力，陈兴匣才将此楼建成，并取名为"遐福楼"，意为幸福长久。

（华安县叶顺清、陈普照整理）

十五、松竹楼——魏金龙学武记

地处南靖县西北边陲的梅林乡梅林村背垄自然村的松竹楼，高四层，像城楼，似堡垒，虽是土木结构，但雄伟壮观。因该楼的第一层是用乱石砌成的，故又名石砌楼。在清代年间，楼内出了一个“天下无敌手”的魏金龙，影响极大，轰动一时。

魏金龙，又名亚勘师，出生在梅林村的一个富豪家里。他上过几年私塾，便被父亲叫去杭州经商了。年终回来，他对父亲说：“这次生意失利，血本无归，准备再干，以挽回损失。”第二年春天，他父亲又给一千两银子，并嘱咐道：“要吸取教训，认真钻营。”一年后，他又空着手回来，婉言向父亲说明生意失利的原因，又取得父亲的谅解。第三年，父亲又给他一千两银子，说：“钱花不少啦，可要认真呀，祝你这次出门一本万利，扭亏为盈，大发其财。”

魏金龙其实没去做什么生意，他一次次把钱交给拳师，练武去了。三年期满，他武功学成，便告辞师父回到家里。他父亲见他又空着手回来，气得肺都要

炸啦！然而有什么办法呢？思前想后，他料定不肖子必是不务正业，于是横下一条心要“杀子泄恨”。

时值炎夏，有一天中午，魏金龙正躺在松竹楼大厅的板凳上呼呼大睡。他父亲见机会来了，操着大刀朝魏金龙拦腰斩下。说时迟、那时快，金龙闻风翻身落地没被砍伤，大板凳却被砍为两截。金龙迅而跃起，抚摸着被砍坏了的板凳，心平气静地对父亲说：“太可惜啦！把好好的大板凳砍坏了，爸爸，你怎么啦？”

有天早晨，魏金龙正俯首在厨房门前洗脸，他父亲在二楼见到了，便居高临下用大铁耙朝他头顶砸下，心想：“这下你准逃不了啦！”未料金龙闻风一闪，没被砸到，铜脸盆却给砸破了。

又有一次，山洪暴发，魏金龙独自坐在庵前港岸石墙边，聚精会神地看着滔滔洪水。他父亲雇来一位大力士，乘他不备，要将他推下河去，让河水卷走淹死。这力士得人钱财为人消灾，偷偷地摸到金龙身后猛一推，只见金龙闪身粘在外面石墙边缘，不但没被推下河去，还把那个大力士抓住举到半空，声色俱厉地说：“要想活，快把事情讲清楚；要想死，我就把你摔下河去，让洪水冲走吞没你！”那力士连忙求饶道：“要活要活，我讲我讲，是你父亲唆使我干的，我再也不敢啦，快饶了我吧！”金龙才把他放了。

他父亲一连三次都未能伤害这个“狼狈子”（不成

器的孩子），的确害怕杀子不成反遭其害，最后，竟使出“以多取胜”的花招，买通十八个壮汉，乘他上厕所大便，埋伏在厕所外，准备一举把金龙干掉。幸好他母亲闻讯赶来，悄声给他通风报讯说：“小心，门外有群野狗！”金龙说：“放心吧，阿妈，快把手巾沾湿后送来给我，就万无一失了。”

他母亲不敢怠慢，急急回家把手巾沾水后送到厕所门前塞给金龙。厕所门一打开，十八根木棍便一起打了过来。只见金龙挥动毛巾，把十八根木棍捆为一把，吓得这群壮汉慌乱地溜走了。从此，他父亲的气也消了，连连点头说：“有如此功夫，花三千两银子，值得，值得！”父子言归于好。

有一次，江西省一位富翁被当地一位擂台主欺凌，托人远途来请魏金龙到江西打擂台。擂台搭得很高很高，两人一起上台比武了，吸引了上万的观众。江西擂台主手下数千人，而魏金龙才去五六个人，力量悬殊怎么打呢？人人都估计他凶多吉少。那擂台主练就一身硬功夫，手提铁耙，迎面朝金龙砸来。魏金龙练的是软功，玩弄三根能自由伸缩的白藤，由西朝东，绞住了铁耙。因朝阳照射刺目，对金龙不利，他只守不攻。两人僵持到中午时分，还难分难解。双方的午饭由各自徒弟准备肉丸子，从台下掷入台上师父的口中，补充力气。金龙与徒弟配合默契，粒粒肉丸子都接到吞入口中；而江西擂台主却有半数没有接着，气力不济。

太阳西斜了，魏金龙的优势来了。他用客家话通知徒弟："立即返回，在二十华里处等我！"几十分钟过后，魏金龙心里估计徒弟们已经走远了，立即反守为攻，从三根白藤中抽出一根插入江西擂台主的三寸咽喉，然后跳下擂台，踩着观众的头顶飞快走脱了。台下群众和江西武士，都搞不清怎么回事，就齐声喊着："金龙输啦，金龙溜走啦！"等他走远了，江西擂台主才从擂台上倒下、掉落台下，因被金龙刺中喉咙，早已气绝身亡了。他的数千徒弟个个呆若木鸡，面面相觑。

魏金龙从此声名大震，投奔他的人一天比一天多了起来。于是他骄横十足，挂出"天下无敌手"旗帜，招兵买马，准备打天下了。他择日杀猪祭旗，整衣出发，从永定打到广东去。第一仗算是胜利凯旋，在石砌楼前召开庆功大会，奖赏三军，喜不自胜。

休整数日后，他又出发了，从南靖打到厦门，渡海到宝岛台湾，如入无人之境。是晚，他住在宝岛台湾某地的一座庵庙里，庙内禅师设盛宴为他接风洗尘。只见厅上、厅下摆满桌椅，八仙桌上摆满各色各样的美酒佳肴。这时，这位禅师仅用右手食指与拇指，夹着八仙桌的桌脚，便将整桌的酒菜从上厅搬到下厅来放着，没有摇晃出一点酒汤来。魏金龙一看，心中有数了："这不是明摆着要与我比试功夫吗？"他一声不吭，也依样把

该桌连酒带菜由下厅提到上厅原处放好。但是，金龙摇晃出一些酒、汤来，心里自感不如。

进餐时，有位头陀手握木槌，脱履纵身敲打三下悬挂在塔项上的大钟然后落地，再穿好鞋子。魏金龙也向这位头陀要来钟槌，依样敲钟，但落地后却没穿好鞋子。真是昔日骄横，目中无人，眼前二试，胆战心惊。

是夜，金龙与禅师约定在同一大厅内，熄灯各施武术。结果，谁也无法打倒谁。头陀提灯一照，禅师粘在梁上，他施的是蝙蝠架梁轻功；魏金龙贴在壁上，他展的是蟑螂飞壁。两人着地，收回武功。禅师道："看来咱俩师出同门，功夫不相上下。然则，苦海滔滔，强中更有强中手，我劝你还是死了'打天下'的心回去吧，别再奔波啦！"

魏金龙经过这场较量后，深感自己的武功不及他人，愧对"天下无敌手"誓言，于是卷起大旗，解散队伍，自己一个人从宝岛台湾返回故乡松竹楼居住，安度他的晚年。

（南靖县魏金开、魏仲山、魏进茂、魏南书讲述，魏进卿采录整理）

十六、凤吉楼——魏以锦兴衰记

凤吉楼，位于南靖县西北部距县城61公里的梅林乡梅林村洋角自然村。该楼的地理形似睡牛，是座四层方形大楼，相传始建于明末清初。楼内多出武丁，少出文士。清嘉庆年间，是该楼史上最为繁荣昌盛的时期，也是乐极生悲的捩转期。最典型的人物要算是十三世的魏以锦。他家财万贯、田园数百亩，兄弟子侄精通武术的有百余人，势力很强，德邻仁里无不敬佩，堪谓：财丁两旺真富贵，九里人闻十里香。

俗云：天有不测风云，人有旦夕祸福。时值洪秀全农民军溃败之际，一股败兵闯入梅林地区。魏以锦组织楼内壮丁极力反抗，打得农民军（俗称长毛反）落花流水，逃出奎洋乡去了。楼丁凯旋，得意洋洋，因而失去了警惕性。农民军趁机杀了个回马枪。结果，楼丁死的死、逃的逃，凤吉楼被农民军攻占了整整一个多月，粮食吃光了，钱物耗尽了，再也没有啥油水可捞了，才离开此楼。临走时，还干脆划根火柴，把几百平方米的凤吉楼烧成一片废墟。

魏以锦一落千丈，立刻由百万富翁变为一个穷光蛋，再也没有人去奉承他、拥护他和保护他了。他到处求借，田园典的典、卖的卖，还欠下人家二万多两债银。由于他不讲信用，有借无还，最后连一文钱也借不来了，只好坐以待毙！

有一夜，天神给他托梦说："以锦，以锦，官船来啦，赶快动身去宝岛台湾。"他朦胧中醒来，什么都没有看见，南靖县西北边陲的梅林山区，哪来的官船呀！他回味梦中之事，心想："我以锦一生荣华富贵，前呼后拥，而今被遗弃在路旁，谁也不瞧一眼。看来，只有走这一条路了，碰碰运气吧，也许那里有我的救星。"于是他昼行夜宿，沿途求乞，尝尽苦楚，终于到了厦门港。等了五六天，一只官船的影子都看不到。他困倦地在码头上睡着了。

"官船来啦！赶快上船去！"他听到喊声猛醒过来，张开惺忪的眼睛，看到一只官船横摆在他跟前。他欢喜得不知所以，二话没说，就登了上去，顺利地到了宝岛台湾。

时来运转，魏以锦在宝岛台湾专营粮食生意，正巧粮价一再上涨，他连连坐收红利。三年之后，他已赚足了十八担银子，看到一担担白花花的银子，他心花怒放，便想回故乡炫耀一番。因此，他雇请了脚夫，挑着银子，登上返回厦门港的客船，再由厦门返回漳州居住。

话分两头，魏以锦梅林祖籍的宗叔魏志容，听说他从宝岛台湾回来，立即赶到漳州接他。叔侄素来很是投机，见面后皆大欢喜。魏志容要魏以锦在漳州多住几天，让他一人先回乡去清理魏以锦到宝岛台湾前所遗下的债务。魏以锦同意后，魏志容回到梅林即出示告示，云：凡魏以锦昔日所欠债务，为念至交之情，一概由本人五折偿还，凡被欠者，愿者限于三日内持据前来领取；逾期以自愿放弃论。

那些债主见到告示后，纷纷持着魏以锦旧日借据，前来索取债银，别说五折偿还，就是一折也算是捡回来的。大家都欢欢喜喜，心甘情愿的。合计一下，这次共偿还了二担银子，也就是说，魏志容这一招，确实为自己的宗侄魏以锦净赚了二担银子。不久，魏以锦回到梅林，这时，债主们才知道上了魏志容的当。但借据已被收回，后悔能有什么用呢？

魏以锦飞黄腾达，就大兴土水，建造新楼，并竖杆立碑，修坟祭祖，大大炫耀一番。

（南靖县魏崇福、魏成立讲述，魏进卿整理）

十七、八卦楼兴衰记

在九龙江上游的西岸，屹立着一座古式建筑八卦楼，楼名崇兴楼。它建于清嘉庆年间，距今二百多年，虽完好无损，可就是里面没有住人。它的兴衰史，记载着旧时富豪人家，为了自家兴旺发达，不惜采用卑鄙手段坑害他人、互相倾轧，最后两败俱伤、家破人亡的丑恶事实，是后人很好的警世教材。

话说南靖县龙山乡险圳头村是一个傍山临江的小山村。山重山，小坑通大坑，共有十八个自然村，叫十八重坑，顾名思义，这是一个相当偏僻的山区。人说："近海靠海，居山吃山。"这十八重坑山深林密，树竹满山，山珍山货取不尽，算是一个富庶的地方。除本乡本土的村民外，逐年都有不少外乡人来此开发，人口不断增加，全盛时期曾有一千多人。人们靠伐木砍竹，烧木炭、采山货出售维持生活，因此每到圩期都有不少行商水客来此采买，用水运发货到漳州、厦门及其他地方，这个山村曾经热闹非凡。

当时，该村有个村民叫陈竹管，上过几年私塾学堂，在村里算是个小有墨水的

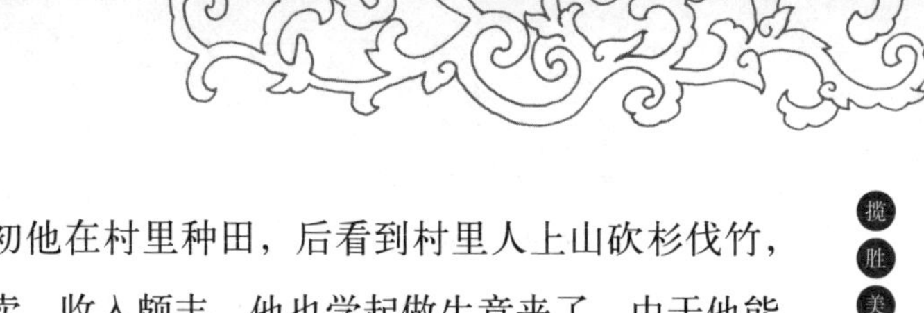

人。起初他在村里种田，后看到村里人上山砍杉伐竹，烧炭出卖，收入颇丰，他也学起做生意来了。由于他能算会写，与行商做生意不曾吃过亏，村民们都喜欢与他在一起，把东西委托他代卖。他开了一间小货栈，作为代卖山货的中转站，还兼营一些油盐酱醋之类的生活用品，方便村民。他的生意越做越大，几年之后，竟然成了当地的首富。

俗话说："穷则思变"，其实富了也会思变，想享受，想建业，想世世代代能有享受不完的荣华富贵。陈竹管成了富户后，首先考虑的是建安乐宫，虽说身居山区，但有了钱，他也想建一座山间宫殿来享受享受。他筹集了十几万两银子，准备在险圳头附近建一座大楼。这楼要建啥样式好呢？他听说金山的后眷楼建得很不错，金山、龙岩一带，人们赞誉不绝，他就亲自去参观。在后眷楼踅（绕）了一周，心里也暗自称赞这楼建得气势不凡。在同主人交谈时，他听说建楼前，必须请风水先生选择好地。回家后，他就委托许多人，帮他聘请高明的地理先生。后来，他请到一位人称"赣州仙"的地理先生，就盛意款待，要求为他找一块建楼宝地。

"赣州仙"果真名不虚传，对阴阳风水十分精通，次日就背着罗盘爬山越岭到处勘看风水。当他登上山巅鸟瞰山下时，发现十八重坑口就是一个"出水荷莲"的宝地。谁家得着此地，"生男成名仕，生女出贵妃"，他

顺山脉继续寻找穴源。原来这“出水莲花”的穴头出在这十八重坑中段，然后顺地势向下面伸展。可惜这块穴头已被别人家所用，建了一座房子，而且这家以后肯定会出皇妃贵人。“赣州仙”把勘探结果一一告诉东家。那陈竹管哪能按捺得住？他要求地理先生设法把那块地夺过来。

“赣州仙”想：我能看地理当然也会破人家的地理，这“出水莲花”只要经我一动，即刻形势全变。但他不能也不敢这样做，因为那有违师训。他劝陈竹管另外找地，陈竹管人富了就变拗蛮了，根本不顾什么缺德不缺德。他觉得那房子是一家姓徐建的，论财论势都不能和他比。他肆无忌惮，认为就是公开地争夺，姓徐的也不能奈何他。他取出五百两银子，要地理先生帮他这个忙。“赣州仙”被缠得无法推辞，就昧着良心答应了。他要东家准备一千斤带壳花生，每天只剥一斤，做花生浆给他吃。陈竹管不解其意，便问道：“先生你一天只需一斤花生，一千斤花生可用三年，要作啥用呢？”“赣州仙”说：“我正是需要等三年，等那荷花快要开放时，使用这些花生壳。”陈竹管也就不再多问，按他交代去办。

时间一晃过了三年，这年夏季，“赣州仙”吩咐东家把三年积下来的三厝间花生壳搬到他指定的地方来。他对东家说：“这出水荷莲，藕节头在徐家厝地，你这里

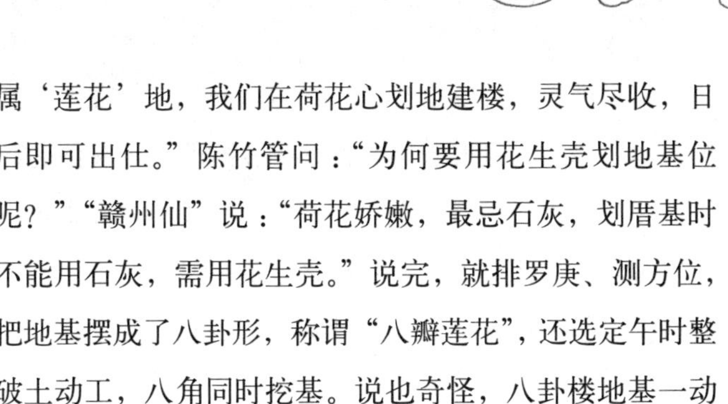

属‘莲花’地，我们在荷花心划地建楼，灵气尽收，日后即可出仕。”陈竹管问：“为何要用花生壳划地基位呢？”“赣州仙”说：“荷花娇嫩，最忌石灰，划厝基时不能用石灰，需用花生壳。”说完，就排罗庚、测方位，把地基摆成了八卦形，称谓“八瓣莲花”，还选定午时整破土动工，八角同时挖基。说也奇怪，八卦楼地基一动工，上方徐家的房屋即时晃动，好似灵气真的向这里移动，但徐家的人并未觉察他家的宝地风水正受到陈家的破坏。

陈家的八卦楼，从动土到竣工，整整花了三年的时间。第三年，陈竹管的老婆怀孕，超过产期未见分娩。一直拖到八卦楼落成，丫环才急匆匆地跑来报喜，说老板娘生下一个公子。双喜临门，怎不叫陈家人乐坏了呢？满月时，陈竹管连续三日大摆筵席，宴请乡绅商贾，宾客数百，热闹的场面自不待言。

陈家这头暂且按下不表。

却说这过路潭村的徐家，当家名叫来生，略识诗赋。在十八重坑的涵溪口生意兴旺时，他也曾较早地弃农从商，经营柴、竹、炭和山货买卖。俗话说：“同行是贼”，为争夺生意，背后中伤、互相倾轧的事时有发生。在竞争中，诸货栈都非陈竹管的对手，被挤垮了破产倒闭的相继出现。徐来生算是个有心计的人，虽勉强支撑，但生意还是一落千丈。陈竹管用垄断水运的办

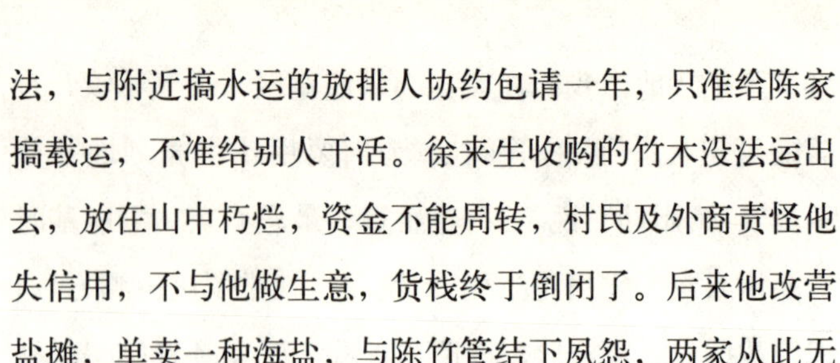

法，与附近搞水运的放排人协约包请一年，只准给陈家搞载运，不准给别人干活。徐来生收购的竹木没法运出去，放在山中朽烂，资金不能周转，村民及外商责怪他失信用，不与他做生意，货栈终于倒闭了。后来他改营盐摊，单卖一种海盐，与陈竹管结下夙怨，两家从此无往来，视为仇敌。

人说无巧不成书，在陈竹管庆祝华厦落成的同一天，徐来生的妻子也生了一男一女的双胞胎，因家道贫穷，不能像陈家那样得到祝贺与排场。但徐家这双儿女与众不同，生得眉清目秀，特别是那女婴，虽然尚在襁褓之中，已可看出容貌非凡，显出不是等闲之人。徐家夫妇对这对子女视如珍宝。一日，有个算命先生来到十八重坑，路过徐家门口。徐来生把他请入店里，为两个小孩看相排流年。算命先生一看这两个小孩的相貌，不禁拍手叫起来："贵人！贵人，这是一双大贵之人也！"徐家夫妇忙问底细，那算命先生说："此女日后将是皇上的贵妃，她的同胞弟兄就将是当朝的国舅；东君有这双大贵的子女，怎不令人连声恭贺呢？"接着他又说："七岁之时，有个大限，东君要好生注意！"徐家夫妇一听无限欢喜，取过数两银子赠与算命先生。

那算命先生顺山道而下，来到陈竹管的店前，时陈家佣女正抱着少爷在店外玩耍，这算命先生一见，马上驻足，抚摸小孩良久后，说："这又是一位显达贵人！"

在店内坐着的陈竹管听见这话，快步走出，问：“先生江湖口诀不错，是不是想赚些银两？”先生说：“并非老汉信口开河，这小孩确系大贵之人，我走南闯北，从未像今天这样，一连看见三位显达的贵人，真是深山藏瑰宝呀！”陈竹管不大相信，就把这算命先生请入店内问个究竟。宾主入店落坐后，陈竹管问：“先生方才说犬儿是大贵人，又说看到另外两位贵人，此话是否当真？请道其详。”

算命先生说：“实不相瞒，令郎福相超人，他日必然金榜题名，少说也是个进士，东君若能广积阴德，状元及第也有可能，切莫做有亏德行的事，才免于株连令郎，此话务必切记。若问另外两位贵人之事，他与东君相距只有咫尺，就是那徐家的兄妹，日后女孩是帝妃，男孩是国舅，其显达将在令郎之上。”听先生这样一说，使陈竹管心头凝成一团闷气，即时脸色沉了下来，你道是怎么回事？原来他心想，这十八重坑数我陈家为第一家，家财万贯，进士理当出在我家，若再出了更显达的帝妃与国舅，况又是出在有世怨的徐家，日后难说不会给我找岔子、发泄积怨。但他又想，时日还久着呢！慢慢再寻找对策还未迟。于是他取过银子谢了算命先生，送他出门。从那天起，陈竹管日夜琢磨如何对付陈家，但始终没能想出一个办法。

光阴似箭，转眼间过了七年，陈、徐两家的小孩都

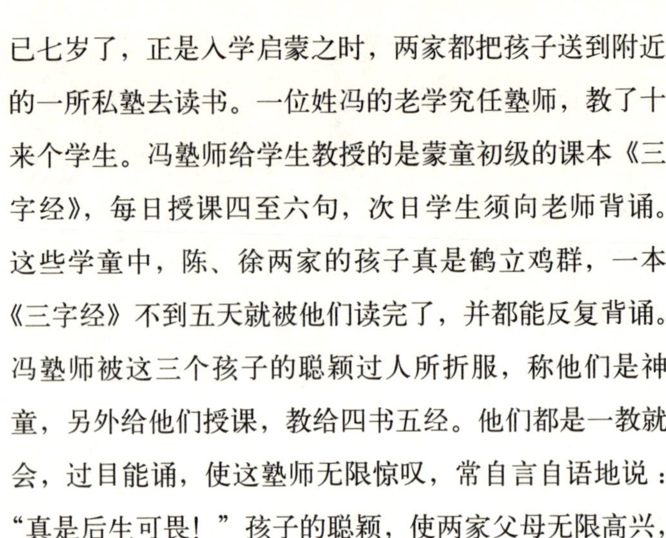

已七岁了，正是入学启蒙之时，两家都把孩子送到附近的一所私塾去读书。一位姓冯的老学究任塾师，教了十来个学生。冯塾师给学生教授的是蒙童初级的课本《三字经》，每日授课四至六句，次日学生须向老师背诵。这些学童中，陈、徐两家的孩子真是鹤立鸡群，一本《三字经》不到五天就被他们读完了，并都能反复背诵。冯塾师被这三个孩子的聪颖过人所折服，称他们是神童，另外给他们授课，教给四书五经。他们都是一教就会，过目能诵，使这塾师无限惊叹，常自言自语地说：“真是后生可畏！”孩子的聪颖，使两家父母无限高兴，料定日后可能成大器，为家门振家声。两家都对各自的孩子寄予厚望。

某年，孔夫子诞辰时，照惯例，学生家长都应为学生备办礼品，到学堂里敬拜孔先师。那陈家早就备有一付牲礼和六十个寿桃龟粿让孩子带去拜孔夫子了，当佣人要将敬品挑往学堂时，陈竹管突然叫住他们，从盛篮中拿出一个龟粿，并吩咐佣人随他到内房，神情诡秘对他细声耳语。那佣人只是不停地点头称是，然后才把敬品挑往学堂去了。

你道这陈竹管是在搞什么名堂？原来他要施行一个蓄谋已久的计划，要趁祭拜孔子公，对徐家斩草除根，毒死那个未来的帝妃。他自从听了地理仙的话后，就日夜担心“出水莲花”宝地穴头被占，将来徐家出帝妃进宫受宠，致荫满门，而自家只能出个进士，陈家就不能在十八重坑居首位，而且两家因争夺生意结怨，还可能遭到报复，非但陈家下场可悲，儿子的进士也难于保住，古话说得好："心慈非男子，无毒不丈夫，先下手为强，后下手遭殃！"他下决心先杀了徐女，帝妃一死，国戚安在？狭窄的嫉妒心使他疯狂，他拿了一块寿龟粿暗中放入砒霜，叫佣人入房交代如何行事。

这天，学堂里，众学生穿上新衣拜过至圣先师后，各自回到座位吃寿糕、寿粿等敬品。陈家佣人按主人的交代，热情地向每个学生发一个寿龟粿，那寿龟粿制作精巧，煞是好看，众学生伸手争着要。陈家佣人就按次序分发，到徐家兄妹面前，特意挑了一个给徐家的小闺女，徐家小姐起初不敢接，后经那佣人催促后也接受了，和众学生一样高高兴兴地吃了。

徐家小兄妹回到家里，做哥哥把今天陈家分寿龟粿的事告诉爹妈，徐来生一听，立即厉声训斥说："谁叫你们吃陈家的东西？这人狼心狗肺，东西也是臭的，闻都不要去闻。"兄妹此时才知错了，可是东西都已吃了，也没办法，骂也是徒劳的。

当晚三更时分，徐氏夫妇猛然听见闺女哀叫："哎哟，肚子痛呀！疼死我了！"连忙起床点灯，到闺女床前看望，只见女儿双手紧捂腹部在床上打滚。在这偏僻的山里，又是三更半夜，哪里去请大夫！徐氏夫

妇束手无策，只能干着急。不到半个时辰，可怜这小闺女就七孔流血，一命呜呼了！徐氏夫妇看见闺女一死，哭得死去活来，仔细观察，分明是中毒，料定是对头人陈家所为。

次日，徐来生提笔写状，到县衙控告陈竹管无故毒死他闺女，南靖知县传被告陈竹管开堂审讯，知县问陈：“你因何暗中投毒，害死徐来生闺女？”

陈竹管有备而来，他对县太爷从容应答，全无惧色：“太爷，这是一桩诬告冤案，孔圣寿诞之日，我赠寿龟粿给学童一事是实，这是小人出于爱心，怎敢放毒害人？况那天吃用寿龟粿的，并非只徐家闺女一人，小民佣人将寿龟分发给每个学童，他们吃后，并无发现有人中毒，分明是徐家闺女自己染上恶疾猝死，嫁祸于我。指控我毒害其闺女，于情于理都不合，望太爷明鉴！”其实，人是否被毒死，不难看出，只要检验便可清楚，但陈竹管早已向衙门上下行贿，谁会来主持公正？县太爷草草审问一下，就宣告被告无罪，结了案。

徐来生败诉回家，呼天抢地，大叫公理何在？！把一口牙齿咬得“咯咯”作响，跪在地上，发誓说：“不报此仇，誓不为人！”话虽这样说，但“报仇”二字谈何容易？！那陈家财大势粗，一个卖盐的徐来生，能奈他何？一阵悲伤过后，他才冷静下来，自己劝自己，不能草莽从事。他想起一句话：“君子报仇，十年不迟！”

要干倒钱多势大的陈家，须从长计议。于是他强压胸中怒火，决心等待机会再与陈家一拼死活。

事隔十年，陈竹管的儿子已是弱冠之年，是十八重坑大名鼎鼎的秀才。这年又是大比之年，陈家公子赴京考取了进士。陈竹管就在华厦八卦楼大开宴席，为其子庆贺。这天陈家高朋满座，猜拳劝酒好不热闹。就在一片欢声笑语时，有人突然大叫一声，倒地打滚，不久就气绝身亡。全场的人，吓得目瞪口呆。正感莫名其妙时，邻桌又倒下一个人。不多时，整个大厅好似发生鸡瘟一样，东倒西歪，一个接一个，满地都是倒下去的人，一时哀声四起，全场惊恐万状。你说这又是怎么回事呢？这不能不又回到徐家这边把原委说一说。

因为徐来生对陈家杀女之仇铭刻在心，蓄意报仇，一连几年，他天天窥测对方，寻找时机。这天，陈家儿子考中进士，陈竹管大宴宾客，显耀排场，给了他一个报仇的机会。他每天坐守小店，照料盐摊，专等陈家来买盐。他知道在这偏远的山区，办宴席非盐不可，而且全村只他一家卖盐，因此他就在这盐上作文章，挑选一些好盐，渗入极量的砒霜，用他的话说，就是“以其人之道，还治其人之身，十年前你用砒霜杀我女儿，今天我用它要你全家的命！”

也是陈家注定要败，办宴之前各项东西都办齐，唯独食盐没买，山珍海味缺少盐，能成佳味吗？开宴的前

一天，陈家的厨师到徐家的店里买食盐，徐来生就把十多斤特制盐卖给他。他哪里知道，这下子正好中了徐来生的圈套。

这场砒霜毒害了不下百人，经紧急抢救，大部分人都脱了险，唯独陈竹管一家人都死于非命！显耀一时的八卦楼，从此败落了。当年的主人，已经绝代，以后住进去的人，俱是房亲或外乡的人，这真是“雕栏玉砌应犹在，只是朱颜改”。到现在，八卦楼人去楼空，留给世人只有“为富不仁，下场可悲”的警示。

那徐家也同样落得家破人亡的可悲下场，徐来生因害人太多，触犯刑律，被衙门关死在监牢。

（南靖县陈火炼、柯友火讲述，陈奇芳、言平整理）

十八、旧楼的传说

南靖山城有一座很古老的生土圆楼，原楼名不详，人们称它为古楼，闽南语叫“旧楼”。楼呈圆形，石基土墙，因年代久远，几经沧桑，楼内房子倒塌无存，楼墙也只剩下二丈来高的断壁残垣。后来楼内盖了座庙宇，供奉开漳圣王和宋王赵昺的神主牌。为什么这里会供奉宋朝末帝的神牌呢？

相传，宋祥兴元年（1278 年），南宋幼主赵昺登基接位。这个才七岁还不太懂世事的幼主，当了皇帝哪会治理国事呢！一切朝政国事都由太宰陆秀夫代为处理。时元朝刚兴起，气势旺盛，江北大片地方都被元兵征服，并直逼江南。作为宋朝偏安帝都的杭州也危在旦夕。

一日早朝，宰相陆秀夫登殿奏本：“启奏万岁，元夷已掠我江北半壁江山，今又驱兵南下，妄图鲸吞江南，如今各省告急，各路守将平庸无能，未战即屈膝降夷，临安危在旦夕，何去何从不可迟疑。微臣之见，应即速南迁，先避锋芒，另置偏安之所，来日重整雄师，克敌复国，请圣上定夺。”你说一个稚气未脱的孩童，他能拿

出什么主意呢？还有那些养尊处优的官员，平时只知吃太平宴，一旦国家有事，不是你看我，就是我看你，连一个屁都不敢放，这时他们能进谏什么好计策？陆秀夫见满朝文武都鸦雀无声，不觉摇头叹气："要不，就听听老朽的一点小见解，依老朽之见，迁都之举已迫在眉睫，我看闽粤之地得天独厚，物阜地丰，宜养兵蓄锐，况有我朝将领蒲秀庚把守泉州，兵马三万，可御敌进犯，泉州也可为复国基地，老朽之见即日往闽，建都福州。众位大人意下如何？"那些大臣早就为杭州能否守住而吃睡不安，听说要南迁，当然齐声赞同。

经过短时间的准备，正要动身南迁之时，忽接福建告急，报蒲秀庚降敌，沿海之路不通，因此陆秀夫改变路线，弃海线改走漳州一线前往福州。他们从闽东进入转向闽北，经龙岩来到南靖的山城，那天日已晚了，就在山城歇脚休息。当晚，陆秀夫带了随从在山城巡视一周，边看心里边发出感慨：呵，真是个好地方！原来陆秀夫深识风鉴地理，他看见山城这地方，山水明媚，天宝物阜，是块宝地，特别那座三峰耸立，形如笔架，文气秀丽的紫荆山，更是让他赞赏不止，他连说："宝地呀！宝地，欲建帝都非此莫属！"可是当他一回头，乍见北隙岭，脸色就立即沉了下来，又自言自语："可惜，可惜！灵气尽从此隙泄走了，此地留不住圣贤呀！"遂打消了建都念头，只把山城当为暂时过渡之所，准备待日后再到其家乡广东另找建都之地。

陆秀夫把巡视山城的所见奏禀皇帝，皇帝也因多日的跋涉，感到疲劳，想早找个地方休息休息，就决定在山城住下来。第二天，陆秀夫偕同工部尚书在山城到处寻找建立临时圣殿的地方。他们用了几天的工夫，走遍山城各个角落，才找到一座面对紫荆山，周围环境秀丽的古楼。当他们踏进这个楼，迎面见到一座建筑精巧，宛似洛阳行宫的房子，就选定此处作为皇上帝殿。随即派人动手进行内外修整，屋内修成金銮帝殿，殿前修建一个露天丹墀，殿后旷地栽花种树整成花园，古楼大门前铺了七级石阶。楼的前面挖了七口池塘，种了红白莲花，一条小拱桥跨塘而过，从这里可前往秀丽的紫荆山，真似一座皇家花园。

此次护驾南迁，同行的还有大小官员和数千名御林军，在古楼周围，距古楼约三华里的一个村庄，叫后壁湖，被作为安置众王官侯的寓所，命名为“百侯”（现称碧侯村）。数千名御林军被安屯在通往漳州官道要口，叫昆南村，建立营房，这地方就命名为“军营”（如今尚保留这一村名）。练兵的校场设在距古楼不远的营盘前（现称安美村，意取平安美好）。并在紫荆山下建立一个养马场，这里有大片草地和一条清可见底的小坑，现仍被群众称为“马坑”。

宋帝昺南迁至山城，在古楼建立帝殿的消息传到闽

南各县，百姓欢欣雀跃，奔走相告，纷纷送粮送物犒劳军队。这信息也传到元王的耳朵里，元王对此深感不安，为提防宋帝东山再起，立即调派大军前来福建征讨，还下诏令降臣蒲秀庚带兵先行讨伐。蒲秀庚受命后即刻拔营进军漳州，漳州守将不敌，急派人到山城告急。陆秀夫闻报后，自料寡难敌众，决定放弃临时帝殿，南窜广东，另找安身之所。于是，元兵未到漳州，众官员就护送帝昺主动撤出山城，从古楼出发，绕过紫荆山麓，经平和芦溪，进入广东省大埔、梅县，到了广州。

元兵从漳州来到山城，进入古楼时，已是人走楼空。元将扑空，十分恼怒，令元兵烧毁帝殿，这座建不到一个月的临时帝殿就化为灰烬了。

据传宋帝昺与陆秀夫逃到广东后，因元兵追杀不舍，走投无路，宰相陆秀夫背着帝昺，一起跳海自尽，至此，一个统治中国近二百年的宋室王朝就宣告结束。

古楼遭受那场大火焚烧，帝殿成为灰烬，留下残垣断壁、满目凄凉。后来，为纪念这位皇帝，人们清除瓦砾，在废墟上重修了一座庙宇，立了一个神牌，逢年过节都有群众到这里祭祀。

（南靖县郑章、刘朝明、陈雅兴讲述，陈奇芳、言平整理）

十九、绵远楼盛衰记

清朝咸丰年间，南靖荆城西溪仔边村，有座当地富户建造的方楼。它由名匠精心设计，结构坚固，造型雄伟美观。楼里共有大小房间九十九间，分客厅、卧室、书轩，谷廪，既有防水防火的设施，也有御盗防偷的设备，堪谓水火盗无惧，固若金汤。主人给此楼起名“绵远楼”，期望它与家族都能绵长久远。可是，事与愿违，未上百年，因第二代主人放荡挥霍，搞得倾家荡产，它终于与其家族一起没落了。关于它的故事，传说很多，择要记录于下。

1. 人穷志长 天助发迹

山城圩在清咸丰年间曾经出过一个富冠荆城的富翁黄洛川。未发迹时，他仅是一个家徒四壁的穷汉子，一日三餐难度，在村里备受歧视。有一年，家家户户都在吃月饼，欢度中秋佳节。黄洛川由于三餐没有吃，肚子里正饿得叽咕作响。任何节日对他来讲，不仅没有带来乐趣，还徒增怨叹，他恨世道的不平等，怨穷人受欺侮。

那天中午，他饿着肚子来到山城圩，

幻想碰上一位好心人，请他吃一顿卤面，解决“当务之急”。俗话说：“穷人闹市无人问”。他走遍大街小巷，虽遇到几个熟人，可谁也没请他。过午了，他的希望成泡影，拖着沉重的腿走回家。经过土地公庙时，看见庙内庙外闹哄哄，不少善男信女捧着牲礼供品进庙拜土地公，他不禁停下脚步，想道：反正回去也没事，不如到庙里看看热闹，也许会忘掉肚饿。

走进庙里，他看见烧香的人又是跪又是拜，供桌上摆满鸡鸭鱼肉、糖糕水果，各种供品，应有尽有；不看还好，一看直流口水，他心里说：土地爷，你一个人怎能吃这么多的东西啊？要是给我一点点，我将感恩不尽啊！可是土地爷只是对他笑，它哪会回答肯或不肯呢。黄洛川两只饥馋的双眼在供桌上溜来溜去，看到案桌上摆着几只米糕龟，大的有二十斤，小的也有十斤左右。旁边许多人正围着商量，黄洛川想起，这是在“求龟”。“求龟”是闽南地区一种民间拜神娱乐活动。有人在神明寿诞日，用糯米拌红糖蒸熟做寿龟或寿桃，酬谢神明。这只龟，可以自求，也可让别人求，只要在神明前掷三下“圣杯”即可，求得的人明年须还两只，份量应比今年的大。

他心动了起来，这可是一个机会。还龟是明年的事，先求一只龟，解决今天肚子问题，吃了再说。他走进求龟的行列，排在最后面。随着人们先在神明前烧香，说明心意，然后拿过“圣杯”望空高掷，若“圣杯”三次都能一仰一伏，即神明表示恩准同意，就可把米龟捧走，否则就不能拿走米龟。结果，十来人掷杯竟没有一人如愿。他走上前向土地公祷告：“弟子黄某，今日万分紧迫，望土地公相助，让我求到一只龟，明年加倍奉还！”他竟连续三下得到“圣杯”。

他喜出望外，正要捧龟，旁边那些人急忙阻拦说：“你那三下圣杯是凑巧的，不能算！”黄洛川一看，都是些本地的纨绔子弟，欺他贫穷，可是他们人多，能有啥办法？又一想：人争一口气，我穷，也要有个穷骨气！他对那些人说：“我那三个圣杯，你们说不准算，我再重新掷！”黄洛川怀着怒火，重新掷杯，他这次不只是掷三下，他一连掷了一百二十下，而且是每次都是“圣杯”。这伙人一看，个个目瞪口呆，无话可说。黄洛川把米龟捧过手，正要走出庙外，又听见有人喊叫：“等一下。”原来是庙祝出来阻挡：“你把米龟拿走，明年拿什么来还？你只能拿走一半，明年若无法还，我替你还。”

黄洛川在大庭广众之前遭受如此侮辱，头如雷击，一时找不出话回答，羞愧得无地自容，痛感无脸做人，心里萌生寻死念头，但死前也要争回一口气，他声嘶力竭地叫嚷着：“你们不用怕，这米龟我明年照还，我可以请土地公担保！”他又抓起圣杯朝空中连掷三次，都

是“圣杯”，他上前，用力把米龟掰开，拿着一半狂奔出庙外而去。

这时，天色已暗，黄洛川手拿着那半边的米龟，也不想吃，只是无目标地往前直走。不知不觉走到河边，此刻他已不知肚子饿，只觉得胸口快要爆炸了，忽然一阵眩晕，他栽倒在河边。朦胧中，他来到一个陌生的地方，走进一所破旧的土楼里，迎面碰见一个老头。老人向他打了招呼：“黄百万，你来了，我把看管的东西交还你，你尽快来拿吧。”黄洛川感到十分诧异：谁是黄百万？他要交还什么东西？正想发问，老人不见了。他想，莫非是我气糊涂了，出现幻觉？可是老头说的话句句清楚！他不觉心头发怵，打了一个冷颤。他醒过来了，原来是南柯一梦。此时他更加恼恨，找死都嫌慢，还有心情做那黄粱美梦！他拾起地上的米龟，准备吃完后就跳河自尽。

他边吃边想：我这轻率而去，倒是一了百了，可明年谁来替我还龟呢？我真的就是如庙祝和那些人说的那种人吗？不！不能死！我要活下来，拼命也要挣钱还这半边米龟，为自己争回面子！他站起身来，昂首大步走回家去。

黄洛川向人租了四亩田地，认真耕种，他一年种三季，收冬后又种上麦子。由于他精耕细作，麦子长势很好，眼看不久就有好收成。一天早上，他到麦田一看，

糟了，麦田昨晚被谁家的牲畜吃了一片，他心痛极了！为保护麦田，当晚，他就到麦田守望。

大约过半夜的时辰，他看见有五只白马从远处的破旧土楼跑了出来，到他的麦地里大吃麦子，他火冒三丈，操起扁担追了过去，毫不留情地朝一只马屁股狠狠地打下去，只听得“铿锵”一声，好似击中金属的响声。那五匹马惊慌地狂奔，跑回破土楼里去。他哪肯罢休？操起扁担直追，追进破土楼里，却只见满地都是瓦砾，不见白马的影子。这时，他猛然想起，这地方好像曾经来过。可是，什么时候来的？模模糊糊又想不起来。他悻悻地走出土楼，不断地寻思着这一晚的奇遇。

黄洛川没有追上偷吃麦子的马，却发现只要清理掉那些瓦砾，破楼里是块很好的可耕地，种上瓜豆，每年少说也可收它上千斤，应该好好利用。翌日，他就扛犁牵牛来破楼开荒。那天，他正准备翻土时，牛不听使唤，要它往左，它偏往右。开犁不久，犁就被地下的石头卡住了。他拿来锄头要挖掉石头，锄头一撬，掀开一看，天啊！下面竟是石砌的方形大窟，窟里都是叠得整整齐齐的光洋。他顺着同一方向再挖去，又是一个窟。这样相连共有五个窟。他给弄蒙了，过了好一会儿才顿时醒悟：那晚在河边梦到的就是这个地方，那老头称我“黄百万”，要交还给我的莫非就是这些银子？既然苍天要赐给我，我岂能不要？于是，他急忙把石窟再掩埋

好，装着没事似地回家去了。坐在家里冥思苦索，用啥办法把银子运回来呢？

从此，每值夜深人静，黄洛川就悄悄地带上扁担麻袋，潜入破楼里去装银子，一担一担地挑回家，直到鸡叫才休息。经过几天夜晚的忙碌，他好不容易才搬完第一窟的银子，约略计算一下，竟有三十余万两。其余四窟要如何处理呢？若全部搬回家，屋子里放不下，而且不安全。他决定另找个安全地方，把那些银子埋藏起来，需用时再去取。他埋银子的地方，没有第二人知道。

黄洛川一夜间，从一无所有的穷人变成富冠荆城的百万富翁，震撼了山城。俗话说："狗尾摇戏戏，人尾看袂见。"此话提醒人，看一个人不能只看貌相，或只看当前。

黄洛川发迹后就买田置业，在溪仔边建了一座五层的方楼——绵远楼，他把周围的田园都买下来，还在山城圩里开了糖行、布店、钱庄、当铺，声名远播，在整个南靖引起轰动。他诸事顺心，但对求龟一事却耿耿于怀。那一年中秋节，他做了一只大龟，派人抬到庙里奉还，重量达一百二十斤。为了让大家不忘他以前求龟受辱的事，他的米龟不做全只，只做半只；另外还做了一个小半只送给庙祝，谢谢他对自己的激励，促使他有今天的发迹。

2. 发迹顶峰 阿舍出世

“时来运转”，黄洛川不仅发了大财，生意也一年比一年发达。他娶了老婆，又喜得弄璋。富贵不忘贫困日，他给儿子取名朴舍，意指应俭朴。可是世上的事往往是事与愿违，他儿子以后并没有继承父志，而且是反其道而行，成了败家子，逐日挥霍千金，把父业挥霍得一干二净。

黄洛川的儿子黄朴舍，人称戇朴舍。一出生就与众不同，生成一副怪脾气，日夜啼哭不止，非得有人抱不罢休，夜间整夜要点灯，灯一熄哭声就起，一家人被搅得吃睡都不安宁。黄洛川因晚年得子，疼得似掌上明珠，只得多雇佣人细心照顾。

黄朴舍弥月时，黄洛川大办喜筵，宴请宾客。席间，奶娘抱出黄朴舍与宾客相见，众宾客纷纷递赠红包，祝他健康快长，可他一见钱就讨厌似的哇哇大哭，奶娘如何逗弄也止不住，使得来宾大感尴尬。这时，不知谁不小心，弄掉一支调羹，发出清脆的响声，小孩一听这声音立即不哭，继而“咯咯”地笑了。此后，要制止这位少东家的啼哭，惟一办法就是摔盆掷碗让他听。黄洛川只得派人到漳州购买整船的瓷器，专供佣人摔给儿子取乐。

光阴似箭，转眼黄朴舍已能上小学了。一天放学回

家，见家门口贴了新春联，他驻足观看。洛川刚好从屋里出来，随口问儿子："门联上那些字你认得吗？"黄朴舍说："我全都念得出来。右联是：衣食住永保无虑；左联是：财丁贵常喜有余。""对！都读对了！"黄洛川点头称赞。朴舍说："不对，左边联做得不够恰切，应改为：嫖赌饮一笔勾销！这样反衬符合事实，对仗才会严谨。"洛川一听，心都凉了，这小子小小年纪竟会这样想？不觉脱口说声："坏了！败家孽子出来了！"

黄洛川发现儿子非他所望，担心万贯家财难以保住！便在大楼里的深井（庭院）建了个乌龟形的地窟，把银子深藏在里面，又把黄金铸成一尊高尺余的长老（和尚）像，藏入夹墙中，把所有的田园分成一丘一丘，每丘四亩地，防止子孙成片变卖。

一天，他领朴舍到田园去走走。要试探其如何管理这些田园，朴舍说："这些田好大丘啊！""是啊，要想把它卖掉，也很难找到大买主。"黄朴舍笑笑地答："要卖有何难？卖时可以像吃咸粿那样，一块一块切来卖嘛！"黄洛川一听，暗想：坏了，我枉费尽心机，看来将尽付东流，真是儿孙自有儿孙福，何必为他当马牛？！

黄洛川心灰意冷，终因积劳成疾，一命呜呼！临死时留下遗嘱两份，一是一幅画，画的是手指夹墙，旁边写："无钱打长老"交与妻子；一是遗嘱一纸，上写：

“卖厝不卖龟。”交与黄朴舍。黄洛川死后，黄朴舍当家，花钱如泼水，百万家财不久就被他挥霍干净了。

（以上均由南靖县许根、黄坑讲述，言平、陈奇芳整理）

二十、云峰楼

南靖马山附近有一座圆土楼——云峰楼，是明代建的，规模宏大，面积达 16 573 平方米，占地三十亩，是南靖目前已知的土楼群中最大的一座。它清代时最兴旺，人口稠密，曾出过一位文魁。它的创建有一个故事。

传说很早以前，这里原是一片荒野，只住着几个农户，靠开垦荒地、种植庄稼为生，人烟稀少。农民陈锡庆，为人忠厚老实，日出而作，日落而息。一日，他夫妇种完三亩花生地回家，看到家门口倒着一个人。

陈锡庆近前一摸，发觉尚有微弱鼻息，急忙招呼妻子一起把这人扶入屋里，用热汤把他灌醒，问他是哪里人？因何倒在这里？ 这人操着外省口音，自称是从江西赣州来福建寻找他失去联系多年的祖父，因饥累过度，突然昏倒。锡庆问他可曾打听到亲人的下落，他摇头叹气。

锡庆心地善良，见他举目无亲，十分同情，主动挽留他暂时住下，待身体康复后再去寻找亲人。这人感恩不尽，向锡庆千叩万谢。

他在陈锡庆家住了一段时间，受到亲

人般的对待。为使他身体早些康复，主人还把自养的鸡鸭杀给他吃，使他铭心刻骨，十分感动。身体基本康复后，他主动向东家说，他出身农村，熟悉农活，目前正是繁忙的种植季节，要求一同下田，给东家帮点忙。锡庆经不起他的一再诚恳要求，只得答应。

那天，天气晴和，这人跟锡庆夫妇来到地里。当他撒完一畦的花生籽，挺腰稍事休息时，他仰首眺望远方，忽然着了魔似的，愣在那里，目不转睛地看了良久，才说了一声："难得的宝地啊！"锡庆见他那个样子，不禁问道："你也懂得看地理吗？"那人笑笑说："不瞒东家，我家世代以堪舆为业，专为别人相地，所以我多少也有些见识。"锡庆根本不在意，只是随便问问。那人却说："东家，前面不远处，地理极好，如能得到它，就会子孙繁茂。"锡庆只是笑笑，不置可否。

隔日，客人又随东家下地，休息时，他走近那块地一看再看，越看越自信，再次劝说东家勿失良机，可是陈锡庆仍是反应冷淡。经过六七天，陈锡庆被客人的诚意感动，才实话相告："我家境不宽裕，哪有能力做风水呀？"客人连忙说："我只为感恩报德，不是为赚钱，如果你肯信我，我助你弄个小宗庙就成，无须花大钱！"锡庆见他没有歹意，也就答应了。

于是，第二天，陈锡庆就带上工具，同客人来到那个地点，挖土砌基建了一间不大的祖宗祠堂，把锡庆的

列宗列祖的神主都安放在里面。

这宗庙建成后，即产生效应：河对面的小村庄，果然鸡不啼，犬不吠，出现一股奇怪的气氛，人心浮动，五禽六畜不病自亡，有的村民无病猝死。那个村全村震撼，村里长老急找一位长住村里的堪舆先生商量。这位老先生亦是赣州人，满腮白胡须，几年前，村里有人请他来修建祖坟后，果然瑞气盈村，人丁繁荣，大家争相邀他找地相地，多年不让他回去。地理先生偕众长老去察看祖墓，发现地理灵气严重受挫，急忙爬上高丘眺望四周，发现对岸青光闪闪，知道有更凶猛的地理压向本村。他立即带众人循山脉追寻过去，到了陈锡庆宗庙前一看，才知道这里还有个“睡虎之地”，心里不觉暗暗吃惊。有人在虎头上建了祠堂，那“睡虎”被搅醒了，正虎视眈眈地怒视这方，难怪江村这“猪穴”被威慑得无处可容。他向长老们说明了原因，长老们自恃江村人多财粗，主张端掉这祠堂。地理先生说为时已晚，如今动它，不仅无效果，反而会激怒老虎，全村人畜难保，唯有用软办法困住它，使其威胁减少到最低程度。

江村人经过认真打听，探悉帮助建这宗庙的地理先生也是江西人。次日，江村的地理先生便渡河来拜访这位同乡同行。一见面，发现竟是自己的孙子干的。公孙俩免不了悲喜交集一场。爷爷问孙子如何来此？孙子把寻他遇救与帮东家建宗庙的全过程告诉了爷爷。爷爷说："如今你建造的'虎地'威胁到江村的安全，应想办法解决这个问题。"爷爷提出，用软办法，建造一座围墙，关住老虎，使它勿跃出伤及江村。孙子感到这有碍陈家的发展，不这样做又会使爷爷难堪。经协商，最后还是采用爷爷的办法。

一天，客人找陈锡庆去看看宗庙，只见那新建不久的宗庙，墙壁墙基竟然布满裂痕。这是地理活动的征象。客人对陈锡庆说："这一宝地，日后必定会有人来争夺，现在要赶快筑墙为界。"陈锡庆问："须围多大？"地理先生想：老虎擅长跃、跳、剪、扑，要困住它，非要横直几百丈的场地不可。就告诉东家：需围地三十亩。锡庆说："哪有这些钱？"地理先生说："我可帮你向邻村贷资。"

江村听说对岸同意筑围墙，就主动答应出资，协助投工建好围墙。经过一年多努力，围墙建起来了，江村也就较平安无事了。而陈氏村里子嗣不断繁衍，成了万户人口的大村，可是在外地却始终繁衍不起来。

几百年人们都这样说，真假难辨。不过，云峰楼确实就是在陈氏最繁盛的时候，在围墙基础上建起来的。该楼有三层，每层可住三百二十户人家，中心庭院做过圩场，开设过布庄、药铺、五谷行、食品店，是古代龙山地区一个热闹非常的楼内市场。

（南靖县陈奇芳、言平搜集整理）

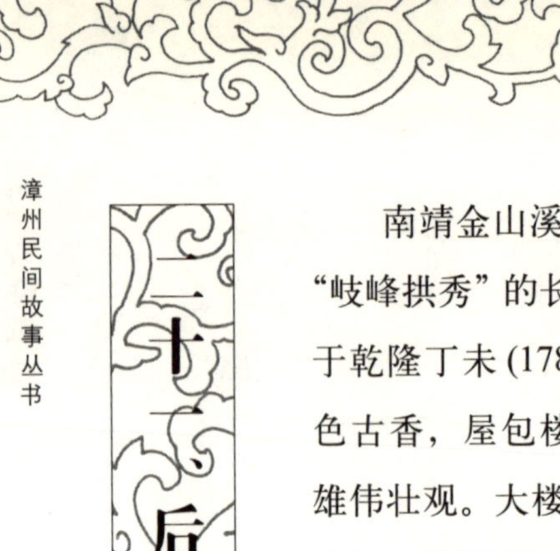

二十二、后眷楼的传说

南靖金山溪洲湾对面的后眷村有一座“岐峰拱秀”的长方形的大楼。这座大楼建于乾隆丁未(1787年)孟春，楼房建筑古色古香，屋包楼，楼又包屋，里外三重，雄伟壮观。大楼有九门十八厅一百零八间房间，建筑面积三千多平方米。整个建筑，石条铺、青砖垒，结构新奇。关于它，当地流传着这样一段动人的故事。

相传乾隆年间，金山溪洲湾对面有一户种田人，姓卢名项，因家境贫困，父亲早过世，母亲无法养活六个孩子，把五个哥哥都卖给别人或过房，只剩下卢项与母亲相依为命。卢项勤劳憨厚，天天挑着货担到乡村卖杂货来养活母亲，后来在松罗埔开了一间小吃摊专门卖麻糍。他卖的麻糍又香又软又韧，非常好吃，顾客不断。

有一天，一位中年的南洋商人要到龙岩去，路过松罗埔，在卢项的店里歇脚吃麻糍。南洋商人由于急着赶路，把一个“双头袋”（行李袋）挂在墙上忘记带走。卢项在收拾店内时，发现行李袋，但客商已走远不知去向，老实忠厚的卢项把行李袋收起放在柜里。

三年后，这位南洋商人返回松罗埔，来到卢项的麻糍店，问他说："三年前，你就在这里卖麻糍，怎么到现在还在卖？好赚吗？""不好赚！要不是等一位人客（顾客）回来寻找忘记拿去的东西，我早就改行了！""你捡到的东西是不是一只双头袋？"卢项这时也认出这个人就是当年在店里吃过麻糍的南洋客，就如实对他说："是呀！双头袋我已收起来了，里面有什么东西，我不知道，我没有打开看，就还放在柜里了。"南洋客拿过双头袋，打开一看，里面的现钞和账簿原封未动、毫厘不差。南洋客非常欢喜，又非常感动，为了还给别人的东西，苦等了三年，他说："我走南闯北，到过不少地方，也接触过许许多多的人，但是像你这样忠厚老实的人实在少见。"

他要将双头袋内的金银全部送给卢项做安家费用，卢项坚决不收。这位富商深感卢项忠诚可靠，十分难得，就当即问他说："你要不要做生意？"卢项说："我不曾做过大生意，也没有大本钱啊！"南洋客对卢项说："没做过，你可以先当我的助手，从头学，本钱包在我身上，如果生意做失败，亏损由我自己担当，如果赚钱，咱俩平分。"卢项开头还不相信自己的耳朵，觉得除非天上掉下馅饼，再找也没有这样好的机会了。经再三询问，南洋客也一再表示他的诚意，卢项才欢欢喜喜地回家禀报老母亲，经老母亲同意后，他才辞别母

亲，与南洋商人一起外出去做生意。真是善有善报，由于资本雄厚，信用极佳，卢项的生意越做越大，经过二十多年的打拼，卢项成了大富翁，财通广东、江西、福建三个省份，富冠当时漳州府所辖的七个县，相传他拥有的土地范围之大，连鸟也飞不过去。

乾隆丁未年（1787 年）卢项回乡先在溪州曲尺湾，建了一座大楼，取名“前眷楼”。由于性格开朗、乐善好施，在村里修桥铺路，做了不少好事，有人遇到困难，他也肯慷慨解囊相助，留下很好的口碑。在大楼竣工之日，亲朋友戚都赶来祝贺。在品茶聊天时，一位风水先生说："前罐不太好，后罐更加好（闽南语“罐”与“眷”同音）。”他认为这是在谈论他的大楼盖在前眷还不好，在后眷会更好。于是他就决定在前眷楼的背面再建一座后眷大楼，并且很快就建成了。这是一座依山傍水、坐北朝南的三层楼，呈长方体结构，犹如一座小城堡，总占地面积三亩多，门庐威严，庭院宽敞，雕梁画栋，雄伟壮观，既有北方大宅院的气势，又有南方回廊重檐式的特征，四面墙体下部全部用石条砌成，上部用青砖砌成，坚固美观耐用。它的建成曾轰动一时，至今二百多年，仍保存完好。

由于卢项已经变成大富翁，又排行第六，人们也就改称他“六太爷”。六太爷虽然出身贫寒，但时过境迁，奴才仆人一大堆，恭维话听多了，财大量也逐渐变小了，他的为人也开始改变，从开朗变得阴沉，从出手大方变得斤斤计较，奸诈狠毒。平时，他喜爱抓鱼，有一年他叫家人用鱼藤到通坑对面的暗潭去毒鱼。传说暗潭内有一条鱼精，是东海龙王的外孙，特地变成一个老乞食到前眷楼来劝说六太爷不要以鱼藤毒鱼，以免大小鱼类都遭殃，生灵涂炭。六太爷根本不把这个穷老头放在眼里，把他的话当成耳边风。老头子无可奈何。次日，六太爷的家丁到暗潭去投下几百斤毒鱼藤。整个暗潭的鱼类都被毒死了，其中有条鱼重达一百来斤。六太爷喜出望外地说："这是平生从未见过的大鱼，可以美美地饱餐一顿！"家丁把鱼肚剖开时，发现尽是些空心菜和豆腐屑。六太爷一听说，顿时想起，昨日那个老乞食在家吃午饭，尽是给他吃豆腐屑和空心菜。莫非他就是这条大鱼变的？他越想越惊慌，唯恐大祸临头，悔恨当初不该一意孤行。

过了一些日子，东海龙王的寿辰之日，龙子虾孙都去庆贺，唯独不见外孙到来，他龙须一捋、龙珠一转，差点晕倒，天啦！我的宝贝外孙被杀害了。龙王登时大发雷霆，不消几时，"御驾亲征"，来到金山前眷楼兴师问罪。顷刻间，黑云密布，狂风大作，大雨倾盆，相继下了几个时辰的暴雨。无情的洪水滔滔，像猛虎一样朝前眷楼席卷而来。一座雄伟的大楼顿时被洪水包围了，瞬间，墙崩屋塌，全部被洪水摧毁、冲走了。六太爷也

葬身在洪水之中。而“岐峰拱秀”的后眷楼却幸运地依然巍峨挺立、风采依旧。

现在当地群众讲起这段故事，都十分感慨地说：“六太爷靠别人发财，狼狈却是他自己做的。”

（南靖县赖承土讲述，吴海成、卢丽英整理）

二十三、报恩楼

南靖众多的土楼群，建筑形式各异，名称也不尽相同。在某山村里有一座重建于清道光年间的圆土楼，名为“报恩楼”。为什么要称之“报恩”呢？报谁的恩？这里有一段故事。

清道光年间，有一个猎人打猎，急追猛赶着一只小山獐，从山上直追至山下。那山獐被猎人的猎犬追得走投无路，直窜进小村里，钻进一座圆土楼中去。它见到一位老人，就前脚屈地跪在老人面前，两眼落出泪水，望着老人“咩咩”地哀叫着，似在求救。那老人见小山獐如此可怜，知道它是遇到灾难，要求搭救。老人家毫不犹豫地把它抱进楼上房间里藏了起来。

老人刚藏好小獐，猎人带着猎犬随后赶到。猎人一进门就问老人可有看到一只山獐奔向这里来？老人推说没有看见，猎人哪肯相信，就吹了口哨，令猎犬寻找。猎犬嗅出山獐藏处，“汪汪”地吠叫，结果小山獐被猎人逮住了。老人看到山獐绝望地哀叫，心里非常不忍，与猎人商量，把它放了。猎人哪里肯依，硬要把山獐拖走。老人急忙把住楼门向猎人再次恳求，说愿以

自家的大公鸡作为交换，求他放小山獐一条活路。猎人感到山獐是在人家屋里逮到的，不能过分强硬，就同意以鸡易獐。老人把这只小山獐抱到楼后面的大山放了。

几年后的一天，老人家里大摆筵席请客，欢庆他的孙子诞生“四月日”。村里的亲朋好友都来赴宴。大家围着坐在椅轿上的小孩，齐声称赞这小孩生得眉清目秀，将来必成大器。

突然从山上奔下一只山獐，直冲楼里，用犄角撞开围观的人，然后用角叉着椅轿，把小孩带出楼外，往田野狂奔。在离楼相当远的地方才停住，把椅轿放下。楼里的人被这突如其来的袭击，吓了一跳，及至反应过来后才大嚷大叫，追的追，赶的赶，乱成一团。大家跟在山獐背后紧追，追了一段路，忽听身后一声巨响，好像山崩地裂，众人停住脚步，回头一望，只见楼里尘烟飞滚，接着有人惊呼：“楼被山崩压倒了！”大家一时不知如何是好，都在原地呆呆地站着。不一会儿，听见田野那边传来小孩的啼哭声，才想起孩子的事，急忙再去看孩子。这时，只见那只山獐守在小孩旁边，见有人过来了，才往山上跑去。大家赶到一看，小孩安然无恙。众人对眼前发生的事感到奇怪。老人猛然省悟过来，对大家说起当年救过一只小山獐的事，今天莫非是来报恩？是它知道这山将崩塌，全楼人性命有危险，所以用这方法救人们走出险境？他无限感慨地对大家说：“真

是行善必有善报，山獐的报恩真太厚重了！”老人抱回孙子，虽然全楼一切俱毁，但性命都得平安，也是值得庆幸的。

过了几年，受灾的老人和其他人依靠勤俭奋斗和各亲友的赞助，重新把倒塌的楼再建起来。落成时，远近亲友都来庆贺，席中大家议论新建楼的命名问题，提了不少楼名，如“重生楼”“再兴楼”“复兴楼”“庆瑞楼”不下十几个，但老人感觉都未能真正体现那次避开灾难的意思，最后决定用“报恩楼”，既是山獐的报恩，也是全楼人的感恩，更可教育子孙，要世代行善、做好事，“善有善报”。众人听了老人的话，深感在理，都支持用“报恩楼”作为楼名，并请著名书法家书写大字，刻成匾额镶嵌在楼门上。

（南靖县王占朴讲述，王俊毅、曾章君整理）

二十三、怀远楼的故事

南靖梅林乡坎下村有座怀远楼，是第二批县级文物保护单位。它始建于1907年，系侨属简新喜兴建的，民国元年(1912年）完成整个大楼的建造。它建筑风格独特，圆楼中有小楼，名“新是堂”。大楼为土木结构，有四个梯道，三十六间起底，合计一百零八间。近年来接待了美国、日本等国家和地区的中外来宾数百人。为建这座大楼，有一段故事。

怀远楼原是一座单层四合院的小方楼。由旅居缅甸的华侨简新盛、简新嵩兄弟俩，用在南洋做生意寄回家的钱在官洋下东山修建的，让家乡一些没有房子的群众居住。这房子虽好，但其弟新喜感到难以防止土匪抢劫，决意修建大楼。他花了好多银子买下了一块名叫“五斗种”的田地，东山祠、下东山祠等祖厝的家长却借口保护四处风光，不肯让他建楼。

过一段，坎下上南小方楼的住户和家长，派人找新喜说：“你想建楼，不愁没处建，只要肯花钱买下大楼外的菜地，扩大旧楼的地基。你先出资金，待完成后结算，大家共同修建，旧楼内的住房和你的厝地都可解决。”新喜便到坎下和原楼内的住户

及家长商量，大家都表示赞成。

这时，一个住在“蝙蝠岭”名叫阿义的人，想为难新喜。新喜找他商量说：“我建好的大楼，就按你原住的由你挑四间二层房子，建设资金由我出，如何？”阿义不肯点头便走了。大家让家长去做阿义的工作，阿义还是不肯，新喜只好作罢。

过一段时间，坎下红田边的大楼住户都搬走，想卖掉旧大楼的地基，既便宜又合算。新喜就想去买下这块楼地，重建大楼。一个青年对他说：“红田那个地方土匪经常抢劫，人家都搬走了，你还是和阿义商量一下，回到南旧楼地建楼，也许他想通了也说不定。”次日，新喜又到上南找各家长带上二百两银子和茶果去与阿义商议。

阿义正在大厅里抽大烟，见大家长来了，忙起身泡茶。坐定，他见大家长受托前来，便说：“此事我已讲过，不要再提了。”各家长上前劝说：“人家新喜也是为大家着想，又是他出银建楼，且给你白建四间第二层房子，何乐而不为呢？”说着，大家长丢下银两和茶果便走了，阿义见桌上东西，想到众人的苦劝，感到如不让步，对不起大家，次日便去上南向家长说同意建楼。

新喜见阿义想通了，很高兴，忙组织人力，划地赶建，历时三年，终于完成了整个建筑工程，据说，每间房耗资一百零三两银子，合计总投资达一万多两银子。

（南靖县简远怀讲述，简荣伟整理）

二十四、朝水楼与新丁墓

南靖县书洋镇河坑村有个土楼群，它的排列不知是有意的构筑，还是巧合，正好形成一个双北斗七星阵，而朝水楼这座古老而传奇般的四角楼，正是这个七星阵的起点。它历经数百年风雨沧桑，见证着河坑村的兴盛与艰辛，如今已成为世界文化遗产。关于它，至今还流传着一些有趣的故事。

明朝嘉靖年间，由大塘坑和肖坑两条溪水汇成曲江的一个支流，清凌凌的溪水从远处蜿蜒流来，又向前方缓缓流去。经过两代人的开荒垦殖，河坑已是一个稻田连片、竹林茂密的村落，人口也增长得很快，河坑的开基祖张仕良的儿子张六一、张六二兄弟俩决定为族人夯建一座四层土楼。

族谱记载，朝水楼始建于1549年，1553年完工。四年多披星戴月的夯造，朝水楼终于在溪岸边耸立而起。安居然后乐业，几百年时光悠悠而过，时间到了1923年，一场灭顶之灾突如其来，大火焚毁了朝水楼。昔日高耸的四层土楼变成了一片废墟，所幸的是没有族人死于火中。张氏

族人虽然痛失家园，但没有气馁，他们要在原址上重建朝水楼。

在重建之前，族中长者延请了地理先生来察看一番。族长请教地理先生：这块风水宝地上所建的土楼为何躲不过火灾？地理先生仔细察看，发现朝水楼大门正对着一座山峰，那峰峦尖耸形如火焰，所以一把火便把朝水楼化为乌有。地理先生建议：重建时必须把原有的四层降为三层，这样就能避开火舌，不然一个甲子（六十年）还要烧一次。

人们采纳了地理先生的建议，重建时只建了三层，并在大门口挖了一口池塘。重生的朝水楼楼高 11.3 米，楼底墙厚 1.66 米，最令人称奇的是它没有石砌地基，仅在墙体外嵌砌 1 米高卵石。没有石砌地基，如何能起高楼？原来地基虽在溪岸边．但是这里的土层非常坚硬厚实，可以撑起大楼。此外，重建时土料发酵充分，木料壮硕精良，夯造到位，这无疑也是重要的因素。现在朝水楼已重建近百年，却是巍然挺立，安然无恙。

现在朝水楼大门前的那口池塘出于对儿童安全的考虑，近几年已被填平了，但土楼门前的一座坟墓并没有因时光的推移而消失，反而村人添丁之后，都必须带着新生儿到墓前祭拜。因坟墓朝向两条溪流，它们正好形成一个“丁”字，村里人把它叫做“新丁墓”。为什么把墓地建在村中显要的位置呢？这里面有一个世代相传

的故事。

据说建造朝水楼的张六一娶有曾、王二氏，却一直未能生育。两位夫人性贤惠、明大义，担心张六一绝嗣、断了香火，便再三至诚劝请张六一再娶一房以继宗支。张六一起初执意不肯，她们便亲自帮丈夫四处张罗，物色可靠的女子。最后张六一还是听从她们的安排，继娶了黄氏，次年便生了个儿子。

这三个女人共同在朝水楼生活，倒也和睦相处，情如姊妹。话说某年阴雨连绵的一天，曾、王到黄氏房间里闲谈。黄氏所生的儿子张益宗走进房间，叫了一声："妈!"三个女人几乎同时异口同声地应道："哎。"不料，张益宗嘟着小嘴冲着曾、王氏说："我是叫我妈，又不是叫你们。"这两个可怜的女人一下愣住了，眼泪夺眶而出，掩面走回自己的房间，哭泣不已。

张六一闻讯连忙赶来劝慰她们。她们却越想越伤心，终日悲泣。黄氏带着儿子向她们跪下请求宽恕，她们方才稍微平静下来，但仍然愁眉不展。

张六一不解她们为什么听了小孩子一句话就如此伤恸至深。她们说："我们一直把孩子视如己出、宠爱有加，孩子懂事了，却只以生母为亲，不将我们当作母亲，活着如此，死后更是可想而知了。"张六一这时才明了她们心头的隐痛，对她们说："我一定教育孩子把你们当作亲生母亲看待，生前好好照顾，死后隆重祭

拜。”他当即立下规矩：曾、王二氏百年后合葬在朝水楼前，为防牲畜扒挖和野草生长，墓地用卵石砌成，每年清明祭墓时，村里新生婴儿都要由父母抱着到墓前烧香叩拜，墓前还要搭台演戏，组织铳队朝天鸣铳，杀猪宰羊，献礼祭祀。

后来，张六一就守信践诺，在朝水楼前造了“新丁墓”，合葬曾、王二氏，让她们倍享身后哀荣。而他自己和黄氏，则交代子孙把他们葬在村外的山上，不与她们争香火和牲礼。

几百年来，这一习俗流传至今，河坑张氏族人恪守先规，从未有改变。新丁墓就在溪流汇合处、陪伴着一代又一代河坑人成长，它也成为河坑土楼群的一道人文景观。

（南靖县何葆国搜集整理）

二十五、简文绅造尖峰

在南靖梅林的长教、璞山一带，一提起简文绅来，无人不知，无人不晓。他兄弟众多，排行第八，后辈人都称他为“八叔公”。他一生行事奇特，毁誉参半，流传许多轶事，常为后人提起。

传说简文绅生来粗犷豪放，才智过人。他身材魁梧，膂力过人，精通武艺，善使一口一百八十斤重的大刀，是闽粤边界闻名的一条壮汉。他曾经和高头的东丰、古竹的苏总统联合攻打广东大埔县。兵临城下时，大埔县人万分震惊。幸好大埔有个能人叫大家免惊，要先试探来犯军队的虚实，再做打算。他叫人在城门口堆放三项东西：一斗金银、一斗泥土、一斗粮食，看对方要的是什么。若是要泥土，证明军中有智勇之士，赶快开城门让贤；若是只抢金银和粮食的，证明不过是伙鼠目寸光、乌合之众的土匪，则要倾城抗击他们。结果，东丰他们只取了金银，踩平了土堆，不顾一切地践踏粮食。于是，大埔人奋起反抗，把三伙联军打得丢盔卸甲，望风而逃。

先前长教这地方，住有十八个姓氏的人。简文绅精通堪舆术，为使简氏子孙能

在长教繁衍兴旺，便不择手段地破坏外姓的风水，逼得十八姓的人都纷纷迁走。最后，他决心在牛背岭上建一座尖峰，目的只有两个，一个是牛背岭上有个蜈蚣穴，是别姓的风水宝地，他造尖峰如同一把匕首插在蜈蚣头上，想把这只蜈蚣钉死。另一个是，这尖峰又像一个亭亭卓立的笔尖，插在东方日出处，峰影能映入璞山村他所住的方土楼门前的半月池中，象征着如椽巨笔饱蘸墨水，可在整个田洋大地上，写下大块文章，一定会出文官学士的，一举两得。

但是，要在山上建造尖峰，可不是件轻而易举的事，更不能一举成功，要凭人力一畚箕一畚箕地挑土堆成。哪里雇这么许多人来挑土呢？他灵机一动，计上心来。在牛背岭通往县城的必经路口，派人把守，强迫过往行人义务地挑土上山，他自己每天提着一百八十斤重的大刀，立马旁边守望监视。行人见他跃马横刀的天神般的架势，谁敢不依？只好乖乖地挑上一担“买路土”过山。日子久了，大家习以为常，自觉挑土上山，用不着简文绅吹胡须、瞪眼睛，挥刀威吓吆喝了。这时他就和颜悦色地招呼行人，请茶递烟，道一声辛苦。

简文绅就这样起早贪黑地守护牛背岭，风里来，雨里去，监督行人挑土堆尖峰。不知花了多长时间，尖峰终于造成了。

（南靖县梅林镇简注生采录整理）

二十六、进士楼的故事

南靖县梅林镇璞山村九世祖简文绅点地建了进士楼，在楼对面的大山上建造了一个尖峰。传说此楼地是伏地鼠，那尖峰位于东方，日出时，尖峰的倒影能映在进士楼门口的大池塘内，这样塘为墨池，水为墨汁，尖峰为笔，文房用具齐全。据说这样此楼以后便会人才辈出。

后来，此楼果然出了个进士，他名叫简逢太。传说，他自幼生性聪明，口舌伶俐，思维敏捷，机变无穷，人称神童。十二岁那年，朝廷在各县设立考场取士，时简逢太年幼，离县城又远，只好由其父背着他到县城赶考。那日，父子赶到考场，正要入场，监考官碰见，就说："以父作马。"简逢太即答："望子成龙。"监考官见其人虽小，口气却不凡，暗赞其是个人才，就让其进入考场。

考后，监考官对考生口试，见简逢太身穿长衫，红线结了辫子，就出了一对子："福建出一红鬃马"，逢太感到联带讽刺，骂他头结红辫是红鬃马，他事前听说监考官是山东籍人，即随口答曰："山东有只黑脚驴。"监考官暗道："好厉害！"紧接着问："你读多少书？"简逢太答："不多不少读了十二年！"监考官又问："你今年几岁？"简逢太答："刚好十二岁！""那你一生下来就读书了？"监考官讥讽似的问。简逢太即答："非也，我六岁开始读书。""这样，你哪来的十二年书？""我日读六年、夜读六年，如此不刚好十二年？"监考官感到其言在理，又说："你进三步！"他毫不犹豫向前走了三步。监考官又说："后退三步。"他屹然不动，说："大丈夫有进无退！"监考官拍案，称赞道："好！好口才！"当场授以秀才，并特许参加来年府试。

以后，简逢太又参加几次考试，均以文思敏捷、口齿伶俐获佳绩，考中进士后即被礼部侍郎招为女婿；后任漳州知府，太平军进漳后，被杀害。璞山村民为纪念他，特将他居住的大楼命名为"进士楼"。

（南靖县书洋镇简燕堂讲述，简荣伟整理）

二十七、半截甘蔗——倚南楼的传说

清朝末年，南靖塔下有一富户，父辈做过几任官，诗书传家。夫人是大家闺秀、有名的才女。他们独生一子，名叫张遂良，自小聪慧颖悟。他们谨遵家训，对儿子寄托厚望，希望能金榜题名，光宗耀祖，管教十分严格，夫人还亲自担任启蒙老师。在他们的课教下，遂良长成一个唯父母之命是从的驯服青年，不敢有一点违命之举。他有多方面的才智和爱好，琴棋书画样样精通，善于制作盆景假山，又会鉴赏古玩，后来更孜孜不倦地学习《易经》，可谓天文地理无所不通。由于父母严厉管束，只好收敛，不敢张扬，专心埋头攻读圣贤之书，学写八股文。父母亲为了令他少分心，十六岁时，就早早地让他完婚了。

幸而少奶奶黄氏，不仅聪明美丽，性情贤淑，而且善于劳作。过门后，家中里里外外的事务都能操持，公婆也满意称心。小两口恩恩爱爱，十分甜蜜美满。但是，从前礼教严格管制，闺房之乐只得局限在斗室之间、黑夜之中进行，不能扬声于外，更不得把青年男女的情爱暴露在长辈的眼前，否则便是荒唐，没出息。

有一天，遂良兴高采烈地从外面回家，手里拿着一根削好的甘蔗，进门见爱妻在踏碓舂米，见丈夫回来，也只嫣然一笑，没说什么。张遂良见她满面汗水，就爱惜地折断半截甘蔗递给她，以示慰劳。黄氏含笑地摇摇头，手指上边。张遂良抬头一看，只见母亲端着一支水烟袋，正站在二楼上，用冷峻而严厉的目光注视着他。他当即满脸通红，羞愧得无地自容，立即扔下甘蔗，冲出家门，从此杳无音讯。

贤惠能干的黄氏默默地忍受着内心痛苦，静静等待丈夫归来。一年、两年、三年……仍然音讯杳然。有人从外地回乡，说在某地看见张遂良；派人去找，又不见人。黄氏坚信丈夫会回来的。她忍受孤独，苦守空闺，默默操持家务，伺候公婆。经族人劝告，才从南欧堂兄家过继一个男孩来养，等这个孩子长大后，也成家了，又生下两个孙儿，后继有人了，这时公婆都已过世，黄氏自己也做婆婆了。

有一年，有亲戚从四川归来，说得十分确凿，在成都亲眼看见张遂良在一条街上摆摊算命，都已成八十老翁了，须发如雪，还是孤身一个苦度生涯。黄氏一听，又悲又喜，柔肠寸断，赶紧打发两个孙儿结伴入川寻找爷爷。苍天不负苦心人，两个孙儿千里迢迢地终于把老阿公请回来了。老夫妻见面抱头恸哭，老泪纵横，一言难尽。少小离家老大归，半截甘蔗苦一生。张遂良几十

年间，只身流浪十几省，一靠卖字画、二靠相命卜卦维持生活，父母亲对他走科举仕途光宗耀祖的期望也落空了。为了重振家业，他不顾老迈年高，仍带领儿孙，一同出力建起了这座三层方楼，命名为“倚南楼”，用来纪念自己坎坷的一生和离合悲欢的往事。

（南靖县张寿建讲述，溥静采录整理）

二十八、鸡母楼

南靖县金山乡河墘村的隆兴楼，俗称“鸡母楼”。它依山傍水，风光秀丽，坐南朝北，雄伟壮观，是一座土木结构的四角大楼，共有八厅二十四房，建于清朝嘉庆五年（1800年），离现在二百多年了。

为什么叫鸡母楼？因为它是名符其实靠养鸡母发家致富而兴建的。相传其创建人王老实，是一个贫苦勤劳、老实巴交的农民。他是怎样从无到有，从小到大，为子孙后代创立这个千秋伟业呢？这要从头说起。

王老实因为家穷，没地可种，就在自己的家门口养了一群小鸡。他肯动脑筋，发现用茅草养白蚂蚁来喂小鸡，小鸡就能很快长大。他就大胆地又养了十群小鸡，没几年，生了许许多多鸡子鸡孙，子子孙孙，无穷无尽，鸡长大了，鸡公鸡母卖出去得了不少的钱。有了本钱，他又养猪母，出售猪苗，又是猪公猪母，子子孙孙，无穷无尽，卖出去又得了不少的钱。接着，他就买来母牛，牛母生子，子成牛母，卖出去，又得了不少的钱。就这样，他从一个穷光蛋逐渐变成一个大富翁，又买田、

买园，发展农业生产。

王老实有了钱，他就开始考虑如何进一步发展。当时邻村的后眷楼刚建不久，他走去看看，很是雄伟气派，他就想，要是能盖这样一座大楼该多好，但是他不知道要花多少两银子。他前后两次到后眷楼去，前摸摸，后看看，边走边想，想着自己建楼的办法。

王老实一向勤劳老实，平时一分钱也不乱花，他出门穿的是旧的破衣衫。他探知后眷楼的创建人六太爷卢项，本来也是贫苦出身，后来去南洋做生意发了大财，回乡后建起了前眷楼和后眷楼，财大气粗，已经变得奸诈狠毒，看不起穷苦农民。他不敢当面找六太爷问个明白，只好自己多动脑筋。

当他第三次去看后眷楼时，被六太爷卢项撞见了。卢项看他是一个穷老头子，脸颊没肉，好像猴子，身穿破棉袄，破得已经露出一朵一朵白白的棉花絮，腰上还缠着一条草索，脚穿一双破草鞋，给人的印象：这是个穷叫化子、乞食！

六太爷问："喂，你来看后眷楼做什么？"

王老实说："我看它很漂亮！"

六太爷说："你还是赶快走开吧，不要乱摸乱动，等一下把它摸坏了！"

王老实说："这么好的楼房不会一摸就坏。我想问问你，盖这座楼要花多少银子？"

六太爷以为自己听错，说："什么？你想问价钱？多少两银子你算得过来吗？"

王老实说："我想照这个样，盖个大楼！"

六太爷哈哈地大笑起来，说："你三两江鱼仔敢赴天公坝？不自量力！你这个穷光蛋，若有银子盖大楼，要多少地，我都白白送给你！"

王老实说："此话当真？"

六太爷说："我六太爷讲话当真，大丈夫男子汉说话怎能不算数！"

这时很多人听到他俩的对话，围过来看热闹，有的人劝王老实赶快回去，说："不要在这里无彩嘴（白费口舌），你这样穷，能盖楼吗？"

王老实不甘示弱，说："我说话也算数。若我有钱，你的土地就要无代价地给我盖大楼；若我无钱盖楼，我给你当十年长工，行吗？"

六太爷说："好，乡亲们，你们听着，我才不相信他有这个本事！"

王老实说："不相信？你敢不敢立个字据、画押为凭呢？只怕口说无凭哩！"

六太爷卢项和王老实当场写下字据，还叫几位乡亲当公证人。这一次，六太爷卢项是上当了。王老实是有备而来，他反复想了多日，已有自己的计划，也找到河墘村的一片好地。听说那地是后眷楼的财主六太爷的，

他原想与六太爷商量转让给他，没想到六太爷看不起他。于是，在乡亲们的见证下，他不花一两银子，白得了一块好地，建起了鸡母楼。

（南靖县金山镇何老仁讲述，谷山整理）

二十九、圆塘楼的传说

1. 拱手得楼

南靖曲江附近的河坑村，有一座方形土楼，名曰“圆塘楼”，已有四百多年的历史。住在楼里的张姓一族，至今人丁兴旺，但传说这座方土楼当初并不是他们创建的。建房的那支宗派当年人丁两旺，财大气粗，人多势众，硬在他们这房头地面上建土楼，把他们的家长气得吐血。

后来，建楼的这房请的风水地理仙（风水师傅）理亏，心中不安，悄悄地教他们这房的家长，说：“别气坏身体，你用好话跟大房的商量，说楼建成后只要分楼下两间小屋就行了。到时，你只要东西各挑一间，日后这座楼就会属于你们的。”

家长听从教导，楼建成后，就跟建楼的族长商量。族长们本来自觉理短，就慷慨答应，说：“都是世英堂的子孙，分什么彼此，等楼建成了，由你挑两间。”

果然，楼建成后，他们并不食言，由这家长任挑两间住。这家长就照地理仙的教导，挑东西各一间住下。几年过去了，住在这两间房里的人财丁兴旺起来，其他各户却不安宁，病的病，死的死，有的赶忙搬走

了。没过一代人，整座方土楼的房，一间一间地都卖归这家人了。

据说这方楼是建在一座人形山下，东西两间房，犹如人的左右两拱手，卡住整座方楼的命脉，就能在这里做主张、主宰一切了。建房者当年财粗势众，而今很是狼狈，几代单丁，只剩下几个人住在楼前一排单层矮屋中。

2. 龟穴二娘

住在圆塘楼里的人，几代相传，子孙有兴有衰。传说后来出了一位成乐公，是个大善人。他心胸开阔，乐善好施，在地方上很有名气。但是原配夫人没有生育，再娶个二房，也只生了个女儿。无论怎样求神拜菩萨来求子嗣，总无灵验。成乐公生性豁达，也不计较。匆匆二十年过去了，女儿出嫁了，连外孙子也长大懂事了。

有一天，成乐公到亲家翁家里聊天，不觉到了吃午饭的时候，小外孙来叫阿公吃饭，成乐公应声："好，好，就来。"这小外孙却不满地瞪了外公一眼，认真地说："我叫我家阿公吃饭，又没叫你。"成乐公一听此话，犹如五雷轰顶，气得脸都变黑了，站起来甩袖就走，回到家里闷声不响，几天不出门。他心里痛苦地想：外孙当不了内孙，外姓人总是外姓人，谁叫自己家

生不出一个男孩来呢！

大娘、二娘理解老公的心病，只恨自己肚子没出息，三人加起来都一百五十岁了，今后能指望谁呢？于是大娘、二娘就主动替丈夫操办起这事来。她们央媒人去寻找年轻、体壮、有福相的女子，要为老公续个三房。

这一天，选好吉日良辰，大娘、二娘双双敦促老公沐浴更衣，让老公去迎亲。家里一切，大娘、二娘都暗中安排好了，当晚新人合卺入洞房，成乐公坐享其成娶了第三房娘子。这番果然天遂人意，第二年，这三娘就替成乐公添了个男孩子，全家如获至宝。以后两年，年年添生贵子，成乐公和大娘、二娘都乐得合不上口了。她们把好吃的都让三娘补养，好穿的也让三娘去打扮，把三娘恭维得像一个家婆祖一样。一家人充满希望，和和睦睦、欢声笑语地过日子。

又二十年过去了，成乐公和大娘、二娘都老迈年高了，大儿子也娶亲了，新媳妇过门也能操持家务，不用老人操心了。这年除夕，老大夫妇安排好年夜饭，老二、老三高声唤叫妈妈，拥着、拖着先入席，然后叫爸爸入座，就没听见有人上楼来请大娘、二娘。她们两人各自在房里暗自伤心哭泣：不是自己肚皮里生出来的，总是别人的儿子，百年后有谁来祭奠我们呢？真是为人作嫁衣，枉费苦心啊！

还是老公体贴，他亲自上楼来请大娘、二娘。当

晚，在酒宴间，成乐公严厉地训斥了三娘和她的三个儿子及媳妇：“没有大娘、二娘操心，你们会有今天吗？饮水思源，不要忘本！”

事后，成乐公还跟大娘、二娘说：“我早料到你们会有这块心病，已请地理仙找到一块龟穴风水宝地，我们百年后就葬在一起，只要有我在，少不了你们的一份。”

现在龟穴墓冢依然存在，后辈有求子嗣的，还都到这里拜大娘和二娘，请她们好生保佑哩。

（以上均由南靖书洋乡张葆英讲述，王少华采录整理）

三十、南欧进士楼的传说

南欧，原名南兜，是南靖书洋乡一个交通闭塞的小山坳，进士公张金拔嫌该名土俗，才改为现名。这里有座方楼，楼中有诗礼厅，还有一个名为“槐园”的花园。因楼前竖旗杆，就称为“旗杆楼”。门上有张老先生的学生题写的“进士及第”的匾额，故又称“进士楼”。

提起张金拔的故事，南欧人或多或少都会讲一些，简直有口皆碑。

传说，张金拔的父亲是个木材商，在龙溪石码镇开一家大木材行，生意十分兴隆。老人家一心指望儿子能中举做官、光宗耀祖。所以一直鼓励他专心攻读，家里什么事也不用操心。可是他的路途并不平坦，一直到五十岁，知天命之年了，还只是个举人。他老父给儿子鼓气说：“干脆，你就别来回往家跑，考不中，就住在京城里，考中进士，再衣锦还乡。”

他很体贴老父年迈，挣钱不易，生活在花花世界，吃穿仍很节俭，一日三餐都是配家乡带去的最便宜的笋干。笋干吃完，还叫家人满街找笋干买。在京城，笋干属山珍，是抢手货，在御厨里比任何佳馐还

珍贵，不是一般人家吃得起的山珍。家人跑断腿也买不到便宜的笋干，只好买小母鸡，清炖了，给他下饭。他一见小母鸡，就骂下人："不是逢年过节，吃什么清炖鸡，浪费！一顿一只鸡，还不吃穷么？"家人等他骂够了，才低声地解释说："老爷只吃笋干，小的当然明白。可老爷知道吗？京城一斤笋干等于十斤母鸡的价钱，还是吃小母鸡合算呀！"这时，他才知晓，家乡的山蔬野味，到了京城竟变成山珍佳肴了，只好摇头叹息不敢再提买笋干的事了。

道光戊戌（1838 年）年，张金拔终于考上进士及第，衣锦还乡了，这年他已是五十有四了。他被派到甘肃省福宁府的一个小县当七品正堂。他是一个好官，一清如水，当了一年官，不领俸禄，还倒贴了三百两银子。除夕回家说："官不好当，操心赔钱。"他的大公子也中过举人，雄心勃勃地说："爹爹年老了，当官劳累，让儿子去代劳吧。"

大儿子去代老子当知县，年底回家，带回三千两雪花纹银。他一见，真气火了，高声训斥说："你这种官，不能再当了。"还严肃地说："你知道吗？一代当官三代绝。像你这样做官，岂不是叫我张家断子绝孙吗？"他信奉的格言是："世事让三分，天宽地阔；心田存一点，子种孙耕。"这副楹联至今仍挂在进士楼的诗礼厅上。

张金拔晚年在漳州任教谕，在芝山书院、丹霞书院

授课。他的孙子年少气盛是个纨绔子弟，有一天到马坪街闲逛，走进一家陶瓷店东看西看，只问价钱而不买。店家以为他无意买瓷器，便不理他。他以为老板瞧不起他，就把店里陶瓷砸个落花流水，扬长而去，还留下姓名说："谁人不知，本少爷是南靖张家的，我爷爷在书院当教谕。"

店家哭哭啼啼地找到芝山书院，向进士公哭诉。张金拔好言安慰，叫他把店里损失登记一下，待他查明情况再作处理。

晚上，张金拔问孙子是怎么回事。孙子还气鼓鼓地说："这店家势利眼，瞧不起我们张家，所以一时性起，把店砸了。"

进士公一听，大为震怒，狠狠训斥孙子一顿，然后说："富贵不难，只在勤俭中寻出；纲常虽大，却从孝悌上做来。像你如此乖张，将来何以成大器，又怎么做人？"

第二天，他押着孙子到马坪街当众罚跪，向店家赔礼道歉，并赔偿店家损失一百二十两银子，分文不少。这件事轰动了漳州城，人人称赞他德高望重，家教严厉。

进士公告老返乡后，仍在家里教后生。每月在曲江举行文会，命题写文、评点考卷。乡里青年要赴乡试，得先经过他考察后才准出山，如果火候不到，不准盲目赴考，以免浪费盘缠和时日。

进士公对下人十分宽厚。有一次，一个在家里帮工

的青年，刚干完活口渴，看见桌上有碗水，他不知这是进士公喝的参汤，端起来就仰脖喝下去。进士公知道后，并不生气，只叫他马上到溪边，躺在沙滩上睡一觉。之后，才告诉他："你误饮了我喝的参汤，这是你的福气。但是，年轻人身体受不了，弄不好反而坏事，所以才叫你去溪边找个地方休息一会儿。"

后来，这个河坑帮工干活更认真，身体也越来越健壮，年底还挑了一担猪肉、鸡鸭、糯米前来答谢进士公。

（南靖县书洋乡张国亮、张葆英讲述，舍争整理）

三十二、石司屏封楼的传说

南靖县龙山镇圩埔村祠前自然村百分之九十的人姓黄，每年农历十一月初五日他们都要到山城的大埔崎祭祖。当地流传的一首诗是他们认亲的根据，还流传着这样一个传说。

据说很早以前，大埔崎有户姓黄的人家，三个兄弟很勤劳，都想靠双手创业致富。于是，老大留在家里管好耕种，老二到邻村开辟茶仔林，老三到靠山的周埔村旁，在山脚下的一条大河边，搭起了一个草寮，放养一百只鸭母。

有一天晚上，老三在睡梦中，迷迷糊糊地听见有人对他说：“这地方不是你住的，河滩上那块地才是你的。”老三醒后觉得奇怪，想了片刻，想不出什么来，又倒下再睡，但耳旁又重复响起那个声音，而且更加清楚明白。次日起来，他就拆了鸭棚，把鸭群赶到河滩上，搭起鸭棚，关进鸭子。说也奇怪，从那天起，这一百只鸭母每天生下二百个鸭蛋。老三每天将这二百个鸭蛋拿去卖，你说怎么不会发财致富呢！

过一段时间，老三积了一些钱，就在这河滩边盖起一座圆土楼，起名为“石司

屏封楼”（现仍保存），尔后娶妻生子，生息繁衍，子孙逐渐旺盛起来，这里就发展成一个大村庄。原来的邻村周埔村人丁却年年减少，最后成了无人荒村。于是，当地就有了“黄牛吃周埔”的说法。

这位姓黄的开基祖临死前回到自己的故乡，为后代子孙写下一首诗纪念开垦经历：

骏马同堂往异乡，任从随地立公常，
年深外境由我竞，日久他乡则故乡；
早年勿忘亲命语，春秋时祭祖宗乡，
愿托苍天垂庇佑，三七男儿总吉昌。

开基祖死于农历十一月初五日，遗体葬于大埔崎，是日，圩埔村祠前自然村黄姓子孙都要前去祭祖，至今他们还会口诵此诗，与茶仔林、大埔崎的宗亲会亲。

（南靖县龙山镇陈阿敏讲述，黄美蓉记录整理）

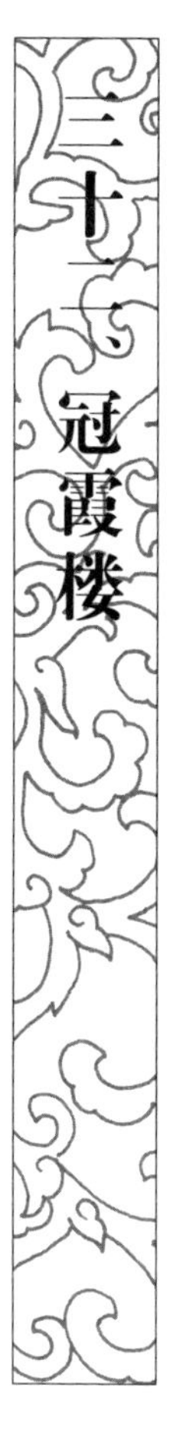

三十二、冠霞楼

在距南靖金山河墘村十多华里的山区，有一个小自然村叫下村。如今仅住有母子俩还分居两户，不上十个人口。但是，这个偏僻荒村在清道光年间曾有过一段鼎盛时期，上千人口出过两个文举人和两个武举人。当时村里有个富翁，人称王富户，在这里建了一座远近驰名的“冠霞楼”，并留下一段饶有趣味的故事。

冠霞楼，也叫梳妆楼，建于清道光乙未年（1825年）。创建人王富户原是山里耕田人，后随人渡海去南洋当苦力，勤劳吃苦，逐渐成为经纪人、实业家，赚了很多钱。那年他携家眷回到故乡，建了这座有江南风格的梳妆楼，供他欢度晚年。

王富户特地以重金到江西请来一位有名的风鉴师，托他选择一个好地理作为楼址。这位地理先生踏遍周围青山与村落，才在村庄的东隅找到一处“鲤鱼落溪”的宝地。据说此地无论是建房、建祠或是做墓葬，日后均能发家出仕。但受益者只是东家，作为地理先生不但不能受到什么致荫，而且还会因此而双目失明。事关重大，他要求与东家订立“君子协议”，明文规定

在他双目失明后，东家必须负责供养他，并每天给他一只鸡吃。王富户为得宝地，当然满口答应。

建楼一破土动工，这风鉴师就两眼肿痛，第三天双目失明。一年后，大楼竣工落成，东家请石刻师傅刻了一“冠霞楼”石匾镶在门顶上，大宴宾客。搬进新居，果真是万事遂心，一日比一日兴旺发达。

王富户把这位地理先生当为大恩人，厚礼相待，关心照料无微不至，每天三餐除了丰盛饭菜外，一只鸡从来不少。地理先生也为晚年有了依靠感到无限慰藉。

可是，俗话说："久病无孝子，长客不热情。"虽然王富户对地理先生的热情始终不减，但是家里人却越来越显出不耐烦，特别是他的妻子——头家娘，把那地理先生当成一个包袱，经常嘟哝着："这死青瞑仔（瞎子），会吃袂做，不知要养到哪一年！"起初，三顿饭还能按时供给，逐渐地就变成不按时或用过顿的饭让他吃。这地理先生起初不怎么介意，久了也耐不住，深悔自己过份相信别人以致吃亏，如今寄人篱下，还能说什么？他也只好带着怨气一直忍耐着。

一天，东家的佣人送饭来，地理先生正想吃鸡，就闻到一股怪味冲来。他问那佣人说："今天这鸡的味道，怎么叫人难闻？"佣人说："随便些吧，有吃的就好了。"地理先生感到话中有话，就再追问。这个佣人心直口快，索性把真实情况说出："这只鸡掉进屎礐（粪

坑）里的，是太太叫人捞起来，洗一洗就煮给你吃。”地理先生一听，火上心头：“她把我当成什么人？”佣人说：“太太说，你是我家的一个累赘，会吃𣍐做，盼望你早死！”地理先生不听犹可，一听差点把肺气炸了。“好一个忘恩负义的家族，焉能得此宝地！”他对佣人说：“请你家主人来，我有话要对他说。”

地理先生见到王富户就说：“东翁，我为你选择这块宝地，你家已经发迹了，我给你恭贺！但是这下一步的善后事项还未办妥，应着手续办。”王富户急忙问：“还需做什么，先生尽管吩咐，我照办。”“前面山坑里那两个石头，堵住了鲤鱼下溪的去路，务必从速炸掉，扫清道路。”“一切照办，照办！”

王富户说完即到前厅，吩咐佣人雇请石匠，第二天就把那两块大石一起炸掉。可是，当石头被炸开时，石里流出殷红的血水，整个大楼如地震那样，摇晃了一阵。原来这一炸，把地理破坏了，鲤鱼被炸，不但双眼瞎了，而且死了，这“鲤鱼落溪”的宝地顷刻间成了死穴。

从此以后，下村这地方连年发生瘟疫，村民病死的病死，外迁的外迁，王富户一家百余口人也都先后病死了。没上几年，一个有千把人口的村子就变成了荒村。冠霞楼也难逃此灾，如今这座雄伟壮观、结构别致的大楼，只能在落日的余晖中孤寂地耸立着。

（南靖县金山镇吴国三整理）

三十三、月眉楼

南靖县船场镇永丰里的月眉楼，传说是明朝洪武年间由梅林镇汉水坑的打铁匠张淳裕所建，这里还有段神奇的传说。

据说在当时，张淳裕为了谋生，有一天肩挑打铁担，携带一家老小，往船场进发。来到寨后山坡上时，铁炉担的绳索突然断了两条，无法继续前行，只好就地打铺露宿。当晚，天上没有月亮。他俯视山下，看到远处山野有七盏灯光，以为必有村落农舍，便起身前往寻觅。可是近前一看，只见荒蒿杂草遍地，并不见灯光。他只好又回到山坡与妻小一起过夜。

待到天亮，他向山下一看，昨夜灯火阑珊处竟是七座小山墩。他感到奇怪，猜想这必定是块风水宝地，就在土墩对面的平坦地盘，搭个简便的杉皮寮住下。从此，他白天到邻村打铁为生，夜间便回寮里居住。令他奇怪的是，每到入夜时分，周围的七座土墩都会亮出灯光。他估计是天将赐他佳缘，欣喜万分；但他知道仙机不可预泄，故守口如瓶，从不对人张扬。

如此日复一日、年复一年。他天天外出打铁，留妻子在家垦荒种地，两个人齐

心协力，艰苦打拼，几年后手头积点钱财，便筹划着要在原地将杉皮寮改建成土瓦房。盖土屋需用泥土，他便到最近的土墩去挖红土。挖呀挖，竟挖出一瓮银子。但说也奇怪，这土墩里的银子一挖出来，当晚这里就少了一盏灯光。他想，莫非这七座土墩都埋有银子？于是，他就一个接一个地挖，结果真的挖出七瓮白花花的银子。但是从此这里就只剩下七个长满杂草的土墩，夜间再也见不到那七盏神奇的灯光！

张淳裕挖得七瓮银子，家底厚了、心也壮了。他不再想盖土瓦房，而想建造一座大土楼了。于是，他便到江西赣州请来一个地理仙。这地理仙到实地一看，发现这七座土墩竟是七星宝地，只要在杉皮寮的原地建个弓形半月楼，就可成为七星伴月的难得景观，庇荫子孙万代。张淳裕喜上心头，当即按照地理仙的指点，经过三年精心设计建造，终于建成了一座月眉形的大土楼。面对山下那七座土墩，从山上向下一看，确实像七星伴月，所以就将此楼取名为“月眉楼”。

这座古土楼，构造奇特，十分坚固。楼身半圆形，前无楼门围墙，两层高的楼墙，厚一米半，均用红黏土搅拌红糖、糯米浆混合夯打而成。此楼建于明代洪武年间(1368 年)，距今已有六百多年的历史，可惜因历代拆除改建，现仅存数米长的古楼基，但这座楼却先后孕育出三个传奇式的英雄人物，他们的故事一代又一代流传至今。

1. 白毛妈

月眉楼筑造虽然坚固，但因为无围墙楼门，防御不了强盗窃贼。传说在楼建成的第二年，来自金山的盗贼，一夜间就牵走了楼里的十八只水牛，抢走了不计其数的金银首饰和衣物；平时，鸡鸭等畜牲不是被偷走就是走失，生活在月眉楼里的人们真是居不安宁。

传说一直到张淳裕的第二代孙生下一个身轻如燕、武艺高强的女儿，情况才有了改变。这个女儿一出娘胎就满头白发，不到周岁就能说会道、健步如飞，还能抱起二十斤重的石手臼。到十岁时，已长得亭亭玉立，健康美丽。上山砍柴时，姐妹们常用柴刀在地面上砍树枝，而她却飞身一跃，跳上大树顶用手拗折树杈枯枝，碗口粗的树枝她毫不费力地就折断掷下。下山时，人家肩担两捆，她却一手提两捆、两手提四捆，一口气飞奔回家，一路上不用歇息。十四岁，她便到社内武馆学功夫，不到半年，十八般武艺样样精通，还练就了飞檐走壁的绝技。人们都不敢看不起这位年纪轻轻的姑娘，尊敬地叫她“白毛妈”。

有一年某日的暝间(夜间)，一个外来的盗贼，从楼后的龙眼树顶爬上楼脊，想进楼偷东西，正好被白毛妈看见。她忽地从楼埕飞身一跃，上了屋顶，伸手将那盗贼一把抓住，轻轻一提，掷落在楼埕中哀爷叫娘，成了拐脚断手人。她狠狠地把盗贼教训一番，才放他回

家。那盗贼四处传说，白毛妈武艺十分了不起，有万夫不当之勇，从此再也无人敢到楼中偷窃了。她的名声四处传扬，前来拜师学艺、比试功夫的，年年不下数十人。

有一天，从安徽凤阳府来了两位拳师。他们探知白毛妈武功盖世，特地赶来与她比武。经大福搭渡过江，正逢船场圩日，他们来到渡口搭上船，时近晌午，船上站着几位男女。船到半溪，两拳师便问身边一位头戴白竹叶斗笠的中年村妇："借问嫂子，月眉楼在哪里？"那村妇打量一下这两位身如铁塔的陌生壮汉，顺手指向溪坎顶那座弓形的土楼说："那便是。"两壮汉又问："听说这里有个白毛妈，今日可否在家？"村妇反问："找她何事？"两壮汉说："听说她武艺高强，特来找她比武。"说话间，船离岸尚有两丈多远，那村妇摘下竹叶笠，飘出满头白发，转脸对两壮汉笑着说："跟我来！"把身子一蹲，纵身跃到渡头。两壮汉一看，冒出一身冷汗：满头白发，身轻如燕，此妇人谅必就是白毛妈，今日既来，得小心对付才是。正想间，船已靠岸，两人便尾随那村妇沿溪坎顶来到月眉楼。

在埕场上，两拳师拱手对那村妇说："原来你就是名扬四方的白毛妈，今日我俩失礼了。"那村妇欠身说："不，我是她的女儿，她就在此楼上，两位稍等，待我叫来。"那两位壮汉一听暗暗叫苦，心想：她女儿尚且如此厉害，别说她本人了。正在思忖间，一支三叉虎（一

种山字形的利器）“嗖”的一声、不偏不斜正好插在他俩之间的地面上，紧接着一条白影落在三叉虎的把柄上端。两位拳师定睛一看，一位满头白发、身着箭口白色衣裳、手捧梳妆匣、满脸笑容的妇人，环腿端坐在那把柄的顶端，颔首对着这两位拳师说：“两位不远千里而来，有失远迎，待老妪梳理完毕，理当奉陪就是。”那两位拳师惊魂未定，一连串险象迭出，眼前这位非凡高手，果真名不虚传。他俩自知不是她的对手，慌忙跪地求饶，没留下只言片语，就连滚带爬地溜之大吉。

从此，白毛妈的名声越传越广，并一代又一代地一直传说到今天。

2. 十三领麻衫

继白毛妈之后，月眉楼里于清初又出了个历史上有名的英雄人物，一个敢打县官、买县官的好汉张汉丈。他的故事还要从他的父亲张万福讲起。

明末清初，某年间的一天晚上，南靖船场炭坑渡口老船公独自在船寮中的灯下饮茶吸烟时，忽然间听到对面溪有人喊要过渡。于是，他便将船撑了过去。船一靠岸，只见一队清一色穿麻衫、戴麻头布的人，一个个跳上船。这些人个个身轻似燕，人人缄口不讲话。待船到这边渡口时，他们又一个个跳上岸。那老船公偷偷

计算，一共有十三个人、穿十三领麻衫。当最后一个人正要跳上岸时，老船公匆忙拉住他的麻衫角说："客官，撑渡钱呢？"

那人连看也不看一眼，连吭都不吭一声，便忽地跳上岸走了，但他的麻衫却被老船公扯下一角。这老船公站在船头，在黑夜中眼巴巴地看着这阵白色人影，向着月眉楼方向走去。他无可奈何地将手中那块麻衫角拿进船寮中，灯下一看，却是一块白银。这时，老船公满身起了鸡皮疙瘩，嗬！原来这些过渡的人是一群银鬼，今夜无论走进谁家，那家一定变成大富翁。

二更时分，月眉楼发出阵阵狗吠声，农民张万福家突然来了十三位满身汗臭的外地人，说是过路的，要借宿。这张万福是月眉楼开基祖张淳裕的四代孙，他为人善良朴实，而今见这些外来过路人个个饿得脸青脚手软，便一面叫妻子生火煮饭，一面叫家人打水让客人擦面洗脚。这群人洗好吃饱后便舒舒服服地在张万福为他们准备的床铺上睡觉。

第二日透早（清晨），张万福到各客房里想叫这群外来人吃早饭时，各房里都空无一人，不知道在什么时候不辞而别、不知去向。

事过三年，张万福因子女多，楼里的房间不够住，就想在柯仔口这个地方另建一座土木结构的平房。没想到，在清理地基时，竟从地下清出了十三灰窑的白

银。这时候他才省悟：这些白银，原来是那十三个穿麻衫的银鬼留给他的。于是，他一夜之间成了百万富翁，村里人也都称他张百万。他有很多有趣的故事一直流传至今。

3. 一丛稻秆头一锭白银也不卖

张万福成为百万富翁后，把银子用来买田地。从东边的梧宅汾水垵，至西边的村雅南塘山，他都打算买下来，可是在大福庵仔前有一丘洋田，不管你怎么说，姓刘的田主偏偏就是不卖！张百万毫无办法了，只好叫家人挑来几担白银放到他的田里，每丛稻秆头都压上一锭白银，想用银锭打动他的心，而后买他的田。可是那田主不但不为所动，还叫人将所有的银子拢总（通通）捡起来，装进两只大麻袋，然后抬到他家田里的出水涵洞口去堵住水源，让张百万的田无水受旱。

张百万从月眉楼的窗口隔河观望，发现自己大福洋的田地无水受旱，便叫他的儿子张汉丈过河去看看。张汉丈带着一个家人到那里一看，发现原来是两袋白花花的银子堵住了水源的涵洞。他就叫家人将袋子搬开、把银子全部倒到河里去了。

儿子回到家里，张百万问他田地里为啥无水？张汉丈笑着说："嘿，那个少年家用两麻袋白银堵住了涵洞口！”张百万说：“那白银呢？”“哼，这一点点银子算什么？我们家的银子多得很，我叫人全部倒到河中去了！”张百万一听，不觉望空长叹一声：“唉！歹囝孙出头了，家财再多也没用。”

就这样，张百万想把大福洋田全部买下来的计划终于没有实现。

4. 打县官和买县官

张百万看出儿子无法守住家财，就改变主意，一心一意想将十三灰窑的白银为家乡百姓办些好事，好留个名声流传后世。他日思夜想，终于想到：当今县太爷是个吃钱官，百姓恨之入骨，只要除掉这个狗官，为民伸张正义，乡亲们一定叫好。但是要怎样除掉他呢？他一连想了几十个日日夜夜，都想不出什么办法来。一天早上，张百万正坐在八仙桌前泡茶时，突然听到远处垵仔头岭响起一阵阵“呜呜呜”的号头声和“咣啷咣啷”的鸣锣开道的声音。他知道这是南靖那位县太爷出巡来了。他脑子一转，马上想到为民出气的机会到了。于是，他立即将儿子张汉丈叫来，说：“儿啊！那边吹号鸣锣，说明当今的县老爷来了，你敢不敢去打他呢？”张汉丈笑着说：“哼，一个小小的知县有什么了不起？我怎么不敢打？”张百万重重地把头一点：“好，你就

打给我看！”

于是，张汉丈立即叫上二十四名家丁，抬着一只太师椅，浩浩荡荡地过河来到顶大福的荔枝树脚的大路口一字排开。二十四名家丁分列两边，一边十二人，每个人都拿着一根木棍高高举起；张汉丈身穿长衫马褂，盘下长发辫，发上结着两条丈二长的乌纱，叉开八字脚坐在大路中的太师椅上，显得十分威风。

县老爷鸣锣开道，一行到此，张汉丈就是不回避。衙役上前指着他大声叱责：“呔！你是何人？胆敢在此阻挡县老爷出巡。若不赶快闪开，休怪捕快无情！”

张汉丈仰天哈哈大笑：“哈哈！岂不闻我乃当今方圆数百里赫赫有名的张百万之子张汉丈，快快叫那狗官落轿，否则，休怪本少爷不客气了！”

那衙役见势不妙，正要禀报县太爷，张汉丈已经双手捋下两边乌纱，从太师椅上跳下来，把手一挥，带着二十四名家丁，挥棍舞棒，将几十个差官衙役打得落花流水。那张汉丈直奔县太爷轿前，想把那知县拉下轿来痛打一番，岂知那知县早已溜出轿门，狼狈不堪地抄小路，过瓦窑坪、经仙祠公，往村野逃走了。县老爷逃回到南靖县堂，取过正堂县印，连夜赶到漳州府衙，挂印辞官不知去向。

却说张汉丈带领一行人，挡道痛打了县太爷的差官衙役，吓走了知县，夺得了铜锣大号和肃静、回避等旗牌，一路上耀武扬威地回到月眉楼，向父亲张百万报捷。这时，那张百万喜中带忧、笑中叫苦。喜的是为民大扫贪官的威风，忧的是闯下了欺官打官的大祸。当晚，他翻来覆去、彻夜难眠，最后终于想出一个用银买官的计策来。

第二日上灯时分，张百万雇好了四只平和小溪的帆船，叫所有的家丁挖开五灰窑的白银，将所有的白花花的银子挑进船舱，再用粗糠盖在银子上面。然后连夜开船运往漳州，向知府大人求情，为儿子张汉丈买了个南靖县正堂知县当。从此，张汉丈成了不上册的县老爷，一家人也逢凶化吉、转危为安。

这张汉丈虽然目不识丁，为人草包，但其秉性还是十分良善的。他遵照父志，在县官任内惩恶扬善、扶贫济危，获得广大乡亲的赞扬。

有一天，在船场通往山城途中的吊古岭，发生了一起抢劫案。当捕快将抢劫人犯押上公堂时，张汉丈将惊堂木一拍问："下跪何人？哪里人氏？"

"小的乃麻竹头村，姓沈名竹根。"

"你为何拦路抢劫？"

"老爷听禀……"于是沈竹根就将父亲久病卧床多年，四处求医，耗尽家财，卖掉一只水牛、典出一亩薄地，结果还是医治无效，死在床上。家贫如洗，无法葬父；讨借无门，万般无奈，只好抢银……如此这般情状从头到尾如实禀报县老爷。那张汉丈一听，深感同情，便又再问："你抢的是何人？"

"我也不知。只见那人身穿香云纱，头上戴招票(呢礼帽)，脚下鞋带袜，肩上还挂着一个皮包，看来是个生意人(商人)。"

"你抢得多少银两？"

"他皮包里有四锭银两，我只拿了他一锭五两银。"

"为什么不全拿走？"

"因为五两银子就够埋葬我父亲了。"

"现银两在何处？"

"已上缴捕快大哥。"

"左右啊！"

"在。"

"将方才收缴的银子拿来。"

张汉丈案上放着一锭五两银子，他又从抽屉中取出三锭五两银子，笑着对那抢劫人犯说："你拦路抢劫是有罪的，本老爷念你乃是个孝子，赦你无罪。这四锭银子，你拿回家去，埋葬你父亲后，所剩的银两，赎回田地，买回耕牛，好好在家过日子去吧！"

那沈竹根一听喜得掉下眼泪，连忙跪地叩谢青天大老爷，然后拿起银子，走出县堂，四处也传开了这段佳话。

张汉丈买县官，在为官任内，凡有喊冤叫苦、陈贫诉难的人到县衙找他，他都能为民做主，乐解私库为民

救苦救难。据说有一年全县洪水过后，四乡田园失收，人畜患疫染病甚众，他一下子从月眉楼老家运来了一灰窑的银子，赈济各地灾民，深受百姓好评。

张汉丈就是如此为官的，直至他家里八灰窑的银子全部赠光送尽，他才告老回乡。晚年，他病故于月眉楼，葬于对面山麓的大枫树下，后人称他的坟墓为“老爹墓”。

（以上均由南靖县张乔麟讲，张远杰整理）

三十四、黄公台手建藩垣楼

清朝的开国功臣“一等海澄公”黄梧，是平和霄岭人，至今这里还完好地保存着一座月眉形的生土楼，据说是他亲手建造的。在门楼的石额上，雕刻着四个苍劲的柳体大字：“霄岭藩垣”。

提起黄公台，他确实是个传奇式的人物。传说他的祖上很穷，祖父有四个兄弟。有一天，祖父四兄弟到深坑为他们的祖父拾遗骨，装在金斗瓮里准备移葬别处。走到狮岭山下时，忽然间，天昏地暗，暴风骤起，大雨瓢泼下来，他们只好将金斗瓮藏在岭下石洞里，躲在树下避雨。正商量着等明天再来埋葬遗骨，只听见一声巨响，山崩地裂，一块岩石滚下来堵住洞口，再也没法取出金斗瓮。后来请地理仙来看，地理仙竟惊喜地说：“这叫天葬。此地是五鬼弄金狮穴，石洞是狮铃，金斗瓮正放置在狮子嘴巴里，日后子孙会出‘九公三王’。”

到了明朝万历四十四年（1616 年）十月初七日，黄梧就出生在霄岭坎下村黄家。他母亲何氏怀孕达十二个月，临产前，她梦见一条青龙盘绕在柱子上，惊醒了，腹中胎儿也开始躁动起来。临盆时，天空乌云翻滚，刮大风，下大雨，霹雳闪电一齐来，忽然间，五彩毫光冲天起，附近村民看见乌云中垂下一条青龙的尾巴，挂在黄梧的父亲黄职家的屋脊上。乡亲们纷纷来他家探听消息，听闻一个婴儿呱呱落地，大家祝贺说："这个孩儿将来一定会大富大贵的。"黄职夫妻听了都十分欢喜。

黄梧的父亲精读四书五经，但时运不济，屡考不中，只好弃儒行医，周游广交。黄道周在平和教书时，跟黄职结成莫逆之交。后来，黄职还把黄梧送去请黄道周启蒙。

黄梧长大后，文学武功都好，但是生在乱世，无所作为，只好跟同村人一起上山烧炭，弄得浑身乌黑乌黑的，活像一只乌龙。他的母亲见了很是失望，私下叹气说："原来我梦见的青龙，应在烧炭夫身上了，那还谈什么大富大贵呢？"

后来，黄梧堂叔被诬赖偷富户鸡鸭，他打抱不平，杀了本县的贪官，他一不做、二不休，跑到厦门投奔郑成功。在国姓军中征战六年，立下大小战功。

但是，郑成功任人唯亲，百战之功毫无厚赏，偶尔失利便悬首竿头，使他深感失望。后来左先锋施琅的部将曾德犯法当死，逃到郑成功处。郑成功下令施琅不准杀曾德。施琅争辩道："军法是为公，犯法哪能逃避？要是藩主自己徇法，军队不就大乱了吗？"坚持杀了曾

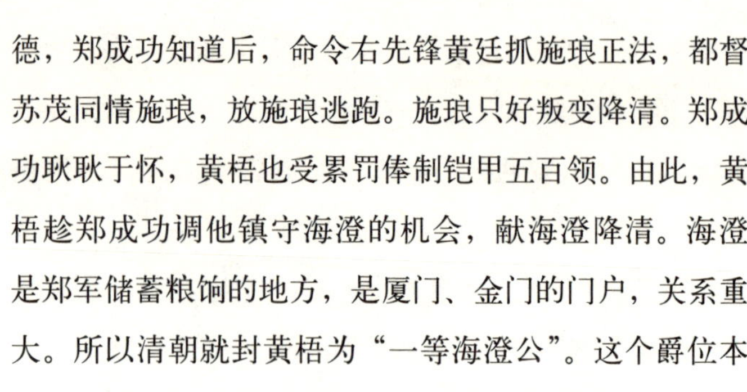

德，郑成功知道后，命令右先锋黄廷抓施琅正法，都督苏茂同情施琅，放施琅逃跑。施琅只好叛变降清。郑成功耿耿于怀，黄梧也受累罚俸制铠甲五百领。由此，黄梧趁郑成功调他镇守海澄的机会，献海澄降清。海澄是郑军储蓄粮饷的地方，是厦门、金门的门户，关系重大。所以清朝就封黄梧为“一等海澄公”。这个爵位本来是要用来招降郑成功的，后来印信却被黄梧拿了。

黄梧衣锦还乡后，回到霄岭省亲。族人敦请他为家乡修建一座圆土楼，以防郑军侵扰平和。黄梧刚好也有此意，便着手筹备，大兴土木。

黄公台要建大楼，消息一传开，远近的地理仙、建筑师，纷纷前来效劳，提出各种建议。黄公台看中其中一张图纸说：“这张图所设计的大楼结构、布局，甚合我意。但形状还是以月眉形为好，对准漳州方向，多设炮眼，以利防外敌侵扰。”

之后，地理仙们又纷纷出谋献策，择定黄道吉日破土动工。黄公台看后都不甚满意。这时，来了一位浓眉大眼、人称“怪仙”的中年人，他择定的时日特别怪。他不慌不忙来到黄公爷身边，神秘地说：“昨晚，我梦见一大好时日，如果按时开工动土，日后子孙一定会大富大贵，就是贼寇来了，也无法攻破楼墙。楼内黎民百姓不管婚丧喜庆，都不必找人择日。”说着，就拿出日课，黄公台不看则已，一看就紧锁眉头，你道为什么？原来

这怪仙献出的是“天杀日、天杀时”，这在封建迷信十分盛行的时代，一般人是不敢用的，更不敢在这天兴工动土木。但只过片刻工夫，黄公台却双眉舒展，满面堆笑地说：“好！就选这个时日。”因为他理解了怪仙的用意，以自己的官威，焉能压不住煞神？

动工那天，黄公台身穿公爷服，手执红朱笔，坐在工地中央。煞时一到，他手中的红朱笔如箭一样飞出去，破了煞，随即奠基动土。事后工程进展得十分顺利。

黄公台建土楼，资金足，工匠多，人手齐备，不久就要放中脊大梁了。关键时刻，黄公台又回到工地来，地理仙满意地笑了。因为放大梁也是选在天杀日、天杀时，这个时辰只有黄公台才能压得住煞神，破得了煞气。

土楼建成了，朝廷及康亲王知道后，都派人前来祝贺，并赐一金匾，匾上题写着“霄岭藩垣”四字。黄公台看到这个金匾异常高兴，请来几棚好戏，在楼前连演十天十夜，热热闹闹庆祝一番。

（平和县黄贤土、赖天民讲述，黄志耀、叶奇安、江明整理）

三十五、仰星楼——客寮尾的传说

仰星楼位于平和县国强乡霄岭村，建于清朝顺治年间，结构简朴、古老、独特，是一座双重楼，即楼中有楼，大楼围小楼。内圆楼二十四间，外圆楼三十六间，相传它的前身只是一间草寮。它的发展经过是这样的：

黄公台回到霄岭参加“藩垣楼”落成典礼后，有一天，他看到“藩垣楼”后面的小山上有一间破草寮，就问身边堂叔说：“这里原来不是住着一户人家吗？”堂叔说：“这户人家只有父女两人，父亲五十多岁，女儿年满十八，以做木屐为生。有一天晚上，父亲正埋头做工，一只百多斤重的大虎公看到灯光，就走过来，东张西望，然后坐在门外，虎头向前观看着藩垣楼，屁股朝着草寮，尾巴从草寮的破洞中伸进厝里。杜老汉一看，吓了一跳。怎么办呢？搞不好父女俩生命难保。想了想，他硬着头皮，壮了壮胆，举起手中斧头用力往下一砍，把虎尾巴砍下来。老虎一惊，“呼呼”二声，猛跳一阵逃走了。内间的女儿听到动静，放下手中针线，出来一看，只见父亲呆若木鸡，片刻才回过神来。杜

老汉把刚才发生的事告诉女儿，父女商量后，连夜逃到了藩垣楼。黄氏族人听说杜氏父女有难，纷纷前来问长问短，关心爱护，杜氏父女甚是感激。当夜他们就在一户人家歇息。第二天一早，他回到山上，只见草寮已被老虎趴得全部倒塌，破烂不堪。

黄梧听后惊奇不已，便问："果真有这回奇事吗？"堂叔说："这只是半年前的事。"黄梧点了点头："太险了！"然后他又去看这间破厝，只见厝后的龙山如开窝出珠串，被虎尾卷来卷去，左右侧山连山。经书云，龙虎重重起，世代多官取。黄梧轻扬两道剑眉，说："这里地理不错，像是猛虎下山，你看，这是虎头、虎嘴、虎眼，如果在虎额上建一座圆楼，太理想了。"众人细看，连连称是。

当时，皇帝对黄梧赏赐甚厚，要再建一座楼轻而易举。但是，这次他再三考虑，不像往日那样果断，久久下不了决心。原因何在呢？有一天，他同几位前辈商量此事，各位父老才了解到原来他担心杜氏不肯让建楼。几位前辈讲："这好办，杜氏已同黄姓结成姻亲，那草寮也已破得不像样了，杜家姑娘知书识礼，犹如大家闺秀，深受黄家好评，与黄家一位后生（儿子）也刚结为夫妻不久，杜老汉也常到黄家帮助干活，两家欢欢喜喜过日子。"黄梧听后十分欢喜，才把建楼的事定了下来。

一天，黄梧想了想说："此楼我规划建二十四间，

代表一年二十四个节气。”大家赞成，说建就建，请来了怪仙，择了吉日便破土动工，黄梧也回府不提了。

年后，圆楼便建成了。一天，黄梧到平和巡视，特意回乡观看。晚上他站在大门口，看下前方的藩垣楼就如一道半月，楼前水塘倒映着满天星斗，闪闪发光，心情忽然开朗了很多。第二天，他又在楼前楼后看了个遍，然后说，此楼好是好，但应该再完善一点，按六十甲子布阵，使日日吉星临堂，日后子孙兴旺、财源茂盛。该如何才能做到这一点呢？他想了想，说：“再围楼三十六间，这样不就是六十间吗？ 这样就大楼围小楼，楼中有楼啦。”族人觉得有理，又请来怪仙，认真定格，有大间，有小间，刚好三十六间，因为内楼只有二层高，外围楼便定为一层高，这样，外人一看就是二重楼。落成后，族人就把它命名为“仰星楼”。

（平和县国强乡清泉讲述，黄志耀采录整理）

三十六、方楼墩哑狗造反

在闽粤两省交界的平和县长乐乡下村，有个地方叫方楼墩。传说从前这里曾经有座雄伟高大的方土楼，由于楼里主人哑狗造反失败，官兵来围剿，一把火把它烧成平地。现在残垣断壁还在，见证历史，向后人诉说这一悲壮的传奇故事。方楼的东边有一条小溪绕桥墩潺潺流过，泻下峭壁，形成一个深潭，名叫碧潭。清代邑人黄自人老先生曾经到这里凭吊遗址，在石壁上题了“泻玉朝云”四个大字，以志纪念。

传说明朝末年，这座方楼是姓黄的聚居地，由于祖坟地处鲤鱼穴，所以家财万贯，只是人丁却不兴旺，几代都是单丁独传。这一代又只生一个男孩，虽然长得眉清目秀，方头大耳，十分福相，但却是个哑巴，父母忌讳没给取名，大家都叫他“哑狗”。

哑狗十六岁那年，跟着父亲去赶集。在鱼摊上看见一尾特大的鲤鱼，大约二三十斤重，哑狗忽然扯着父亲的手开口说：“阿爸，我要买这尾鱼。”他父亲见哑巴居然能开口说话，起初大吃一惊，之后就欢喜异常，为满足爱子的请求就买回这尾大鱼。

回家后，父亲就把这尾大鲤鱼交给哑狗的姐姐去宰杀烹调，一家人欢天喜地庆祝哑狗开口讲话了。姐姐剖开鱼肚时，发现鱼肚中有一束帛书、一张精致的小弓、三只“芒东”（芦苇杆）做的短箭，就拿给父亲看。哑狗早就守候在旁，又哭又闹，缠着父亲要这帛书和弓箭，他说这是上天赐给他的宝物，他买鱼就是要取出这天书和弓箭。父母都宠他，就由他去了，也不问有何作用。

第二天清晨，父亲起身，看见东方天上有颗明星，闪闪发光，照进他的楼里，认为是个好兆头，就给哑狗正式取名叫“端宇”。从此，黄端宇就变得少年老成起来，整天躲在书房，关起门来钻研这本天书，废寝忘食，简直像着了魔一样了。

有一天，他母亲端饭来给他吃，听见窗前树上成群小鸟在吱吱地叫着：“黄端宇，坐天下。黄端宇，坐天下。”她觉得十分奇怪，就对鸟儿说：“我儿真能坐天下，这盘煎熟的小鱼也会活起来。”说完，她把这盘熟鱼倒进门前小溪，果然都活了起来，在水中游来游去。从此，这条溪里便有了一种一半赤一半白的小鱼了。以后，母亲凡事都依着端宇。真命天子，金口玉言，谁能不依呢？端宇叫父母储备三缸芝麻、一缸绿豆，也不说做什么用，父母都依他一一照办。

这年三月初八，是黄端宇的生日，他在书房里可忙了，不准别人偷看，直忙到深更半夜，才到父母房前的窗下交代母亲说：“等到鸡叫三遍，五更天，记着准时叫醒我。”那时在这荒村僻壤，农村里即使是大户人家也没有时钟，人们日出而作、日落而息，以鸡鸣为准判断时辰。鸡叫三遍就是五更天，京城里当今皇帝就坐朝问事了，端宇要干什么？他的父母亲也不敢过问。

这一夜，黄端宇焦躁不安、辗转难眠，三不五时就起身去问母亲：“鸡啼几遍了？”母亲说：“还早哩，才啼一遍。”不一会儿，又起身去问母亲：“五更到了没有？”母亲说：“还没到哩，鸡刚啼两遍。你放心去睡吧。”过一会儿，他又起身去问母亲：五更到了没有？他这一夜的翻腾，弄得全家鸡犬不得安宁，窗下鸡窝里的公鸡被惊扰了，偶然啼叫一声，他母亲也不耐烦了，随口应道：“这不，鸡刚啼第三遍了，就算五更天了。”她不知道儿子究竟要干什么，反正是农家的事，早一点、迟一点，都差不多，误不了什么大事的。哪知道她时辰拿不准，真真误了儿子暗暗策划了许久的起义大事。

黄端宇急匆匆地拿起杨木弓、芒东箭，出家门站到高岗上，朝着东方京城方向，叭、叭、叭，连射三箭。第一箭射中了朝天门的城楼上，朝天门地动山摇、崩塌了一角；第二箭射中了正大光明殿的匾额上，“正大光明”的匾额立刻掉落在地上；第三箭射中了皇帝坐朝的金交椅，幸亏时辰没到，早了些，皇帝还没坐朝。这一来就惹了大祸，满朝文武大臣惊动了，不知道出了什么

乱子。皇城里景阳钟响过，皇帝坐朝，问起这事，召来国师一推算，国师奏明圣上说："芒东射过河，不是葛竹就是潮箇。根据射箭的方向推算起来，乱事发生在南方，福建漳州府平和县境内。"皇帝立刻降旨，飞骑调动八闽兵将围剿叛逆。

当官兵来到下村把方楼围困起来后，黄端宇早已做好准备，囤积了足够的粮食，坚守起来。官兵进攻方楼，黄端宇凭着天书，指挥作战，作起法术，让官兵不敢靠近方楼。就这样围了三年，也没攻破这座方楼。

国师感到奇怪，这座方楼被围了这么久，饮水从哪里来呢？他想不透，半夜起来巡视，察看地形，发现方楼的东边是溪流深潭，西边却是悬崖峭壁，形势险要，再多的兵员也摆不开阵式，所以方楼易守难攻。这时夜深人静，传来楼里人悄悄的谈话声，国师注神谛听。一个说："官兵围困三年攻不下大楼，我们全靠这大香藤送水，要是官兵发现了，把香藤砍断了，不就坏事了吗？"另一个说："哎呀，你这傻瓜，你还不知道呀？这根大香藤是少东家作了法的，官兵砍不断，砍断了它会自动接上去的。"这一个说："原来如此。那我们就不用担心没水喝了。"那一个说："那也不尽然。少东家的法术最怕黑狗血和秽水，如果用这脏东西一泼，锯断的香藤就接不上了。"

国师偷听到了这个秘密，十分欢喜。第二天，叫人

去查，果然找到了一枝大香藤，从碧潭吸水注入到方楼内的水池中。于是，国师派人用黑狗血和秽水泼在香藤上，再用锯锯断它。第二天，香藤枯死了，方楼里断水了。黄端宇慌了，知道这方楼再也守不住了，要突围出走了。

黄端宇急忙叫他的父母和姐姐，快把他储备的三缸芝麻和一缸绿豆倒出来，这是他用法术炼成的豆将芝麻兵。他的父母亲和姐姐没气力，推不翻这几口大缸，黄端宇持剑念咒，焚香画符，作起法来紧催着。他父亲等不及，起性用大木棍把缸打破，才把芝麻和绿豆扒出来，结果，这些豆将芝麻兵都被大木棍打成断腿缺胳臂的残兵败将，冲出方楼，不堪官兵一击，都土崩瓦解了。黄端宇顾不上父母和姐姐，由他老舅保护着冲出去，准备出海到宝岛台湾，再伺机东山再起。

他们甥舅俩落荒而逃，跑得精疲力尽时，来到高坑。黄端宇问舅舅："这是什么地方？"舅舅说："到高坑了。"黄端宇一听"高坑"两字，便胆战心惊，因为他是鲤鱼精转世的，鱼要下溪潭方能得水，上了高坑就是穷途末路了，得赶紧离开这里。两人又急急忙忙地逃了一阵，直到口干舌燥，满身大汗，腰酸腿乏了，来到一个地方。黄端宇问："这是哪里了？"舅舅说："到了上盘了。"端宇一听上盘了，就心惊肉跳说："不祥之兆，赶快逃离。"两人又急匆匆地奔逃到天黑，实在是

头昏眼花，四肢无力，再也走不动了。黄端宇问：“现在到哪里了？”舅舅说：“到了半治了。”“半治”是“半箸”谐音，鱼被夹上筷箸，非死不可，无可挽回了。黄端宇叹气说：“天亡我也，我已不能出海了，鱼已被箸夹住了，准死无疑。”他想了想，下决心要自杀了，他交代舅舅说：“我死后，你要将我的舌头割下，拿去报功领赏，以免我造反不成株连了九族。”说完，他就刎颈自杀，舅舅只得把他的舌头割下，包起来，藏在怀里，逃跑了。不久官兵追来，看见黄端宇自杀了，一个将官大喜，割下首级到京城去报功请赏。

这时，黄端宇的舅舅也到了京城，和那个将官在皇帝面前争功。一个说是他打败黄端宇，亲手割下他的首级，应领第一功；一个说是他大义灭亲，割下黄端宇的舌头，除了这叛贼逆子的。两人在金殿上争论不休，文武百官莫衷一是，皇帝老爷难以判断谁是谁非。最后，黄端宇的舅舅说：“黄端宇的尸身可以作证，是先割断舌头，还是先割断脑袋？不言自明。是我大义灭亲在先，黄端宇死后，这位将爷才因人成事，割下他的脑袋来冒领大功呀！”这一说，满朝文武才恍然大悟，都说这才合乎情理，谁该领头功终于辩明了。皇帝不但没有追查罪责、株连九族，还封黄端宇的舅舅做官，褒扬他大义灭亲的忠君表现。

然而，下村的这座方楼在战火中被夷为平地，不能再起，只留下方楼墩这个地名，作为一种标志了。

（平和县林振煌、黄庭燎讲述，陈金源、叶奇安、江明采录整理）

三十七、龙船底山寨的传说

很久很久以前，在福建、广东两省和永定、平和、大埔三县交界的东排山上有一个叫龙船底的地方，山势陡峭，树木森森，地形十分险要。这里山坡上原有一座雄伟的土楼，楼墙坚厚、地基牢固，十分壮观。楼顶上高高地飘扬着一面五彩龙旗，是寨主林奇一的山寨。

这林奇一出生在一个穷苦的农民家庭，从小失去双亲，替人放牛，因受不了饥饿和鞭打，逃身去浪迹江湖，拜了一个很有名的武师，学到了一身好武艺。他把斗大的海螺吹得呜呜响，声传十里开外，双手使着一把三百来斤的大砍刀，挥舞自如，蹿高跳低，如履平地，当地人都恭称他“林一勇”。回乡后，他组织起一支人马，占据龙船底，建起土楼为山寨，聚众专干劫富济贫之事，威名远近皆知。

有一日，他的朋友叶阿谋来访。久别重逢，举杯畅饮。酒后，林奇一带叶阿谋到花园里赏兰花。看到一块大石板上放着三盆素雅的兰花，叶阿谋啧啧称赞。林寨主一时兴起，运足气力，一下子把那块大石板抱起，想不到，下面露出了三缸白花

花的银子。

叶阿谋见钱眼开，心里打着鬼主意，坐了一会儿，就托词走了。过了几天，一个月黑风高的夜晚，叶阿谋就叫一个蒙面人带着一些贼人背刀拿枪，悄悄地摸到山寨墙下，在四周铺上许多竹筒，准备挖墙偷袭。寨主一听有动静，立即吩咐伙伴把好四门，自己一人飞身上楼，站在楼顶上高声叫道："小蟊贼看刀！"说完，就高举大刀飞身跳下。想不到，他踩到圆滑的竹筒，跌倒在地，贼人们蜂拥而上，把他打得头破血流、身受重伤。幸亏伙伴们及时赶来，才把他救进寨中。

龙船底山寨因伤了寨主，元气大损。叶阿谋贼心不死，次日又带许多武功高强的人前来攻寨。眼看山寨就要失守，林奇一为了不让贼人得到白银，就把三个女儿叫来，问她们："你们要保护白银还是要保存生命？"三个女儿都说："要保护白银！"林奇一艰难地把她们带到藏银的秘密山洞，说："你们要保护白银，就永远守在这里吧！"说完，含着泪砍死了她们，堵塞了洞口。然后他冲出寨门与贼人厮杀，死在混战之中。

叶阿谋见钱眼开，丧失仁义，最终没有得到白银，也惨死在乱刀之下。以后，没有人能找到那藏银的秘密山洞，那三缸白银沾满血泪，永远伴随着林奇一的三个女儿留在龙船底山上。现在龙船底山寨楼基还历历可见。

（平和县长乐乡黄元讲述，黄思明、曾经整理）

三十八、老碧楼

老碧楼是一座四角形的土楼，建筑非常讲究，虽规模不大，但雕梁画柱显得玲珑精巧。

传说这座四角楼的祖辈有个叫曾庭石的，起初非常贫苦，运气十分不好。他贩盐去卖，经过稻田，稻花落在盐上，人们说他的盐生虫，这生意便没法做下去；担纸去卖，晴天也下大雨，把纸浇湿了，也亏本而归。有一次，他给人挑东西路过大溪，寄宿在一家姓黄的教书先生家里。当晚，黄先生生得一女，有点失望。因经常在此歇足，主客都比较熟悉，便开玩笑说：生女有啥不好，不然以后嫁给我好了。想不到黄先生竟十分认真地问了他的生辰，屈指一算，知道他命带金锁，若娶一带金锁匙的女人为妻，日后必定大富大贵；而其女恰巧带金锁匙，黄先生便当场答应，等女儿长大，定嫁给他为妻。那时，庭石已二十岁，等了十八年，他果然娶了黄先生之女为妻。

说来也怪，曾庭石结婚后，运气很好。据说，他挑担子在烈日下做生意，头顶上会飘着一朵云，给他遮住烈日，人们便讲

这是“白云护顶”。有一次，他去云霄贩买棉花，回家拆开一看，里面包着许多白银。因为棉花行老板的儿子是败家子，想将这些银子运到外地去挥霍，想不到这些棉花被曾庭石买得。后曾庭石告知老板，准备将银还他，老板看他有守财之相，便将银子都送给他。以后曾庭石生意越做越大，越做越顺，很快便发了大财。而且黄氏又生下九子一女，财丁两旺，故人称之为“石太爹”。他的子孙忌讳祖辈之名，都将石头称为“硬泥”。

石太爹发迹后，有位地理仙找到一块金龟地，叫他建祠堂。可是这块地的主人说会败坏地骨，不让建。石太爹想了个办法，连夜调来所有田客将墙脚砌好，再烧粗糠将墙脚石熏黑，将土盖回。以后他说这是旧地基，人们才让他建了祠堂。祠堂建好后，有位地理仙认为，这金龟地后面应再建一座四角楼，让金龟掌印，才真正是宝地。石太爹觉得有理，就建了这座四角形的土楼，取名为“老碧楼”。

“老碧楼”建好后，石太爹家业更加兴旺，但是后来由于在楼内挖了一口井，说是官印穿空，便把地理破坏了。以后他的家族就渐渐衰落下来，四角楼也没曾出过大人物当官掌印。

（平和县曾钦镇讲述，曾经整理）

三十九、双纳寨的故事

从前，平和县芦溪乡双丰村有个寡妇，带着儿子叶其德艰难度日。她用野藤背囝，开荒种蓝（一种可提取染料的草），好不容易才把儿子拉扯大。

一日，叶其德去田里干活，母亲送饭给他吃。半路，有一个陌生人坐在路旁，向她要东西吃，她不加思索地让他把饭吃个精光。吃完后，那陌生人才觉得不好意思，老阿婆又安慰他，说时辰还早，我可以回去再煮。等老阿婆再把饭送来时，已经很迟了。叶其德问明原因也没责怪。等到叶其德傍晚回来时，那陌生人还坐在路旁看着远处。叶其德把他带到家里过夜。当夜，那陌生人对叶其德说：“你这善良人家按理应做一门好风水。”叶其德摇头说：“艰苦人，日子都过不了，还做什么风水？”陌生人劝道：“正因艰苦，才应做好风水。如果你想做，我就把今天看到的好地理做给你，一文钱也不要。”这时，叶其德才知道这个陌生人是个地理仙，高兴异常。第二天，他就提着姥姥的金斗到地理仙点的穴位做了一门名叫凤地的好风水。

转眼过了近一年。一天半暝，经常替人抬棺材板到大坪去的其德，突然听到门

口有人大声叫喊："叶其德，别人都上路了，你还不快走。快点，我先走了。"叶其德赶紧叫母亲起来煮饭，匆忙吃点饭就上路了。路上一个人影也没有，只有清冷的月光。他也不管是什么时候，只管匆促赶路。当他走到一个叫扒死驴的岭脚时，见路边有一个柜子。他便放下担子，打开柜子，见里面空空的，提起来也轻轻的，他就想：反正时辰还早，先把这柜子拿回家去，装东西也好。他提起柜子回到家门口，把柜子放在门边，就喊母亲开门。他母亲感到奇怪，便问："你怎么又回来了？"他连忙解释："我在半路上捡到一个木柜，先拿回来，装点东西也好。"等他母亲把门打开，他弯身再提那柜子时，觉得柜子十分沉重。母子俩费了九牛二虎之力才将它扛入家里，打开一看，是满满的一柜子纹银。原来是银鬼替他把银子扛到家门口就走了。这事发生在凤地做好后不久，应了地理仙寅葬卯发的预言。

后来，叶其德做了个梦，梦见天上文曲星坠落到一个云雾弥漫之处，他追到那里一看，是一座雄伟壮观的圆楼，他流连在楼里久久不愿离开。第二天，他一醒来，便悟出是文曲星指点他盖一座楼。他找到梦中所到之处，便马不停蹄地挖地基、砌石、夯墙，没多久一座20间的三层楼便建好了，他把此楼叫做"天星楼"。

这座楼建成不久，又有一个广东地理仙从此经过，见它建得如此美观，便拿出罗庚一格，连声叫："可惜，可惜。"叶其德正好听见，便问原因。地理仙见他是寨

主，便点出此楼太高、太小、太深。叶其德知他不同凡响，就再三挽留他，这个地理仙才叫他再建一座矮一点的外围，镇住整个穴位，成为今天的双纳寨。

双纳寨建成后，其德子孙满楼，家业兴盛，代代有文人高中，几代人没赤脚也不愁吃穿，田地遍布永定、南靖、广东，一收就有千石租，把整个楼的仓库都装满了。

（平和县陈风全、叶国祥讲述，汪南贤整理）

四十、八角楼与陈大健

平和芦溪东槐村有座八角楼，外形奇特，楼内房间错落有致，廊道迂回曲折。一提起它，潭皮（现名东槐）的陈姓子孙就会向你详细讲述这座楼的故事。

据说明代中期，潭皮皇景砾大山上，住着一帮贼人。他们神出鬼没，无恶不作，常常在夜间进村偷鸡摸狗，抢钱、抢物、抢人，弄得老百姓人心惶惶，鸡犬不宁。百姓不堪其害，纷纷上诉漳州知府，知府只好请求朝廷派兵。朝廷派以九使大王（皇帝第九义使）为首的九个将领带兵到潭皮为民除害。因这里山陡坑深，树林茂盛，贼兵地形熟悉，昼伏夜出，官兵人生地不熟，经常处于被动挨打的境地，九位将领都中毒箭身亡。贼人见无人与之匹敌，胆子更大，活动更猖狂，光天化日之下也敢到村里扰乱，潭皮一带百姓生活在水深火热之中。

后来，潭皮陈家生了个儿子叫陈大健，长到十几岁，已是一个身材高大、虎背熊腰、力大无穷的汉子。他一个人可以干十几个人的活，两枝桶大的松柏，他往肩上一搭、腋下一夹便可连树叉一起轻易带回

家，把村里人吓得目瞪口呆。山上的贼人听说村里有此大力士，活动也有所收敛。

村里乡亲纷纷要求大力士帮助除掉那些无恶不作的贼人。陈大健也深感，这伙强盗不趁早除掉，百姓就一刻也不得安宁。于是便与潭皮另一个身高丈余、脚长九尺的巨人“躭脚添”周密计议，共同除掉这个祸患。

一天夜里，这伙贼人又下村扰乱，陈大健与“躭脚添”早有准备，贼人一进村，便叫众人点起火把，手拿锄头、柴刀一路追杀。大健赤手空拳，把几个贼人一手抓起来丢到河里去，又把几个贼人的头壳往后一扭，贼人便一命呜呼。

从此，山中贼人一听到大健的名字便像丢了魂魄似的。贼王也觉得潭皮有此强人很难对付，只好到别处去抢东西。但寨中贼人人数众多，入不敷出，食物日少，贼人情绪益显低落。

一天，大健和潭皮族长派人送五十担米和五头猪，请贼王到崇和寺议和，贼王正处十分困难的境地，也想结交陈大健，便带几个随从欣然前往。

大健和“躭脚添”等人在崇和寺摆上一桌丰盛的酒席，酒桌边放着几个大瓮，有水也有酒。贼王一来，他们便客客气气地请他入席。大健热情劝酒，等贼王酒兴一来，大健就与他赛酒，并抢先抱起一大水瓮喝干。贼王不知是计，又不甘认输，就抱起另一酒瓮一饮而

下。当贼王有些醉意、步伐摇摆时，陈大健就一把抱住他。说时迟，那时快，“躲脚添”迅速抓起寺中的大钟槌，向贼王头上猛打下去。贼王也非等闲之辈，随即使出脚上飞刀。陈大健眼疾手快，把身子一闪，飞刀牢牢扎入寺中大柱。贼王的爪牙从大健身后打来，大健一脚一个，一个个“唉哟”一声瘫倒在地。隐蔽在寺外的村民一拥而上，三下五除二，结果了他们的狗命。贼王结结实实地挨了“躲脚添”几槌，就全身瘫软下去，待要垂死挣扎，“躲脚添”又向他头部猛击，他来不及还手便一命呜呼了。

此时，已是黄昏，大健随即召集三十多人向贼寨赶去。途中，大健见有些人面色有异，心惊肉跳，便叫大家停步。他和“躲脚添”分头摸摸每个人的心口，只带一个心口没有狂跳的人，直奔贼寨。寨口有贼兵持火把站岗，大健手起刀落，火把被灭。贼兵惊呼：“强人来犯。”寨里贼人以为强人入寨，挥刀抵抗，黑暗中自相残杀。大健等人堵住寨门，贼兵走出一个结果一个，不到两个时辰，就把贼人全部收拾。大健又率众乘胜进击内坑贼营，营中贼人还未睡醒就成刀下鬼。从此，潭皮一带民众就不再受贼人骚扰了。

大健灭贼有功，朝廷要叫他当总兵，他不答应。几年后，他向漳州知府提出要建一座常人不能建的八角楼，漳州知府欣然应允。

大健建楼的钱又从哪来的呢？据说，有一天大健到石埕仔挖地瓜，挖一阵子，见日已正中，就拿出饭包吃午饭。后坎仔顶一支芦苇不停地轻划他的后背，他痒得受不了，就站起来要把那丛芦苇丛拔掉，而芦苇丛压在一块大石板下。他火性一起，索性将石板掀掉。意外发现石板下面有一大瓮白银。他一高兴，就把那瓮白银和大石板一同扛回家，并用那些白银建起了芦溪独一无二的八角楼，那块大石板就放在大楼门前作纪念。

（平和芦溪陈成泰、陈董汉、郑三如讲述，汪南贤整理）

四十一、旧寨庄上楼的传说

平和县大溪镇的庄上村有两座土楼，一座是靠西面的叫旧寨，另一座有二百多间房的叫庄上楼，两座楼都像葫芦形，基本连接。它们始建于清顺治和康熙年间，是目前发现的全国甚至全世界最大的土楼。三百多年来，这里财丁兴旺，人才辈出。现居住着四千多名叶氏乡亲，全部讲客家话，是名符其实的客家福地。

庄上楼的楼主姓叶，名冲汉，是大溪叶氏的十世祖。他原居芦溪，后迁至诏安下刈（今称霞葛）庄头村，继又移居疗安大枋，做了一门墓地，风水极好。移至大溪庄上后，他与明末清初天地会首领张要义结金兰，情同手足。清顺治七年（1650年），张要率部众数千人投奔郑成功，屡建战功，后官封厦门水师提督，统管闽南各县。叶冲汉被特许免交田租，还被任命为收租特派员，于是，平和县许多良田就归他所有。他拥有大量的钱财，就想建造一座大楼。

据说，曾经发生过一件怪事：一天傍晚，有十八个壮汉挑来十八担靛青染料，说天黑了未能赶回去，要求将这些靛料暂寄叶家，改天来取。叶氏满口答应，可这些人一去数月并无音讯。有一天，也在做染布生意的叶家女婿来作客，要求先借一担靛料回去用。过几天，女婿带着儿子来看望外公，说外孙腮边肿痛，生“猪槽肥”（一种病），用靛青涂抹就会消肿止痛，要求再借一担靛青。叶冲汉动手去拿染料，才发现薄薄一层的靛青染料底下竟都是银子，十八担竟都是装满了银锭。他对这些靛青久寄不取，本已奇怪不解，一看银锭就更觉蹊跷了。人们都说这些银子是银鬼给送来的，他家因此发了大财，他也成为大富翁。于是，他就先在庄上盖了一座圆形土楼，叫旧寨。住进去后，人财两旺，百业俱兴。

当时灵通山上李蛮洞的山贼经常到大溪一带抢劫。旧寨是大富人家，一到晚上，便楼门紧闭，以防盗贼抢劫。有一次，大门关闭后，一个奴才没有及时进来，被刚下山抢劫的李蛮贼抓住了。山贼强迫他叫开楼门，可是他死也不叫，反而大喊：“李蛮贼来了，不能开门呀！”山贼火了，一刀把他杀了，把头砍下来拿走。叶姓的人看他忠义，很受感动，就用银锭铸了一个头使他尸首完整，还称他为“义士公”。

后来，叶姓继续发展，旧寨已住不下了，为了防盗防贼、聚族而居，便在旧寨南面再建一座更大的圆土楼。这楼建在葫芦嘴穴位上，有几百间，楼内有祠堂、水井、花园，还开了四个城门和一个小东门，旁边还有

十二口池塘，十分壮观气派。从此，叶氏家族就更加兴旺发达，出了许多人才，有文武举人、县官府台，据说还出过一个尚书。

叶冲汉为人乐善好施。据说有个书生，父母双亡，家里很穷，没钱上京赶考，一路行乞，叶冲汉便收留了他，视之为兄弟，让他在家住了三年，专心攻读。等考期临近，叶冲汉还送给他路费。刚走不远，家丁又赶来，说夫人特做了三十六个面饼，给他路上当点心吃，特别交代若要送人吃，一定要当面切开。他觉得奇怪，切开一看，原来每个饼中都藏有一块白银，他感激万分。后来他中了进士，当了大官也没忘叶冲汉的恩情。

张要特许叶冲汉免交田租，对他支持最大。当时官税很重，农民收成三石谷子要交二石给官府。叶冲汉免交田租，大溪一带许多人将田归于他，他只收一石田租，二石归田主所有，双方互利，皆大欢喜。叶家的良田越来越多，大发其财，据说叶家的田租一直收到土改前。人们都说，庄上楼，好地理，葫芦吐烟，子孙享福。

（平和县叶以南、叶洪度讲述，曾经、李灵民整理）

四十二、旗杆楼

平和下寨乡有座远近闻名的圆土楼，原名“聚德楼”，后来由于子孙出息，出了五个有功名的人，楼前旌树五支旗杆，因此称之为“旗杆楼”。

相传这座圆楼始建于清代康熙末年，距今已有二百九十多年的历史。建楼人叫黄逊敏，是从“西爽楼”分支过来的。他是个被人认为好欺侮的忠厚老实人，娶妻沈氏很贤惠、能忍让，也常受妯娌欺侮。有一回，她在池边洗衣裳，一个恶查某（恶女人）跟她争一块洗衣石，竟悍然将她推落池塘里，使她喝了好几口脏水，像落汤鸡一样浑身澹糊糊（湿漉漉）。她爬上岸，也不与人口角争吵，强忍着，却受到同在池塘边洗衣裳的妯娌们耻笑，最后只好急匆匆地回家换衣裳。

事后，她的两个儿子和媳妇，查问她被谁欺侮了？她也只忍气吞声说是自己不小心掉下池塘去。等到晚上丈夫回来，关起门来，她向丈夫诉说早晨被欺侮的情况，老实人黄逊敏也只有唉声叹气，无可奈何。

第二天，沈氏回大坪娘家，跟她母亲、哥哥们哭诉，她的大哥听后火冒三丈说：“规气（干脆），你们一家人全搬出来住。”

沈氏听了又哭着说："搬出来，一家人能到哪里住呢？"她大哥想了一会儿就说："我们家对门山脚下，有几间烟寮，你要不嫌房子破，就收拾一下，搬进去住。"沈氏破涕为笑，她真乐意搬回娘家住。她母亲为了避免日后儿孙间纠纷，也决定规气就将这块地送给女儿，等日后有钱时，再建新楼房。

沈氏回家，高高兴兴地跟丈夫、儿媳们商量准备搬家。她那些同姒（妯娌）又嫉恨她，想空想榫（想坏主意）要创空（作弄）她。古代人怕冲犯，都在天未亮时搬家，同姒们就偷偷地把一些青苔涂抹在沿途的石板路上，制造麻烦。果然，当沈氏捧着一盆炭炉火出门时，半路上跙（滑）一倒，儿媳们惊问："怎么啦？"她很平静地说："没事、没事。"不但把火炭都捡进炉里，连地上的泥土也捧一些进炉内，做到点滴不漏。据说有人亲眼看见，当她捧着炉火进烟寮时，身后跟进了十二个身穿麻衣蓑服的银鬼。

第二天清早，当她的两个媳妇起早煮饭时，在灶间灰堆里发现了白银。传说，每个银鬼都带来了一瓮白银，从此黄逊敏家就富了，他们对外说是做烟叶生意赚了钱。不久，就雇工兴建"聚德楼"。大楼建成后，黄逊敏家财丁两旺，长子汉昭有九个儿子，次子衍周有四个儿子，三子色红也有三个儿子。原来这座土楼是建在穴位上，楼后的小山非常像一只飞翔的鹞鹰，鹏程万里。

黄家富起来后，又请了一位有名的风水先生，花了整整三年工夫，为老祖公在漳州郊区找到一处地理十分好的莲花穴地。据说下葬后子孙会财丁贵皆旺，只是地煞十分凶。果然下葬时，聚德楼突然遭火灾，整座土楼几乎烧个精光。派人到漳州告急，风水先生听了，泰然自若，并不惊慌，只关心地问："土楼烧光了没有？"家人说："差不多烧成平地了。"风水先生满意地点头说："好，好，烧得越彻底越好。逢凶化吉，越光越好。"不久，又一个家人来告急："家里出了人命案，东槐的矮子楼里一个人被打死在聚德楼前，黄家遭嫌疑，官府来传人了。"风水先生听了，拍掌说："这更好，出条人命就更好。"虽然风水先生这样说，可是作为一家之长的黄汉昭还是被官府抓去坐牢房。过了不久，老二衍周主动到九峰县衙要求顶替哥哥坐大牢，因为一大家子的事他管不了。

黄汉昭出了监狱，急步往家里赶，半路上在一家小摊吃点心，看见狮子楼里一个姓周的，正跟老板在谈论他家的事。这个姓周说，聚德楼这回火烧，又吃人命官司，真是祸不单行，不知道要不要卖楼址，他想得到这块风水宝地。店老板见汉昭进来，急忙做手势叫他别讲了，他不领会，还大声讲个没完。汉昭听后，脸色一沉，丢下筷子，推碗就走。他心里发狠地想道：姓周的想乘人之危，夺我风水宝地，呒免想

（不要想，没门儿）！憨狗想吃猪肝骨，我才不会让他得逞！

黄汉昭一走，店老板就埋怨姓周的，不看手势，当面乱讲。姓周的这才意识到得罪了黄汉昭，赶紧追上去，向他赔礼道歉，说："刚才真失礼，请勿见怪。今后你们要建聚德楼，需要多少银子，我们狮子楼都借给你。"黄汉昭要试试这话是不是真实，就开口要借十担白银，姓周的满口答应，第二天，就派人挑来了银子。汉昭也就收下了，其实聚德楼虽然烧光了，但地下埋藏的十二瓮白银，还没用掉一半哩。不久，一座崭新的聚德楼又建成了，九峰的人命官司，也早打赢了，这叫财去人平安。

聚德楼落成之日，黄家大宴宾客，办了百桌酒席，也请狮子楼姓周的来赴宴。酒席欢宴间，黄汉昭当众向姓周的道谢说："聚德楼遭难时，狮子楼乡亲鼎力相助，此恩此情应当重报。"说完叫人挑出十二担白银来，除了还本，外加两担利息。姓周的回家后，检验白银，十担都是原封未动的，银锭上都是周氏印记，这时他才知道聚德楼财力确实雄厚，遭遇大难，却能应付自如，惊讶至极。

（平和下寨黄友祥、黄汀潦讲述，李灵民整理）

四十三、崇庆楼的传说

平和崎岭乡的南湖村有一座“崇庆楼”，气势宏伟，又宽又深的护城河环楼一周，楼门排匾对联有朝廷达官贵人的题字，花岗岩石柱镂龙刻凤，十分富丽堂皇。说起这座楼，还有一段故事。

据说那是陈氏五世时，陈家为了子孙后代的富贵，特地请了一个地理仙来看风水，十分殷勤热情，当上宾招待。地理仙也认真地给东家找了一个叫“金交椅”的穴位。地理仙说：“这是极好的风水，做下去会很快发财，富贵俱全，寅葬卯发。”主人听了十分高兴，重谢了这个先生。这年正是寅年。

那年，陈氏有一人正在朝廷任工部侍郎，十分精通建筑技术，又为官清正廉明，刚直不阿。有人告发太监刘公公建造皇宫时贪污巨款，皇上派许多官员去调查，都因缺乏建筑方面的知识，无从下手，查不出其中的奥秘，白费力气，没有结果。皇上十分气恼，便下旨叫陈侍郎负责调查此案。他业务精通，心明眼亮，很快便将刘公公如何偷工减料、谎报开支的情况查得一清二楚，刘公公也受到应有的惩处。皇

上十分满意，马上降旨将他提升为工部尚书，并赏纹银百万两。这年又正好是卯年，应了寅葬卯发的话语。

后来，陈尚书怕得罪了太监，在朝廷继续做官会有闪失，就找个借口回家扫墓。皇上很快就恩准了。他回家时，皇上和文武百官都来为他送行。他依依不舍，一再回头注视朝廷宫殿，皇上问他看什么，他说："皇宫真是太美了！"皇上说："你回乡后，也盖一座皇宫式的宅院住吧！"回乡后，他真的用皇上赏赐的银子建造了这座规模宏大、像皇宫一样有雕栏画栋的"崇庆楼"。据说挂匾还是驸马亲自送来的。

（平和县崎岭乡陈三行讲述，曾文田整理）

四十四、龙见楼风云录

平和县九峰镇黄田村有座规模宏大的圆土楼，匾额上题书“龙见楼”。这座圆楼占地面积达十余亩，建筑十分雄伟，楼内人丁兴旺，曾姓人聚族而居，人称之为“大楼”。

相传清初时，黄田曾氏九房只有孤儿寡母两人相依为命，只因人单势孤，家境清寒，曾寡妇虽然是个精明能干的妇道人家，几年来勤劳节俭地操持家务，总想能中兴家室，但还是力不从心，只能守着十几亩薄田度日子。

曾姓中有一大户，户主曾经在寿宁县当过一任知县，挂冠归隐后，乡人就尊称他为“寿宁公”。却说这位寿宁公财多势大，满想找块风水宝地建座大圆楼，以传诸后世，立下万载基业。他重金聘请一位闻名遐迩的地理仙，替他相一处阳宅地。这位地理仙走遍县城四郊的山山水水，最后相中了曾寡妇祖上传下的这块田地。寿宁公立刻派人向曾寡妇游说买地。别看曾寡妇是个妇道人家，人穷志不短，她说什么也不肯卖掉祖宗遗产，并且断然说：“等我发财有钱了，定要在这块地上建座大圆

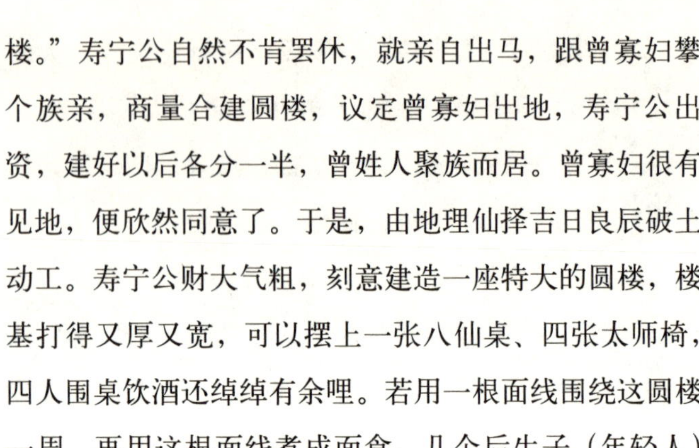

楼。”寿宁公自然不肯罢休，就亲自出马，跟曾寡妇攀个族亲，商量合建圆楼，议定曾寡妇出地，寿宁公出资，建好以后各分一半，曾姓人聚族而居。曾寡妇很有见地，便欣然同意了。于是，由地理仙择吉日良辰破土动工。寿宁公财大气粗，刻意建造一座特大的圆楼，楼基打得又厚又宽，可以摆上一张八仙桌、四张太师椅，四人围桌饮酒还绰绰有余哩。若用一根面线围绕这圆楼一周，再用这根面线煮成面食，几个后生子（年轻人）也吃不完，你说这楼有多大！

建楼期间，双方讲妥轮流供养地理仙食用，曾寡妇家境虽清寒，但她刻己待人，对地理仙丝毫不敢怠慢，一片真心诚意，十分殷勤，使地理仙深受感动。而寿宁公毕竟是做官当老爷，使唤人惯了，不会以礼待人，因此，地理仙心中的一杆秤，早已分出彼此的分量了。圆楼建成后，双方送红包给地理仙，寿宁公以为反正圆楼建成了，你这地理仙也无作用了，抱着过桥丢拐的态度，当初的许诺不全兑现，红包银两给不足。而曾寡妇对地理仙则感恩戴德，道谢不已，她送红包，也给足了银两，还外加一颗她娘家陪嫁的金戒指，并且诚恳地对地理仙说：“我们孤儿寡妇，家境清寒，拿不出手，红包菲薄，请先生海量包涵，万勿见怪。将来我孩子长大有出息了，家道中兴时，定然不会忘记先生，那时再重重酬谢先生。”

地理先生深知，他之所以替东家选择这块风水宝地建阳宅，是因为它的后山正是下坑岩的清水庙，盖这座圆楼，犹如一只香炉，以后楼内财禄均有，人丁兴旺。而寿宁公也知圆楼内龙气所在，坚持要选定正对楼门的那一间。曾寡妇没法子跟他争，地理仙就暗中教她，在圆楼内一处穴位上挖一口大井，井栏上只放三个井眼，这样一来，就把龙脉中的宝气承接过来。

果然，以后几十年中，曾寡妇的九房人丁兴旺，财富不断增值；而寿宁公派下则很不平安，科举不中，家道中落，人口非病即死，只得将圆楼内房屋一间一间地卖给九房的人，不上两代，整座龙见楼全归九房子孙所有了，曾姓九房终于成为黄田的望族了。

咸丰年间，黄田同宗果然出了一个武进士曾金榜，黄田曾氏成了文武世家了。这期间九峰城郊曾、杨两姓之间发生了封建宗派械斗，时断时续竟然持续了十三年。自曾金榜中了武进士后，曾氏气势大长，每次发生械斗，杨姓都得到邻近的大埔县杨姓聚居地区去搬救兵，请宗亲前来杨厝坪助战。

同治三年（1864 年）甲子九月十三日清晨，曾金榜率领曾姓武装丁壮去攻打杨厝坪村，杨姓因大埔援军未到，势孤力单只能防守自己村寨，不敢出村迎战。双方正在相持不下之时，忽然上坪路上出现一支武装人马，曾金榜以为又是大埔杨姓宗族前来助战，他提防己方腹

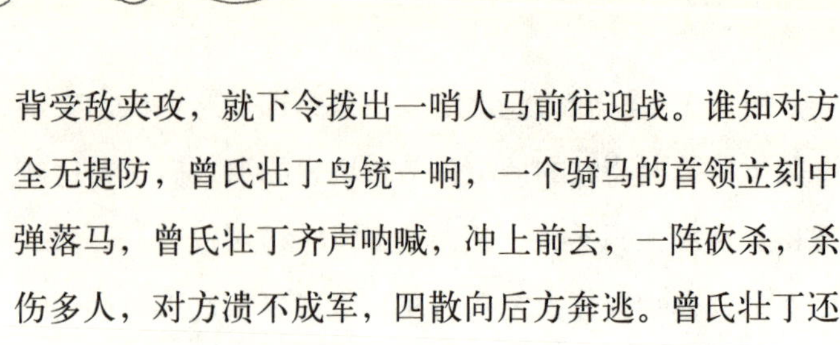

背受敌夹攻，就下令拨出一哨人马前往迎战。谁知对方全无提防，曾氏壮丁鸟铳一响，一个骑马的首领立刻中弹落马，曾氏壮丁齐声呐喊，冲上前去，一阵砍杀，杀伤多人，对方溃不成军，四散向后方奔逃。曾氏壮丁还讥笑杨姓援军“坐黄牛”的是个大饭桶，不堪一击，割下他的首级，提来见曾金榜，说：“大埔杨姓援军一触即溃，败逃回去了。”

事后，曾金榜派人将首级送呈本县知事胡善举作为证据，告发杨姓请外县武装来扰乱地方。知县胡善举一看人头，是留长发的，不是留发辫的乡民，心中了然是“发匪”入境了，该是先头部队，就命令曾金榜务必将外县武装斩尽杀绝，不准入境。退堂后，立即收拾细软，带领家眷，脚底抹油，悄悄溜走了。

曾金榜却还蒙在鼓里，毫不知情，以为有知县老爷撑腰做主，更是有恃无恐了。这时，从上坪方向来的大量武装蜂拥而至，他们的口音、装束、武器、旗帜全不像民间壮丁，作战骁勇异常，曾姓壮丁根本不是对手，一下子就被斩杀了几十个人。曾金榜下令退兵，撤回黄村，困守在龙见楼里。到了下午，这支队伍像潮水般漫山遍野涌来，将龙见楼围个水泄不通，曾金榜才知道这是太平军侍王李世贤的部下朱利王、朱义德所带领的军队。

两军对垒，曾金榜凭楼高墙厚，坚持到天黑，曾氏壮丁死伤惨重，曾金榜知道大势已去，趁黄昏天黑冲出

龙见楼，逃之夭夭。太平军冲进龙见楼，把黄田整村整族烧杀、抢劫一空。直到左宗棠的队伍打败了太平军，黄田的村民才敢回村，曾姓后裔又将被焚烧的龙见楼修复一新，重显昔日雄姿。

时序如流，百年如一瞬，龙见楼雄姿依旧。1927年10月上旬，朱德、陈毅率领部分南昌起义军由广东潮州、汕头回师北上，路经平和，派人到九峰县署释放了被关押的政治犯。中共平和县委朱积垒、陈彩芹、朱思等人连夜赶来大洋陂和朱德、陈毅会面。第二天下午，朱德率领的红军由朱赞襄作向导离开九峰，奔赴闽西，和毛泽东领导的红军会合。途经营田，遭到国民党49师张贞部陈炽营伙同平和县民团的伏击，双方展开激战。终于，国民党军队不支，退守龙见楼，凭借圆楼坚固厚重的楼墙掩护，负隅顽抗。红军抢占了对岸的制高点，向大楼猛攻，结果龙见楼内又着火了，烈焰熏天，陈炽营和民团仓惶弃楼而逃，红军攻进圆楼，扑灭了烈火，继续西进。

龙见楼虽然历经两次浩劫，然而犹如火中凤凰，又在烈焰中重生。迄今，它虽阅尽人间沧桑，却仍巍然屹立，不失昔日的雄风。

（平和县九峰镇曾长沙、曾宪顺讲述，曾文田整理）

四十五、水进士曾萼的三座楼

曾萼是清乾隆年间的进士，先在广东惠州、潮州、佛山一带为官，又做直隶连州的知州。后来年纪大了，体力不支，无法应付繁冗琐杂的官场礼节，整天跪拜迎送官员，才告老还乡。他小时候，乳名“阿水”，因辈份较低，中举前，人们都直呼其乳名；后来他中了进士，大家觉得这样叫有些不恭，便改口称他“水进士。”他的子孙避讳祖宗之名，称水为泉，这个习惯保存至今。

水进士每到一处为官，均清正廉明，带领百姓兴修水利，整顿民风，又兴办学堂并亲自执教，深受百姓爱戴。他的显赫政绩，史书不惜笔墨作了记载，而他的忠义厚道、宽宏大量的遗闻轶事也在民间广为流传。

1. 辞官归建咏春楼

平和黄田有座雄伟的土楼，叫“咏春楼”，楼名是清乾隆年间吏部尚书谭尚忠题写的，至今依然完好地保存下来。

提起谭尚忠，他与曾萼还有一段有趣

的故事。当时他们在广东同拜一位宿儒为师，攻读经书、赋诗写策，准备考试。那时，谭尚忠的学问、文章都比曾萼好，可老师在各种场合排名露面时，总把谭尚忠置于曾萼之后。谭尚忠不解其意就问老师。老师说：“你虽然学问、文章都胜于他，可是你的文章非常人能够赏识，以后乡试定遭冷落，怎么能上京殿试呢？金榜题名是曾萼在先，他忠厚好义，你以后还会得到他的帮助和提携。若没有他，你文章不显，以后你还得尊他为长、知恩图报啊！”后曾萼殿试中了进士，接着便到潮州任知府，而谭尚忠果然名落孙山，且生活清苦。曾萼还千里迢迢去看望他、资助他。后来谭尚忠参加州试，反拜曾萼为师，曾萼以州试第一让他进京，他果然也中了进士，由于才学出众，很快官至吏部尚书。

曾萼每到一处为官，都清正廉明，民望良好，政绩显赫。朝廷对他十分满意，不断加官进爵，但他却多次想归隐回乡，都没有实现。到了晚年，曾萼上书皇帝，说自己年事已高，整天迎送官员，跪跪拜拜，体力不支，希望辞官退隐。皇帝不仅没有恩准，还赐他一把黄凉伞，让他坐着接送官员，这样又把归隐之事拖了下来。这个隐衷被谭尚忠知道了，他几经周旋，才给这位一贯清廉公正、两袖清风的水进士找到一个闲官当，不仅免办具体事务，而且俸禄极高，日收纹银一斗。不久，曾萼觉得不妥，又上书要求回乡，谭等人鼎力帮

助，才得到皇上恩准，回到平和黄田。

曾䓨一贯俸禄优厚，有许多银子，回家后便建了一座规模巨大的土楼，让亲人聚族而居，朝夕相处。谭尚忠知道后，就题写了“咏春楼”作为楼名。曾䓨也镂石为匾，悬于楼门之上，一直沿用至今。

2. 隐居再筑望云楼

曾䓨告老还乡后，先居黄田，盖了“咏春楼”聚族而居，共享天伦之乐，倒也热闹快乐。后来觉得这里离县城太近，官来绅往，纠纷诉讼很多，人事烦杂，不能清心养老，想另选一个清静的地方隐居，以享残年。经过长时间的慎重选择，他终于找到了一块地方，这里山清水秀，有草寮，有桑树，稻子成熟似遍地黄金。他便在这里定居下来，并应景取名为“黄桑寮”。

黄桑寮和别的村庄不同——没有土地伯公，这是为什么呢？

据说，水进士曾䓨来到此地后，便叫大家取泥筑墙，伐木建土楼，请了许多帮工。一个月明星稀的夜晚，他正在品茗赏月，一个身材矮小的银须老者，右手拿青枝来到工棚，推门而入，随即出来，手里却没有了青枝。水进士也跟着推门进去，见几十个帮工并排睡着，那青枝正放在一个帮工身上，他便把那青枝拿起来，丢在山脚下。过了一会儿，一只老虎纵身跳入工棚，走到帮工们的铺前闻闻看看，然后垂头丧气地跑了。水进士这时才知道，那老者原来就是土地伯公。

传说土地伯公是老虎的舅舅，掌管黎民百姓的生死权，只要他用青枝做过记号的，老虎就可以吃他，否则老虎不敢伤人的。过不久，土地伯公拿着青枝再来，水进士又将青枝收起来，老虎又扑空。如此这般，反复三次。进士爷是天上的文曲星，品位比土地伯公高，按理也该收敛了，可是，这个土地伯公不识相，第四次又再来，这时水进士火了，手持文官折扇，挡住他的去路，狠狠地往他头上一敲，喝道："放肆！身为土地伯公，你不好好保护百姓，竟三番五次为虎作伥，还不快滚！"接着，又大声训斥老虎："山中有百兽，林中有百鸟，尽可填你腹肚，怎可伤害人命？以后别再入我村境！"土地伯公和老虎见水进士发怒，毫无办法，只好乖乖退去。第二天有人去看土地伯公，他的前额竟缺了一大角，据说那就是被水进士的折扇打破的。

建筑土楼的帮工们知道此事，都感恩戴德，干起活来更加出力。经过一段时间的打夯建筑，一座圆形的土楼终于建成了。水进士将此楼命名为"望云楼"。而土地伯公却无颜面在此再呆下去，只好悄悄地溜走了，老虎从此也不敢再进村了。所以黄桑寮从此就没有土地伯公，连过年过节也不必再祭拜土地伯公了。

3. 大义归还永思楼

田心村的“永思楼”，原本只在楼门上写着“天皇金汤”四个大字。后来为什么会改用这个名称呢？这里有个缘故。

据说黄氏家族迁到田心村后，子孙繁多，人丁兴旺，经过几代人的努力，将自己的家园建设得越来越美丽，还修建了一座十分壮丽的土楼，楼门上写上“天皇金汤”四个大字。后来，子孙不争气，坐吃山空，家境渐渐败落下来，便将楼房一间一间地卖掉，没有守住祖宗的家业。

水进士知道了这事后，便到田心村来看看这座楼。他看见此楼雄伟壮观，地理位置极好，村边又有良田千顷，一条河流环村而过，是个理想的好村庄，便将这楼一间一间地买下来。不很久，土楼几乎全部都给水进士买下了，就只欠地皮还未成交而已。这时，田心村的有识之士着急了，他们认为这样变卖祖业有辱族风，便想尽办法要保住这座楼。他们先在楼中央盖了祠堂，然后找进士爷商议、苦苦恳求，表示有意赎回此楼。

进士爷见他们心诚意虔，也慨然许诺、同意了他们的要求，愿意无条件地将大楼归还给他们。黄氏家族对进士爷的宽宏、忠义，感恩不尽，就请他给题写楼名。进士爷见他们终于奋发起来，十分高兴，便题写了“永思楼”作为楼名，希望他们永记先人遗训，睦族敦宗，奋发图强；他说，“思”字即田心二字，是这里的村名，“永思”即希望田心黄氏永守祖业，牢记教训，使这座楼永远是田心人的楼。

此后，“永思楼”成了当地百姓友好的象征，据说以后两次遭受火灾，都很快修复重建，完整如初。水进士题写的楼匾火烧不着，后人更将其刻为石匾保存至今。

“永思楼”虽屡经沧桑，如今依然完好地屹立在田心村，像一颗璀璨的明珠镶嵌在平和美丽的土地上。

（以上均由平和县曾四川、黄宗秋讲述，曾文田、罗龙海整理）

四十六、洛阳楼

说起洛阳楼，两百多年来一直被平和县大溪人民传为佳话。且不说建楼的奇特，也不表大楼的宏伟，只说备料的讲究，就曾轰动一时。

楼主江氏湘公为了显示自己实力雄厚、钱银多，楼大门石要到灵通山去取，石子要到九峰县城西门溪去挑选一样颜色、一样大小的；九十九间栋梁要用一样大、一样直、无树眼的柯仔树；楹木要用口径一样粗、一样直的杉木。请工磨砖，一人一天只能磨一块砖，给一块白银。有一位工人手勤快，一天多磨一块砖，就被辞退了。运大门石和大门栋梁时，特从山上开一条大路通到江寨，杀猪宰羊，请戏班，一路放大铳迎大梁入楼，真是热闹非凡，轰动全大溪。

那么，江氏为什么有这么多钱银呢？这得从他挑担当长工说起。

大溪农民有句口头话："作田落薄，担杆园洛"。意思是耕田耕到无田可耕，而只能从事挑担过日子。江湘家穷，耕作地主的两亩田，一年天大旱，粒谷无收，交不起田租，狠心的地主就把这两亩田收回去。从此，他没田可耕，只好靠打担（挑担）过活，日子比黄连还苦，幸好一位姓张的朋友帮他一同到宝岛台湾去，在台中的一个大财主家当长工。江湘很勤劳，早出晚归，一天劳动十五六个小时，财主很满意。他也感到生活安定、温饱解决，不仅劳动卖力，也十分尊敬主人。

财主有九个亲生儿子，但还嫌少，见江湘为人诚实又勤劳，就认为义子，帮他娶亲成家，江湘为报答义父的恩情，特别孝敬义父母。不久义母去世，九个亲生囝（儿子）也都长大成人了，已到树大分丫、儿子分家的时候了，分财产时，父亲决定义子也同样分一份。而老人自己留下百亩洋心田，作为老本，独自生活。

一年除夕，晚餐要围炉，以示热闹吉庆。这天，老大一早就上厅堂来请父亲晚餐到他家吃团圆饭，老人笑呵呵答应了。老大走后，老二接踵来请，老人更乐开了怀答应了。老二走后，老三也来请，老三走了，老四又来请……一上午九个亲生儿都来吩咐今晚到他家吃团圆饭。老人好久没有像今天这样开心。他想，自从老伴去世后，九个儿子很少来过问，今天都来请了，晚餐到各家去走走看看、和儿孙欢聚一堂，该多幸福啊！

下午，老人坐在厅堂上，端详老伴的遗像，等待儿子来请。晚餐时，大儿子酒喝到半酣，忽然想起老父亲，就自言自语说，老二应该会去请的。老二举杯畅饮时也想到没有把老父亲请来，旋又转念应该老三会去请

的。老三也想老四会请，老四以为老五会请……结果九个儿子竟无一个亲自求请。老头独坐在厅堂上喝闷茶，等到天大黑了，探头看看各家都在欢饮，心里阵阵翻滚，不知是何滋味。义子外出卖杂货，摸黑才回家，放下扁担，草鞋一脱，二话不说就赶快来请义父吃团圆喜酒。老人以吃过了为由，婉言推辞。义子恳切地拉着义父的双手说："阿爸，吃过了也要来，能吃多少算多少，喝一杯团圆酒也好，就是坐一会儿，儿子也高兴！"边说边拉着义父到他家去。媳妇、孩子见阿公来了，非常高兴，请阿公坐大位。席间，老人暗自思忖：九个亲生儿还不如一个义子值钱。当举箸要夹鸡肉时，老人很有感慨地说："开正（正月初五日）你就选头最健壮的牛去犁田，能犁多少就尽量犁，犁好的田全归你！"江湘非常感激义父的好意，夹鸡夹鸭请老人家多吃，殷勤举杯敬祝义父健康长寿。孙子讲好话，媳妇也祝愿，老人感到快慰。吃过团圆喜酒，老人要回去，江湘扶着义父、孙子提着灯笼送阿公回到堂屋去。

这一夜老人想得很多很多，想起怎样养育九个儿子、他们长大了对老人无礼谩骂的情景，想起义子数年来孝敬老人的言行，越想越激动，躺在床上不断自叹："九个儿子不如一个义子值钱。"

年初五，老人怕义子不敢去犁田，一早就来叫：开年假了，快去犁田。还拿一张亲笔写的字约给义子，写

道："犁耕过的田全归义子所有，他人不得争夺。"江湘牵牛去犁田时心想：虽然义父好意，但也要为其他九个兄弟着想，不能独得。所以到田里只选最大的一片平田，四周犁了一圈，犁好巡视一遍，看看犁起的泥块全向内，一大圈足足有几十亩，犁内的田全是自己的了，他高兴地扛着犁回家。义父看见说："这么快就回来？为什么不多犁些田？"义子说："犁内的田够多了。"义父不信，特到田里去，一看说："好啊！你不是一丘田一丘田的犁，而是打包抄犁了一大圈，真如一笔化三千啊！"义子真聪明，义父大加赞扬道："这圈内的田全是你的了。"

江湘喜出望外地得了这么一大片田地，从此，不再外出卖杂货了，就在这片田地上勤耕细作，栽种各种经济作物。粮多猪肥，鸡鸭成群，妻子勤俭持家，不几年就发了财。夫妻俩不断地积钱，托人带回大溪买田地，请地理仙测楼址。九个兄弟看在眼里，恨在心里。不久义父去世，他办好丧事后，夫妻俩经过商量，就把田地卖掉，带钱离开宝岛台湾回到祖家大溪兴建洛阳楼。从此扬名，传为佳话。

（平和县大溪镇陈海涛讲述，陈香甘整理）

四十七、店前楼

平和大溪店前楼，又称店前城，建于明朝中叶，到现在有四百余年。楼高三层，计 339 间，城墙厚度 150 厘米，分东、西、南、北四个大门。楼内八座祖祠，办学堂、筑戏台、开武馆、设市场，平厝密布，井井有条，宛如蜂窝，热闹异常。数百年来，几经沧桑，处处留下历史的见证。

1. 徐、陈合建店前楼

大溪陈姓开基一世祖元隆公，任明朝巡按，因遭奸臣诬陷，避难到诏安下刈大坪巷；后被害，埋葬在下刈风吹罗带地穴。陈元隆生五子，老大在诏安下刈，老四到大溪，老五归潮阳，至今传下数万丁。

老四传至五世勤敏公，已财丁兴旺。陈勤敏聪明好学，与徐田同窗结拜为兄弟，后来一同到江西赣州拜师学地理。三年学成，两人一同回来，遵照两姓老大的主意，找屋地盖大楼。他们两人走了不少地方，一致认为店前蜂窝地系荒寨冢地很好，可建大楼，日后能出贤人，传万丁，发大财。而且，徐、陈两姓人力物力充足，完全有条件合建大楼，但两姓老大认为合建不妥，应由一姓独建为好。因此，两姓彼此互相礼让了好长时间，迟迟不能动土兴建。最后两姓商议立约，请两位地理仙比功夫，测楼门方位，约定在动土放下第一块砖石时，若寨内鬼仔哀鸣，群蜂轰鸣，谁福气就大，楼基就让谁建。结果徐田先测定大门方位，四个大门动土放下第一块砖石后，寨内毫无动静，而陈姓勤敏仙仔细地观察地形来龙去脉，测定大门方位已胸有成竹了，当东、南，西、北四个大门动土安下第一块砖石时，寨内荒冢果真鬼仔哀叫，群蜂乱飞轰鸣。徐田非常高兴，即拜勤敏为师兄，并承建了楼基。于是，徐姓就帮助陈姓设计、备料，两姓同心协力共建店前楼。至今徐、陈两姓还以族亲相认。

店前楼建成后，全楼居民常常好似听见群蜂轰鸣。后来楼外斗圩喧闹声，楼内听之亦若蜂鸣。地理仙说，这是蜂窝楼，日后人丁会像蜂一样很快增长起来。的确，用不了几代，全楼财丁兴旺，贤人辈出，文官武举，源源不断。最出众的要算左都督陈升了。

2. 陈升的故事

清初，大溪店前楼出了个左都督，封一品爵荣禄大夫。他出世那夜，他父亲在下坝菜园管菜，半夜，突然

看到从灵通岩将军石那边滚下一团火球，不偏不斜正飞落到他家屋顶。他担心家中失火，即跑回家，一看，婴儿已经落地了。因此，乡里人都传说陈升是石精所生的。

陈升小时候，性情古怪，活像一块顽石。五六岁就会上树抓鸟、下河摸鱼，在家偷钱、出外偷瓜。父母管教不听，送他上学，他无心读书，爱打架，不受教。有时一逃学竟有几天不回家，常在人家屋檐下、屋角边过暝（夜）。有回，他在大溪圩斗角庙过暝，手臂、脸、脚被蚊子叮得都是密密麻麻的红点。可是，蚊子没吸进一丝血，肚子都是扁扁的。圩里人觉得奇怪，都说这孩子是石精所生的，蚊子嘴软，叮不进去。有一天深夜，大雨不停，他背上菜篮，暗摸摸（悄悄）地到河对岸下坝菜园偷菜。他父亲发觉了，肺都快气炸了，偷偷跟随，伏在河岸边，准备等这小子回来时抓住他，把他沉下河里。突然，大雨滂沱，山洪爆发，大溪河洪浪滚滚。在茫茫的夜色中，只听见一声喝令："洪流让开，大人要过河了。"顿时，洪浪站住，雨丝停脚，月亮露脸，石墩出现了。在朦胧的河面上，隐约可见一个小人影背着一篮菜，一步一步安然地渡过河来。他一过河，洪浪立即就滚滚而下。他父亲站在河岸上，眼巴巴地看得发愣了，流着热泪把他带回家。他想，这孩子能叫洪水让道，日后定能成大器。

有一天，他在广西柳州任千总的五叔回来，说有十八般武艺想教侄儿。父母一听，可高兴呢！立即叫他上前拜叔叔为师。练功夫这玩艺儿，也真合他的胃口。在叔叔的严格教导下，他日夜勤学苦练，到十岁就会飞檐走壁，十三岁就学会了全盘武艺。真是高师出贤徒，一时闻名遐迩，许多青少年都来向他求教。

他年轻气盛。有一日，黄公爷黄梧嫁女儿，花轿来到大溪，停歇在店前楼西门外。这位千金小姐，才貌出众，双臂挂满金玉珠宝，还故意伸出轿窗炫耀高贵。众人就怂恿说："陈升，你若能把新娘手臂上的珠宝抢来，我们就说你真有本事。"他一听，不加思索，就奔到花轿前，伸手要摘取新娘手臂上的宝器。左右卫士急忙上前阻挡，刀枪齐下，要置他于死地。万万没料到陈升武艺高强，左一脚，右一拿，众卫士不堪一击，纷纷倒地。他想取新娘手上玉环，一时取不出，一急之下竟把新娘的手臂砍下一节。这可闯出大祸。黄公爷一听气坏了，立即发兵围剿店前楼，火烧店前城，要捉拿凶手。店前城门牢固，楼未被烧。黄公爷就用重兵围困，要使楼内百姓缺粮缺水而自毙。幸好这时郑成功在厦门抗清，因前曾受陈姓资助，即思图报，立即从泉州挥师西指，进攻漳州。黄梧不得已抽兵回漳，店前楼得救，但黄梧还不肯善罢甘休，仍要捉拿凶手。陈升无奈，只好连夜逃走。

陈升这一去，十载杳无音讯，家人思念。有人说他当年才十三岁，性犟，恐会闹事，凶多吉少。有人说这孩子也许被灵通岩的石精收回去了，众说纷纭。不久，朝廷传来喜讯，说陈升少年英俊，多年征战，屡立奇功，官封总兵，旋又提升为左都督，赐一品爵荣禄大夫，并追封父、祖、曾祖三代，世袭子、孙、曾孙三代为一品大夫，妻曾氏亦封为一品夫人。从此，到大溪上坝马头，文官要下轿，武官要下马。一时，大溪充满生机，朝廷还派钦差在店前楼内大兴土木，建造总兵衙、在南门外斗角庙旁建亭阁，立三个六米高的大石碑，妻曾氏一品夫人也树石碑，记载这些盛事。家族深受恩赐，远亲近邻也沾了光。

谁知陈升回来一看，发现钦差太监没有按他说的把总兵衙建在下坝洋老虎跳过溪上山岗的穴位上，而建在店前楼内，一气之下，回头就将太监一脚踢死。现太监墓仍在大溪乡政府后面科里村边。

陈升踢死太监犯法，世袭三世一品大夫被削掉。不久，他母亲得一梦，梦见一彪形大汉身穿战甲骑白马从当年儿子逃跑的路上回来，看见建衙地点不对，随即策马上灵通岩。数月后，朝廷就收到陈升去世的消息。

（以上均由平和县大溪乡陈宗斯、陈云汉讲述，陈香甘整理）

四十八、峰山楼

峰山楼原名香山楼，因“香”字只有千八日，不吉利，故改名。原为吴、詹，严、曾诸姓杂居，到清朝尾（末期），曾姓渐少，吴姓独占，其他詹、严杂姓相继离去。

峰山楼建于明朝中叶，楼高三层，计三十二间，系虎形地穴。建筑时，楼门顶设计如虎头，两边楼门前檐特建两只虎耳，大门前开一口大池塘似虎口，两边开两口小池塘如虎目，点缀在狮子峰下，构造奇特，为游客所称羡。

峰山楼被吴氏占居后，不几代就财丁兴旺，人才辈出。有个叫峰山公的生六子、三十六孙、七十二曾孙，儿孙满堂，声名远扬。传说他是虎精出世，强悍骁勇，练就一身好武艺，识天文地理，长期在灵通山拜一仙翁学法，神通广大。这时，有一山贼叫里曼，住在大峰山伽蓝洞里，系肥鳅精出世，妖法高强。听说峰山楼峰山公有名气，就扬言：“有峰山楼在，就没有我里曼，有我里曼在，就没有峰山楼。”多次挑起事端，争斗不休。

峰山公屈指一算，说：“肥鳅精滑溜善变，妖法高强，宜智取，不宜硬攻。”于是

他研究对策，备足兵马。一日开始布兵列阵，没打几回合，峰山公假装节节败退。里曼得意洋洋，冲杀过来。峰山公把他引至诏安官陂龙过溪汤头溪，想利用滚烫的汤水置他于死地。没想到肥鳅精落入滚热的汤水中只伤点皮毛，跳将起来更为厉害。峰山公跃身一跳，佯败到赤岭。这赤岭系热锅地，峰山公选取锅地正穴，先画张法符、点火烧了，使锅底发热，然后准备好兵马迎战里曼，待他到了锅中，峰山公掉转马头，大声喝道："大胆里曼，你这恶妖，死日到了！"

里曼不屑一顾，喝声："败将！别走！"峰山公笑一笑，说："废物！请看脚下。"里曼低头一看地下，大叫一声："糟啦！是口火红的热锅。"忙祭起"舍利子"以图避过此难。峰山公早就料他有此一招，哈哈大笑，即拿起预先准备好的狗血、猪血和妇人的屎尿做成的炮弹，一发过去，不左不右正好击中"舍利子"。"舍利子"失灵，里曼向天呼叫："不好了！"想逃跑已来不及了，就被烧死在锅中，一命呜呼，变成一条石板，像肥鳅躺在锅中。现在诏安官陂赤岭尚有肥鳅石为证。

峰山公消灭了恶妖里曼，为民除一大害。凯旋时，峰山楼居民全体出动庆功。从此，峰山楼太平了，人民安居乐业。

（平和县吴俊金讲述，陈香甘整理）

四十九、和鸣楼

平和大溪灵通山下大松小溪尾，有一座别具一格的圆土楼，叫“和鸣楼”，含有琴瑟和鸣之意。楼建于清朝顺治年间，距今有三百余年。为什么叫“和鸣楼”呢？这还得从张尊因祸得福兴建圆土楼说起。

从前大溪有个善良的农民叫张进唐，祖祖辈辈住在灵通山下小溪尾，家境清贫，生五子，大儿叫张当，二儿叫张榜，三儿叫张齐，四儿叫张尊，五儿叫张敬。五兄弟除老四识几个字外，其他的都是目不识丁的大老粗。一天夜里，因放水田塍漏水浸了邻居的菜田，发生纠纷。结果为了争夺锄头失手，锄头柄打在对方的太阳穴上而致命。这一来可遭了大祸，得死罪杀头赔命。谁去认罪好呢？父母觉得手心是肉，手背也是肉，五个儿子个个都好，哪一个都不忍心让他去食罪。可是又没有别的办法，实在为难。而五兄弟却争着要自投官府，愿受杀头之罪。彼此争议了一夜，互不相让。老四张尊心中有数，他写好认罪书，藏在怀里，天一亮就上路奔赴县府。其他四兄弟追赶到半路，结果在老四真诚相劝下，才怏怏回头。

张尊赶到县城，衙门尚未打开，只好在门外等候。这时，来了一位相命先生，他打量了张尊一番，说："少年郎，你面上五星六曜，天、地、人三停气色不和，印堂阴暗，恐有大难在身……"张尊未等先生说完，即拿出认罪书并说明犯罪原由，请先生指教。相命先生看后认罪书，握住张尊的手安慰他说："你虽有大难，但不致于死罪。"随即将认罪书中"夜水浸菜田"改为"夜雨浸菜田"，把引起事端的责任让老天爷来担负。相命先生把认罪书交还少年，就匆匆离去。

审判开始，张尊跪下实说犯罪原由，确因失手打人致命，祈求父母官从轻明判。县官传来受害家属，问明实情，认为张尊主动如实认罪，结果判处赔偿人命钱，并流放岭南三年。

张尊流放岭南梧州三年，后在财主家做工、记账。一次财主结账，算盘打错一粒子，差一千银。财主左查右查，弄了老半天，仍差一千银。张尊看在眼里，记在心里，知财主一时无法查出，就毛遂自荐说："愿替东家算清账目，若算错了或比你结账的数字少，一元赔十元。"财主不加思索信口说："如能算清，愿将我结的数字多出来的全部赏你，决不食言。"张尊接过算盘，仔细地查算两遍，都多出一千银。财主叫第三者再盘算，仍然分文不差。说到做到，就将此一千元当众赏给张尊。张尊得了一千银，喜出望外，立即开间当店。说来也巧，当店没开多久，财神找上门来，鬼子（鬼）化一

老人送来宝物，结果发了大财。他娶妻江氏，几年后生三子，真是人丁兴旺，家境富裕。后积存十八包白银，装为十八米袋，携妻儿一起将白银运回老家大溪。

张尊发财还乡，乡亲纷纷来探望庆祝。父母兄弟见面如鱼得水，彼此激动得热泪盈眶，好久说不出话来。是日，办席设宴请众乡亲，席间张尊提起盖楼的事，乡亲无不拍手称赞。

第二天，五兄弟开始筹划，请上等师傅设计盖圆土楼，着手请工兴建。不上半年，一座很有特色的圆土楼建成了。

全楼二十六间，三层，楼的大门是青色的大方石砌成的，门的左右两边大石都设有枪眼，枪口外小内大，有利于防敌入侵。楼内中心设口大水井，楼门顶上装有水槽，万一受敌进犯烧楼门时，水槽上可放水，水可以源源不绝地从楼上灌注而下，很快将火浇灭。两扇大门板厚二十几公分，坚固难攻。楼棚第二层前面设有圆形走廊，各间互相通透。入夜，楼上家家户户走廊门前点着灯笼，灯光金碧辉煌，大家坐在楼棚走廊上，唱歌弹琴，你弹我唱，东家唱来西家和，享尽人间欢乐。因此，楼名叫“和鸣楼”，含有琴瑟和鸣，享乐天伦之意。像黑珍珠一样的和鸣楼，至今仍点缀在灵通山下，为游客所称羡。

（平和县大溪乡叶良田讲述，陈香甘整理）

五十、南安楼的故事

平和大溪石陂下有一座曹嗣楼，又称南安楼。楼前有一座庵，叫佛公庵。庵内有定光古佛等神像，常年信徒如云，香火不断。真是“山不在高，有仙则名，庙不在大，有神则灵”。

为什么曹嗣楼又叫南安楼呢？这得从大溪下楼公说起。

相传，这下楼公是做棉花和麻布生意的，虔诚信佛。有一回，他担着麻布到武平去卖，卖完了，就顺道到南安岩去烧香拜佛。那里供奉一尊长耳的佛像，据说是定光古佛的化身，佛法无边。下楼公正在蒲团上跪下、闭目祈祷时，突然一个十二三岁的小孩跑到他面前，问道：“你住在哪里啊？”下楼公应道：“住在下南漳州平和，是水果之乡。”“有果子吃吗？”“有！多得很！有桃、有杏、有梅、有李、有柿、有橘，还有荔枝、龙眼、石榴、枇杷，品种很多，任你挑选！”“太好了！我最爱吃果子，可以跟你一起去吗？”小孩听得口水都快流出来，吵着要跟着下楼公到平和来。下楼公怕被人发现、闹出事来，就劝小孩回去。小孩哪里肯依，转身就爬上一棵龙眼树，拗一支龙眼树枝下来，说："请老阿公把我藏在棉笼里，上面放上树枝，别人就看不见了。"说着，就跳进棉笼里，下楼公放上树枝，果真看不见人，他就把小孩担回来，轻轻的，不觉得有什么重量。南安岩的庙祝一回来就发现定光古佛神像不见，一问，才知道跟随担棉笼的客官走了，即速追赶，到大路上，追上客商，就上前打拱道："请问这位客官，有没有取走我岩佛像？"下楼公放下担，打开笼盖说："请看，笼中空空的，只有一枝带叶的龙眼树枝。"

庙祝把树枝拿开，就冒出一个小孩来。庙祝二话不说，把小孩牵走。小孩回头示意：请在路上等我。回到南安岩，小孩立即变一神像坐回原位。过了片刻，庙祝有事出去，他又化为一小孩追上下楼公，跳上棉笼坐下说："阿公，快快赶路！"庙祝回庙一看，古佛又不见了。又迅速追赶，又把孩子抱回去，并且凶狠地取来两支长长的铁钉，把古佛神像的两个膝头钉在墙上，还说："看你还敢再跑吗？"不料，小孩又第三次跑了来，跳坐在棉笼里，随下楼公来到大溪，被安放在石陂下曹舅公家的神堂上。

有一天深夜，一老神仙托梦给曹舅公，说："后山大龙眼树下埋有十二缸白银，就送给你盖楼建庙。"他醒后，就和老伴一起提着灯笼到大树下挖出整整十二缸白花花的白银。

天一亮，他就请人设计、备料，准备盖楼建庙。一日，山内乡亲派大队人马，敲锣打鼓运来许多屋梁、木柱，说是佛公亲自上山点选大柯树要盖楼建庙。曹舅公盛情招待乡亲，还送上两担白银，但乡亲怎么也不肯收下。不久，庵、楼都建成了。即选定吉日，将古佛安放在庵中。从此，佛公大显神灵，佛公庙香客云集，香火旺盛。但佛公神像两个膝头常流黄泉水，天气一变，脚就酸痛难受。后请术师把铁钉取出，敷下膏药，才不再流黄泉水了。

因为庵和楼都是曹氏兴建的，所以就叫曹嗣楼，庵柱上亦刻字记载。后来，有识者说，定光古佛是从武平南安岩请来的，应改名为南安楼。后来曹舅公去世，下楼公全家恸哭不止，佛公见状现身前来安慰说："请节哀，我就是你们的舅公。"从此，下楼公派下数千人，就称佛公为舅公，至今不变。

定光古佛喜欢吃果子，所以来拜佛的香客多敬水果。有一回，一小孩到塔下坪果园拾桃子、李子吃，大人发现后就要抓去打，小孩说："我是在园里拾果树落果，没有偷，你为什么要打我？"大人问："你家住在哪里？"答道："住在佛公庵。"大人会意了，不但没打，还送好多桃子、李子让小孩带回庵里去。此事至今还传为佳话。

（平和县陈香甘搜集整理）

五十一、莲花楼和陈超河的传说

大溪下村的莲花楼，建于明朝末年。楼高二层，分内外围，内围叫楼心，又称莲花心，计六十六间，建筑奇特；楼外围东、西、南、北吐四只耳朵，开两个大门。南门面对莲花山笔架尖；北门朝大芹山笔架峰，至今尚留一门联写道：“门深道重，德合理基；东风皆温，琴瑟和鸣。”楼四周有三十六口池塘，既可防火防盗，又能映衬大楼之美。内外相衬，上下互映，正似莲花怒放。池中有青、黄、白三色相间的奇特扁鱼，叫三色鱼，阵阵游鱼戏水，似在庆贺“莲花楼”福德无量，子孙昌盛。

数百年来，莲花楼财丁兴旺，人才辈出。这里曾出过七个发财万金的人，文魁陈毓英、武举陈确宗也取得很好的成绩。才子陈超河的故事更是感人。

陈超河自小天资聪颖，勤奋好学，文才出众。一年应试，中了进士，因不懂串门送礼，进士之名被人调换，落第而归。翰林院徐某惜才，临别时特赐他一支扇，说：“第二科带此扇来，即可免试补上举人。”他回乡后即办私塾，过教读生涯。一转眼三年过去。第二科考期临近，他正准

备前往，不料族亲遭人诬陷，受到牵连，未能应试，他将扇子送给一姓何考生，让他得了举人回乡。真是：“功名自古天注定，取得全不费功夫。”

陈超河在莲花楼继续教私塾。有一年，大溪叶姓与云霄方姓订亲，婚期临近，方氏反悔，想赖婚。于是设宴请客，商议办法，请来云霄县有名笔手，写一赖婚书，限对方三日内复音，信长三十六句，句句五言似古诗，有板有眼，有平有仄，对仗工整，寓意深奥。字字夹虫，以虫与叶的关系入题，意谓虫多叶残，叶残枝枯，后嗣无望，不宜联姻。叶家收到后，愤慨万分，即杀猪办席请大溪各姓老大、秀才笔手到卓乾庵共谋对策。众文人咬文嚼字，绞尽脑汁，整整忙了两天两夜，仍写不出一封有份量的回信。正在焦急之际，有人说：“下村莲花楼落第举人陈超河，知书识礼，满腹诗文，不妨请他来动笔。”众人无不叫好，立即把陈超河请来。一落轿，陈超河问明情况，看完来信，马上提笔疾书，不到一个时辰，就写了三十六句复信，句句压过对方文意；另加六句注脚，一共四十二句，句句七言，字字夹鸟旁，平仄讲究，对仗整齐，文笔流畅，寓意深刻。以鸟与虫的关系入题，句句扣住原信的意思。鸟啄虫，鸟多虫灭，虫灭叶茂，叶茂苗壮，子孙昌盛，叶方联姻，德重道冠，永乐永康。写后，当众朗读，众人赞不绝口，当晚备好礼物，第二天一早即派人专程送至云霄方家。方氏接信，即请名人过目，不看则已，一看皆愕然，赞叹不已。于是，一传十，十传百，全云霄有名文人都翘手叫绝，说："大溪深山有贤人啊！复信，字字金言，句句玉语，有礼有节，令人心服。"方家即以金帖答复，喜结姻亲。

女儿出嫁时，方氏派了三百六十个且郎（女方随从，为女方抬嫁妆的），嫁妆之盛，前所未有，一时轰动全大溪。叶家也富有，不负众望，随即安排三百六十项新床、新席、新被、新蚊帐，让且郎晚上休息。第二天且郎要回去时，又每人送给一床新被、一顶新帐。新娘三天出门，头不见天、脚不踏地，用布遮天，用毯铺地，显示富有吉庆。婚后夫妻恩爱，日子过得很美满。

一日，方氏带重礼来莲花楼拜请陈超河，说："受云霄众人所托，愿以重金聘请先生到云霄任教。"好意难却，陈超河即到云霄山美任教三年。他所教的学子，个个高中，一时名声大扬。时东君女儿芳年二八，在先生的严教下，应试亦得高中，东家为感恩，即将女儿许配给陈先生。从此，陈超河即出祖云霄，为云霄培养出不少人才，一直到七十六岁时回大溪祭祖猝亡，葬于大溪名胜灵通山"上天蜡烛"穴。不久，陈家发大财。大溪云霄陈氏宗亲集资兴会，年年上千人到灵通山祭祖。至今云霄山美陈氏传丁上千，全是陈超河的福荫。

（平和县陈香甘搜集整理）

五十二、油车楼的传说

平和大溪油车楼建于清朝乾隆年间，初建四角楼，后扩建圆土楼。楼围计六十九间，东北面楼高二层，西南面楼高三层。楼内建三座祖祠，分大、二、三房，至今二百多年，财丁兴旺，人才辈出。油车楼是怎样建起来的？这得从文义公说起。

文义公原居大坪山，父母兄弟勤劳善良，靠耕田、种烟草过活。他小时很聪明，读过几年私塾，识字知礼，也懂天文地理。父亲去世后，在大坪山上搞种植，不久，就发了财。他主要是靠种烟草，山高雾重，烟叶味道特佳。兄弟和睦团结，烟叶收成后就运到江西去卖。有一年，文义公运三百担烟叶上江西，住在江西妈祖庙边。时值江西起灾情、闹鼠疫，死了不少人。有人来妈祖庙求药，妈祖派一药方用一片烟叶焨二碗清水，服后即愈；有肿块的用焨过的烟叶敷贴，肿块即消。试用结果十分灵效，一片烟叶救了一条人命。消息很快传开，远近的百姓都纷纷争着前来买烟叶。多重的烟叶就用多重的银子来换，三百担烟叶很快就给换光了。三百担白花花的银元让文义公越看越欢喜。

但是，钱银是人血，也会害人。文义公最烦恼的是：路上抢人打劫的多，这么多白银，怎么运回福建平和去呢？听说有人得知文义公卖烟叶发了大财，早就起了坏心，一直在想歪点子，准备在半路山沟边把钱财抢劫一空。文义公想了多天，才想出了一个主意。他逢人便说："这次生意赚了些钱，全是妈祖婆的恩赐。"他拿出两千个银元请客演戏，三班戏三班倒同时演出，为妈祖庆功。戏一连演了三天三夜，自己一面陪当地头人、歹囝看戏，一面暗中叫手下人悄悄地买来三百担大米，然后叫人在夜间悄悄地把三百担银子运回福建，不让盗贼发现。等三天后，热热闹闹的戏演完了，他才隆重地拜别妈祖和当地头人，雇工将那三百担大米启程运回福建。盗贼尾随而至，到了山坳，一拥而上，半路拦截。文义公假装佯求留些做盘川，见无效，就速速放弃、赶路返乡。贼众欣喜若狂，打开麻袋一看，见不是银元而全是大米，始知受骗上当，转头追赶，文义公已抄小路安全跑回大溪了。

文义公得了三百担白银，即吩咐家人和手下：一、不准声张，将银子藏于地下；二、速到江西赣州请上等地理仙来选地，准备建屋宅、楼场；三、大量买田地、设粮仓。

地理仙来后，文义公用各种方法热情款待。但地理仙好像若无其事似的，迟迟不选定地基。有时出去一整

天，回来还是说没找到好屋地；第二天出去，回来又说时机未到，一拖再拖，很快就过了半年多。文义公仍然耐心等候、热情招待。一天，文义公又叫家里杀猪请客，款待地理仙。地理仙就取来几斤猪油，锅烧热后就开始出（煎）猪油。油肉在锅边转，油即向锅中流。几斤油肉出好的油都集中流到锅底。这时，文义公才恍然大悟，放下煎匙，擦去头上汗珠，朝地理仙笑笑说："先生，我明白了，你是在提示我要到大溪洋下面去找楼场吧？"地理仙以笑答之。第二天，文义公就同地理仙一起下山找楼场。先到店前城走了一圈，从南门走到西门，从西门走到北门，又从北门走到东门，然后到楼中心站定，耳边好像有蜂鸣声。地理仙说："店前城是蜂窝地，群蜂轰鸣，说明地气重，但正穴位已被用了。"文义公问："为什么刚才从南门走到北门好像有群蜂轰鸣，而从北门到东门却静寂无声？"地理仙说："从南门到北门，蜂已展翅出巢，所以家家户户财丁兴旺，而从东门至北门以下十余间，蜂正成蛹，尚未成虫，所以没有声音，还未发财。你如果能把东门以下十二间房屋买来，居住不久，即能发财。"文义公十分满意，当日就在店前城设宴，招待各门房长、老大，表达愿与房亲叔公为邻，用重金买下东门以下十二间空房，住二十四户，后来户户果真都发财、赚了万金。

文义公生育了四子，到店前居住后，有的中文秀，

有的中武秀，一时声名大扬。他就再请地理仙找楼场，准备盖楼房。首选老虎科下屋珠风炉楼，后看油车狮子楼，再看过桥子蜻蜓点水、一匹缎。经过比较，认为油车狮子楼地形最佳。地理仙说："油车屋场，背山面水，双龙贯卯，左旗右鼓，系文武世家楼场。"文义公插问："请先生详解之。"地理仙指着前方大溪，说："滔滔河流，谓之乾水来潮，见水来不见水出，有财能藏；背面青山缭绕，南龙转东龙，东龙转北龙，南北二龙齐贯于狮子楼中，可谓双龙贯卯；左面庵角山似一令旗，右面壶芦山似一大鼓，称之左旗右鼓；楼南门朝莲花山笔架尖，代代出文人，北门朝大芹山主峰，代代出武将，堪称文武世家。"地理仙正高谈阔论时，一只金眼白兔蓦然从脚下跳将过来。两人急追之，追到大树下差点抓到，白兔回头看了一眼，即钻进树洞里去，突然，在树下现出三缸银。两人看呆了，不知所措。定神后，却发现只留下两对银子，一人取一对。一敲，似狮子岭上铃声鸣响，悦耳动听。两人速速朝山上跑去，感到狮头在摇动，难以站立，跑上狮山，整座山似乎都在摇动。地理仙说："这是好兆头，睡狮正在翻身，很快就醒来，主人有福气呀！若在狮子正龙穴位建楼，代代能发万金。"文义公笑得合不拢嘴，就想尽办法要买到这个楼场。

要买这个地盘谈何容易。这地是老三公的，他虽是陈姓同宗，但有钱有势，谁敢向他提起买地基事？文义

公就先与他交朋友，主动到他油店里帮忙，还到油军屋背山边搭寮榨油（油车楼的名字就从此而来），将榨出的花生油、茶籽油不断便宜地卖给老三公。还让他的亲人免费榨油，白做工。久而久之，两人关系搞得很好。一日，文义公请老三公饮酒，席间，文义公自叹没有立足之地，希望能在榨油寮前建几间房屋以对得起祖宗。老三公听出话意，当即说："要在我的田地上建楼房，除非用白银铺地，别无他言，看你敢不敢？"文义公早就心中有数，用几担银来买地基易如反掌。于是乘酒兴，笑笑说："若能筹集到足够白银铺地买田，公不会食言吧？"老三公说："我既开了口，决不反悔，但银子要用斗量，然后撒在地上，银撒多远，就卖给你多大的地基。"后来文义公当众量银撒地，一丈量正好五分地，用数担银铺满为价，并着手兴建数间房屋。不久再买地建一座祖祠和小型四角楼。最后再扩建六十九间圆土楼，增建两座祖祠，这就成为现在的狮子楼，亦称油车楼，与对面的虎龙楼，亦叫朝元楼遥相对视。数百年来人丁兴旺，安居乐业。

（平和县陈香甘采录整理）

五十三、上埔楼的传说

平和县安厚乡岐山村境内有一座圆土楼，叫上埔楼（又名琴楼），为三层土木结构，表面上没有什么特色，但却有一段极不寻常的来历和令人费解的传闻。

相传，清朝初期，江西兴国县有一位闻名遐迩的地理仙，名叫廖炳。一天他路过国强与安厚乡交界处的佛踞岭，忽闻空中呼呼作响，有一个似琴非琴而且光芒四射的怪物向南飞去，一直到虎岫山下的上埔地界才消失。这位地理仙十分诧异，沿着光团消失的方向急追。走不到一华里，顿觉脚下生风，异香扑鼻，远处仿佛有一神童，抚琴弄瑟，乐声悠扬动听；循声寻踪，才发现那是山下一条九曲溪水流击石的声音。地理仙观察四方，若有所思。他看见一座奇秀的峰峦，左右伸张，起伏有序，龙脉延伸到弧形的旷野；它的形状如仙人弹琴，栩栩如生。后山左横着一尖如笔毫的高峰，右边三峰起伏，恰似笔架，周围坏绕着清澈如镜的水流。他迫不及待地从怀中取出罗盘，立下分金，测出庚酉龙转王子向，丁水上堂，出丙口，外流巽，合大局，上贵格。他脱口叫着："此地建

楼，必定人丁兴旺，富贵无限。”

此话刚好被一青年听到，他就跑回家中告知父亲。他父亲何昌老，急忙请来这位地理仙，向他讨教。廖炳见老人和蔼可亲，气足神旺，是一位有福之人，就欢喜地点头答应。这何昌老开门见山地对客人说：“不瞒先生，祖上代代单丁独传，十分凄楚，此处几户人家也是一样，不知何故？恳请明师指教。”廖炳见他情真意切，深受感动，就讲：“承蒙见爱，愿以平生所学奉献于族人。地理这东西，优劣一厘之差、兴亡一线之隔，搞好有救贫助贵之功，搞歹有杀身灭门之祸。这地是仙人弹琴地，前对功迈峰，后靠笔架山，左右群峦拱立，周围绿水环绕，上格台局，宜建三层楼，分金宜用丁癸未丑，出艮口，开一大一小二门。大门申，主添丁进财播书香；小门巽，主富贵双全添福寿。动工宜速，进宅当迟，宝地配吉日，更有画龙点睛、如虎添翼之神效。”

何老汉听后很欢喜，就请地理仙当即画图，随之大兴土木，请来能工巧匠，日夜施工，一座占地七亩的圆楼，仅仅两个月就完成了第一层的工程。一日，忽然狂风大作，飞砂走石，雷电交加，大雨倾盆，一夜之中倒塌二十余间房屋，其余也都摇动了。大家无计可施、垂头丧气，觉得太无福气了。地理仙廖炳亦感意外，正伤心时，何老汉向族人说：“伤心无益，重整旗鼓再干！”于是，大家发奋努力，不几天就恢复了原来的进度。不料一天中午，天晴如洗，无风不雨，只听“轰”地一声巨响，东西方向的土楼又倒塌了五间。众人大惊，廖炳赶到也感事太蹊跷，胆战心惊。他细心巡视一周，刚至溪岸，便停步不前。他看到洪水冲垮了一片石脉，就对何老汉说：“一时疏忽，差点误事。这座仙人弄琴楼，建于琴键之处，有琴必有弦、键、盘、骨架，缺一不可，可谓唇亡齿寒。这琴键是琴盘之要处，盘既毁，琴当拆。为今之计，宜用巨石筑成原状，以补琴盘之缺，再行施工，方保无虑。”于是，何老汉又组织众人修好石脉，以后工程进展就十分顺利了。

七个月后，圆楼就建成了，廖炳自为土楼命名为“上埔楼”，亦叫琴楼。

楼落成后，何老汉就请廖炳择日进楼。廖炳说：“此楼财丁贵俱全，只可惜损生多，欲制此灾，宜择上乘之日以催灵气，配灵符制化，方为万全之策。”于是地理仙就找了一个合三寅之数的时日，即十二月初三日，他对众人分析：“经书云，太阳到宅，星度辉耀，配成七星，生星：进，富贵双全，朱紫盈门，人丁兴旺，家风大振；九星：人专，宜作嫁娶，主生贵子，封官受禄；十星定，入学名扬，聪颖无比，代代书香……”接着，廖炳又说：“日课选优，乔迁时辰更要准确，若逢毛驴骑人从此经过，乔迁最为上乘，否则，后果难以设想。”说完，不顾族人的再三挽留，扬长而去。

廖炳走后，何老汉想：世上哪有毛驴骑人之理？也许明师另有所指。吉日到来时，老汉派人筹备炮烛礼物，又叫人在路上注意观望。巳时将过，忽然发现一位客人肩扛着风柜（吹扬谷子用的农具）从路上经过，老汉欢喜异常，以为风柜四只脚，活像驴，就命人敲锣打鼓，准时乔迁。一会儿，一位少年跑来告诉何老汉，路上有一人肩扛毛驴路过，原来这头毛驴摔伤前脚，不能行走，主人只好用肩扛着，刚交午时，正合迁居最佳时辰。何老汉听后，捶胸顿足，叫苦不迭，自叹无福，只好听天由命。

过了几天，地理仙又来到上埔楼，何老汉告之实情，廖炳叹道："误用时辰，阴差阳错，人丁虽旺，富贵减半，亡一合三，正合琴弦之数。天意已定，非人力所能为。"说罢自去。从此，上埔楼人丁果然兴旺，虽无大富大贵之人，但出人头地倒也无穷，只可惜，无论何年何月何日有一人亡故，不到七天，亦必有二人相继丧生，至今如此。今昔族人请来了很多师公作法都无济于事，亡一即有三，是一贯的规律。今人亦多次走访科技界及地理师，都解不开这个谜。上埔楼之怪，曾一度成为人们茶余饭后的话题。

（平和县安厚乡何丁珠讲述，赖永坤整理）

五十四、卖鱼贩子建云楼

在诏安县的溪南乡有一座三层的方形土楼，传说是陈姓的祖上，一个卖鱼贩子所建的。说起来，叫谁都不能相信这事。这个姓陈的，穷得叮当响：父亲早过世，无银买地安葬，自家四十老几了，还是打光棍，只好在路边搭间草寮住；平日里，挑着鱼担，走村串户地叫卖，闲时，在门口卖茶水补贴家用。他哪有钱建楼？

他的发迹，据说是这样的。

有一天傍晚，有一位老先生从他门口路过，口渴了，进他的店里喝碗茶、歇歇腿。眼看天黑了，姓陈的就殷勤地款待老先生吃晚饭。当晚，又挽留客人在草寮里过夜。两人一见如故，彻夜长谈，互相介绍彼此身世，他才知道老先生是位有名的地理师；而地理师也十分同情姓陈的穷困孤单、无以为家，当即慨然答应替他在附近找一门风水宝地，帮助他致富发家。

果然从第二天起，地理师就早出晚归，四处奔忙，踏遍附近青山绿野，替陈老汉勘察地理，寻找好风水。姓陈的知道地理师爱吃海鱼，就顿顿鱼肉美酒款待他，连中午所带的饭包中，也没忘了塞进大块鱼

肉，让地理仙师在山上荒野仍可美美的饱餐一顿。

就这样，地理师在山间里整整忙了半个多月。有一天，他兴冲冲地回来对陈老汉说："好了，好了！我替你家找到了一块风水宝地，但不知道你是要快发，还是晚些发？"姓陈的一听，喜笑颜开，连忙回答："当然要早发啦，越早发家越好！"地理师就说："那好，就让你家寅葬卯发吧！就是说，这门好风水，寅年启用，埋葬亲人骨骸，第二年卯年你家就会发家致富了，就是有这么好，那么快！"地理师还郑重其事地问："财、丁、贵三样事，你着重要什么？"陈老汉率直地说："那自然是要财啰！"地理师点头答应道："好，一切都如你所愿的。明天，一切听我安排，安葬你先人的金斗。"地理师替他办完了这件大事，不受任何报酬扬长而去。

陈老汉安葬了父亲遗骨后，依旧以卖鱼为生，过着清寒的日子，家庭境况并无任何起色。直到第二年的年底，才有了变化。有一天晚上，外边正下着倾盆大雨，忽然门外传来一阵阵"开门！开门！"的叫声。姓陈的想："三更半暝了，天又这么黑，谁会冒雨来叫门呢？"他好生奇怪，但是打门声好像十分紧急，他只得起来开门。只见一个浑身乌黑的大汉，匆匆忙忙走进来，抱歉地说："雨夜打扰清眠，有几篓鱼暂寄你家，行吗？"夜深中看不清他的面目，但陈老汉一向乐于与人方便，何况又是同行，他当即满口答应，但说："只是茅屋狭小，恐怕放不下。”那人说：“不要紧，暂寄几天就好。”说罢，就对门外的人说：“赶紧将鱼篓都挑进屋来，要堆好，不要乱放。”只听几声呼应，十几条壮汉就挑着沉重的鱼篓进来，一排排地整整齐齐地叠好，茅屋虽小，堆那么多鱼篓却不显得拥挤。堆完了，那人只说了声打扰了，也不留个姓名，就匆匆带领那伙人消失在雨帘之间了。

过了十几天，不见有人来取鱼，鱼篓里的鱼都发臭了，草寮里臭气熏天，直熏得陈老汉头昏脑胀，吃不下饭，也睡不着觉，直骂那乌衣大汉缺德，说好只寄一两天，这么多天过去了，也不来取。他怪自己轻信生人，后悔随便答应别人寄存东西。有一天，他实在忍受不了啦，就打开一个鱼篓，想看看是什么鱼货，如此臭如大便、腥膻难闻。谁知道一看，他竟目瞪口呆、不知所措。原来鱼篓里只在面上铺着一层三角小鱼，下面全是白花花的银元宝。再拆开其他鱼篓，也都是在小鱼下面装满银锭。这时他才明白：这是银鬼挑来的银子，是送上门来的财富啊！

突然间有了这么多的银子，真应了地理师所说的“寅葬卯发”了。姓陈的就想，要怎样使用和保住这些财宝呢？他想了很久，才想到要盖一座大生土楼，使一家人过上舒适与平安的生活。从此，他就开始不动声色地谋划着建楼的事，并悄悄地准备建筑材料。

有一天，他去木材行去问杉木价格，问了一间又一

间，不厌其烦地与人讨价还价，啰哩八嗦地与人争得脸红脖子粗。有个大头家看不起他这个赤脚老汉，就讥笑他说："你要是真心买杉材，我杉行里的杉材，只要半价，全卖给你。"另外几家也跟着起哄说："对，你如果有本事我们也半价卖给你，只要能在半个月内，钱货两讫，一次出清。"

陈老汉一听，心中大喜，便认真地说："你们的话算数？那么，请问头家，你们有多少杉材？要卖多少钱？"几个东家有心拿穷人寻开心，便叫掌柜的拿出账簿，打着算盘，报出价钱来。姓陈的心中暗暗核算一番：杉木够用了，价钱也不贵，当即就说："你们等着，我去挑银子来。"他急匆匆地回去，兴冲冲地挑了一担银子来，当面点清，弄得三个东家目瞪口呆，叫苦连天。但是为了顾及信誉，"一言既出，驷马难追"，只好忍痛半价贱卖了，但是，他们坚持要姓陈的半月内把木材出清。

姓陈的只好去下寮，请他娘舅帮忙。乡亲们一听，卖鱼老汉发财了，要建大土楼，都替他高兴。全村人立即出动，帮忙挑木材，三下五除二，三间大木材行的所有木材很快就被穷鱼贩子挑光了，杉行也很快倒闭了。陈老汉又趁热打铁，请众乡亲帮工建土楼，不消三个月，云楼就建成了。陈老汉后来娶妻生子，还中了举人，这是后话。至今陈姓子孙繁衍，云楼依旧无恙，历经数百年风雨，只显得陈旧一点而已。

（诏安县陈洪亮讲述，啸华整理）

五十五、树滋楼的传说

1. 高百万与宜谷径楼

清朝乾隆年间，云霄县城水流沟有个有名的富商，姓高名文乐，乳名添，人称高百万。

他小时候家里很穷，父母相继死亡，他只念了一年私塾，就辍学去拾猪屎，忍饥受冻，艰苦度日。数年后，他与一个同乡一道飘洋渡海过番到星洲（新加坡）去谋生。由于没文化，要当店员没条件，只好受雇去给人家挑水。一次要回客栈时，他看见路边一间房子里挤满人，就好奇地挤进去看。原来是间赌场，很多人围在一起赌搻宝。他忍不住地将当天挑水所赚的一封七十枚铜板拿出来孤注一掷，一慌张把铜板都弄倒在桌上。当搻宝官（赌头）掀开宝盖时，他看盒里是开白字，按闽南家乡的俗例，他以为自己输了，掉头走出赌场。谁知按星洲的赌法，他却是赌赢了。赌头吩咐伙计追到门口叫他领钱，他竟连头也没回就回客栈了。搻宝官很照规矩，因他把整封铜板倒在桌上，竟按竖千倒万的赔例，押中一枚铜钱要赔一万枚铜板，计算出他应中白银七千元，还叫三个伙计

把白银分成三担挑到客栈去给他。

他幸运地得到这意外之财后，就订造了一艘特别精良坚固的大帆船，聘请的舵手和船员都有丰富的经验，在南洋各埠头之间搞航运。合该他鸿运亨通，每次航行都顺风得利，几次出海，中途遇到台风，别人的好多艘船都沉没了，唯独他这艘船安然无恙、化险为夷。即使在海中碰到礁石，也能逢凶化吉，平安归来。各商行都认为他这艘船吉星高照，行驶安全，竞相找他载货。后来，更有许多商行老板看他交了龙运，要托他庇荫，纷纷拉他入股，只要他愿意，不必投资现金。

高添怕自己没文化，同哪家商行合作、入了多少股，时间久了会忘记；怕跟人家入空股会招惹不必要的麻烦，他一一谢绝任何入股邀请。但是有人要借他的福气赚钱，还是偷偷地给他记了股份，每到年终，总有好多商行派人挑来许多白银，说是他入股分红所得。他有了钱后，也独资聘请能人开了几家商行，年年获利颇丰。就这样，不到几年，他就成为百万大富翁了。

高添发财时，已年过半百。他一心想要落叶归根，就把大帆船和几家商行都以低价转让给别人。自己只同妻儿家眷带着一百大袋白银，回到云霄老家。

船至云霄洲仔溪边码头，已近黄昏，夜色蒙蒙才开始卸货，回家盘点时才发觉少了一大袋白银。原来是搬运工人在匆忙中不小心掉落江中。至翌日天亮溪水退潮时，才去追寻。大家边走边寻找，突然发现江边沙滩上有个大布袋，上面栖息着一大群的金苍蝇，把整个袋子都遮盖起来，过往行人都误以为那是动物死尸而不敢靠近。高家人走来一看，苍蝇瞬间四散飞开，一大袋的白银总算保住而不致让人捡去。

高百万回乡不久，料理完亲戚朋友往来探访应酬后，便大兴土木，在水流沟建祠堂、房屋，在米市街建一座石门柱的大四合院。当时盗匪抢劫活动猖獗，他时刻担心财产安全问题，决心不惜巨资着手建造一座大圆楼。后来，一座闻名远近的大圆楼——树滋楼在他的精心筹划下终于建成了。

树滋楼位于云霄西面的宜谷径村，故又名宜谷径楼。高百万为了建这座楼是煞费苦心。首先，他特地派人到江西赣州去聘请一位著名的地理师来云霄，到各村各地去勘察山川地势穴点，并用量水称重的办法，比较各地每斗水的重量，评比结果，发现宜谷村的水最重，在这里建楼大吉大利，日后定能添丁发财、子孙兴旺。于是，他立即雇请木工、泥水工、石工等能工巧匠前来施工。原来，这里还有一座旧楼，有几家住户，他就一家一家苦劝，提出特别优惠的条件，才说服了各户主同意让出厝地。有一位寡妇死活不肯迁移他处，他甚至答应愿以白银铺地面，来换她的旧厝，这位寡妇仍不接受。他无可奈何，只好把建楼地点改到偏低一点的沼

泽地，这里没办法填平，又派人去买许多大树，锯成一段一段的，然后扛来填在洼地上，填得密密麻麻，再用三合土填平所有空隙，铺好了丈余高的楼基，才开始建楼。楼基的第一层全部用花岗岩石砌成，墙高八尺（约两米），内开石门。二层和三层都是三合土灰墙，每层有前后厅二间及房间二十六间，总计六厅七十八间。楼高三丈余，还在楼内开水井，在二楼上砌水槽，盗匪火攻时，水可自上淋下，以防楼门被火烧坏。

该楼建于清朝乾隆五十四年己酉年（1789 年）。历时十八年才竣工，是座正圆形石楼，牢固、美观、大方。民国七年（1918 年）大地震，云霄全县房屋倒塌二百多间，宜谷径村房屋也倒塌六十多间，但树滋楼却只裂开一条缝隙。该楼距今已有二百多年的历史，是云霄县现存最完整的古楼之一，至今常有不少游客前往参观游览。

（云霄县张老卿讲述，吴长泰整理）

2. 一粒肉包百廿圆大银

从前，云霄宜谷径楼内住着一个阔少爷，因他上辈拥有百万家资，又好吃懒做，喜抽鸦片烟，乡里人都叫他“獭佬”。

有一个晚上，獭佬鸦片抽得过瘾后，说：“这时候若有还在冒火烟（蒸汽）的肉包，我一粒可以出一百二十圆大银向他购买。”旁边的一伙人一听，就决定要教训教训这个阔少爷。他们先叫人悄悄地到云霄仙公肉包店去叫店家连夜赶做肉包，又买一些手提的“幼篾饭篮”（嫩竹精制的有盖的竹篮）和“炊巾”（盖粿用的布），再叫了一帮人，从仙公肉包店到樟仔脚、风吹岭、西安、鹅豆溪、河塘对面的大樟脚到石宅，一路布点守候，等肉包店的肉包一蒸熟，就用炊巾包好，装入幼篾饭篮，从仙公跑至樟仔脚，由樟仔脚逐站传送，直至宜谷径楼内獭佬的住所。炊巾一掀开，肉包还散出腾腾的热气，把它卖给獭佬，一粒肉包即值一百二十圆大银。

獭佬就这样挥霍无度，他祖上的家财，很快就被他花光了。因此，他的名气也随之逐日下降，他的称呼也从獭佬降为獭少，从獭少降为跛獭。直到后来，家资耗尽，无法度日，他只好到云霄猪仔场（地名，在云霄云陵镇，是小猪交易场所）替人扛猪仔囝对店（云霄风俗，小猪成交后三天付款，凡不相识者即须找店号认款，称为“对店”）。遇到“考槽”（买卖）不成后，猪主就要把猪仔囝丢掉，他就拾去宰杀、熏成熟肉零卖过生活，因此，他最后被人们称为“死猪獭”。

（云霄县方亚德讲述，方建德整理）

五十六、张士良与菜埔堡的传说

张士良（1578—1664年），字思源，号起南，云霄菜埔人，明朝万历己未（1619年）进士，先后任安徽贵池县令、太和府尹、户部郎中、河南副使、浙江宁波知府。张士良很关心故乡教育，曾筑造菜埔堡防御倭寇，并设法为家乡人民减轻税赋，他的美德至今仍被人们传颂，当地百姓尊称他为"菜埔老爹。"

1. 青蒜炒肉，一吃三清桶

张士良未考中时，家境贫寒，赴京考试，无法带足路费。他住宿客店，常随便要些便宜青菜，自己借个锅煮着吃。有一次，他切完青蒜正准备放入锅里煮，店主人见他没往锅里下油，怕锅破裂，就恶狠狠地把铁锅端走。这时，别的灶台上，有一些客人正在炒猪肉。张士良央求他们让他的青蒜与猪肉一起炒，煮熟后，蒜归蒜，肉归肉，各自取回。张士良食后，感到猪肉炒青蒜味道特别好。

考后，张士良把这事告诉母亲，他母亲忍泪对天发誓："我儿若考中，一定买肉

炒青蒜让他吃三清桶（旧时云霄菜埔、西林一带盛水的一种器具）。”

不久，传来张士良考中的喜讯。回乡报喜时，张士良为了让母亲一遂心愿、让她不食言，就先让人拿来三个清桶，洗净后一一倒覆在地，母亲炒青蒜和猪肉就铺放在桶底背面，猛一看，是满满三清桶的青蒜炒猪肉，其实只够张士良吃个痛快，不多也不少。

2. 鬼魂报恩义，陌路逢知音

张士良上京赴试，身背大斗笠，肩挑包袱行李，风餐露宿来到长江渡口，日已西斜。忽然，他发现路旁横着一具女尸，衣不蔽体，惨不忍睹，看样子已经死了好多天。他想：尸体无人收埋，应是外乡乞食，大白天过路人多，不能让她裸卧在路旁。无奈日头将落山，渡船一收，今晚便过不了江。他只好取下斗笠，盖住尸体大半部分，又写下一纸，恳求仁人君子代为收埋，然后才怀着沉重的心情赶去搭渡过江。

船至江心，狂风骤起，巨浪直要把船打翻，船上的人呼娘喊爹叫救人，眼看整船的人就要葬身江底。突然，船头不远处，一只怪鸟展开双翅，搏击风浪，迎风飞翔。说也奇怪，渡船随怪鸟迎风行驶，居然转危为安、平稳如常，渡船抵岸后，那怪鸟飞向高空，竟然开

口说话：“报答张大人，报答张大人！”

众人又惊又喜，乘客中有一卖货郎，平日走遍四乡五里，人头熟透。他发现船上只有张士良是陌生人，便上前问起姓氏，听说姓张，就断定怪鸟是为报答他而来。就邀他到家中住宿并盛情款待。待张士良把路遇女尸一事说出，卖货郎更确信鬼魂是为了报答张士良的恩义才化作怪鸟来搭救全船旅客生命的。为报答恩义，卖货郎当即赠送一些银两给张士良作为上京盘缠，后来，他们还成为好朋友。

3. 水火阵妙计杀倭寇

张士良镇守宁波九年，率领军民平定了倭乱，战绩斐然，因朝廷政治昏暗，他未受重用，于是告老还乡。一回到故乡，父老乡亲们告诉他家乡屡遭倭寇抢劫的祸患。张士良义愤填膺，决心组织百姓进行抗倭自卫斗争。他根据自己多年的抗倭经验，一面积极募款兴建城堡圈护民宅，一面号召乡亲在漳江两岸都种上刺竹。经过几年努力，城堡终于筑造完成，深沟高垒，住着几百户人家，雄踞于漳江之畔，这就是有名的菜埔堡。堤上的刺竹也长得高大茂盛，郁郁葱葱，连绵数十里。距村庄不远的东渡口，河床狭窄，绿水幽幽，两岸刺竹参天蔽日，人称“黑门渡”。

一天，倭寇在沿海一带劫掠，逃难的老百姓纷纷拥入菜埔堡内，请求菜埔老爹为他们除害。张士良让乡亲们安置了逃难的人们。根据敌情分析，他判断倭寇将会在当晚到菜埔村骚扰，当机立断，亲自召集全村精壮大汉，要他们各执砍竹利刀埋伏在黑门渡附近的竹丛中；又迅速通知各家各户在傍晚时分烧煮一大锅稀米粥，准备“款待客人”。

夜幕刚刚降下，一股倭寇幽灵般出现在黑门渡口。他们望见菜埔堡炊烟袅袅，心里暗喜，像一大群饿狼似的猛扑过来。由于城门紧闭，无法进入村里，倭寇便气急败坏地攀登城墙。忽然，三连铳声震响，城内一片呐喊，几丈高的城头上乱石伴随着滚烫的稀米粥朝着倭寇头上倾泻下来。倭寇摔死的摔死、烫死的烫死，不计其数。不死的也个个焦头烂额，抱头朝黑门渡方向逃窜。早就埋伏在渡口附近的精壮大汉一听见城内铳响，迅速地把堤岸上那些又长又粗的刺竹连枝带刺地砍落在河里。这时，正值涨潮时分，漳江水面，上上下下布满着半浮半沉的刺竹。倭寇拼命地往水底下钻，企图从黑门渡潜水逃跑，哪晓得整段河道布满刺竹，坚硬锋利的刺竹钩住了敌人的皮肉，刺得敌人哇哇大叫。一些胆大的挣扎着往堤上爬，又遭到刺刀砍杀。不到一个时辰，倭寇被杀得丢盔弃甲、死伤无数。倭寇吃了败仗，吓破了胆，从此再也不敢到菜埔一带骚扰了。菜埔老爹水火阵

妙计杀倭寇的故事也就在民间流传开了。

现在，菜埔村依然还保存着菜埔堡的城门、城墙；黑门渡附近的菜地里，还保留着一墩墩的小土丘，据说，那就是当年掩埋倭寇尸体的土丘。

（以上均由云霄县张老勇讲述，张建东整理）

五十七、龙盘楼的传说

在云霄县东厦乡竹塔村横山仙人亭麓，现在还有一座古楼遗址，这就是曾经负有盛名的龙盘楼。谈起它的历史，人们就想起明朝万历年间竹塔的廖龙盘，民间至今流传着不少关于他的传说。

1. 廖龙盘发家

廖龙盘生于竹塔横山，他有八个兄弟，房强丁旺。他生性狡黠、凶狠、贪婪，小时候就怀有野心，立意要称霸横山。

有一句俗语说：“人无横财不富，马无夜草不肥。”廖龙盘的起家正应了这句话。起初，他不过是村里的恶少，有心霸业，就搞什么找风水啦、斩龙夺穴啦，以重金物色江湖好汉，勾结文士官僚，什么鬼办法都使出来。

有一次，他到列屿圩游玩，偶然瞥见一个彪形大汉，衣衫褴褛，双眼贼溜溜地盯住店里的饭菜出神。廖龙盘觉得这个人与众不同，满面胡子，吃东西该怎么吃？就买了三碗糯米粥请他吃，那人也没有推辞，从口袋里摸出两个铁夹，把胡子往左

右脸颊夹住，露出嘴巴，一气把三碗糯米粥吃个精光。廖龙盘同他攀谈，才知道他叫胡海，广东澄海人，是远近闻名的海盗，因被官兵追赶逃窜到云霄列屿，囊空如洗，没法回家。龙盘有意与他交朋友，便请他住在家里，殷勤招待，临别时又赠他银两。这个海盗感激不已，就同廖龙盘结为知交。

隔了一年，胡海在海上抢到一条大船，船上装有一百瓮的咸鱼和几百捆的黄麻，胡海觉得这些货物无用，就把这东西统统运来送给廖龙盘。事后，廖龙盘发现每只瓮里都有白银，每捆黄麻里都夹有金条，原来这条船是地方官府要送金银到京城进贡，怕路上被劫，才进行一番伪装，不料海盗没发现，倒让廖龙盘意外获得了。廖龙盘发了横财，交代家里的人不得对外传扬。这笔横财也就成为他发家致富的资本。

2. 雷公陂的传说

廖龙盘得了横财，就广置田园，发展势力。

首先，他凭借财势和巧取豪夺的手法把兄弟的财产一一兼并了，继而他通过催租、放债、收重利等方式强占了横山村绝大部分的土地、房屋、园林。当时村后面有一片良田，村民们靠它过日子，廖龙盘派人在山上的水源处筑起水陂，操纵水权，迫使农民向他借水借债，听命于他。农民们被压得喘不过气来，就在一个雷雨交加的夜晚，冒雨上山，把水陂挖开一个缺口，引水下山。事后，廖龙盘究问，农民们慑于淫威，骗说当夜水陂被雷轰崩塌。后来世代相传，至今人们称这小水陂为“雷公陂”。

3. 廖龙盘结交白尚书

廖龙盘已经发展到“一代富豪”的地步了，他感到有必要豢养一批名人学士替他走官场，维护他个人权益。有一天夜里，他梦见一条青龙张牙舞爪飞腾入室，盘旋于大厅圆柱上。梦醒时分，廖龙盘请人圆梦，断为贵人光临的吉兆。他立即吩咐家人，天天到路上等贵人来府。恰有西林村的书生白照堂，访友路过横山雨亭下，家人撞见，不由分说把他拥入廖家。廖龙盘见白照堂一身青衿，正应青龙梦卦，喜出望外，对白照堂热情款待，说是请白照堂留下教书，执意不让照堂回家，要把他收养在家里。

时光转眼过了三年，白照堂不免“独在他乡为异客，每逢佳节倍思亲”，天天惦念着久别的家乡妻小，暗地里流泪。廖龙盘明知内情却装疯卖傻地问道：“为何愁眉苦脸，莫非廖某亏待了你？”白照堂如实相告，廖龙盘装作很抱歉的样子许诺道：“既然如此，那你就

回去一趟吧！”廖龙盘送给他几两银子，作为三年来在廖家教书的谢礼。白照堂觉得教三年书才得到这几两银子，心里着实不爽，只是回家心切，也不好再说什么。

白照堂回到西林村，找了半天，也找不到自己那个残破不堪的老家。只见旧厝原址新建起一座华丽高大的楼房，大门虚掩，依稀瞥见自己的妻子在里面做针线。他几乎不相信自己的眼睛，多少带有几分畏怯地向妻子问起事情的经过，一问，才知道廖龙盘三年来对他家庭照顾得无微不至，并为他建了这座楼房，还置了相当多的产业，如今可以说家里应有尽有、衣食无忧了。

从此，白照堂把廖龙盘视为挚友。后来，白照堂上京赴试，连科报捷，官拜兵部尚书，威名显赫，成了廖龙盘一个大靠山。

4. 建造龙盘楼

廖龙盘的老虎架越来越高，财更富，势更大了。他纳金千两捐了个“京监”的头衔，自立旗号“镇南第一”，凡大小文武官员从横山经过，文官要落轿，武官要下马，县太爷也少不了来巴结他。凭着这如天的权势，他霸占了横山一带方圆数十里的土地，任意剥削敲诈横山一带村民。

为了防止村民反抗，确保全家生命财产安全，廖龙盘决定建造一座火烧不毁，水淹不倒，枪炮打不入的大楼。经过精心的策划和设计，花了十八年的时间，这座大楼才建造完成。这座楼高六七丈，有数层，房间几十间，包括姑娘梳妆楼一座。楼墙宽三尺多，一律用糯米汤、甘蔗汁拌灰扎实砌成。楼外又筑两道围墙用来保护主楼。距楼三丈地方，另建望海楼一座。大楼、姑娘楼、望海楼之间又筑起围墙，绕楼修了一道暗沟，直通大门及楼上各个窗门的上端，以备攻守。在建楼的艰苦漫长的岁月里，民工只吃糯米汤干活，累死病死不计其数，为了灭口保密，还把修筑暗沟的一百多名泥水匠用药酒毒死，只有一个幸免，远走他乡。

望海楼建成，廖龙盘随即派人日夜登临守望，凡是望海楼极目所及的田地、园林、海滩，他都强行占为己有，连当年号称“官产”的仙峰岩也被他占为坟地。从望海楼楼下经过的船只都要接受他的盘查。依仗他的权势，他的手下人经常公然抢劫妇女，抢人财物，无恶不作。

当时有个寡妇，带着一个五代单丁的细囝仔（儿子）到娘家做客，这个细囝仔到港边玩耍，看见一只螃蟹爬上岸来，细囝仔不懂事，也不晓得廖府的规矩，就抓起玩。廖龙盘的随从就把他抓进廖府准备处死。细囝的母亲跪地求饶，廖龙盘非但不赦，还摆出三个极端无理、荒谬的苛刻条件：杀掉细囝，以母命抵偿，母亲当

众赤身裸体绕楼走一周。那寡妇无奈，只好当场自杀。那个细团仔也难逃毒手，被廖龙盘残忍地杀害。

5. 驼背廖小姐的传说

“善有善报，恶有恶报”，廖龙盘无恶不作，他生个女儿，名叫艳娇，既不艳又不娇，外貌几乎集天下丑陋之大成，生得凸眼歪嘴驼背跛脚。这个小姐脾气很坏，稍有不如意，便对左右侍婢鞭笞毒打。虽然丑陋，却很喜欢打扮，特别喜欢穿新衣。

廖龙盘不知费了多少心血，请了多少著名裁工，要为女儿做几件漂亮的衣裳。但由于女儿面貌丑难以见人，不便让裁工当面量体裁衣，裁工们只好胡裁乱剪，结果当然没有一件令廖小姐满意。只有一个裁缝，善观言察色，逐渐从言语中摸到一些线索，给她做了一件前襟短、后襟长的新衣，让小姐穿起来十分合适。这个裁缝虽然立了功劳，谁知却因此丧命。

原来廖龙盘怕裁工泄露小姐的“庐山真面目”，贻误了千金小姐的终身大事，因此就把他杀死了。

6. 邱蒙舍戏弄廖龙盘

廖龙盘恣意作恶越来越荒唐了。他建成的姑娘楼定下规矩：凡新娘子从楼前大路经过的，必须请上姑娘

楼，让家人观看，尽情地嘲弄，稍有姿色的，廖龙盘索性把她留下来过夜，享受所谓的初夜权。

廖龙盘这种兽行，连对自己的亲戚也不肯轻易放过。有一次，漳浦杜浔邱给事的公子，廖龙盘的表弟邱蒙舍婚期已近，邱蒙舍特来向廖龙盘说情，要求廖龙盘看在亲戚的份上，免去初夜权，廖龙盘嘻笑着说："自己的表弟媳正好呀，让自家人先看一看嘛！"

邱蒙舍见廖龙盘不给面子，怀恨在心，就想出一个办法准备跟他顶一顶。邱蒙舍扮成新娘子，坐在花轿里摇摇晃晃经过姑娘楼，花轿照例被抬入廖府，等到廖龙盘家里的妇女都到齐，廖龙盘就当众揭开轿门，只见邱蒙舍撩起裙子，赤身裸体，站在大厅上高声大呼："娘儿们，看个仔细吧！"大厅里的妇女们惊慌失色，慌忙逃回绣房。

邱蒙舍哈哈大笑，廖龙盘气得七窍生烟。邱蒙舍是个秀才，县老爷对他也无可奈何，况且他又是廖龙盘的表弟，加上邱蒙舍能说会道，廖龙盘束手无策，只好叫人抬轿送邱蒙舍回去，连屁也不敢放一声。

7. 火烧龙盘楼

廖龙盘野蛮、残酷，使许多人感到随时有杀身之祸。人们愤怒极了，复仇的火山终于爆发。横山附近

的蠔潭、白塔等十八个乡村的农民，为了反廖，逐步集结起来，有的写告状送官府，向朝廷诉说廖龙盘的罪行；有的房连房，宗连宗，村连村，结伙向廖龙盘进行总清算。

兵部尚书白照堂，为了报答廖龙盘的收养之恩，平时对廖龙盘的罪恶竭力遮掩，现在廖龙盘成为地方一霸，民愤极大，他鞭长莫及，爱莫能助，徒叹奈何。不久，一支由附近各村农民组成的武装，和官府的军队在一起，团团把龙盘楼围困起来。

龙盘楼坚固无比，加上廖龙盘早有准备，暗中储备的粮草足够三年使用。被围困几个月后，人们看到廖龙盘的家人，还从窗口扔出红蚜壳。官兵和百姓都久攻不下，只好暂且把楼团团围住，等候机会。

有个早年参加建造龙盘楼的泥水工，当年从廖龙盘的魔爪下死里逃生，这时回来向官兵揭开龙盘楼的最大秘密。他亲自带领官兵找到龙盘楼的水源，堵死通水的涵洞，官兵火攻龙盘楼。廖龙盘看到大势已去，就把全家老小一个个推进井里，自己也投井自杀。显赫一时的龙盘楼也被大火烧得只剩下残垣断墙，后人永远不会忘记那段历史。

（以上均由云霄县汤仙炉讲述，林文涛整理）

五十八、锦江楼的传说

漳浦县旧镇和深土的交界处的浯江东岸，有著名的“五里三楼”，这就是慎修楼、瑞安楼和锦江楼。前两座年久失修，都已坍塌，唯有锦江楼虽历经整整二百年风雨，至今仍完好无缺。这座锦江楼据说是一个名叫林升泽建造的，后人称他为楼祖，称他的妻子为祖妈。

林升泽世代务农，为人忠厚。父亲早逝，由他和两个弟弟侍奉着母亲。不久，两个弟弟也相继病逝，全家只靠他一人扶持。后来，他娶了一个十分勤劳贤惠、并善于养鸡的妻子。妻子养鸡让林升泽带到圩场去卖，用来维持家庭生活。林升泽卖鸡卖得出了名，自己养的鸡渐渐的不够卖，他就当起了鸡贩子，代卖起别人的鸡来。

有一天，他在圩场卖鸡，发现鸡笼边有一块布，问遍周围的人，都不知是谁遗下的。他只好在每圩卖鸡时，把布带上，挂在扁担头，以找失主。过了十多日，才有一个漳州人到他的担前，问他买布。他说这是要招领的，来人坦率地说，这布是他遗失的，并说布中有一张货单。升泽取出一看，完全符合，就把布还给他。那人

感恩不尽，自我介绍叫戴敬，家住漳州府口路的五星聚奎下。升泽忠诚老实，两人很快成为好朋友。了解到林升泽的家境贫寒，戴敬就建议升泽贩运海产到漳州城去卖，他帮助推销，再贩运漳州的货物回来卖，说："这样一来一往，所得到的利润要比就地买卖鸡仔赢过几十倍。"

林升泽听从戴敬的话，收起鸡摊改做"水客"。有了戴敬的帮忙，货物容易出手，也不会被乱杀价，而买进的货物，也更实惠、更便宜。他身高力大，挑的货比别人多，在漳州买了一把"番仔扁担"，中间宽有三寸多，挑二三百斤的货物，上九龙岭如履平地，所以与其他同行相比，他跑一趟漳州，往往加倍获利。后来，他干脆雇了几个帮手，长途贩运。家中逐渐丰裕，但也只能是"担葱有余，娶妻不够"。当时，地方不平静，匪寇经常骚扰，他和村里人商量，多想建一座楼堡呀！但建楼堡又谈何容易！

转眼，林升泽已经六十二岁了，这一年，他到漳州与老朋友戴敬谈到他多年未能实现建楼宏愿，很不死心。戴敬一直把他送到木棉庵，答应帮助他想办法。

过了九龙岭，来到长桥，天色已晚，他就在旅店中住宿。满腹心事，一直到深夜，尚未能入睡，就到户外散步。这时满天星斗，万籁俱寂，只见远处山坡有几只白色的牲畜在跑动，再定睛一看，是一群白马，在跳跃欢闹。突然，有位老者拄着拐杖来到跟前，对他说："林长者，你一生为善，这十匹白马是你的，因你从来只走大路，不曾在此过夜，我没有机会告诉你，如今你该带它们回去了，我就此告辞。"言讫不见。这突然而来的情况，使得林升泽有点糊涂，回家后，把发生的事向妻子细说了一遍，并交代注意观察家中有什么动静。

奇怪的事情果然发生了：第二天早晨，他的媳妇清早起来煮饭，发现水缸内没水了，她感到奇怪，昨晚明明装满了一缸水，水缸又没漏，怎么隔夜就没水了？她一连三个晚上，听见半夜有牲畜在水缸中饮水的声音。第四夜，林升泽躲在米斗下守候，等到饮水声又起时，急掀米斗，清楚地看到有几匹白马正在缸中饮水，见灯光一亮，立即钻进水缸下消失了。事情已十分明白，长桥的老者就是土地公！这些白马随他回来，而且就藏在水缸底下。他曾听说，一匹马是由一万两白银聚形而成的。他们立即动手把缸中的水倒灌在地，然后往渗水的地方挖掘，不用挖到一尺深，就发现一青斛的白银，计一万两。接着，他们又挖出了其余的九万两银子。

有了钱，林升泽就请有名地理师文仙来相地、择日，准备动工建楼。

地理师文仙看到江头祖祠坐北向南，背向丹山、面向大江，地理形势还不错，只是偏西一点和太靠前边，将本来好好的"丹凤传书"宝地，变成了"老鸦下田"

的俗宅。就在靠东边且稍退后的园地上，找到“丹凤传书”的正穴，同样背靠丹山、面向大江，择个吉日开工，他说此处建楼堡，正是丹凤之冠。

正在筹措木料、石料和壳灰时，忽然天降滂沱大雨，浯江溪水暴涨，一直涌到家门前。雨停水退，门前有几万担之多海螺壳堆积如山。林升泽高兴地大叫：“真是天助我啊！”壳灰有了，石料也从附近的丹山采运回来。缺木料怎么办？林升泽就到漳州找老朋友戴敬商量。戴敬亲自带他到北溪上游杉仔山去采购。杉仔山到北溪要经过一处山中渠道，叫“龙须串”。“龙须串”中有许多大石头阻碍，很多杉木不能顺畅随流出溪。两人结伴在杉仔山上到处找人、想方设法，终于得到高人指点，把三百根杉木一齐顺流放下，没想到在“龙须串”下头，却意外收到了一千五百多根的大杉木，真是天赐洪福。林升泽大喜，急忙雇人绑杉排，雇船拖载入海，从六鳌虎头山入浮头港再运到浯江溪。

由于原料充足，原来设计只建三层的内楼，改为建四层，又增建一圈二层二十八间的外楼和一圈四五十间房屋的护楼。这样，锦江楼就巍然耸立在漳浦大地上，成为这地方的第一大楼了。

（漳浦县林添木讲述，林祥瑞整理）

五十九、拆迁梅月城

明代时，漳浦佛潭的鸿儒江边有一座“梅月城”，这是当时赫赫有名的赵鸿台的府第。它建在杨氏的地界，杨氏族人几次想逼使它迁走，但慑于赵鸿台的宦势，只能望城兴叹。

当时佛潭还出了一个显赫人物，名叫杨守仁，族人称他为“老佬”。他在广东任按察使，为官清正，廉洁奉公，深受广东百姓和家乡族人的敬重。

杨守仁有一儿子杨一葵，自幼聪颖过人，为人耿直古怪。早时常听族人说，要使赵鸿台搬出梅月城而苦无良策，他便想出了一个办法。

那年夏天，杨一葵纠集几个孩子在鸿儒江中的“黄蜂出巢”处游泳戏水。“黄蜂出巢”面对梅月城的“梳妆楼”。楼上住着赵鸿台千金小姐。这天，几个千金小姐听见楼外的江里欢声笑语，好生奇怪，探头一望。谁知不看则罢，一看羞得满脸通红，原来杨一葵他们个个脱光衣裤，赤身裸体对着梳头观望的小姐们挑逗。

事后，赵鸿台把杨一葵戏红妆的事告到杨守仁那里。杨守仁狠狠地训斥儿子一

顿。杨一葵找到赵鸿台，对他讲："夏天，江里是游泳的地方，游泳时剥衣脱裤是正常现象，哪值得挑剔指责呢？如果贵府千金怕羞，要么把鸿儒江改道，要么搬迁梳妆楼。"几句话说得赵鸿台无言可答。

随着时光的流逝，杨氏人丁繁衍越来越多，居住区渐渐地紧张起来，杨氏想逼梅月城迁走的愿望也越来越强烈，而赵鸿台自杨一葵戏红妆事后，也断断续续地听到要他迁楼的言语。不迁觉得住下去不会安宁，迁了又觉得吃亏。思来想去，终于想出了一个办法，设一个"灯谜猜"会，对杨氏族人说，如果猜中，他把梅月城迁走，猜不中，梅月城就留着。

这年正月十五，赵鸿台把灯谜猜会设在下坑桥头。谜猜是一个纸屋，内放一对红蜡烛、一碗土、一碗白银、一碗金元宝。

这天，下坑桥头人山人海，万头攒动。赵鸿台也站在人群中，看着灯谜猜前人们面面相觑的情景，不觉脸上流露出轻蔑的表情。

一个钟头过去了，两个钟头过去了，谜猜还未被人揭晓。杨氏族人如火焚心，着急万分。

正当谜猜要收起来时，人群中走出杨一葵，哈哈大笑，"咔嚓"几声撕破了纸屋，并大声喝道："还我祖土!"接着把那碗土倒进口袋，喊道："迁之重义!"又从口袋里取出火柴，把蜡烛点燃，又喊道："吾以点也！"

赵鸿台看见后，感叹地说：“姓杨的贤人辈出，不能等之！”为了睦邻，决定搬迁梅月城。

后来，他在湖西择地建了一座更加宏伟的城池，这就是我们如今看到的闻名天下的赵家堡。

（漳浦县佛潭镇杨万春讲述，何荣林整理）

六十、子孙要银池前岸

漳浦赵家堡的东南面紧倚着一座山，名叫石刀山。山上有块丈余高的奇石，形似一把锋利的菜刀，刀把朝天，刀尖插地，刀刃向着城堡。传说山下还有块石头，上面刻着几行字：“石刀山，面向前，子孙要银池前岸。鲢鱼门扇大，亲生八头祭。”几百年来，人们一直在琢磨着石上所刻的字的含义，但始终猜不透它的意思。本来，这些字有棱有角，但一代传一代，看的、摸的人多了，现在字迹已经一日比一日模糊，有的甚至连痕迹都看不见了。

赵家堡的后人觉得石刻的字终是个谜，心里总是记挂着石碣所提示的银子的下落，多少人日夜苦思，做梦都在思考要到哪里去“要银”，大有“不到黄河心不死”之势。关于这些字的来历有这样的一种说法。

相传漳浦的鸿台祖赵范中进士后，为官清廉，治政有方，任内曾出现“禾麦双穗”呈祥的征象，皇帝老子一高兴，当即御笔一挥：“赐金银万两”。他既高兴也犯愁：距家万里，途中土匪霸道，草寇横行，官兵押运国库银两尚且被劫，私财怎能平安无恙呢？这些金银该如何运回家去呢？

据说后来他想了个办法：暗中请高明的银匠，把金银分别铸成两尊“金人”和“银人”，再给穿上破旧褴褛的衣裳，乔装打扮成两个老头子。然后趁三更夜色，叫来两乘破轿，对轿夫赏以重金，骗说是两个家人病危，务必日夜兼程抬回家乡，不能让病人死于途中，成为异乡之鬼。

轿夫不敢怠慢，日夜兼程，不几日就到达漳浦的赵家堡了。进南门、过华表，轿停在荷花池边，一个家童迎上前询问，揭开轿帘，见是两个不相识的病老头，一摸脚手，僵硬冰冷，吓了一跳，骂道：“该死的轿夫，真不知规矩，没听说死人是不准抬进赵家堡吗？待我禀告主人，把你们送官究办。”轿夫们一听此话，暗暗叫苦，待家童走了，一看四周无人，就把这两个“死人”推落荷花池中，抬起破轿飞也似地逃出城去……

莫非石刻字谜指的便是此事？但荷花池水年年盈盈不涸，怎能找到“金人”“银人”？有一年春旱，荷花池干涸，堡里的人就抓住良机，组织健壮劳力，下池挖泥探宝，有的挖、有的挑，从黑泥层一直挖到红土层，近百米长的池岸上，泥土已堆积得像座小山，别说“金人”“银人”没见到，就连一个银片或一粒金屑也没个影。大伙正想打道回府，忽然有人喊了起来：“见石板了！”听到这喊声，所有的池中人立刻兴奋、欢腾起来。只见红土中果然露出个平滑的石板，众人猜想，石

板下定是躺着的“金人”“银人”，个个摩拳擦掌，那种高兴劲就别提了。说来奇怪，正在这关键时刻，天空中突然乌云密布，电闪雷鸣，刹那间大雨滂沱，人们被淋得像群落汤鸡。待雨过天晴，荷花池却又是碧波荡漾，满池春水了。众人站在岸上摇头叹息，认为福气未到、天不作美。“金人”“ 银人”没见到、石刻之谜还是不得解开。

后来，有一老汉坐在汴派桥上，边晒日头、边看风景，老花眼忽然看见前面冒起一片金光，明亮闪烁。他惊讶得急忙揉着眼睛，看得出了神，大叫 :“银子找着了，银子找着了！ ”男女老少听见喊声全跑了出来，纷纷问道 :“银子在哪里呀？ ”老汉不慌不忙地说 :“子孙要银池前岸，看，那就是啊！ ”他手指的是荷花池岸上那堆被晒得发白、发黄的泥土。

众人不明白他的意思。老汉说 :“荷花池处在低位，天若下雨，满城的肥水落到这个池中，沉积成了大量的淤泥，水肥、鱼大、泥土黑，肥沃的泥土经风吹日晒，白如闪亮的白银，落田作肥，土生谷、谷生金，这荷花池岸上的泥土不是金子、银子又是啥？！ ”

老汉把字谜给点破了，众人眼睛豁亮，心里明白，没几天工夫，荷花池岸上的泥土被争着、抢着，都挑光了。这一年，赵家堡一带的庄稼竟获得意想不到的好收成。从那时起，每到腊月捕鱼的时候，赵家堡内外的荷

花池中的泥土就堆满池岸和四周的空地。从此，地肥苗壮，年年丰收，生活好过。人们深深体会到先人的用心真是良苦啊！

（漳浦县赵中林讲述，赵曜生、洪和漳整理）

六十一、浮山寨的传说

长泰坂里新春村的东边，有一座“浮山寨”。现在山顶上还保留着一座房屋，十分壮观，它因自身曾经会浮沉升降而得名。

它为什么会“浮”呢？据说它有一件宝物——牛角螺（号筒）。在古代，每当“外族”（不同姓氏的家族）前来进犯，“浮山寨”就会传出牛角螺号声，整座山就会抖动起来，徐徐上升浮起来，使来犯之敌看得见、够不着，前进不得，攻打不着。

有一次外族首领不相信浮山寨这么厉害，攻打不下来，就亲自带领大批人马来攻打。当走到山寨附近时，只听到寨里传出“嘟——嘟——嘟——”的号角声，整座山寨竟然抖起来、逐渐上升，吓得这些外族人个个双脚发抖、脸如土色，走也走不动，爬也爬不起，无可奈何。

但是，这个外族首领还是不甘作罢，不愿退走。他想死死围着山寨守候，要等待寨里的人粮食和水都用光了，把寨里人困死，再来攻寨。等呀等，三天过去了，不见动静；五天过去了，还是没有声息。不知经过多少天，寨里的水快用完了，大家急忙认真商量对策，有人提议尿水洗衣

衫，把它晾出寨墙之外，以向外人宣示，寨里用水充足。这一妙计果然见效，骗过了外族的眼睛。外族首领见围困无济于事，只好悻悻下令收兵。“浮山寨”接受这次教训，也开始在寨心（寨中心）挖一口深水井，要保障充足水源，确保在外族围困时，可以永远立于不败之地。

但是不幸的是，他们一直挖呀挖，已经挖了十多米深啦，竟不见有泉水涌出，众人都焦急万分。继续挖呀挖，也不清楚又挖了多深，突然一股红色的泉水奔涌而出，越涌越多。有人大声喊叫：“不好了，可能是挖到龙脉了！”“是啊，不然怎么泉水会是血红颜色？”“赶快去报告家长，看要怎么办？”

家长接到报告，决定用棉被堵住“龙伤口”。“龙血”虽被止住了，但这口井已不能饮用；再吹响牛角螺，山也不会再浮起来了。

自此以后，“浮山寨”为防止外族来犯，只好采取加固寨墙，东西两个方向各留一个寨门进出的方法。为缅怀昔日时光，他们还在挖井的地方铺砖为号。这个标记，至今犹存。

（长泰坂里汤桂芳讲述，洪亮整理）

六十二、将军第的由来

长泰坂里的新春村，有一座“将军第”，据说是清代兴建的。它占地面积5300平方米，建成三十六个房间，九厅十天井，其中配套石柱、石屏，均雕得玲珑剔透、精美动人。室内摆设着大理石做的石床、石桌，还有檀香木雕等；四周是左莲池、右花圃，后面的空地用鹅卵石铺砌成龟背形。整套建筑古色古香，实属罕见。坂里历来没有出过武将，为何有这座“将军第”呢？年近古稀之人，至今还能津津乐道地谈起这座“将军第”的由来。

据说，这座“将军第”的主人叫汤河清，出生于清代同治年间。他上有两个哥哥、下有两个弟弟，他排行第三。在坂里这样的穷乡僻壤，清政府同样苛征田赋丁粮，施加重压。父母要养活一家七口人，就得起早摸黑，拼死拼活地种几亩薄田，才能过上“端得了这一餐，过不了下一顿”的生活。苦命的父母终于咬住牙根，把十四岁的河清送给族人，带往荷兰的属地孟加锡这个埠头去谋生。从此，他就过着背井离乡、骨肉离散的漂泊生活。

汤河清为人勤劳朴实，族亲们帮他在

市面上摆个烟丝小摊度日。他心机灵巧，在烟摊上要弄手艺和把戏，无形中招来了一大群观众，因此，他的小烟摊的生意也随着兴旺起来。

小烟摊正好摆在一家经营海产品的大商行门前，大商行的营业也随着小烟摊的兴旺而做得火红火热，左右逢源。商行老板不识好歹，怕门前拥挤，妨碍了顾客的往来，就婉言劝请河清另移他处。

岂料汤河清的烟摊才搬走数日，商行的门前就呈现冷落的景象，生意显得十分萧条。为此，商行老板暗想：莫非这小子是财神、福星降世？就派人到他的住处，请他再度回到商店门前摆摊设点。

天下事要多奇有多奇。大商行店前一出现汤河清的烟丝杂货摊，生意果然立即又春风得意、茂盛兴隆起来了。老板一下子心中就有了个打算，他断定这汤河清是个“福星高照”的人物，为人又勤恳厚实，兼有经纪人的才干，就主动邀他入股合伙做生意。这河清如鱼得水，任劳任怨，很快帮助老板把这间经营海产的大商行管理得井井有条，还迅速囊括了孟加锡埠头的海鲜市场，显露出非同一般经商的才能。商行老板为了永久留住这颗“福星”，还把他招赘为女婿。

汤河清成了商行老板的女婿，就更加放手经营，施展交际才能。在新加坡、印尼泗水等地开拓既广又深的贸易渠道，继而创建顺源公司，把生意做到五洲四海，

从此誉满海内外。

贫苦出身的汤河清，生活上从不任意挥霍浪费，可是在慈善事业上，却总是一掷千金也毫不吝啬。每年春节，他从海外汇款到唐山，周济家乡的鳏寡孤独的族人；捐资给乡里建造从良冈山通往岩溪的石径以及通向华安县沙建浦仔脚的小道和路边的凉亭等。他所做的公德，有目共睹，有口皆碑。

后来，他自置“顺风号”轮船，往返于厦门至孟加锡之间，贫困者都可以免费搭乘。同时，他还在锡埠发起建置汤氏宗祠——崇本堂，设客房、食堂，为族人、乡亲提供食宿方便，甚至帮助安排就业。乡人有句赞颂他的顺口溜说：“吃的吃顺源公；睡的睡崇本堂”。

至光绪年间，列强的铁蹄践踏中华大地，国家处于水深火热之中。这时汤河清已掌握了锡埠的经济命脉，并当上了当地“甲必丹”（行政长官），在印尼华侨中名闻遐迩。他掀起“救灾赈民”运动，得到各地华侨的热烈响应，捐献踊跃。他捐募的十三条大船的粮食及其他物资运回到祖国，受到了清政府的嘉奖，赏戴花翎副将头衔，敕建将军府一座，御赐李鸿章亲笔题写的“将军第”石匾一块。

“将军第”完工谢土之日，汤河清不辞远涉重洋，返回乡里亲自主持祭拜。庆成之日，乡里演戏三暝（夜）三日，人山人海，摩肩接踵，水泄不通。族人登

门造访者络绎不绝，亲切地称他的小名：“渗公您回来了！”他见家乡男女老幼这样热情待他，乐得像小孩似地高声对大家说：“父老乡亲们，我汤渗永远不忘唐山，永远不忘家乡的父老兄弟！”说完还赏给村里每个人大洋两块，一时传为盛事。

（长泰县坂里乡汤宏涛、汤宗宜搜集整理）

六十三、江都寨的传说

1. 箩筐落地定居

明朝末年，江都寨的开基祖连德进从漳平来到江都后，看到这是一块大旱半收、大乱半忧的小盆地，不很理想，就收拾行李，从天窗格取道朝田头村进发。

走到半岭时，新买的箩绳突然双双断了，箩筐里的东西翻倒满地，其中有连德进随身带着的三位他所崇拜的英雄文天祥、陆秀夫和张世杰的雕像。他把东西拾回箩筐，接好箩绳，又继续爬山赶路。可是走不出三步，箩绳又断了。这样连续反复，箩绳断了三次，他感到非常奇怪，就从行李中取了三只瓷碗，高举过头，恭恭敬敬地对三尊神像默默祷告，说："如果三公有意留我在此定居，请显神灵，让瓷碗三次下地都不破。"祈告后，即把瓷碗掷地，三次都没有破。他就转身下山，在崎岸的地方建起一座房子住了下来。

那时山下江都寨的塾馆里正缺欠一位先生，他就前往应聘，当了私塾先生。他看中江都寨内的好地理，有心搬去定居，但一时又不好开口，他就不论日晒雨淋，

坚持每天早上去教书，晚上摸黑回崎岸。寒来暑往，天天如此，寨内的人看在眼里，深受感动，就拨出土地，让他建房子，把家搬了下来。

新房子果然好风水，邻居的一只鸭母来屋里过了一夜，竟然生了三颗蛋；连多年不孕的母牛跑至他屋里住一晚上也怀孕了。连姓就这样在江都寨定居下来并迅速繁衍开来。

2. 遵守偈语分居台南

连氏三世祖的第二个儿子连佛保，因婚姻关系（另一说是因打抱不平）不愿意在江都住下去，向父亲连德进请求到宝岛台湾另谋生路。父亲同意他的请求，但临走时却吩咐他只有找到“鲤鱼上岸，牛骑人背”的地方才能安居。

老二离家，搭船到了宝岛台湾，他走过很多地方，觉得都很好，可就是没有一处像父亲指点的那样，他不敢违抗父嘱，只好继续耐心再不断寻找。

有一天，天正下着濛濛细雨，他跑到河边一棵树下避雨。正巧，有个老翁在那里钓鱼，只见他钓竿一挑，一条肥大的鲤鱼被甩在草地上，打挺翻跃。同时，旁边有一个放牛小孩子，钻到大水牛的肚子下面躲雨。连氏触景生情，灵犀一动，“唔，这不就是父亲交代可选为

定居之地的地方吗？”他放眼环视，只见这地方山清水秀，草木繁茂，真正是个宝地啊！他就决定在这里定居下来，并经过一番辛勤开垦，把一片人烟稀少、土地荒芜的地方开辟成富饶美丽的家园。

3. 不忘乡里海峡同根

连氏到了年迈的时候，已经繁衍了许多儿孙。这些子孙又逐渐分居，另立家业，各创家园，因此一座座新的村落在这美丽富饶的宝岛台湾陆续建立起来了。

有一天，连氏把儿孙们召集在一起，对他们说：“现在咱连氏在台南这地方这么兴旺发达，可我年事已高，我一直思考先辈所吩咐的话的意思，到如今才比较明白：‘鲤鱼上岸’，暗含着我们家乡江都的名称，交代我们要不忘故里；‘牛骑人背’，意指我们是从明代进入长泰，然后才分居到台湾的，让我们不要忘了故土啊！你们可不要忘了祖宗的话呀！”

后来连姓在台湾发展很快，开辟了一个又一个村落，这些村落均以大陆江都的村落依序命名。清朝时，连日春中了举人，其匾就送往大陆，挂在江都的宗祠里，还竖立了两根旗杆，以志不忘同根。

（以上均由长泰望枋洋乡连世发、连水德整理）

六十四、奎壁齐辉楼的传说

雪美建楼段，石厝建过门。

赤岭建石蛋，大路口楼一路光。

这顺口溜在枋洋民间流传了近二百年，它是说当年长泰县曾经建造过四座大楼。第一句是指雪美村只建一半就停工了，第二句是指石室村只建了过路通道，第三句指赤岭村才填完了鹅卵石地基就停工了，只有第四句，说的是林墩大路口建成了“奎壁齐辉楼”，一路光辉。

这奎壁齐辉楼的外壁全部是长方条石堆砌而成，打磨得光滑美观，很是雄伟稳固。过去，山区交通不便，运输困难，除石料可就地取材外，其他红料、木料，泥水匠、木匠、石工都要从外地引进。工程浩大，劳力缺乏，要建大楼，承担的财力十分巨大，资金必定要雄厚，否则必然半途而废。所以，民间就把建大楼的故事像神话般地流传下来。

传说，在清朝道光年间，林墩大路口社林某人得到江西地理师的指点，把父亲的墓地迁入了“猛虎跳江”的宝穴，自此生活顺畅。他务农为业，勤俭治家，又日

日挨门串户，兼营贩卖烟叶，再加上他还有祖传的青草医术，为人治病不收红礼，而且随请随到，村里乡亲都十分赞扬与夸奖，公认他是一个有道德、有良心的人。

林某人缘好，生意发展快，从开店铺逐渐发展到做烟丝加工的作坊，家境一日一日地富裕起来。三年后的某天夜里，他在睡梦中惊醒过来，听到自家的柴房里，有银元落地的响声，就急忙披衣下床，走出房门去看看。模模糊糊地，他看到一群人影自外而来，每两人抬一杠，进入柴房倒下就走，穿梭往返、源源不息。他心里好生惊疑，这到底是怎么回事？是人？是鬼？从哪里来的？他一定要看出个来头。想好，他就轻步走出大门。只见在朦胧的月光下，一阵长蛇般的队列从远处走来，越过村口的石栅栏时，行动显得缓慢些。是群小鬼！林某听到石栅栏摇动，发出“咯咯”的声响，想要帮助他们，偷偷地把石栅栏扳倒放下，不小心碰出了声音，惊动了这些小鬼，他们一下子就都跑光了。林某后悔不及，慢步回到柴房，看见房间里已堆满了大堆银元，他喜欢得禁不住大喊：“我富甲全村了！”

这些银子要怎样用？他想了很久，还是建个永久家业好。他曾听人说过，有一伙泉州石匠，技术高超，到长泰雪美、石室建大楼，因为资金不足而半途停工。如今正好请过来建一座四方形、宽基厚墙、雄伟壮观的大石楼。

石匠请来后，林某与长辈商量好，对他们提出要求：要建一座“奎璧齐辉楼”，上嵌大石匾凿字，开个圆拱门，正面要磨光；楼里上下四通巷，四厅二八房，天井下面掘水井。工匠们担心：这样大的工程，怕再碰上资金不足又半途而废，就要求先算了资金再动工。工程进行到安放大门“户模”（门槛）时，按旧例，东家应该宴请工头师傅。但林某不懂这个规矩，工匠也不好开口讨吃，就借故刁难，问说：“竖门槛”底下要垫鸡毛还是垫犁头片？林某不解用意，怕鸡毛松软不牢固，冲口应说：“要垫犁头片！”工匠知道没鸡肉吃了，心中不快，就暗中作梗，搞点花招，让门槛在工程竣工不久后就折断，虽经修补，但断痕还在，真是美中不足。

（长泰县林水树讲述，林家驹整理）

漳州民間故事叢書

江丙坤 敬題

漳州民间故事丛书

揽胜美漳州

漳州旅游景点民间传说（下）

其他旅游景点的传说

卢奕醒　郑炳炎编

吉林出版集团有限责任公司

图书在版编目（CIP）数据

揽胜美漳州：漳州旅游景点民间传说：全 2 册 / 卢奕醒，郑炳炎编 . -- 长春：吉林出版集团有限责任公司，2014.5

（漳州民间故事丛书）

ISBN 978-7-5534-4322-5

Ⅰ . ①揽… Ⅱ . ①卢… ②郑… Ⅲ . ①民间故事－作品集－漳州市 Ⅳ . ① I277.3

中国版本图书馆 CIP 数据核字 (2014) 第 067292 号

书名：揽胜美漳州：漳州旅游景点民间传说（下）

Lansheng Mei Zhangzhou：Zhangzhou L ü you Jingdian Minjian Chuanshou

编　　写　卢奕醒　郑炳炎

策　　划　大龙树（厦门）文化传媒有限公司

责任编辑　李婷婷

责任校对　金依莎

封面设计　陈氏设计室 chen-design.com

开　　本　880mm × 1092mm　1/32

字　　数　154 千字

印　　张　9.25

版　　次　2014 年 5 月第 1 版

印　　次　2014 年 5 月第 1 次印刷

出　　版　吉林出版集团有限责任公司

发　　行　吉林出版集团有限责任公司

地　　址　长春市人民大街 4646 号

邮编：130021

电　　话　总编办：0431-86029858

发行科：0431-88029836

印　　刷　金玺彩印有限公司

ISBN 978-7-5534-4322-5　　　上下册定价：55.00 元

长泰天柱山　（林俊斌摄影）

平和灵通山　（平和旅游局提供）

【漳州部分景点风光】

南山寺（林俊斌摄影）

九侯山（漳州市旅游局提供）

漳浦赵家堡　（蓝智伟摄影）

浦南松舟书院　（陈绍雄摄影）

飞天神女 （曾平顺摄影）

“豁然开朗”石刻特写 （林艺谋摄影）

宋城赵家堡 （韩克非摄影）

三平寺 牌坊 （平和旅游局提供）

目　录

一、千年古刹南山寺的故事

漳州的千年古刹南山寺，又称南院，位于九龙江西溪上通津桥南岸右侧，背靠丹霞山，是唐朝进士出身的太子太傅陈邕所建。寺内名胜古迹多，是旅游观光的胜地。关于南山寺，民间流传着一些动人的故事。

1. 金花救父

相传在唐代中宗神龙年间，京城长安有一个姓陈名邕的人，中了进士后又做了太子太傅，大家都称他陈太傅。玄宗时候，大奸臣李林甫奸诈狡猾，专爱陷害忠良。陈邕看穿了他的为人，常爱和他作对，结果被他在皇帝面前奏了歹话，被贬官流放到福建来。他先住在福州，后又迁移到清源郡的仙游枫亭井上村，再搬到同安县的嘉禾屿（今厦门岛），都不如意，最后才迁居到漳州丹霞山下通津桥南的驿路边。他看中南山下的一块风水宝地，就开始在这里开基建宅。

他原本是京城的大官，起厝（盖房屋）力求气势宏大，周围红墙三丈高，厝顶覆盖琉璃绿瓦，仿照京城帝王的宫阙修建大

门，还建造了钟鼓楼。一位失势的官员，竟然这样排场，大兴土木，当然引起人们议论纷纷。有人密报到京城，李林甫正苦于找不到陈邕的把柄，立即奏明圣上，说犯官陈邕反迹显露，在漳州私建宫殿，犯下“僭越之罪”。玄宗皇帝听了将信将疑，马上降旨，派钦差大臣查办。

这消息震动了京城。陈邕的亲友都很着急，赶紧派亲信日夜飞马赶路，赶在钦差前面，给陈邕通风报信。陈邕一听到这一消息，就像五雷轰顶，一时全没了主意。大祸从天而降，全家人都抱头痛哭。这该怎么办呢？起了大厝，拆也没法拆，逃也逃不掉，钦差大人一到，见此豪宅如宫殿一般，就会听信谗言、横加责罚甚至问罪杀头了。

陈邕有个独生女儿，名叫金娘，小名金花，生得十分聪明伶俐，平日里，诗词歌赋、琴棋书画，无所不能。她年方二八，还未出嫁，陈邕夫妇爱如掌上明珠。这时，她沉着冷静地想了好久，最后含泪对父母说：“阿爸、阿母，事至如今，不要哭了，哭也无用，救不了我们全家。现在只有将咱家的大厝改建成寺院，就说我立志修行，要剃发做尼姑，寺是为我建的，这样才来得及补救，可以免遭灭门之祸。”陈邕夫妇一听，大吃一惊！他们实在舍不得千娇百媚的女儿剃发去做尼姑，但是，再想一想，女儿说的话也实在有理，没有其他办

法，也只好照办了。于是，他们马上请来工匠连夜赶工雕刻佛像，将家宅改建成寺院。

本来在陈家住宅旁边就有一座“延福报恩南院”，里面有位高僧住持。金花当天就拜师剃发做了尼姑，被赐法号叫“玄妙”。她把自己剃下的长发当笔，写下“悠然”两字，龙飞凤舞，像模像样，后来就刻成匾额悬挂在山门上。

金花做尼姑以后，将自己原来住的阁楼改叫做“修真净室”（即现在的“陈太傅祠”后面，人们都叫做“小姐梳妆楼”的地方），而陈邕一家人就迁到东门外的镇头宫水潮社去住。钦差大人来到漳州，一看陈邕建的是寺院而不是什么“皇宫”，回京后便启奏了玄宗皇帝，使陈邕一家避免了灭门之祸。后来陈家子孙繁衍，人丁兴旺，历代做大官的很多。他们在闽南一带建了一百多座寺院，像厦门的普照寺（南普陀）、万石岩、白鹿洞、觉性寺、资福寺，漳州的白云岩等等都是。以后闽南各寺院、庵堂的主持，都是由南院派出的，影响很大。

陈邕有四个儿子，大儿子叫夷则，二儿子叫夷锡，三儿子叫夷行，四儿子叫夷实。夷行在唐武宗时，做了河东（今山西）节度使。他这一房子孙后来就落籍山西。其他三个儿子都在闽王手下做官，其中有一个还被招为驸马。金花没有出嫁就出家了，长兄就过继一个儿子给她，后来这一房传下来的子孙就叫“姑婆派”。南唐时，金花的子孙陈洪进，当清源军节度使，拥有漳、泉两州，请封诰。玄妙（即金花）被赐号为“金花郡主”，建墓在梳妆楼右侧。南唐亡后，宋太祖太平兴国二年（977 年），陈洪进献漳、泉两州投降宋朝，被封为南康王。陈洪进的儿子文灏做了漳州刺史，重修南山寺，奏请改寺名为“崇福报劬寺”。陈邕活到九十五岁，死后葬在龙海县十一都象镇社，也就是狮象把水口这个地方。现在那里还存有“唐太傅陈邕、夫人高氏墓地”的墓碑。南山寺内陈邕的旧宅，后来就改建为“陈太傅祠”保留至今。

2. 南院大石佛

南山寺里有座石佛阁，内面站立着一尊弥陀佛的石像，全身一丈八尺，面部丰满，两肩略垂，眼睛凸出，炯炯有神，纯粹是唐代造像的风格。有考古学家鉴定，它是中国古代造像的一大杰作，可以跟云冈、天龙等寺的石刻相媲美。石像是用天然石笋雕成，工艺十分高超。殿前的石柱上，刻着一副对联：“石骨金身何处来？无始无终自在；慈云法雨从空下，亘天亘地迴然。”

关于它的来历，有这么一个传说。

据说当年陈邕舍宅建寺后，有一年，九龙江洪水泛滥，遍地成灾，一块大石笋从西溪上游，随着恶浪浊流滚滚而来，巨大无比。洪水退后，它就竖立在寺内，住持和尚看见，既惊奇又欢喜，以为是天赐奇石，就跑去对陈邕说，并从广州请来一位著名的石匠。这位石匠师傅手艺精巧，远近闻名。他看到石笋后，非常高兴而且很有信心地说："我还很少看过这样好的石料，让我把它雕刻成一尊大石佛吧！至于工钱，可以暂且不提，等雕成后，请四方施主来提意见，如果有人指出毛病来，我情愿一分工钱也不要。行吗？"陈邕和住持和尚当然非常欣喜，马上答应了他的请求，请他立即着手雕刻石佛。

于是，石匠师傅搬进了南山寺居住，不分日夜，加班赶工。头三日，他先盯着石笋出神，绕着石笋兜圈子，左看右看，冥思苦想，三天三夜，不吃不喝也不睡。第四天早上，他终于想定了，两眼闪闪发光，嘴角露出微笑，拿起凿子，就"叮叮当当"地凿开了。只见石片飞溅，火星四散，石佛的形象渐渐地显露出来了。七七四十九天后，石佛终于雕刻好了。石匠得意洋洋地请陈邕和住持和尚来观赏。他们一见这尊石佛的丈八金身，庄严肃穆，也不禁暗自称赞，佩服石匠师傅名不虚传，妙手神工。

陈邕和住持和尚共同选定了一个良辰吉日，邀请全城官吏士绅都来观赏和品评佛像雕工。这天，四城门的父老乡亲、佛门信徒也都闻风而来，人潮一阵又一阵涌

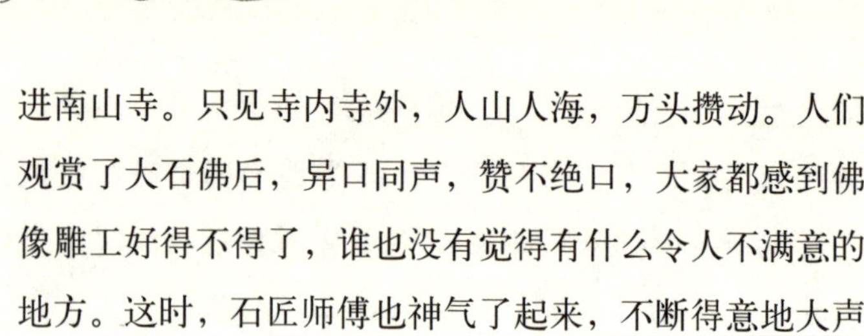

进南山寺。只见寺内寺外，人山人海，万头攒动。人们观赏了大石佛后，异口同声，赞不绝口，大家都感到佛像雕工好得不得了，谁也没有觉得有什么令人不满意的地方。这时，石匠师傅也神气了起来，不断得意地大声喊叫，说："请诸位不吝赐教，多多批评，不然，兄弟就要领工钱告辞了！"

俗话说："骄必败"。正当这位石匠师傅得意忘形时，人群中突然钻出一个不满十岁的小孩子。他笑眯眯地抬起小手，指着大佛像高声说："嘻嘻，真好看！这尊大石佛手指头那样粗，鼻孔那样细，这手指头要怎样伸进鼻孔去挖鼻屎呢？"天真的小孩的一句话点醒了大家。大家抬头一看，石佛上下身真的不对称，头大下身细，手指头那么粗，鼻孔确实是小了，都如梦初醒，齐声叫起来："对呀，对呀，这石佛手指头那么大，鼻孔那么细，要怎样去挖鼻屎呢？"大家正要再找石匠师傅理论，不知在什么时候，这位石匠师傅因为"惊见笑"，早已从人缝中钻出去，一文钱也不要就走了。

后来，有人开玩笑地说："这尊大石佛真是不值一文钱。"——其实大石佛的造型设计是完全正确的，因为只有这样，才能够使佛像显得庄严雄伟，要是鼻孔大，手指细，看起来倒会使人不爽快，那才是更不像样子了！

3. 南院大钟

南山寺大雄宝殿内的右侧，方木架子上悬挂着一口大铜钟，口径三尺八寸，高五尺六寸，重一千三百多斤，是寺里的宝贵文物之一。钟的声音洪亮，深夜敲响，能传出好几里远。钟的表面上很明显的有一支铜钗和两枚铜钱的痕迹。关于它的来历，民间还有着一个动人的传说。

相传南山寺里的大钟，本来是唐代的遗物。寺院几经兴废，到了元代仁宗延祐年间，规模更加扩大，香火旺盛。旧钟声音沙哑难听，住持和尚决心重新铸造一口大钟。全寺僧众分头出动，到处去化缘和劝募铜器。各地的善男信女也都热心捐献，有钱的人家，有的题缘千百两银子，有的布施金银珠宝首饰。

当时漳州布观音这个地方，有一个贫穷的孤寡老阿婆，她也很想捐一点钱，为铸造大钟尽一点力，可是，她家穷得叮当响，米缸里没有隔暝的米粮。她只好把发髻上唯有的一支铜钗拔下来，献给了和尚。蜈蚣山下有一位残疾人向人乞讨了两枚铜钱，还舍不得买点东西吃，也虔诚地捐给和尚去造大钟。

但是，化缘的和尚看不起这两位贫苦人的虔诚心意，竟将那支铜钗和两枚铜钱随随便便地丢入寺里的荷花池中。说也奇怪，后来铸造铜钟时，铜钟上面总是有

一条裂缝和两个小窟窿。即使请更高明的师傅来翻铸，两次三番，大钟上的裂缝和窟窿，无论怎样也补不好。

寺里的住持和尚搔头抓耳，无计可施。最后只好领着全寺僧众念经拜佛，请佛祖显灵来指点迷津。传说，第二天上午，寺里的菩萨化做一个乞丐在寺门口作歌念道："大钟不全，还欠两钱；裂缝难合，只少一簪！"住持当即召集全寺僧众问："谁化缘回来，少交了一支簪和两枚铜钱？"这时化缘的和尚才恍然大悟地说："是我看不起贫穷的孤寡妇人的一支铜钗和残疾人的两枚铜钱，随便将它们丢到荷花池里去了。"

住持和尚听了，摇头叹气说："你已经是出家的人了，还脱不尽势利心。财主布施千两银，也不过是他们家财产的九牛一毛；孤寡老人的一支铜钗，却是她家中唯一的宝贝，残疾人的两枚铜钱，也是他的全副家当。这两项物件的轻重，岂能小看？你们应该从此参透禅机，平等待人！"

住持和尚马上叫人从荷花池中捞出这三件铜器，并把它们投入到熔铜炉中，这次铸造出来的果然是一口好钟，而这一支铜钗和两枚铜钱的痕迹，也永远清晰地留在铜钟的面上，提醒后人，要牢牢记住这个宝贵的教训。

4. 血书华严经

南山寺有“五宝”，除了大石佛和延祐铜钟外，还有缅甸进奉的玉佛，光绪皇帝颁赐的藏经以及血书华严经。

这部用鲜血写成的八十一卷的《华严经》，笔法秀丽端正，传到如今已经有三百六十多年了，经本还像新的一样，字迹依然鲜红，闪着金光。这一宝物是怎么来的呢？

原来在明朝天启年间，天下动乱，灾祸连年。南山寺里有两个和尚，一个叫僧融，一个叫莲山。有一天晚上，他们两个人都做了同样的一个梦，梦见如来佛告诉他们说，人间将经历一场大灾大难，要立志用鲜血写经书，才能化解这一方灾难。他们一觉醒来，就立下了宏愿，要用自己的鲜血书写一部《华严经》，为黎民百姓消灾弥祸。他们的大慈大悲，感动了寺里一个名叫莲的修尼，她也自愿答应负责书写经书。三个人都决心同心协力，共同完成这项功德。

凡事说来容易做来难，刺血写经当然更是不容易。据说每次刺血写经，事前都要几天不吃盐，这样才能使血色长久地保持鲜红。一个人的血有限，不能连续刺血，每刺一次血都要休息，等上十天半个月，才能继续再刺血。僧融和莲山不怕流血，不怕疼痛，两人轮流刺血，整整经历了三年的时间，才写成了这部宝贵的《华严经》。这天晚上，经室里放射出耀眼的宝光，而僧融和莲山却在微笑中平静地圆寂了。

5. 填钟窟

古早（很早以前）时，漳州九龙江北岸的芝山脚下有一座开元寺，寺里有一口大钟，九龙江南岸的丹霞山下的南山寺里，也有一口大钟，它们遥遥相对，隔江而望，都是唐朝时代遗留下的珍贵宝物。很奇怪的是，每当开元寺的大钟敲响时，南山寺的大钟就会不敲自鸣。而当南山寺的钟声敲响时，开元寺的大钟也会自动响起来。什么原因？人们传说，原来开元寺的那口大钟是公的，南山寺的那口大钟是母的。它们不但彼此吸引，还会互相应和，而且也不知道从什么时候开始，这两口大钟还悄悄地谈起情说起爱来了。

据传，每当更深人静的时候，那口风流多情的开元寺的公钟总会情不自禁地飞到丹霞山来跟南山寺的母钟聚会，相伴过夜，到天亮前才又飞回开元寺去，就是狂风暴雨，雷电交加，它们之间的往来、相会也是从来没有间断过的。

就这样，也不知道过了有几百年。有一天，两口大钟情意缠绵，难分难舍，谈过了时辰，天已殕殕光（蒙蒙亮），开元寺的大钟才想起要飞回北岸。没想到回归途中，经过通津桥（俗称旧桥），恰巧碰到一个月内人（产妇）正在桥下清洗血污的内裤。秽气冲上天空，把开元寺的大钟给玷污了，它马上失掉灵性，翻个筋斗就掉进九龙江里，深深地埋在溪沙堆中，再也飞不起来了。

开元寺失落了公钟，南山寺的母钟整天啼哭，连声音都哭哑了。人们到处寻找，最后才发现，开元寺的大钟深深地埋在九龙江中的溪沙堆里。人们想尽办法要将它挖出来，抬回开元寺，可是无论叫多少人来抬，就是抬不起来。

有一天，一个白须白眉、身穿黄袍的老人前来指点：“要找一户有十团十媳妇的人家，叫他们同心协力，一齐出力，才能把大钟抬起来。”十团十媳妇？谁有这么大的福气呀！有人到处去东寻西探，好不容易才在南门头找到这样一户人家，大家都苦苦哀求，请他们能出来帮忙抬大钟。

这二十个人也真爽快，满口答应共同出力。他们一齐跳进南门溪里，站在水中挖大钟。没多久，大钟真的被他们从沙堆里给挖出来了。但是，当他们用麻绳、竹杠把大钟捆好，用力抬起时，有一头老是不吃力，抬不起来。二十个人“杭唷杭唷”用力抬时，一个快嘴的媳妇横了身后的青年一眼，叫道：“阿丈（即姐夫），你要出力抬呀!”这一声叫，可不得了啦。大钟突然一沉，又深深地陷进沙堆里，就像生了根一样，再也抬不动了。

原来，南门头的这户人家，其实是“九男一女”，其中有一位是招进门来当儿子的女婿。直到现在，开元寺的这口大钟，依然深深地埋在九龙江的溪沙堆里。而旧桥南端东边的沙堆里有一个深深凹陷下去、江水干涸

时像个小水池的地方就是“填钟窟”。

6. 九驴狗

南山寺大殿西北角的门边，原来有一个木龛，里面站着两尊塑像，纪念广东潮州的黄九郎夫妇。为什么要设置这个木龛呢？其中有个缘故。

以前，泉州有一出很有名的梨园戏叫《陈三五娘》，说潮州黄员外的女儿五娘，爱上了泉州的陈三，坚决不肯嫁给潮州知府的衙内，抗婚跟陈三私奔的故事。这员外就是黄九郎，是五娘的生身父亲。

自从五娘跟陈三逃跑以后，衙内天天威逼黄九郎尽快交出女儿，否则，就要对他家不客气。黄九郎无奈，只好变卖掉潮州的田厝，全家搬到漳浦县来住，并捐资建造了漳浦的“兴教寺”。

南山寺要重修扩建时，和尚特地到漳浦向他化缘，说兴建南山寺的陈邕就是陈三的祖先，请他也捐献一些资产。黄九郎慷慨答应，说等到南山寺扩建完工，他一定备办厚礼，登门祝贺！和尚问他要捐送多少物件？他说：“九驴狗！”和尚听错了，误以为黄九郎悭吝，只愿布施“九厘九”、还不到一分的银子，就不记在化缘簿上，生气地回头就走。

南山寺扩建竣工之日，庙里十分热闹，和尚们忙着

热情接待各方施主。这时，漳浦大路上尘土飞扬，锣鼓声、鞭炮声响成一片，一队由九匹驴子和九只大狼狗拖着的大车队，风尘仆仆地向南山寺飞奔而来。在寺门前，一位老人急匆匆地从车上跳下，走进方丈室，向住持和尚拱手作拜说："法师，真对不起，我来迟了，幸勿见罪。"住持和尚看了半天，也不认得这位施主是谁。等黄九郎自报姓名后，才知道他就是只愿施舍"九厘九"的吝啬的财主。和尚只在鼻孔里哼哼两声，算是答话，态度非常冷谈。

黄九郎见住持和尚如此无礼，十分愤怒，骂道："我黄九郎答应给庵庙施舍的东西，今天特地用九匹驴子和九只大狼狗拖着送来，这么多的金银财宝，难道你们还嫌少吗？我将它们倒在水里，还能听到'叮叮当当'的响声哩！"他怒气冲冲地掀开车队的篷布，喝一声："给我卸车！倒进莲花池里！"只见车上一箱箱白银和一袋袋黄金通通搬下来，全部倾倒到寺内的两个莲花池中。一阵"叮咚"声响，所有的黄金和白银一下子就全部消失得无影无踪了。住持和尚看得两眼发直，要阻拦也已经来不及了。

黄九郎赶着九驴狗回漳浦去了。住持和尚赶忙派人下到池中打捞金银财宝，但说也奇怪，却是什么东西也没有捞到。只是以后在月明之夜，人们都可以看见，这两个莲花池里隐隐约约地会发出光灿灿的金光和银光哩！

后来，住持和尚央请地方上的头面人物带着，登门向黄九郎赔礼道歉，黄九郎才答应将潮州那些卖不掉又收不回租的田地全部献给南山寺作庙产，所以南山寺建造了黄九郎夫妇的祠和塑像以为纪念。

7. 大石佛和东西塔

漳州南山寺的大石佛和泉州东西塔都是名扬天下的名胜古迹，名气越来越大，喜欢到这两个地方参观游览的人也愈来愈多。但是，以前交通十分不便，两地相距一百三十多公里，往返一次，须花费近一个月的时间。

有一次，一个漳州人要到泉州去看东西塔，一个泉州人要到漳州来看大石佛。他们两个人步行走了好几天，走得汗流惨滴（大汗淋漓），十分艰苦。一天晚上，他们在途中相遇，一同住进了一间旅馆去歇困（歇息）。饭后，他们坐在一处闲聊，大吹特吹各自的家乡和一路看到的风景。

漳州人先说："这两日，我走得脚酸手软，腰骨头几乎快要断掉了。今晚不如请你老兄将泉州东西塔的情况讲给我听，我再将我们漳州南山寺的大石佛的来历讲给你听听。这样既不要再跑那么多冤枉路，还可少花几日时间哩！"

泉州人一听，很高兴，马上点头答应，说："是呀！

是呀！这样一举两得，真是太好了！”

漳州人请泉州人先讲。这个泉州人爱谤风（吹牛），故意夸张，说：“我们泉州的东西塔有多高，你知道吗？自初一早起从塔仔脚沿着楼梯不断向上攀登，一直要走到十五暝才能走到塔顶哩！有一次，一个游客拿了一个瓦片从顶层的窗口丢出去，那瓦片从早上八点钟出手，一直到中午十二点钟才落到地上。东西塔真正是比凌霄殿还要高好几倍呢！”

漳州人听了不服气。他暗想：东西塔如此雄伟，大石佛怎能与之相比呢？于是，他也故意编造说：“我们漳州的大石佛，说起来也可以算是世上独一无二的，大得你看了都会吓一跳。它的鼻孔好像两条地道，里面的鼻毛比深山里的茅草还要多。两个耳朵在春节时可以同时演两台京戏，看戏的人围绕坐在莲花座上，人山人海，密密麻麻，水泄不通，做戏的人要用三四张扶梯相连接，才能爬上去演戏。一不小心，从上边跌落下来，没死也只能剩下半条命。”泉州人听了，暗暗吐舌称奇。

两个人你骗我、我骗你，胡说乱吹，一直讲到半暝才去睡，第二天，各自欢欢喜喜地回家去了。于是，一些关于东西塔和大石佛的谬论奇谈，也就一代又一代地传了下来。

（以上由龙海市杨澍搜集，芗城区卢奕醒整理）

1. 云洞岩的来历

传说在很早很早以前，南海观音为了装点山门，使她的佛地更加壮观，便到天庭请求玉帝赐给她两座大山。这两座大山，要一座全是石头的，一座全是土质的。

这可把玉帝给难住啦，玉帝说：“天生万物，本有阴阳，大士岂不闻孤阴不生，独阳不长吗？你要全石全土之山，这不是阴阳离决之品，天下哪有此物！”观音菩萨说：“陛下统理阴阳，普天之下，无奇不有，愿陛下不吝赐之。”

玉帝正在为难之际，坐在一边的王母娘娘侧身低声对玉帝说：“全土全石之山，如今倒有现成的两座。”“在哪里？”玉帝问。王母娘娘接着说：“早年玄玄太子在北海时，曾经天天揉泥丸为戏，及至长成，在北海已堆成一座圆山。后来，玄玄太子受封为玄天上帝时，为试膂力，曾到海边叠石为山，现存在东岩。这两座大山已受千万年日月精华，自成一格，不在阴阳之中。陛下何不顺水推舟做个人情，将此两山赐与大士？一来可使东岩圆山异地生光，

二来也可为南海观音佛门增辉。”

玉帝连连点头称许，便指定将东岩和圆山赐予观音菩萨。

观音菩萨领了御旨，拜别玉帝，回到南海便命黄巾力士去搬山。菩萨在山门上折了一枝紫竹递给力士说：“这紫竹可做扁担，把东岩和圆山给我挑回来，不得有误！”

黄巾力士立刻驾云来到东海边和北海外，把两座山放在一起挑了起来，那两座山底下早年被玄玄太子压着一公一母两只仙鹤。力士一挑起山，仙鹤一下子就飞上天。这时，天空突然雷雨交加，把力士吓得跌落云头。这一跌，把东岩掉在现在漳州龙文区的蔡坂社境内，而圆山则滑落在现在的九湖镇大洋社的地方，那紫竹扁担掉落在龙文区御路社，变成了现在的梧桥河。

黄巾力士从云头跌落下来时，双脚一蹬，一脚蹬在圆山的仙祖庙后面的石头上，一脚蹬在东岩半山腰的岩石上。如今这两个“仙脚迹”仍然遥遥相对。黄巾力士由于两只脚蹬得太开了，屁股一下子坐在现在的田璞社前，坐成了一个田璞大潭，大潭中间还留着一条路，据说它就是屁股中间的会阴隔。

黄巾力士着地后纵身一跃而起，把扁担朝现在的万松关边一插，擦尽屁股上的污泥，返身正要抽起扁担再来挑山。哪知这根扁担竟然落地生根，任他怎么拔也拔不起来。力士无奈，只得返回南海去向观音菩萨缴旨。

菩萨听完力士的禀报，合掌念道："善哉善哉！阿弥陀佛！"

不久，这根扁担居然成长成一片紫竹林。后人都说，乡里能连年五谷丰登，是因为紫竹献瑞的缘故，把紫竹改为瑞竹，万松关边的山头也就叫成瑞竹岩了。

田璞社当时还是一片原始森林，古木参天，鸟兽成群。两只从山底下飞起的仙鹤，为了逃避雷雨，双双飞到这里筑巢定居、繁殖后代。后来，岁月流逝，气候变化，原始森林逐渐消失，两只仙鹤也不知飞到何处去了。而今梧桥社边还保留着一片树林，人称梧桥林；田璞大潭边还保留着一块石碑，上书"鹤窟"两个大字。

东岩，当地人以为它是从东方来的，习惯称为"东仔岩"。相传，最早到"东仔岩"上隐居的是隋朝开皇十一年（591 年），一个自称潜翁的人。他虽然隐居山上，却常到各地云游。有一日，他云游到田璞大潭边，意外地发现一群白色的仙鹤在潭中戏水，十分喜爱，有心收养，就天天到潭边投食。久而久之，和仙鹤交上了朋友；仙鹤常随他飞到东仔岩游玩，他就把飞来的仙鹤喂养起来。当地人常听见岩上的鹤唳，所以就将东仔岩叫做"鹤鸣山"。但潜翁通过多年的实地观察，发现每天将降雨时，便有一团白云从山洞中飘出来，雨过天晴后，又收回洞中，他便给它另起了一个更为优美的名称，叫做"云洞岩"。从此载入史册，沿传至今。

（龙文区黄兰田讲述，黄建侯采录整理）

2．云洞奇观三月峡

月峡，也叫三月峡，是云洞岩胜景之一。这儿山明水秀，空气新鲜，若是夜晚登上三月峡，你就能亲眼看到这美景的奥妙。站在月峡洞口，伸手就像可以采到一朵白云擦擦汗；脚下是潺潺的泉水流淌；一眼望去，九龙江上渔火点点、闪烁光芒，仿佛天上银河掉落人间。最妙的是中秋之夜，一轮明月从东方冉冉升起，从最初的月牙、到半圆、到最后变成皓洁的圆月，柔和的清辉从石缝照进洞中。这时美妙的奇景出现了：天上一轮明月，泉水中一轮明月，石壁上又有一轮明月，三月交相辉映，洞里大放光明。每年中秋之夜，到这儿欣赏美景的青年男女，少则几十人，多则上百人。这时，他们开始放银针卜卦了：一枚枚银针放进泉水中，闪闪发亮，像一只只银色的小船，在水面上飘啊飘，有的算卜年冬收成的好坏，有的预祝婚姻的美好。

为什么月峡有这种三月分辉的美景？为什么有古老的放针卜卦的风俗习惯呢？这儿流传着个优美的故事。

传说很久很久以前，这云洞岩叫鹤峰。有位仙人住在洞里，一群群的白鹤陪伴着他。在洞外，一位少年站在崖壁上的脚手架上，跟随着石匠师傅打石凿字，他才二十多岁，不管是寒冬腊月，还是炎热的夏天，他都“叮叮当当”打个不停，为鹤峰留下龙飞凤舞的笔迹。

这个少年叫蔡二小，家住云洞岩下的东湖村。

人家说，东湖村好风光，清清的流水、蓝蓝的天，湖畔柑橘林一片连一片，园里的香蕉林接良田。但这些水果良田都是财主的，贫苦农民终年劳动，还是穿破衣、饿肚子，一到过年，家家凄凄惨惨渡年冬。蔡二小的爸爸蔡老实，给财主当牛做马，做了七八年的长工，每天扛着一百多斤的大谷袋进进出出，自己却吃着野菜粗粮，到头来还饿死在财主的粮库里。他临终时对儿子说："财主个个是虎豹豺狼，你不打他他反要咬你，今后你千万不能再进财主的家门。"

蔡二小听了爸爸的话，便上山跟着打石师傅学凿石琢字。他学得很认真，不管风吹日晒雨淋，每天"叮叮当当"，送走了春天，又送走了冬天。蔡二小在石壁上渡过十二个春天，学会了本事，也变成了一个年轻英俊的美少年。

一天，蔡二小照样天一亮就上云洞岩石壁上凿字了。白云在他的脚下飘，白鹤在他的头上飞，他蹲在竹架上凿完了一个字，感到非常满意，正打算坐下休息，忽然听到山间小道上传来"救人啊"的喊声。他不顾一切，便跑上前去看，原来是个小尼姑跌到小道下，衣服被树枝挂着，上不能上，下不能下，十分危急。蔡二小伸手救了她，她非常感谢蔡二小的救命之恩。

这小尼姑名叫苏亚柳，这年十七岁，是云洞岩后天

增岩尼姑庵的尼姑，这天她到山上的“猴探井”挑泉水，一不小心跌倒了。蔡二小安慰她一番，挑起水桶，重新到井里挑起碧净如玉的泉水，送她下山。

从那以后，每当苏亚柳上山挑水时，蔡二小便到羊肠小道来帮她，天天如此，日积月累，两人产生了深情厚意。蔡二小挑水在前面走，苏亚柳就默默地在后头跟，两人心里好像有千言万语，却总是不知从何说起。

一次，一对白鹤挡住他俩的去路，蔡二小只好放下水桶，要去赶走它们。苏亚柳说：“不要赶走它们，它们成双成对多像你和我，我们也成双成对吧！”

蔡二小是个老实人，他问：“你是尼姑啊，怎么还俗结婚呢？”

苏亚柳说：“我家住在很远很远的狮头山，因涨大水，房子被冲走了，爸爸和弟弟不知是死是活，我与妈妈才逃到尼姑庵，妈妈不幸去世，我无家可归，无奈才剃发为尼，如今，你就是我的亲人啦！”

从这以后，他俩有说有笑，常常在一起；可是谈到婚事时，总是闷闷不乐。小尼姑已经入了佛门了，该怎么办呢？有一次，蔡二小对苏亚柳说：“中秋快到了，咱们到月峡求个卦，看我们有没有缘分、能不能成亲吧？”亚柳羞答答地同意了。

八月中秋夜，天空晴朗，天上飘着几朵白云，一轮月亮从东方升起来了。他俩兴高采烈地来到月峡，等到

月亮升起来后，他们一起进入洞中。只见月光把泉水照得通亮，一泓清泉，清澈见底，他们提着两枚银针，对着月亮，默默祷告：

月亮娘娘多保佑，二小亚柳结成双。
两枚银针两个人，两人心意紧相连。
有缘千里来相会，无缘对面不相逢。

亚柳对着月亮拜了三拜，然后把一枚银针交给二小，两人脸对着脸，把银针轻轻放进泉水中，银针在水面上闪闪发光，像两只小船靠在一起，预卜他俩的婚姻能够成功。他们心花怒放，互相依偎在一起，不料忽然传来了脚步声和一个女人的尖叫声："好呀！原来你俩在这里做出如此好事。"

他俩回头一看，糟了，尼姑庵的老尼姑已站在前面："罪过，罪过，佛门子弟，岂容成双成对？你们竟敢冒犯庵规。"苏亚柳急忙向老尼姑跪下，说："不敢，不敢。"

老尼姑岂容分说？拖起苏亚柳就向洞口走去，蔡二小呆呆地站在那儿，眼含着泪花，看着亚柳背影出神。

第二天早上，蔡二小痴痴地站在羊肠小道上，等着苏亚柳来"猴探井"挑水，可是等到中午了，她没有来。下午，也没有来。蔡二小知道了，苏亚柳一定是被

关在寺内不能上山了。

晚上，月亮还没有升起，蔡二小偷偷地跑进天增岩的尼姑庵。他发现苏亚柳被关在里厢的小厝里，老尼姑还在骂着："佛门子弟，岂容与俗人结婚。罪孽啊！你不识好歹，胆敢勾搭那打石男人？嘿！没有那么容易！要结婚，除非月峡出现三个月亮。"

苏亚柳嘶哑着声问："此话当真？"

老尼姑说："当真！我是天增庵住持，讲话算数，月峡出现三个月亮，你俩就可以自由结婚。"

蔡二小听到老尼这些话，一口气奔回月峡洞里，东张西望，只见空中一轮明月，从石缝里照进洞里，直接射进泉水中，水中又出现一轮明月，啊！两个月亮，那第三个月亮在哪呢？

他坐在泉水旁，默默地叨念道："月亮娘娘啊，你保佑我俩吧，我与亚柳心连心，那银针不是也给我们美好的预卜吗？老尼姑要山洞中出现第三个月亮，我要怎么办呢？"想着想着，他睡了过去。在朦胧中，只见一个白发老人，拄着一枝龙头拐杖，姗姗走进洞里来。蔡二小欣喜万分，忙起立迎接，问道："老爷爷，三个月亮、三个月亮在哪里？老爷爷，你能帮帮忙，再赐给一个月亮，帮助苏亚柳跳出苦海吗？"

白发老人笑笑，从怀里取出一面铜镜，向月亮一照，镜中又出现一个月亮。他说："一个月亮在天上，

另一个月亮在泉水里，第三个月亮在哪里？你是磨石凿字的打石工，我可要问问你啦！”

蔡二小随口回答说：“在石上！是一面石镜。”

白头发老人说：“幸福之花为勇士而开，劳动能获幸福来。”

蔡二小信服地点头，睁开眼，白发老人已经不见了，竟是南柯一梦。聪明的小伙子蔡二小决心在石壁上磨出一面石镜！于是，他白天上峰顶打石头，凿刻大字，晚上到月峡来磨石镜。冬去春来，百花盛开，他磨啊磨；夏去秋来，他还是磨啊磨。他整整地磨了三百六十五个夜晚，功夫不负有心人，一面石镜磨成了，比铜镜还亮，能够照出他冒汗的容颜。

幸福之花果真为勇士而开。第二个中秋节到了，傍晚，他就等在月峡洞口了。月亮升起来了，一轮圆月照进洞里，映在洞里的泉水中，泉水又把月亮映在洞顶的石镜上。啊！三月分辉，天下美景此最佳。蔡二小多高兴啊！幸福时刻即将到来了！

他站在放银针的泉水旁，哈哈大笑起来，叫道：“三个月亮！真是三个月亮啊！”那响声在千人洞、百人洞中回响、震荡了！他又站在洞口高声顺带顺带喊：“三个月亮！苏亚柳啊，你在哪里？”响声传遍山谷，传向远方，传到山后天增岩的尼姑庵，山下的人们，一群群、一队队地赶来了，他们要来亲自看看这巧夺天工

的天下美景。

“蔡二小，我来了，苏亚柳在这儿呢！”原来是老尼姑听到喊声，拉着苏亚柳也急急忙忙地奔上山来了。老尼姑亲眼看到了三个月亮，她被年轻人的真挚爱情感动了。她拉着蔡二小和苏亚柳的手说：“三个月亮出现在月峡里，我今天就依照自己的诺言，同意苏亚柳还俗结婚。”

这时，月峡洞里围着一大群人，他们多么欢喜，他们看到了巧夺天工的天下奇景，更看到了勇敢的年轻人的幸福笑容。从此，每年八月中秋夜，来三月峡看奇景的人人山人海，它的优美故事也一代传一代，流传至今。

（龙文区颜国枝讲述，林跃生、金宗采录整理）

3. 猴探井与卧龙洞

猴探井与卧龙洞是云洞岩上的两处胜景，传说是孙悟空与东海龙王到过的地方。

据说，自从孙悟空借到东海龙王的如意金箍棒以后，两人结下了深厚真挚的感情，成为密友。一天，王母娘娘在云洞岩召开蟠桃宴会，他俩便相约前往赴宴，又结伴而归。可是，在归途中，孙悟空本性难移，见云洞岩四周花团锦簇，满山遍野尽是仙桃，便情不自禁地跳上树，伸手就摘。

老龙王被撇在一边，直挺挺地坐在路边生闷气。等了许久，他不见老孙回来，加上在宴会上多喝了几杯酒，他已觉得倦意绵绵，正要躺下睡觉，又怕现出原形不成体统，就在芒果树下找了个洞穴，匍匐地爬了进去，只见这个洞曲折蜿蜒，还有深溪暗谷，一个石床正好安歇，于是躺卧下去，很快就进入梦乡。

再说这老孙吃够了仙桃，定了定神，不见老龙，便在山前山后到处寻觅。走到汲玉栏处，见栏下有口深井，足有三丈余深，疑是龙王醉酒跌落，便在井边再三细探，水清如镜，猴容尽现，老孙自睹容颜，髭唇裂嘴，也甚有趣，“嘘嘘”大笑。见井中并无龙王踪影，快唤过土地公来询问，方知老龙王隐蔽在洞中安歇，于是直奔洞中，唤醒老龙王一同回家。

自此，汲玉栏又名猴探井，这山洞便称卧龙洞。至今石床犹存，胜景优美。

（龙文区颜国枝、林跃生收集整理）

4. 霞窝

云洞岩摩崖石刻——“溪山第一”对面，有一个盆地，常常有彩霞映照、流丹溢彩，颇为奇异。为此，明朝学士丰熙特地亲笔在此题写“霞窝”两字。这里还有一段动人的故事流传于人间。

据说，在很早以前，云洞岩漫山遍野长着仙桃树，桃林里住着一位英俊善良的年轻樵夫。这是个吹笛子的好手，那悠扬动听的笛声，可吹得飞鸟低栖，游鱼静沉，桃花怒放，明月穿云。

有一天，王母娘娘派仙女月霞到云洞岩来采仙桃。当她降落云端，爬到树上正想采摘时，却被一阵悠扬的笛声吸引住了。她转眼一望，是一位英姿潇洒、眉目传情的美少年。那少年吹得那样起劲、那样动听，她听得渐渐入迷了。到了临近黄昏，笛声才停了下来。月霞如梦初醒，急急地采摘仙桃，不幸从树上摔了下来，“哎哟”一声，惊动了樵夫。他循声望去，见是个体态纤弱的少女，赶忙上前将她扶起来。两人一见钟情，各自谈了他们的身世，一直谈到月亮出来，还谈个没完。樵夫帮月霞摘满了一花篮的仙桃，才依依不舍地挥手道别。

自此以后，樵夫日日夜夜盼着月霞能够再来，月霞也迷恋人间的美景和忠厚善良的樵夫。一天，月霞又悄悄地来到云洞岩，找到青年樵夫。两人互相倾诉思念之情，就此结为伴侣，相亲相爱，以洞为房，以云作帐，白天辛勤劳动，夜里男笛女歌，生活过得幸福愉快。有一天，忽听空中一声巨响，霎时，电闪雷鸣。月霞一看，知道不好了，大祸降临。

原来王母娘娘不见月霞，便取出宝镜，从云洞岩的万人洞、千人洞、鸳鸯洞……一直照到仙岛，发现月霞

已跟凡人结发为妻，便大发雷霆，唤天兵天将立即捉拿。樵夫与月霞抱头大哭，月霞沉着地对樵夫说："我已触犯天规，王母娘娘不会宽恕，今后只要你吹响笛子，我便会回来跟你见面。"说完，就被天兵天将抓回天宫去了。

从此，恩爱夫妻两地相思，樵夫每当睡到半夜，便把笛子拿出来吹响，果然，月霞闻声就会偷偷地从天宫飞到云洞岩与他相会，天亮时才匆匆地离去。后来，每逢曙光升起之时，人们总会看见一朵红霞从这风景优美的盆地飞上天空，因此就把这盆地称为"霞窝"。

（龙文区步文镇蔡树木、颜国枝、林跃生整理）

5. 云深兰香

"云深处"是云洞岩的胜景之一。这里一潭清澈碧绿的泉水镶嵌在千姿百态的岩石之间，仿佛是一颗晶莹的绿宝石。每当兰花盛放的时节，一阵阵令人荡气回肠的幽香，从洞壑深处飘散出来。这里不但以它的丰姿秀色吸引游人，还有一则悲惨的故事流传于民间。

故事发生在明朝。有一年，闽中一带遇到百年罕见的大旱，田不长禾，地不结薯，百姓四处逃荒。惠安县有一个李小兰随着她的母亲被迫外出逃生。一路踉跄前行，好不容易来到漳州，可谁知道要找的唯一亲戚却早

已携眷北迁了。李母忧病交加，扔下小兰，撒手人寰。可怜年方十二岁的她，呼天不应、叫地不灵，只好头插草标，站在东门街头卖身葬母。

这一天，云洞岩下蔡坂村的张员外正好进城，看见小兰眉清眼秀，就掏出二十两银子给她收殓母亲，并把她带回家当婢女使唤。光阴似箭，小兰在张家熬了六年，已出落得花枝般美丽。在苦水里泡大的她，不但能飞针走线、织绣缝缀，而且上山砍柴、下河挑水样样能干。

劳动中，她和在张家当长工的小伙子石松结下了情谊。他们像一条藤上结的两条瓜，共同的命运使他俩深深地相爱。一天，小兰对石松说："石松哥，男大当婚，女大当嫁，咱二人还是早日成家吧！"石松满心欢喜，连连说："对，对！我去禀告员外，求他成全我们。"这一去不打紧，却引来风波骤起，恨壑难平。

原来，张员外对小兰早就另有打算。他的第五个儿子张戆，是个远近闻名的大呆，已是三十出头的人，却总是流着半寸长的口水，摇晃着妖怪似的大脑袋，到处追逐年轻妇女。看他那个模样，谁看谁都摇头讨厌。张戆的婚事一直是张员外的一大心病。他看到石松和小兰暗自相爱，大为不悦，妒火心中烧，暗想：这小囝不识好歹，我要让他知道我的厉害！

老实忠厚的石松哪里知道张员外的鬼心肠？他满怀希望地恳求员外，却受到一顿无情地数落："你这穷小

子也想娶某（老婆）？养得起吗？小兰是我花了二十两银子买来的，加上这六年的吃饭花费，你赔得起吗？”

张员外气走了石松，立即打起鬼算盘：夜长梦多，干脆，立即让小兰与老五成婚！张戆平时就对小兰死缠不休，听到这个消息当然乐不可支。有一天，石松上山砍柴，张戆就半疯半癫地溜进厨房，对正在做饭的小兰动手动脚。小兰势孤力单，被逼得步步退后，一直退到墙角，张戆猛扑过来，把她拦腰抱住。小兰一看不好，立即抓起地上的一把火叉向大呆的脑袋砸去。那大呆怪叫一声，立即血流如注，倒于尘埃！

小兰冲出厨房，往厝后的岩上跑去，想找到石松一起逃走。这时，张员外已派家丁追了上来，小兰躲入“云深处”，但满山遍野一片人呼狗吠，她知道已难脱身了，与其再入虎口，不如以死明志！她一步一步地退到潭边，望着清凉的泉水她潸然泪下，对着岩上，她大声喊叫：“石松哥，我先去了！”然后掉头纵身一跳……

从此，云洞岩下就长出了一朵朵姿清动人的兰花，知情的人都说：“那是小兰的化身呀！”

（龙文区沈炎木讲述，芗城区郑炳炎整理）

6. 蛤蟆姑娘

在怪石嶙峋的云洞岩山下，有个村庄叫“柳营村”。村里有个农夫，姓黄名大树，自幼父亲不幸身亡，与母亲相依为命，靠打柴苦渡春秋，年近三十，尚未娶亲。他不但勤劳肯干，还十分孝敬母亲。母亲双目失明，每天鸡啼三遍，他就要起身煮饭，饭熟后端到母亲床前，侍奉她吃了饭，才上山砍柴，日日如此。

有一天，大树早早起床，走进厨房，刚要洗米下锅，却发现饭已煮熟了，热气腾腾的。他觉得非常奇怪，急忙去问母亲，母亲也不知道因由。一连三天都是这样，大树越发奇怪，难免生疑。这天晚上，他难以入眠，决心要查个水落石出。

第二天丑寅交加时，鸡一叫，他就躲进厨房，观察动静。只见豆灯一亮，一个天仙般的年轻美女，在微弱的灯光中隐约出现，皎洁的容颜、匀称的身段，很熟练地洗米下锅、生火做饭。大树看在眼里，喜上心头，不敢惊动她。他想：这是哪家的姑娘呀？怎么会跑到家里来替自己做饭呢？自己怎么会有如此福气？如果真有这样一个美丽姑娘来料理家务，不知该有多好！他的思绪翻腾，心里像有只小兔子在“扑通扑通”地跳着。突然，他看到天井中有张闪闪发光的蛤蟆皮，他顿时明白了：古时的传说中有个田螺姑娘，她莫不是“蛤蟆姑

娘”？不管她是什么姑娘，只要心地好就好，于是他轻手轻脚地悄悄走进厨房，招呼施礼。姑娘惊慌地要回避已经来不及，只好叫声：“阿哥！我念您是单身孝子，帮帮小忙，做得不好，请多包涵。”“阿妹，您的心肠太好了，你的情我心领了。若不嫌弃的话，就在这里住下来好吗？”姑娘含羞地点了点头。

从此，他们结为夫妻。家中轻活、重活，姑娘都包了下来，并且理得井井有条、有头有绪，从不怠慢。但过了一段时间，村里多舌的妇人就议论纷纷了：“大树的媳妇不是明媒正娶的，来路不明呀。”“她可能是蛤蟆精变的，会毁了大树的一生。”这话传到大树母亲的耳朵里，老人家心不安，整天唠唠叨叨、指桑骂槐，经常无端指责、奚落姑娘。常言道：“大家（婆婆）有嘴，媳妇没话”。开头，姑娘一再忍耐、逆来顺受，也从不敢对大树提起。时间一长，风言风语越传越多，她再也无法忍受下去了。有天晚上，她只得穿上一身白衣裙，含泪告别大树，连夜上了云洞岩，大树怎么留也留她不住，只得常常悄悄地在夜里去找她，给她送点好吃的东西。

有好事者一口咬定大树的媳妇是白蛤蟆精变的，龙溪县志还把这件事记载了下来，流传至今。

（龙文区步文镇杨树人讲述，颜国枝、林跃生记录整理）

7. 婢女坑

婢女坑，深又深，

穷人见了泪淋淋。

漳州风景区云洞岩，风光秀丽，景色美妙，它的一花一草一石，无论是鹤鸣峰、碧云洞、三月峡，还是得朋石、仙脚迹、仙樵洞等景物，一景就有一个动人优美的故事。这里单说一个婢女坑吧。

从前，云洞岩叫鹤鸣峰，峰下有个蔡坂村，村里有个大财主，名叫蔡大星。他为人阴险毒辣，好话说尽，坏事干绝，东街抢人家的店铺，西村霸占人家的房屋，北溪侵占人家的田园，南坑奸淫人家的媳妇。自己家里有三妻四妾，还要带着家童到处寻花问柳，见一个就抢一个，不知残害了多少良家妇女，方圆几百里的老百姓，对蔡大星莫不恨之入骨，背后骂他“蔡色鬼”。

有一年，闽南正是赤日炎炎的大旱天，老天爷二百多天不下雨，田野稻禾枯焦，连青草也枯死了，老百姓饿死不少，蔡财主家米麦满仓，却不肯拿出半粒米粮来救济贫苦的百姓。

这时，从外乡流落来父女二人，父亲是个打拳卖膏药的北方大汉，小姑娘却只有十二三岁。他俩饿得皮包骨头，挨家讨点残菜剩汤度日。这一天，他俩来到蔡财主的门口求乞讨吃，蔡财主家的狗咬得小姑娘衣破血流，

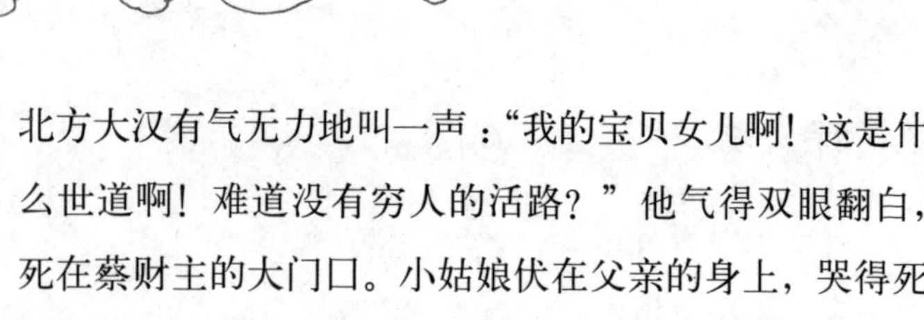

北方大汉有气无力地叫一声："我的宝贝女儿啊！这是什么世道啊！难道没有穷人的活路？"他气得双眼翻白，死在蔡财主的大门口。小姑娘伏在父亲的身上，哭得死去活来。过路的百姓劝着说："小姑娘，还是料理后事要紧，哭有什么用啊！"

小姑娘身上一文钱也没有，她只好求大家帮帮忙，她愿卖身葬父。

蔡财主的漆黑大门开了，从里面走出一个肥头大耳的胖人，他就是蔡色鬼。他假装同情地问一声："小姑娘，你哭什么啊？"

"我爸爸死了，他三天三夜没吃一口饭。"

"你家还有什么人？"

"我家在很远的黄河边，因黄河闹大水，弟弟、妈妈被大水冲走了。我……我一个亲人也没有啊！"小姑娘哭得更伤心了。旁人也为小姑娘的身世而流泪。

蔡色鬼见状就从身上掏出一锭银子，假惺惺地说："小姑娘，这钱拿去料理你父亲的后事吧！今后给我干活，包你有吃有穿，不用在外挨饥受寒。"

小姑娘赶快跪在地上，对蔡财主拜了三拜，感谢他的救命之恩。老百姓们却暗暗地叹惜："又一个姑娘落进鬼门关了。"

小姑娘在穷苦百姓的帮助下，埋葬了父亲，随后进了财主家当婢女。她起三更，睡半暝（夜），一天两头见星星。当婢女的日子真可怜，吃的是菜尾剩饭，睡的是厅边厨房。真是：

世上最惨当丫头，
喂猪煮饭忙到头，
吃不饱来穿不暖，
讨气受骂挨拳头。

小姑娘一人在蔡财主家干着三四人的活，天天还要受气挨骂，常常一个人躲在花园里哭泣。只有当长工的二宝同情她。二宝也是穷苦人，他父亲扛石头被石头压死，母亲在江边洗衣服被水冲走，因交不起蔡财主的田租，被财主逼来当了三四年长工。两个孤苦人同病相怜，互相同情，二宝常帮她舂米、劈柴，她就帮二宝补衣、洗衣裳。又过了两年，小姑娘长成了美丽的大姑娘，她叫春花，真的比春天的花朵芳香鲜艳。二宝也成了个漂亮的小伙子，他正当年轻力壮。

有一天，二宝去插秧，春花去送点心，二人偷偷在田边相会，互相依偎着，眼睛对着眼睛。二宝说："咱俩还清欠债，就逃出这鬼门关，往后我耕你织，过着快快乐乐的日子。"

春花对着这有心的老实人，点头答应了。他俩日夜拖磨，就只等那自由自在的一天早日到来。

可是，蔡色鬼也起了歹心，他的贼眼老是盯着春花已经丰满的胸脯。有一天半夜，春花在磨房磨麦，蔡色鬼带着酒味，摇摇晃晃地冲进磨房，死皮赖脸地对春花说："我家财物样样有，只要你顺从我，要吃要穿由你挑！"

春花闪在一旁。她愤怒地盯着这个大头大脑的色鬼，愤恨地说："姑娘歹命不敢当！花鹿肥猪不同群。"

蔡色鬼吃不到天鹅肉，指着春花姑娘骂道："你不识抬举，总有一天要叫你低头！"

蔡色鬼走后，春花越想越心慌。这是个心狠手辣的人，他什么见不得人的阴谋不敢做？只怕对二宝要下毒手了。果然，蔡财主叫人传话给二宝：只要能把春花让给他，要金给金、要田给田。二宝也是个硬汉子，他说："若要春花嫁财主爷，条件说来也简单，只要太阳从西方出来，公鸡生蛋马生翼。"

蔡色鬼听后咬牙切齿，在一个忽晴忽雨的日子里，当二宝上鹤鸣峰放牛时，他叫人趁二宝没有防备，从后面一推，把二宝从鹤鸣峰顶的石崖上推下去。二宝跌得头破血流，一命归阴。

春花听到消息，哭得死去活来。醒来时，才知道财主已给她穿上红衣裳，牵灯结彩、喜气洋洋，当夜就要春花成亲。事到如今，她真是进无路，退无步，怎么办？她记着二宝的话："财主是只恶老虎，你不杀他，他会吃人！"

春花思谋着如何巧计报仇。她假装顺从，梳妆打扮，头插一朵白茶花，假装对着色鬼媚笑，把喝得醉醺醺的财主爷扶进洞房。进屋后，春花又提起锡酒壶，对蔡财主连灌九大杯，使他醉得像死猪一样，一躺倒就不知人事了。

春花听到蔡色鬼鼾声如雷，拉过棉被把他蒙头盖上，又把洞房里的双喜大烛、灯油，全部倒在狗财主的被上，点上火，然后跳出窗外，穿过后花园，便上鹤鸣峰去了。

春花走到山上，回头看到蔡财主家已烧起熊熊大火，估计蔡财主一生抢来的金银珠宝，连同蔡财主本人，都已变成一堆火炭。

春花走上鹤鸣峰，发现一个洞，好像二宝在那里，她就激动地跑过去，不料，只听见“噗通”一声，她掉进了泉水坑里溺死了。后人为了纪念这个可怜的婢女，就把这个坑叫做“婢女坑”。

（龙文区步文镇蔡树木讲述，汤吴汾整理）

8. 仙樵洞

云洞岩的朱子祠附近有个仙樵洞，传说是樵夫与神仙对弈的地方。

那是很久以前的事。有个樵夫常到云洞岩打柴，他是象棋高手，许多人都成了他的手下败将。有一天，他

上山砍柴，看见一只野兔，洁白如雪，非常可爱。他正想去抓它，小白兔却逃入了一个石洞中去。樵夫放下柴担，走进洞里，却不见野兔，只有一位身着灰衣、两鬓斑白的老人坐在石桌边打盹。

樵夫走上前去，瞥见石桌上有一盘象棋残局，他立即仔细观察起来，知道这是一盘江湖上流传着的屡战屡和的“七星聚会”棋局。它杀机四伏、险象环生，招招有环套，步步是陷阱，变化无穷，十分复杂。正看得出神，老人睁开眼睛，问道：“少年家（小伙子），有兴趣吗？”

樵夫审度了片刻，鞠躬应道：“师傅请了。”随即，他拿起红炮平四叫将。老人忙平卒抵炮。樵夫进兵，老人退将。顿时棋盘上，楚河汉界，烽烟四起，杀声震天。老人手握百年定式，进可攻、退可守，走起来胸有成竹。樵夫精通兵法，通韬略，填陷阱，解圈套，滴水不漏。经过五六十回合的厮杀，双方伤亡惨重，棋盘上只剩下车兵对车卒，和局已定。老人站起来说：“好小子，棋艺非凡，堪为敌手。”说罢，不见其人。樵夫知是神仙，连忙下拜。

樵夫走出洞口，看见尖担已成朽木。原来人间已经百易春秋了，回到家中，人们都不认得他是谁！为此，人们就在那个洞书写上“仙樵洞”三个字留为纪念。

（龙文区林跃生搜集整理）

9. 白蛤蟆

白蛤蟆是云洞岩的特产。夏天到云洞岩旅游的人，一定要到千人洞去看看白蛤蟆，不然，你去云洞岩可算是白去的。为什么呢？因为在别的地方，蛤蟆不是青色的，就是灰色的或黑色的，唯有云洞岩的蛤蟆是白色的。它有一双红眼睛，走路很慢，一摆一拐的，云洞岩的山脚下至今还流传着它的故事。

据说在云洞岩上，有一个活动的石门，三千年才开一次，门里面有个金银珠宝洞，有看不完、数不尽的珍珠、玛瑙、碧玉、黄金和白银。这个洞像口井，深不见底，据说投下一块石头，吸完两支香烟，还没能听到它的回声。要有福气的人才能进到这个洞里，并且拿些金银珠宝出来；贪心的人进不了洞，怕死的人也进不了洞。

云洞岩下的东湖村，曾有过一个穷苦的农民，名字叫黄一甲。他家里有六口人，妈妈、妻子和二儿一女，靠替地主蔡歪才种三亩沙田生活，过着半饥半饱的日子。这一年，老天不作美，大旱一百五十多天，云洞岩下的东湖、蔡坂、天宅一带，泉水都干了，稻苗都死光了，农民家家受饥挨饿，有的去逃荒，有的卖儿鬻女来度日。

地主蔡歪才心毒如蛇蝎，整天寻欢作乐，酒喝得两眼通红，走起路来八字脚，左右摇摆。他眼看佃户交不

起租子，就带着狗腿子，走东乡、到西村，到处讨租要账。来不及逃走的农民，家里东西都给抢光了，逼得有的上吊、有的跳溪，或用卖儿女的钱顶租。

一天，蔡歪才来到黄一甲家里逼租，他一家六口人已吃了三天野菜地瓜藤了，哪来的钱交租？蔡歪才不容分说，把全家人赶出家门，强拿两间旧房子顶租。

黄一甲只好带几件破烂家具，到云洞岩寺庙厢房住下。这一夜，在淡淡的月光下，三个儿女喊饥叫饿，老婆低声哭泣，一甲愁眉苦脸。秋夜已有些凉意了，他们把唯一的破棉絮让给老妈妈和三个儿女，夫妻俩只合盖一件破单衣，许久许久都没法入睡。

忽然，黄一甲感到有人在他身上推了一下，他睁眼一看，一位白发的老公公慈祥地站在他面前说："你是个老实的种田人，别难过，我带你去珍宝洞取宝吧！"

黄一甲立刻翻身站起来，跟着老人走过一条弯弯曲曲的小路，来到一个山洞前。老人用手一指，唱道：

珍宝洞啊把门开，
今天要你献宝来，
善人珠宝由他抬，
恶人珠宝压胸怀。

这时，一扇门立即"咿呀"打开，眼前出现一条石

阶路直通洞里。老人带着一甲往下走，只见金光闪闪、珠光灿烂，珍珠宝贝不计其数。老人递给一甲一只布袋说：“你去拿吧，要多少金银多少珠宝，你自己拿。”

黄一甲只拿了一口袋珍珠和金银，就和老人一步步从台阶走出洞口。转身一看，石阶路忽然不见，洞门也“咔嚓”一声关上了，恢复了原来的样子。

白发老翁对黄一甲说：“我就是珠宝洞的主人，只有勤劳善良的人才能得到我的财宝，贪心作恶的人永远也别想！你回家去吧，祝你一家幸福平安！”

黄一甲回到云洞岩的厢房，告诉母亲和妻子所看到的一切，一家人都非常高兴。他们一起商量决定，用这一袋金银财宝帮助云洞岩下所有受苦的农民，交纳所有的田租、赎回各人的儿女，也讨回并翻修了自己的两间破房子。大家一起安居乐业，过着安定快乐的日子。

蔡歪才听到消息就带着狗腿子冲进黄一甲的家里，急急地责问：“你给穷人的金银珠宝哪里来的？”

黄一甲忠厚老实，他不敢隐瞒欺骗，把事情经过一五一十讲了出来。蔡歪才一听笑嘻嘻地回到家里，吃饱喝足后就带着三个得力的狗腿子、带着一床破棉被和几只大袋子，来到云洞岩的破厢房装穷人。他故意穿得破破烂烂，盼望着白发老人早到来。

他右等左等，心里急得要命。直到月挂西山的下半夜，忽然有人拉住他的手，他惊叫一声，立刻爬起来。

只见眼前正是他想得要命的白发老人。他非常高兴，立刻拉着狗腿子一齐下跪，一拜再拜。

白发老人严厉地问："你们到这儿来做什么？"

蔡歪才假心假意说："我们几个穷兄弟，已经饿了三天三夜了，求求老人，赏赐一些金银珠宝给我们吧!"

老人生气地说："那好吧，你跟我去拿吧！"

蔡歪才和狗腿子跟着老人，走过羊肠小道。一路上，老人平安无事，而他们却跌了好几跤，弄得头破血流脚肿。

来到珍宝洞前，白发老人用手一指，唱道：

珍宝洞啊把门开，
今天要你献宝来，
善人珠宝由他抬，
恶人金银压胸怀。

石门"咿呀"一声开了，洞里仍然出现一条梯形石阶路。蔡歪才和狗腿子跟着老人下到洞里，只见金光闪闪、珠光灿烂。蔡歪才心太贪，拿了银子又想多拿金子，拿了珍珠又想多拿碧玉，恨不能把所有的金银宝贝都搬回家。他们拼命拿、拼命装，很快装满了四只大口袋，连衣服的所有口袋也都装满了，要走也走不动了，才不得不罢手。

白发老人先走出洞口，蔡歪才和狗腿子四个人扛着四大袋沉重的金银财宝走上台阶，摇摇晃晃都快跌倒了，也不愿停下脚步、减轻重量。好不容易快走到洞口，天也快亮了，前面已经出现霞光，忽然石阶崩塌、石门也“呯”地一声关死了。蔡歪才和狗腿子滚到深深的洞底，被金银珠宝压死了。白发老人也不知何时不见了。

过了不久，云洞岩的千人洞中便出现了四只白蛤蟆，红眼睛，四只脚走路一瘸一拐的，人们都说，那是被金银财宝压坏了腿的蔡歪才和他的狗腿子变的。

（龙文区蔡树木讲述，黄步文整理）

三、石室岩与龙裤祖师的传说

1. 五年只学一句经

石室岩的创建者“龙裤国师”，也被称为“龙裤祖师”，姓郭，法号云樵，是明朝神宗年间（离现在四百多年）龙溪县三峰山石室岩的得道和尚。他家在步文乡山头顶社崎下桥庵，自小种田，家庭困难，无钱念书。出家后，因不识字，靠死背硬记，学经五年，只会念一句：“阿弥陀佛！”师父认为他天资太差，难于教化，背后对人说：“这样的人当和尚，如能得正果，那石卵也能煮成芋头来吃！”意思是很难办到。

他在崎下桥庵当和尚，任务是砍柴与挑水，供给全庵二十个和尚食洗之用。他做事勤勉，每天天未亮就起床挑水，挑满三大水缸后，吃完早饭，就拿着扁担镰刀，上山砍柴。他待人和气，崎下桥庵里的和尚都对他很好。民间一句俗语说的好——龙裤祖师非凡人，五年只学一句经。

2. 山鸡引入石室

从云洞岩的山后翻过三座小山，拐过

三个弯，越过三条涧水，就可以来到风景优美，鲜花盛开的地方——三峰山石室岩，这里便是龙裤国师当年得道当和尚的地方。人们说：石室岩是螃蟹穴，那石屋顶像螃蟹外壳，旁边的大石是它的大拇指，室前山涧是它的出水池。

一天，云樵和尚上山砍柴，因为湿柴他从不砍，只好满山遍野找干柴，从这山跑到那山，跨过一个山涧又一个山涧，才找到一个林密柴多的地方。砍完柴，要回崎下桥庵时，忽然天空黑云密布，一阵大雨就要下来了。他想找个地方避雨，忽然看见一只美丽的山鸡“咕咕咕”地在前面跳跃着，太美了，他就跟上前去，被引到一个人迹罕至的地方。

他放眼四望，真是个好地方，大自然巧夺天工，一块大石头就像一片瓦，盖着下面几十方丈的地方，能住几十个人，不会被雨淋到。这不就叫石窟吗？四周树林浓密，山泉从前面潺潺流过，风景优美，空气新鲜，又是坐北朝南，像个山窝，西北风吹不进，肯定冬暖夏凉，可以说是“向阳门第春常在”。郭云樵越看越喜爱这个地方，就想在这儿盖个岩寺。刚好有个云水师傅从远方前来，云樵带他来观赏风光，也称赞说：“你真有眼力，这是个幽静的拜佛念经的好地方！”这正是：“有情山鸡引凤来，三峰石室风光美。”

3. 有志者事竟成

云樵和尚下决心利用石室岩的石窟建岩寺。每天上山砍柴割茅，他就多砍多割一些，放在石窟里，然后慢慢地搭棚砌砖，先有个安身之处。一天他对崎下桥庵的师父师兄说："我的决心已定，要迁到石窟去，专心念经拜佛。"于是，他就来到这个不杂人间烟火的世外桃源，在山上种些芋头地瓜艰苦渡日。

崎下桥庵的师兄、师弟三番两次来探望他，送些米粮、水果等食品，劝他回去。他笑着说："我已上山了，就不再回去了。"意志坚定。

后来，在霞州村的外甥知道舅舅在三峰石洞出家，过着艰苦的隐居生活，带上不少食品和布匹，也来再三劝他回去，他只收下食品，不收布匹。外甥放下布匹，挥泪而别。

云樵和尚不顾一切，每天打钟念经，一十三年过去了，布匹已变成了一堆尘土。

4. 石卵香如芋

有一次，山下卖杂货的货郎挑着货担，手摇货郎鼓，"叮冬叮冬"，爬山涉水，路过石室岩。正值天下大雨，他就到石室里避雨。当时货郎肚子饿了，看着和尚打钟念经。

货郎问：“师傅，你处有供中午饭吗？”

和尚答：“有的。你到这山泉水涧里去捡些石卵拿给我。”

货郎说：“可以，可以。”他在山涧里捡些小鹅卵石，洗净后交给和尚。

和尚亲手将它们散铺在小铁锅里，加些水，盖上蒸笼，双手合十，喃喃念经。货郎把柴放进灶里，烧起火来。他感到十分奇怪，这个穷苦和尚，不知要使什么法术？他不敢问。不到一个时辰，蒸笼里传出了芋头的香味了。

和尚掀开蒸笼说：“芋头熟了，请吃吧！”

货郎掀开蒸笼，只见满锅芋头香喷喷的。刚才的石蛋哪里去呢？他十分惊奇，用手指一压，芋头果然熟了，烂如泥。两人坐下来同食，其味香美，货郎越吃越喜欢，狼吞虎咽，连吃三大碗。

和尚说：“今后你可常来吃芋头，但千万别告诉别人，这是个秘密，只许你知道，不许外传。”

5. 进京做功德

云樵和尚为广结善缘，在距离石室岩两里处的万松关官路边的八角亭里，一连三年设点供奉清茶，南来北往的行人口渴了，可以停下来白喝清茶三碗，免

付一文钱。

当时，正逢万历皇太后归天，托梦给万历君，要他敬请有德高僧为她做功德。万历君命朝里通天监占卦，天下高僧出在什么地方？通天监说："臣每天观天象，闽省常盖一道祥云，高僧应出在闽省。"万历君发出诏书，恳请闽省高僧来京城，为国太做功德。

漳州有名寺院南山寺，高僧云集，便一起赴京。他们路过万松关歇脚，休息喝茶。

云樵问："你们要到哪里去？"

众僧答："要去京城为圣上母后做功德。"

云樵说："我出生以来，还未见京都的繁华街市，我跟你们去好吗？"

众僧说："你不会做功德，去京都做什么呢？"

"我不做功德，帮你们挑行李、背经书总行吧？"众僧同意之后，云樵就一路同行进京，他一路都是干些挑担这样的苦力重活。

6. 地下有金刚经

他们一行人晓行夜宿，走了七七四十九天才到达京城。

当时，万历君派一队御林军把守城门，凡福建去的僧人，都一一从新城门进入，进城门后每人发二百两纹银，命他们返回福建。

只有云樵一人，在新城门前跪下朝拜，喃喃念经。

守门人问："为什么不进门去呢？"

云樵答："地下有金刚经。"

连问三次，都没别语。

守门人赶快入城面奏皇上。万历君大喜，说："他就是我要找的得道高僧。"

万历君从其他城门出来迎接云樵和尚，问："为什么不进城门去呢？"

云樵还是回答："地下有金刚经。"

云樵和尚巧妙地翻了个筋斗，以头作脚，跃身入城。

万历君令守门人取出城门下埋着的四十八部金刚经。

万历君说："我为检验来京的人是否高僧，故以此法，若非高德之僧，哪会知道地下有金刚经呢？"

万历君下令全皇城庆祝三天，大街小巷都点灯结彩，令文武百官第二天在皇宫拜见法师，谁也不准不来。又令八个宫女为和尚洗身，和尚不肯，宫女说："这是皇帝的命令，你不洗身，我们性命难保！"宫女身穿素衣，婀娜多姿，芬芳异常，云樵和尚看都不看一眼，默默地念着："阿弥陀佛，阿弥陀佛！"他坐在洗浴盆里，任人洗身。当洗其下身时，多次摩拭，男根不现，仅如一堆旋螺形，因奏皇上。皇上见其寂然不动情欲，赞其是世上少有的圣僧。

7. 龙裤赐国师

第二天，云樵法师坐在高高的祭台上当主祭，为皇太后念经超度。四十八个和尚帮忙念经、司钟鼓。一时皇宫内烟雾阵阵，钟鼓叮冬，经声和鸣。万历母后灵位安在高达数丈的台上，云樵和尚手挥大招魂幡，连挥三次，幡旗飘飘。

云樵法师唱道："我本不来，是汝所爱，连根拔起，超升天界，阿弥陀佛……"

这时万历帝及皇后，身穿白衣，头包白头巾，跪在台下行礼。忽一阵祥云飞起，有声呼叫："我的儿啊！感谢圣僧超度。母亲要去了！"万历君一时悲咽泪流无话，举头望着皇太后飘飘而去了。

法事圆满成功，万历君手携云樵和尚步下法坛，心中感激，叫宫女端十盘珍珠宝物要赐赠法师，法师摇手不收。皇上又派人拿来紫衣法具，法师也摇头不纳。他什么都不要，眼睛紧紧盯着万历君穿的一条裤子。

万历知道他喜爱龙裤，立即回房将龙裤脱下，赐赠给他，并赐他"龙裤国师"的法号。

当天中午，皇上请"龙裤国师"素餐，每人吃一碗素食——面线汤。云樵和尚坐在皇宫的大圆桌上，接受满朝文武百官瞻仰朝拜。他身穿龙裤，身披大红和尚服，遍身光彩照人，双手合十，唱道："阿弥陀佛，大家免礼，阿弥陀佛，大家免礼。"

8. 神通运石塔

当天下午，万历君与龙裤国师同游御花园，花红柳绿，小桥流水，云樵和尚看见园中有个石塔，镌上佛名法号。

和尚手摸石塔，仔细观看，无限喜欢，万历君知道和尚喜爱这个石塔，就说：“你喜欢石塔，我派人运去福建赠送给你。”

和尚说：“十分谢谢皇上恩赐，你不必派人运去，我自己带回去就行。”说后，一伸出手，石塔立即飞入他的袖中。然后他脚踏祥云，飞离地面，返回福建三峰闲云石室岩。

9. 佳话传千秋

当天，龙裤国师回到石室岩。把石塔安放在石坑上。人们说：“那就是神运石塔。”

后来，江西有个罗状元，来石室岩拜国师学道，法名念庵，在石室三年，被授以经文，因师不识字，唯口头传教，凡口授的，都无文字记录，所以现在无记录流传下来。

过了几年，有一天，龙裤国师知道自己归天的时刻到了，就及时沐浴，念佛圆寂。

原龙裤国师家乡的亲人，念他没娶妻没子女，在他

生前就替他四方收纳义子一千多人。他们闻知龙裤国师去世，急来争取真身，曾诉讼至官庭。官庭出面调和，作两具棺木，一具装真身，一具装龙裤、遗物。两棺一样重量，一样颜色，难于分辨。让亲人先挑选，他们挑着龙裤、遗物而回。

后来，真棺木葬于本岩之东，因年代久远，无法查清。现在只有神运石塔还在石室岩前坑底，塔底三层石阶，塔身四片大石，刻有“保国佑民”四个大字，塔峰为几瓣圆形。

（以上均为龙文区步文镇黄阿怀、黄海洋讲述，黄步文整理）

四、白云岩与朱熹的传说

1. 白云岩上的八景

朱文公在漳州做官时，竭力主张要“节民力，易风俗”。他热心创办书院，施行教化，达到移风易俗的目的。他离任后，并没有回到江西老家去，而是自号晦翁，搬到漳州城南乡风景秀丽的白云岩住下来著书立说，批注《论语》《大学》《中庸》《孟子》这四部被称为《四书》的书。

白云岩在漳州城东南二十华里，背倚苍翠峻拔的紫阳山，面向屈曲蜿蜒的九龙江，风景秀丽，视野开阔，使得这块弹丸之地成为历代文人墨客向往流连的去处。它还跟九龙江北岸的云洞岩遥遥相望，一座是土山，一座是石山，是漳州有名的姊妹山。白云岩上，古树参天，清静幽雅，朱文公在这里写书做学问，来向他请教的人很多。他决定接受人们的请求，在山上修建一座书院，作为读书讲经的地方。

白云岩上原来僻静荒凉，朱文公上山后带领家人，自力更生，垦荒种植，一步一步地将这里建设成为树木葱茏、环境幽静的名胜，有了“白云深处”的美称。他

叫人在刚上山的地方，摆上一块大石头，上面镌刻着“与造物游”四个大字，又亲笔在两边写上：“地位清高，日月每从肩上过；门庭开豁，江山常在掌中看”的对联。

以后，他又带领家人在山上陆续开辟了八处景点：

其一是他看到寺后面有一棵梧桐树，树干高大，枝叶茂盛，只有树顶中央有一个地方不长枝叶，每当月轮升上树梢时，月光从这缺口处照到庭院地上，庭下如积水空明，梧桐树影婆娑，斑斑点点，纵横交错，形成清幽的景色、独特的景观，他就将其称为“桐荫漏月”。

其二是寺后有两棵松树，枝叶交叉盘错，清晨或黄昏，清风轻轻吹过，那些重迭的松枝互相摩擦，发出“叽叽喳喳”的像小鸟说话的声音，有如天籁，他就将其称为“松关鸟语”。

其三是他听说很久以前，寺庙里原来没有水喝，人们上山往往干渴得半死。后来一位住持僧就到山后，用锡头的禅杖，在山坡上凿出一个泉眼，让清冽的泉水从中喷出，他又将一根又一根大竹的中间凿空，让它们支支相连，把泉水接引到厨房里的石缸中以作饮用。石缸水满了就溢出来流入地沟，他就将其称为“卓锡飞泉”。

其四是他每天傍晚都站在书院门前远眺九龙江，只见悠悠的远方，青山如带，绿野平阔，在晚霞夕照之

下，平静如练的溪水缓缓东流，江中白帆点点，还不时转换船帆的方向，风景如画，使人心旷神怡，他就将其称为“晚浦归帆”。

其五是他在寺庙的旁边开辟了一个花果园，亲手栽种了各种奇花异卉、四时瓜果，春夏秋冬，一年四季，园里都有令人满意的瓜果供人采食，他将其称为“意果园”。

其六是寺庙四周原来杂草丛生，荒芜杂乱。他发动家人一齐动手，规划平整成为平坦宽敞的坪埔，四周种上各种花草，还修建了一座凉亭，供人们休憩赏景，他将其称为“百草亭”。

其七是在百草亭的东边有一个小池塘，原来水清见底，朱文公每天读完书，写好文章以后，就喜欢在这里清洗笔砚，日子一长，池底的泥土都变成黑色的，大家都其称为“洗砚池”。

其八是百草亭边的那个坪埔，其西北角面临一个深渊，其边上刚好有一个完整的长方形的大石挡在那里使山坡不会崩塌。人们常常惊叹：怎么这样巧，哪里飞来这块大石头呢？于是就称其为“何有石”。

这些景点，文人墨客登山拜访朱文公时，都会顺道游览观赏。四乡百姓也络绎不绝，前来登高揽胜。

2. 何有石

漳州白云岩“八景”之一的“何有石”还有这样的一种传说：

原来，自从朱熹在白云岩上建起了紫阳书院，漳州的举人学子都会在上京赶考之前，带足路费、行李，慕名到白云岩来聆听朱文公讲解经书。

这一年，又是京城开科之年，朱文公又在书院里开讲《四书》中的“诚意”章。四方学子爬山越岭、渡关涉水赶到白云岩，听朱文公讲经。因为前来听讲的举子非常多，小小的书院里都坐不下了，朱文公只好把讲经的地点临时改到百草亭前大坪埔的草地上来。朱文公手捧经书，坐在高处，逐章逐句逐字地讲解。学子们里三层、外三层地坐在草地上，将朱文公团团围住，个个聚精会神地认真听讲。

这时，有一位举子刚刚从漳浦县赶到。他看到朱文公已经开始讲经，深感失礼，就随便在入口处的台阶上坐下来听讲，不敢往里挤。朱文公引经据典，设喻举例，深入浅出，讲古论今，讲得非常贴切生动，引人入胜，就连往日如涛如浪的山风、婉转啼鸣的百鸟、潺潺作响的山涧，这时仿佛也都停止了喧哗。众举子茅塞顿开，疑难全消，文理大进。漳浦举子收益更大，他非常用心听，可是由于距离太远，听不清楚，他就不自觉地一点一点地往里挪动。

这个坪埔的西北角有一个缺口，下面正对着一个很大的坑垅，要是掉下去，没死也要去掉半条命。大家纷纷靠里坐，坐到这个地方的人自然也就少了一些。漳浦举子全神贯注，听得入迷了，无意中看到这里人少，也就慢慢地一直往这个地方挪移。移来移去，最后他就移到了这个坪埔的缺口上。这里有一块大石头正对着朱文公，比前面的空地也略为高一些。他就坐到这块大石头上听讲，对朱文公讲课时的表情与动作，看得特别真切，听得特别清楚，他觉得很满意。他就一动也不动地坐在那里认真听讲，直到朱文公讲完了“诚意”章，他才放下了书本，揉了揉酸涩疲倦的眼睛，站起来伸展一下酸痛的腰腿。这时他回头一看，才如梦方醒，吓出了一身冷汗，多危险啊！背后是个大缺口，正对着深不可测的大坑垅，要是稍不小心，转个身掉下去那就什么都完了！他自言自语地惊问：“怪哉！怪哉！此石何有？何有此石？”

这个漳浦举子姓何名有，上京赴考，果然金榜题名。人们对他这种专心致志、认真好学的精神印象深刻、十分感动，就在他坐过的这块大石头上刻下了“何有”两个大字，这块大石头也因此叫“何有石”，被列为白云岩的八景之一。

（以上二则由龙海市杨澍讲述，芗城区卢奕醒整理）

1. 义士丰碑镇奸佞

木棉庵在漳州城南二十五华里，九龙岭的山口前不远的地方，旧称木棉铺。庵外有株古榕树，绿荫覆盖着一块长方形石碑，约有一丈多高，四尺多宽，上刻“宋郑虎臣诛贾似道于此”十个大字，原碑是明代征倭将军俞大猷平倭经此时所立，但已断了，只余上半截；现存这块石碑乃乾隆年间龙溪知县袁本濂临摹原碑字体重立的。

碑右立一块诗碑，镌刻前人七言绝句一首，诗云：

当年误国岂堪论，
窜逐遐方暴日奔。
谁谓虎臣成劲节，
木棉千古一碑存。

碑左侧又一方碑，是近代人刻写的木棉亭记，记载建立石亭、维护石碑的始末。碑的前面屹立一座长方形的八柱石亭。历代骚人墨客到此凭吊遗迹，无不赋诗讴歌宋义士郑虎臣为国除奸的壮举，同时也口诛笔伐祸国殃民的奸贼贾似道的滔天罪行。所

以这里既是忠臣义士的记功碑，也是奸臣逆党的耻辱柱。

2. 纨绔子弟充权臣

提起贾似道，谁不痛恨这个偏安杭州时南宋小朝廷的大奸贼？他的父亲贾涉就是个师承秦桧的“主和怯战”的投降派，只因他贡献女儿给理宗得宠，才被提携起来，官封制置副使。贾似道袭承父荫，也在临安（即今杭州）过着花天酒地的生活。他从小就是个浪荡团，不知诗书，只爱狂嫖滥赌，夜夜在西湖花船上鬼混，日日在青楼里销魂。

有一天深夜，理宗皇帝在皇宫的高楼上眺望，只见西湖里灯火辉煌，彩船上传来阵阵管弦乐声，就生气地问左右道：“这么晚了，是谁还在西湖里寻欢作乐？真是‘商女不知亡国恨，隔江犹唱后庭花’。”左右内侍只好如实秉告是贾国舅。理宗皇帝一听是他最宠爱的贾贵妃的兄弟，也就不好责备了，便说：“我也早猜想到会是他的。”于是，有个善于察颜观色的老太监，趁机阿谀奉承地说：“贾国舅年轻有为，是个不可多得的国家栋梁之材，只因未能大展鸿图，只好暂且放浪形骸，游乐在西湖青楼间，藉以排遣胸中郁闷。”

理宗一听此话，龙颜大喜道：“这倒是朕委屈他了。”回宫跟贾贵妃一商量，第二天上朝，就降旨擢升贾似道为右丞相。从此他就官运亨通，青云直上了。

3. 投降丞相庆“凯旋”

开庆元年（1259年），忽必烈率领蒙古大军进犯江南，想要一举消灭南宋。临安城内朝野震惊，纷纷上折，请求朝廷起兵抗元。贾似道万般无奈才领旨以右丞相的官衔，领兵去救鄂州。贪生怕死的贾似道，平生只懂得吃喝嫖赌，怎么敢带兵去打仗呢？只好偷偷派个心腹潜入元军，向统帅忽必烈求和，答应称臣纳币，只求保住小朝廷偏安一隅。起初忽必烈不肯答应。合该贾似道狗运亨通，刚好碰上成吉思汗驾崩，蒙古族诸王子争王位发生内讧，忽必烈只好匆匆忙忙撤军北返，回蒙古平叛去了。贾似道卖国没成交，反而谎报军情：“抗击得胜”“鞑虏仓皇败逃”。昏聩糊涂的理宗皇帝竟然信以为真，下诏褒奖贾似道，加封为少师、魏国公。从此以后，贾似道在理宗和度宗两朝独揽大权达十五年之久。他结党营私，贪赃枉法，坑害忠良，无所不为，满朝文武百官谁不仰他鼻息行事，谁敢不奉承他呢？

正当贾似道独专朝政，炙手可热时，有一天晚上，他梦见一个身穿紫金袍的伟男子，旁边有人介绍道：“此人姓郑，只有他能制你于死命。你可要小心了！”贾似道吓醒了，出了一身冷汗，他两只贼眼骨碌碌地直打转，心里暗自盘算着：满朝文武百官之间，有哪一个姓郑的敢杀我，会要我的命呢？他登时想起一个掌权的太监郑师望，在宫廷里很有点势力。难道会是他？于是就找个借口，把他逐出皇宫。后来为了斩草除根，凡姓郑的、在朝为官的，一律罢官充军到边疆去。这还不放心，从这一科起，他当主考官，凡是姓郑的考中进士，不管三七二十一，全部除名，今后姓郑的都不许做官，看看还有哪个姓郑的能制我于死命！

贾似道就这样当了十六年的太平宰相。终于到了南宋恭帝德祐元年（1275 年），忽必烈平叛后当上蒙古大可汗，派伯颜率领大军再度南侵，一举攻陷了鄂州，江北吃紧，告急的战报像雪片一样向朝廷飞来，请求派兵增援。这时贾似道却若无其事地躲在“半闲堂”别墅里和群姬美妾在斗蟋蟀玩哩。他派心腹把来朝廷报警的军使，一个个都暗地杀掉，让南宋小皇帝蒙在鼓里，依旧过他太平日子去。

4. 鲁港败仗得清算

南宋小朝廷眼看就要完蛋，时局危在旦夕，纸是包不住火的，江北战事吃紧，宋军全线溃败，难民散兵逃过江来。消息传开了，激怒了京城里的太学生和一些正直的官吏们。他们纷纷联名弹劾贾似道，请求朝廷赶快发兵抗御蒙古军。这时因恭帝赵显年幼，由谢太后摄政，这老太婆仍然信赖贾似道能打败元军，就派他率领水陆两军二十万，去跟蒙古大军决一死战。

你想这贾似道能下决心抵抗吗？三十六计，他没一计能沾边，只有祖传的一招：降！他还是要弄十六年前的故伎，派个心腹到蒙古军大本营向伯颜元帅乞求投降。但伯颜心高气傲，不准他投降，指定隔日两军在黄天荡决战。贾似道一听回报，吓得屎尿都拉在裤裆里了，无可奈何，只好听天由命，让宋军自行应付，瞎打一阵。结果，宋军水陆主力全部被歼灭在鲁港。贾似道有先见之明，两军刚一接触，他就换上青衣小帽，鞋底抹油，驾一叶扁舟，独自逃到扬州藏匿起来了。

鲁港败仗，宋军全军复没。消息传到临安，朝野人士一致愤怒声讨贾似道，纷纷请求诛杀误国奸贼，以谢国人，以平民愤。这时贾贵妃虽死，但谢太后还顾念旧情，一味袒护着这位不争气的“国舅”，只是为了平服民心，也只好假装着“龙心大怒”，降旨把他革职抄家，贬到广东循州，安置为团练副使。

5. 虎臣监押应梦兆

你说押解贾似道的这位解差是谁？无巧不成书，此人正是一位姓郑的武举人，名虎臣，字景兆，在那次肃清姓郑的冤狱期间，他父亲在朝为官，遭诬陷死在狱中，他也因此被逐出考场，发配充军到边疆，几年后遇赦放归，在绍兴的山阴县当个小小的县尉。听说误国奸

臣贾似道要被押解去广东，他就不顾倾家荡产，毫不犹豫地去想法谋得这份差事，要报国恨家仇。

这时贾似道正在福建建宁府的开元寺中待罪，听候发落。原先朝廷将他就近安置在江西婺州，当地百姓群起反对，说："我们婺州是朱子的故乡，礼教之邦，岂能容纳衣冠禽兽、卖国奸贼来此居住？"四下张贴檄文驱逐贾似道，这才被转押到福建建宁府来。

这一天，郑虎臣手执解牌来到开元寺，站在大殿上高声传话："本官奉旨押解犯官贾似道，贾某从速上路，不得延误！"只听见内院一阵骚乱，不一会儿，十几个家将押着一百多个挑夫，挑的尽是金银细软、民脂民膏；后面跟着几十个妖姬美妾，个个贴金挂银，一身珠光宝气，打扮得花枝招展，扭扭捏捏地款款而行。最后出来的才是贾似道，他端坐在八抬绿呢轿里，旁边还侍候一大批孝子贤孙。

郑虎臣一看，火冒三丈高，拦住轿门高声喝道："犯官贾似道，给我滚出轿来！本官有话问你。"

这一声喝，如同晴天霹雳，吓得贾似道心惊胆战地爬出轿门，猛抬头一看，眼前站着一个身穿紫袍的彪形大汉，莫不就是梦中见过的那位神人？这一吓，贾似道登时魂飞魄散，屁滚尿流，趴在地上，磕头如捣蒜，声嘶力竭地哭求道："天使饶命，天使饶命！"

郑虎臣怒斥道："本官郑虎臣，是奉旨押解犯官到

贬所待罪的，不是护送新官上任，何用这等排场？尽行给我撤掉！”贾似道一听解官果真姓郑，真乃是冤家对头人，死期到了，浑身毛孔悚然，岂敢违命，一切遵照办理了。

郑虎臣回身对众人说：“你们这些跟随贾贼的人，平日狗仗人势，逞威作福，鱼肉百姓，作恶多端。现在贾贼已恶贯满盈，充军边塞，你们没听过‘树倒猢狲散’这句老话吗？难道你们还要服侍老贼到阴间地府，下到十八层地狱里做伴吗？我劝你们还是趁早各自逃生、另找出路去吧。要是再这么贱骨头去侍候老贼，在路上休怪我手下无情。”

听郑虎臣这么一说，这些家将、家丁们个个胆寒心怯，赶紧脚底抹油，各自溜号了。那些侍妾、婢女，一时六神无主，也都哭哭啼啼地收拾起自家随身细软包袱，自投生路去了。本来八个轿夫也得遣散，但是贾公子苦苦哀求道：“请求天使姑念家父年迈体弱，路途遥远，无以代步，权且留下吧！”

郑虎臣心想：我只奉命押解，没有生杀权柄，这里是州府治地，权奸耳目众多，凡事不要做得过分。也罢，就留下轿夫，以后再见机行事。于是就吩咐把贾府的浮财全部施舍给寺院，充作赈济灾民之用。

郑虎臣处理了贾似道的财产后，笑嘻嘻地对贾贼说：“我如此替你赎罪消灾，你可情愿？”贾似道唯恐郑虎臣要他的命，只得唯唯诺诺地应声回答："应该，应该！情愿，情愿！"

6. 押解途中惩老贼

押解途中，正当七月三伏天，一路上烈日当空照，没一丝云影遮荫，连地皮都晒得烫人脚。郑虎臣一行人直走得头晕口干、浑身汗淋，回头一看贾似道，却悠然坐在轿里打瞌睡。郑虎臣满心不快，就喝令轿夫把轿盖打掉，要晒太阳大家一齐晒，贾似道吓得不敢吱声。这一路上，直晒得贾似道瘟头胀脑，喘不过气来，也只好忍气吞声，不敢放一个屁。他心里想：只要熬到广东平安无事，我这老命就会得救的，只要谢太后赦旨一到，哼哼，那时……他偷偷地瞪了郑虎臣一眼，牙根咬得咯咯响。

但打掉轿盖晒"老乌龟"，郑虎臣还不解恨，他又将贾似道的罪行丑事，一椿椿，一件件，编成杭州曲调，教轿夫们唱。这一路上冷嘲热讽，嘻笑怒骂，尽情耍弄老贼。轿夫越唱越高兴，越骂越过瘾。贾似道只能自认晦气，像乌龟一样缩着脖子在轿里挨骂。

到了南平改从水路搭船直下福州，贾似道松了一口气，以为可以不晒太阳不挨骂了，他满有兴致地走出船舱来，站在船头观看两岸风景。忽听得背后声冷笑道：

“贾平章，你好自在呀！还有如此闲情逸致在船头观赏风景呀！你为什么不想想自己专权误国、十恶不赦的罪行呢？为何还不抱石沉江，一死以谢天下？”贾似道闻声回身一看，只见郑虎臣满面乌云笼罩，剑眉下一对寒星似剑光，煞气腾腾。贾似道吓瘫了，趴在甲板上磕头道：“犯官知罪，犯官知罪！待太后懿旨下，君叫臣死，臣自会以死报君。”

郑虎臣听了，“嘿嘿!”一声冷笑：“呸！说得好听！贪生怕死之徒，无耻之尤！你还妄想等待赦旨哩!”猛跺一脚，喝声：“滚!”船身摇晃，差一点把贾似道颠入江心。贾似道连滚带爬地钻进船舱里，再也不敢探头出舱观风景了，唯恐郑虎臣会趁机将他踢下船去。

7. 贾贼门客半天下

八月一行人到了漳州。漳州知府赵介如原本是贾府的门下客，由于他善于逢迎，又诡计多端，很会替奸相出谋使奸，才得到贾贼的赏识，推荐为漳州知府。这一天，赵知府听说恩相驾到，连忙到东门外接官亭迎接。谁知见到贾相爷竟然一身褴褛、满脸愁容、十分晦气，心里十分悲凉，当晚就在府邸中设盛宴为恩相接风洗尘。但是，贾似道一路之上已被郑虎臣收拾得吓破胆了，再也不敢坐大。所以，在酒宴前，一直战战兢兢地一味推让，口口声声称呼："天使在上，哪有罪臣坐席之理！"赵介如见状，心中明白："虎落平阳被犬欺"，现官不如现管。他也看出郑虎臣身份虽属衙门小隶，但气宇轩昂、仪态严峻，斜睨时神情露出极端仇恨蔑视的心态，根本不屑理睬贾平章的谦让，赵介如也只好见风转舵，做个顺水人情，恭请郑虎臣上座，贾似道方敢坐于其下。一席酒宴，弄到不欢而散。

这时赵介如已经觉察出郑虎臣心存怨恨，有杀害贾似道之心。郑虎臣也知道，快到广东了，这一路上逢州过府，都会有贾奸的门客、学生当官；贾似道不想自杀，说明他有恃无恐，还盼着谢太后懿旨一到，大赦回家，还有望东山再起。怎么才能结果了贾贼的狗命，替天下黎民百姓报仇雪恨呢？他一时还想不出个好办法来，但知道如果不早下手，恐怕会失去良机的。

赵知府软硬兼施，强行留贾似道住了三天，好生伺候他，让贾似道补养一番，藉以恢复体力。郑虎臣却一味催行，借口怕耽误了期限，赵介如只好放行。临启程时，赵知府又馈赠给贾似道许多衣物钱财，也孝敬了"天使"一份厚重的"好意"。但是，他们一行人刚出了漳州城，郑虎臣就嫌行李过重，不便赶路，下令截留，寄存在老百姓家里。

又走了几里，郑虎臣心想：这老狗贪生，不肯自杀，我就活活累死这只丧家之犬。他下令贾似道下轿步

行，叫贾公子厚赏八个轿夫，把他们遣返了。这时只剩下郑虎臣押行，贾公子搀着贾似道一步一颤地往前挨，又勉强走了几里路，贾似道再也走不动了，索性坐在地上，父子俩苦苦哀求道："郑天使，行行好！犯官年迈体弱，再也走不动了，容我歇口气吧。"郑虎臣抬头一看，前面不远有一株大榕树，绿荫覆盖下，有一所小庵庙，题额三个字"木棉庵"。郑虎臣一挥手说："要歇脚，进庙里去歇会儿。"

8. 郑虎臣替天行道

贾似道一生享尽荣华富贵，出门不是骑马便是坐轿，哪里步行过这么远的路呢！累得腰酸腿软直喘粗气，自是苦不堪言。他看看庙里，黑咕隆咚地没一个人影，自然感到心惊胆寒，不敢贸然走进去，怕郑虎臣趁机下手把他杀了，于是父子俩就坐在庙门槛上歇息。

他望望前程，一座险恶的大山拦在面前，这就是有名的九龙岭，山高林密，羊肠小道，这时已是夕阳西下，暮色苍茫，若是今晚要翻过九龙岭，岂不叫老命休矣？想到这里，贾似道感到背脊发凉，冷汗冒出，两膝像筛箩一样直打哆嗦。他对着郑虎臣捣蒜般地磕头，苦苦哀告道："监押饶命啊！天使饶命啊！老朽再也站不起来了，恳请明天再过岭吧！"

郑虎臣正想连夜撵老贼过九龙岭，半道上只稍推一下，准跌入深渊中喂蛇虎，谁知道这老鬼竟不肯走了，就瞪起一双豹眼问道："贾团练，事到如今，你还舍不得以一死谢罪于天下吗？"贾似道一听"死"字就吓得魂飞魄散了，支支吾吾地说："太后许我不死！假如圣上有诏赐死，似道怎敢贪生苟活呢？"

郑虎臣一听此话，不禁怒从心上起，恶向胆边生，大声喝道："皇家保你不死，天下黎民百姓却恨不得吃你的肉，剥你的皮！你这祸国殃民的狗奸官，我郑虎臣今天只好替天行道了。"郑虎臣说罢，拔起腰间插的一把金锤，高高举起。贾氏父子吓得在地下跪行，磕头求饶。贾似道跪着双手乱摇，嘶声狂叫道："郑监押，郑天使，你、你杀不得我。倘若杀了我，你也不免获罪难以脱身！"

郑虎臣咬牙切齿说："哼哼，我为天下诛贾似道，虽死何憾？"说完就像老鹰抓小鸡一样，把贾似道劈胸提起，只一锤，便砸得贾贼脑浆迸射，一命呜呼了。他又飞起一脚，把尸身踢落庙旁粪坑里，叫它遗臭万年。贾公子见状吓得大叫救命，落荒而逃。

9. 赦旨来迟正义伸

郑虎臣从容不迫地脱下血染的紫袍，揩擦了铜锤上

的血迹，正准备去漳州府投案自首。只见一骑飞奔而来，马上使者一路上大声狂喊："郑监押，请留步，接旨！"原来真是谢太后的赦旨下来了。

郑虎臣冷冷地说："真可惜，贾平章命乖，刚刚上厕所，不慎落进粪坑，一命呜呼了。"这个宦官赶去一看，气得直跺脚，气势汹汹地扭住郑虎臣拉开嗓门嚷道："你是怎么监押犯人的？你的罪责难逃，要唯你是问！"郑虎臣一把推开宦官，不屑一顾地说："大丈夫行事，敢做就敢当。我自会去面官交代的。"

据说郑虎臣后来死在福州监狱里，但是他为民除奸、为国除害，英名万古传。郑虎臣的家人后裔后来就流寓在闽南一带了。

（以上均为芗城区林国璋讲述，王雄铮整理）

1. 大道公的传说

渔头庙，现在已成为漳州的一条街名。过去，这里有个庙，庙里供奉的神明，叫做“保生大帝”，每年三月十五日是他的诞辰日。

这“保生大帝”，姓吴名夲（tao），是宋朝人。传说他的母亲因为在睡梦中梦见吞了一只白龟，于是有了身孕。经过了十月怀胎，就生下这吴夲。吴夲自幼就不喜欢吃荤，长大了也不肯结婚，专心研究医学，并以救人济世为怀，按病投药，莫不药到病除。后来他又学道云游，得到三五飞步的法术，能够吸气嘘水，治疗各种奇怪的病症。就是病得快要断气的人，到他那里去求医，也能起死回生。于是，一天到晚，他的门前拥挤得好像市场一样，大家纷纷前来求医。他不问病家的贫富贵贱、有钱没钱，都尽心替人家治疗，因此，民间都认为他已经是神了。

他逝世以后，远近的人听见了，都十分悲痛，各家也都争先绘画他的肖像来敬祀他，并且有人出来筹钱募款，想将他的

故居扩大为祠堂，可是这笔建筑费用巨大，大家正苦于没法筹集。有一天晚上，突然有股灵泉从他故居的石阶下涌出，甘洌异常，饮用这种泉水的人，无论是患何种病，都可以无药自愈，于是前来取水的人，一天比一天多，并且都自动捐些银两。不上几个月，银两积多了，这庙宇很快就建成了。

宋朝的时候，有一位皇后患乳痈生痛，用尽百药都没功效。一天晚上，忽然梦见有一个道人用红丝线缠在她的乳上，即时她的乳痈痊愈了。她忙问道人住在什么地方？道人答在某庙中。皇后醒来后，马上派人往访。某庙的住持和尚说："昨天有一道人来此，说他是福建漳州白醮人，姓吴名夲，昨晚出去了，至今还未回来。"皇后又派人四出访问，无处可寻，后又到福建来访求，才知道就是渔头庙里的这位神明。皇后很惊异这神的灵感，便让皇帝封他为"保生大帝"。

后来有的人把这位"保生大帝"和天后妈祖神共同奉祀在一个庙里。每年到了"保生大帝"诞辰的那一天，几乎都下雨，传说这是天后故意要淋湿这位"保生大帝"的衣冠，可是每逢天后的诞辰（三月廿三日），多起大风，说是这位"保生大帝"要吹打天后的鸾驾。

（选自民国时的教师翁春雪先生原稿）

2. 济世良医

吴真人治愈了皇后的顽疾，被当朝皇帝宋仁宗赐为御史太医，名声传遍京域，也传到了家乡闽南。白醮乡的老百姓奔走相告，都为家乡出了个名医而高兴和自豪。

许多达官贵人，想要巴结这位名人，来到白醮村，没想到他竟住在一间破落低矮的小瓦房里，而且是孤身一人，没有妻小。

有一天，漳州知府做生日，大办筵席，专程派轿来接他，吴真人回话道："治病甚忙，无暇赴宴，请谅！"公差还未走，一个衣衫破烂的农民气喘吁吁地走上门，说："我儿子被毒蛇咬伤了。"他二话没说，放下饭碗，背上药囊，急忙跟着上路。

有一回，吴真人路过同安县，县令江仙官、主簿张圣者知道了，赶忙从公堂里跑出来，邀请他到县衙小憩，吴真人推说要至山里采药，县老爷和主簿竟也跟着步行送他出城。程真人、黄医官和郑仙姑等名流，也闻声赶来，跟着上山，想向他学些本事、问秘方。

吴真人弯腰摘下一株飞扬小草，指着沁出乳汁的断茎说："这种草，我们老百姓俗称它乳仔草。"又指着茎节上金色的小花，说："可读书人叫它状元插金花。"末了，他又一语双关地说："它的名字虽好听，但它的价值是它有治痢疾的功效。"

宋明道二年（1033年），泉州一带瘟疫流行，出现良田荒芜、村落无人居住的凄凉景象。吴真人背了葫芦，带着徒弟，奔走于安溪的崇山峻岭间和晋江的乡村小道上，边走边采挖各种草药，救人无数。许多乡村父老拿着花生、芋头等土特产要来报答他，他却带着徒弟扬长而去。

泉州有座“花轿公”府，府前高悬一块“真人所居”的匾额，那是明朝书法家张瑞图书写的，传说当年吴真人曾住在这里，为穷人看病。今天，泉州的华侨发扬吴真人“以济人救物为念，而不取人一钱”的高尚精神，在“花轿公”府兴办了一所义诊所，继续为民造福。

（龙海市吴尺人讲述，林斌龙采录整理）

3. 御赐“国母”狮

龙海市角美镇白醮村是大道公吴夲的故乡。这里的慈济祖宫正殿的献台石上，屹立着一只风格独特的花岗岩雕刻的石狮。石狮的右前掌高擎着一枚刻有“大”与“十”字样的印绶，组成一个“夲”字。石狮龇牙咧嘴，形象可爱逼真。据说这还是明代著名雕刻家的杰作，是珍贵的艺术品。

相传在明永乐十七年（1419年），明成祖朱棣的文皇后患了痼疾，太医久治不愈，只好下诏悬赏求医。黄

榜悬挂十多天，都没有人应诏，而文皇后的病情日益沉重，皇上心里十分着急。

这日，国舅入宫探望，见皇后日益消瘦，昔日花容月貌，如今宛若变成了另外一个人，面黄肌瘦，双目无光。

皇上也唉声叹气地说："朕富甲天下却空有其名，连个医生、郎中也请不来。"

国舅脱口而出，说道："要是神医妙道吴真人尚健在就好了！"

正说话间，黄门太监来奏，东城门外来了一个游方道士揭了榜。

皇上正一筹莫展，一听有人揭榜，急忙道："快、快宣请进后宫。"

黄门太监遵诏把揭榜的道士带进后官，明成祖朱棣举目一看，却是个普普通通的游方道士，头戴道巾，身穿道袍，脚踏多耳布鞋，风尘仆仆……朱棣暗想：他身上既没有像传说中的仙风道骨，也没有像文人所描写的那样相貌出奇，他能治愈文皇后的痼疾么？但转而一想，现在再也没有别的办法了，何不让他一试！于是，只好下诏让大臣带他入后宫为文皇后诊病。

开头朱棣让红丝线缚在床脚，被道士诊为木脉；再缚于猫腿上，道士诊为"兽脉"。朱棣这才让缚于文皇后脉上。

那道士坐在朝阳宫外，用三根指头轻轻地按着从后

宫里递出来的红丝线，时而侧着脑袋细听，时而摇了摇头，时而眯细了眼睛，时而点点头。他认认真真、仔仔细细地诊了脉。

道士要了文房四宝，开了药方，并奏请皇上恩准施针并熏以艾柱，还从背上的药囊取出丸药，嘱咐太监用药汤配丸药连服三日，说自然见效。

谁也没想到这药真的十分神效。一日肿消，二日痛止，三日就快要痊愈了。

朱棣十分高兴。心想：这个穿草鞋的游方道士竟胜过大内御医！朱棣就宣这道士来见，想封他为御医。道士再三辞谢。朱棣就让太监捧出五百两金子赏他，道士仍然再三推辞，说山野游方道士，要那些黄白之物没什么用处。最后朱棣问他要什么，道士提出请皇上放他回归漳、泉故土，那里的百姓需要他。问他姓名，那道士淡淡一笑说："贫道没姓名，是白醮妙道真人的后辈。"说完即叩辞朱棣飘然下殿而去。

朱棣与国舅商量如何褒奖这道士，国舅一口咬定这道士就是吴真人的化身，不然哪有如此高明的医术？朱棣也觉得言之有理，派人到旅店查问，店主人说："道士自言是福建漳州白醮人，姓吴，昨日出城采药，迄今未归。"朱棣即派钦差到闽南白醮宫，敕封吴真人为"恩主昊天金阙御史慈济医灵妙惠真君万寿无极保生大帝"。

皇后也感激他的救命大恩，就令能工巧匠，精心雕刻一只高擎“夲”字印章的石狮，派员运送到白礁慈济宫。后代人因为这石狮是皇后娘娘所赠，就称其为“国母狮”。

这“国母狮”一直保存至今，它吸引了无数游客、学者……至于那位游方道士究竟是谁？是吴真人本身，还是他再传的徒弟或其后代？只能算一个谜，迄今没有人能分辨清楚。

（龙海市洪都农讲述，金宗整理）

4. 除妖收四圣

吴真人虽是个乡村郎中，但他医术高明，脉理精通。他为人治病，药到病除，方圆百十里，有口皆碑，称赞他是神医。他不但善治各种疑难杂症，还会降妖除怪呢！

有一天，吴真人巡医来到一个山村，看见村上人忙忙碌碌、神色慌张。他觉得十分困惑：莫非村里出了事？于是他拉过一位老者打听。原来村中有口大潭，最近突然出现四条怪蛇，时常出来伤害人畜，弄得村中不得安宁。前日族长从外地请来了一个老巫婆，她自称是什么黎山老母的徒弟，说这四条怪蛇是四个蛇精，要让它不伤害人畜，就得于七月半用四个男童活祭。大家正

忙着搭祭台，准备后天活祭。

吴真人听了，惊讶地问：“你们如何能狠下心把自己的儿子往潭里推？”

那老者说：“不瞒客官，那四个童男是全村人出钱从外地买来的。”

吴真人听了，愤愤不平。他决心惩治这些残害生灵、为非作歹的蛇精和巫婆，请求老者带他去见族长。

吴真人对族长说，他自从入山修道以来，曾得异人传授，有降妖除怪的法术，愿为本村除去蛇怪。族长起先犹豫不决，后来经他再三恳求，答应这三天就让他和那四个男童住在一起，观察动静。但派出几个壮汉严加看守，怕走失四个活祭品，影响后天的法事。

壮汉换了一批又一批，族长都要亲自过问，这个外乡人跟四个男童在一起做些什么？讲些什么？每批看守都说，他只跟男童削了四把竹剑在玩，晚上教他们吐气纳气……族长才比较放心。

第三天上午巳时已近，祭台上摆满祭品。四个男童都手持一把玩具式的竹剑，被带上台前，吴真人还小声交代了几句。那老巫婆继续叨叨不停地念着咒语。只听台下司仪大声唱道：“时辰到！”话声一落，“扑通”几声，四个男童就先后被扔入潭中。

只见潭水不断翻滚，一股股泥沙随着水浪从潭中冒起……村中男男女女噙着眼泪默默跪拜，祈求平安。

突然听见有人喊一声“起！”随着那个外乡郎中袖子一挥，厉声喝道，四名被活祭的男童就浮出水面。他们每人右手执竹剑、左手捏着一条茶盏粗的蛇走上岸来。

有些胆小的村民纷纷后退，胆子稍大的也惊疑地说：“得罪蛇精怕要闯大祸了。”这时，吴真人站到台前说：“乡亲们别怕，四条蛇怪已被治死了，这些害人精得到应有的惩罚了。”

大家仔细看，发现四个男童手中的大蛇都已肚破肠流，身上正滴着血哩。

原来这三天，吴真人用治蛇药抹在竹剑上和四个男童浑身上下，再教他们如何吐气、纳气，如何捉蛇、治蛇；他们被推入潭中时，毒蛇闻到药味就想逃走，四个童男原先会水性，立即趁势追击，把四条毒蛇制服。老巫婆原想骗骗村民，诈点钱财，不想被拆穿了西洋镜，看势头不妙，赶忙溜下祭台，脚底抹油想溜！不意被吴真人喝住：“别跑！你往哪里逃？”

那巫婆吓得连忙跪下、磕头如捣蒜，口里不断喊道：“饶命，饶命！”

吴真人说：“要饶命不难，但你必须痛改前非，不许再造谣生事，坑害百姓。”

老巫婆为了逃命，什么都答应了，她从地上爬起来，灰溜溜地跑了。

那四个男童当即表示愿意拜吴真人为师，跟着吴真

人采药行医。后来他们都成了圣者，也就是慈济宫供桌前的张、萧、刘、连四个侍者，人称四圣者。

（龙海市王学送讲述，林兆明采录整理）

5. 大道公与“虎将军”

吴真人在京城医好国母娘娘的乳疾，被北宋皇帝敕封为“妙道真人”。皇上本想留他在京城做官，但他一心只想着民间穷苦百姓，辞去官爵，离开京城，沿途行医，回到家乡白醮村。他用精湛的医术，为闽南百姓疗疾医病，受到感激，求医的人越来越多，他的名声越传越远。

传说有一天，文圃山中来了只老虎，经常在夜间下山到各村伤害人畜，后来在大白天也出来拦路伤人。各村百姓提心吊胆，不敢上山砍柴谋生，生活受到严重影响。

当时，吴真人在泉州花桥救治一场大瘟疫后，刚回到白醮，想要上山挖点青草药。好心的村民告诉他，山上有虎伤人。他笑着说：“救死扶伤是我的本份，即使山上有虎也不能阻拦我上山采药。”说完，他拿起锄头，背上箩筐，就上山去了。

吴真人挖到满筐草药，很满意地下山时，突然发现路边大石板上卧着一只斑斓白额凸睛大老虎。他立住脚，指着老虎喝道：“孽畜，你想干什么？”只见老虎

伏地低吼，声音非常悲哀。真人感到很奇怪，就问道：“你如有什么难事想求我帮助，就点三下头。”想不到老虎真的连点三下头，然后张开血盆大口，不停地摇头晃脑，显得非常难受。真人靠近观看，只见老虎咽喉里卡着一根又大又长的骨头，吞咽困难。真人退后一步，指着老虎说：“只要你从此弃恶从善，不再伤人，我可以拔掉你喉头里的骨头。”老虎连连点头，呜呜哀鸣，表示愿意悔改。

吴真人才从随身所带的八宝葫芦中倒出一粒“化骨丹”，塞进虎口中。不一会儿，骨头不见了，老虎除掉了痛苦，在吴真人身边欢快地奔腾跳跃着，然后俯伏在真人的面前，摇头摆尾，好像要让真人骑上。当真人跨上虎背，老虎则驯服地驮着他稳步向山下走去。从那以后，老虎伴随着吴真人在东山用茅草结庐炼丹，救治百姓。后来，真人跌落山崖仙化，老虎也在崖边不吃不动，最后忧闷地死去，被后人封为“白虎将军”。

至今，虔诚的香客来到白礁慈济宫朝拜大道公，仍忘不了带一份礼品献给慈眉善目的“虎将军”，旌表它对大道公的忠诚。

（龙海市王学送讲述，林汝木整理）

6. 一针救两命

公元1033年，漳、泉一带瘟疫流行，染病死亡的不计其数。吴真人为了普救众生，背上青囊，带着徒弟，跋涉于崇山峻岭、阡陌村野之间，采药熬汤，免费治疗，服用者无不药到病除。

这天，吴真人正在漳州渔头庙前义诊施药。病者从四邻八乡纷纷赶来。一时渔头庙前早已围满了患者。他望、闻、问、切，断症开方，不时还得交代病家怎样煎药，什么时间服药等。

这时，街上传来了一阵锣声，行人纷纷闪道回避，一阵丧仪队伍走过，后边是吹吹打打的哀乐队，之后就是由八个人扛着的棺材，慢慢地来到渔头庙前。

街边路人悄悄地议论："多可惜啊，才二十出头就夭折了。"也有的说："到底是官家的少奶奶，连出殡也比别人排场！"

吴真人抬头一看，只见棺材里还有点点血滴滴出来，鲜红鲜红的，他不禁脱口喊道："停下！人还活着，怎可当死人扛（抬）去坮（埋）了呢？"

这一喊让送殡的人都愣住了，一个个大眼瞪小眼，看着吴真人。队伍中转出一位头戴软巾、身穿布袍的中年人，急步冲上前来，大声问道："谁说是把活人当死人埋掉呢？"

"我！"吴真人理直气壮地回答。

“凭什么说棺材里装的是活人？”

吴真人信心十足地应道：“就凭我当医生的眼睛。我看得清清楚楚，棺材里滴出来的血是鲜红的，这是妇人难产的迹象。人一定还活着！”

“你敢医？”

“敢！”

“好！”中年人立即喝令队伍停下，把棺木抬至庙边护厝檐下，一面派人回县衙禀报。原来这中年人是县里的师爷。

旁边有几个好心的过路人都替吴真人捏把汗，他们悄悄地拉着吴真人的衣袖，劝告他别多管闲事，以免惹祸生端，弄不好，轻者挨板子，重者要坐牢的。

吴真人谢过众人的好意，但还是认为救人要紧。

说话间，师爷派去禀报的人已陪着县太爷赶来了。县爷一不鸣锣开道，二不骑马坐轿，素服徒步走来的。

见礼之后，县太爷说：“先生既肯定贱内还活着，想必有起死回生之术。敢劳先生救治救治，定当厚报。”

“医人以救世为目的，岂敢图报？”

这时，师爷已让人撬开棺盖，并把“死人”抬出放在棺材盖上。

吴真人当即上前仔仔细细地诊了脉，察看了病人情况，然后从青囊里取出一把银针……

这时护厝围墙外早已挤满了看热闹的人，有人伸长

了舌头，有人交头接耳悄悄议论：“怪人说怪话，倒要看看他能不能把死人医活！”

吴真人不管人们如何闲话议论，他挑出一根很长很长的银针，让县太爷给死者解开上衣。他找好穴位，手捏大针往死者胸口扎了下去，不一会儿，那死者长长地叹了一口气，星眸微微睁开，身体颤动了几下，最后用力一撑，接着“哇、哇、哇”，传出了婴儿的哭声，小孩子产下来了！那“死者”额上渗出了一颗颗如黄豆般大的汗珠，脸色虽蜡黄蜡黄的，但人已活了过来，开口哼叫了。

县太爷一见喜出望外，连忙打恭作揖，再三感谢吴真人一针救活两条命的大恩大德。

原来这位县太爷的如夫人只是因难产而昏死过去，现在医学上称“假死”或“休克”，因大脑受刺激，部分麻痹，失去知觉，但心脏还在微微跳动，所以血滴下来还是鲜红鲜红的。

吴真人当即又开了一帖药方，让县太爷回去取药，让病人煎服，连服三帖自然平安。

过了三天，县太爷为表示谢忱，让人敲锣打鼓送来一块金字匾，匾上写着“神医吴真人”五个大字。一时间，消息传遍了漳郡各地，远近数百里前来求医问药的，更是络绎不绝。

7. 单方治奇症

很久以前，三姓村住着兄弟三人，他们都已成家立业了，满山遍野地开荒种着水果，春天枇杷压弯枝，夏天荔枝红艳艳，秋日香蕉香满园，冬天红橘似灯笼，他们收成很多，家境富裕。美中不足的是，老大、老二虽然娶了妻子，但都没有生下一男半女，只有老三生个宝贝儿子。

那个时候，人们把传宗接代看得很重。俗语说："不孝有三，无后为大。"所以一家三房，都把老三的儿子，当成掌上明珠。这个孩子又长得十分俊秀，四方大脸，浓眉大眼，谁看谁喜欢。

转眼间，十几年过去了，小孩子已长成小伙子。他身强力壮，又肯出力劳动。兄弟三人都急于给他说媳妇。媒人一个接一个，但是任凭她们的嘴多麻油、多厉害，都说不成这门亲事。为什么呢？原来，这孩子样样都称心如意，美中不足的是，他有一个见不得人的病——晚上爱偷拉尿（尿床）。左邻右舍都知道，任何一家的姑娘都不愿意嫁给这样一个尿床精。

兄弟三人商量了几天几夜，只好先给孩子治病。他们到处求医、问卜、寻药，医生请了一个又一个，药罐也蒸破了十几把，巫婆、神棍没少请，就是不见效。怎么办呢？一家人急得天天发愁，坐立不安。

这天，喜鹊在树顶喳喳叫，吴真人巡医来到这个村庄。他身背药囊，走得满头大汗，口渴了，要讨碗水喝。老大哥倒碗水给吴真人，吴真人喝完，道了声谢谢，刚转身要走，可一看，这家人个个是愁眉苦脸。他问："老兄弟们，你们有什么不如意的事吗？"

兄弟三人看他身背药箱，知道他是医生，就说："实不相瞒，我家的孩子二十岁了，人长得还不错，体力也很好，可就是天天晚上偷拉尿，老是治不好，全家人发愁啊！"三弟说："你能治好这种病吗？我们兄弟三人，就守着这根独苗呀！"二哥也说："你走的地方多，见识广，求求你想想办法吧！"

吴真人说："我知道有一种草药，能治这种病，不过要到深山野林、山岚瘴气的地方去采，人一去，常常有去无回，不好采啊！"兄弟三人一起跪下，恳求说："请你老人家行行好，做做好心，成全我这一家人吧！"

吴真人说："治病救人是医生的本份，我一定想办法把这味草药采回来。"说后背起药箱走了。

一个月时间过去了，不见吴真人回来。两个月过去了，还是不见吴真人回来。到了九九八十一天，吴真人回来了，半夜三更来打这三兄弟的家门。

吴真人送医送药，一下子把山村的人都闹醒了，屋里屋外围了一大群人。

吴真人看起来老得多了，浑身脓肿，脸色苍白，好

像没有半点力气似的。

兄弟三人忙说："吴医生，你为我们辛苦了。"

吴真人说："我到深山野林采这草药，掉落悬崖下，幸好有我的徒弟发现、及时救援，不然就回不来了。"他从药箱里倒出几十粒黑黑的药丸，说道："这就是专治尿床的药，叫金樱子，你们分成三次煎，病人连服三剂就会痊愈的。"

兄弟三人感动地流下眼泪，大哥端出一盘金，二哥捧出一捧银，三弟抱出几匹绫罗绸缎。三兄弟都说："请收下吧，聊表寸心。"

吴真人笑了笑说："医病是我的职责，哪用什么酬谢？"兄弟三人留吴真人住了一宿。

当夜，孩子服了这味金樱子，尿床病奇迹般给治愈了。过了不久，兄弟三人给这孩子娶了亲，实现了多年的夙愿。转眼过了一年多，兄弟三人就抱上白胖胖的小孙子。他们从心底里感谢吴真人的功德。

8. 巡医救儿童

吴真人出生于穷苦渔民家，从小拾柴、挖药、制药，样样活都做。九龙江畔是个丰富的中草药库，一见喜、二叶黄花、三脚虎、四叶莲、五爪龙等等，应有尽有，总共有一千多种，他一种又一种学会了识别、使

用，又亲自晒药、制药，自己制出种种单方灵药。

那时，海上经常出现海贼。渔民们不能安居乐业，饥一顿，饱一顿，年景不好，瘟疫流行，闹病的人很多。吴真人看病热心细致，他随身携带五寸银针，身背药箱，整日到东村、往西村，片刻不敢多逗留，到处治病救人。

一次，他路过一个小镇，只见街市叫卖的人很多，水果、海产，食的、用的应有尽有。一间小店门口，像一堵墙似地围着许多人，他走近一看，只见一块大匾写了八个大字："能医我儿，酬金一千"。

吴真人穿过围观的人群，前去察看病儿。

原来，这家主人名叫伍万三，是个大富翁。家财多得与他的名字一样，少说也有五万三。人家说他家的土地连成片，果园接良田，但美中不足的是他没儿没女，到了五十多岁才生个儿子，今年已经五岁了。这孩子，有一天鼻子上忽然生了个小瘤子，不上半年时间，瘤子已有拳头那样大。伍万三请了很多医生、巫婆、法师，大把的银子花了几百两，可是仍治不了儿子的鼻瘤。有天早晨，肉瘤又肿大了，根部几乎连着鼻尖，有筷子那样粗细。稍微动一动，就会感到揪心地疼痛。这孩子脸孔发青，双眼被下垂的肉瘤子拉扯着，眼白都快翻露出来，痛苦不堪言状，天天哭着闹着。伍万三夫妇也有苦难言。最后，听人苦劝，才悬赏求医。

吴真人仔细看完孩子的肉瘤后，心里难过了好久，但他说：“这病我有办法治，你们不用担心。”伍万三赶忙请吴真人上坐，两夫妇纳头便拜，回头还叫人把一千两大银捧到座位旁来。

吴真人让围观的闲人都退到门外等候，再叫人把孩子扶到后院安静的地方。他叫伍万三吩咐家人烧大炉火，烧了开水，再把银针、剪刀等一切工具放进开水里煮了一会儿，然后才让孩子坐好，拿起银针，在脑后穴位上扎进去，一寸、二寸、三寸，越扎越深。伍万三夫妇就像被针扎到自己身上一样，眼泪汪汪。吴真人说：“不用惊怕，孩子很快就会好的。”

接着，他问小孩子：“会酸吗？”孩子说：“好酸。”

又问：“会痛吗？”小孩子回答：“好麻！”

一会儿，又问：“会痛吗？”小孩子说：“不痛。”

吴真人又拈针、进针，再进半寸，他又问：“痛不痛？”孩子答：“痛。”

吴真人仔细地观察孩子神态，说：“这时，银针已经扎到镇痛的地方了。”

只见他累得满身大汗，擦好汗，又把针一旋，就拿起小剪刀，将肉瘤子“咔嚓”一声，一刀剪了下来，孩子都没有感觉一点疼痛。两只眼睛像往日一样，眼皮往上放。吴真人将伤口贴上了药膏，才伸手将小孩脑后的银针拿掉，从药箱里取出一丸药丸交给伍家夫妇。

吴真人说："好了，孩子已平安无事了，丸药一天服三次、每次两丸。"

伍万三道："神医！你真是救苦救难的神医！一针一剪，救活我宝贝儿子的一命！"伍家大小和亲属们立即下跪拜谢。伍万三要将千两银子赠送给吴真人。吴真人微笑摇头说："治病救人乃我本分，我是为孩子生命危险而来的。"双方推让再三，最后伍家只好收起银子，千恩万谢！

吴真人治好了小孩子的鼻瘤，顾不上休息，背起药箱又到别处诊病施药去了。

（以上三则均由漳州市黄步文讲述，金宗整理）

9. 老虎不伤提灯笼和带镰刀的人

为什么提着灯笼和带着镰刀走夜路的人，不怕老虎伤害呢？

据说，有一天，吴真人跋山涉水，来到一个偏僻的小山庄为穷人杨某医治毒痈，经他一番"望、闻、问、切"诊断开方后，夜幕早已降临，此时天黑压压的，杨某夫妇想留吴真人在家过夜，可真人说，明日他另有所约，非当日赶回不可。因天黑，路又坎坷难行，杨家就点燃一盏防风灯送真人上路。

吴真人提着杨家的那盏灯笼，急匆匆地赶路。刚翻过了一座小山坡，眼前又耸立着个大山岗。奇怪，前面何处射来两道光线，绿莹莹的，几乎把灯笼的光线全吞没掉。他刚迟疑了一下，突然，伴随着一阵“呼呼”的风声，一只斑斓白额大虎张着血盆大口，从那山岗跃到跟前，此时此刻，他顿时傻了眼，进也不得，退也不是。可当他定神一看，这威猛的大虎却双脚跪地，毫无伤人之意。吴真人壮了壮胆，向前走了几步，那猛虎伏地低吼，泪珠子“叭嗒叭嗒”地往下掉。吴真人知道这虎有求于他，开口问道：“虎啊虎，你不伤害我，难道是有病要我医治吗？”虎点点头，又张开大口向吴真人靠近一步。吴真人这才看见，虎口里卡着一根白闪闪的银钗。他对虎说：“要我医治不难，但你要答应我一个条件。”

虎又点头。吴真人想到：这山里樵夫最多，他们上山砍柴割草都带着镰刀，把呈七字形的镰刀倒插在腰间。于是他对虎说：“今后你要是遇见带着七字样的东西的人都不能伤害。”虎又点头。真人这才把手伸进虎口，用力一拔，把那银钗拔了出来，又取些丹药粉末撒在伤口上给血流不止的老虎止血。

老虎解除痛苦，围着那红灯笼欢快跳跃；从那以后，看见带镰刀的人也不伤害。老虎的后代也遵照这个规矩，所以无论你到哪里，只要你提着红灯笼或拿着镰刀，老虎都会毕恭毕敬地跟随在你的后头保护你，你不

用害怕；或者你把红灯笼放在地上，再继续赶你的路，老虎也不会再跟着你的。

（龙海市甘铭德讲述，谢亚甚、蔡井祥采录整理）

10. 香茹能解郁

南宋祥兴年间，陆秀夫宰相护送宋帝昺逃出临安，君臣一路南撤，来至闽南。

时值六月暑天，骄阳似火，烈日炎炎，暑气蒸腾，将士们头戴钢盔，身着铁甲，多数郁气中暑，有的又吐又泻，有的昏昏沉沉，有的肚腹绞痛……军中缺医少药，陆秀夫束手无策，十分焦急。他想，如不赶快用药物医好这些中暑将士，他们将被病痛折磨而死，万一元兵追来，不要说抵抗，连走都会走不动。

他正愁肠百结时，前军探马来报，江边村口有一道士求见。正说着，一位头戴道巾，身穿葛麻道袍，脚着多耳布鞋的中年道者飘然而来，立于马前施礼问讯。陆丞相心中暗暗惊奇，探马才到，怎么这道者也随之而来，好快的脚力！且见他仙风道骨，气度不凡，不敢怠慢，忙滚鞍下马，回礼道："敬问仙长，欲见下官有何见教？"

那道者微笑着从袖中取出一束青草递给陆秀夫说："丞相可识这太武香茹否？"

陆秀夫接过那太武香茹，顿觉清香扑鼻，闻之精神清爽振奋。那道士又说：“这太武香茹煎茶能解郁，解热去暑，有同车前草一样功效，而且在这对面的文圃山上，随处可采到，丞相何不一试？”陆秀夫大喜，连忙作揖称谢，那道士说：“丞相如不嫌弃，山人愿为将士们推拿抓痧，针灸除病，如何？”

陆丞相喜出望外，连连道谢说：“有劳仙长了，待本官奏明圣上，定当重谢。”

“医者济世为本，谢字可不敢当。”那道士也谦让着。

陆秀夫即下令在文圃山下扎营歇马三天，派身边一名将佐带那道士到各营盘去诊病。

三天过后，中暑的将士们，轻的喝了香茹茶，精神恢复如初；重者经道士抓痧、针灸，也都很快康复。第三天，陆丞相想起那道士为将士们医好疾病，解决了一大难题，劳苦功高，当即带将佐们前去面谢。谁知那道士医好众人的病后，已不知去向。

陆丞相派人到山下各村社打听，也毫无讯息。后听说，文圃山下有一村社叫白醮村，村中有一庙宇称“慈济宫”，供奉着二百多年前医好皇太后乳痈、被仁宗皇帝敕封为“妙道真人”的吴夲神像。

陆丞相一听，当即奏明圣上，全副执事到慈济宫进香。当他焚香礼拜后，瞻仰神像，这才发现那天的道士外貌宛若供桌前的吴真人。心想，莫非是妙道真人显圣

救了众人？可也有人说，那是吴真人的徒孙。

故事一直流传至今。香茹能解郁，如今已尽人皆知。一到夏天，有些热心人还会煎些香茹凉茶，摆在村口大道边，免费供过路人解暑止渴。

（漳州市黄步文讲述，金宗整理）

11. 龙泉井甘露水

白醮村慈济宫祭台下有一口水井，叫做龙泉井，井深一米多，井水晶莹透亮，水质甜美可口。相传，这井水是吴真人生前专门汲来为病人洗涤伤口用的。

离这井百十里外，有一后田村。村中有一家姓罗的母子，两人相依过日，儿子叫长寿，是个孝子，侍奉老母亲十分尽心。有一天，老阿妈忽然眼睛疼痛，一天又一夜后，就什么也看不见了。长寿急得饭吃不香，睡不安眠，到处问卜求医，千方百计要把妈妈的眼睛医好，可是毫无办法。

长寿不死心，逢人就问。后来听说白醮的吴真人医术高明、不但医人还医老虎、将死人医活、一针救两命，他连夜背起母亲出发，走了三天三夜才到白醮村，想使他母亲重见光明。

可是一打听，才知道吴真人刚在三天前羽化了，他来迟了一步。长寿闻言全身瘫软，将母亲放在龙泉井

边，蹲下身，捂着脸，放声哭起来。阿妈劝他说："长寿啊，别哭了。你拼死拼活把我背到这里，已尽了孝心，来迟一步，是阿妈注定要眼瞎的。阿妈口渴，你舀碗水给我喝吧！"

长寿只好擦干了眼泪，从龙泉井里舀来泉水，捧给阿妈。不料，这时奇迹出现了：阿妈喝了这碗水，顿觉心胸舒展，口齿生津；正想再喝，又觉眼睛发干，用手蘸点泉水擦擦眼睛，眼睛竟然恢复了光明，她又看见自己的宝贝儿子，也看到了吴真人的龙泉井、看到了白礁村的乡亲们。她问："长寿啊，这不是做梦吧？"

长寿又哭又笑，高兴地说："阿妈，这是真的，这不是做梦！吴真人用龙泉水治好了你的眼睛，你的双眼复明了！"母子俩不约而同双膝跪地，对着龙泉井连连磕头，拜谢吴真人的恩德。

（龙文区文汉瑞讲述，耿农采录整理）

七、漳浦县旅游景点的传说

1. 赵家堡的传说

漳浦县湖西乡有一座赵家堡，是全国重点文物保护单位。它是由宋代皇族的后裔于明万历四十七年（1616 年）兴建的，依山势南高北低，略呈方形。城墙用石筑成，设四城门：东门“东方钜障”、西门“丹鼎钟祥”，北门“硕高居胜”是正门，南门自建成后即封死，表示赵氏皇族怀念先祖在北方的辉煌帝业、誓死不再往南败退的决心。关于它的来历有这样的传说。

据说在南宋祥兴二年（1279 年），元将张弘范率兵攻陷宋帝南迁设在广东崖山的临时行都，宋左丞相陆秀夫背着年仅九岁的皇帝赵昺投海殉国，宣告赵宋王朝的灭亡。这时，宋太祖赵匡胤的胞弟赵匡美的第十代孙、闽冲郡王赵若和在侍臣黄材、徐达甫等人的护卫下，夺了 16 艘船窜港出海，要到福州等待机会东山再起。可是船刚驶到浯屿岛附近就遇到大台风，大部分的船只被风浪吞没，幸存的四条船只好在漳浦靠岸登陆，他们隐瞒了赵姓改称黄姓，暂时隐居在银坑、积美等地。不久，赵若和娶了当地陈进士的千金小姐为妻。为躲

避气焰嚣张的海寇，他又不得不带着妻儿迁到湖西硕高山下建房子定居，繁衍后代。

转眼间，到了明洪武十八年（1385 年），赵若和的曾孙黄文官娶了黄材的孙女为妻被人告发，说是犯了“同姓通婚罪”，不得已才出示秘传族谱。御史朱鉴奏报朝廷才准予复姓为赵。隐姓埋名了 106 年的宋赵皇族的后裔，从此扬眉吐气，以姓赵为荣，在硕高村聚族而居。

又过了 186 年，赵若和的第十代孙赵范中了进士，先后在无为、磁州、浙江、贵州等地做了大官。明万历二十八年（1600 年），他退休衣锦还乡，“觅先王缔造故处”，用了二十年的时间大兴土木，才完成了赵家堡的内城建筑。他的儿子赵义任文华殿中书舍人，退休后又接着干，买地扩建了外城。

相传，赵若和隐赵为黄来此建宅隐居时，他的夫人题写“完璧堂”的楼名，隐含着“完璧归赵”的意思。后来，赵范重建时用石匾镌刻“完璧楼”，故意把那“辛”字占了大半边，似乎在昭示后人“赵宋江山来之不易”；那“玉”字又写得很小，有意隐去一点，像个“王”字，藏在“辟”字的下面，似乎提醒后人“赵氏是王族”，“有朝一日神州大地仍会完璧归赵”。这苍劲有力的大字写成的楼名，流露出皇朝子孙对祖先帝业的思慕之情和无法改变历史进程的无奈心态，也对后代子孙寄托重振雄风的希望。

赵家堡的外城主体建筑是赵范府第，俗称五进厅，是仿照南宋临安的皇宫、五座五进并列而建成的。府前是石砌的广场，府后是两层的内眷住宅，两侧是厢房。赵氏族长、房长、家长议事都在官厅进行。听说，这里至今还保存着宋代十八位皇帝的肖像画（缺罡帝），由族长妥为保管，代代相传。府第广场前，两个荷池上架设一座大石桥，叫“汴派桥”，也寓意堡内居民系汴梁赵宋皇族的派下。池桥左侧的小山上聚佛宝塔、佛庙、禹庙、禹碑、“墨池”、石刻，星罗棋布，诸多故迹至今犹存。

一个亡国皇族的后裔，在改朝换代后，竟能聚族而居在一个城堡内，传之数百载，这在国内外绝无仅有，有极高的观赏价值和研究价值，难怪有人称之为“国之瑰宝”，无数游人前来观赏，也都流连忘返，终年络绎不绝。

（由漳州市陈明杰整理）

2. 梁山轶闻

南宋末年，宰相陆秀夫拥着少帝赵昺，在元兵追赶下，向南方沿海方向逃来。

这一天他们来到漳浦梁山地界，宋帝昺见后面元兵大军紧追不舍，走投无路，只得闪身躲入一座破庙里。待他一进去，便有无数的赤蜂在庙门口翻飞，蜘蛛则在庙门结了一层又一层厚厚的网。元兵追到庙前，见赤蜂成群，蛛网完好无损，料定宋帝昺不可能躲在庙里，就到别处搜索去了。看到元兵退走，宋帝昺与陆秀夫等才长长地舒了一口气，在庙里安歇了下来。刚想躺下休息，仰头见庙里的匾额上写着“梁山洞主”四个大字，他暗想：赤蜂群飞，蜘蛛结网，看来并非凑巧，定是梁山洞主暗中相助。于是，他就封“梁山洞主”为太公明王。

夜里，宋帝昺似睡非睡，朦胧间见有一位高冠莽袍的官员前来参拜。问他是谁，回禀是南海龙王。帝昺很奇怪地问：“这里群山环绕，你从哪里来？”龙王回答：“这梁山有个龙洞，泉水如涌，远通南海，我就是从龙洞来的。”

“龙洞何在？”帝昺又问。

“在刚进梁山坞口的大石下。”

帝昺脸露喜色：“好，这很好，我命你长守此洞，这里老百姓遇旱祈求甘霖时，你须尽力而为。”南海龙王遵旨而去。从此，龙洞里的泉水更为丰富，任你干旱多年也从不断流。

却说帝昺在梁山庙里歇息了几天，周围百姓得知，都争着热情接待，有人把捞到的一些尖尾螺送给他们君臣吃。帝昺觉得滋味鲜美，就将螺壳放到水中，说：“让你们再活去吧！”不一会儿，这些尖尾螺果真慢慢地挪动起来，活了，并在溪谷里繁殖起来。老百姓因

为这些尖尾螺是皇帝赐生的，就叫它“封螺”。到现在，在梁山的溪谷中还有不少这种没有尾尖，像已吃过的“封螺”。

帝昺知道盘陀不是久居之地，过了几天，便起程向云霄方向而去，路经盘陀岭，口渴难熬，到处寻找水源。终于发现了块较湿的地方，忙用双手扒开土层，泉水果真冒了出来。帝昺喜出望外，用双手捧起泉水大喝，觉得甘醇凉爽极了，不由精神大振，疲累干渴全消。从此，这个水窟便一直汩汩地流着清澈的泉水，从不间断。

后来，过往行人都喜欢到帝昺喝过泉水的地方取水喝，泉孔越挖越大，越挖越深，竟然形成一口井，人们就将它叫做“皇帝井”。

（漳浦县盘陀乡蔡常绿讲述，洪和漳、陈建明整理）

3. 丹山风物（三则）

（1）两石靴的故事

漳浦县的丹山自然风景区，历史悠久，景色迷人。这里代代流传一个两石靴的故事。

古时候，在楼埔庵的石洞内居住着一户人家，父子两人，艰苦度日。儿子虽已成年，但在深山野岭，没有人前来攀亲。老人无可奈何，也只好日日仰天长叹，听天由命。岂料不久竟有一位年少寡妇愿意嫁给他儿子，真是天顶跌落月，父子欢乐无比。小俩口婚后和谐、美满，但好景不长，媳妇身怀六甲后亡故，其子悲痛欲绝，不久也吐血而死了。

此后，这孤鳏老人日子过得更凄惨。日月如梭，光阴似箭，一闪十二年。有一天，山下一位店主找老人讨债。老人说："我从来没有去你店买东西，怎会欠你的债呢？"店主说："是你孙儿每个晚上都到我店来买糕饼充饥，我向他要钱，他说他的钱阳间不能用，要由你归还，你若不信，今晚到我店来亲自观看就清楚了。"老人听了，半信半疑，晚上摸黑来到店中，隐在暗处。午夜，果然有一个男孩子来此店买东西，店主照给。待其走后，老人紧随而去。当走到他媳妇的坟地时，那男孩突然不见。一连几天，都是如此。老人确认是他的孙儿无疑。他见孙心切，就拿着锄头挖墓，鬼孩在地中大声呼叫说："阿公莫掘，时间未到呀！阿公莫掘，时间未到呀！时间一到，我就出世，石化地瓜砂变米，穷苦人就过好日子。"但老人心太急，听不清话语，继续往下挖下去，挖呀、挖呀，挖不到他的孙子，却挖着两只靴子。

据说，他的孙儿若出世，将是未来的皇帝呢！老人的愿望成泡影，他将靴放在山上，天天怔怔地望着，久而久之，这双靴竟然变成石靴。现在，人们到这里看到

那两只石靴，都会油然产生无穷的遐思。

（2）神龟取丹药

据说在东晋时，著名的炼丹家葛洪曾来到灶山。他觉得这里山川毓秀、风景宜人，就在山顶上找个地方炼丹制药，此后，灶山才叫做丹山。

有一天，东海龙王听说葛洪仙祖在丹山炼成长生不老的丹药，便召集众文臣武将商议如何取回丹药。鳖军师奏道："望龙王派龟元帅父子率其部属前去最为适宜。"龙王准奏，并下令说："若取不回丹药，提头来见。"

龟元帅不敢违旨，带领龟兵龟将日夜兼程，一路进发。这一天，浩浩荡荡的队伍来到山中安营扎寨，龟元帅亲自和儿子去拜访葛洪仙祖，不料，找遍山上各洞府，并不见葛洪仙祖的影子，只好垂头丧气返回营中，命令全军继续分头搜查葛洪仙祖和他的丹药。龟元帅父子俩亲自在主峰上寻找，虽然闻到了丹药的香味，却始终找不到丹药的影子，到各道口搜寻的龟兵龟将们也都劳而无功。

龟元帅父子带着它们的将士，不敢回东海复旨，日日夜夜一直在丹山上奇峰异石间找呀、找呀！天长日久、岁月流逝，他们都变成满山遍野的石龟！

（3）白云洞

丹山风景区内的灶山主峰，自古就有一个白云洞。它深不见底、寒气逼人。据说以前洞中曾潜伏着龟、蛇两怪，日深月久，采日月之精华，已会变成人形，到处勾引女人，涂炭生灵，使百姓惶恐不安。葛洪来到灶山炼丹后，有人告诉他这个消息。他就经常独自坐在罗汉峰上默默思考，要怎样才能制服这两只妖怪，造福万民呢？

有一天，他听说两怪又在伤害民女，怒不可遏，马上摘下随身带的琴弦弹了起来。神奇美妙的琴音，使两妖神魂颠倒，忘了一切，陶醉在琴声之中，不想再去干别的事了。这时蛇怪对龟怪说：“龟哥，这琴声真是太好听了，世上很难再找一把能弹出如此好乐曲的宝琴，我们去把它盗来吧。”龟怪答道：“好啊，你的这个主意真不错！”它们把女子暂放一边，悄悄地来到葛洪的身边，正想伸手偷琴，不料马上被葛洪抓住了。葛洪苦口婆心教化两怪，终于使它们幡然悔悟，改邪归正。两怪为了报答葛洪仙祖给他们指点迷津，后来就变成白衣童子，跟在葛洪仙祖的身边，时常到民间救困济贫做善事。

白云洞依然像以前那样深不见底，寒气逼人，依然烟雾缭绕、白云飘飘，但人们看到的再不是狰狞的妖怪，而是进进出出，忙于为民做好事的白衣童子的身影。

（漳浦县深土乡林社进讲述，林耀国整理）

八、云霄将军山的传说

1. 少将军迁葬明心志

“开漳圣王”陈元光智取飞鹅峒后，在葵冈岭下聚歼了蛮王苗自成、雷万兴等人，进军梁山，屯兵于西林，建宅火田村。归德将军到达云霄要渡江时，看到江上景象就若有所思，他感慨地跟左右说：“这条江真像家乡上党的清漳江呵！”因而就把云霄的江水取名为“漳江”。后来阵元光奏请建州时，即取名为“漳州”。

仪凤二年（678年），归德将军陈政终因积劳成疾，四月十五日病逝于火田官邸中。当时少将军陈元光戎马倥偬，无暇顾及择地，就草草将父亲安葬在附近的修竹里将军山上。此山昂然独立、似有大将军身居帷幄的形态，故名将军山；隔江对峙一山，端重严凝，有垂绅搢笏的气派，名为大臣山，都是云霄的望山。并非因归德将军葬于此而命名的。

十几年过后，陈元光将军和他的军咨祭酒丁儒，参军许天正，部将李伯瑶、沈世纪、马仁等人，同心协力，辟地置屯，劝课农桑，通商惠工，招徕流亡，悦近亲远。且创办学校，施以教化，又安抚蛮獠，

遍置唐化里，把闽南开发成一片富庶太平的“乐土”。

这时军师张赵胡偕丁七娘早已归隐仙山，修炼去了。垂拱二年（686 年），陈元光上疏，向唐王朝申请准予建州置县，纳入版图。垂拱四年（688 年），朝廷恩准建立漳州，钦命陈元光兼领漳州刺史之职，同时恩准其建立燕翼宫。这时，陈元光才有心思营建归德将军在将军山麓的墓地。按照唐代仪制，陵墓设有享堂、碑亭、翁仲，石兽、华表等“十事”，显得富丽堂皇，十分气派。祭祀之日，当地官民都来瞻仰，无不啧啧称赞：好风水，好地理！谁知道因此竟引出一桩麻烦事来了。

有一个最善于阿谀奉承、拍马溜须的风水先生汜顺舔某日风风火火地登门造访，向鹰扬将军道贺道：“恭喜将军，贺喜将军！将军慧眼善择宝地，归德将军的陵寝有王者之气，地灵所钟秀，后代子孙必有九五之份，帝王的基业。”他全然没有顾及到这种奉承话未免说得太离谱了，变成大逆不道和遭人诬陷的反话了。陈元光一听，肚皮都气炸了，拉下脸子怒斥道：

“你说的是什么屁话，快闭上狗嘴，不准再放肆胡说，无中生有，造谣生事，给我滚出去！”

这位汜顺舔风水先生想不到“好心给雷打”，拍马屁竟然拍到马尻川（屁股），还挨了一脚踢，他一肚皮气，灰溜溜地滚出燕翼宫。他边走边想，越想越气，一个坏主意居然冒出心头了。他恶狠狠地说：“你不让我

说，我偏要说。说将军墓穴出王气，犯忌讳，我就偏说，让尽人皆知。”于是他逢人便说，到处散布：“归德将军墓头有王气，陈元光后代子孙定称王。”这种说法，一传十、十传百，在闽南一带越传越盛、越传越远，简直家喻户晓，妇孺皆知了。陈元光听了，心中十分不安。这种流言一旦传到朝廷上，武后岂不怀疑自己在边陲会拥兵自重，据地称王？那不仅有口难辩，而且还会引来灭门之祸！他急欲制止这种流言，又苦无对策，真比在战场上杀敌制胜还伤脑筋。他苦苦想了好多天，也想不出一条妙计来，直愁得他整天睡不着觉，也吃不下饭，人都消瘦憔悴了。

有一天，已经归隐田园的前漳州府承事郎丁儒前来看望他。这老人家笑眯眯地说：“少将军多日不见，何事如此烦恼啊？老朽新赋《归闲二十韵》特地带来请少将军斧正！”陈元光读完诗，苦笑道：“我若能有老先生这等闲情逸致就托福了。”丁儒明知故问，道：“少将军何事烦恼呢？可否告诉老朽，也可为之排解分忧哩。”陈元光仰天长叹说：“还不是为了‘王者气’这种无聊透顶的流言吗？”丁儒郑重其事地说：“为今之计，只有急流勇退，方能明哲保身。”陈元光一听“急流勇退”四个字，不禁心中一怔。他一向十分敬重丁承事郎，总把他当父执辈看待，以前他协助自己参理州事，他总是言听计从的，想不到今天竟然劝自己壮年引退。他沉默了片刻，连连摇头摆手道："不能，不能！方今漳州新建，百事待兴，边陲之地，隐患尚未消弭，朝廷还得倚重边将。如上疏引退，不但不会恩准，反而还会产生猜疑，届时弄巧成拙，引火烧身，实非万全之策啊！"

丁儒听这一说，也深感忧虑无策。两人相对无语，陈元光垂泪长吁道："苍天啊，我陈家父子忠君爱国，天日可鉴，为皇家开疆辟土，鞠躬尽瘁，岂有异心？小人谰言，造谣生事，我怎样才能表白心意呢？"两人又沉默半晌，各自沉思默想。忽然，丁儒拍案而起，朗声说道："若想表明心意，消灭流言蜚语，唯有见诸行动，少不得惊动老将军在天之灵了。"这句话让陈元光激动得泪下如雨，呜咽地说："这几天来我冥思苦想，也只有将先父之灵柩迁出将军山墓茔。只是不忍心让亡灵再受颠沛之苦，所以一直犹豫不决。"丁儒安慰说："老将军在天之灵，定会体谅少将军的一片苦心的！"

于是陈元光立即挥泪提笔，上疏朝廷，申报准予将归德将军灵柩迁到新安里大峰山（即今平和县大溪乡之灵通岩上狮子峰巅）去。那里本是陈元光在漳州四境建立的四处行台之一，平时只有军校们登高巡逻了望，闲杂人等难以登上如此高峰，以绝闲人再胡说什么风水宝地了。将军山下的旧陵寝上的仪制尽行毁坏，只剩下一片残碑瓦砾。陈元光将军为了避嫌表忠心，迫不得已才做出迁墓的决定，谣言也不攻自破、随之消弭了。直到

四百多年之后，宋王朝才追封陈元光为“开漳圣王”，民间才又有“王爹回迁”之说。

（漳浦县李林昌讲述，芗城区溥静整理）

2. 夫人妈的传说

“开漳圣王”陈元光一家为开拓漳州立下了汗马功劳，他的女儿叫陈怀玉，民间都称她做“夫人妈”。她非等闲之辈，至今在云霄县境内尚有多处夫人妈庙，香火始终不断。这里说一个夫人妈攻打潮州城，为父报仇、为国立功的故事。

陈怀玉的父亲陈元光战死沙场后，她的哥哥陈珦继承了先父的大业，出任漳州刺史，兼任岭南行军总管。陈怀玉虽是名门闺秀，但十四岁时，就已学得一身高强武艺。她的弓箭能够百发百中，她使用绣鸾刀，刀法纯熟，绝妙无比。她又谙熟韬略、兵法。满营将士都很尊重她，连别驾许天正也多次赞叹说：“莫说闺中女子，就是一般男子汉，也不能跟怀玉相比。”

唐开元二年（714 年）的某一天，家将传来潮粤獠蛮进犯潮州城的消息，陈元光之子陈珦义愤填膺，国恨家仇，让他热血沸腾、心情激荡。他与老将许天正商量，决定出师迎战，并在演武亭比武招募良将。应征者众，比试结果，陈怀玉荣居榜首。这陈怀玉，自幼跟随

许天正习武，拉得十八张硬弓，百步开外，能射穿一铜钱，艺冠三军，当即被封为讨贼一路先锋。那三妹陈怀金的夫婿戴君胄以三马九箭尽中靶心的佳绩，被封为二路先锋。于是，两路先锋带领队伍，浩浩荡荡，向潮州城进发。

却说潮州城内，贼营中正一片花天酒地，恣情玩乐。忽有探子来报，陈珦率领五万大军，不日即到潮州城，请主帅定夺。主帅雷成闻讯一惊，问先锋何人？探子说："陈元光次女，陈珦二妹陈怀玉领一路先锋，三妹婿戴君胄领二路先锋，来势汹汹。"雷成又一惊，大将先锋蓝奉高却笑道："主帅休惊！那陈元光武艺高强，尚死在我的刀刃之下，这两人一个是区区的黄毛丫头，一个是乳臭未干的小子，有何惧哉！"大将雷藤在旁气焰更是嚣张："待那丫头一到，我杀她个片甲不留！"

陈怀玉说到就到。探子一报，那雷藤就急急请缨领令，披甲提棒，冲出城门。两人互通姓名，便交起战来。一个是五大三粗，棒棒凶狠，越战越急；一个是玉体矫健，刀刀稳当，越战越勇。正在杀得难分难解之际，陈怀玉卖个破绽，拨马便走。雷藤当她力怯，哪里肯舍？陈怀玉待他追来，返身一箭，正中咽喉，雷藤顷刻毙命。

次日，二路先锋戴君胄兵马一到，贼营又有更多人送命。恰似昨日，戴君胄一箭过去，贼将钟藤一命

呜呼，横尸马下。雷成带领鱼兵虾将，出城援助。先锋蓝奉高与戴君胄打将起来，雷成正遇上前来援阵的陈怀玉。双方打得正酣，不料戴君胄的坐骑中了蓝奉高飞刀，戴君胄摔落马下。正在这危险关头，陈怀玉放下雷成，来救戴君胄。陈怀玉截住蓝贼奉高，一马接战两骑，三匹马风车般团团转。陈怀玉正对仗蓝奉高的当儿，雷成从背后砍来一刀，意在乘陈怀玉不备，来个突然袭击。哪知陈怀玉听见风声，不慌不忙，举起刀背将雷成乌龙大刀格出好远，回头让过蓝奉高一棒，随即刀光一闪，正中蓝奉高左臂。蓝、雷两将仓皇逃窜。陈怀玉哪里肯罢休，一箭飞离，又中蓝奉高右臂。蓝奉高那双伤害过陈怀玉父亲的罪恶手臂，顷刻间成为一对废物。雷成急忙下令收兵。自此贼将紧锁城门，不敢迎战。

不日，陈珦率领大队兵马，来至潮州城外。经过精心策划，陈怀玉又协助兄长，由许天正、戴君胄化装成渔民，混入城中，火烧敌军粮草，用计打开城门，引领大军攻入城内。三军汇合，浩浩荡荡，把敌军里三层、外三层，包围得严严实实，水泄不通。敌军见大势已去，投降的兵卒不计其数，缴获的兵器更是堆积如山。

可那凶顽的雷成、蓝奉高，却不肯归降。他们带着少数獠军，左冲右突，企图冲出重围。半路上，偏遇着陈珦、陈怀玉兄妹。陈珦厉声喝道：“獠将莫负隅顽

抗！我主英武而承大统，恩威加于畲族诸獠，此情此境，如泰山压卵，何去何从，请早作选择。”

贼将雷成、蓝奉高、蓝虎，惊慌失措，气急败坏，狗急跳墙。一齐提刀举棒，直向陈氏兄妹杀来，见人便刺。陈珦、陈怀玉怒发冲冠，一个使着银枪，如蛟龙出海，出没风波；一个使着钢刀，似猛虎下山，左右挥舞，不一会儿工夫，便把几个贼将命送西天，报了父仇。

这一战，陈军大获全胜，收复潮州城。陈怀玉及兄帅、众将士，血染征袍，临风登城，把一面大旗，高高插在潮州城门上。

巾帼英雄陈怀玉领先锋将印，摘獠将首级，为父报仇，为国立功，勇冠陈氏三军，威扬韩江两岸！正是：

唐史留徽平獠逆，辅佐父兄百战功，
巾帼英雄留姓名，至今犹说陈怀玉。

后人为缅怀陈怀玉，尊称她为夫人妈，立庙祀奉。

（云霄县汤凤林、汤士梅、汤助云讲述，汤列麟整理）

3. 将军山上鞭打声

将军山是云霄县的主镇山，在城西约四里处。每逢中秋之夜，明月高悬在山顶上，形成奇特景观，“将军

挂月”成为云霄八景之一。唐归德将军陈政奉旨平乱，屯兵云霄，病逝后，与夫人司空氏合葬于将军山麓，俗称“王爹墓”。

明末清初，一个生于平和县、名叫万礼的万提督，驻军在云霄县。一日，他带兵巡逻至将军山，发现此地有帝王气，心中大喜。于是，决定将他父亲的骨骸迁葬来将军山。他想：这王爹墓虽只剩个土堆，然而石兽、翁仲，排列整齐，只要瞒骗乡民耳目，就可福荫子孙，但要防止人们毁墓夺穴。他借口练兵，把火炮拉上将军山，两军对峙，进行军事演习。炮声响时，石人、石马、石兽应声倒地，他再让士兵开路、架桥，平整墓埕，把石雕残骸压到土下，变成空旷的练兵场。数月后，在王爹墓的左上侧，就出现一座雄伟牢固的万提督墓，他还精心设计，购大量瓷碗，粘上精制糖水灰，砌成圆锥形的墓堆，防止盗墓。

但是，过不了多久，这里就出现从未有过的怪事：每逢阴雨天，将军山上墓丛中，不时传出公堂上办案的吆喝声，还有受刑人的哀叫声，比鬼叫狼嚎还凄厉。又经数月，每逢下午未时，这种情况更加频繁出现，三天一小刑，五日一大刑，哀叫声惊动了山脚下的村民。一些胆子大的人，偷偷摸摸地来到墓丛边，只听见办案人喝斥万提督父亲以及重板鞭打犯人的声音一阵高一阵，犯人认罪求饶和哀叫呻吟的声音，令人毛骨悚然。说也奇怪，虽然声音清晰，犹如近在咫尺，可是人们却看不见任何人形物影。村民纷纷议论：“这是陈王祖显圣，严惩占墓者万提督的父亲”，“霸占王墓，活该遭殃。”

万提督听到传闻，忧心忡忡，又奈何不得陈圣王。于是他在县南，又盖了一座颇具规模、坐东朝西的经堂，取名经堂口，匾额上挂着“小隐寺”字样。堂上供奉释迦牟尼佛，配备六名僧众。正堂楹联写着“出门便见先君面，入室犹存古佛心”几个刚劲醒目的大字。每日晨昏均鸣钟擂鼓，铜罄、木鱼有节奏地伴随着念经的声音。万提督想借用迎佛法来解除陈将军对其父亲的刑罚。三年后，万提督调离云霄，就常有三两人群到将军山上来盗挖万提督父亲的坟墓，人们细心敲掉糖水灰渣，清理干净后，就挖走明亮夺目、古色古香，颇有欣赏价值的明代古瓷。历经数十年的盗挖，连万礼父亲的骨骸也被偷挖得干干净净。然而，开疆辟土的归德将军陈政和他的夫人的墓却安然无恙，得到人民的尊敬和保护，至今还巍然耸立在将军山麓。

（云霄县张福安讲述，李树枞整理）

4. 放马埔

云霄县将军山西麓，有一片横直几公里的平地，原来是绿色的草埔，传说是陈政、陈元光父子开发漳州时放马的地方，而附近有条坑，老百姓说那叫马坑，是开漳圣王关养军马的地方，现在有时还能挖到石马槽呢。

“文士爱诗，将军爱马”这是人之常情。陈元光集文士和将军的品质于一身。他十三岁在河南光州固始县，应州试选拔得了第一名。少年时随父入闽征战，披荆斩棘，开山造路，遇水搭桥，屯垦建堡，招抚流亡，历尽千辛万苦，也培养了无数英雄人才。陈元光将军也是诗人，传下来的有《龙湖集》诗文。南靖龟洋庄亨阳曾有诗赞曰：“宝剑当年定百城，将军初试早知名，鱼肠斩处浑无血，石髓流时合有声。”

有一天，陈元光、马仁、欧仁、沈世纪等人来放马埔观看军马，他看到一大片草埔上几百匹军马，有的在“沙沙沙”地吃草，有的在“哒哒哒”地奔跑，非常高兴，与众人有说有笑，他深知军马是将士最亲密的伙伴，优良的军马是战斗胜利的保证。

这时，有个人拉来三匹马，要卖给唐军。马仁便传叫他的弟弟马英这个军马场的行家。不一会儿，只见马英骑着一匹小红马奔驰而来，跳下马，手挥竹鞭，就问：“哥哥，你叫我做什么？”

马仁说：“陈将军找你，叫你看看这三匹马能值多少钱？”

马英立即转身说：“禀告陈将军，管马战士马英来到。”

陈元光说：“好！你看看，这三匹马好不好？”

马英当即认真仔细地相起马来，看看马脚，摸摸皮毛，又相它的骨骼、体形。欧仁、沈世纪跟着也拉拉这匹马，又摸摸那匹马，看到这些马都雄健有力、神采飞扬，就说：“不用看，这三匹马都是好马，不相上下。”

马英多年放马、驯马，经验十分丰富。他指着白马说：“没有那么简单，区别很大！这匹白马，起码值一百两银子，而这两匹红马，最多只值三十两银子！”

卖马人说：“你真有眼力，这白马的确比红马好。”欧仁和沈世纪不相信这三匹马优劣、价值悬殊那么多。马英说：“你们不相信，我就当场试给你们看看吧！”

说着，马英就叫三个人骑上马，纵辔扬鞭飞快地奔驰起来，一连跑了几个来回。马英对大家说：“你们能辨别这三匹马的好坏优劣吗？”大家说：“看不出来，好坏差别在哪里呢？”

马英指着白马说：“这匹白马，任你飞奔一百个来回，仔细看，它的四蹄好像不点地，蹄声小，‘得得达、得得达’，好像唱戏时打小达鼓的声音，蹄下还没有溅起一点尘土！好就好在这里。”大家信服地点点头，同意他的看法。

马英又让三匹马跑了几个来回，然后指着两匹红马说：“它们只跑了几步，蹄下就扬起了阵阵尘埃，蹄声大，‘碰碰达、碰碰达’，比演戏打破鼓更难听。不比不知道，一比就可以比出好坏优劣。我的话不是没有根据的。”

大家听了，无不佩服马英有丰富的经验、精准的眼力，是一个真正的驯马师。

陈元光说："我们行军打仗，贵在神速，好马能救主人，好马能闪枪箭。马英这几年很用功，他的经验十分宝贵。"

马仁说："就照马英开的价，付给银子吧。把三匹马送到马棚去喂草料。"

马英又跳上他心爱的小红马，奔驰到他的马群中去了。马后传来了他吹叶笛的声音。

（云霄县陈四树讲述，洪都农采录整理）

九、东山县旅游景点的故事

1. 宫前妈祖庙的传说（七则）

（1）发光的神木

很久很久以前，东山苏澳还叫平海，一个渔夫在海上撒网捕鱼，拉起很沉很重的东西，他以为打到一网大鱼了，心里高兴。哪知道，起网后，却见是一株枯木挂在渔网上了，这渔夫不经意地随便把这枯木放在海滩礁石之间。

又过了不知多少年，住在这里的渔民发现，海滩礁石间夜夜有宝光出现，光焰一晚比一晚明亮，闪耀着七色虹彩。渔民们都以为礁石间一定藏有什么宝贝，才会发出宝光来。在一个月明之夜，几个胆大的年轻人悄悄地约好，去探看发光的礁石，结果发现，是这枯树根在发光。有人就泄气地说："枯木发光，有什么希罕？听说这叫磷火之光。"其中有两兄弟不以为然，他俩争辩道："磷火是绿色的，这海树发的是七彩宝光，一定是贵重的神木。"他俩费尽力气把这神木抬回他家去了。

不料，第二天，怪事就发生了，这块神木竟然自行跑到山坡上。兄弟俩很气愤，

以为是他们的伙伴恶作剧，气呼呼地找他们理论。

“开什么玩笑呀，昨晚你们说朽木发磷光没什么希罕，我们费尽气力抬回家去，就算是我们的宝物了，谁也别想沾光。”他们的伙伴莫名其妙，看他们兄弟气呼呼地瞎嚷嚷，都觉得可笑，就异口同声地说：“是你家的宝物，谁也不想沾光，快抬回家去吧。”“抬就抬，以后不许你们再来偷。”两兄弟就又把神木抬回家去了。

说来也怪，第三天，这神木人不知鬼不觉又跑回山坡上。两兄弟心里纳闷，不知是怎么回事。这事倒惊动全村父老，大家都来烧香祷告了。

当晚，几个德高望重的父老都做梦，看见天妃乘坐凤辇，祥云缭绕，显灵在海天之上，派宫娥传话道：“我是湄洲天妃，这块神木，原本是由一株神树分成的，共有七段，分镇七处港澳，庇护渔民，保佑航海安全，所以称‘七姊妹’。大姊镇守湄洲，我排行第六，我的神灵依附在这块神木上，你们若祭祀我，我当会赐佑你们。”父老听了，都望空叩谢，只见天妃凤辇冉冉升天，祥云闭合，不见了。醒来之后，他们奔走相告，竟众口一辞，大家才相信所梦不假。于是就集资募工建庙，用这块神木塑神像，这才有了如今这座宫前妈祖庙。从此，人们尊称东山的妈祖为“六妈”，村庄也改名为“宫前”！

（2）剿灭红毛番

明崇祯七年（1634年），一天，平海澳的海面上，突然驶来几艘双桅大番船，不一会儿，数不清的小驳船满载番兵，蜂拥登岸，都是红毛发、绿眼珠、勾鼻子的番鬼，他们手持火铳，没登岸就开枪示威，吓得渔民们纷纷逃进妈祖庙里，恸哭跪地磕头，祷告妈祖显灵保庇，庙里一片哭声。

红毛番一冲进社内，就挨家洗劫，还顺手放火烧屋。他们像凶神恶煞似的，一见男人就开枪，看见妇女就捆绑起来，押上驳船，送到大番船上去。

正在呼天叫地、万般无奈之时，忽然间，狂风怒号，黑云滚滚，海浪滔天，番船像蛋壳似地在惊涛骇浪中颠簸。天黑得伸手不见五指，一时不知从哪里飞来一群神鸦，只只口衔着火种，纷纷扔向番船。霎时间，只见船帆着火了、桅杆起火了，甲板在燃烧，狂风助火势，照亮了黑暗的海空。只听得番船上的红毛鬼惊恐万状、鬼哭狼嚎，无处逃生，纷纷跳下海里，却一个也活不了，全给狂浪卷去喂海鱼了。

驳船上的番鬼见势不妙，赶紧拨转船头，逃上岸来，又遇上明朝官兵在徐一鸣将军的指挥下及时赶到，平海青壮渔民人人拿起锄头、扁担和渔叉，迈开大步，冲上阵去，跟番鬼英勇搏斗。红毛们见番船被毁，退路已断，心惊胆战，不敢恋战，最终被官兵和老百姓像捏

死臭虫一样，全部歼灭在海滩上。事后，渔民们都说是妈祖庇佑了他们，他们都隆重地祭祀、酬谢海神。

（3）涌泉济师

康熙二十一年（1682 年）十月，老将军施琅奉旨东征，因为信风关系，全体水师集结在铜山岛，约四万人马驻在平海澳。由于朝廷内迁政策，从前居民住宅内的水井都早就被填死了，只有宫前天妃庙前的一口古井还有水源，可供百口渔民饮用，但由于井浅，距海不远，水味十分咸苦。

现在大军突然集结，淡水不济，四万军士怎么生活呢？施琅将军大伤脑筋，想不出办法来。有一天，他发现这里有天妃行宫，便亲自率领众文官武将以及全体士卒，一齐焚香跪拜在宫前，祈求天妃相助。施将军祝祷神明道："本帅奉旨东征，大军暂住贵方，由于淡水不济，生活饮用艰难，希望凭藉神力，使甘泉源源不绝，以足军需。胜利凯旋后，当奏明圣上，为神请封。"

祝祷完毕，施将军命令军士淘井，还没挖几尺深，泉水忽然汩汩涌出，水味甘冽无比，三军欢呼称奇，都感激天妃灵验。这口水井，从早到晚地汲水，足以供四万人日常饮用还有剩余。于是施将军大喜，欣然提笔写《师泉井记》，刻石立碑，树于井畔，以志不朽。

说来也怪，等到水师东征后，这口水井的日供水

量，又恢复像从前一样，仅供百口之家之用，不过水味仍保甘洌。

（4）宫前誓师

施将军的水师在铜山、平澳操练半年，到第二年的六月初，万事俱备，只待信风了。十三日，他亲自执香主祭，率领十万舟师在天妃宫前祭祀海神，献上三牲和美酒，鼓乐喧天，鞭炮轰鸣。他恭敬地祝祷说："天妃显灵，护国佑民，功绩昭著。今番奉旨东征，统一台澎，愿天神助阵，平定凶险。三军凯旋之日，必有褒崇以答灵贶。"只见东南风起，帅旗飘扬，旌旗猎猎，十万军士齐欢呼！十万甲胄都拜倒在宫前。

祭祀毕，施将军会见各镇、协、营、守备和千、把总等随征诸官，将"先锋银锭"排列在公案上，传令道："诸将听令，今番征剿台澎，谁敢为先锋者，径上前领取先锋银锭，以便先行冲击敌舰，擒贼破敌！"号令遍传，诸将还在犹疑不定，互相观望时，只见一员虎背熊腰的大将应声出列，前来领取"先锋银锭"。施将军展目一看，果然是他！自然颌首允诺了。

你道这员大将是谁？原来他就是施将军麾下，以骁勇著名的提标署右营游击蓝理。他原是漳浦县赤岭乡畲族"种玉堂"的苗裔，从小膂力超人，能力举八百斛，还曾足追奔马，曳马尾巴使之倒行，叫人听了舌头都缩

不进嘴里去。他刀盾枪炮，无不精通。靖海将军此番东征，听说蓝理骁勇善战，特意奏请皇上使之随征的。

第二天辰时，施琅将军下令当晚放洋，只见海面上旌旗飘扬，号角呜呜，万舰齐发，灯光浩如繁星，好不壮观。

（5）梦示神机

先时，靖海将军施琅在铜山宫前祭祀海神，祝祷天妃呵护将校，庇佑东征。当晚，署左营千总刘春梦见一侍臣来宣称："天妃有旨召见千总刘春。"刘春一听胆战心惊，不知为了何事？只得端正衣冠随内侍前去。

到了一处府邸门前，像天妃宫宇却又不大像，似乎更金碧辉煌，不像人间景色；步入内宫，更是巍峨宫殿，有祥云缭绕。内侍引他到一处大殿，报门："左营千总刘春到。"宫娥出来传话："天妃召刘春进殿。"刘春进殿后，战战兢兢不敢仰视，两腿抖抖索索地拜伏在地上。

过一会儿，只听宫娥传话说："天妃昭示：施帅东征，顺应天时，下符民意，所向无敌。本月二十一日必得澎湖，七月可得宝岛台湾。施将军可无虑，神妃将助他成功。但天机不可泄露，此事只宜密报主帅得知。"刘春连忙叩谢天妃，满口应诺。又听传旨："刘春退下。"见有内侍引他出门，刘春这时才大胆地想瞻仰天

妃尊容，回头却只见祥云掩蔽、景象早已隐没了。

刘春醒来，默记天妃昭示，不敢乱说，心里却七上八下地很不放心。第二天清早，他即悄悄晋见施琅将军，告知梦中所见。施帅听后，面带笑容告诫道："不可与外人语，梦中神机日后自有征兆。"他心中有数了，此番东征顺乎天时民意，是稳操胜券的。

施琅出师东征，六月十六日，舟师到达澎湖湾。刘国轩尽出军舰迎战，令己方炮船、战船列阵团团围住施琅座舰。施琅站在舰船的尾楼上督战，被一发流弹击中，烧伤了半边脸，跌倒在地。他挣扎着站起身来继续指挥作战。

先锋蓝理见帅船陷入重围，受到敌舰团团围攻，赶紧乘船冲进敌舰群中，只一炮就把一敌船炸沉，又一炮，把郑军提督前锋陈升的座船炸裂了半边船舷，又与施琅座船联手，打坏了郑军姚朝王的战船。

酣战中，一发流弹炸伤了蓝理腹部，烧透了他的护身甲。他跌倒在地，肚肠从伤口流出。他沉着地把流出的肚肠塞回腹内，撕下一面旗帜，裹紧包扎，又站起身来，整顿盔甲，继续指挥作战。施琅乘势挥船追赶，郑军舟师全部败退，清军首战告捷。

三日后，会战开始，战况十分激烈。清军奋勇围歼，郑军拼死抵抗，双方互有伤亡损失。正相持不下，施琅座舰触礁搁浅，刘国轩指挥郑军船舰团团围住，组织炮

火猛轰，情况十分危急。就在这时，施琅船上的将士们都亲眼看见：云端上有旌旗出现，天妃的凤辇若隐若现，海面又有两员神将，足踏波浪，指挥神兵助战。刘国轩知道大势已去，无法挽回，就收拾残兵，撤离澎湖。

战后，平海渔民发现宫前六妈神像袍襦湿漉漉的，粉底靴上沾有细沙；左右二将千里眼和顺风耳两手都起泡了。全村居民都来瞻仰，啧啧称奇。这正与船上人所见一样属实。宫前六妈澎湖助战，这事清军将士和东山居民妇孺皆知，有口皆碑。

以后的战局发展，与梦中昭示完全符合。澎湖会战胜利后，刘国轩退守宝岛台湾，就敦促幼主郑克爽投降。七月初，刘国轩、郑克爽就写请降表，带领全宝岛台湾军民向靖海将军施琅投诚了。

（6）海滩清泉

刘国轩败退宝岛台湾后，清军水师进驻澎湖诸岛。澎湖共有三十六岛，像一串珍珠撒落在大海之间，岛上水源很少，有的只有沙滩。十万大军突然进驻这里，没有淡水接济，饮用大成问题，将校口渴难耐，苦不堪言。

当时蓝理的船队驻扎在八罩、虎井各岛，正愁无水煮饭。蓝理自从拖肠血战后更加信仰天妃神威了，就亲自率领麾下将校士卒，齐齐跪在沙滩上，焚香祷告天

妃，赐给甘泉，以解军士饥渴。

祷告完毕，众将校依旧愁眉苦脸、无计可施。天妃灵觋能天降日霖吗？四望海天；烈日当空，并无一丝云霓浮现在天边，连一丝凉风也没有，更感到苦渴难当了。

这时海潮刚刚退下，岛四周露出大片沙滩，蓝理的二弟蓝瑶无何奈何地扒开沙滩，试试沙中的水味是淡还是咸。

不料奇迹发生了。扒开沙滩只一尺深，涌出的水竟然甘甜无比。他不禁大呼喊起来："有淡水啰，有淡水啰，快来痛痛快快地喝吧！"众人见状都惊奇不已，还以为蓝瑶渴疯了：大潮刚退，沙滩中怎么会有淡水呢？

有些人将信将疑地扒开脚下沙滩，试尝水味，果真是淡水，还是甘甜无比哩。这下轰动了全军，大家急忙焚香拜谢天妃。蓝理从沙滩中收集到足够的饮用水，报给大本营。施将军传令各处缺水的军旅，一律尝试扒开沙层求水，果然都一一应验。但当大军离开澎湖入台后，沙滩上却不再有淡水出现。当地军民都说："天妃的庇佑真灵验！"

（7）晋封天后

统一宝岛台湾后，东征的将校个个论功行赏，靖海侯施琅将军官居福建提督，他心中念念不忘宫前天妃显灵助战破敌军之恩，就上表乞请皇恩崇加敕封，

他在表中如实照说，宫前天妃如何枯井涌泉、梦召刘春、澎湖助战和沙滩得泉的种种灵迹，陈说这次东征，得以胜利凯旋，完成版图的一统，没有神明的庇佑，是难以成功的。恳请圣上拟于班师叙功之日，一起为神妃题请加封。

康熙皇帝见表，知道施琅所说属实，就御笔敕封天妃为“护国庇民昭灵显应仁慈天后”。湄洲妈祖尊神在明成祖永乐七年（1409 年），就因屡有护助大功而加封为“护国庇民昭灵显应弘仁普济天妃”，到清康熙二十三年（1684 年）又晋封为“天后”，都是由于宫前六妈庇护施琅东征台澎，种种灵贶所致。

康熙二十三年八月，皇上又派钦差、礼部郎中雅虎奉御书香帛，到湄洲和宫前（当时还称为“平海”）诣庙致祭，并御赐十棚大戏，以资庆祝。直到今天，宫前居民还对上述的圣迹引以为荣，津津乐道不已。

（以上均由东山县蓝大仁讲述，王雄铮采录整理）

2. 寡妇村的妈祖庙

闻名海内外的东山岛的“寡妇村”——铜鉢村，有座奇特的妈祖庙，庙中香火旺盛，国内外游客络绎不绝、长年不断。

为什么说奇特呢？原来它有二奇：一是奉祀的妈祖

是柔懿夫人，不是似别处那样是湄洲岛的林默娘；二是别处的妈祖只有一尊，而这里却有同样大小的两尊妈祖饰金雕像。这里有段故事：

柔懿夫人是一千三百多年前开漳圣王陈元光的女儿陈怀玉，文武双全。她十七岁那年，铜山、南诏盗贼纷起，常发生寇乱。平民百姓被乱寇掳掠充当“南口”（奴隶），成为贩卖的货物和馈赠的礼品。陈怀玉看到父亲政务繁忙，未能脱身，便独自带领男女兵勇平定盗贼寇乱，给父亲帮了大忙。铜鉢村的百姓为纪念她的功绩，就建庙祀奉她，称她为“妈祖”。

1661 年，郑成功率领军队收复宝岛台湾时，铜鉢村也有数十名年轻水手积极响应，运载军人渡过浩瀚的台湾海峡作战。水手们信仰崇拜柔懿夫人，钦佩她当年文韬武略的杰出英才与英雄气概，临行前，征得父老乡亲的同意，奉请妈祖金像上战场，祈求她护佑平安顺利、打胜仗！郑成功的大军攻占了澎湖列岛，收复宝岛台湾后，他们随军凯旋，又敲锣打鼓把妈祖金身塑像送回原庙。

而在水手们请走妈祖金像时，乡村父老商量过：“国不可一日无君，庙不可一月无神。”于是，就请雕刻工匠又雕了一尊妈祖金身塑像上供：祈求保佑郑成功旗开得胜，众水手士兵平安归来。水手们捧回第一尊妈祖金像时，有的乡亲说：“妇不事二君，庙不事二主，怎

么办？”父老乡亲商量来商量去，认为两尊妈祖都曾护佑铜山儿女、保乡卫国，功不可没，就决定一视同仁，同时正位供奉，以让子孙后代永远记住这段难忘的历史。前者尊称为“大妈”，也叫“大妈祖”；后者尊称为“二妈”，也叫“二妈祖”。

（芗城区沈顺添搜集整理）

3. 铜山风动石的传说

人们常说，到北京未上长城，是一件憾事；可来到闽南，不到东山岛，不去欣赏风动石，同样也是一件憾事。

东山岛风动石，石高 4.37 米，宽 4.47 米，长 4.49 米，重约 200 吨，像一颗硕大的石桃斜搁在东山岛古城东门海滨的石崖上，与下面巨大的盘石接触面仅为十余平方厘米。狂风吹来时，巨石轻微晃动，人若仰卧盘石之上，跷起双足、用力推蹬巨石，也会使之摇晃。风动石的右前方，竖立着一块石碑，上面题刻着明代水师提督程朝京咏风动石的诗：

造化原来只一丸，东封函谷万层峦。
天风吹向闽中坠，海飙还能逐势抟。
五丁欲举难为力，一卒微排不饱餐。
鬼神呵护谁能测，动静机宜在此观。

这首诗将风动石的奇特之处描绘得淋漓尽致：五个身强力壮的汉子想推都推不动它，而一个饿着肚子的士兵却能轻轻地将它推动。是何缘故？原来这就是人们常说的“四两拨千斤”。想要推动风动石，不是人多就行，而是要找准角度，有节奏地一推一松，才能找到推石的“机关”。

自古以来，风动石一直是东山岛的标志性景观。并且以奇、险、悬，被载入科普出版社出版的《中国地理之最》。1986年版电视连续剧《西游记》在东山岛拍摄第一集《猴王初问世》镜头时，石盘上轻轻晃动的猴头，便是这块号称“天下第一奇石”的东山岛风动石。

相传明万历年间，诗人李楷同水师提督程朝京慕名专程到铜山（今东山岛）观赏风动石。地方官员特意在风动石下准备了一桌山珍海味，置酒接风。宾主把盏赏石，好不快活。酒过三巡，李楷来了诗兴，即景赋诗：“鬼斧何年巧弄丸，凿得拳石寄层峦。翩翻阵阵随风漾，辗转轻轻信手抟。潮撼孤根危欲坠，雨余苍藓秀堪餐。五丁有意留奇迹，特为天南表大观”。席间，有个诗友步其诗韵吟咏，诗未吟完，忽然海上刮来大风，风动石摇晃不定，似有泰山压顶之势。宾主见状，吓得面如土色，大叫“不好”，纷纷拔足躲闪，唯恐避之不及。此后，再也没人敢在此设宴，于是就有“石下难设宴，吟唱不出三”的佳话。其实那不过是一场虚惊。千百年

来，东山岛曾有过无数次的海啸地震，风动石从无倾覆之患。1918 年 2 月 13 日，东山岛发生 7.5 级大地震，岛上山崩地裂，屋倒宫倾，风动石依然安之若素，岿然不动。

那么，这块奇特的风动石是如何形成的呢？有过这样一段美妙的传说。

从前，东山岛突然有一眼很大的喷泉，终年涌突不止，年长日久，辽阔平坦的大地竟成一片汪洋。有个大脚仙云游至此，发现许多原始森林被淹没，野生动物走投无路，到处哀嚎狂奔，感到十分痛心，便按下云头，运用神力搬来一块巨石堵住了喷泉，使东山岛恢复安宁而不致全部被淹没。大脚仙想：水能载舟，亦能覆舟。为了警诫后人，他又找来一块比较小的石块压在盘石上面，作为标识。这便是后来的风动石。于是，东山岛民间有“翻倒风动石，淹没东山岛”之说。至今，东山岛上最高的“苏峰山”（也叫“东山”）和风动石附近的钓鳌石上还有大脚仙留下的“仙脚印”。

风动石还有一段威武不屈的传闻。1938 年 5 月 18 日至 1944 年，日本侵略军的十七批一百四十八艘舰艇先后入侵东山岛，烧杀抢掠、无恶不作。有一天，两艘日本舰艇又停泊在东山港口，满肚子坏主意的日本鬼子从汉奸口中得知：如果搬掉风动石，就会淹没东山岛。他们就想，这等轻而易举的事不做太可惜了。当天，他们便把舰艇开到与风动石正对面的海面上，用又粗又长的钢索把风动石系牢，呈倒“Y”字形，企图让两艘舰艇开足马力，把这奇异的风动石拉倒。日本鬼子费尽周折，忙了大半天的工夫，拼命拉石，而风动石却偏偏岿然不动。忽然“嘣、嘣”几声，钢索全都崩断了，把几个日本兵打落海中。日本鬼子的痴心妄想终于化为泡影，而风动石依然坚强地迎风屹立在高高的盘石上。著名女作家霍达游览风动石后，亲历奇景，亲闻轶事，感慨万千，欣然创作了长篇散文《奇石记》，其中写道：“壮哉此石，吾风可动，吾人可动，而不为寇动。凛凛然大节，中华民族，一山一水，皆有此无尚尊严！”

4. 宝龙湾的传说

东山岛是镶嵌在我国东南沿海的一块美丽的翡翠，而宝龙湾则是这翡翠精美的一角。它紧紧依偎在净山之下，山不高而清幽，景不少且奇特。山上有个净山院，建于明万历十七年（1589 年），是宝岛台湾所有玉二妈庙的祖庙。明永历十五年（1661 年）农历三月十二日，数十名东山青年渔民从这里驾船跟随郑成功出征收复宝岛台湾。起航前，他们把净山院的妈祖神像请上战船，祈望她佑助子弟兵打胜仗。果然妈祖不负所望、大显神威：海上交锋时，荷夷放的火炮要么不响、要么失准；

东山岛的数十名子弟兵在枪林弹雨中无一伤亡。

宝龙湾与马銮湾毗邻，犹如一对连体兄弟。洁白的沙滩背靠着葱茏的林带，环抱着清澈的海水，天蓝、水碧、沙白、林绿，舟帆耕波犁浪，鸥鹭戏海追鱼，湾内小岛星罗棋布，与浩瀚的大海交相辉映，构成一处海滨旅游度假胜地和天然的海滨浴场，一年四季游客络绎不绝，还多次举办过国际性水上体育运动赛事。

来到宝龙湾，人们都可以得到一种“远离喧嚣闹市，置身世外桃源”的享受。有兴趣的游客可以参与渔家人的生活，还可以跟随教练员潜入“水晶宫”与鱼虾同嬉，与海草共舞，欣赏扑朔迷离的珊瑚礁风光。还可以请当地主人说说这宝龙湾的由来。

传说华夏浩瀚的海疆昔日曾由四个海龙王掌管。他们是东海敖广、南海敖钦、西海敖闰、北海敖顺。其中敖广掌握人无他有的火种，以此武器威慑，位居群龙之首。

敖广最小儿子小宝自小被宠惯坏了，调皮捣蛋。有一次，他趁父王不在家，翻箱倒柜把父王珍藏的火种拿出来玩，不小心把父王的寝室给烧得一塌糊涂。好在东海龙王及时归来，才免去一场灾难。东海龙王看到自己的安乐窝被烧得一片狼藉，龙颜大怒，拎起小宝往窗外一扔，竟把小宝扔到东山岛边。

小宝从天而落，落到一个水深流急的海沟叫“下西坑”。他在海底吃了一肚子泥砂，肚子像翻江倒海般难受，他憋着一肚子气，禁不住就连同一肚子泥砂喷发出来，在海边填出了一块小陆地。他大喘了一口气，感到轻松多了。这神奇又惊人的一幕，恰好给一个李姓的渔夫看到了，从此他就搬到这新陆地安家、开基立业，世代以讨海打鱼为生。他将小宝大喘成地的地方命名为“大喘”，也就是现在的“大产”。

惊魂稍定的小宝，一边喘气一边想，要如何找个地方栖身？这才是长久之计呀！也不知歇了多久，他的体力渐渐恢复，便按照老习惯，继续在大海里漫无目标地潜游。游啊游，忽然他的头部好像撞击到什么东西。他猛抬头露出水面，四下扫视一番，原来是在刚退潮的浅海。他抬头的地方，后来便被称为“抬头”，与闽南方言“礁头”同音，所以也称作“礁头”。

浅海退潮后就是浅滩，常言道：“龙困浅滩遭虾欺”。怎么办？离开了大海这一生身的故乡，小宝心灰意懒。正一筹莫展时，他忽然看到陆地上有个路口，他想路是人走出来的，一定能够寻找到安身的地方。他怕自己的模样被人当作妖怪，就摇身一变，变成一个“风水先生”。

小宝无拘无束地走上路口，这个路口后来被称作“径口”。他往东直走，结识了一个过渡而来的内陆鱼贩。攀谈中，他得知这条路通往“东京城”。听他父王讲，那是一座十分繁华热闹的都市，是他向往已久的地

方。嗨，正好先去那里看看再说。

古代的东山岛，一穷二白，人迹罕至，是十分荒凉的海岛，最多的是风沙，而最缺的是水，故有民谣：

沙滩无草光溜溜，风沙无情田屋休。春来柴草贵如油，作物十种九无收。夏天出门沙烫脚，行路沙热三七抽（意为走三步退七步）。秋冬风沙扑目睭（眼睛），无处倾诉苦和愁。

时值盛夏酷暑，小宝走呀走，双脚被烫得又红又肿，烈日的煎烤使他觉得喉咙在冒烟。幸而鱼贩带着一竹筒水，见小宝渴得快说不出声了，便毫不吝啬地把水送给他喝。一路上，还不时讲笑话给他听，减少他的疲劳。小宝很是感激，说：“滴水之恩来日当涌泉相报。”

贵人自有天助。就在小宝奇渴难忍时，忽然天上乌云密布，下起瓢泼大雨。小宝高兴得手舞足蹈，当他们路经一个山麓时，一个小水潭已经汇积了大半潭的山水，又饥又渴的小宝一口气把肚子喝成一个大圆球。这个小水潭，后来被称为“龙潭”，而这座山就是今天的“龙潭山”。

两人继续前行，已近晌午。从小养尊处优的小宝已经精疲力尽。走到一个清净幽雅的小山坡时，他顿觉浑身骨头像散架似的，便席地而卧。

见到山坡下的海湾水质清澈，小宝仿佛回到自己的家。他忙到这海湾里纵情戏耍、游泳洗澡。后来这里分别被称作“卧龙坡”和“浴龙湾”。

东海龙王扔掉小宝后，不断反省自己教子不严之过，也后悔自己扔掉儿子的做法太粗暴。于是，他派出几个虾兵蟹将装扮成凡夫俗子，四出寻找自己的宝贝儿子。终于在这美丽的海边找到了小宝。

刚刚认识不久，小宝就要与鱼贩离别了，他恋恋不舍，鱼贩送给他的一竹筒的救命水，更让他感念不已。小宝临别时，掏出一个铜钵，双手递给鱼贩 ：“兄弟，我没有什么礼物奉送，这个铜钵，请你收下，作个纪念吧！”他再三叮嘱鱼贩说 ：“兄弟，这里是块宝地，今后你干脆来这里安家立业，省得在海陆之间来回奔波。”

两人依依惜别后不久，姓谢的鱼贩就听从“风水先生”的金玉良言，把家人从内陆举家搬到这海岛来。一家老小年复一年的辛勤垦荒劳作，边种庄稼瓜蔬，边下海捕鱼捉虾，子子孙孙繁衍生息，日子越过越红火，还特意用“风水先生”赠予的“铜钵”作为村庄的地名。

5. “四兽屿”的传说

漳州市东山岛南端的澳角渔村，神奇迷人，风光旖旎，海产丰富。村子不大，名气可不小，吸引着无数中

外游客和文艺界、影视界人士纷至沓来，素有“天然影棚”之称，是全国有名的文明村。这里三面环海，辽阔的大海上，耸露着四个形似龙、虎、狮、象的小岛屿，犹如几件精雕细镂的天然艺术品镶嵌在蔚蓝的波浪中，天造地设，形象逼真，蔚为奇观，当地人习称“四兽屿”。在东山岛至今仍广泛流传一个优美动人的神话传说。

从前，天庭有个叛臣思慕人间生活，偷偷带了几个亲信下凡，四处寻觅好地方，准备建都自称帝王。他们来到今东山岛最南端的澳角村，但见碧波荡漾，海鸟盘旋，草木葳蕤，巍峨的“大肉山”上，多种动物互相追逐嬉戏，好个“世外桃源”。叛臣被这里旖旎的风光迷住了，便自命“东京王”，盘算在澳角村东面建个“东京城”，过起唯我独尊、恣情享乐的生活。

几个随行亲信十分赞赏东京王的计划，便分头行动，开始建造“东京城”。其中有个道士，能识天文地理，他观察山脉海路后说，要使东京城固若金汤，眼前浩瀚的海面上必须有所添置，地理才能有足够分量。添置什么好呢？道士建议“把天上镇守南天门的那四只神兽牵来，以形成龙盘虎踞、狮镇象守的格局，又可起到驱凶纳吉的作用。”东京王担心天庭之物非同凡间，但是别无其他良策，就只好点头默许道士的建议。

“用啥办法方能引来天上神兽？”东京王喃喃自语。

道士见东京王愁眉苦脸，便上前抚慰："大王无需忧虑，不才早年曾经修炼过呼禽唤兽之法，此事由我完成便是。"东京王闻言转忧为喜，急忙催促道士快快施法牵来神兽。

道士当即设坛施法。只见他披上一件外黑内红、印有八卦图案的法衣，在漆得通红的八仙桌上摆好祭品、点烛燃香，斟上三杯米酒。他抬头仰望高空，口中念念有词，边挥舞宝剑、边施展起法术来。稍顷，万里晴空忽然风起云涌，电闪雷鸣，只是干打雷不下雨。道士抓住时机，把宝剑搁在八仙桌上，念着咒语，然后从法衣袋里掏出四条早就备好的红纱线，猛然抛上天空。说来也奇，天色立即由阴转晴、艳阳高照。四条红纱线已化为锁链，牢牢套在龙、虎、狮、象四只神兽的脖颈上。四神兽乖乖地听从道士调遣，穿云破雾、款款走下凡间。东京王和众亲信见状，惊诧不已，欣喜若狂，纷纷迎上前向道士施礼道谢。

道士把四神兽牢牢锁好拴住，原以为它们会俯首贴耳，恪尽职守。孰料这四神兽在上天娇生惯养，无拘无束，耐受不了束缚。它们终日情绪烦躁，狂吼乱跳，吵得四邻百姓不得安宁。东京王无计可施，只好叫来道士另想他法，让四神兽安心为东京城效劳。道士回禀："不才未曾学得安兽之法，任其闹一段，也许会慢慢习惯的。"东京王无法只得听之任之。

忽一日，玉皇大帝派到凡间巡视民情的“耳目”路过此地，得知缘由，连忙禀报玉皇大帝。玉皇大帝将信将疑，命太白金星立即去查个究竟。太白金星心急火燎来到南天门外，一看四只神兽果真不见踪影，不禁大吃一惊。他急忙驾起祥云，降落凡间，循着神兽吼声找去。只见四神兽被禁锢在几个弹丸小屿上，东京王与一帮亲信正在忘乎所以、寻欢作乐。

玉皇大帝听了太白金星的回禀后，龙颜震怒，气咻咻地说：“这帮叛臣竟敢冒犯天威，罪不容赦！”他当即下令太白金星速速把四神兽领回南天门，把东京王连同东京城统统葬入海底。

太白金星慈悲为怀，他领了旨，不忍让美丽的山光海景沉入海中，正踟蹰不定，苦思良策，谁知竟铸成大错。原来，天上一天等于人间一年。就在他拿不定主意之际，东京王见四神兽闹得君臣烦躁失眠，气极之下抽剑一阵猛刺乱砍。待到太白金星姗姗来迟，四神兽早已血流满地、气绝身亡了。太白金星一见，只好遵照玉帝旨意，喃喃诵念仙法，举起白色拂尘，对着东京城方向一挥，须臾间山崩地裂，巨浪滔天。好端端一座东京城像一艘巨轮慢慢沉入波涛汹涌的汪洋之中。而那四头死于非命的神兽毕竟来自上天，带有几分灵气，老是沉陷不下去，最终耸露海面，成为今天四个惟妙惟肖、令人叹为观止的小屿。大自然又赋予它们万古不衰的魅力，在它们周围海域，源源不断繁衍龙虾、石斑鱼、鲍鱼等名贵海产。渔家人不时会打捞到砖块、陶瓷残片等物，他们不无自豪地说："这就是远古东京城的遗物呢！"

四兽屿与宝岛台湾之间在一万五千多年前曾由若干浅滩组成的"东山陆桥"连接着，至今，在宝岛台湾还居住着不少东山乡亲，他们与家乡有着割不断的历史渊源。他们一回到东山，总会情不自禁地前来看看四兽屿的美妙胜景。

（以上三则由东山县林长华搜集整理）

1. 九侯山的传说（两则）

（1）九侯山的来历

尧、舜、禹是我国远古时候三大贤明的君王。据传，因为禹治水有功，舜就主动把王位让给他。禹的四个儿子和五个孙子欢喜得一蹦三尺高，都伸手向禹要官、要封地。禹说：“舜之所以让王位给我，是因为我把堵水改为引水，为庶民解除了水患。我常感到做的好事太少了，你们做了些什么呢？你们还没有建立功勋就想得到爵位，没有付出辛劳就想得到地位，难道就不怕被人们取笑吗？”

子孙九人非常惭愧。大儿子大伯说：“对，我们也去立功！”

禹说：“这就对了。现闽地未得安宁，妖魔鬼怪时常兴风作浪，你们到那里去做些好事，若庶民拥戴，再封侯也未迟呀！”

禹的九名子孙提起精神，拿起锄、锨、锤等工具，告别了禹，向闽地进发。他们越过了一道道高山，爬过一座座峻岭，涉过一条条大河。饿了，捡些山果吃；渴了，捧起溪水喝；困了，住在山洞里。不知走了多少天、走过了多少路，有一天，他们

忽然看见许多平民百姓携儿背女，眼泪涟涟，仓惶赶路，好似是躲灾逃难的。他们都感到奇怪，大伯便向前施礼问道："阿公、阿婆，你们哭什么呀？匆匆忙忙要跑到哪里去呀？"

白须老爷爷说："大事不好了！这地方出现一条乌龙，修炼了九千九百九十九年，眼看就要成仙了，可是斋根未尽，煞不住俗气，最近常出来作祟害人，要老百姓每天抬三头大猪去供奉它，不然，它就让大水淹没我们的田园。你们看，那边的田园已给它淹成大湖了。"

白发老阿婆接着话说："无米兼闰月。今年偏偏遇上大旱，哪里还养有大猪？那畜生吃不到肉，便出来为非作歹，真是害惨了大家呀！"

禹的二儿子天柱问："你们为什么不团结起来打死它呢？"

"乌龙已经快成仙了，人们要是碰到仙气，过不了一天就会化成土丘了。"两位老人齐声道。

禹的三儿子香炉、四儿子狮仔忙问："那你们打算怎么办？"

"逃！斗不过地头龙，逃了吧！你们年轻人血气正旺，可千万莫惹它啊。"老人说完就急忙赶路走了。

禹的九个儿孙没有逃，他们沿着老人所指的方向继续前进，果然找到一个大湖，湖水掀起三丈多高的巨浪，正逐渐吞没近处的山村。怎么办？九个人商量了一

阵，要不辜负禹王的期望，只有齐心合力斗乌龙。

这时，乌龙听到他们商量的事儿，便耀武扬威地冲到他们面前，威胁说："你们少管闲事！你们的禹王也不会忘了我开河引水的功劳呢。"

大伯说："既然有过功劳，就更要为庶民百姓造福，为何伤害庶民？"

"你们有所不知，我在人间已为时不多了，不尽情享福，以后就没有这份口福啰。俗话说得好：少年要铺排，老人要好菜。哈哈……"

"乌龙！你还是善始善终为好，要是再作恶，我们对你不客气，与你拼了！"天柱愤怒地喊道。

"哈哈哈！你们这几个毛头小子，敢在阎王老子前面耍鬼招？识相的，快滚回去，不然，我就把你们都化作泥土。"

乌龙说着，就口吐水柱，朝他们袭来。天柱"啊"的一声，跳入水中，骑到乌龙身上，用木犁把猛打乌龙头，乌龙浑身一麻，仙气顿减了一千年，忙掉转头来咬大伯。大伯见状也跳到水里，抓住龙角，用铁锨痛打龙鼻，龙鼻流出黑浓浓的血，仙气顿减两千年。乌龙摆动龙尾打落大伯，香炉举起锄头狠揍龙尾，乌龙的仙力又减了三千年。狮仔用铁锤敲打乌龙的脖子，乌龙又减了三千年的仙力。乌龙左翻右滚，把四兄弟抖落潮水中。五位孙子见此，一齐跳到水中与乌龙搏斗。乌龙的功力只剩下九百九十九年了，它怕前功尽弃，拼尽全力窜上半空，又把五人甩入湖中。等它冲回湖面，已气息奄奄，艰难地打了一个滚，就爬回东海找龙王告状去了。

禹的九名儿孙在搏斗中战死，死后化成九座山峰，肩并肩地站在一起，制止了洪水，填平了大湖。庶民又回来安居乐业了。禹王知道后很高兴，就册封他们为侯，从此，这九座山峰就叫作“九侯山”；乌龙冲下来的地方叫“龙冲”；乌龙打滚的地方叫“龙坑”；乌龙喘息的地方叫“龙潭”；乌龙爬回东海所经过的地方形成一条河，就叫“东溪”；乌龙进入龙宫的地方，就叫作“宫口”。

（2）飞来佛与遁来佛

诏安县九侯山上的飞来佛脸上有两行经久不灭的泪痕，这是怎么回事？

原来，九侯山峰峦叠秀、怪石如林，美不胜收。唐朝时，山上还建起了九侯寺，寺后有座“福胜岩”，岩左有座“飞来寺”，慕名而来的游客络绎不绝，香火鼎盛。

西天的飞来佛和遁来佛探知这里山川灵秀，九侯禅寺的后面正中，还有间由三块巨石相附嵌成的石室，叫“三宝石室”，是千山难寻的一处天然胜地，两佛都怦然心动，想占据胜地灵气，享用人间的香火。后来两佛相争不下，只好约定：搞个比赛，同时从西天出发，谁先到达福胜岩，三宝石室就归其所有，迟到者只好屈居偏室。

议定后，飞来佛信心十足，他自认飞天的本事高超，一个筋斗便可飞到福胜岩的宝殿，三宝石室非他莫

属，根本没有把遁来佛放在眼里。遁来佛呢？他自知行动不如飞来佛快速，但是，他也不愿屈居人后。比赛一开始，他一入地，就埋头猛钻，拼命前行，毫不放松；飞来佛在空中飞行，洋洋得意，到达时，他见不到遁来佛的形影，心中乐滋滋的，回头走出门口探望，对着西方高声喊叫："遁来佛，你迟到了，快认输吧！"喊完，还坐在大石头上歇息。

遁来佛来迟一步，便躲藏在宝殿里不出来，等飞来佛一走出宝殿，他便立刻钻出来占了宝座。飞来佛在门外久等不到，正待纵身入室时，忽听室内高声喊道："何方神灵，胆敢擅自闯进？"话毕，哈哈大笑，洋洋得意。飞来佛定睛一看，原来遁来佛已稳坐宝座。他不服气地高喊："我先到，宝殿应归我！"遁来佛却说："你在门外，怎么能说你先到？我和你斗智不斗法！"他高踞宝座再也不下来了。

飞来佛又恼又羞，无奈只好退到福胜岩后面的石亭面东而坐。盛夏的骄阳晒得他头昏眼花、汗如水淌；严冬的冰霜冻得他手指僵硬、浑身颤抖；雨天，霹雷从头顶滚过，暴雨淋得他周身湿透；起风时，他只能紧闭双眼……每当想起自己骄傲自满、麻痹大意时，他伤心的眼泪怎能不像泉水般涌出？

难怪他脸庞上的两道泪痕至今清晰可辨！

（以上两则均为芗城区沈顺添综合整理）

2. 斗山岩圣僧

斗山岩是诏安县著名游览区和佛教胜地。明朝宰相叶向南下巡视，到分水关时便观察到斗山的山势绵亘、山泉迂曲、景色清幽，属蜈蚣地。此地有三颗耀眼的蜈蚣珠，预料今后会中三元，不禁连声赞叹。过了不久，礼部尚书李九伍南巡到此，也发现此地属三元地。回京城后，两人巧遇，都谈到南巡发现斗山的奇事，但不知是否在同一个地点。后来两人约定一同南下，再看个究竟。到了斗山后，两人所指出的地穴完全相同。为了验证此地是否确属三元地，两人商定在斗山夜宿。那天夜里，两人谈论着斗山的胜迹，时已午夜，阵阵钟鼓响声传来，至此，他们一致断定此不属三元地，是一个可以显赫的佛地，今后会出三圣僧。

当地村庄的百姓得知两位名士看出斗山属佛地，会出圣僧，便筹集资金，兴建斗山庵。不慎在建佛祖厅前面的天井时被挖掉一颗珠，在整拜殿时，又被打破一颗珠，只剩下一颗珠，所以后来只出了一个圣僧。

斗山庵建成之日，不知不觉从庵内走出一名僧人，自称圣僧，说他能预测未来之事，因看中斗山是个佛教圣地，故不远千里来到此地，住了下来，并收了不少僧徒。

斗山岩边有个小村，叫山坡边。村里有个小贩，常

到斗山庵和圣僧交谈，时间久了，拜天地结为兄弟，小贩年长为兄，圣僧为弟，从此，两人交往更为密切。有一天晚上，庚兄在斗山庵与圣僧谈得很迟，要辞别回村，正下着雨，天气又寒冷，圣僧留庚兄住下，可是庚兄一定要回去。圣僧劝他不回家为好，倘若回家有诸多不利，庚兄追问再三，圣僧说："今晚天寒又下雨，有一位卖杂货人路过你家，在你家门口避雨，庚嫂发觉，顿生怜悯之心，请商人进家避雨，留他住宿，你若回家，必生事端。"

庚兄半信半疑，说他要回家探个虚实，若真有此事，再回斗山。圣僧拗他不过，只好依了。

庚兄来到家门口，门已紧闭。细听，确有一个陌生男人在房内和他妻子说笑。他一时气愤，想破门而入，但想起圣僧劝说的话，最后还是忍气重回斗山庵。

庚嫂留商人过夜的事情，事后丈夫对她查问过。妻子得知是圣僧在背后捣鬼，内心非常痛恨，但见面时依然假装热情。

一天，圣僧到庚兄家作客，刚好庚兄出远门经商未回，庚嫂有意试探圣僧是否真正情戒，特意留他在家吃饭，她暗中做了狗肉包给圣僧吃。圣僧明知底细，仍顺其自然地吃了。庚嫂觉得好笑，笑他连狗肉都品不出来，算什么圣僧！饭后圣僧辞别回归，走到途中的一条小溪时，把腹中的脏物全部呕吐出来，然后用清水一次又一

次清洗内腹。当时庚嫂为了探明圣僧是否知道底细，暗中跟踪察看，当看到圣僧在溪边洗腹时，才感到有愧。

圣僧回到斗山庵后，自知将要仙逝，当晚对众僧徒吩咐后事，特别嘱咐在他圆寂后，尸体先放入棺内，要等庚兄到来见最后一面，并由庚兄安钉再去安葬。

庚兄外出经商回家，步行到九龙岭时，正遇庚弟对面走来。兄弟见面，谈叙一番。庚弟说潮州正流行瘟疫，他受潮州友人邀请，要专程赶去为众人治病。他对庚兄说："由于匆促，只带了一只靴，另一只放在寺里，今日只好把带来的这一只靴托兄带回。弟不在寺内，还望兄长不要忘记斗山。"话后两人各奔去处。

庚兄回到家，妻子说："庚叔前天已归佛，叫你回家时去斗山见他最后一面，还等着你安钉。"庚兄哪里相信，怎奈妻子急切催往，他只好带着一只靴赶到斗山庵。

庚兄赶到斗山庵，众僧徒在寺外痛哭相迎，然后带庚兄到圣僧停棺处，要让他见最后一面。庚兄在诸僧徒帮助下，掀开棺盖，一阵清香骤然升起，化成一朵彩云向北方飞去。看着棺内，哪里有圣僧的尸体，只有一只他平日所穿的靴，刚好与庚弟带来的一只靴配成一双。大家感到愕然。庚兄只好把他在九龙岭遇到圣僧的经过告诉大家，僧徒觉得十分神奇。

为了探明圣僧的真实去向，两名僧徒赶到泗州。泗州城里，果然瘟疫蔓延，僧徒远远见他师父正穿街走巷

为病人治病的背影，可是一连几天都没能见面，后来只好回归斗山岩。

两名僧徒回来后，把所见告诉庚兄。大家经过商议，由庚兄主事，把圣僧一双靴放入棺内安钉送葬，建造一座佛公寺，让后人祈拜，佛寺横匾写上“泗州文佛”，两侧有一对联：

遗履脱凡依然花月留丹洞；

施药现相遥想琴声下翠微。

（诏安县廖拱清、吴叶姑讲述，沈汝淮等采录）

3. 凤山报国寺

诏安县梅岭西北部，赤岭南端，有一座凤山报国寺，风景优美。这座古刹建于哪个朝代？是怎样建起来的？有一段传说。

据说，上湖胡文于明嘉靖三十五年（1556年）丙辰科中进士；沈介庵于明万历二年（1574年）甲戌中进士。这两位进士都熟谙地理。胡文每到县城，路过赤岭，总是看看山形，研究来龙去脉；经过多次观察，他发现山形如凤，名副其实，是一块真龙特结的好地，便取出铜钱一枚，埋在地下作为凭证。沈介庵与胡文素有交情，每到他家作客，也是沿途看风水，他终于看中了

一块好地，就取出一枝大铁钉，钉在地里作为证物。

若干年后，胡文之子胡士鳌，沈介庵之子沈起津都先后中进士。两家都是书香门第、父子进士，又是故友世交，胡文之女就嫁给沈介庵为媳，两家成为姻亲，更是情深意笃，往来频繁。

有一次，对门亲翁两人把酒言欢时，都不约而同地谈起，曾经在赤岭南端看中了一块风水宝地。两人为了证实所看的地点是否相同，就一起前往寻找证材。到达后发现正是同一个地方，拨开地面泥土，发现铁钉正钉在铜钱方孔里。两人不禁对视哈哈大笑，互相称赞对方一番。两人当然不好意思互争这个宝地吉穴了，就商量决定在这里建造一座佛寺。

尔后两人都向圣上请假，回家着手建寺。地方县衙拨出部分款项，四方善男信女纷纷捐资筹建，万历年间一座富丽堂皇的寺庙就建起来了，因为是两位进士向朝廷申报建寺的，故以“凤山报国寺”称之。

（诏安县何金其讲述，何济武整理）

4. 祥麟塔的建造

在诏安县梅岭镇腊洲村的麒麟山巅，矗立着一座气势磅礴、雄伟壮观的祥麟塔，它是诏安县鼎鼎有名的胜景之一。

传说在清嘉庆年间，新任诏安县令鲍太爷到任那天，坐在八人抬的大轿里，威风凛凛，一路上，马头锣鼓响个不断，前呼后拥地朝着诏安县城浩荡而来。进入诏安县界，鲍知县就下轿登上山丘，俯瞰诏安山川。他发现东面的渐山象征着诏安的笔峰，南面的南山又像个笔架，不禁惊叹道："诏安乃地灵人杰之所啊！"随即令其马头停锣息鼓，自己改为步行，小心翼翼，唯恐惊扰诏安的圣贤或达官权贵。走了一段路后，县令再登高远望渐山，发现山尖开叉，便松了一口气，再上轿，同时令鸣锣开道，直往诏安县衙。原来，县令认为渐山尖开叉，就意味着诏安没有高官重权之贵。

但是，鲍县令心地善良，就任后，决心为诏安建一座宝塔，以补诏安文笔之缺，期望诏安大出人才。于是，在嘉庆三年（1798年）三月，他选择在腊洲岛的麒麟山上建造一座宝塔。传说在兴工取石时，麒麟山上祥光闪烁耀眼，因此就命名为祥麟塔。

此塔高七级，塔内有石磴迂曲而上。登上七层，伫立眺望，外有碧波万顷，内有山峦胜景，一切尽收眼底。2011年此塔又再修葺一新，供游人欣赏。

（诏安县沈占明讲述，吴宝明整理）

1. 义中访师

三平寺的创建人三平祖师公，释名义中，俗家姓杨，原籍陕西咸阳高陵县，因父亲做官到福建，唐德宗李适兴元元年(784年)，岁在甲子，正月初六这天诞生在福唐县（今福清县）。出世时，满室生香，人们都感到奇异，说这个孩子将来一定大富大贵。谁知道他从小就不吃荤腥，有时哭闹起来，一听见人们诵经就安静下来，睁大圆圆的黑眼球，静静地聆听着。他小时候非常聪明伶俐，爱读书，过目不忘，家藏的经史都读光了，长大一些，又开始研究易经，后来又热衷读佛经了，终于在十四岁这年拜宋州（今泉州）玄用禅师为师，削发出家了。

按佛教的规矩，未满二十岁的人，不得受比丘戒，所以他在寺院中生活，一直至二十七岁，才受其足戒，成为正式的比丘。他知道禅宗的宗旨是求得开悟，顿见心性，才能自成佛道，这就要靠最上乘的大师点拨，方能顿悟。于是，他就扛起禅杖，云游天下，先到京兆府章教寺拜怀晖禅师为师，后又到虞州追随西堂智藏禅师，

最后，又到洪州（今江西南昌）百丈山向怀海禅师学习。这几位大师都是马祖道一禅师的高徒，道一是慧能南宗嫡传的嗣法弟子。义中服侍三位禅师整整十年，深得禅宗心法才离开师父，又去抚州访石巩慧藏禅师。石巩一见义中来到门前，立刻拿起弓箭，张满弓，搭着箭，对准义中大喝一声：“看箭！”义中见状毫不惊慌，沉着地立定脚跟，用两手剥开衣襟，以胸当箭靶。石巩这才收起弓箭，喟叹道：“我三十年来，在庙前张一支弓、挂两只箭，到如今只射得半个圣人。”

义中不解地问：“怎样才算是个全圣呢？”石巩不答话，只弹弓弦三下。意思是全圣没有一定模式，也不可用一定方法达到，如磨砖不能成镜，坐禅不可成佛，必须深解佛谛，得弦外音，达到不可思议境界才行。义中领悟了，就拜伏在地上，从此又服侍石巩八年。

为什么石巩说“只射得半个圣人”呢？因为达摩祖师的禅学是“直指人心，见性成佛，不立文字。”石巩见人开弓，喝道“看箭！”就是暗示门人学禅必须五指本源，乱射虽中，不是真中。义中当前辟胸，要石巩箭中此心，是领会了此中义理，但是佛教主旨在“明心见性”，其实“心”“性”是同一意义，不过《楞严经》上说的是大心，不是肉团心。所以义中所示的是肉团心，还不是真“心”，因此石巩说他只是半个圣人。

原来石巩年轻时是个猎户，他天天杀生，最怕见和尚。有一天，他追赶一只中箭的麋鹿从马祖的庵庙门前经过。马祖有意要点化他，就拦住他的去路。石巩就问和尚道：“大师，你看见一只受伤的鹿从这里跑过去吗？”马祖不答话，反问他说：“你是什么人？”石巩坦然地说：“我是猎户。”马祖故意把他从头到脚望了一眼，才说：“既是猎户，你懂得射箭吗？”石巩笑起来说：“我靠打猎为生，怎么不会射箭？”马祖摇摇头说：“不见得，不见得。你一箭能中几只禽兽？”石巩很自信地说：“凡是天上飞的，地里跑的，都难以逃脱我的神箭，一箭一只，百发百中。”马祖说：“这么说来，你并不懂得射箭。”石巩一听，感到奇怪，反问马祖道：“和尚，难道你懂得射箭？”马祖说：“当然懂得，比你高明多了。”石巩一听，大不服气，反问道：“你一箭能射几个？”马祖说：“我不射则已，一射就是一群。”石巩听了于心不忍，便讲：“彼此都是一条生命，又何必射他一群呢。”马祖语重心长地说：“你既知禽兽也是一条生命，何苦天天杀生呢？你已经懂得射杀禽兽是残忍的事，为什么不用箭射你自己呢？”石巩一听大惑不解，摸摸脑袋说：“要叫我张弓搭箭来射自己，还真不知如何下手哩！”马祖笑说：“你这个汉子，无端自寻烦恼，若能射中自心，自会见性成佛。”石巩一听，恍然大悟，折断弓箭，拜马祖为师，随他出家去了。所以后来石巩才常用弓箭启示禅机。

2. 南游潮州

杨义中离开石巩后南游到罗浮上灵山院参拜大颠禅师。大颠一见义中，也喝声："卸下甲胄来。"义中当下退一步立定。

什么叫做"卸却甲胄"呢？就是叫你放下思想包袱，好比人包在甲胄中就难以现出本来面目，怎能悟得佛旨呢？佛家说人们认识有"二谛"，一是俗谛，就是世俗的见解；二是真谛，这才是"第一义谛"。求佛的人若不抛弃俗谛，便是执迷不悟，难以觉悟成佛。这就好比茶杯盛茶水，旧的茶水不倒掉，好茶水就注不入。佛子就要像鱼儿在水里，一丝不挂，一尘不染，方能得自由。

义中当下悟得俗"有"与"空"的禅理，就豁然大悟起来，再拜大颠为师。后来义中又将参见石巩的事说给大颠听，请教大颠，石巩为什么弹弦三下。大颠反问义中道："石巩张弓搭箭，射的是'活'人箭，还是'死'人的箭？"义中说："当然是'活'人的箭。"大颠喝道："既知是'活'人的箭，为什么还要在弓弦上迟疑不决呢？"义中听了就沉思不语了。大颠慨叹道："三十年后，要人理解这个话题也是难得了。实则佛法最求圆通，不可执着，凡是我执、法执，都应破除。刻舟求剑，因指失目，都是僵化思想的结果，所求佛法，必是死法。"

唐宪宗元和十四年（820 年），韩愈由于谏迎佛骨，被贬官到潮州做刺史，三次写信恭请大颠禅师，大颠才带领义中到潮州郡西叩齿庵住锡。韩愈就近经常来拜访大颠谈禅论玄。

有一天，韩愈虚心地请教大颠说道："我真心想参禅，只是州事繁忙，难以潜心修证，佛法最省要的地方，大师能否概括一下给予指数。"大颠听了半晌嘿然不语。这时，义中随侍在大颠身边，鼓禅床三下。大颠睁开眼睛问道："你做什么的？"

义中回答道："要求佛法，先以动定，后以智返。"原来禅门南宗的宗旨，不外净心、自悟四个字。净心就要心绝妄念，不染尘劳，必须静坐入定，由定生明，证悟人生和宇宙的实理，通悟万法，顿时成佛。

韩愈一听，心头豁然开朗，拍手赞叹道："大和尚门风高峻，实难窥得堂奥，却在侍者这边得到入门处，真是幸事啊！"从此韩愈很敬重义中，不敢轻视这个年轻的小和尚。

3. 斗妖驱鳄

广东潮州有一条恶溪，有一公一母两只鳄鱼精，在那里兴妖作怪。他们养下成千上万只小鳄鱼，吞食人畜，为害地方，老百姓叫苦连天，要求官府根除鳄鱼精祸害，让老百姓安居乐业。

韩愈十分关心民间疾苦，一心想根除鳄鱼这祸害，只是一时间想不出什么办法来，很伤脑筋。他上叩齿庵请教大颠禅师。大颠有神通，能够未卜先知，韩愈还没到寺，他就知道来意。但是佛子以慈悲为怀，不忍杀生，他就避而不见，交代义中，你只管在庵里扫地、烧香，官家来访，你只说师父云游未归。韩愈接连拜访三次，都扫兴而归，整天忧心忡忡，苦恼得很。义中见官府这等着急，就探问发生了什么事。韩愈说明了原由。

义中眼珠一转，计上心来，就问韩愈道："你们做官的人，凭什么为大？"韩愈说："自然是官府的大印和手中的朱砂笔了。"义中笑着说："对啊！既然官家掌大印和手中的朱砂笔，为什么不用来对付鳄鱼呢？"韩愈一听，心头一亮，有了主意了。他只怕鳄鱼精冥顽不化，不听官府劝导，又如何是好呢？

义中拍着胸膛对韩愈说："我做和尚的以手中锡杖为大，既可用来防身护法，也可以用它除暴安良，降魔伏妖。"于是，韩愈回衙，挥舞朱砂笔，写下了《祭鳄鱼文》，又盖上官府大印，第二天就到恶溪，摆下香案，宣读文告。他以猪、羊三牲投到中流喂鳄鱼，劝告鳄鱼道：

"潮州刺史韩愈告诫众鳄鱼，人跟鳄鱼不能杂处一地，南面大海，才是你们生聚繁殖的好地方，有鱼有虾，尽够你们果腹。限你们三天内，全数迁到南海去。三天来不及，就宽限到五天，五天还来不及，就宽限到七天。到了第七天，你们还不肯迁移，就是冥顽不化。

不听刺史的忠告，还敢为害人畜，按律该杀。到那时，莫怪我刺史手下不留情，我会派精壮兵丁，用强弓毒箭，把你们斩尽杀绝，到时候不要后悔。”

听完韩刺史文告，大小鳄鱼心惊胆战，纷纷要避居海外。只是那只鳄鱼公不以为然，它哼哼地冷笑说：“什么刺史老爷，只配管那些懦弱的老百姓，我们岂肯受他管教？孩儿们，玩你们的去吧！白吃了几只猪羊，真美，真过瘾！”那只鳄鱼母说：“那个刺史，看模样是个文弱书生，除了舞文弄墨外，看他还有什么本事赶我们搬家？哼哼，别做梦！”

七天过去了，大小鳄鱼不听劝告，仍然栖息在恶溪，照旧捕食人畜、糟蹋庄稼，毫不收敛。这一天，韩刺史率领五百弓箭手，在恶溪两岸布下阵势，一声令下，擂响惊天动地的战鼓，万箭齐发，只见绿色波涛间泛起殷红的血浪，射死射伤无数鳄子鳄孙。这时义中和尚也手舞锡杖，出阵高叫：“鳄鱼精快快出来投降，否则将被赶尽杀绝！”

只见恶溪掀起惊涛骇浪，两只大鳄鱼张开血盆大口，恶狠狠地向义中猛扑过来。义中眼明手快，叫声来得正好，一杖横扫过去，砸掉了鳄鱼精的一排尖牙利齿。两只鳄鱼精，一前一后，夹攻义中。义中毫不畏惧，挥舞禅杖犹如一团白光，护住自身，觑机向鳄鱼精砸去。一人斗两鳄，直杀得天昏地暗，日月无光。两岸

观战的军民齐声呐喊，擂鼓助威。公母鳄鱼浑身是伤，体力不支，嘶叫一声，钻进波涛中藏身喘气去了。好个义中，勇敢地跃入恶溪中拼命追杀，大小鳄鱼四面围攻上来，义中挥杖打死无数。义中和公母鳄鱼精从水中战斗到陆上，又从陆上战斗到水中，恶战了三天三夜，终于把它们全都杀死了。当晚狂风大作，雷电交加，暴雨如注，剩下的大小鳄鱼见势不妙，趁退潮时机，全都逃往南洋群岛去了。

义中和尚为民除害，带着满身的血腥味儿，回到叩齿庵。大颠一见面就破口大骂："孽徒啊，你不遵师命，大开杀戒，此间丛林怎容得你这凶顽继续居住呢？别把血光带进寺院吧！你赶快离开！"说罢，他抢过义中手中禅杖向东方掷去，说："你跟这禅杖去吧！这禅杖在何方落下，你就在哪里住锡！"

锡杖飞着在前头引路，义中在后面猛追，一直追到漳州。只见锡杖飞到芝山脚下，落在开元寺后面的一个叫卓庵的地方，直挺挺地插在那里。于是，义中和尚就在这里创建"三平真院"，自立门户，聚徒讲课，宣扬佛法了。

4. 智擒毛氏

唐武宗会昌年间，皇帝李炎灭佛毁寺，强迫天下僧

尼还俗。这时义中和尚已年上花甲，他预知佛门有难，就带领一干僧尼避难三平山中九层岩下的山鬼穴前卓锡而住，行医传拳，坚持佛法。在这一天，正是年关岁末除夕时分，他们来到塔潭这一小村庄，看见男女老少人人心慌意乱，个个愁眉苦脸，好像正有一场大祸降临村寨似的，无心欢度春节。一座宅院里，几个妇女泣不成声，像死了人一般。义中派徒儿去问明缘由。村里长老说："山上住着一群大毛人，个个毛茸茸的，分不清眼睛、鼻孔和嘴巴来，经常下山来打劫，骚扰老百姓。后来竟强迫我们每年除夕要送一个年轻美人，给他们的酋长做压寨夫人。今年年关又到，等一会儿，山上就会抬轿子来迎亲。我们舍不得亲生骨肉、娇滴滴的闺女，让野人掳去山上糟蹋，才哭得这么伤心呀！"老人家呜咽起来，哭得说不下去。

义中禅师一听，火冒三丈。他原是个有血性的汉子，又练就一身本领，敢于见义勇为。他遵从南宗的佛旨，惩恶扬善，除暴安良，对那种隐恶扬善，劝恶人放下屠刀、立地成佛，平时连一只蚂蚁也不敢踩死的人，他是看不惯的。他叫老者带他到这姑娘家，让她暂时躲到别人家去，他愿以身代嫁。好个义中，一个白发老头竟穿起闺女的红妆，盖上绣帕，端坐在闺房中，静候抢亲的花轿到来。

天黑后，一支大毛人的队伍，抬着一顶花轿，吹吹

打打，进村接亲来了。全村人都大气也不敢出，唯恐露了馅，老和尚一被打死，全村人都得遭殃。幸好大毛人把假新娘牵上轿，竟毫不觉察地就抬走了。

轿子离开塔潭村，就走上去九层岩山路。这是三段很长的斜坡，一段比一段高，一段比一段陡，越走越高，越走越险越难走，从山下往上望，好像“囝仔上天”，人影只有半寸高。半路上，义中和尚施起功法，使大毛人抬的轿子越抬越沉，越抬越重，压得轿夫肩膀生疼，上气不接下气，哇哇直叫：“哎哟，这个压寨夫人好胖呀，怎么这么重？”别人骂他们饭桶，接过来抬，也被压得像猪嚎狗叫一样。十八个大毛人轮番抬一阵，都被压得呲牙咧嘴、腰酸背痛。好不容易挨到深更半夜，才把花轿抬到毛氏洞口。大酋长等着做新郎官，急得不耐烦了，正站在洞口骂街哩。一见花轿来到，迫不及待地把毛茸茸的大手，伸到花轿里来要摸花姑娘的嫩脸皮，想不到被义中反手扣住命脉，使劲一捏，大酋长冷不防，“哎哟”一声，全身酥软，跪倒在轿前。新郎官未见“新娘”面就拜倒在石榴裙下。

好义中趁势“咄”地一声，窜出轿门，甩掉红妆，露出本相。众毛人一看都发呆了。只听得他破口骂道：“你们这些淫贼强盗，害人不浅，今晚本爷爷定要除掉你们的孽根，叫你们永守戒律，不再为害于人！”

毛人酋长一听，暴躁得全身黑毛都竖直起来，像狼

嗥一样咆哮起来："好啊，是你这野和尚抢我新娘，你别想活了，我跟你拼了！"

毛人猛扑过来，义中不跟他拼力气，只是轻巧地一闪身，从背后给毛人一记猛拳，打得毛人哇哇叫，转身扑来，义中又闪开，围着毛人前后左右团团转，东一拳西一击，直打得毛人脸青鼻肿，眼冒金星，只见无数个白胡子和尚闪闪烁烁地绕着他团团转。最后大毛人酋长精疲力尽，只好伏地求饶。

义中禅师见毛人憨态可掬，就将他们都收为身边侍者，叫他们在龟蛇两峰间建座寺院来赎罪，禁止他们再到山下骚扰村民。这就是三平寺的由来。

5. 百丈神通（"三殿半"）

又有人说：义中禅师只身一人翻越九层岩，来到毛氏洞前，把锡杖植在土中，立刻变成一株樟树，后人叫"锡杖树"。他就趺坐在树下闭目参禅，敲响木鱼念经。

毛氏洞里住着一群原始的大毛人，一身毛茸茸的，采集野果、狩猎野禽野兽，过着茹毛饮血的生活，当地人叫他们"山鬼"。他们听到洞外的声音，出来一看，见来了一个生人，大吃一惊。木鱼和念经声也弄得他们心神不安，他们一心想把他撵跑，就围着他叫喊咆哮，翻腾跳跃，想尽办法威吓他，但他无动于衷，只是不停

地敲响木鱼、闭目念经。山鬼们毫无办法，气极了，只好奋力将他抬起来，丢到前面不远的深潭里，只听得“轰”的一声，和尚已沉到水中，山鬼们胜利欢呼起来。

谁知回来一看，义中和尚却安然无恙，仍坐在洞口树下敲着木鱼念经呢。山鬼们“唧唧啾啾”，瞎嚷了半天，弄不清是怎一回事，对这个怪人没有一点办法。他们聚族商量，决定把他装进竹笼里，再沉到深潭里去，让他钻不出来；有人还补充说，要在竹笼里塞进大石块沉到潭底，就再也浮不起来。他们动手编个竹笼，把义中装进去，再塞进大石头，几十个山鬼“嗨嗬，嗨嗬”地抬着，抬到几里路外的龙瑞百丈漈抛下去。这里深不可测，站在悬崖绝壁上往下一望，就会头晕目眩。那个飞泻直下的瀑布，喷着白沫，水珠四溅，“轰轰”的响声，震耳欲聋。山鬼们以为这个秃老头这次绝无生还的希望了，根除了一个祸害，大家可以放心了。他们欢欢喜喜地跳着舞、唱着歌往回走。

谁知道还没有走近毛氏洞，远远地就传来木鱼声和念经声。这一下，可把山鬼吓得魂不附体，这人有多大的神通呀！我们还没有走到家，身上热汗还没干，他却从竹笼里钻出来，翻上百丈漈，飞回洞口，坐下念经了。这真是天神下凡，惹不得了。于是山鬼们都拜伏在他的周围，请求他大发慈悲，宽恕罪过，他们自愿为菩萨建庙赎罪。还说，只要大师闭目七日，寺院即可建成。

义中答应了，仍然独自坐在树下，敲着大木鱼闭目念经。山鬼们不敢调皮耍赖，为了赎罪，开始全力建寺了。

义中和尚闭目念经五天五夜，耳边只听得山鬼们“嘿啊……嗨哟”的抬石声、扛木声、“叮叮当当”地树柱上梁，架斗拱，覆砖盖瓦的声音，十分劳碌。他听着听着，十分好奇也有点不忍，就在第五个夜晚，微睁双目，向四下观看。他的两道目光犹如两道闪电，霎时间照亮了整座寺院，把山鬼们吓得惊恐万状，他们四处奔逃躲藏，有的躲避不及，就化成蛇虺钻到水井、阴沟里去了。由于义中和尚提早两天睁开眼睛，山鬼们来不及建山门和天王殿，所以迄今三平寺只有“三殿半”，一踏进寺院，迎面便是大雄宝殿，后进就是祖殿了。

义中看见一个大毛人张慌失措，举止蹒跚，无处躲藏，就一把抓住他，叫他在身边做侍者，后人称之为“毛侍者”，还有几只变成蛇虺的，也被抓来做侍者，这就是侍立在祖师公身旁的青面獠牙的蛇侍者。

6. 地下宫殿

山鬼们建好寺院后，义中和尚就叫大毛人带领众山鬼去开山垦荒种庄稼，栽茶种果整田园，等一切就绪后，就开始接纳南北禅流，在山寺坚持佛法。

他考虑到自己年事已高，一旦圆寂后，山鬼们无人

能驾驭控制得住，就心生一计。他施展佛法在毛氏洞的地底下，建造一座地下宫殿，骗山鬼们说："你们辛辛苦苦地为我建成三平寺，我也回报你们，替你们建一座华丽的宫殿，住在里面宽敞舒适，吃的、用的东西，取之无尽，用之不竭，还有游乐场所，你们去不去？"山鬼们一听，高兴得抓耳挠腮，一声唿哨，就都迫不及待地拥进地下宫殿里去到处观赏，找吃的、玩的、乐的去了。这时，义中禅师又口中念念有词，悄悄地作法，运用神力搬来一座石山，在石山上立一石幢，刻上佛祖六字真言"唵嘛呢叭咪吽"，堵住宫殿的入口，让山鬼们再也出不来了。

山鬼们在里面吃够、玩够、乐够后，想出来，出不来，在石缝里挤得吱吱叫。义中和颜悦色地安抚他们说："你们就在宫殿里乖乖地呆着，等山上竖的'石烛'（即石幢）发光了，就放你们出来。每年六月廿九日，我会叫人送好东西给你们吃。"

千余年来，三平寺年年举办盂兰会，人们都没有忘记遵从祖师公生前的交代，做了许多赤米粽，送到毛氏洞来喂山鬼哩！据说，每次盛会都抬来祖师公的神像，监视着给山鬼们吃米粽，事后，人们经过毛氏洞口，总会看到许多包米粽的竹叶抛得满地，据说那是山鬼们吃完米粽丢下的。

7. 监斋自剖

三平寺祖殿的右侧，原是斋堂，供奉一尊“嗔目持斧”的神道，他的额头上有一道刀痕，俗称“监斋公”。他生前是义中禅师的厨师，咸通十三年（873 年）十一月初六日，义中禅师快要圆寂时，召集诸门弟子讲话，说：“吾生如泡，泡还于水。吾即将大归，今日与尔等话别。”

监斋公一听此言，十分悲伤，他说，自己随侍祖师公多年，今日祖师要西归了，他也要追随西去。义中禅师听了，莞尔一笑说：“待我圆寂后，你仍然可以留在三平寺中当厨师。你是俗家人，又是个厨师，一生宰猪杀鸡鸭，杀生多少，平素又荤腥不禁，岂能随我西行呢？”监斋公争辩道：“我自侍奉祖师以后，几十年间都守戒持素，没染半点腥荤。虽是俗家，却早已皈依佛法，每日诵经不止。祖师若不信，我可以当众自剖，请祖师及众人检查，看我的血是白色的还是红色的，五脏六腑中可有半点荤腥？”说完，他就嗔目挥斧，把自己剖为两半，果然流的是白血。

祖师公见此情景，十分慨叹道：“吾南宗所传习的是直指心性的顿修顿悟的祖师禅，难得监斋师能如此自剖以明性。你们应将他妥为安置。从今以后，应在斋堂之中祭祀鉴斋师，一切供品都应经他鉴别为要。”说罢就闭

目圆寂了。

所以现在信士们遵照祖师公遗言，十分敬重鉴斋公，一应供品最后都得经他鉴别，迄今他的斋堂的香火也十分兴旺。

8. 灵蛇化缘

义中禅师圆寂后，多少年过去了，三平寺几经修葺，也遭过几番回禄，然而香火始终不断。

南宋绍熙年间，颜师鲁之孙、尚书颜颐仲告老返乡。一日，他闲来无事，正在书斋中挥毫著书，忽然看见墨池中有一只小蛇蜿蜒在内，这只小蛇变化无常，渐化渐大，满身披着银色龙鳞，八卦形头上有红点，金光闪闪，满室云气缭绕。尚书十分惊讶，唤老家人来观看。老家人一看便知灵蛇的来意了，他笑着说：“这是三平寺的蛇侍者，它来显灵，三平寺一定有事。”

颜颐仲立即派人去三平探看，回报说：“三平寺年久失修，祖殿已经倒塌了。”颜尚书慨叹道：“侍者显灵，向我化缘，我岂能不解囊相助呢？”于是他拿出所积银两来资助修建禅院，不够之数再上疏请旨准拨库银补助。

传说三平产小黑蛇，头作八卦形，无毒，不噬人，十分驯顺。现在已很少见了。

（以上均由平和县赖九清讲述，芗城区王雄铮整理）

十一、著名旅游景区灵通岩的传说

1. 怪石遍地有传说

平和县大溪镇的灵通岩风景名胜区由七大峰三十六群峰组成，是一亿两千万年前火山爆发多次沉积而成的典型的丹霞地貌，主峰擎天峰高1281米，景区奇峰突兀、崖壁峭立、气势雄伟、层峦叠翠、景色怡人。灵通山最早叫大矾山，因山林茂盛，常有大鹏鸟栖息，又叫大鹏山。山上多长枫树，秋日层林尽染、满山红遍，又名大枫山，后来，枫树日减，唯见群峰耸立，改叫大峰山，并载入史册。明朝末年，黄道周曾在此读书、讲学，在山上题立“灵应感通”碑，始称灵通山。

灵通山不仅峰险、石奇、云飘、泉清，还流传许多动人的传说故事。

据说，在很久很久以前，有位叫施法的老仙人，赶着一大堆石头要去填南海，路过大溪时，被一位孕妇看到，惊奇地喊叫：“这老人吃饱没事做，怎么在赶石头？”仙人不见，石头也停住不动了，留下来成为漫山遍野、雄奇多姿的岩石。

在大峰山的东北方，有两座相邻的岩

峰，峰顶一圆一尖，远远望去，真像和尚背尼姑的模样。据传，从前有一和尚虽皈依佛门，吃斋念经，却六根不净，常爱偷看入寺烧香的女信徒，遭方丈训斥后不思悔改，又去勾引邻村庵里的尼姑。有一天他正背着尼姑要远逃他方，被到灵通山游玩的大仙吕洞宾看见，大喝一声：“休得乱来！”和尚一惊，停住脚步，就化成“和尚背尼姑”的石头。

登山石径两旁，布满大大小小的石洞，洞中有洞，洞洞相通。洞中流泉淙淙、凉风习习；洞外芳草萋萋、绿树丛丛。半山上有仙女洞，洞中有方水池，泉水清澈见底，濯手洗面，顿觉润滑清爽，十分怡人。相传八仙之一何仙姑畅游灵通山，见此池泉水清澈，心中一喜，便解衣入浴，甚是惬意；忽然，两只鸣蝉闻香扑来，何仙姑随手一抓，说声：“不得无礼，去饮天露！”随手一扔，变成小帽峰南麓峡谷边一对状似鸣蝉的巨石。它们口朝天，夜夜风餐露宿，鸣叫不停，好像正努力往峰顶爬去，仰头吸吮上苍甘霖，永远相亲不分离。这便是“仙女沐池”和“石蝉饮露”两景点的由来。

攀登云梯，便可一步步登上灵通岩寺。只见一巨大宽阔的洞室，可容千人，强烈的阳光直射不进，光线却很充足，瓢泼的大雨淋不湿，却有阵阵凉爽山风拂面而来。洞穴里，建有一座精巧而又庄严的大雄宝殿，在殿前倚栏抬头仰望，无数晶莹的水珠从盘天作盖的石崖峰

巅流泻而下，在阳光的照耀下，如金似玉，五彩缤纷，像从天撒落的珍珠，不论春涝秋旱、酷夏寒冬，水珠从未间断，似一件玲珑剔透的珠帘，悬挂在观音诸佛的殿堂前。传说此乃八仙之一的张果老凿开擎天峰引来的清泉，从灵通寺岩顶飞落，为观音菩萨遮阴。还有传说称，这是从观音菩萨的玉壶里撒出的甘露，长年不断，谁能承接用于研墨写字，就能中榜高升。这就是“珠帘化雨”的奇特之处。

明朝时，平和琯溪遵畴寨（今小溪镇新桥村）有一书生叫张宽，自幼聪颖超群，刻苦读书，正统九年（1444 年）中了举人。一天，他慕名到灵通岩游览，在“珠帘化雨”美景前如醉如痴。庙中和尚看他模样斯文、气度不凡，便笑着说：“此乃灵通仙水，由名山仙气所化，相公若能伸手得之，便可金榜题名。”他果以身试之，慢慢倾身往前伸手，终于接到珠帘水。不料因倾斜过度，坠落崖下，幸好被茂盛的树木托住，保住了生命却跌断了一条腿，成为跛脚。他意志坚强，身残志坚，终于在景泰二年（1451 年）进士及第。“跛脚进士”先后任云南道监察御史、巡按保定监察御史等职，光宗耀祖，为民办了不少善事。据说，在灵通岩读过书、得到珠帘水沐浴而中进士者，有七十二人之多。

距大雄宝殿左侧不远，是著名的“清霄雷神”景点。只见一巨石上镌刻一巨大的繁体“灵”字，字形清秀大

方，源于柳体，在“灵”的雨字头中间还嵌上个“巨”字，表示“巨灵”，整体碑文好像一道玉皇大帝的圣旨，又像一封灵符。其上方刻有“清霄浮景”，左方刻有“大丰曾济美题”。其门人又在巨大的“灵”字不远处，增刻一行文字：“大清光绪庚子年五月八日雷神显示——玉旨敕命雷神题名曾先生古迹，门人蔡于礼、游达三、廖书成、张镐同谨志。”

据说，曾济美，字秀荣，又称米仙，清咸丰年间生于平和九峰镇下坝村。他识天文，精地理，开“济世堂”，以择日、看风水为生，是著名的课师。他家境富裕，心慈重义，乐善好施，在圩市大路旁日设茶水供过客解渴、夜备灯笼给行人照路，夏有草扇替村民驱热、冬置火盆让穷人取暖，凡乡里修桥铺路之事，均慷慨解囊。他不仅行善济世，还敢于主持正义和恶势力斗争，有一次，地痞流氓白天当街抢财、侮辱民女，他挺身斥责，还掐指预言：“不出三日，必遭天谴！”次日，该歹徒又调戏民女时，突然天昏地暗、电闪雷鸣，一声惊雷正好击中歹徒，使其毙命。乡人赞誉他为“米仙”。恶人即砸烂他的“济世堂”招牌，抢他钱财，把他打得遍体鳞伤。他忍辱受屈，悲愤对天发誓：“今生斗不过地霸，来世也要报仇！”天上的玉皇大帝被他济世善心和见义勇为精神感动，赐封他为“雷神”。他死后三日，地霸即被猛雷轰顶而丧命。为非作歹者要遭雷轰的故

事，在闽南民间一直流传至今。

（漳州市张永忠搜集整理）

2. “龙滚水”地名的来历

平和灵通岩下的大溪江寨，有一个地方叫“龙滚水”，它是怎样来的呢？

据说，在明朝末年，这里有个财主叫范仁厚，一天夜里，他在睡觉时梦见一个老头子对他说：“明天有一条白龙在卓乾溪下的水波中洗澡，你可去看。”范财主本是个好事的人，天亮了，他想应验不应验，自己活了这么老还没有见到什么白龙，今天定要守在水边，看个究竟，并吩咐家人送饭到溪边。

范财主从早上等到中午，又从中午等到下午，都没发现什么白龙洗澡，心想，肯定是白等了。当他要离开时，从南面路上走来一个青年书生，白衣白领，带着行李，看见溪里的清清流水，急忙放下行李，宽衣跑到水中洗澡。这时只见他泡在水中，四周纷纷喷起水花。范财主想，自己等了一天，也没有什么龙到此洗澡，只有此人下水，而且下水后能有异常现象，白龙必是指这个人了。便大声呼道：“这位书生，天已晚了，不可久泡水中。”

书生听有人呼唤，便急忙上岸穿衣，提起行李向范

财主行礼告辞。范财主看到这个书生眉清目秀，一表人才，忙问书生姓氏，从何而来？书生说："小生是漳浦人氏，姓黄名道周，多年来以教书为生，今天为上灵通山，故而行迟了。"

范财主一听，看天色已晚，便叫黄道周到范茂寨歇宿。到了范家，财主叫家人备了菜。饮酒中，范财主便将梦中的情景告诉黄道周，还说："看你洗澡时四周扬水花，真像龙戏水，日后定出息。"黄听后说："小生今后若能显赫，定不忘报答。"

三年后，黄道周果然金榜题名，出任宰相之职，亲自把卓乾溪的下游取名为"龙滚水"。

（平和县叶春淼讲述，江泉生整理）

3. 黄道周在灵通岩的传说（四则）

（1）征对拜师

明朝末年，漳浦县的黄道周来到平和县的灵通岩读书、讲学。

这时候，平和县芦溪乡漳汀村出了个秀才，名叫赖继谨。他自幼聪颖好学，且有报国之心，颇得四乡群众爱戴。有一年，村里设醮建坛，他看到村里的善男信女每天大清早都去虔诚朝拜，触景生情，便作了一个对子，上联是"朝朝朝，朝朝拜，朝朝朝拜（其中第三和第九字‘朝’念 cháo，其余六个‘朝’字念 zhāo)。”他告诉哥哥，想以此征对求贤，哥哥也是个博学的秀才，他把对子琢磨了一番便同意了。于是，兄弟俩把它写在纸上，贴到大路边的凉亭上，还派了个后生子在那里守候。

有一天，黄道周正好路过这里，见亭柱上的征对颇有意思，便叫随行人员拿出笔墨，不加思索地在征对纸上写道："齐齐齐，齐齐戒，齐齐齐戒（其中第三和第九字‘齐’，念 zhāi，其他六个‘齐’字念 qí)。”写完了低声念了两遍，笑了笑便又上路。

守候的小伙子好奇地端详着这个陌生的过路人，看他写，听他念，等他走出凉亭，急忙揭下对子跑回村里报告赖继谨。赖见对得好，听说这帮人已朝双峰村方向走了，就迅速追赶。当他赶上并且知道对对的人是黄道周时，便跪下拜道周为师。从此，他终生追随黄道周，不离不弃，师生关系极为密切。

（平和县叶活水搜集整理）

(2) 猛虎坐骑

平和大溪的大峰山上有个灵通岩，立在半山腰，悬崖峭壁，珠帘化雨，要上山就得不怕艰难险阻，顺天梯不断攀登，才能到达那幽静、险要的地方。

黄道周天性爱隐逸，特别喜欢这里的幽静。在范厝

寨教书时，他就挑选住在灵通岩上。白天下山，傍晚才自己一个人爬天梯回到灵通岩安睡。不管是刮风下雨，还是数九寒冬或炎热的夏季，一年三百六十五天，天天都如此，从不懈怠。人们不禁感到奇怪，山路这么崎岖难行，先生为什么会这样不知劳累？又怎样能这样坚持呢？

有天傍晚，快放学了，有个农妇从范厝寨的学馆门前经过，看见稻草堆下面，有一只白额斑斓的大老虎，正趴在那里，抬着头、张开大嘴，懒洋洋地打呵欠。这个农妇吓破了胆，大声喊起来："虎、老虎！不得了啦，老虎下山啦！"

黄道周听见呼叫声，赶紧走出学馆大门，笑呵呵地对农妇说："别怕、别怕，这是我的坐骑，不会伤人的。"说完，还走到稻草堆下，轻轻地拍拍老虎额头。老虎一见主人出来，就亲热地低吼几声，乖乖地站起来，让先生慢慢地跨上虎背，才三窜两跳地载着黄道周向灵通岩顶走去。

人们这才知道：黄道周在灵通岩不但教导儿童，也驯服了老虎，让他出入既平安又方便。

（平和县佛几岭老农陈振苍讲述，王雄铮整理）

（3）莫肚子仙

黄道周先生住在灵通岩上，两袖清风，照顾他日常

生活的是一位莫肚子仙，他是个不必吃饭的帮工。

莫肚子仙服侍先生十分尽心周到，每天早晚两餐虽是粗茶淡饭，也收拾得整洁可口，三天两日，抓只山鸡，捉个石蛙，给先生添样加菜，打打牙祭。

有一年，正是谷雨时节，山间茅草都被雨水浇得湿漉漉的，难以生火煮饭了，莫肚子仙就把他自己的两只脚伸到灶膛里，引火点着，只见火苗呼呼，油星四溅，不一会儿，饭熟菜香，莫肚子仙才把两脚抽出，还是完好无损。

这天，黄道周先生读书写文，倦了，走到厨房里讨茶水喝，发现莫肚子仙没有柴竟将脚腿当柴烧，一双脚在灶膛里正烧得火油“嘶嘶”响，不禁大吃一惊，叫道：“这怎么使得，没有柴岂能烧脚腿？”莫肚子仙不当回事地笑着说：“没事，没事，先生眼花了，请再仔细看看，我是用什么烧饭来着?”原来只是两条坏桌腿。

（平和店前老中医陆宗斯讲述）

（4）洗却一脸羞

据说黄道周先生曾在灵通岩教读三年多。这一年，正当大比之年，先生上京赶考去了，莫肚子仙替先生挑行李，一路侍奉他进京。

果然，这一科金榜题名，他回顾前一段教读生涯，

辛酸苦涩都尝遍了，于是口占七律一首，诗云：

教读犹如水上萍，寄人篱下度春秋。
不饥不饱清闲客，无枷无锁自在囚。
宽则东家嫌怠惰，严与弟子结冤仇。
幸得今朝登皇榜，洗却当初一脸羞。

黄道周先生衣锦还乡后，决心夷平诏安官陂的那座五显庙，以报当年被诬偷鸡的羞辱。当天晚上，他梦见一尊金甲神向他俯首谢罪道："小神早已知罪了，当年失察，管教下属不严，致使先生蒙羞受辱。事后小神深感不安，为了赎罪，特派莫肚子仙去服侍先生三年。我交代他，三天宰一只鸡（山禽也），五天屠一只猪（四脚石蛇权为猪），请求先生宽恕，息怒。"

黄道周先生想到在灵通岩上，与莫肚子仙共处三年，感念他热情照顾，烧柴煮饭，又陪他进京的情谊，也就回心转意，不咎既往了。

（平和灵通岩陈水森讲述，以上四则均由芗城区王雄铮记录整理）

1. “九鲤湖仙”与“九鲤飞真”

南靖县金山镇的鹅髻山腰，有一座九鲤飞真寺。据传始建于北宋仁宗庆历年间，至今已有九百多年的历史，与仙游县的九鲤湖仙还有着不解之缘。这里古木参天、山清水秀、风景幽美。

传说汉武帝时，安徽芦江有个叫何任侠的人，生了九个儿子，除了老九的前额中间有一只眼睛外，其他八个都是双目失明。

有一年，九兄弟跟父亲到江西临川淮南王刘安家中去作客。晚饭后，他们听到父亲与刘安在窃窃私语，就躲在屏风后面偷听，得知刘安要谋反，他们兄弟就苦劝父亲千万不能同刘安合谋，可是父亲不听劝告。

九个兄弟只好背着父亲，连夜悄悄出走。他们历尽千难万险，翻过巍巍的武夷山，涉过滔滔的闽江水，最终来到仙游海滨。这时，秋去冬来，枫叶流丹，九兄弟采枫叶、折树丫，在山坡上盖起一座亭子过夜，后来这地方被人们称为“枫亭”。

一天黎明，九兄弟离开枫亭继续往南

走，傍晚时来到了一座山岗上。这里山高林密，竹翠欲滴，清溪蜿蜒，水声潺潺。他们来到溪边，捧起清凉溪水，连喝数口，觉得其味清甜，沁人心脾。接着，他们掬水洗脸，溪水渗入眼里，眼前顿现亮光，再用水洗了几下，眼睛竟全部恢复光明。他们第一次看见了美好的自然景色。后来，人们将这条溪称为“仙水溪”，溪边还建了一座亭子，叫“洗眼亭”。

何氏九兄弟兴高采烈，爬山越岭，经过九仙山，来到一个地方，看见一个天然的大湖，宛如一面镜子镶嵌在绿岛碧谷之间，湖的四周千岩竞秀、百花争妍，胜似世外桃源。他们就在这美丽的地方定居下来。

九兄弟白天上山采药，晚上在湖边炼丹，炼出的丹药都赠给百姓治病。这丹药功效显著，能驱邪避虚，无论患上何种疾病，只要吃上一粒，就药到病除。这消息一传十、十传百，广为传扬。莆田、泉州等地病人，都纷纷赶来求医讨药。

一年中秋节，明月高悬，众兄弟正团聚在湖边赏月。忽见从金光闪闪的湖中，跳出九条金色的鲤鱼，振翅高飞。原来是湖中的鲤鱼吃到九兄弟炼的仙丹，已经有了灵气，可以飞天了。兄弟们见状大喜，各乘上一条鲤鱼，冲天而去，成了“神仙”。后人就把这个湖称为“九鲤湖”，这里如今已成为有名的风景区。人们还在湖边建了一座“九仙祠”，祭祀“九鲤湖仙”。

相传，那“九鲤湖仙”遨游世界，来到南靖县金山的鹅髻峰，被这里飞瀑挂崖、云山苍茫、鸟语花香、山水秀丽的美景所吸引，见功臣郑悬之后裔郑英魁和金山的郑光正在山上的九鲤湖祈梦，便托梦给他们，告诉他们前因后果、因缘际会，并说：“鹅髻峰不愧是名山胜地，九月九日我们将结伴前来游玩观赏，君身有仙骨，特相告！”后来他们果然亲眼见到九位神仙化成九只白鹤降临在鹅髻峰盘桓数日，流连忘返。

此后，郑英魁和郑光就四处游说，发动乡民，集资在风景秀丽的鹅髻山腰建起一座“九鲤飞真寺”。寺内供奉九尊九鲤湖仙真容，中央那尊有三只眼睛的神像即是九兄弟中的老大。左右两侧供奉的是“范公圣侯”和“郑公开基”神像。

“九鲤飞真寺”建成以来，游人香客不断，有观赏风光的，更有参香祈梦的。现为南靖县级文物保护单位，被漳州市列为游览保护区。

（南靖县温欣、兰锦章搜集整理）

2. 王羲之与白鹅仙姑

提起王羲之，大家都知道他是中国历史上著名的书法家。可他跟南靖鹅仙洞的白鹅仙姑的一段情缘，知道的人恐怕不多。

相传东晋时，南靖县金山镇有个小山村，因家家户户以养鹅为生故称鹅崁村。村里有个人称吴老爹的养鹅大户，养了一只大鹅王，很是奇特，晚上不但会打更报点，还会鸣警告主。吴老爹虽然不知道它就是在附近山上鹅仙洞中修炼千年的鹅仙，但还是爱之如子，给取名为“白鹅仙姑。”

有一年大旱，吴老爹又遭妻亡子夭的横祸，卖掉鹅群也还不完一屁股债，穷得揭不开锅了，只好忍痛割爱，把白鹅仙姑用竹笼装着载到圩场去卖，没想到顾客们都嫌此鹅太老煮不烂，卖到太阳偏西也没有卖掉，吴老爹长吁短叹道：“说到衰，煮水也沾锅。”叹罢，便蹲下身子，要将白鹅仙姑关进鹅笼里，准备回家。

这时候，远处传来一声：“老爹，您卖鹅吗？”吴老爹抬头一看，原来是一个游方道士，便道：“卖呀！你买吗？”游方道士一边说：“我看看，我看看”，一边快步向吴老爹走来。到了吴老爹面前，那道士气喘吁吁地说：“我是浙江的山阴道士，到闽南一带云游已经几个月了，现在要回山阴去，想买只警鹅回去看护寺庙，谁想跑遍许多圩场，都没买到满意的鹅，不知您老这只鹅能否遂我心愿？”吴老爹一听此话，忙说：“我这只鹅养了 25 年了，太老啦，肉不能吃，但会报警，会打更。”山阴道士说：“我想买的正是这样的鹅呀！”吴老爹高兴地将白鹅仙姑从笼里提出来，捧在手上，让山阴

道士看。山阴道士抚摸着鹅头，不禁喜笑颜开，自言自语道：“真是踏破铁鞋无觅处，得来全不费工夫啊，好鹅、好鹅！”说完，转身对吴老爹说：“您老养此鹅不容易，您养它二十五年，我给您二十五贯钱，每年一贯，行吗？”吴老爹忙摆手说：“太多了，太多了，二十五贯钱可盖一间楼房，一只老鹅怎值那么多钱，给两贯钱就足够啦！”山阴道士说：“您老这只鹅是警鹅，又不是肉鹅，二十五贯钱还占了您老的便宜呢！”话音未落，即从衣袋里掏出二十五贯钱，递给吴老爹。吴老爹接过钱，连声称谢，随即流着眼泪对老鹅说：“白鹅仙姑啊，你跟我这么久了，要不是出于无奈，我怎舍得卖掉你呀！”那白鹅仙姑仿佛也理解吴老爹此刻的心情，不禁凄厉地叫了一声，眼泪便“唰唰”地流了下来。

山阴道士带着这只老鹅回到家乡，养在寺内当护寺警鹅。

有一天，大书法家王羲之来寺里玩，见到这只大白鹅，赞叹不已，便想用高价买下它。山阴道士说：“这是寺宝，岂可出卖？您若真心想要的话，就抄一本经书送给本寺，作为交换。”王羲之从不轻易赠人以墨宝，但因太喜欢这只大白鹅了，只好破天荒地答应抄一本《黄庭经》赠换。

就这样，白鹅仙姑成了王羲之府上的贵宾。王羲之白天把它养在鹅池中，到池边观察它的游形泳势，夜里

把它养在书房里端详它的行姿走态，细心揣摹着“鹅步行书”，书法艺术日臻成熟，达到炉火纯青的境界。这期间，白鹅仙姑也常趁他休息之际，变成美丽的少女，偷学他的书法艺术，久而久之，竟也能写一手龙飞凤舞的好字了。

有一天深夜，王羲之拉肚子，起床急赴茅厕后发现鹅亭中站着一个美丽的姑娘在挥毫练字，不禁惊呆了：我这里从来没有女人来过，况且现在已是四更，哪来如此美貌的少女？莫非遇上狐仙了？于是，他壮着胆，蹑手蹑脚走到姑娘身后，突然抱住她的身子说：“狐狸精，看你往哪儿跑？”姑娘大吃一惊，想变成白鹅溜走已经来不及了，只好回眸嫣然一笑道：“王先生啊，我不是狐狸精，我是您的学生呀！”王羲之不信，白鹅仙姑就把自己怎样仰慕他的书法，怎样从家乡鹅仙洞辗转来到这里，怎样偷书学艺的经过娓娓道出。王羲之看了看她刚才写的字，感慨道：“你的书法已经出神入化了！”白鹅仙姑道：“不，我的字还很幼稚，请王先生收我为徒！”说着，她就跪在王羲之面前拜师。王羲之欣然应允。从此，她在王羲之的精心指导下，书法技艺更加娴熟。

王羲之去世后，白鹅仙姑格外思念自己的家乡，便在一个晴朗的日子里，从会稽起飞，准备返回南靖金山，但因途中迷失方向，结果走遍五岳名山，也没有找

到故乡的标志——高耸的鹅髻。为了寻找故乡，它不辞辛苦劳累，跨千山、越万水，直到三年后才回到闽南，仍然住在金山鹅仙洞里。

后来，白鹅仙姑在山中采药救人时，遇到从仙游九鲤湖云游到金山的九位鲤鱼仙祖，便邀请他们住下。九鲤仙祖见此地山清水秀、风景优雅，又有美丽的白鹅仙姑作伴，便爽快地答应了。

他们留在山中，拜白鹅仙姑为师，学习书法。从此，金山鹅仙洞的香火更加鼎盛。但奇怪的是，自白鹅仙姑走后，鹅墘村的养鹅量就逐渐衰减了，村民们只好根据地理位置，把“鹅墘村”改为“河墘村”了。

3. 罗伦与九鲤飞真观

南靖县金山乡有座鹅髻山，山中景色迷人。传说古时候有九位仙人结伴南游，见此地风景优美，再也不想到处闲逛了，就隐居于此山中。后人就在这半山腰盖了座九鲤飞真观和仙亭。

相传，明朝成化二年（1466 年），江西省永丰县有位名叫罗伦（字一峰）的才子，自幼聪颖过人，饱学诗书，满腹经纶。他临上京城赴考之前，听说九鲤飞真观里的神仙会给人托梦预卜吉凶，便想去求仙托梦。于是，他不顾家人劝阻，风尘仆仆，从家乡赶到鹅髻山。

时值梅雨季节，他撑着一把破雨伞，沿着弯弯曲曲、又长又陡的泥泞山道，踏进九鲤飞真观，想托个好梦。没想到，一觉睡到天明，连个梦也没有。他闷闷不乐，只得又宿了一夜，依然无梦。就这样，他一连在道观中住了九个晚上，什么梦也没做成，心里直骂这九位神仙是木头疙瘩，白白耽误了他九天工夫。

第十天清晨，他决意下山。临走时，他越想越气，便向方丈借来笔墨，在道观的墙上题了一首诗。诗曰："千里求仙意甚虔，九宵无梦亦无眠。神仙不识人间事，罗伦此去不回还。"写罢，愤然掷笔，匆匆下山。

行至距观门约百步的"定心处"，他忽然想起那把破雨伞忘记带，就匆匆返回观中取伞。蓦然回首，他忽然看到刚才自己写的那首诗被改动了五个字，变成："千里求仙意甚虔，九宵无梦岂无眠。神仙尽识人间事，罗伦此去中状元。"

他又惊又喜，立即拜倒在地，喃喃发誓："九位仙祖在上，我罗伦此次赴考，如果中了状元，一定重修古观，再塑金身，并用石板铺路，从山脚一直铺到道观门口。"

数月后，罗伦果真中了状元。他不食前言，一一照办。从此，一条罗伦古道使古观香火更为鼎盛。

罗伦先在北京，后到南京，当了几年翰林修撰，就因得罪权贵而被贬到泉州任市舶司副提举。

不久，罗伦称病辞官，回归故里著书立说。有一次，乡人见他衣不蔽体，送他一件衣服，他却在路上把它盖在一具饥民的尸体上。又有一次，他妻子难为无米之炊，外出告借，过午未归，他依然忍饥挨饿，在家讲学不倦。四十八岁那年，罗伦在贫病交加中去世，留下了一部著作《一峰集》。

罗伦死后五十年，明世宗朱厚熜（嘉靖皇帝）偶阅成化年间的状元卷，问起罗伦，深为痛惜，追赠他为“左春坊谕德”，谥号“文毅”。

（以上均由南靖县唐崧搜集整理）

4. 吕仙输棋醉卧石

吕洞宾在八仙中排行并非老大，但他的名气却是最响的，因为他持剑云游天下，到处扶弱济贫、除暴安良、普度众生。他集“剑仙”“酒仙”“诗仙”于一身，所以最受百姓信仰与敬奉。全国各地名山胜地，到处都有吕祖祠、吕祖阁，而且升观为宫，成为道教胜地，但是他并不满足，仍然云游四方，到处彰显灵贶，期望在风景佳丽处，多建些他自己的宫观。

有一次，吕洞宾从王母娘娘的蟠桃宴会上归来，他游兴勃勃，与七个道友告别后，独自横渡南海，想去闽地游丹山碧水的武夷山。忽然海面上有人唤他：“吕仙、吕仙，你今番要去何处？”吕洞宾低头一看，原来是一

只有四个八仙桌面那么大的龟壳的千年海龟。吕洞宾就落下云头，站在龟背上跟它对话："我要去闽地丹山碧水一游。"千年龟说："可否携带我同去呢？我在大海游来游去都厌烦死了！"吕洞宾笑笑说："当然可以了，有个游伴一路上有说有笑，也不寂寞。"说罢，掐诀念咒，喝声"起"，吕仙就立在龟背上腾飞起来了。海龟也能登天，它兴奋地叫起来："天上真好玩呀，地面上的景色也真美啊！"

不多时，他们就飞临南靖县境。吕仙看见一座青翠的大山，上尖下大，直插云霄，山头戴石起顶，非常像鹅头上的鹅髻，非常气派秀丽，心想，这等有灵气的仙山，应该归为我的洞府。于是，就按下云头，落在山脚下，他对海龟说："你就在这山下慢慢观赏这山中的景色，我飞上山顶去看看，等要动身回去时再来唤你。"海龟就迈开四脚，自己游逛去了。

吕洞宾肩背七星剑，驾云起飞，遥望山顶鹅髻在夕阳余晖的照耀下放射出金红色的华光，心中暗暗称奇。当他降落在鹅髻顶时，正想寻找建立宫观的最佳风景点，不料从松间闪出九位道长，其中八个是盲人，只有最年轻的一个仅有一目眇，原来他们是从莆田仙游九鲤湖来的九仙。九位仙人向吕洞宾稽首问讯道："吕仙别来无恙？今日仙驾何故莅临敝山？"吕洞宾一听惊讶地说："贫道云游路过，见此山景致秀丽，想在此修炼。

但不知九仙何故不住在九鲤湖而移居此山中？”九仙中的大哥听了，放声大笑起来说：“大仙岂不闻，‘九鲤飞真’的故事？是此间乡人敦请我们兄弟九人分镇此山的。”九弟朗声吟诗道：

鹅峰开胜景，九鲤寄仙踪，

有梦皆奇中，扶乩不暗逢。

其他鲤仙也争着说：“我们兄弟分镇鹅髻山很多年了，四方香客都来此求梦，当年状元罗伦、进士庄亨阳都在此得过祥梦，并非今日与大仙才在这里相逢的。”

吕洞宾一听名山早已被占，不禁心中恼怒起来说：“仙山应归道长者得之，岂论早晚？”说完解下佩剑。老九见状不妙，连忙分辩道：“大仙难道为得大山而要动武吗？我想，武斗不如文斗好，还是化干戈为玉帛吧。”

吕洞宾暗想，用武力强占山头，对名誉有损，不如用智斗胜之更光彩。于是便说：“何谓‘文斗’？”九仙说：“弈棋决胜负，大仙意下如何？我等若负了，拱手将鹅仙洞奉献大仙，大仙若肯高抬贵手让一局，普天下仙山胜景多归大仙修真了，又何惜此区区一小山呢？”

吕洞宾被九仙不亢不卑、绵里藏针的言语说得满脸通红，下不了台，便说：“也罢，就一局定输赢，且莫食言反悔。”他心想，我的棋艺天下闻名，岂能输给一

群瞎子？

于是，他们就在鹅髻山下一块棋盘石上对弈，八仙环立着，由一只眼睛的老九出手与吕洞宾下棋。两人真是棋逢对手了，先是双方下子都很快，后来越下越慢，下一子得思考好半天，一局下了九天九夜，最后计算双方得失时，吕洞宾竟输了四分之一子。九仙笑着拱手道：“承让，承让！”吕洞宾懊恼地拍一记石桌，棋盘石竟裂开一条痕。

九仙热情地邀请吕洞宾饮酒，端出两罐金山特产佳酿，轮流劝酒。吕洞宾输棋失掉鹅髻山，心中闷闷不乐，放纵地饮酒，不觉酩酊大醉。自从他三醉岳阳楼后，这一醉更是不得了，一群瞎子怎能抬他下山？只好搀扶他到半山腰一块平面巨石上让他醉卧。后这头巨石就名之为“醉仙石”。

吕洞宾在大石上醉卧三天，第四天凌晨觉醒，心头怏怏不乐、若有所失，就不辞而别，驾云飞走了，他全然忘记山下那同行的老海龟了。老海龟起先在山下游逛，倒也蛮有趣味的。后来要找吕洞宾，也顺便看看山上的风光，就慢慢往山上爬。山路崎岖不平，它那笨重的躯体，爬行起来真是吃力，不像在海水里游戈那么轻松自由，还没有爬到半山腰，就已经上气接不着下气，气喘吁吁了，索性在一块石头上歇下来休息，等待吕洞宾唤它，带他驾云再到别处去玩，谁料吕洞宾不辞

而别，再也没有回来接它。海龟等呀、等呀，等了三百年，变成一块龟形石了．后人在龟石上题字名曰：“灵龟神游”。但是，人们并不知道，这只千年海龟是怎样游到金山鹅髻山来的。

（南靖县金山镇吴子虚讲述，王少华整理）

1. 贡神架观音显圣

贡鸭山屹立于华安县马坑乡草仔山村背后，峰峦隽秀，奇石荟萃。有苍苍古树虬枝曲身为门的“山门”，有“观音莲花座”，有善良的农家夫妇化成的“夫妻树”，还有草霸王石坂跋造反的“点将台”“刀峰”和观音显圣镇邪的“仙人洞”以及被草霸王使唤的百兽化成的石兽群。游人若登其山、临其境，如入迷宫，无不被大自然的鬼斧神工所折服。这些蕴含诗情画意的景点，据说都是由一个古代神话传说衍化而来的。

传说，古时候，贡鸭山和周围山山岭岭共有二十四个村庄，人丁兴旺，一片欣欣向荣的景象。不料后来却出了一个心怀异志、野心勃勃的草霸王石坂跋。此人生得方脸大耳，声如响雷，浑身乌黑如漆，性情暴戾，凶如虎豹。他小时候即拜鸡公山鸡公洞的黄脸道人为师。据说黄脸道人原系鸡公精，杨文广平闽时被收服，但野性未改，喜好邪法怪术。杨文广招他为徒，传授呼风唤雨、驱鬼弄妖之术。他学成后，目空一切，野心日大，妄想称雄天下，在鸡公洞修炼。这鸡公洞洞口仅容一人出入，入洞后却洞中有洞，洞洞相连，深不可测。

某日，石坂跋在酒馆里碰到一个赣州仙，三杯酒后，一见倾心，成了莫逆之交。赣州仙从他的言谈举止中，窥知他有异志，指点他说："欲成大器，需有根基。"还帮他在贡鸭山的"顶格上、下格边、中间坐荷莲"的地方找到一个山势、流水与莲花座"三同向"的活穴，建议他将父亲骨骸移葬于此。赣州仙替他找了吉日良辰，又对他说："得活穴，下葬时最好不能有风雨，但此时却正有狂风暴雨，真是不好办。"石坂跋哈哈大笑说："这有何难！待我略施小技便是了。"

消息一传开，周围村民都赶来，想看看石坂跋如何作法。那一天满山遍野都是围观的人群。下葬时，果然乌云密布，狂风大作，暴雨倾盆，围观的人都淋得抱头掩耳，成了落汤鸡。只见石坂跋念念有词，背着他父亲的"金斗"（闽南一带将装先人骨殖的陶瓮称为金斗），一步一步走向活穴。他周围数丈范围内，却滴雨不进，这个无雨的怪圈还随着他的脚步逐渐慢慢移动，令人咋舌。

这时候，有个善良的农夫站出来劝石坂跋说："这莲花宝座上现在虽然没有观音菩萨，但我听先父说，以前每当月明风清之际，莲花座上常有观音菩萨显现，你不能将金斗埋在这里，会玷污圣境。"石坂跋顿时火冒三丈，将农夫一推数丈，根本不理睬他的劝阻，还用手

一指，轰隆隆地就将莲花座周围的岩壁裂出了一条缝，又趁势将金斗塞进去，刹那间，立即复合无痕。

几个势利小无赖一边抹着雨水，一边转着小舌头恭维石坂跋法术高强。他哈哈大笑说："这算什么？你们想看什么或者想听什么尽管说！"一个小无赖说："你若能让这雨即刻停止，让对面鸡公山的石鸡公啼叫，我们就服了。"石坂跋说："这有何难！"随即手舞足蹈、念念有词。不一会儿，果然雨止云散，满地阳光，对面鸡公山隐隐传来公鸡啼鸣。几个小无赖佩服得五体投地，当即拜他为师。石坂跋早就想网罗手下，就把这几个无赖收为徒弟、当为爪牙，在贡鸭山点将台竖旗设坛，广收门徒，舞枪弄棍，操练人马。

石坂跋想入非非做皇帝梦，日不思食，夜不安枕，自以为十分了得，想在点将台竖旗造反。还是他手下的小喽啰明智，献计说："咱若竖旗拉竿，一旦朝廷知道，必来围剿，而咱们兵寡将微，如何抵挡？师父何不上鸡公山向师祖求援？"石坂跋恍然大悟，随即上鸡公山找黄脸道人讨教。黄脸道人送他一张弓、一支箭，还有一个精美的陶罐子，让他在夜里鸡鸣三遍时开弓射箭并摔破陶罐子，便可成就大事。

石坂跋从鸡公山回来，即在点将台上竖旗造反，要杀人祭旗。他想起那个阻拦他得活穴宝地的农夫，命令喽啰立即将那农夫夫妇捉来杀死。可斩首后，这夫妇脖颈上却滴血不出。他以为是刀刃不够锋利，令人持刀到“刀峰石”上磨刃，仍然不见功效。他又令人将尸体扛到坑沟灌水，谁知水一淋下，两具尸体就忽地没入沱口不见了。后来，此地长出两棵相拥相抱的怪树，人称“夫妻树”，如今长得枝繁叶茂。据传说，这是观音菩萨作法，将这对善良的夫妇度上仙界，以两棵树向草霸王示警告诫。

但石坂跋毫不悔悟，仍一意孤行。当夜刚交子时，他就急不可待，交待母亲，在鸡啼三遍时，要将陶罐摔碎，以撒豆成兵；他自己则去鸡窝，拨弄公鸡，促其早啼。公鸡果然提前打鸣，二遍鸡声刚落，他便叭地一声将魔箭朝京城射去。此时，皇帝刚刚起床，正在洗脸，金殿上只有宰相一人先到。忽然，轰隆一声巨响，金殿塌下一角，一支巨大的怪箭正插在皇帝宝座的靠背上。宰相大吃一惊，知是有人谋逆，便急令各地搜查围剿。

再说石坂跋母亲也在鸡鸣二遍时起床。正要梳头，三遍鸡声又起，她急忙抱起陶罐要摔，可是看到陶罐上花纹精美，就舍不得摔了。她伸手一摸，陶罐里滑溜溜尽是豆子，便独自念叨：“为什么要摔破它呢？把豆子倒出来不就行了么？”可是奇怪的是，她明明看见罐内满是豆子，可费尽气力却倒不出来。她用力摇晃，才蹦出几粒，还没落地就不见了。她也不细想缘由，就抱着罐子拼命摇呀晃呀，用了一顿饭的工夫，才勉强将罐内

的豆子倒完，可地上却又不见半粒豆子。

她做梦也没有想到，是他儿子使法术，让这些豆子一出罐口，便变成妖兵，自动飞往点将台下集合。由于她摇晃罐子太用力了，这些妖兵在罐里互相挤压，蹦出罐口又左碰右撞，来到点将台下，已经个个残腿断臂、狼狈不堪。如何上得战场？但石坂跋并不知情，这时他还在继续作法，要将满山石头变为百兽群，准备驱赶它们上阵冲锋。

这时，迎面来了一个妙龄女子。石坂跋一看，顿时傻了眼，双眼圆睁，直愣愣地看着她，心想：明天我就要做皇帝了，若能将这绝妙的女子收来做皇后，岂不更妙？他厚着脸皮，没话找话，上前说："你看我的本事大不大？这满山的百兽都听我的号令！"妙龄女子嫣然一笑："哪有什么百兽？满山都是石头啊！"石坂跋扭头一看，坏了，百兽群都僵卧在地，再也不能动弹了，任他再怎么作法都无济于事。

其实，这女子正是观音菩萨现身，只是石坂跋有眼无珠、仍不醒悟。天刚亮，他便带着数万残臂断腿的妖兵杀向漳州府城。刚到半路，便被朝廷官兵四面团团围住，几个时辰就被杀得一个不剩。石坂跋只身逃回贡鸭山，那些被他役使过的百兽石一见他，便又都活了起来，聚集成群，昂首怒吼，张牙舞爪向他进攻，弄得他无处藏身，最后只好钻进月亮洞不敢出来。

官兵搜山数日，不见石坂跋的踪迹。一日清晨，搜山的兵士看见一个妙龄女子提着饭篮，轻移莲步往山上走来，便潜伏路旁，待女子过去，又尾随跟踪；只见女子来到月亮洞口，将饭篮一放，倏忽不见。石坂跋在洞里饿了数日，一闻到洞口飘来饭菜香味，口水直流，按捺不住就爬到洞口。自然，他刚出洞口，便被官兵抓获。官兵得此大功，知道是观音显圣，纷纷望空拜谢！

后来，石坂跋被押到京城，处以极刑。

草霸王石坂跋造反的故事渐渐被人们遗忘。但是，贡鸭山上的诸多景点历经岁月磨砺，却闪耀出更加动人的光彩！

（华安县邹银汉、邹耀旺讲述，李美法整理）

2. 火烧麒麟

贡鸭山的东侧是贡神峰，西侧是麒麟峰，贡神架是连接两山峰的中点。相传麒麟峰有著名的“三狮”“六虎”“一麒麟”三个风水宝地。当地老人说：“六虎”不如“三狮”，而“六虎”“三狮”又不如“一麒麟”。据说谁若得到麒麟活穴，父、子、孙三代都可中状元，因此方圆数百里的财主绅士，都竞相聘请风水术士到麒麟峰踏勘，但是都没办法找到这块风水宝地。

后来高安有一个道士，俗称师公，这一日到草仔山

做完法事，顺道请一位村民带他上麒麟峰。峰顶上怪石林立，令他瞠目结舌。忽然间，他发现一块石头在动，便走上前，前后左右绕着石头转了一圈，仔细察看，他发现原来是“麒麟”在向他微微点头。他发现了麒麟宝穴，欣喜若狂，按捺不住，手舞足蹈，急忙奔回家中，偷偷告诉妻子：“虽然找到宝地，但要埋葬了金斗，方算真正得到灵气，你在家中做好准备，我明日到漳州找高士指点，回来马上动手，以免宝穴被外人所得。”妻子点头应允。

师公有个女儿嫁在磜头村，已经身怀六甲。这天正好回娘家，在屏风后听了父亲的话，吃惊不小。她早就听说过，得到麒麟宝地会三代出状元。当晚她辗转反侧、彻夜难眠，她寻思着，与其让弟弟中状元，不如让自己的儿子中状元，更显荣耀。第二天，她父亲刚走，她便推说有急事，匆匆赶回家，让丈夫将公公的金斗背了，两人急急赶到麒麟峰，按她父亲说的方位、标志找到了宝地。只挖了几锄头，下边便出现了一个洞穴，不大不小，刚好容得下一个金斗。夫妻俩悄悄地埋好金斗，便欢欢喜喜地回家去。

师公在漳州请人找好吉日良时，就一步不停地赶回家，背上父亲的金斗上麒麟峰。一看，他愣住了，宝地已被人先下手为强得去了。他一怒之下，便想将那金斗挖出来扔掉。谁知他一动手，两边石块却夹得愈紧，金斗挖不出来，一会儿工夫，石壁越夹越紧，金斗一点也显露不出来了。

师公气得怒发冲冠，一口气难以咽下。他左思右想，这宝穴的秘密只告诉过妻子，谁能捷足先登呢？他终于想到：嫁在磜头的女儿那晚刚好回家，莫不是这个小贱人偷听了秘密？他立即跑到　头去责问女儿，女儿也坦率承认，恳求父亲宽恕。师公的如意算盘被打乱了，哪肯善罢甘休。他怒气难消，匆匆回家，决意要败掉这块风水宝地。妻子知道后，劝他说：“女儿也是咱们的，她得了这块风水宝地跟咱得了也差不多，反正肥水没流外人田嘛。”师公怒冲冲说：“女婿是外姓人，怎能说肥水没流外人田？”

师公一意孤行。经过一番准备，他决定在麒麟峰做七天道场，要调天上的五雷将麒麟穴轰开。妻子劝他说：“咱家没有死人，如何做得这道场？一定要做的话，家中也要出白挂五条。”师公听了更是生气，怒斥道：“我还没死，挂什么五条？”

他自认为法术高强，不必因循守旧，照旧规矩办事，次日便带着两个徒弟登上麒麟峰设坛作法。到了第七日，五雷齐到，电光闪闪，“轰隆”一声就将麒麟穴劈开了，师公也被劈死在地。据民间传说：“无死人做道场，必定死人。”师公心胸狭窄，又不听妻子良言，作法自毙，徒让后人叹息。

听老人说，那场大火在麒麟峰烧了七天七夜才熄灭。大火烧黑了石头，映红了半边天。后人把这个景点称为“火烧麒麟”。

（华安县邹銀汉、李安溪讲述，李美法整理）

1. 曷山的传说（二则）

（1）七大名山比高低

相传长泰县董凤山、良岗山、曷山、陈婆山、天柱山、鼓鸣山、天成山（双髻山）七山聚会，议定按自身之高低对比定名次。曷山矛盾重重，忧心忡忡：明知自己不会比天柱、董凤和良岗高，又想占据头名。他暗地里求助八仙，吕洞宾最爱管闲事，就一口答应下来，立即念动真言咒语，手向东方一指，一条龙从海中跃腾而起，张牙舞爪，由远而近，飞向曷山而来，降落山冈，头向峰顶，尾垂冈下，伏地而卧。只听“轰隆”一声巨响，变成石龙，压在曷山顶巅，龙头上昂突成主峰，使曷山猛然增高三丈。诸山只好退位，让曷山居首，天柱居次，良岗第三，鼓鸣、董凤第四，陈婆第五，天成第六。当曷山载誉“第一名山”归位之后，天柱山以曷山暗中玩弄法术，不够光明磊落，赌气地转过身去，宁愿背靠长泰，面向角尾，放眼海天，以示不满与抗议。

此后，人们把曷山的龙头称为“王尖”，捐资在王尖顶端筑造一间全部凿石叠

盖的庙宇，横额刻“第一名山”，庙里对联镌刻：

万代千秋九霄客

五龙二虎三祠宾

石雕神龛是八仙神象，形态逼真，横颧刻：“天衢云路”。因王尖下的半山腰有一村落叫“吴田”，因此曷山又叫吴田山。

（2）八仙畅游的遗迹

由于吕洞宾助曷山一臂之力，使其成为第一，回到洞府就炫耀起来，请兄长到曷山云游。八位神仙驾起云朵随风飘荡，但见曷山气势巍峨，瑞气千条，祥霞冲霄，遂即降落云头，择石而坐，稍息片刻，有的摘野果，有的折奇花，有的采灵芝。刹那间，整个石桌上花果铺满。李铁拐从葫芦里倒出仙酒，八位仙家，饮酒尝果，乐趣无穷。畅饮间乍见酒桌不远处，有一块直立石头。曹国舅一时兴起，出手一指，直立石头立即变成笋状；吕洞宾乘酒兴拂袖而起，站在石笋顶端扬臂舞剑，颠簸动荡，时而金鸡独立，时而鸣鹤冲霄，摇曳不定，翱翔回旋，毕尽技能，偶然向前用力一踩，在石头上踩出一道脚印。这些痕迹至今仍在，民间仍将其视为“仙脚迹”。

何仙姑巾帼不让须眉，慧眼向水分楼一望，瞥见地下隐藏一朵石莲花，含苞待放。她玉掌合十，轻轻一扫，一枝莲花苞破土而出。继之，花瓣绽开，花蕾开放，鲜艳夺目。原来，此石莲花专门普度有缘善人攀折；时过景迁，自行凋谢，重返地下原位。三百年再度出土开花，机缘难遇。在民间传为佳话。

八仙在山巅享尽天然景色，驾云返回洞府，次早相约朝拜玉皇上帝，奏明下界曷山胜景不亚于蓬莱，应派人镇守，免受邪魔侵占。玉帝准奏，着太白金星领旨开读，敕封曷山神为“曷山圣王”，其妻敕封“曷山圣王妈”，发给神将二员，神兵五百，归其统领，永远镇守这座山。

（以上二则由长泰县杨淡水整理）

2. 兵书宝剑活盘山

长泰县有座活盘山。

活盘山是个好地方，山明水秀，绿草如茵。那山泉从高峰上飞泻而下，直落山涧河谷中，发出战鼓齐鸣般的“咚咚”声，四周群山也热烈应和，恰似千军万马呐喊奋战。在这喧腾的山谷中，有一段壮烈的动人传说，在民间流传了几百年。

据说，当年的活盘山，不叫活盘，而叫死盘，人踏上去非死不可。山里住着一个魔鬼精，专门吃人还不吐骨头。一天，岩溪罗家寨的罗隐从这儿经过，他一脚踏

上石盘，魔鬼就喊：“死盘、死盘，非死不可！”可是罗隐是乞丐身、皇帝嘴，他大声高喊：“活盘，活盘！”

他的话真灵，整个死盘变成活盘转动起来，魔鬼精斗不过罗隐，罗隐再喊：“活盘！活盘！”魔鬼精也只好跟着喊：“活盘！活盘！”这样，人走过活盘就不会死了，魔鬼精的妖法派不上用场，只好逃走了。

当时，天下大乱。老百姓走投无路，离乡背井，四处逃亡。黄巢高举起义旗造反了，人们说他是“冲天大将军”。他千里迢迢进军福建，在长泰岩溪的路上，挥起了龙泉宝剑，错杀了流着五色血的罗隐之后，心里很后悔。他想，我一心一意走到福建，就是为寻找真君，可惜真君却被我杀死了。

这时，他来到长泰的一座山上，已是人困马乏，检点一下，连自己才只剩下十五个人。他在树林里歇了下来，想休息一下再走。刚走进树林，他就看到一个白发苍苍的老头儿，哭哭啼啼地正在套着绳子要上吊。他一马上前，将其救了下来。

“老伯，你为什么要自尽呢？”

那老头想不到有人来阻拦他上吊，睁开眼一看，却惊喜地“啊”了一声说道：

“你不就是我们日夜盼望的黄巢大王吗？”

“老伯，你怎么认识我呢？”

“县城里的大街小巷，到处张贴告示，绘形画影，

说你是反王，要抓你呢，还赏千金封万户侯。老汉怎么不认识！我们穷人们日日夜夜盼望大王来救我们，可是老是等不来，现在总算把你盼来了。”

老头儿又对黄巢说：“大王问我为什么要上吊？我们被财主逼迫得走投无路呀。我们山下西庄，出了个大财主郑大发，人们背后叫他郑阎王，俗语说：狗改不了吃屎的本性，财主哪个不贪狠？郑大发的田地片连片，谷仓排成行，多少人家血汗被他吸干了，他还不满足，整天只想怎样来坑害我们穷人，多少妇女被他害得死了丈夫，多少青少年被他逼迫得只好远离家乡。最近，他又借口县太爷做六十大寿，强迫我们穷人每家每户都要交纹银五两做寿礼。我们穷人连吃饭都顾不上了，哪里有银子交寿礼呢？他却比阎王还凶，天天指派家丁催逼我们，轻者一顿皮鞭，重者活活打死。我们穷人不逃则死，我这老头儿也只好上吊了。”

这番话，叫黄巢听了气得虎眉倒竖，钢须戟指，回头向兄弟们说：“杀进西村，除掉郑大发，为穷人兄弟报仇出气！”众兄弟异口同声说：“是！活捉郑大发，为穷人兄弟报仇出气！”

那老头仔细一看，黄巢他们只有十五个人和十五匹马，他担心地说：“不行呀！郑家光打手就有上百个人人，离县城又这么近，恐怕官兵……”他还没说完，黄巢说：“不怕！为了穷人兄弟，就是龙潭虎穴，我们也

要闯一闯！”

黄巢让老头儿回到村子里，叫来一群没死没逃的穷人，约他们在义军攻打郑家大门时，就在四周放火，敲打锣鼓、呐喊助威，并且马上打开仓库，把金银米粮扛了走。大伙听了，同声叫“好”，欢欢喜喜地回家准备去了。

当晚三更时分，月牙快下山了，一切布置就绪，黄巢领着兄弟们高举火把，呐喊一声，冲进西庄。一时四面火光齐起，锣鼓齐鸣，势如千军万马，把郑家打手吓呆了。这些家伙有的被打死，有的一溜烟逃走了，撇下个郑大发，舍不得金银米粮又爱惜生命，一头钻进灶膛想逃过这一阵，圆胖胖的屁股还露在灶口，窸窣发抖哩。黄巢一杀进来，就把他抓起来杀了。穷人们立刻冲进仓库，搬粮食、装钱银，个个乐得手舞足蹈。

不料，郑家打手迅速报告长泰县，县衙连夜调集全城兵马来救郑大发。西庄离县城本来就不远，官兵一忽儿便赶到了，一下子便把村子团团围住。黄巢领了十四个兄弟左冲右杀，把官兵冲杀得哀父叫母。但是，官兵越聚越多。不久，黄巢回头一看，自己的兄弟还只剩下三个人活着，他急忙吩咐大家四散冲出去，把官兵引走，让村里的穷兄弟有条逃生之路。

四个勇士骑着马，犹如风驰电掣，突围而出。官兵追来，黄巢飞马横刀，睁圆龙眼大喊一声，刀光起处，人头滚滚落地，官兵们让出一条通路。四个人分四

路，各自飞驰而去。只听后边官兵一片喊声："追啊！追啊！莫放走了黄巢！"

官兵像一窝蜂似地拼命追赶。黄巢单枪匹马驰上了活盘山，站在高高的山上，既无粮食，又无援兵，四周被官兵们重重包围，人饥马乏，进无路退也无路，寡不敌众。他下马踏上那山上的大石盘，取出那本随身带着的兵书，抽出腰间的龙泉宝剑，仰天长叹一声，说道："苍天啊！苍天！为什么我有满腔雄心壮志，却不能如愿？苍天啊！苍天，但愿后世有人，重翻兵书，再挥龙泉宝剑，杀尽普天下的财主、赃官……"

他决心不被俘、不受辱，顺手把兵书放在石盘上，再将宝剑插在兵书上面，然后用宝剑割断自己的喉管。他虽然死了，但却还像活着一样，横眉怒目，直挺挺地站在石盘上。兵书在南风吹拂下，一页一页地翻动着，宝剑斜倚在他身旁。

忽然，天崩地裂，"轰隆"一声巨响，石壁震裂一个大洞，哗啦啦的泉水从洞中飞泻而下。山下的官兵被"轰隆"的巨响吓破了胆，有的倒退向后跑，互相践踏，乱成一团。过了半天，整个活盘转动起来，黄巢已经不见踪影，只见山顶飞泻一道飞泉，爬山的官兵们，一个个吓得从山上滚下来。

从此，活盘山就有那一道如带的飞泉，石盘上有一本打开的兵书和一支插在兵书上的宝剑。这飞泉的声响

和壮烈的传说一样，一直流传至今天，年长月久，兵书宝剑已经变成石头了。

（长泰县洪吉仁讲述，文香香采录整理）

十六、漳州各地关帝庙的传说

1. 东山的关帝庙

关羽、关帝爷、关圣君，是全体中国人心目中的英雄豪杰，是忠诚信义的象征。全中国有成千上万座关帝庙，几千年来一直香火旺盛，人们年年争先恐后去朝拜他。东山人特别崇拜这位山西夫子，家家户户的厅堂都供着关帝圣君的神位。但是和全国各地的武庙不一样，东山的关帝庙有与众不同的特点和独一无二的地方。全国各地的关帝庙里，周仓将军黑脸豹眼、满颊胡须，持着大刀站立在关帝爷的后侧，护卫着关帝爷，而建于明洪武二十年（1387年）的东山关帝庙里的周仓将军却是白脸端庄、五绺飘垂的斯文长相，不持刀坐在左边神龛里的，听说他出门时，还有一匹白马坐骑，与关帝的赤兔马并驾齐驱哩！这寄寓着一种不忘故主，不忘故国，反抗异族的强暴统治的汉民族意识。为什么会这样呢？民间世代流传着一种传说：

传说南宋最后一个小皇帝，人们称他为宋帝昺的，在东山（当年称铜山）的一个岛上建立过一个“东京”。后来元兵打来，他走投无路，就由辅国重臣陆秀夫背着、蹈

海自尽了。这就是东山老辈人所讲的“沉东京，浮南澳”的故事。

且说宋少帝和陆秀夫死后，阴魂不散，就飘飘渺渺地直上九重霄，向天上玉帝诉冤叫屈去了。玉帝安慰他俩说：“现在宋朝气数已尽，元朝当兴。你们想怎么办呢？”陆秀夫叹气道：“既然天道不能挽回，我也老了，不想再干什么了，请赐给我一处归宿地吧！”玉帝就说：“你想通了就好，东山关帝庙刚好重修好了，关帝神像正在‘开光’，你就去那里附神，享受民间的香火祭祀吧。”于是，陆秀夫就附神在东山关帝庙的神像上了。据民间传说：全国各地大大小小的庙宇很多，一身正神毕竟照应不过来，便要委任历代忠臣烈士的英魂代为摄管，因此宋末忠臣陆秀夫就这样代替掌管东山武庙。

至于宋少帝，他开头在玉帝面前垂泪哭诉说：“我年纪还小，没有过一天真正的帝王生活，我还想当当皇帝。”于是玉帝就说：“那么你就耐心等着吧，等蒙古人的元朝气数尽了，要再换上汉族的皇帝时，再安排你的位置吧。”从此，宋少帝就只好成为无主孤魂，四方遨游，等待改朝换代了。过了几年，他看见手下的大臣们都各归神位，安享民间祭祀了，自己孤家寡人十分无聊，要等到猴年马月呢？算了，不要再想当皇帝了，还是归神位去吧！于是他又去请求玉皇大帝。玉皇大帝宽宏大量，就答应他的要求。但一查，全国大小庙宇中的

神位已大致安排妥当了，只有东山关帝庙中的侍将周仓还是空缺，玉皇大帝就委派宋少帝去顶缺。宋少帝一想，这样也好，陆秀夫是辅国忠臣，依靠他有个照应，也心甘情愿上任去了。

可是，陆秀夫一知道宋少帝要来东山享受部将周仓的香火，自然感到大伤脑筋。你想，宋少帝原是君王，他只是大臣，私人之间是君臣名份，但是在庙里，陆秀夫代关圣君的名份，宋帝昺却要来就周仓的神位，当部属，只能屈尊站在一边，持刀伺候了。庙里的帝君与周仓的职位也不得改变。这怎么办才好呢？陆秀夫越想越不安：总不能让宋少帝真的天天站在我身边，让他扛大刀呀！

陆秀夫左思右想之后，就托梦给庙祝以及地方耆老们，说："敝主宋少帝来接掌周仓将军的神位，请父老们顾念我们昔日君臣的名份，给周仓将军的神像安排个座位，另立个神龛，权且免了持刀的职务，面庞也改换个扮相，塑个白净脸，五绺须吧。"东山人领会神的意旨，一切照办了，还特别体贴神道，圣君出巡时，另备白马一匹，供宋少帝充当的周仓代步。这才成为东山关帝庙与众不同的独特之处。

东山关帝庙山门系用斜立六根石柱顶托数百个纵横交错的斗拱构成的亭阁，叫"太子亭"，主殿悬山顶，庙顶有腾龙、人物、花卉、禽兽等剪瓷彩雕；庙内雕梁画

栋、玲珑雅致，繁多的木雕、石雕、彩绘，技法奇特；主殿金柱上更有明武英殿大学士黄道周撰书的木刻对联：“数定三分扶炎汉平吴削魏辛苦倍常未了一生事业；志存一统佐熙明降虏伏魔威灵丕振只完当日精忠。”该庙现在已成为国家重点文物保护单位，是宝岛台湾八百多座关帝庙的祖庙，年年都有大量台胞组团前来朝圣谒祖。

（芗城区啸华讲述，王少岳采录）

2. 扶摇帝君怒斩鸡公精

九龙江北溪边有一个小村庄，因为居民多以烧窑为生，故名灰窑（即磁窑）。这里现有两座关帝庙，一座在山上，一座在江边。为什么一个小小的村庄建有两座关帝庙呢？有个传说。

据传在明朝初年，这村里有个孤儿，名叫杨小，七八岁时，父母染上时疫，不幸去世了，丢下了他一个人，只好靠叔父抚养。叔父念及骨肉情，很是爱惜，尽心抚养孤儿。但是婶婶因为自己儿女多，生活不宽裕，不免嫌弃小小，认为是多余的负担，经常打骂小小，小小吃不饱穿不暖，还要干家务杂活。没爹没娘，寄人篱下，怎敢不低头？小小只好忍气吞声，眼泪往肚里流，尽力照婶婶心意去做，听凭她使唤。好不容易吃糠咽菜、衣衫褴褛地熬过了七八个年头，杨小已经长大成

人，变成一个努力勤奋、吃苦耐劳的好后生了。

有一天，因为一点小事没有顺着婶婶的心意做，正在厨房里切菜的婶婶大发雷霆地拍打刀板咒骂他，不给他饭吃。小小蹲在柴草间里自己卧榻的草窝边，暗自伤心流泪，心里想：自己总算长大了，应该自食其力，不必死皮赖脸地在叔叔家里挨婶婶骂，受婶婶的气。晚间，等叔父做完生意回家，他就悄悄地向叔父诉说自己的苦衷。叔父多年来也受够了查某人（老婆）的埋怨、唠叨，耳朵里也早已结茧了，对侄儿爱莫能助使他也一直不安，听说小小要自己奋斗、走自己的路，叔叔就暗地里资助他一点本钱，让他离家自谋生路去。

杨小将叔父给他的本钱，买些胭脂花粉、彩色丝线，挑起货郎担，摇着拨浪鼓，走街串巷地卖杂货去了。他好嘴、好态度，很讨顾客的欢心，人人都称赞他是忠厚老实的好后生。他自小吃苦，勤俭惯了，很会从针尖上节省下费用，所以几年后手头也积累一些资财了。这一天，他来到了铜陵岛，到城关卖杂货。忽遇强台风，狂风暴雨漫天泼来，他赶忙躲在一户人家的屋檐下避雨，用自己身体护住货担，被浇得像个落汤鸡，冷得瑟瑟发抖地蜷缩在门槛前。

这是户普通人家，孤女寡母两人相依为命。女儿手巧，工于刺绣，母亲为人缝补洗衣，日子也还过得去。这天大风雨，女儿出来闩门，看见一个俊俏的后生家在

门檐下躲雨，全身淋得透湿，冻得真可怜，忙回屋叫母亲出来看。老阿姆开门一看，就明白了女儿的心意，连忙让杨小进屋避雨。女儿即拿出已故父亲的衣衫让杨小换下。慈祥的老阿姆仔细盘问杨小的身世，知道他是个孤儿，很是同情他。杨小也知道了老阿姆的家庭情况，得知姑娘芳名是水仙，今年才十六岁。

饭后，老阿姆对杨小说："家里还有空屋，暂且住下，今后你早出晚归，尽管做你的生意，不必再露宿街头，也可以搭个伙食。同是天下苦命人，不用分彼此。"杨小听了满怀感激、连忙致谢。从此他就长住在水仙姑娘家里，早晚也帮忙做些粗重的家务活，每天回来，经常买些点心孝敬老阿姆，年节也记得给水仙姑娘买些可心的礼物。春来秋往，年轻人的感情一天比一天加深了，老阿姆看在眼里，喜在心上，杨小是个忠厚的后生，女儿的终身有靠了。

岁暮年终，杨小要回家乡去，水仙依依不舍地问："过年你还来吗？"杨小安慰说："我回家禀告叔父，请大媒来提亲。"老阿姆听了很欢喜，说："应该、应该，这样才合礼数！"

杨小回乡后，取出廿四两纹银交给叔父，请他主办婚事。叔父满心欢喜，说："男大当婚，小小终于要成家立业了。"他马上准备聘礼，请媒人去铜陵下聘；家里也布置个洞房，过了年就迎亲，要让杨小和水仙早日

合卺圆房。

水仙姑娘要远嫁了，母亲既高兴又舍不得，她担心路途遥远，女儿能否得平安？铜陵人家家户户都是敬奉关帝君的，水仙姑娘闺房里也曾绣幅帝君圣像，早晚奉香诵拜。临上轿时，母亲交代女儿，要虔诚膜拜帝君后，将圣像请到夫家去。

谁知磁窑村的风俗也不一样，新婚三日内，新郎官不准在洞房中过夜，否则会有灾祸。水仙姑娘不知情，拜完天地入洞房喝了合卺酒后，新郎官就悄悄退出，把房门反锁起来，让她独守空房。更深人静时，水仙奇怪小小哥为何不来陪伴自己？她自行揭去头盖，洞房里静得怕人，她心头不安，想起母亲嘱咐："帝君灵感会保庇你的。"于是，她就把帝君圣像挂在墙上，心中默默祷告，不知不觉就靠着茶几打起瞌睡来了。朦胧间，她听见帝君的声音："儿郎们，今夜准备驱魔降妖！"又听见周仓将军禀告："主帅有所不知，刀口锈蚀，不利战斗。"帝君说："着小女子立即绣补，不得有误。"

水仙惊醒后，只见红烛高烧，香烟缭绕，墙上绣像放射着七彩光环，帝君威严地捋髯观春秋，周仓持青龙偃月刀站在左侧，关平手捧金印站在右边。水仙姑娘仔细端详，果然发现青龙偃月刀的刀口被蠹蚀一孔，形成缺口，她赶紧取出丝线绣补完整。之后，她心中忐忑不安，神说要降妖，定有妖魔前来骚扰，就不敢合眼，睁

大眼睛，竖耳静听着。

四更将尽，忽听得窗外一声喝，有公鸡扑翅声，怪声啼叫，不久就无声息了。一夜平安无事，不久，东窗透过曙光，只听见杨小在门外大叫："不好，窗口有一摊血迹。"然后，他打开锁，推门进来，见水仙安然端坐在床边，才放心松了一口气，急问道："昨晚你受惊了，没事吧？"水仙翘起嘴唇，埋怨道："昨晚你到哪里去了？叫人好不担心。"杨小低声赔罪道："这是我们村的风俗，新婚三夜，新郎不许入洞房。你平安就好了。"原来，磁窑村一带，多年来鸡公精作乱，村里人新婚，均要先占新娘三夜，否则，新郎就会被撕裂五脏而惨死于洞房。

水仙姑娘将昨夜所见所闻告诉乡亲们，人们沿着窗前血迹追寻过去，发现一只巨大的公鸡被杀死在山上磁窑寨的废墟里，才知道是帝君显灵斩除鸡公精。全村乡亲都为今后不用再怕鸡公精残害而高兴，他们共同议定，在磁窑寨里建座帝君圣殿，将鸡公精的遗骸永远镇压在帝座的下边。磁窑寨从此改名为"镇安寨"，全村人都崇祀关帝君，后来因香火鼎盛，又在山下边建一座宫殿式的大庙，春秋两季，永远祭祀不衰。

（龙文区杨宗仁讲述，萧华采录）

3. 印斗柑治愈国母疾

且说自从铜陵的姑娘嫁到九龙江边的灰窑村后，由于请了关帝圣君来镇宅，斩了蹂躏妇女的鸡公精，除去了地方上的一个大害，保庇合境安宁，社里就公建两座关帝庙来祀神镇妖。圣殿楹联金字镌刻曰：

扶蜀汉，拒东吴，先帝有知应宽笑；

摇青龙，骑赤兔，阿瞒虽死亦心寒。

楹联首字取“灰窑”谐音“扶”、“摇”，既雅致端庄，又含感谢帝恩之意，从此扶摇村家家户户得神保庇，安居乐业，六畜兴旺。附近各村社也来拜香，扶摇声誉远播四县。

话说大明万历年间，扶摇村有个富户，姓杨名三泰，在厝后山上种植万株柑橘树。这一年，风调雨顺，红柑大丰收，枝头果实累累，几乎把树枝压断了。杨三泰满心欢喜，想把红柑运销外省，既可获大利赚大钱，又能扬名四海，人人皆知后厝山红柑好货，都来交关（购买）。

后厝山的红柑实在不一般。和别处的红柑比，个大，皮薄，无核，外观朱红鲜艳，芳香四溢，果瓤甘甜如蜜，不带酸味，吃上一粒，不仅香甜可口，齿颊生津，而且还有除烦去腻、化食开胃的功效。这等上品佳

果，应该远销何方？杨三泰拿不定主意。他是笃信帝君的，凡事他都要请示帝君定夺。于是，他就到镇安寨帝君圣殿抽签问卜。结果神意指点应去京都卖红柑，他当即在殿上许下重愿，如获大利，定为帝君请一袭五爪龙袍，以答谢神明。

于是，他雇了十三艘货船，满载厝后山红柑，顺九龙江直抵厦门，再沿海岸线北上。有谁知道，这段时间，海上风平浪静，船行迟缓，又逢小阳春，天气燥热，十三艘货船的柑橘竟烂掉十二船，只好将烂果全倒进海里喂鱼了，让空船退回厦门。杨三泰呼天抢地、擂胸顿足地痛号哀嚎道："这是天亡我啊！神又怎么不助我呢？"他押运剩下的一船红柑，在海上颠簸了十天，好不容易才抵达天津港，检点一下船舱里的红柑，满打满算也只剩下两篓完好无损，其它的也都烂掉了。再雇骡车运到京都客栈，连夜挑捡，又烂掉一大半。第二天清早，杨三泰只背着一满"甘篙"（闽南特有的竹编篓子）的"厝后山红柑"，上市场去兜售了。他内心空虚，六神无主，十三船红柑一路烂掉，只剩下这么一"甘篙"，即便全换成黄金，也抵偿不了损失，又怎能赚回本钱利？

他无心叫卖，也不知道如何定价，只是漫无目的地在街巷里踱来踱去。京城里的西北风如刀似刃，他顿觉身上衣衫单薄，肚里又饥肠翻动，直冻得牙齿上下"咯咯”作响，此时此刻，他已身无分文了。只好拐到一家照壁下，背着“甘篙”，拢着双袖，晒太阳取暖。谁知北方风沙大，他站在墙下不多时，就变成一个“粉人”了，不仅头发、眉毛、胡须全“白”了，鼻孔里、耳朵里、牙缝里、脖子里也全撒满细沙粉。他全顾不上这些，发现“甘篙”里的红柑，蒙上了灰尘，掩没了红艳光洁的颜色，他急忙用衣袖来擦，衣袖上也沾满细沙，他怕损伤了红柑嫩皮，就顺手照墙上撕下一张似乎是过时的布告来擦拭红柑，不料这一来，可闯下了大祸啦。

要知道这是万历皇帝的旨意，聘请神医的“招贤榜”。原来国母皇太后近来病恹恹的，食欲全无，连日不饮不食，终日昏昏沉沉，似醒似睡，身体日渐衰弱。皇帝见皇太后患此怪病，十分忧虑。他叫宫中名厨调理的山珍海味，国母一见就想呕吐；太医院御医，调制百方，国母一概拒饮。群臣束手无策，只好请旨，布告天下招聘神医来治国母奇症。出榜二十多天，没人斗胆撕榜应招。侍卫们也懈怠了，不免走动走动，不料，正在这时，杨三泰撕下榜文来擦拭红柑。侍卫们一见大喜，围拢上前高叫：“欢迎神医，欢迎神医！”推推搡搡地，拥着他向皇宫走去。

杨三泰不知内情，听不懂京腔官话，还以为自己犯了什么大法，吓得直喊“冤枉”。直到他被拥进皇宫，看见好大气派的“衙门”，就战战兢兢地跪在地上，不

敢乱说乱喊，也不敢抬头了。正好皇帝还在早朝议事，听到有“神医揭榜”，龙颜大悦，宣旨“后宫见驾”。

于是，杨三泰又被众太监拥上马引入后宫，只见许多宫妃围着龙床，床上不知是何等人物。坐在床前交椅上一位身穿黄龙袍的年轻官人示意，宫娥们就帮床上人从帐内伸出一只玉手来请神医号脉。杨三泰不解其意，以为是要讨红柑吃，连忙解下“甘篙”，从中取出一粒红柑掰开递上。宫娥只当神医不必号脉，以仙果治病，连忙剥一瓣送入国母口中。

国母以为是仙丹妙药，轻轻吮吸一下，顿觉馨香沁脑，口颊生津，一口气吃完整粒红柑，精神倍振，脾胃大开，想吃稀粥了。万历帝大喜，立刻降旨御厨备膳。国母坐起要观看仙果，杨三泰赶紧从“甘篙”中掏出红柑，摆在床前小几上，只见红灿灿的，像珊瑚，又似红玉，晶莹光洁，十分可爱。国母托一粒红柑在手上，仔细观赏，问起仙果出处是来自蓬莱仙岛，还是花果山？杨三泰不敢撒谎，如实禀告“是小人家乡厝后山的红柑。”国母一听是座无名小山，连说不好，仙果应出于名山。她看托在手心的红柑像一颗金印，就赐名“印斗山红柑”，下旨年年进贡来朝。

万历帝见母后病情全消，谈笑风生，龙心大悦，降旨重赏神医黄金千两、宫锦百匹。杨三泰连忙下跪谢恩，并说 :“区区红柑，赏赐百两就够本利了，不敢有

非分奢求。不过，小人这番是和镇安寨的关帝圣君合伙做红柑生意，神签指点要来京城贩卖，结果十三船红柑，只剩这一‘甘篙’得治国母的病。小人曾向帝君许愿，若能在京城获利，必请一袭五爪龙袍给神像穿戴。为此，小人斗胆冒死请求皇上赐给五爪龙袍一袭，俾能还愿。”万历帝一听大奇，连连说道：“真是神意，真是神意，神赐仙果治愈国母之病。应当如愿赐予五爪龙袍。”立刻降旨令后宫绣女连夜赶制龙袍。又令光禄寺赐金犒赏神医，然后在国贤馆中下榻。

宫内百名绣女立即裁剪黄绫、绣制龙袍，结果出奇，无论怎样改制，绣了三天三夜，总是只能绣出四爪龙袍。最后不敢奏明圣上，只好违旨将绣好的一袭四爪龙袍径直送到国贤馆来了。

杨三泰接到黄绫包着的龙袍，心满意足。当即关紧房门，解开包袱，把龙袍摊在床上观赏，只见神龙飞舞，金光灿烂，满室生辉！可是无论怎样数，也只有四个龙爪，他顿足叹道：“可惜，可惜，只是四爪，不是五爪龙袍。”话声刚落，龙袍忽从床上飞起，来不及抓住，就从窗口飞出去了。杨三泰惊慌失措、拍着屁股大叫：“完了，完了，连四爪龙袍也飞走了，我真该死，回去怎么向帝君交代啊。”说罢，泪流满面，唉声叹气不已。

忽然，万丈毫光从窗口射入，他回头一看，一件新龙袍铺在床榻上，光芒四射，照得人眼睛睁不开。他仔

细数数龙爪，真正是五爪龙，心里大欢喜，龙袍失而复得，还换一件真正的五爪龙袍来了。他正想着，这么大的一袭龙袍，千里迢迢不便携带，若能变小就好带了。想不到龙袍说变就变，一下子竟缩小了一半。杨三泰连叫："再小些，再小些。"直变到给布袋木偶穿的那么大，他才不叫并把龙袍装在小纸盒里，放进"甘篙"，一点也不占位置，背起来又轻便。他又担心回到家，小龙袍若不能复原变大，也是没用。话没出口，龙袍又随心意变大了。杨三泰一看惊叫道："好了，好了，我放心了。"他又让龙袍变小，才安心地收起来。

第二天，万历帝五鼓上朝找不到他的五爪龙袍，以为给人偷走了，见桌上一袭四爪龙袍，只好姑且穿起上朝，传旨九门提督严加戒备，提防偷龙袍的小偷混出京城。结果全城搜查了十天半个月，一无所获。这时，杨三泰早已平安返回扶摇村，备了三牲大礼答谢帝君，焚香鸣炮，十番奏乐给帝君龙袍加身了。

事后万历帝派钦差大臣到漳州密访龙袍下落，钦差查明复旨："龙袍确实穿在帝君神像上。"万历帝得知后，索性派人将自身佩戴的玉带一并献给镇安寨关帝圣君，以答谢神明差杨三泰送仙果治愈国母病之恩。

从此，杨三泰年年向朝庭进贡红柑，"印斗山红柑"真正誉满京都，名扬四海了。

（龙文区杨宗仁口述，王少华采录）

4. 荆城关帝庙竖旗杆

南靖县山城大庙口的关帝庙，大埕右侧竖立一杆五丈高的旗杆，上端刻着一条黄龙缠柱，下端刻一只扑食的猛虎，令游客感到惊异不已。因为竖立旗杆是旌表功名的，一般是竖在祠堂前或家宅门口，为什么旗杆会竖立在关帝庙门口呢？这有一段神奇的来历。

据说，荆城（今称山城）关帝庙是建在龙穴上，但是穴位因故没测准，不在正神的座位下，而是偏右，正好在周仓将军的神座下，所以这座庙里的周大将军特别灵感，简直是有求必应，因此荆城的百姓，尤其是做生意的人特别敬祀周将军。

明末清初时，荆城大庙口是一处热闹的市集，大摊小贩云集于此，饮食百货齐全，游人香客熙来攘往，热闹非凡。本地豪强还在这里设赌场，通宵达旦，直赌得天昏地暗，人心都变坏了，卖某卖囝（卖妻子儿女），男盗女娼，官府睁一眼闭一眼，由它去了。

有一天，赌场里窜进一个黑大汉，满脸络腮胡子，拎着一只大钱袋，叫众人闪开，挤出一个空位蹲下。他跟庄家说：“要赌就得赌个痛快。”庄家不解地问：“要怎么个赌法？”黑大汉提起大钱袋，拍拍说：“今晚来个大赌，大家的赌本统统由我付出。赢钱归自己，输了向我讨。”大家一听都不相信，黑大汉把钱一倒，一大堆的钱钞银票摊开，挨个一大把分给众人，叫道：“收

起来做赌本！”这下大家可乐了，宽心放手赌注，大声小叫，反正赢了就藏进腰袋里，输了再向黑大汉讨，庄家也赢了一大堆银票，只有黑大汉输得精光，一文不剩，可这大汉一点也不着急，也不泄气，反而乐呵呵地说：“诸君今晚赌得痛快吧，奉劝诸位从今往后不可再赌了，否则天理不容。”他厉声说完最后一句话，转身就不见了。这时大家再清点自家赢得的钱钞银票，谁知都变成寿金银箔了。整个赌场里的人都吓得魂不附体，这才省悟到这位满脸络腮胡子的黑大汉原来是庙里的周仓将军显灵，从此谁也不敢在这里设赌场赌钱了。

乾隆初年，朝廷开武科，校场比武选武进士，各省武举都到北京参加比试。好几百名武举在西苑校场比武，跑马、射箭、较量武艺。七天竞赛，夺魁的竟是一名自报为福建省南靖县的武举，姓周名荆参。主考官召见他说：“周荆参，你果然武艺超群，堪为国家栋梁之材，候奏明圣上，再委以重任；现在你可返乡梓，祭祀祖宗，竖立旗杆，以旌荣耀。”周荆参称谢告退，荣归乡梓。

周荆参回到南靖后，立刻到盛产杉木的奎洋采购做旗杆的杉树，他向当地一个木材商订购一根五丈长的巨木良材。这个木材商大胆动问：“要如此长的大杉木做何用途？”周荆参说：“要竖旗杆。”木材商说：“巨木良材，大号有的是，只是难以运下山，更何况要运到山城去呢。”这人笑呵呵地说：“这等事，商家免烦恼，我自有办法，只要你们找到巨杉移置溪边就行了。”木材商半信半疑地说：“好吧，就这样办。”心里想，看你怎么运走。这人爽快地付清现款就走了。

当这巨木良材运置溪边后，这一天半夜，忽然雷电交加，暴雨如注，溪洪暴发，竟将这根巨木冲到山城大庙口。当晚，庙祝梦见周仓将军交代，将这巨木做成旗杆竖在庙的大埕右侧，并且说明，因为南靖县没有武进士，只有文进士，特意去考取来替南靖县增光。

后来朝廷派钦差来南靖，召新科武进士周荆参晋京，御旨授为殿前建威将军。南靖知县却查无此人，而民间传说是大庙口关帝庙里的周仓将军曾显灵为本县增光，去京城考中武进士，现有庙门口的旗杆为证。钦差只得去关帝庙敬香，见到周仓将军神像果真是与周荆参长相一模一样，钦差嗟叹不已，便毕恭毕敬地上香祷告，然后进京复旨。至今大庙口关帝庙前的旗杆仍然竖立着，记载着这桩奇迹。

（南靖县韩逢坤讲述，陈奇芳、江明采录）

5. 关帝爷送子

传说东山岛以前有一对夫妇，年过半百，膝下无儿无女，只有祖上遗留的几间房、几亩地和不知哪一代雕

刻的一座帝君神像伴随着他们过日子。他们一想到百年之后，后继无人，不由触景生情，经常相对哭泣，样子十分凄凉！

农历五月十三是关帝爷生日，夫妻俩办好牲礼、糕点，带上香烛，双双跪在神坛前放声大哭道："关帝爷啊！关帝爷！自阮（我们）祖上世传世，家内香火不断，不知是我们前世做何侥悻（冤孽），落得今日人丁凋零，百年后再也没人侍奉香火了啊！"哭声悲哀，令人见怜。自此之后，每逢初一、十五、年来节到，他们总是跪在神坛前默默落泪。

事隔不久，一天夜里，老夫妻已上床安睡。忽然梦见关帝爷带了周仓来到床前，对他们说："念你们祖上不曾做过恶事，你们做人也忠诚老实，虔诚祈祷需要子孙传宗接代，今夜随我去领个儿子吧。"二老听后，喜上眉端，叩谢了帝君，马上跟随关帝爷身后而去。

来到一条三岔路口，关帝爷停步，回头对二老切切交代，不管什么人从这里走过去，你们认定一位拖走，那个人就是你们的儿子。老夫妻听后，点点头。

原来，二老的凄凉晚景和诚意感动了关帝爷，经多次向玉帝请求，得到玉帝的恩准。今日是地府放人出世投胎，因此才会带二老到此等候，这是二老想不到的。

过了一会儿，突然锣鼓声喧，一队文官打扮的人走了过来。见到这种场面，夫妻俩只是睁着眼，不敢靠近。周仓在旁喊："拖呀！"他们就是不敢行动；文官过后，又来了一队武将打扮的人，他们见那些武将个个雄壮威武，更是胆战心惊。周仓在旁又喊："快拖呀！"二老还是不敢上前；武将过后，又来了一批身穿丝缕绸缎、满脸神采飞扬的人和一群满面秀气的文人举子，任凭周仓着急喊拖，二老就是没有胆量拖人。转眼间，人都快走完了，只有一个乞丐模样的人走在最后面。

二老赶紧上前，拖住了乞丐，周仓一见，怒发冲冠说道："文官武将、财主文人你们不要，要个乞丐何用？"说着，拔出佩剑一挥，只见那乞丐人头落地。夫妻俩无法阻挡，见状放声大哭。

关帝爷在旁轻轻地叹了一口气，见他们哭得可怜，走上前对他们说："既然你们需要乞食团，我将他还给你们吧!"说后从头上拔下一支银箭，提起乞丐的头插上去，又再提起尸身，安下了头，只见那乞丐即时活了过来，老俩口非常欢喜，拜谢了关帝爷，带了乞食团回家。

回到家里，夫妻俩高兴地相互拥抱，哈哈大笑。突然，一声鸡叫，惊醒了他们的好梦。睁眼一看，哪有乞食团的影子？夫妻俩回忆梦景，半忧半喜，认为不是真的，又希望是真的。

谁知自那夜以后，妻子果然怀了孕，夫妻俩欢喜异常，烧香点烛拜谢帝君、拜谢公祖。转眼怀胎十月，顺利地生了一个胖乎乎的小子。亲朋好友都来庆贺，一连

数日络绎不绝。

中年后得子，老俩口始终忘不了当时的梦景。因此，在儿子满月后，他们给他取名“乞食”。乡邻曾问为何取这样不吉利的名字？他们总是笑了笑说：“此子本是乞丐！”乡人也不解其意。

眨眼间，乞食已经长大，老俩口省吃俭用供他读书，也为他另取了一个学名叫“天赐”。

天赐自小聪明过人，读书十分用功，得到老师和同学的赞扬。十六岁那年乡试，中了秀才，三年后，赴省试又中了举人。忠厚老实的老俩口，一跃成了老爷、夫人。由于对儿子的前生来世心中有数，所以他们对报喜贺喜的人，并没有表现出内心的喜悦。儿子回家后，众人面前同样以“乞食”称呼。

天赐对父母十分孝顺，父母叫他小名，他从不介意。但是，他的学堂里的同学和其他朋友，总是为他抱不平，认为他父母没开化，有失举人的体面。有一天，天赐到一位姓林的同科举人家。林举人再三追问，为何取名“乞食”？天赐摇摇头说：“我也不明原因，自小父母就是这样称呼的。”

这时，林举人之父刚从内屋出来，他是一个饱学文人，也懂得一些相理。听了他俩的问答，不禁朝天赐看了看。

“贤侄是否知道自己的生辰八字？”

“我知道。”天赐随口回答，并说了日月时辰。

林太举推算了一会儿说：“以你四柱推算，不可能有今日之荣耀，未知生辰是否记错？”

“没有。”

“既然没有记错，你身上是否另有暗格？”

“这就不清楚了。”

“能否脱下衣服一观？”

天赐边回答边脱下衣服。林老爷前后观看，并没有看出什么，还在百思不得其解时，林举人对他父亲说：“年兄脑后多长一支直骨。”他听了不禁哈哈大笑：“恭喜贤侄，直骨上天，青云直上，前途无限，福泽绵绵，此乃相理所云：‘一贵破九贱’，可喜可贺。”

天赐更是欢喜异常，回家后把林老爷所说经过告诉父母。二老听后，微微地笑了，齐声说道：“儿啊！这应感谢关帝爷的恩赐啊！”

（东山县王大仁讲述，何滕全采录）

6. 周爷楼的传说

漳州城东浦头港的古渡口上有一座周爷楼，庙里供奉的尊神就是周仓将军，由于有一段“一夜渡南台”的神奇传说，至今香火鼎盛。

传说在明朝崇祯年间，浦头港附近的港兜社有个秀

才，名叫陆希韶，据说是宋末忠臣陆秀夫的后代。他从小父母早亡，由他的叔父抚养长大，他父亲留下的家产，都被他叔父霸占了，说是希韶还没有成年，不能管理家产。他的叔父有一个儿子，也中过秀才，跟希韶同年，两兄弟都在县里学宫读书。

这一年秋闱前，两兄弟“三更灯火五更鸡”，正在拼命苦读苦练文章。有一天夜晚，陆希韶的叔父上厕所，正蹲着大便，忽听墙外树荫里有两人轻声细语地在悄悄谈话。一个问：“今年这科乡试，谁该中解元？”另一个答：“是这里港兜社的陆家相公得中。”希韶的叔父听了，赶紧系上裤子，想找到那人问个明白，哪知道墙外树下空无一人，黑暗中只传来“啾啾”几声鬼叫，吓得他全身毛孔都竖起来，大气也不敢出，便溜回家去。

但是，他心里明白，那是野鬼们在谈论人间秘密，无意中泄漏了天机。于是，他暗自盘算：小鬼说今科乡试的解元是陆相公得中，社里中过秀才的，也只有我的儿子和希韶两人。看来，这科解元不是我儿子，便是希韶了。他想来想去，私心大发作，咬牙切齿地说：“今科秋闱只能让我儿子去考，中个解元，希韶要中也得等待来年。”于是，他硬说希韶的文章火候不到，还应闭门读书作文，再下一番苦功才行，断然不让希韶去应考。希韶被叔父蛮不讲理地锁在书房里，眼巴巴地看着堂弟骑着高头大马，带着家童，高高兴兴地到福州应试

去了。直到秋闱的前一天傍晚，他才被放出书房到野外去散散心。

陆希韶平白无故地遭到叔父的阻挡不能去应试，又不知道是为了什么原因，心里愁肠百结，就沿着门前小港溪，漫无目的地走着、走着，不知不觉地来到浦头港。只见茫茫一派大水，挡住他的去路，他触景生情，悲从心来，不禁恸哭流泪，仰天叹气。正在这时，只见一叶扁舟，向他驶来，等小船靠岸时，只见船上站着一位老渔翁。你看他：浓眉大眼，两腮长满刺猬般的胡须、双目炯炯有神，气度不凡。老渔翁系好船，登上岸来，关切地问希韶道："今科秋闱已到，相公为何不去省城应试，却在这江边恸哭叹气呢？"陆希韶正憋着一肚子委屈，无处倾诉，见老渔翁这么慈祥和蔼、亲切关怀，就把自己的遭遇，统统告诉了老阿伯，最后失声痛哭，说："明早就要考试了，今科我是没有希望了。"

老渔翁听了呵呵大笑道："我还以为你有什么天大的难事，才在这里痛哭，原来只为了怕明天赶不上考试。来，来！请上船来，老汉包你一夜潮水，就送你到福州，'会赴'（来得及）进考场。"

陆希韶听了十分欢喜，赶紧跳上船，千恩万谢渔翁老阿伯。他想都没想，这只小船怎能一夜行驶七百里，赶得上明天清晨去府学应试？老渔翁和蔼地说："免烦恼，免烦恼，日后不要把我忘记就好。开船喽，相公请

闭上眼睛。”果然，他一闭上眼睛，坐在船舱里，只听见舱外风声呼呼，水浪拍打着船舷，不久，他竟昏昏沉沉睡了过去。等到老渔翁来叫醒他时，天还“暗眠摸”（漆黑一片，天还没亮），说是船已停泊福州南台码头了，叫他赶紧进城入考场。陆希韶匆匆忙忙告别老渔翁赶去赴考，竟然忘记请教好心仗义的老渔翁的尊姓大名、仙居何处。

三场考试下来，乡试发榜了，陆希韶大名高踞榜首，果然中了解元。而他的堂弟却名落孙山。当快马送喜报来到陆家时，希韶的叔父还满心欢喜，以为是他的儿子考中解元，赶快准备接风酒宴，还得酬谢野鬼通风报讯的功劳。等到他儿子和希韶一同回家来，这才弄明白，高中的是他的侄儿陆希韶而不是他的儿子，自己白费心思，落得一场空欢喜。他怎么也弄不通，希韶考试前明明被自己关在书房里，直到临考前夕才放出来，怎么能赶得上到福州去应试呢？

陆希韶当上解元公，社会地位高了，他叔父只好将他父亲遗留的田产厝宅全部归还给他。又过两年，希韶进京参加会试，中了进士，被派到广西做了几年知县。后来清兵入关，明朝倾覆了，陆希韶就弃官归隐，回到原籍，立誓不为清廷效劳。但是他念念不忘报答老渔翁的恩情，走遍浦头附近四乡村社，挨家细问遍访，就是找不着老渔翁这个人。有一天，他来到浦头咸鱼市的周

爷楼敬香，猛抬头，看见神龛里坐着的周仓将军的神像竟长得跟当年帮助他的老渔翁一模一样，这时，他才恍然大悟：不是神力，扁舟怎能夜行七百里，赶得上省城考试呢？恩人正是周大将军啊！于是他出资重修周爷楼，并尊称此神为“渡人侯。”

（芗城区王燕贻讲述，戴志尧采录）

7. 悬钟城帝君歼倭

诏安县的南端有一座半岛，直伸入南海中，它的末端就是宫口镇，由于地处内外海交会的航运中心，因此商业十分繁荣昌盛。在宫口外的果老山下有一座与广东的南澳岛遥遥相对的悬钟城，城内有一座古老的宫殿式的庙宇，红墙绿瓦，金碧辉煌，这就是有名的关帝庙。传说这庙里供奉的帝君神像就是当年“沉东京、浮南澳”时，保庇幸存者逃上陆地的神明，所以格外灵感，广受顶礼膜拜，至今庙内香火仍然十分鼎盛。

传说明朝嘉靖三十五年（1556 年），有一股倭寇乘坐二十三艘贼船在悬钟城外登陆，见人就杀，见东西就抢，大肆掠夺烧杀。渔民们慌乱中，急忙扶老携幼逃入悬钟城里，觇（躲）在关帝庙内，乞求保佑。当时驻在悬钟城的汛兵不足百人，寡不敌众，也只好关闭城门、等待援兵。倭寇们在城外烧杀一阵后，就成群集结在石

城下，准备攻城。城里居民惊恐万分、束手无策，只有烧香磕头，呼吁帝君保佑。

不久，倭寇们架起几十座云梯，开始攻城了。守城的汛兵弹尽援绝，正陷入绝望，忽然间，全城的父老乡亲都看到，果老山上旌旗招展、战鼓惊天，似有千军万马前来支援。城头上还出现一员猛将，黑面虬髯，豹眼狮鼻，头包皂巾，身穿黑铠甲，在古城墙上敏捷地飞奔，手中挥舞着钢刀，把一架架云梯砍断，让倭寇们纷纷掉落城下，非死即伤。大将军随带的几百名乌衣兵，张弓搭箭，矢石如雨，把倭寇杀得哀父叫母、溃不成军，狼狈逃窜。

正在这时，抗倭名将戚继光率领英勇善战的戚家军，闻讯从铜山城疾驰赶来增援，截断了倭寇们下海的退路。倭寇们腹背受敌，情知不妙，慌忙丢下抢劫来的女人和细软，纷纷爬上贼船，准备逃跑。谁也没有料到，从帝君庙中突然间飞出千百只神鸦，喙衔火种，飞到贼船上，把船帆、桅杆全点着了。霎时间，神风刮地起，火焰冲满天，二十三艘贼船全都灰飞烟灭，没被烧死的倭寇，跳进海里，也就葬身鱼腹了。

岸上军民目睹此情此景，无不拍手称快。这时，大家才惊讶地想到：果老山上的援军是从哪里来的？那个虬髯猛将又是谁？但是，回顾山头，旌旗已经消失了，黑脸虬髯的大将军和他率领的乌衣军也不见了，只见满天彩霞映红了帝君庙。有人一口咬定说，他看得清清楚

楚，那位黑脸虬髯的就是关帝庙里的周将军！是帝君显灵帮助杀退倭寇，保庇悬钟城四境安宁！

（诏安县吴衍文讲述，王雄铮整理）

十七、母亲河九龙江的传说

1. 金兰花

大概是在汉朝末年，闽南有个惹人喜爱的姑娘，她那月亮般的圆脸盘，像白纸包着的一朵红牡丹；她那流星似的大眼睛，谁碰上了谁就会怦然动心；她那银铃样的嗓子一唱起来，嗨，犁田的老农就不累了，沉重的木犁底下好像不是又黏又韧的泥巴，倒像是一垄一垄的云锦哩。上山打柴的小伙子也神采了，板斧抡起来像风车一样转；山溪里捕鱼的渔翁也抖擞了，把鸬鹚竹筏踩得“嘎嘎”响，像是要给姑娘的歌打拍子似的。你说，这样的姑娘，自然要说多漂亮就有多漂亮；要说多可爱就有多可爱。姑娘出世不久，娘就过世了，乡亲们都对她爹说：“妹子出脱得像一支迎风沾露的金兰花，给她取个美名叫金兰吧。”

金兰家住在紧贴城东门的一个小村庄里。村后方圆几百里，阔莽莽地摆着三百六十座大山，山谷间有一条溪流，水清得像玻璃一样透明。金兰七岁就给家里放鸭，她的三只母鸭，天天生下三个蛋。爹拿两个换油买盐、打发零用，另一个蛋卖钱就存起来，他要给苦命的妹子裁一件

上好的衣裙呐。这样勤俭粒积，到金兰十五岁那年，爹的蓝粗布包包终于从城里裹回了一件漂亮的衣裙。金兰欢欢喜喜穿着这件漂亮的衣裙，又上山田看鸭子去了。

这天，她坐在大山脚下，照着清亮亮的溪水，左瞧右摆地欣赏着自己苗条的腰身，快乐地唱起歌来。你瞧，她一唱歌，白兔妈妈就拉着它的小崽们钻出洞来，眯着红眼睛蹲在一旁听着；小花鹿也从草丛里探出头来，耸起一双小耳朵；就连那只调皮的松鼠，也趴在树枝上不动了；怎么，连天上的云彩也停下来啦？原来那云彩上站着一位少年笛仙，他听见这美妙的歌声，也发呆了。人间真有这样美的嗓子？他越听越舍不得离去，索性跳到山尖尖上，坐在那里听个痛快。

那笛仙腰间插着长长短短九根玉笛，金色的、红色的、黄色的、紫色的……一共九种颜色。笛仙听得入迷，顺手就拔出一枝玉笛，放到唇边吹了起来。这笛一吹，无边的松涛声都消失了，山溪水也停下不流了，金兰姑娘的眼睛也突然亮了起来。她不由自主地循声往山尖奔去。那少年正入神地吹着笛子，不知什么时候，他发觉歌声消失了，一愣神，一位姑娘腼腆地站在面前。

少年“唰”地站起，急忙往彩云那边走去。金兰姑娘呆了一阵子，拔足追了上去，伸手揪住这位少年的衣摆。少年回过身来，金兰慌忙撒开手，急得在裙子直搓手，好久好久，她才定住神，轻声地说：“我能请你再

吹一曲吗？”少年笑笑，就吹起来了。曲调一出，真像从九天上飞下一条龙来，围着这云雾缭绕的峰峦翩翩起舞。金兰姑娘听得兴起，也不害羞了，又是唱又是跳。他俩就这样彼此应和，唱啊、跳呀，直到月牙儿从山边探出半个脸，俏皮地朝着他俩张望时，金兰才惊叫一声：“啊，我的鸭——我该回家了！”

姑娘急急地跑下山麓，找遍了山田小溪，她那三只宝贝母鸭不见了。原来，正当他俩高兴地唱歌跳舞时，一只黄鼠狼就悄悄地叼走了那三只肥鸭，这会儿它可能正在草窝里举办全家盛宴了。姑娘急得哭了。那少年说：“你莫哭，我帮你把你的鸭子唤回来！”于是，他拔出另一根玉笛，一曲将成，“啪啪啪”那三只母鸭就从笛眼里扑腾出来了。姑娘乐得合不拢嘴。他俩约定，改天还在山里见面。

第二天清早，金兰父女全懵住了：她那三只鸭母，在窝里生下了三个金蛋。这天下了三个，第二天又下三个，第三天还下三个，以后天天都下金蛋。金兰叫爹把蛋拿去城里问问，看是不是真的金子。

金兰的爹来到元宝店，捧上金蛋。元宝店的老板看得两只眼睛都发直了，眨都不眨一下。他不明白，这个穿着破衣烂裤的穷老头，哪里来的金蛋呀？他眼珠一转，就吓唬道：“老头，你这金蛋准是偷来的！你不实说，就拿你报官。”金兰爹气急了，道：“你别从门缝里

看人，咱善良人家，不做那缺德事！”

“哎哟，说的比唱的好听。老实说，蛋从哪来的?!”

“我家的鸭母天天都下这种蛋，我还摸不准是不是真的金子。”

元宝店的老板乐极了，脱口叫道：“是真金！是真金……”话未说完又急忙打住，哎哟，怎么不多长个心眼，就说破了呢？他眼珠一转，又心中有数了，也罢，就付了钱。

金兰爹前足刚走，店老板就后头盯梢跟踪，一直跟到老爹的家门口，前前后后看准了，才跑回城里。那天半夜，店老板就带着一只大布袋，一头钻进金兰爹屋后的竹篱墙，蹑手蹑脚地摸到鸭巢边，他把手伸了进去，啊！一颗金蛋在黑暗中闪晃着光彩哪！伸手再摸，又是一个，一连摸了三个蛋。店老板四足趴在地上，乐得直咧嘴：这回该我发横财了。想着想着，他就伸手去捉大鸭母，谁知刚一碰着，鸭子就“嘎嘎”地大叫起来。老板忙去掐鸭脖子，黑暗中没掐住，惹得满巢鸭全叫开了。金兰爹听到鸭子叫声，一骨碌爬起床，吆喝着冲后门。店老板见势不妙，“咯登”一下蹦将起来，不顾死活地攥着装金蛋的袋子往外跑。

店老板“呼哧呼哧”地跑到城下，就叫守城的官兵抓住了，官兵一看袋里是世所罕见的金蛋，就把他押上京城面见皇帝。皇帝老子看着三只金蛋，歪着尖下巴，

一个劲地咂着嘴，问道："你这金蛋哪里来的？"老板想：要说是从穷老头家偷来的，讨不到封赏还落个偷窃罪，就空嘴嚼舌、乱讲一通："小民远道讨账回来，正提心吊胆赶路，也是皇上洪福，我忽然瞥见山崖边蹲着一只仙鸭，它的眼睛亮晶晶像两颗蓝宝石；它的身子雪白雪白的像一团雪球；它的翅膀和脖颈，绿油油的像翡翠。我猫着腰摸过去，谁知这仙鸭机灵，拍着翅膀，撒开红玛瑙似的脚就跑了。我一追，它一头扎进山溪没影没踪啦。小的好不容易找到这三个金闪闪的宝蛋，一心想的就是要将这宝贝献给皇上。谁知半路又遇上强盗，险些送了老命。"皇帝听得眉开眼笑，张嘴就说："老头，你明天带我去抓仙鸭，抓到了，给你做大官！"

次日，皇帝就叫店老板带路到山崖后去抓仙鸭，可整整一天连鸭屁也没闻到，远远只见有个牧鸭姑娘和一个少年家在吹笛子和唱歌跳舞。可那鸭不闪光，灰不溜秋的，自然不是仙鸭。皇帝等得不耐烦，一肚子气全倒在店老板身上："你这刁老头，大逆欺君，推下斩了！"正在这时，只见那对吹笛跳舞的少年男女头上飞起三只鸭子，盘旋了一周后落回地上，生下了三个金蛋，光芒四射。皇帝老子一见，连忙大喊："快给我连人带鸭都带回宫去！"

满载而归，皇帝老子高兴极了，一路上，忙着下圣旨："把一男一女带到歌舞教坊去"；"连夜赶制三条金锁链，不松不紧锁住仙鸭的翅膀”；“封元宝老头作‘弼鸭温’，专门在御花园的池塘里看管仙鸭”！

回宫后，一连三天，仙鸭一个金蛋也不下。皇帝又吹胡子又瞪眼睛：“是不是你打了仙鸭，还是贼胆包天，藏了我的金蛋？来人啊——”店老板顿时吓破了胆，跪在地上直叩头，顺口又编了一套话：“这仙鸭，天天在田里吃泥巴水，剪泥鳅、吞田螺，这御花园池塘里的鱼儿见了仙鸭全躲到石洞里直发抖，头都不敢探出来，仙鸭喝一肚子清水，怎会下蛋呢？”皇帝老子一听有理，抓抓头皮笑着说：“算你嘴巧，赦你无罪。明天，在御花园垦出半顷水田，填上从郊外运来的好田泥，让东门外各村各户，抽签拈号，每天轮流上交十斤田螺和泥鳅养仙鸭，违者斩首不怠。”

金兰的爹抽到一号签，他连夜摸足田螺、泥鳅，第二天赶早上京要去见他的女儿和仙鸭。他在宫墙外转了七七四十九圈，直到傍晚天黑，也听不到女儿的声音、见不到仙鸭的身影，不禁“呷呷呷”呼叫几声。宫深似海，老爹的声音谁也没听到，可御花园里，三只仙鸭歪起脖子、眨眨眼睛，“呷呷”应了几声，就用锋利的鸭嘴巴啄断了翅膀上的链条，雁一般飞上天空，飞出城去，一头钻进老爹的怀抱里去了。

跑了仙鸭，皇帝老子的绿豆眼一瞪，二话没说，喝令把店老板推出斩首。店老板急忙连声喊道：“别砍别

砍，我有仙鸭！”这次他想拉金兰的爹当替死鬼。他奏道：“上月，小人的元宝店来了个卖金蛋的穷老头，说是祖传的宝物，我犯了疑，就一直跟到东门外，不巧被一队官兵冲断了线。这老头的金蛋和仙鸭下的一样大小、一样放光，准是这老头私藏国宝、欺骗圣君。若是找到这老头，还怕没有仙鸭和金蛋吗？”

皇帝最恨欺君的人，才听个头，牙齿已磨得“格格”直响：“我派十名武士跟随你，三天找不到老头，杀！交不出仙鸭，也杀！”这“弼鸭温”虽憋了一肚子气，也只好听命。这时皇帝又想起了捉来的一男一女，听说那少年能吹一口好笛声；那女的歌声高亢清脆、舞姿优美曼妙，就喊太监火速带人来见。不见则罢，一见金兰，皇帝的眼珠就吊起来了。他定过神后，就涎着脸对金兰说：“我白白养了三宫、六院、七十二嫔妃、三千宫娥，没有一个有你这般俊俏的模样。你依了我，我明日就废了东宫，册立你为贵妃。”

金兰心中骂道：“你这老乌龟，真是坏东西，那么多女人还不满足，还想坑害我？”她强咽着一口气，回道：“我这山间女子，好像林中的野鸡、路边的小草，皇上娶了我，名声就辱没了。”皇帝说：“你真傻，我是天子，是天上的玉龙下凡的。龙看中的，山鸡也会变成凤凰的。”说着就伸手要去搂捏金兰。金兰一时性起，“啪”的就是一个耳光，打得皇帝天旋地转，恨恨地喊

道："大逆欺君，推出去斩了！"金兰又叫又骂，皇帝气得癫痫症又发了，吊起眼珠，吐起白沫来。

那"粥鸭温"腆着大肚皮，在城东各村磨蹭了一天，东问西探，才探知金兰爹再也不卖金蛋了。他假装去西郊，又突然掉头闯进金兰家的后园，逮住三只仙鸭、抢走三个金蛋，不容分说押着金兰爹，兴高采烈直奔京城。他们刚到午门，只见刽子手正举起板斧要斩杀金兰。金兰爹惊叫着扑上前去，抱着金兰，呼天喊地大叫冤枉。

此时，那皇帝坐在交椅上缓过气来，揉揉眼皮、东张西望一阵子才问："那美人呢？"太监回禀："皇上不是下令斩首了吗？"皇帝一听就跺脚："混帐！我喊斩首喊顺嘴了，你们当真杀啦？快给我把头装回去，要不，统统斩首！"太监吓得屁滚尿流，急忙狂呼："刀下留人！刀下留人！"整个皇宫响彻"刀下留人"的回声。

一行人被带到御花园。皇帝得知穷老头就是金兰的爹，就对他说："老丈人，你女儿嫁我，她就是贵妃，你就是国丈，享不尽荣华富贵。"老爹说："我们是赤足露腚的穷人，配不上皇上的龙身。"皇帝嘻嘻傻笑着说："我是真龙天子呀，最疼惜穷苦人；你越穷苦我越爱呐。"

一听这话，老爹怒火攻心，横心骂道："老不羞！咱老百姓被你害穷了。那年你拉丁盖皇宫，踢死我老

伴；前年洪水刮走三尺地皮，你却选宫妃抢民女；去年大旱咽野菜，你还逼着缴官粮。你算什么真龙天子呀，骨子里就是一条老毒蛇！”金兰爹还没骂够，皇帝老子早已气疯啦，连声喊着：“大逆欺君，推出去斩了！”

武士们应声拥了过来。这时，一直默默无声地守在一旁的吹笛少年，突然拔出一支笛子，“嘀哩哩”吹了起来。笛声一响，武士们像着了魔似的，全呆着不动了。三只仙鸭挣开羁缚飞了起来，照着皇帝的头皮、脖颈乱啄，啄得他满地乱滚乱爬，七滚八爬，就变成一条土蛇钻到水田里去了。少年把玉笛全抛到空中，只见千万道金光，九支玉笛变成九条龙，他们三人跨上三条龙背，一会儿就飞得无影无踪。剩下的六条龙，各吐一团火，整座皇城就烧了起来。众人见势，各自逃生，“弼鸭温”拔脚也要逃走。水田里的那条土蛇却闯了过来，把他紧紧缠住，说：“我一生贪婪残暴，可你刁钻奸滑也不比我差，今天我变成土蛇，你也应贴心钻肚地随我才对呀！”这瘟官通灵透顶，他听这话骨子里是要吃他了，急忙又想一个脱身之计，可惜来不及开口，已变成一条泥鳅被土蛇吞到肚子里去了。

再说那吹笛少年和金兰父女乘龙飞到哪里去了呢？老乡们说，他们和其他六条龙后来汇合在一起，绕着那三百六十座山峰飞转，最后钻进九个岩洞，从洞内往外吐水。于是，那些大小山溪涨满水，汇成了一条大江，

大家就叫它“九龙江”。

据说到了梁朝大同年间，还有人在白日里看见九龙在江中戏水呢。至于吹笛少年和金兰他们，老乡们说，他们还在山里看管仙鸭，过着和和美美的生活，不信，当风清月明之夜，望着云雾缭绕的群山，你贴着江面细听，你还能隐约听到江水中流淌着笛子和唱歌的声音。

（漳平县黄花，芗城区金盏搜集整理）

2. 石笋姑娘

相传在非常遥远的时候，北溪江畔住着一对老夫妻，他们年过半百才生下一个儿子。儿子呱呱落地时，正好谯楼敲响三更鼓，老夫妻便为儿子取了个名字叫“更鼓”。夫妻俩非常欢喜，就在屋后种下了一丛红石竹。不久，父亲积劳成疾死了，母亲忍痛含悲地过日子，每天砍柴挣钱抚养小更鼓，同时浇灌那丛红石竹。光阴似箭，一晃二十年过去。更鼓长得粗眉大眼、腰圆膀宽，样样农活都干得十分出色，上山打柴、下江放排，风里来雨里去，养就了一股沉默寡言、忠厚倔强的脾性。每到晚上，更鼓就拿起红石竹制成的笛子，吹起山歌为阿妈解闷。阿妈看着儿子长大成人，心里得到无限的安慰，但想到家里贫穷，无法给儿子娶媳妇又常常独自叹气。

春天来了，枯木吐芽，竹笋破土，漫山遍野开满红的、黄的、白的山花。一天夜晚，更鼓在朦胧的月光下，看着屋后婆娑的竹影，听着春笋破土的窸窣声，就从屋里取出竹笛吹起了动听的情歌。红竹叶在笛声和春风中飘动，恍惚间，更鼓似乎看到一个亭亭玉立、含情脉脉的少女站在竹丛中向他微笑。定神一看，月光下依然是那丛竹子在迎风摇摆。更鼓自以为看花了眼，轻轻长叹一声回屋去了。

第二天早晨，更鼓到江边扎木排，可一看，木排已经扎好了，沙滩上还斜插着一支撑杆。这是谁帮着干的呢？是乡亲帮忙扎的？更鼓感到纳闷，回来便把这事告诉了阿妈，阿妈也感到十分惊奇。一连三天，更鼓从山上拖到江边的木头都被扎得好好的，邻里乡亲谁也不承认帮过忙，母子俩商量要弄个水落石出。

第四天，天刚蒙蒙亮，晨雾缭绕着山蜂，更鼓与阿妈便躲在屋前树丛中偷看江边的动静。一会儿，屋后石竹丛中响起一阵“哗啦啦”的响声，随即从中走出一个少女来。这少女长得十分窈窕娉婷，身穿一件黄色衣衫，脸似三月桃花，眼若一潭清水。少女拂去身上的露珠，轻盈地沿着屋前小路走到江边。她非常熟练地搬起木头扎起木排。更鼓越看越奇怪：这少女不正是他前几天吹笛子时，在竹丛中所见到的那个姑娘吗？更鼓赶忙把阿妈拉到屋后红石竹丛下，发现一株刚出土的石笋不

见了，周围只剩下一层层剥落的笋壳。更鼓明白了，这少女是石笋变的！他急忙把笋壳收藏起来，飞也似地向江边奔去。正在专心捆扎木排的少女猛然一抬头，见到更鼓站在面前，一下子心慌了，低下头来，不知所措地摆弄着衣襟。更鼓面对如花似玉的少女，胸中如揣上一只小鹿，激动得连话都说不出来。少女忽然想起自己的身份，赶忙抄小路跑回石竹丛中。竹丛中的笋壳不见了，少女急得团团转。阿妈走近少女说："善良的姑娘，跟我们一起过日子吧！咱家虽穷，但人好呀，会合得来的。更鼓忠厚，不会亏待你……"少女瞧瞧这年迈的老阿妈，瞧瞧那慢慢走来的更鼓，双颊飞红，含羞笑着低下了头。就这样，天作良缘，更鼓与石笋姑娘成了亲，并在第二年春天生下一男一女，一家充满欢乐。更鼓砍柴放排，石笋纺纱织布，阿妈照管小孙子、养猪喂鸡。夫妻百般恩爱，儿媳孝敬阿妈，日子过得十分美满幸福。

但是，山沟多鬼风，江海多恶龙。那年盛夏，七十九天没有下过一场雨。天上太阳似火，江水干枯了，树木禾苗枯萎了。乡亲们跪在太阳下祈求上天降雨，但是一天一天过去了，天上没有一丝云，地上没有一丝风，烈日炎炎仍然烤炙着万物。更鼓无法放排，家中仅存的一些番薯也快吃光了，一家人陷入灾难之中。

一天晌午，忽然狂风大作，从西边天际飘来无数乌

云，一刹那间布满整个天空，隆隆的雷声震撼着群山。人们欢呼雀跃："雨快来了！雨快来了！"阿妈热泪滚滚，石笋愁眉舒展，更鼓乐得满山狂跑。忽然一道闪电划过，半空中炸响一声巨雷，一团火球在空中散开，火光中显出九条红、橙、黄、绿、青、蓝、紫、黑、白的九色巨龙，它们张牙舞爪地上下乱舞。慢慢地，九色巨龙往南方飞闯而去。顷刻间，满天乌云消失，空中慢悠悠地飘下一匹黄绫。人们争先恐后地围过去，只见黄绫上直书道："逐日押送一对童男童女至九龙潭，供九龙受用，否则天将永不降雨。"这像突然炸响的一声巨雷，乡亲们都吓呆了。面对这凶狠的九龙，人们能有什么办法呢？为了解救活着的百姓，母亲们只好忍痛割断骨肉，乡亲们也只好忍痛地丢弃儿女，各村各户轮流天天送一对童男童女到九龙潭去供奉九龙。但是十天过去了，天空照样火辣辣的，雨一滴也没有下，乡亲们感到悲哀和绝望。

夜里，更鼓的家点亮一盏油灯，石笋紧紧抱住两个孩子，阿妈在暗暗地哭泣。更鼓长叹一声地对石笋说："孩子他妈，这九龙不除，民不安宁。我想舍命救下众乡亲，但没有个好法子！"石笋说："要除九龙是有法子的，但九龙狠毒，凶多吉少。"更鼓道："九龙不除，灾难还是要落在咱身上，无数的乡亲也要遭受祸害！还是让我们家去冒险，保住众乡亲吧！"石笋虽感痛苦，

但想到乡亲们无辜受害，她还是同意丈夫去为民灭龙除害。石笋从梳妆盒里取出一支金钗，又从屋后红石竹丛中砍下一支竹烧成灰，然后将这两样东西交给更鼓，并教他如何使用。这一夜夫妻对坐到天明。

第二天，更鼓用箩筐挑着自己的一对儿女，在乡亲的陪送下，挥泪告别了妈妈和妻子来到九龙潭。乡家们照样点香烧纸，祈求九龙降雨，而潭水却纹丝不动。到了三更，冷风吹降，潭水轻轻荡漾，随之鼎沸起来，水声隆隆大响。箩筐中的孩子惊得大哭起来，乡亲们也慌忙躲到大石壁下。更鼓面无惧色，巍然而立。忽然间，潭中冲出几十丈高的水柱，九条巨龙腾空而起，张开血盆大口向箩筐猛扑过去。说时迟、那时快，更鼓从怀中掏出一包石竹灰向九龙撒去，返身挑起箩筐往回跑。顷刻间，烟雾腾腾，烟灰刺鼻，八条巨龙被石竹灰弄瞎了眼睛，昏头转向，狼狈逃窜，都撞死在闽南的大山上。青龙躲闪得快，侥幸没被石竹灰所伤，它回头发现更鼓挑着孩子跑了，马上口吐乌烟追赶过去。眼看要追上了，更鼓赶快把孩子藏在石崖下，就向沙滩跑去。青龙“呼”地一声从天空直冲而下，伸开巨爪要抓更鼓。更鼓眼疾手快地从怀中掏出金钗狠狠地向青龙抛去。只见一道亮光闪过，金钗刺中青龙脊背。青龙大叫一声，又向更鼓射出一股烟火，便带伤慌忙逃跑了。烟火包围住更鼓，不多久，更鼓就被烧成为一块黑色巨石。石笋与

阿妈闻讯赶来，抱着两个孩子和石头大哭，泪水浸湿沙滩，浸湿了沙滩中白花花的石头。阿妈就这样把眼泪流干了，死在江边。

这时，忽然有一团乌云从远处天边飞来。青龙负伤后，兽性大发，返回头又向石笋和孩子扑来。怒火在石笋胸间燃烧，她决心杀死青龙报仇雪恨。石笋把孩子交给乡亲，跑上山岗，向青山举手一挥，立时山风怒号，山顶上无数竹子变成数不清的竹签向青龙射去。青龙口吐烟火把尾巴一扫，向石笋喷出烈火。石笋取出绿色手帕一挥，火焰熄灭了，变成一株大竹笋，被青龙一口吞了下去。不一会儿，青龙腹部绞痛，忽地一声巨响，石笋刺穿青龙的腹背，飞了出来。这时，倾盆大雨从天而降，青龙口中吐出一股清澈的泉水。这股泉水沿着更鼓、阿妈死去的地方流入九龙潭。从此甘雨滋润万物，大地恢复生机，人们又安居乐业了。

以后，相传这青龙变成“青龙岭”，龙头变成“龙头山”，石笋变成“石笋尖”，巍然屹立在青龙岭上，挺拔俊秀。人们把更鼓被火烧成的黑石头叫“更鼓石”；阿妈死去的地方叫“哭子涧”；更鼓除龙撒石竹灰的地方，因为竹灰沉淀，一潭江水长年清澈，人们叫它“万世清”。九色巨龙变成大江，叫做“九龙江”，日夜川流不息地滋润着闽南大地。

（华安县叶腾凤搜集整理）

3. 乐土雨林的传说（二则）

九龙江西溪上游，南靖县和溪乡乐土村的六斗山上，有一片全福建省罕见的典型的亚热带雨林。雨林四周，虽也都是山，但皆为荒山秃岭。唯独这里灵雨空濛，古木凌霄，青藤四野，到处奇花异草，满耳珍禽鸣唱，别有一番天地。这是什么缘故？民间流传许多故事。

（1）七仙女下凡雨林

相传天上的七仙女嫌天庭寂寞无聊，有一天悄悄结伴同行，来到人间的庐山游玩。

当她们驾着祥云路过南靖时，被和溪乐土这片鸟语花香的原始森林迷住了。大姐说："这片森林太美了，咱们下去游览一番吧！"众姐妹齐声说好。

她们一个个降落云头，来到森林边"世外桃源"的山池中沐浴。她们把脱下的霓裳羽衣挂在池边大树上，纷纷跳落山池清澈见底的水中，尽情地撩波戏水。

她们欢乐沐浴的情景，被占山为王的一只黑熊精发现了。这只黑熊精已在此修炼千年，今日突见这群美貌绝伦的仙女，不禁垂涎三尺，恨不得一下子就把她们都拥抱在怀中。黑熊精鬼眼一眨，立即想出一条毒计，刮起一股妖风，把七仙女的霓裳羽衣都刮到手中，换上它研制千年的魔衣，神不知鬼不觉地依原样悄然挂在池边的大树上。

正在尽情戏水的七仙女忽然听到树林里传来一阵阵呼喊“救命啊，救命！”的声音。“不好了，不知是谁遭了难，咱们快去搭救吧！”大姐着急地呼唤大家上岸。

七仙女尽管仙法无边，但因纯真无邪，一时哪能辨别霓裳羽衣的真假。结果，当她们各自穿上所谓的“霓裳羽衣”时，顿觉浑身上下奇痒难耐。怎么办呢？七仙女个个花容失色，不知所措：脱下吧，怎么去搭救喊“救命”的人？又怎么回得了天庭？不脱吧，面对如此奇痒，如何是好？

这时，黑熊精突然走出树林，在池边哈哈大笑：“你们上当了，穿上了我的魔衣啦！哈哈哈！快脱下吧，让我瞧瞧你们美丽的仙体！”

拼命搔痒的仙女们突然听见如此放肆的污言秽语，吃了一惊。抬头一看，见是一只丑陋笨拙的黑熊，便齐声怒斥道：“你是何方妖怪？竟敢戏弄仙姑？还不快快退去魔法，还我仙衣！”

“哈哈！要我退去魔法、还你们仙衣，很简单，把你们每位的芳唇让我吻一吻，我就将魔法退去。”黑熊精扬了扬手中的霓裳羽衣，厚着脸皮说道。

黑熊精的丑恶行径被两只在天庭看管蟠桃园，今日也私自下凡的啄木鸟看到了。啄木鸟路见不平，气极了。它们拍动翅膀，像两支离弦的箭，直刺黑熊精的双眼。

黑熊精大声惨叫：“疼死我了，疼死我了！眼睛瞎啦，我的眼睛瞎啦！”慌忙丢下手中的霓裳羽衣，捂住双眼，抱头鼠窜，落荒而逃；但是它已经捂不住从眼中汩汩涌出的血，从此，不管是黑熊、黄熊，眼睛总是眯眯的，被人称为“黑瞎子”“黄瞎子”，据说就是这个缘故。

黑熊精被打败了，七位仙女高兴地脱下魔衣，接过啄木鸟递过来的霓裳羽衣，感谢它们见义勇为、鼎力相助。啄木鸟说：“不用谢！爱美之心人皆有之，挺身救美亦古已有之，何况我们同是天上的神仙，要谢，就请快快帮我们拯救森林中的生灵吧！”

“森林中的生灵怎么啦？”七位仙女齐声问。

“它们都被森林里偶尔出现的瘴气毒昏了。”啄木鸟说。

“好，我们一起去拯救它们吧！”大仙姐振臂一呼，众仙妹拂动长袖，用清新的仙气逐渐驱散四处的乌烟瘴气。如今森林中经常浮动的山岚，据说就是七位仙女仍在挥舞她们的长袖。

七仙女即将返回天庭，森林中所有的动物都含泪前来送行。

七仙女洒下依依不舍的泪水，化为纷纷扬扬的毛毛雨，滋润着这片因之而被称为“亚热带雨林”的人间乐土。

（2）六斗山

相传明朝末年，有一个姓黄的四川商人，因家境贫寒，辗转流浪到龙岩、漳平一带谋生。有一天，他挑着货郎担，从南靖和溪六斗山下走过，听说山塘边有一只野鸭连连生双蛋，惊叹不已。他买了鸭蛋，待煮熟时，又发现蛋蛋双黄，喜得哼歌唱曲，认为六斗山肯定是块宝地，才能有此宝物，就决定弃商务农，在此安家落户，繁衍子孙。后来，族人们又在山下盖了座黄氏宗祠，以纪念开基建业的祖宗。

有一年，一位人称“地理仙”的风水先生，乘轿经过此地，抬头忽见山形似牛，慌忙下轿，叩头跪拜。轿夫莫名其妙，一再询问，“地理仙”才诚惶诚恐地“泄露天机”：“此山是块神牛地，将来此村必出大官！”但轿夫一告诉他，此山后有一条很长的沟壑时，他就说：“不足畏也，牛脉已断，不但出不了大官，还会出个贼王败坏家族呢。”说完就拂袖上轿走了。

不知又过了多少年，黄氏家族果然出了个败家子，名叫黄兴。他长得五大三粗，相貌凶悍，肚生肉剑，从小偷鸡摸狗，十三岁杀死父母，卖掉屋宅，上山为匪，从此奸淫掳掠，吃喝嫖赌，无恶不作。乡邻族亲有劝告者，皆被打得鼻青脸肿。有一天，他竟带人上山砍树，扬言要卖掉宗祠作赌本。

乡亲们再也不能容忍这种无法无天的行为了，纷纷

要求族长出面惩戒。但因黄兴臂力过人，凶残无比，听说连睡觉都睁着眼睛，要想捉拿他，谈何容易。一天夜里，神牛托梦给族长，授与捉拿叛逆的妙计。于是，族长按照神牛指点，秘密凑集了一桶花生油，泼在祠堂的院子里。

当天晚上，黄兴从赌场归来，像往常一样，喝得头重脚轻。他要回祠堂内的左厢房里睡觉，没提防，一进院子就被脚下的花生油滑倒了。早已埋伏在大门两侧的刀斧手们蜂拥而上，一下子剁断了他的双臂，卸下了他背着的砍刀，用粗麻绳把他捆绑得像端午节的粽子，押至列祖列宗面前，令其下跪忏悔。没想到他死到临头，还破口大骂祖宗。这可把本想断其臂以示惩戒的乡邻们惹怒了，为绝后患，只好砍下他的头颅祭祖，埋尸于附近粜米埕的巨石下。入葬时，族长说："等这块石头烂了，你才能出世。"

据说某年，这块石头被炸去砌水底桥墩，惹得黄兴鬼魂日夜惨叫，嚷着要重新出世。幸亏一个屠夫将狗血淋石，才杜绝了这个隐患。

因六斗山是神牛地，山上草木皆是神牛的毛，乡亲们历来视若珍宝。一些妄图毁林的歹徒，一听到黄兴砍树的下场，恐神牛发怒，也打消了邪念。因此，这片天下闻名的亚热带雨林，才得以一代接一代地保护了下来。

（以上二则由南靖县唐崧搜集整理）

4. 金山的来历

南靖县金山镇位于九龙江西溪的中游，四周群山环抱，古时候是一片郁郁葱葱的原始森林，人称全山。

据传在宋朝年间，著名理学家朱熹在漳州任知州时，曾经到南靖金山的鹅髻仙踪学堂去讲过学，他招募的十名书生都夜以继日，发奋攻读，精心钻研，很有长进。

那年考期已到，朱熹令其学生赴考。十名书生都穿着平时装束出发，肩背简便包袱，头戴旧草笠，脚穿破草鞋，身穿粗布衣，非常朴素无华。

他们胸有成竹，兴高采烈地走进考场，可是主考官一看他们的样子，便鄙夷地问道："来此做甚？家住何处？"

书生恭敬地齐声回答："家在漳州全山，来此赴考。"主考官暗自思忖：这样的打扮，一看便可猜出是山里人，全山不就是全都是山吗？他傲慢地说："既然全是山，肯定只能出村夫野牛，哪能出人才？"他凭主观臆断，凡是全山人的考卷，看都不看，就搁置一边，不理不睬。结果，十个书生个个名落孙山。他们垂头丧气地回家，把考场情景一一向朱熹做了禀报。

朱熹一听十分震惊，对主考官这种不问青红皂白、不顾事实、以貌取人的荒唐做法，感到气愤！他站起来，拿来书生的书簿，用红朱笔将上面的"全"字都加

上两点，改为金山。他鼓励书生：你们都生长在一个非常好的地方，不要灰心丧气，继续攻读深造，等待下一个考期，再上京赴考。

转眼间考期又到。朱熹让考生们将自己精心装扮一番，头戴秀才帽，身穿锦绣衣，脚着长筒靴，手摇白画扇，还令一名伙夫打扮成书童，挑着行李，摇摇摆摆，一路陪同考生进考场，很有点派头。这年，仍由前年同一个人主考。他以为是一群公子王孙进场，就笑嘻嘻地迎上前询问："诸位公子家住何处？尊师何人？"

书生齐声回答："家在金山，拜师朱熹！"书童接着说："金山是个富饶的好地方，山是花果山，川是米粮川，连石头采起来也是金子，今后你若有机会莅临金山，我们一定盛情接待，还送你一些石头金子作为留念。"

主考官一听喜出望外，脱口而出说："我知道，金山无穷人，富地出人才。"评卷时，他凭着主观的表面印象，武断地将十个书生和打扮成书童的伙夫都一一录取了，让十一人同登皇榜。

后来朱熹上书朝廷："糊涂主考官，评卷凭主观，全山换金山，伙夫也中官。"皇帝知情后，随即将该主考官革职查办。金山地名却由此衍传至今。

（南靖县吴升阳、兰锦章讲述，吴海成采录整理）

5. “天宝”的由来（二则）

（1）渔翁献宝

在漳州城的西北方向、离城约十五公里的地方，有一个小集镇，是著名的“十里蕉香”。它的北面背靠着一座大山，三峰尖峭，自西而东，名叫大尖、二尖、三尖，人称为“福山”。后来改称为“天宝”，这是为什么？有段神奇的故事鲜为人知。

传说在北宋大中祥符七年（1015 年）三月，正是春暖花开时节。在一个风清月明的晚上，有个勤劳、善良的老渔翁，姓邱名善，正在溪上捕鱼，他突然看见在不远处的江面上，从水里发射出奇特的闪光，近前一看，竟发现水底下有一颗硕大的明亮宝珠。他急忙设法捞起，眯起眼睛细看是颗围阔达三寸七分、中间有七颗如七曜的小珠，四周有更小的珠子不计其数，真像是满天星斗。他从来没有见过这样的宝珠，也不知道它的价值。他急忙下网，兴冲冲地顺流荡舟返家。

还没有系好小舟，他就大声喊叫：“老婆子，快开门！”他儿子还以为老父亲打了许多鱼回家，赶快开了门。只见他父亲从怀中取出一颗硕大的夜明珠，彩虹般的光芒四射，顿时满室生辉。他儿子惊得张大嘴巴，过了好久才问：“这是哪里来的？”老伴、媳妇、孙儿都围拢了过来，一家人围聚在堂屋里，看老头子变什么把戏。大家看到宝珠硕大无比、闪闪发光，都赞不绝口：

"好珠！ 好珠！"老头子很高兴地介绍了他捕鱼捞珠的经过，他儿子想了想才说："这么大的宝珠，不是出自于蛇口，必产于异蚌，你能在江中捞到，莫非是以前传说九龙曾经到我们这里戏水，不小心遗落下来的？这可不是普通的珍珠，而是价值连城的宝物呀！"

这时，左邻右舍都闻声赶来了。大家七嘴八舌、议论纷纷。有的说，这可是无价宝呀！值很多很多的钱，哪家财主能买得起呢？有的说，这么贵重的东西放在家里不安全，让坏人知道，偷盗抢劫，凶多吉少。一人一种说法，谁也说不赢谁。邱善边听边想，他沉思了片刻，清清嗓门，大声说道："大家别吵了，听我说一句。这颗龙珠是国宝，我们平民百姓家藏不得，也卖不得，只有主动献给朝廷，才能得到平安！"全家人想想，都同意了，邻居也赞成还是这个办法好。

邱善由儿子陪同到龙溪县衙献珠。知县升堂，一见宝珠，知是稀世之宝，不敢怠慢，立即打轿，带着邱善父子到知州衙门进宝。漳州府台姓王名冕，听了邱善说明宝珠来历后，观看宝珠，果然十分稀奇，立刻召请众州官一起来鉴赏。一些有见识的官员说："此珠围阔三寸七分，珠上还分布七颗小珠，应了天象七曜，包含日月及金木水火土之象，更有细珠如繁星，色莹净明亮，如月华之皎洁，是天子仁圣、德化万民的产物！"众州官齐声应和道："明珠是国之瑰宝，圣人说过'王者德

至，渊泉则出'，今九龙江献宝，正是国家太平盛世之征兆，乃当今天子之洪福！"

王冕一听大喜，连夜写下《漳州进珠表》，准备把这颗宝珠进献给皇上。他唯恐这件大事，日后被泯没遗忘，特地叫来工匠，把这份表章镌刻在石碑上，竖立于府衙公厅的左侧，以期流传于世世代代。起程前，他虔诚地熏香沐浴，到北门一座古寺中，把宝珠供在三宝佛前，点了三炷香祷告礼佛后，才启程离开漳州，亲自进京献宝。后来这个地方，就叫做"宝珠园"。

王冕进京后，将宝珠进贡给朝廷，开泰皇帝见了，心中大喜，连连称赞：这是天下罕见的至宝！就御笔亲书"天宝"两字，以示旌表。后来人们将漳州西郊的这个繁华的小镇"福山"改称为"天宝"，一直至今。

（芗城区郑灿搜集整理）

（2）天保变天宝

一千多年前，漳州西部本是一片人烟稀少、杂草丛生的丘陵地，分作东西两边，中间隔着一条山沟。相传五代年间，从北方逃荒而来的人们沿途求乞到了此地，眼看土地肥沃、气候好，就用茅草和树枝搭盖草棚居住，开荒造田。

居住在丘陵地西边的人，屋后有小沟，人们叫它后

沟。居住在丘陵地东边的人，屋后是一座小山叫后山，小山上建起一座庵庙，叫“后山庵”。

由于逃荒的人多数来自京城，人们就把这个地方叫做“京元”。不久，京元成为小集市就叫“京元圩”。因为它的地形像船，就在市头建一座亭，叫“市头亭”，像一支竹竿稳住船身不被漂走；又建一座庙，祀奉广泽祖师，保庇大家平安。而市尾叫“下尾”街，路口建一个庙，坐南朝北，供奉妈祖，叫“妈祖宫”，敬祀行船的人所信仰的神。

有一年，天下大雨，洪水泛滥成灾，上游的一位县老爷被洪水漂流到京元圩，淹到半死，才搁在一棵树上，大声呼喊叫救命。他的喊声惊动了附近的居民，大家急忙奔跑过去，迅速把他抢救上山。

老爷平静下来后，恢复了元气，面色也慢慢变得红润啦。他坐起身子来，再三感谢人们的救命之恩。他很关心大家的生活，就到处走走看看。

他问大家：“你们这里种什么作物呀？”

“种稻谷、豆仔、落花生和甘蔗等。”大家说。

“收成好不好？”

“很好！”

“这次水灾对你们影响大吗？”

“不大，水退了我们照样生产。”

“很好呀！你们的生活都过得很好啰！”

“不错！我们这里气候暖和，物产丰富，四季如春呀！”

“你们得物华，我得天保佑啊！”

人们不约而同，哈哈大笑说：“老爷得天保。”

“对，这个地方不应该叫京元，而应该叫天保。”老爷说。

人们都觉得有理，就把“京元圩”改称“天保圩”。

明朝中叶以后，人们不断地发展生产，逐渐将山上的生蕉，培养成本蕉，吃起来味道很香很甜，冬天没有中心梗，就取名香蕉。人们将香蕉看成像宝贝一样，因此，人们又把天保叫做“天宝”。

抗日战争以前，山美村蕉商沈漳发等人，又从宝岛台湾带回了十多株香蕉苗，在山美村试种成功了七棵，蕉身高大、果实丰满，每只个头长又大，产量高，深受人们欢迎，种植面积不断扩大，产品远销闽粤桂和全国各地。天宝的香蕉远近有名，是海峡两岸天高海深的兄弟情谊的见证，天宝成为全国有名的蕉乡。沈漳发等人虽然与世长辞，但他的历史功绩人们将永远怀念。

（芗城区柯鸿河、柯国栋讲述 戴腾云记录整理）

6. 仙字潭的传说（二则）

（1）仙字禁蟒妖

仙字潭在华安县沙建镇汰内村的苦竹自然村，这儿山明水秀，四季如春。汰溪水奔流而下，水流到潭里才放缓脚步。潭似一面明镜。四周青山密林、山花烂漫，倒映在潭里，晶莹透亮极了。在生满青苔藤蔓的悬崖峭壁上，有几处大小不一、似字如画的符号，弯弯曲曲使人无法辨认，民间俗称为“仙字”。所以，人们把崖壁下的这口深潭，称为仙字潭。民间还流传着一个有趣的故事。

很久以前，苦竹村里住着孤苦伶仃的三姐妹。她们的父母亲早已饿死，家里没田没厝，住在村口一间破庙的厢房里。大姐天天帮人家舂米、磨面，二姐帮人家纺纱、织布，三妹到山上拾柴、采野菜。她们就像长在石缝里苦藤上的三条苦瓜，过着穷苦的日子。

左邻养着几只大肥猪，右舍饲着一大群鸡鸭，她们家里只养着三妹在虎头山上采野菜时，从乌鸦口中救出来的一条大蜈蚣。三姐妹把它喂养在枯树洞里。一月又一月，一年又一年，苦楝子长在岩缝上，三姐妹就像三朵山茶花，在凄风苦雨中生长。

几年过去了，三姐妹长成了俊秀的大姑娘。小小的蜈蚣也喂养得有三尺来长，草鞋板那么宽，黑里透红非常好看，晚上还会闪闪发光。

俗话说：“屋漏偏逢连夜雨，船破却遇顶头风。”苦日子中，三姐妹经历了说不完道不尽的磨难。一天早晨，苦竹村的大头人陈三虎带着一群狗腿子，扛着一顶

彩色花轿，吹吹打打来到三姐妹住的破庙门口。他生性如狼似虎，因排行第三，人们叫他三虎。他肥头大耳，身胖如猪，走路三步一回首，奸险歹毒、无恶不作。如今，他突然来到三姐妹家，一定不会有好心肝。

大姐摇摇头问："咱家与头人没攀亲，怎么吹吹打打花轿登门呢？"

二姐摆摆手讲："咱家从没欠过头人的债，怎么带狗腿子临门呢？"

三妹拍手笑道："喜鹊报错喜，花轿进错门，趁早给我滚，惹得三妹起火性，扫帚沾屎赶出门！"

陈三虎却笑嘻嘻，他从怀里掏出一张契约，说："瞧，白纸写黑字，这是当年你爹写下的欠条，借下的白银二十两，一年利息六十两，五年得还三百二十两。"

狗腿子说："是啊！父债子还，有银还银，没银用人抵偿。"

三个姐妹，一时被吓呆了，你看着我，我看着你，谁也说不清，谁也拿不定主意。明明知道陈三虎要无赖，可是人家是头人，财多势大。

陈三虎见三姐妹面面相觑，估计三个弱女子软弱可欺，八字眉一挑，皮笑肉不笑地说："怎么，有钱还钱，没钱拿人来抵偿。"说后把头一歪，几个狗腿子蜂拥而上，好像老鹰叼小鸡一样，逮住了大姐，用绳子一绑塞进花轿里，尽管大姐挣扎、哭叫，但常言说："双拳难敌

四手，”三个小姑娘怎么敌得过如狼似虎的一群狗腿子？

大姐被陈三虎吹吹打打、前呼后拥地抢走了。乡里邻居明知是头人欺侮三姐妹，但谁都知道，这头人一手能遮天，谁也惹不起呀！

谁知道，第二天早上，在二姐、三妹正哭得死去活来时，陈三虎的这个恶人和他的花轿又登门了。还是那张白纸黑字的契约，依然是那样气势汹汹地又把二姐抢走了。剩下三妹一人，孤苦伶仃，喊天不应，叫地无声，她哭得像泪人似的，也不知道两位姐姐是怎样遭罪呢！

正当三妹哭得昏昏沉沉之时，她喂养的大蜈蚣从树洞里爬出来，在三妹脚边转了三圈。

三妹说：“蜈蚣啊蜈蚣，现在只有你和我作伴了！蜈蚣啊！你能救出大姐、二姐吗？”

蜈蚣当然没有回答她，它只能在三妹的脚边又转了三圈。

不知什么时候，三妹哭昏过去了。她好像做了一个梦，一张开眼，一个白发老翁来至她的身旁，慈祥地向她点点头说：“三妹莫悲伤，关键时刻要勇敢，剪刀带身上，危难时刻会有人来帮忙。”转眼间，一阵白烟升起，白头老翁不见了。

三妹一醒过来，大蜈蚣还静静地伏在她脚旁。她觉得老翁的话有道理，就把剪刀藏在身上，瞅个方便把仇人陈三虎戳个窟窿，不是也可以为大姐、二姐报仇吗？

第三天早上，陈三虎和狗腿子抬着花轿又来了。还是那张白纸黑字的契约，还是那样无法无天，把三妹绑进花轿里。那只大蜈蚣也快如闪电钻进花轿里。

狗腿子把花轿抬起，吹吹打打地走了。

陈三虎把三妹抬到家里，关进一间黑洞洞的房子里。

这间房子，暗得伸手不见五指，房里还有一股刺鼻的腥臭味。三妹摸出身上的剪刀，剪断身上的绳索，站到门边，拼着全身的力气，把门撞得“砰砰”直响，但

门是反锁的，撞也撞不开。

三妹想，哭也无用。她想起白头老翁的话：“关键时刻要勇敢！”于是她冷静地手提剪刀，站在门边，等待送死的来开门。

忽然，三妹身后有什么东西在“沙沙”作响，她急转身，睁大眼睛一看，在四步远的墙脚下，好像有一团黑乎乎的东西在蠕动，中间还有两点绿萤萤的亮光。是鬼吗？不是。三妹擦了擦眼睛，再仔细察看。

啊！不好了。一条大蛇正向她身边爬来。

怎么办？三妹吃了一惊，吓出一身冷汗，继而又想：关键时刻要勇敢！她紧紧地握着手中的剪刀，决心与大蛇拼个你死我活。

这个屋子里为什么会藏着一条大蟒蛇？

原来，陈三虎家里养着九个风水先生，其中第九个道行最高，是从江西龙虎山请来的“敢是仙”。他替陈

三虎找了三年六个月零八天，共看了四九三十六个穴位。其中一个穴位在苦竹潭（现在的仙字潭）这地方。“敢是仙”摆着财、丁、贵三个字，让陈三虎占一个字，三虎思考了三天三夜，最后选一个财字。

“敢是仙”皮笑肉不笑地说：“若无艰险计，难得世间财。这个穴位下面有一个洞穴，藏着一条千年修炼的赤眼蟒，三千年才出这么一只，是你陈家的福份，要有大福大贵的人才能得这个福地。让赤眼蟒吃上七七四十九个童男童女，以后就会吃肉屙金、吃菜屙银，你家将得到永久的幸福。”

陈三虎是个见财心肝黑的人，他杀人放火、男盗女娼、无恶不作，一听非常高兴，命令下人到洞穴里，把赤眼蟒挖了出来，抬回家里养着。开头派人花了不少钱财，四处去购买童男童女来喂蟒蛇。还是“敢是仙”替陈三虎想办法，伪造证据，欺侮穷人不识字，假装娶亲追债、抢人抵偿，把童男童女抢到家，当天就喂了赤眼蟒。

已经喂了四十六个童男童女了，眼看再喂三人，赤眼蟒就要屙金屙银了。这时，陈三虎脑门一拍，计上心来，想到本村口大庙厢房的三个穷姐妹。大姐、二姐都先后抢来，吓昏后被赤眼蟒一口吞进肚里。

如今，这条吞吃了四十八个童男童女的赤眼蟒闻到生人的气味，伸着长长的红舌头，闪烁着绿萤萤的眼光，凶神恶煞地向三妹“沙沙”地蠕动过来，越来越逼

近了，那红红的舌头就要舔到三妹的脸上了。

在这千钧一发之际，从三妹脚下飞出一道红光，向赤眼蟒头上扑去。那是什么？啊！是大蜈蚣。蜈蚣全身闪着红光，发出凶狠的叫声，赤眼蟒顿时像老鼠见到猫一样，惊得畏缩蛇身、不停地颤抖。大蜈蚣迅猛异常，把头上两根长须，插进大蟒的鼻孔里。赤眼蟒喘不过气来，拼命挣扎，扇着尾巴把房间的窗门打得“劈里叭啦”地响。

三妹一见大蜈蚣，好像见到亲人，浑身增添了无穷的力量，回过头就飞身骑到大蟒身上，“打蛇打七寸”，她举起剪刀，朝蛇头的七寸，左一刀右一刀，东一戳西一戳，一口气连戳十几下。大蟒鲜血如喷泉，溅得三妹一身腥臭，最后用尾巴扇破窗门飞走了。

大蜈蚣在地上一打滚，变成一条十多丈长的大蜈蚣，说：“三妹，骑到我身，我们去追赶赤眼蟒，把它杀死了，才能过平安的日子！”

三妹骑到蜈蚣身上，双手紧紧地拉着蜈蚣的红须，眼睛不敢睁开。大蜈蚣在汰溪上空飞了三圈，找不到赤眼蟒。这时，三妹见到白头老翁站在悬崖上，手里拿一支柳条枝。大蜈蚣就飞到老翁身旁。老翁哈哈大笑道：“我知道你们夫妻会来的。”

三妹红着脸说：“老伯伯，你没搞错吧？他是蜈蚣啊，怎么和我会是夫妻呢？”

白头老翁边笑边摸着胡子说："三妹，你只知其一不知其二啊！"

三妹说："老伯伯，这话怎说？"

白头老翁说："他是个勇敢的青年，名叫木柳，为了人们的幸福，在九龙山与大蟒妖打斗了三天三夜，斗输了被妖术变成一只小蜈蚣，那天差点被乌鸦吞到肚子里，好在你及时救了他，使他没死掉。他这次在大头人陈三虎家里，勇敢战胜赤眼蟒，使你不死。好吧！我现在把他又变成青年小伙子，你们结为夫妻吧。"

白发老翁讲完，口中念念有词，手里柳枝一指。大蜈蚣在地上跳三跳，一阵白烟升起，一个健康结实的青年站在三妹脸前。

三妹红了脸，两眼仔细看着小伙子。

小伙子也红着脸，瞧着三妹。一时，两人都羞涩地笑了。

白发老翁说："那只害人无数的赤眼蟒还在悬崖下的洞穴里。它还没有死，它还想吞吃人哩！"

三妹与木柳异口同声说："我们下到洞穴里去，把大蟒杀了，它才不会再出洞害人。"

白发老翁说："不用了，赤眼蟒最后吃的是大头人陈三虎和风水先生'敢是仙'，你们看，他们来了。"

白头老翁柳条枝一指，悬崖下，一群人吵吵闹闹。风水先生走在前面，陈三虎走第二，后面跟着提箩拿筐的人，他们要来收取赤眼蟒屙的金银哩。他们去过暗

室，只见满屋狼藉、血流满地，不见三妹，也不见赤眼蟒。“敢是仙”说：“说不定赤眼蟒咬了三妹，从窗口飞回它的老巢洞，我们到那儿去挑金银宝贝吧。”

头人陈三虎和“敢是仙”钻进洞穴时，只见赤眼蟒鲜血淋淋、奄奄一息，躺在血泊里。“敢是仙”一碰到它的尾巴，它就浑身一挺，睁着红红的眼睛，张开嘴巴，一口把“敢是仙”吞进肚子里去了。陈三虎惊得脸色苍白、双眼发黑、两脚一软，一头扑在蟒头上。赤眼蟒原本已无力动弹，被三虎一动，血又汩汩地流了出来，痛得大吼一声，张开血盆大口，把陈三虎的光头，吞进口里。

白发老翁、三妹和木柳从悬崖下来。老翁说：“善有善报，恶有恶报，不是不报，时候未到，时候一到，一切都报！”

三妹说：“老伯伯，一切仇都报了，那我们走吧！谢谢你了！”

老翁说：“不行！眼下，蟒蛇虽死，但它把三虎之头还含在口里，得之阳助，这孽物毕竟是修行千年，不久它还会回转过来，再伤人作乱的。”

三妹说：“那怎么办呢？”

老翁说：“我叫他永世不得翻身！”

白发老翁用柳条枝在悬崖峭壁上面画着符文，那符文大小不一，像有人提刀捉斧，有人击鼓呐喊，使赤眼蟒不能归魂集魄，功力难复，再不能危害人间。

白发老翁画完符文之后，用柳枝条一指，只见汰溪水一下流进洞穴，使洞穴成为水洞。赤眼蟒、“敢是仙”、陈三虎都葬身鱼腹。

转眼，一只白鹤从天外飞来，白发老翁骑上白鹤翩翩飞走。后来，三妹与木柳在深山老林里安了家，结为夫妻，安居乐业，过着幸福美满的生活。

（华安县沙建镇吴老仁讲述，林焘、金宗整理）

（2）潭边除害

传说古时候华安沙建的汰溪是可以行驶船只的。仙字潭有十多亩大，深不可测，两岸古木参天，周围人烟稠密。不知自哪年开始，潭中出现怪异之事，牛羊到潭边饮水常神秘地失踪了。

有一个中年汉子，家贫未娶，日常以渔猎为生。这天到潭边钓鱼，好半天没有鱼来吞饵。正在焦急之际，忽见从一株古柏后转出一个妙龄女子，也不与他搭话，径自坐在潭边青石板上，以水为镜，梳理秀发。忽然，那女子惊叫一声跌落入水中。中年汉子正欲前去搭救，身后传来响亮的咳嗽声。他扭头一看，是一个白发老翁站在一块青石上正对他微笑。他再回头要寻那落水的女子，却踪影全无，水面上连个波纹也看不到。再回首，

那白发老翁也无影无踪。这汉子十分谅诧，再也无心思钓鱼，匆匆回家。

自此以后，常有人在潭边失踪，明明有人亲眼看见放牛娃在潭边放牛，瞬息之间，连人带牛不见踪影。不到半年光景，失踪的人不计其数，周围住户惊慌失措，纷纷迁往他处谋生，潭边愈发荒凉阴森。夏秋之际，常有迅雷在深潭上空震响，却未见击中任何东西。

有一天晚上，中年汉子正在自己的土屋里酣睡，恍惚见那个白发老翁悄然进屋，在他床头放一张弓、一支竹箭，对他说："此弓非凡弓，此箭沾狗血，明日未时潭边除害。"汉子倏然而醒，乃南柯一梦。起而视之，床头果有一张桃木弓和一支沉而韧的竹箭。

翌日，中年汉子遵嘱将竹箭沾上狗血，于未时前一刻来到潭边。蓦然间，深潭上空浓云密布，雷声震耳。继而，一团火球急促旋转，忽上忽下，潭里波翻浪涌，急浪中出现半年前所见的女子，手执白扇，左遮右挡，火球徒然翻滚旋转，均为白扇所挡。面对惊心动魄的一幕，中年汉子惊呆了，心想这女子定是吃人的妖精。忽然想起白发老翁所言，便抬弓搭箭，"嗖"的一声，朝那女子射去。那女子急转身子，以扇挡箭，火球从背后一击，一声巨响，天崩地裂，中年汉子被腾空弹起，落在潭边不远的一座小山上。

众乡亲闻声赶来，救起汉子。众人定睛一看，潭后

悬崖被雷电横空劈落，潭被填了一大半，崖壁上出现好些弯弯曲曲、似字非字的图像。潭面浮着一条硕大无比的鲤鱼，鱼鳞四散，胆大者捡了鱼鳞回家，一片鱼鳞可晒一斗谷子。

不知从哪时开始，传说满崖中藏有满洞穴的金银财宝，崖壁上的字是仙字，谁能读解，石崖便会裂开。众乡亲都叫中年汉子去读，汉子笑着摇摇头道："不该咱得的东西何必徒费心思呢？"中年汉子照样捕鱼打猎，过着清贫的日子。

从此，潭边住户平安无事，这个潭被称为仙字潭，流传至今。

（华安县沙建镇赵生木、康茂水讲述，陈进昌采录整理）

7. 刘塘桥与云水桥

九龙江北溪纵贯华安县境。但是以前的华安，山高岭峻、道路崎岖、交通闭塞，除了新圩至浦南这一段水路能以木帆船载运货物外，新圩以上滩濑纵横交错、溪石密布，船只不能通航，只好靠人工挑运、或以放木排代之。陆路运输，又被华丰附近的云水溪阻隔。此溪东从安溪经上苑，西自岭辅经招山至市后汇合称仙都溪，向西南流至刘塘，转向云水溪于梨子坪村汇入九龙江。古时的龙岩、漳平，华安的湖林、华丰一带客商往漳州

府过云水溪仅靠竹排渡人载货，安溪仙都从刘塘出新圩往漳州府也为此溪阻隔。两条溪流活像两头拦路虎，当时百姓和过往客商都望而生畏，来来往往交通都深感不便，盼望早日有一座桥。

明朝嘉靖甲寅年间，良村有位义士黄宗继为了缓解百姓困难，见义勇为，领头捐银献米，很快就筹集了三万三千三百三十三两银和三万三千三百三十三斗米，打算在梨仔坪附近和刘埔附近同时建造两座石桥，供两地客商、百姓使用。

黄宗继从远方请来造桥师傅。这个师傅技艺高超，名声远扬。他随带的一位徒弟，虽刚出师，功夫也好，只是还从来没有单独造过桥。一次要同时造两座桥，师徒只好分开，师父负责造下坂梨仔坪上方的云水溪桥（又叫温水溪桥），徒弟负责在芹岭流塘村外造刘塘桥（又叫流长桥）。两桥定于端午节同时开工，次年中秋节同时竣工。刘塘桥只有云水溪桥的一半长，徒弟领去三股财粮中的一股。他心想，今日自己头一次负责建造一座石桥，一定要把桥造好，不能使师父失望、主人不满，要留下较好的口碑。他想了许多办法加快造桥的进度。过去师父造桥，砌石都以铁片填缝，铁片一旦锈蚀，桥便要修理，虽然工匠可常有工做，但百姓钱财便要付之流水。他感到，修路造桥，福荫子孙后代，怎能草率对待？他决定大胆改变师傅的旧法，用碎石片来填缝，使桥经久耐用、牢固万年。

刘塘工地拦溪截流，云水溪口也搭架叠石，日间人山人海，夜间灯火通明，师徒两人都使足了劲，两处工地紧张施工，好一派热闹景象。

徒弟毕竟年轻力壮，心灵手巧，吃得苦、耐得劳。而且他的新法十分简便，石缝不齐随手拿起碎石填补，工效高，速度快，终于提前五天完工。

师父年大眼花，沿用旧法，铁匠打的铁片不是过厚就是过薄，不是太长就是太短，挑挑拣拣，速度过慢，眼看中秋已到，不能按时竣工。不用说，师父的内心焦急万分，他听说徒弟砌石使用新法又快又好，更是又气又羞，气的是徒弟不承祖宗法度、自作主张，有意和他作对；羞的是自己误了工期不如徒弟，面子上过不去。

徒弟倒没有想得那么多，他见师父未完工，就率领一批工匠连夜到云水溪来帮助赶工。

事有凑巧，这天云水溪这边工地，师父也正遇到难题：桥的中心亭承接飞檐的四个木斗拱，前右边的那一头高出一分。要放下整个屋架怕不吉利，也怕误了工期，更怕人家笑他计算不精准。要在架上锯掉那该死的一分木头，亭高七八丈，悬空双手拉锯，一不小心就会摔下来，自己年老体弱，力不从心，叫徒弟上，又怕丢了面子。

那聪明伶俐的徒弟，急在肚里，想在心里，终于想

出了一个法子来。当夜两三更天，他不惊动师父，悄悄地光着身子把灯笼绑在背上，爬上桥心亭，让灯光正好照着木斗拱，一手拉着亭柱、一手拉锯，“唰唰”几下，就把高出的一分木头锯掉了。师父躲在暗处偷看，惊叹徒弟机灵有本事。他没有感谢徒弟的帮忙、为徒弟的成功感到骄傲，而是担心徒弟日后胜过自己，自己保不住造桥第一名师的称号。

当人们庆贺两座大桥同时竣工落成时，师父故意用激将法挑唆徒弟：造桥不算本事，敢从桥上往下跳才是真英雄。

于是，师徒俩都手拿雨伞从桥面上往桥下的沙滩跳。师父心存不良，早已暗中加固布伞，徐徐降落、安然无恙；徒弟毫无戒心，拿的是遮雨的纸伞，伞在半空撕裂、坠地摔死了。

徒弟死后，师父自己一个人孤独地回家。一路上，他听到鹧鸪鸟“北古喳喳、北古喳喳”的啼叫，仿佛有人在骂他：“腹肚窄窄！腹肚窄窄！”他越听越不是味道，越听越无地自容，心头郁闷，两脚越走越沉重，还未到家，就死在半路上了。

（华安县良村乡黄其生、李铜九讲述，林焘、李寿南、叶腾凤整理）

8. 江东桥

九龙江的北溪和西溪的交汇处，有一座横跨在北溪两岸的大石桥，这就是江东桥，又名虎渡桥。它在城东二十公里处，是漳州通往泉州、厦门的交通要冲。

据说在古代，这里并没有桥。陈政、陈元光父子率兵来闽平定蛮獠之乱，曾在江边插柳为营，将九龙江北溪叫做柳营江，因江在溪海之交、波涛汹涌，也未建桥。宋朝绍熙年间才修建浮桥。宋嘉定年间，太守庄夏易用木头、垒石修了极其简易的通济桥，后来被火烧掉了。宋嘉定十六年（1224 年）太守李韶捐钱五十万准备建桥。但是由于北溪岸陡水深，江面宽阔，水流湍急，建桥十分不容易，建桥的地点不好找，刚砌好的桥墩很快就被水流冲垮倒塌了，一次又一次的失败，弄得造桥师傅筋疲力尽，心力交瘁，束手无策。

怎样才能建造一座万年久远、结实牢固，便利过往客商的石桥呢？老师傅日思夜想、吃不下饭、睡不好觉，整天坐在溪岸边，认真观察、思索着，好久都没有想出什么办法来。有一天夜晚，月光明亮照得大地像大白天一样，他看见一只斑斓的母虎，身后跟着一只虎崽子，来到岸边，要渡过北溪，母虎先把虎崽驮负在背上，两条虎尾交缠在一起，以防小崽落入水中、被水冲走。它很快找到一个地方下水，然后慢慢泅渡，看来那

里的江水并不深，母虎边泅水还边回头望望岸上的老师傅，似乎向他示意，由那里可以横渡过江。母虎沿着一条斜线，径直渡到对岸，又回头睨视对岸老师傅一眼，才放下小虎崽，抖抖身上水滴，两虎欢欢喜喜地跳着叫着奔跑而去。

老师傅恍然大悟了。第二天，他也按照母虎负子渡河的斜线，选定建桥的地点，在江中架起桥墩，终于把桥建成了。桥长达三千尺，高百尺，分十五道，一道三梁。桥墩上横架又长、又宽、又厚的石板做桥面，十分牢固平稳，从此这桥永不坍塌。因为建桥是受到老虎启发的，所以一直以来，人们将这座桥称为“虎渡桥”。

建桥的大石板每块都有几百吨重，这么大的桥板，当年如何采石，如何搬运，如何安装？这种高超的工艺技术至今仍是个谜。

（芗城区章志老讲述，陈伟龙采录）

后 记

20世纪90年代，神州大地，全国上下，各省、市县、乡镇，都曾开展一次规模浩大的搜集、抢救民间文学（故事传说、歌谣与谚语）的活动，人数之多、范围之广，前所未有，号称“修筑民族文化的万里长城”。我们幸逢其盛，参与其中，取得一些可喜的成果，全市共搜集、整理、编印出五十多册的《民间文学集成》。我们为尽己所能、贡献微薄力量而感到欣慰与自豪。

然而，无可讳言，由于时间短、人手不足、水平有限，文稿较为粗糙，未尽如人意；加上当时的要求仅是“原汁原味，保持原始面目”，因此，难免文稿不够简练与过于口语化；更为遗憾的是，印数极少，无法在更大范围内广征意见，接受广大父老乡亲的检验。

我们感激大龙树（厦门）文化传媒有限公司慧眼识珠，理解这批民族文化遗产的宝贵价值，约请我们着手选编这套《漳州民间故事丛书》，丛书分为历史人物、旅游景点、名优特产、民谚俗语、系列故事等五种，共七册，并予投资付梓，由吉林出版集团有限责任公司出版。这给我们巨大的支持与鼓舞！我们尽管年事已高，仍不辞辛劳，阅读大量的原始材料，从中挑选精华，并修补加工、铺平理顺，用将近一年时间，才完成选编任务。我们用双手将它们奉献给广大读者，欢迎批评指正！但愿这笔丰厚而珍贵的文化遗产能得到完美的传承。

在丛书的选编过程中，承蒙张叔言、李锋、夏利瑛、许荣勇、黄江辉、陈展木、吴勤、张大伟、郭锦标、陈展木、严国良、陈绍雄、陈进昌、黄金山、李云章、饶秀峰、

郑益和、陈圣典、李森昌、兰臻、庄温英、刘锡安，还有香港的吴东南、林广兆、沈文川、戴建评、林绍奋、林明琛等先生、女士，分别以各种不同形式提供宝贵的支持与鼓励。尤其是年近九旬的吴东南先生和年逾八十的林广兆先生为了家乡的文教事业，仍奔走呼号、慷慨解囊，令人感动；漳州市的老领导、中共中央台湾工作办公室、国务院台湾事务办公室常务副主任郑立中先生在百忙中为本丛书撰写总序；江丙坤先生为本丛书题签；张亚清、翁福、何池、杨西北、吴东南等先生分别为各册撰写序言，为本丛书增辉添彩；黄灶顺先生赶画插图，市、县旅游局、博物馆等单位、个人热心提供精美照片；沈顺添、林兆明、林长华、唐崧、林艺谋、黄荣才、陈明杰、张永忠等作者及时惠供新稿；香港漳州同乡总会与香港华安同乡会、香港漳州二中校友会等捐资购书赠送家乡有关文教单位。对方方面面的关心支持，在此谨致衷心的感谢！

同时，我们也要将此丛书献给搜集、整理、编辑《漳州及各县（市、区）、乡镇民间文学（故事、歌谣、谚语）三套集成》的参与者们，我们永远难以忘却那段并肩度过的峥嵘岁月，永远铭记你们为传承民族文化遗产所付出的辛劳！

由于通联地址变迁等原因，我们无法再逐一征求各原整理者的意见，错漏在所难免，敬祈谅解。因不少整理者近况、住址不详，无法联系，见本书后，请发函与1471480724@qq.com电子邮箱联系，以便转致薄酬。

卢奕醒　郑炳炎

二零一三年五月于漳州